HEYNE <

Das Buch

Venom ist ohne Zweifel der schönste Drachenkrieger des Nightfury-Clans – und der tödlichste. Wer zu lange mit der Haut des Giftdrachen in Berührung kommt, ist unweigerlich dem Tode geweiht. Im Kampf gegen die feindlichen Drachenkrieger des Razorback-Clans ist diese Gabe für Venom ein unschätzbarer Vorteil, für sein Liebesleben ist sie jedoch eine Katastrophe: Niemals wird er eine geliebte Frau nachts in den Armen halten können, zu groß ist das Risiko, sie dabei versehentlich zu töten. Venom versucht zwar, sich mit schnellem Gelegenheitssex über die Leere in seinem Herzen hinwegzutrösten, doch seine Einsamkeit wird immer größer. Bis er eines Tages der zauberhaft schönen Evelyn begegnet, die wie durch ein Wunder immun gegen das Gift von Venoms Haut zu sein scheint. Gibt es für den Drachenkrieger möglichweise doch noch ein Happy End? Aber auch Ivar, der Anführer der Razorback, ist auf Evelyn aufmerksam geworden und setzt alles daran, sie in die Fänge zu bekommen …

Die FEUER-Serie:

Erster Roman: Tödliches Verlangen
Zweiter Roman: Verborgene Sehnsucht
Dritter Roman: Gefährliche Begierde
Vierter Roman: Verhängnisvolle Liebe
Fünfter Roman: Stürmisches Begehren

Die Autorin

Coreene Callahan arbeitete nach ihrem Psychologiestudium zunächst als Innenarchitektin, bevor sie beschloss, sich ausschließlich ihrer großen Liebe zu widmen: dem Schreiben. Sie lebt mit ihrer Familie in Kanada.

Weitere Informationen zu Autorin und Werk erhalten Sie unter:
www.coreenecallahan.com

COREENE CALLAHAN

FEUER

Stürmisches Begehren

Roman

WILHELM HEYNE VERLAG
MÜNCHEN

Titel der amerikanischen Originalausgabe
FURY OF OBSESSION
Deutsche Übersetzung von Ingrid Klein

FSC
www.fsc.org
MIX
Papier aus verantwortungsvollen Quellen
FSC® C014496

Verlagsgruppe Random House FSC® N001967

Deutsche Erstausgabe 04/2016
Redaktion: Uta Dahnke

Neumarkter Straße 28, 81673 München
Printed in Germany
Umschlaggestaltung: Nele Schütz Design, München,
unter Verwendung von shutterstock/CURAphotograpy
Satz: KompetenzCenter, Mönchengladbach
Druck und Bindung: GGP Media GmbH, Pößneck

ISBN: 978-3-453-31721-5
www.heyne.de

Für Kallie Lane – danke, dass du mich immer wieder ermutigst, wenn ich unsicher bin.

1

Stille herrschte in den düsteren Ecken des unterirdischen Ganges. Rote Knopfaugen blitzten auf, beobachteten ihn aus dichten Schatten. Venom, der hinter einem ausgebrannten Humvee in Deckung gegangen war, zog eine Grimasse und überdachte seine Lage. Unterirdisch in der Klemme. Allein ohne Rückendeckung. Und, oh ja … Ratten, ein ganzer Trupp der pelzigen kleinen Mistviecher.

Na toll. Einfach perfekt. Die passende miese Orchestrierung einer bereits beschissenen Nacht.

Er schluckte seinen Widerwillen hinunter und ging geduckt um die hintere Stoßstange herum, immer in enger Tuchfühlung mit dem zertrümmerten SUV. Dann schlich er bis zur Mitte des feuchten Ganges. Seine Kampfstiefel schrammten über aufgerissenen Beton. Die ungleichmäßigen Geräusche durchbrachen die Stille. Das Rattenpack, das an der Seitenwand entlanghuschte, fuhr auseinander und kreischte, so als hätte er eine zertrampelt. Super. Der Beschwerdestapel wurde ständig höher. Diese versiffte Ansammlung von Ekelpaketen hatte gerade seine Position verraten. Jetzt kannte der Feind genau seinen Standort, sodass er sich erneut wünschte, dass Wick auftauchen würde. Zur Hölle mit seinem besten Freund. Warum musste der Mann ihn ausgerechnet heute Nacht sich selbst überlassen. Er unterdrückte ein Knurren und aktivierte die Gedankenverbindung, ihr mentales Drachen-Handy, sandte einen Notruf aus und wartete. Einundzwanzig. Zweiundzwanzig. Drei …

Keine Antwort.

Was nicht weiter überraschte. Am besten sollte er gleich alle Hoffnung fahren lassen. Jegliche Erwartung abhaken. Wick würde nicht kommen. War zweifellos anderweitig beschäftigt, spielte den …

Das schnelle Stakkato von Maschinengewehrfeuer durchbrach die Stille.

Den gekrümmten Finger am Abzug, wich Venom nach rechts aus. Kugeln flogen über seinen Kopf in Richtung Humvee. Metall prallte auf Metall. Funken stoben, erhellten die Dunkelheit, begleitet von einer heftigen Explosion und einem Höllenlärm. Mit zusammengebissenen Zähnen presste er den Gewehrkolben der Heckler & Koch an seine Schulter, zielte und veränderte seine Schussrichtung.

Langjährige Übung sorgte für effiziente Bewegungen seinerseits.

Erfahrung führte ihn hinunter in einen östlich gelegenen Tunnel.

Er musste das Ziel neu erfassen. Und zwar schnell. Bevor der Feind sich neu formierte und Verstärkung bekam. Einen Schützen konnte er in Schach halten. Aber ein halbes Dutzend? Da standen seine Chancen hundsmiserabel. Also genau, jetzt oder nie. Es wurde Zeit, den Mann fertigzumachen und ihm seine Reservemunition abzunehmen. Seine eigenen Vorräte aufzustocken wäre keine schlechte Idee. Den Pisser, der im unterirdischen Labyrinth Verstecken spielte, k.o. zu schlagen, sogar eine noch bessere. Venoms Kampfstiefel knirschten auf dem zerbrochenen Glas, während er sich an der Wand entlangschob, vorsichtig die Lage peilte und sich um die nächste Ecke pirschte. Schritte echoten, hallten von den Betonwänden zurück.

Venom unterdrückte ein Knurren. Kein schlechter Schachzug. Gute Strategie. Angesichts des Ganges, der sich ein Stück weiter vor ihm verengte, musste man kein Genie sein, um den Grund für den Rückzug des Typen zu erkennen. Praktisches Denken in Bestform – ein Ausweichmanöver, das den Engpass am Ende des Tunnels einkalkulierte. Eine Falle, kein Zweifel. Und auch eine ziemlich gute. Nicht, dass das Venom juckte. Den Feind auszuschalten und sicherzustellen, dass keiner überlebte, war das vorrangige Ziel. Nicht nur, was diesen Einsatz betraf, sondern auch für seinen Seelenfrieden. Also, scheiß drauf. Hinterhalt oder nicht, er würde direkt reinmarschieren und hoffen, lebend davonzukommen. Die Waffe im Anschlag, bog er in einen weiteren dunklen Gang ein und …

Aus den Augenwinkeln nahm er eine Bewegung wahr.

Venom reagierte. Er duckte sich seitlich weg, wich der Faust aus und schlug dem Feind die Handfeuerwaffe aus der Hand. Die Beretta überschlug sich in der Luft. Er packte den Drecksack bei der Kehle und griff nach seinem Jagdmesser. Stahl fuhr zischend aus Leder, als er die Waffe zog und zustieß. Die rasiermesserscharfe Klinge traf auf Haut, durchschnitt die Halsschlagader. Arterienblut spritzte durch die Luft und … oh ja.

Noch ein feindlicher Soldat tot. Das nächste Level erreicht und …

»Das Spiel ist aus.«

Venom nahm die Daumen von der Spielkonsole seiner

Xbox und lehnte sich auf der Couch mit einem zufriedenen Grunzen zurück. Das Leder protestierte knarzend. Es folgte Langeweile, heftiger Missmut überfiel ihn. Er verkniff sich einen Fluch und lehnte den Kopf zurück, starrte mit schmalen Augen auf den Großbildschirm. Riesig. Teuer. Das Beste vom Besten. Der Flachbildschirm, der geradezu »Sieh mich an!« schrie, dominierte eine ganze Wand seines Schlafzimmers, umgeben von sämtlichen der Menschheit bekannten Videospielen. Diese Extravaganz sollte ihm eigentlich peinlich sein. Stattdessen machte sie ihn wütend. Aber nicht aus den üblichen Gründen. Er hatte nicht verloren. War von keinem seiner Nightfury-Kumpels in einem superschnellen Ballerspiel besiegt worden. Venom schnaubte. Verdammt, in einer Runde Ballerspiele fertiggemacht zu werden klang momentan geradezu fantastisch.

Es würde die größeren Probleme lösen.

Vielleicht sogar seine ständige unterschwellige Unzufriedenheit vertreiben. Und seine Ruhelosigkeit – dieses Gefühl der Isolation, diesen Abgrund, den man Einsamkeit nannte und der ihn total zu verschlingen drohte.

Venom fummelte an den Knöpfen herum und musterte finster die Steuerung. Grundgütiger. Wenn er es so betrachtete, ungeschönt benannte, kam er sich vor wie ein Weichei. Wie ein hilfsbedürftiger Mann, der nicht für sich selbst sorgen konnte. Und wie ein Arschloch, weil er sich wünschte, Wick wäre bei ihm statt auf der anderen Seite des Flurs bei J.J. – der Frau, die sein bester Freund nicht nur liebte, sondern vor beinahe drei Wochen sogar geheiratet hatte. Er schluckte den Kloß in seiner Kehle herunter. Wenn das nicht total egoistisch war. Und so was von unangebracht. Erst recht, weil er sich für Wick freute. Na gut, zumindest die Hälfte der Zeit. In der anderen Hälfte dominierte ein total anderes Gefühl. Dann pumpten die kleinen grünen Monster Neid durch seine Venen, hinterließen einen faden Geschmack in seinem Mund und verhärteten sein Herz.

Du liebe Güte, so ein Bockmist aber auch. Ein totales Hin und Her. Mal freute er sich wahnsinnig für Wick und J.J., und gleich darauf war er unglaublich neidisch.

Venom rieb sich das Kinn und stieß die Spielkonsole beiseite. Das schwarze Gerät überschlug sich. Venom streckte seine nackten Füße auf dem Sitzsack aus, der gleichzeitig als Beistelltisch diente, und griff nach seinem Drink. Klare Flüssigkeit schwappte an den Rand des Tumblers. Eiswürfel stießen klickend aneinander, der Duft von Schnaps breitete sich aus. Der scharfe Geruch stieg ihm in die Nase. Venom ignorierte das Brennen und sah stattdessen der Spielkonsole hinterher, die langsamer rutschte und schließlich an der Lehne der Couchgarnitur liegen blieb. Er hob das Glas und nahm einen weiteren Schluck.

Jägermeister. Pur. Ein dreifacher.

Genau das, was er jetzt brauchte. Er wollte seine Sinne betäuben mit dem einzigen Getränk, das ihn betrunken machte. Das war nun mal sein Fluch, sein schreckliches Schicksal, wie er wusste. Bier wirkte bei ihm nicht. Genauso wenig wie Wein oder Whiskey. Nur *der Meister* führte ihn ans gewünschte Ziel ... machte ihn sturzbesoffen, haute ihn total aus den Latschen. Die Wahrheit lag in jedem brennenden Schluck Rachenputzer, den er runterkippte. Andererseits hatte er sich nicht hinter seiner Schlafzimmertür verbarrikadiert, um Trost zu finden. Oder seinen Arsch auf der Couch geparkt, um einen imaginären Feind in einem Videospiel umzunieten und sich dabei selbst leidzutun. Er hatte sich eingeschlossen, um den Tatsachen ins Auge zu blicken.

Die erste Tatsache war sehr schlichter Natur.

Er sollte dankbar sein. Dankbar dafür, dass etwas – egal, wie schlecht es schmeckte – die Grenzen verschwimmen ließ, Vergessen versprach. Er brauchte die Auszeit, brauchte etwas, um seinen Kummer zu ersäufen und nicht immer an das Gleiche zu denken. Also ja. Sich mit diesem Schnaps sinnlos zu besaufen klang doch ganz gut. Nichts anderes konnte die giftige Brühe, die durch seine Adern floss, verdrängen. Nicht, dass er sich über seine tödliche Natur beschweren wollte. Die Vorteile, ein giftiger Drache zu sein, übertrafen bei Weitem die Nachteile. Venom schnaubte, was halb nach Lachen, halb nach Verzweiflung klang, und staunte über die Ironie, die darin lag.

Eine weitere gefühlsmäßige Zweiteilung. Gegensätze, die ungefähr so aussahen: Eben noch stolz auf seine Fähigkeiten – und das Erbe, das ihn antrieb – und gleich darauf all des Scheißdrecks leid, der damit einherging.

Immer die gleiche Leier, nur eine andere Zeit.

Jeder, der zu lange mit ihm in Berührung kam, erlitt die gleichen Schäden – Blutvergiftung durch die Toxine, die seine Drachen-DNA enthielt. Die in seinem Blut waren. An seiner Haut. Tief in seiner Muskulatur. Was bedeutete, dass zu ausgedehnter Kontakt mit wem auch immer keine gute Idee war. Einschließlich Frauen. Ein stechender Schmerz schnürte ihm die Brust ein. Es war nicht hinnehmbar. Total ungerecht. Er liebte Sex – die Hitze, die Lust, die verlockenden Geräusche, die eine Frau von sich gab, wenn er tief in sie eindrang und sie um mehr bettelte. Er sehnte sich nach der Verbindung. Liebte die Nähe. Genoss das Schäkern und … hm … war immer wieder aufs Neue begeistert, wie wunderbar das schwächere Geschlecht schmeckte.

Zu schade, dass keine seiner Begegnungen von langer Dauer war.

Die meisten hielten seine Berührung – die tödliche Wirkung, die von seiner Haut ausging – nicht länger als vierzig Minuten am Stück aus. Also blieb er auch nie lange in ihrer Nähe. Oder über Nacht. Hielt nie eine Frau hinterher in den Armen und genoß nie diese Momente der Intimität. Rein. Raus. Jeder Frau so viel Lust verschaffen, wie sie verkraften konnte, bevor er seine eigene zwischen ihren Schenkeln fand. Und dennoch, trotz des Kontakts fühlte er sich immer einsam. Ausgeschlossen von Normalität. Nicht gut genug und tödlich. Zweifelsohne war das zum Teil der Grund dafür, dass er so eifersüchtig auf Wick und die anderen verheirateten Nightfury-Krieger war. Er wünschte sich, was seine Waffenbrüder besaßen: eine Frau, die zu ihm gehörte. Eine, zu der er nach einer kampfreichen Nacht gegen seine Feinde, die Razorback-Arschlöcher, nach Hause kommen konnte.

Eine, die er durch seine Berührung nicht verletzte. Unabhängig davon, wie viel Zeit er mit ihr verbrachte.

Seufzend leerte Venom sein Glas und griff dann nach der eisgekühlten Flasche. Ohne hinzuschauen, schenkte er sich ein neues Glas ein. Der Schnaps schwappte gegen das geschliffene Kristallglas. Er nahm einen weiteren Schluck, ließ sich tiefer in die Couchkissen sinken und betrachtete das Deckengewölbe. Das von Wick gemalte Engelsfresko war ein Meisterwerk, zeugte vom Geschick seines Freundes im Umgang mit dem Pinsel. Wovon Venom allerdings bis vor Kurzem nichts gewusst hatte.

Es musste schnauben, so absurd war das Ganze. Sechzig Jahre hatte er in enger Nachbarschaft mit dem Mann gelebt und keinen Schimmer davon gehabt. Nicht die leiseste Ahnung. Sein Freund hatte dieses Schmankerl fest unter Verschluss gehalten, sich geweigert, auch nur die geringste Kleinigkeit von sich selbst preiszugeben, einschließlich der ganzen Kunstnummer, bis J.J. vor zwei Wochen angefangen hatte, seine Gemälde in ihrem Musikzimmer aufzuhängen. Jetzt bevölkerten Wicks Bilder zunehmend den Raum, brachten Farbe und Leben hinein, gerade so wie die Musikinstrumente, die er ständig für seine Gefährtin kaufte.

Verdammt, sie hatte sogar einige Leinwände über Venoms Kamin aufgehängt.

Er drehte seinen Kopf und beäugte die Gemälde. Nachdem er sie eine Minute lang angestarrt hatte, ließ er das Eis in seinem Glas kreisen und erhob sich von der Couch. Durch den Alkohol etwas unsicher auf den Beinen, schwankte Venom leicht. Sekundenlang verschwamm ihm alles vor Augen. Er blinzelte. Seine Sicht wurde wieder klarer, und er ging weiter. Er ging an der Längsseite der Couchgarnitur vorbei und quer durch den Raum. Der Holzboden kühlte seine nackten Fußsohlen. Den Blick fest auf die Gemälde gerichtet, nahm Venom die hohen Bücherregale kaum wahr. Er hatte die Bibliothek von Black Diamond – dem Schlupfwinkel, den er mit den anderen Nightfury-Kriegern teilte – vor fünf Jahren zu seinem Schlafzimmer erklärt.

Eine fantastische Entscheidung.

Er liebte Geschichten aller Art. Sachbücher und wissenschaftliche Abhandlungen auch. Ab und an durften es auch ein paar klassische Wälzer nur zum Vergnügen sein. Himmlisch. Dank Daimler – dem Butler und Mann für knifflige Fälle bei den Nightfury – quoll die Bibliothek nur so über von Lesestoff. Alles, was Venom brauchte, füllte die hohen Regale in dem großen Raum, der reine Eleganz verkörperte. Dunkles Holz. Helle Wände und ein Natursteinkamin. Das unglaubliche Fresko blickte auf all das hinunter. Aber die Krönung des Ganzen? Die Wendeltreppe, die zu einem schmalen umlaufenden Gang knapp vier Meter über dem Fußboden führte. Zwei Stockwerke absolute Perfektion. Jeder ledergebundene Band quasi in Reichweite seines breiten Doppelbetts, das mitten im Raum stand.

Sein Rückzugsort. Sein Lieblingsplatz, eine Zuflucht vor den Unbilden der Welt.

Aber nicht im Moment.

Heute Nacht konnte er seinen Blick nicht von den Gemälden losreißen. Präzise Linien. Akribische Details. Wirbelnde Farben – die gedämpften Töne des Winters in Prag. Wunderbar. Jeder einzelne Pinselstrich. Bis auf eins: Trotz der Schönheit der städtischen Straßen und des Schneefalls erinnerten ihn die Bilder viel zu sehr an sein Zuhause. An vergangene Misshandlungen und gegenwärtigen Kummer. An schmerzhafte Erinnerungen. An eine Nacht, an die er sich nicht erinnern wollte, die er aber nicht vergessen konnte. Sein Gewissen ließ es nicht zu. Schwere Selbstvorwürfe verstärkten die Schuldgefühle, erinnerten ihn an das, was er getan hatte …

An seinen Erzeuger, der tot vor ihm lag. Von Venom höchstselbst getötet.

Bei dem Gedanken daran verkrampfte sich sein Magen.

Das Bedürfnis nach Vergessen zwang ihn, einen Schluck zu trinken. Kalte Flüssigkeit floss in seinen Mund. Venom schluckte schwer. Einmal. Zweimal. Beim dritten Mal leerte er das Glas und begrüßte das Brennen, genoss geradezu das Gefühl von Übelkeit, das der Alkohol in ihm auslöste. Er verdiente das. Konnte die Vergangenheit nicht wiedergutmachen, schon gar nicht auf Vergebung hoffen. Wünschen und Wollen änderten nie etwas an den Tatsachen. Und einige Dinge – egal, wie notwendig sein Handeln gewesen war – konnten nicht vergeben werden.

»Verdammte Inzucht.« Venom stellte das Glas auf den Kaminsims. Kristallglas prallte auf Stein. Eis klirrte. Das Glas bekam einen Sprung, ein scharfes Geräusch in der Stille, während Venom mit beiden Händen seinen Hinterkopf umfasste. Und zog. Angespannte Muskeln protestierten lauthals gegen die Dehnung, als der Schmerz ihm ins Rückgrat schoss. »Ich muss hier raus, verdammt noch mal.«

Ein hervorragender Plan.

Der beste, wirklich, bis auf eins.

Er durfte das Hauptquartier nicht verlassen. Nicht heute Nacht. Was scheiße war, so was von … Nicht, dass das eine Rolle spielte. Er konnte gar nichts vorbringen gegen die Logik, die hinter dem unfreiwilligen Eingeschlossensein lag. Bastian hatte schon recht. Alle seine Waffenbrüder brauchten hin und wieder eine kampflose Nacht. Ausruhen. Entspannen. Aufladen. Das tat dem Körper gut, obgleich er und seine Kameraden einige Zeit gebraucht hatten, um das zu schnallen.

Bis vor vier Monaten hatte sich keiner der Nightfury-Krieger auch nur eine Nacht frei genommen. Jeder hatte nur eine Sache im Sinn gehabt: Abtrünnige zu jagen, Mitglieder des Razorback-Clans, der Menschen verfolgte. Alles andere zählte nicht, wurde rigoros ausgeklammert. Seit jedoch Frauen das Hauptquartier bevölkerten, hatte sich das Leben der Nightfury gravierend verändert. Jetzt nahm jeder Krieger mindestens einmal pro Woche nicht an den Kampfhandlungen teil. Normalerweise paarweise, quasi zum Zeichen der Solidarität. Heute Nacht waren er und Wick an der Reihe. Leider, verdammt noch mal, weil … genau. Jetzt steckte Venom hier fest. Hatte den direkten Befehl, seinen Motor abkühlen zu lassen und – Gott helfe ihm – zu *relaxen.*

Kein Weg führte an diesen Regeln vorbei. Und es waren weder Wick noch Erleichterung in Sicht.

Venom ballte die Fäuste und ließ die Schultern kreisen, um seine Anspannung zu lösen, dann schüttelte er den Kopf. Er wollte abhauen. Drachengestalt annehmen, seine Flügel spreizen und wegfliegen. Sich bis zur Erschöpfung verausgaben, bis die Vergangenheit nur noch verschwommen vor ihm stand. Ein undeutliches Bild, das man beiseiteschieben und ignorieren konnte. Vielleicht wäre er dann in der Lage zu vergessen. Vielleicht würde dann der Schmerz in seinem Inneren nachlassen. Vielleicht könnte er dann schlafen. Hatte dieses Vorhaben wenig Aussicht auf Erfolg? Zweifellos, und dennoch, obgleich er wusste, dass er hierbleiben sollte, war die Versuchung, abzuhauen, riesengroß.

Bastian wäre nicht glücklich darüber.

Venom schnaubte. *Glücklich.* Na klar. Sagen wir lieber *stinksauer*, mindestens. Verdammt, sein Kommandant würde ihm eine Abreibung verpassen, und nicht nur eine, wenn Venom allein von Black Diamond wegflöge. Nicht gerade eine schöne Vorstellung. Erst recht nicht, weil Bas keinen

Quatsch redete. Keinen direkten Befehl erteilte, den er nicht für unbedingt notwendig hielt. Also, genau, die Höhle zu verlassen war keine so tolle Idee. Der gesamte Clan wäre sauer. Würde ihn zur Rede stellen. Ihn in Bedrängnis bringen. Ihn einen Idioten nennen, aber … was auch immer. Mit den anderen würde er schon klarkommen. Sein Kommandant war jedoch ein ganz anderes Kaliber. Venom respektierte Bastian. Und, ehrlich gesagt, zur Sau gemacht zu werden, weil er Mist gebaut hatte, stand nicht gerade an erster Stelle auf seiner To-do-Liste. Aber, nun ja …

Heute Nacht auf das Protokoll zu pfeifen wäre es möglicherweise wert.

Es müsste schließlich keiner erfahren. Er könnte verschwinden, sich verschaffen, wonach er sich sehnte – nämlich Sex mit einem weiblichen Wesen –, und zurück sein, bevor irgendeiner seiner Kumpels nach Hause kam. Oder jemand innerhalb des Hauptquartiers es spitzkriegte, dass er sich für ein paar Stunden unerlaubt entfernt hatte. Als er sich das so nach und nach schönredete, sich die Möglichkeit immer realer vor Augen führte, sah er den perfekten Ort dazu vor sich: das Luxmore. Er spähte hinüber zu den Schiebetüren neben dem Kamin. Mondlicht strömte durch die Scheiben, warf einen breiten Streifen auf den Hartholzfußboden. Venom knetete seine Hände. Genau, definitiv. Das Luxushotel wäre genau das Richtige. Nicht, dass er es jemals zuvor besucht hätte. Bis vor einer Woche hatte er noch nicht mal davon gehört. Aber Sloan hatte gar nicht wieder aufhören können, davon zu schwärmen – oder vielmehr von den fantastischen Frauen in der schicken Bar des Luxmore, also …

Scheiß drauf.

Er wandte sich zur Terrassentür um. Öffnete sie kraft eines Gedankens. Die Schiebetür glitt zur Seite, und kühle Winterluft strömte herein. Venom zögerte nicht. Entschlossen trat er über die Schwelle nach draußen. Noch ein kleiner Fingerschnipp in Gedanken, und die Tür hinter ihm schloss sich wieder. Er ging über die geflieste Terrasse, die drei Stufen hinunter und …

Schwuppdiwupp. Schon wechselte er von Menschen- in Drachengestalt.

Die dunkelgrünen Schuppen der Drachenhaut legten sich wie fallende Dominosteine um seinen größer werdenden Körper. Durch rasselnde giftige Stacheln bis hinunter zu seinem Schwanz geschützt, breitete er seine schwarzen Schwingen aus. Sein Sonar meldete sich, gestattete es ihm, die Entfernung abzuschätzen. Fünfzehn Minuten allerhöchstens, und er würde beim Luxmore landen. So nah, und doch noch viel zu weit entfernt. Zitternd vor Erwartung, ballte Venom seine Pranken. Die rasiermesserscharfen Krallen rissen Furchen in den gefrorenen Rasen, er sprang hoch und … war unterwegs. Hoch über den Baumwipfeln. Mondlicht spiegelte sich auf seinen Schuppen. Er flog zum nordöstlichen Rand Seattles, vor sich das Versprechen duftenden weiblichen Fleisches und die Hoffnung auf baldige Erleichterung. Ganz egal, wie hart seine Brüder ihn dafür bestrafen würden.

2

Sie war vom Glück verlassen. Steckte bis zu den Haarspitzen im Schlamassel. War total im Eimer. Evelyn Foxe zog den Schlüssel aus dem Zündschloss ihres VW Golf, der schon bessere Tage gesehen hatte, und starrte über den Parkplatz. Durch die Windschutzscheibe sah sie auf das Luxmore Hotel. Ein hübscher Anblick von der fünfzig Meter entfernten Straße aus. Die steinerne Jugendstilfassade war in warmes Licht getaucht. Bogenfenster, Edelstahlakzente. Eine gepflegte Gartenanlage, die sich zu beiden Seiten der breiten, halbkreisförmigen Auffahrt erstreckte. Und genug stilvoll gekleidetes Personal, an dem die Leute sich erfreuen konnten.

Schön. Anspruchsvoll. Ein Zufluchtsort für die Wohlhabenden und Reichen. Ein traumhafter Ort für die meisten Menschen, um dort ihren Freitagabend zu verbringen.

Tja, für alle, bis auf sie.

Leider hatte sie keine andere Wahl. Es ging ums Ganze. Alles war gesagt und getan. Und jetzt ging es nur noch darum, in ihren acht Zentimeter hohen Stöckelschuhen über den Parkplatz zu gehen und diesen Spielplatz der Reichen – und manchmal Berühmten – aufzusuchen.

Vor drei Monaten hätte Evelyn nicht lange gefackelt, das schicke Luxushotel zu betreten. Sie hatte zu dieser Welt gehört. War zwar nicht wohlhabend gewesen, aber respektiert von denjenigen, die dazugehörten. Geld sorgte schließlich dafür, dass Menschen – besonders Bosse großer Unternehmen – hellhörig und aufmerksam waren. Gier befeuerte dieses Interesse natürlich noch zusätzlich. Andererseits war es ihr Job gewesen, dafür zu sorgen, dass die Firmen, die zu ihrem Portfolio gehörten, ehrlich blieben. Bilanzkosmetik mochte in einer Ellbogengesellschaft ja die Norm sein, aber am Ende zahlten sich anrüchige Geschäftspraktiken nie aus.

Eine Tatsache, die ihr früherer Arbeitgeber innerhalb seiner eigenen vier Wände hätte bedenken sollen.

Evelyn schnappte sich ihre Prada vom Beifahrersitz und legte sie auf ihren Schoß. Sie knipste sie auf und ließ ihre Autoschlüssel in dem teuren Lederteil verschwinden. Als Nächstes durchwühlte sie ihr Kosmetiktäschchen und holte ihren Lippenstift heraus. Sie zog die Hülle ab und drehte den Stift heraus. Blutrot à la Marilyn Monroe. Evelyns bevorzugte Farbe. Ironisch in mehrfacher Hinsicht, insbesondere, da sie und Marilyn nichts gemeinsam hatten.

Oh, Augenblick bitte. Das stimmte nicht ganz, oder?

Sie und die Beauty-Ikone mochten nicht die gleiche Hautfarbe haben, aber Problemen war das egal. Alter. Geschlecht. Reichtum, Intelligenz. Keine der Variablen spielte eine Rolle. Die Regeln blieben die gleichen. Die Welt drehte sich weiter. Und Unglück stellte immer gnadenlose Forderungen. Was sie wieder zu ihrem ursprünglichen Problem führte, nicht wahr? Keine Ausweichmöglichkeit. Kein Leugnen der Tatsachen. Einfach unumwunden den Realitäten ins Auge sehen … ihr Leben oder das Geld.

Ein Schauder lief ihr über den Rücken.

Als sie unter ihrem eleganten Cocktailkleid eine Gänsehaut bekam, kämpfte Evelyn um Gelassenheit. Nervosität würde ihr nicht helfen. Genauso wenig wie die Wut, die in ihr hochkochte. Mit Pragmatismus wäre ihr besser geholfen. Aber als Evelyn versuchte, den Kloß in ihrer Kehle herunterzuschlucken, in den Rückspiegel blickte und ihren Lippenstift ansetzte, bekam sie kaum noch Luft vor Wut.

Wie hatten diese Arschlöcher es wagen können?

Wie hatten sie es wagen können, so dumm zu sein? So egoistisch? Sich so sorglos über jegliche ethischen Regel hinwegzusetzen … und anderer Leute Leben? Hätte man doch die hohen Tiere zur Verantwortung gezogen – statt ihnen noch die Gelegenheit zu geben, ihrem größten Kunden zu helfen. Ihm bei seinen Millionenbetrügereien, die zum Amsted-Skandal führten, zu helfen. Dann wäre das Wirtschaftsprüfungsunternehmen nicht eingeknickt, und sie hätte ihren Job nicht verloren. Würde sich jetzt mit den Problemen einer ums Überleben kämpfenden Firma herumschlagen, als leitende Insolvenz- und Umstrukturierungsberaterin für Willis, Bower & Bloom nach einer finanziellen Lösung suchen. Stattdessen war sie den Job los, den sie liebte. Und Tausende hatten ihre Lebensersparnisse verloren.

Was für ein unglaublicher Schlamassel. Und so was von unfair. Besonders, da der Skandal ihr quasi keinerlei Regressansprüche gelassen hatte.

Oh, sie hatte sich natürlich um eine neue Stelle bemüht. Mindestens vier- oder fünfmal pro Woche hatte sie ein Vorstellungsgespräch nach dem anderen geführt. Große Unternehmen. Kleine Firmen. Es machte keinen Unterschied. Egal, zu wem Evelyn ging, sie bekam keine Chance. Harte Zeiten? Sicher, aber das war nicht der Grund, warum sie in ihrem Gebrauchtwagen vor einem schicken Hotel saß – arbeitslos, in Schwierigkeiten und ohne Perspektive. Der Name in ihrem Lebenslauf verschreckte alle. Das war eine bittere Pille in Anbetracht ihrer Verdienste und ihrer Reputation. Aber so sehr sie sich auch anstrengte, die Personalchefs zu überzeugen, dass sie an der Korruption nicht beteiligt gewesen war oder an dem Vertuschungsversuch, den die Börsenaufsicht aufgedeckt hatte – keiner räumte einer früheren Angestellten von Willis, Bower & Bloom einen Vertrauensbonus ein.

Weswegen sie jetzt arbeitslos war. Verfolgt von einem bösartigen Buchmacher. Und nur einen Ausweg sah – das Luxmore und die reiche Kundschaft, die von ihm angezogen wurden wie Paparazzi von einem Promi-Tatort.

Ihr sank das Herz. Das passierte ihr immer, wenn sie über diesen schrecklichen Tag nachdachte. *Die Implosion*, wie sie ihn gern nannte. Die Nachrichten standen in einem Artikel der *New York Times*. Sie war in Europa gewesen, damit beschäftigt, die Anlagen einer österreichischen Gesellschaft zu durchforsten, auf der Suche nach Möglichkeiten, dreitausend Jobs zu retten durch Umstrukturierung, Stabilisierung und …

Es klopfte an ihrem Fenster.

Evelyn schreckte auf dem Fahrersitz hoch. Ihre Knie knallten gegen die Unterkante des Lenkrads. Reflexartig fuhr ihr Blick herum und …

Panik schnürte ihr die Brust ein. Pfeifend entwich die Luft aus ihren Lungen.

Du liebe Güte. Eine Pistole. Groß, schwarz und hässlich schwebte der Lauf zwei Zentimeter vor ihrer Fensterscheibe. Ein weiteres scharfes Klopfen. Als sie zusammenzuckte, beugte sich die Person, die die Waffe hielt, hinunter und blickte ausdruckslos durch die Scheibe, musterte sie mit blassblauen Augen und … *Herr im Himmel, bitte schicke den schnellsten Schutzengel.* Markov das Ungeheuer hatte sie aufgespürt. Der bezahlte Schläger, der für den Buchmacher arbeitete, dem sie Geld schuldete – nein, streichen wir das … nicht sie, aber *ihre Mutter* hatte es ihm geschuldet –, stand nur einen halben Meter entfernt vor ihr. Nichts als ein schwaches Türschloss, Sekurit-Glas und rostiges Metall zwischen ihnen.

Furcht machte sich in ihr breit, sorgte für ein heftiges Pochen in ihren Schläfen.

Mutlosigkeit setzte ein, untergrub ihren Widerstand. Evelyn holte zittrig Luft und bemühte sich nach Kräften, Haltung zu bewahren. Markov nährte sich von Furcht. Was bedeutete, sobald sie auch nur ein Anzeichen davon zeigte, würde er seinen Vorteil daraus ziehen, und sie wäre geliefert. Hinüber. Erledigt, ohne eine Fluchtmöglichkeit oder Orte, an denen sie sich verstecken konnte. Das zu wissen verringerte weder den wachsenden Druck in ihrem Kopf, noch verlangsamte es ihren rasenden Herzschlag. Sie war in ernsthaften Schwierigkeiten. Schwierigkeiten, denen sie bisher aus dem Weg zu gehen versucht hatte …

Sein dunkles Haar glänzte im Laternenlicht, während Markov wieder mit seiner Pistole gegen die Fensterscheibe klopfte. »Steig aus, Ms. Foxe.«

Mit zitternden Fingern packte Evelyn den Türgriff mit ihrer linken Hand. Die andere Hand um ihre Handtasche gekrallt, zögerte sie, dachte fieberhaft nach. Welche Möglichkeiten hatte sie. Sie brauchte einige, sofort. Bevor die Angst sie übermannte. Bevor die Situation sich weiter verschlechterte. Bevor Markov beschloss zu handeln. Aber … der Himmel helfe ihr. Sie konnte nicht klar denken. Nicht mit einer Pistole, die auf ihr Gesicht zielte. Eins war allerdings ganz sicher. Wegzufahren war keine gute Idee. Zumal sie niemals rechtzeitig an die Autoschlüssel in ihrer Handtasche gelangen würde. Der Schläger, der sie in Schach hielt, hätte das Glas zertrümmert und sie herausgezerrt, bevor sie den Golf gestartet und Gas gegeben hätte. Was bedeutete …

Keine Hoffnung auf Entkommen. Zeit, sich dem Ungeheuer zu stellen.

Wie auch der russischen Mafia.

Mit schmerzhaft angespannten Muskeln zog sie am Türgriff. Verrostete Angeln quietschten. Markov trat zurück, ließ ihr gerade genug Platz, um die Tür zu öffnen. Evelyn atmete einmal tief durch, schnallte sich ab und stieg aus. Sobald die Sohlen ihrer schwarzen Stilettos den Boden berührten und sie vor ihm stand, trat Markov auf sie zu. Evelyn reagierte instinktiv, indem sie nach links zur hinteren Stoßstange auswich in der Hoffnung, dass er sie in Ruhe und die Finger von ihr lassen würde. So viel Glück hatte sie aber nicht. Mit einer Schnelligkeit, die man bei seiner Größe nicht vermutet hätte, schlug er die Autotür zu und packte ihr Handgelenk. Sein Griff war eisenhart. Die Knöchel in ihrer Hand protestierten gegen den Druck. Schmerz schoss ihr in den Unterarm und wanderte hoch bis zur Schulter. Er verdrehte ihr den Arm, sodass ihr Ellbogen in der kalten Abendluft frei lag. Mit ihrer Gelassenheit war es vorbei, und sie schrie auf, als er sie zurückdrängte.

Ihr Hinterteil prallte seitlich gegen ihr Auto.

Die Kaschmirstola, die sie trug, glitt ihr von der Schulter und legte ein Stück nackte Haut frei. Es bildete sich eine

Gänsehaut auf ihrem Oberarm. Eingeklemmt zwischen ihm und dem Auto, zeigte Evelyn ihm die Zähne. Einem Mann gegenüber Schwäche zu zeigen, der selbst keine hatte, wäre gleichbedeutend mit einem Todeskuss. Es würde Markov nur noch mehr anfeuern und sie verletzlicher erscheinen lassen. Nicht die beste Idee, wenn man es mit Widerlingen zu tun hatte, die sich wie große weiße Haie verhielten. Immer auf der Jagd. Immer daran interessiert, die schmackhafteste Beute zu erwischen. Und kein Erbarmen in Sicht.

Sie ballte ihre freie Hand zur Faust und reckte sie warnend. »Nimm deine Pfoten weg, Markov.«

Mit schmalen Augen betrachte er erst ihre geballte Faust, dann sah er wieder sie an. »Willst du mir etwa drohen?«

»Verletzte Menschen bezahlen keine Rechnungen.«

»Das ist falsch, Täubchen. Manchmal bezahlen sie sogar schneller«, sagte er mit diesem russischen Akzent, der so unglaublich an ihren angespannten Nerven zerrte. Leise. Ruhig. Beherrscht. Sein Tonfall erinnerte sie an eine giftige, zusammengerollte Schlange, bereit, zuzustoßen. »Ist es nicht so, Sergej?«

Der Name fiel wie eine dunkle Bedrohung in der Stille.

Eine leise Warnung. Eine hervorragende Erinnerung. Markov mochte ja ein Soziopath sein, aber zumindest hatte er das Konzept, was ausstehende Schulden betraf, geschnallt. Aber Sergej? Ihr Blick wanderte zu dem Schläger, der hinter Markov stand. In dem goldenen Kreis, den das Licht der Straßenlaterne erzeugte, stand der Russe in seinen Stiefeln reglos da… reinigte sich die Nägel mit der Spitze seines Jagdmessers. Die mörderisch aussehende Klinge ließ Evelyn erschaudern. Er wirkte wie die personifizierte Gewissenlosigkeit. Nicht die Spur von Mitgefühl erkennbar. Er besaß kein Gewissen. Sie sah die Wahrheit in seinen Augen. Der Typ war total durchgeknallt, ein schonungsloses Instrument, das nur einem Zweck diente.

Die zu jagen, die nicht zahlten.

»Scheint zu funktionieren.« Mit undurchdringlichem Blick hielt Sergej in seiner Nagelreinigung inne und hob die Klinge. Er überlegte kurz, dann wischte er die Klinge an seinem jeansbekleideten Schenkel ab. »Ist ein zusätzlicher Ansporn.«

»Zusätzlicher Ansporn.« Markov verzog den Mund. Er beugte sich vor, neigte den Kopf, nutzte seine Größe und Stärke, um sie einzuengen. »Das gefällt mir. Hübsche Formulierung.«

»Du weißt doch wohl, wie falsch das ist, oder?«, fragte sie, ohne zu wissen, warum.

Mit Mafiakillern zu argumentieren brachte nichts. Nicht, wenn Geld im Spiel war. Evelyn sollte es eigentlich besser wissen. Sie hatte es versucht seit dem Tag, an dem Markov aufgetaucht war auf der Beerdigung ihrer Mutter und darauf bestanden hatte, dass Evelyn die Schulden beglich. Genau einhundertfünfundzwanzigtausend Dollar. Das Geheimnis hinter der Summe war nicht schwer zu erraten gewesen. Mit ihrer Mutter war es – dank deren Spielsucht – seit Evelyns elftem Geburtstag stetig bergab gegangen.

Drogen. Alkohol. Illegale Blackjack-Tische. Egal, welches Laster, ihre Mutter hatte alle gehabt.

Ihr Dad hatte darunter gelitten, hatte in der Hafenbehörde von Seattle Doppelschichten gefahren, Kredite aufgenommen, versucht, seine Frau vor den jeweils aktuellen Buchmachern zu beschützen, hatte seine Beziehungen genutzt, um sie wiederholt eine Entziehungskur machen zu lassen. Nichts hatte geholfen. Egal, was Evelyn und ihr Vater versucht hatten, die Karten waren immer stärker gewesen, hatten ihre Mutter in den Abgrund gezogen, hatten Evelyn beide Eltern vor ihrer Zeit genommen. Ihr Dad hatte im Alter von neunundfünfzig einen Herzinfarkt erlitten. Ihre Mutter war erst vor neun Monaten mit ihrem Wagen auf der Interstate 5 – zufällig oder absichtlich – gegen einen Baum gefahren. Für die Polizei war es Selbstmord gewesen. Sie hatten eine Akte eröffnet. Und wieder geschlossen. Den Bericht geschrieben und die Sache abgehakt. Und obgleich alle Beweise dafür sprachen, hatte Evelyn immer noch Probleme damit, es zu akzeptieren.

Trotz deren Schwächen hatte sie ihre Mutter geliebt.

»Richtig. Falsch …« Markov hielt inne, dann zuckte er die Achseln. »Das hat nichts damit zu tun.«

»Es sind nicht meine Schulden.«

»Deine? Die deiner Mutter? Macht keinen Unterschied«, sagte er. »Mr. Stampkos will sein Geld. Das hatten wir bereits, Evelyn.«

»Man kann es nicht oft genug wiederholen.«

Der Griff um ihr Handgelenk wurde fester. »Muss ich wieder deine Großmutter aufsuchen?«

Sie erschrak heftig. Du liebe Güte … nein. Keine weiteren spätabendlichen Plaudereien in Granite Falls. Ihre Großmutter brauchte ihre Ruhe und konnte keine weitere Konfrontation mit Markov verkraften. Evelyn runzelte die Stirn. Na gut, das stimmte wohl nicht ganz. Mit neunundsiebzig Jahren besaß ihre Großmutter die Konstitution einer Grizzlybärin. Ließ sich von niemandem herumkommandieren, auch nicht von der russischen Mafia. Aber das änderte nichts an den

Tatsachen. Ein weiterer Besuch von Markov würde nicht gut enden. Beim zweiten Mal wäre Schluss mit lustig. Ihre Großmutter könnte im Krankenhaus landen …

Oder es könnte noch schlimmer kommen.

»Nein«, flüsterte Evelyn, und ihre Kehle war so zugeschnürt, dass sie sehr schwach klang. Druckmittel. Markov hatte sie alle in der Hand. Würde ihrer Großmutter etwas antun, ihr die einzige Person nehmen, die Evelyn liebte, sie mutterseelenallein zurücklassen. »Bitte, lass sie in Ruhe.«

»Gut«, sagte er und nickte. »Wir verstehen uns, also … wo ist das Geld?«

»Ich habe noch einen Tag.«

»Vierundzwanzig Stunden. Nicht viel Zeit, um fünftausend Dollar aufzutreiben.«

»Ich sagte, ich würde das Geld beschaffen«, sagte sie und bemühte sich, gelassen zu bleiben. Aber Mannomann, es war echt schwer. Erst recht, weil der Schläger sie in seiner Gewalt hatte und der Schrecken ihr voll in die Glieder gefahren war. All die hässlichen Möglichkeiten tauchten vor ihrem geistigen Auge auf, jede einzelne. Was wäre, wenn sie ihr Wort nicht halten konnte? Was wäre, wenn sie nicht genug Zeit hatte? Was wäre, wenn Markov ihre Großmutter erneut bedrohte? Schreckliche Fragen. Und nur eine Antwort: Treib das Geld auf, bezahl die nächste Rate. Kein leichtes Vorhaben. Ihre Ersparnisse waren futsch. Ihr Bankkonto gähnend leer. Und ohne Job? Unmöglich, von einer Bank einen Kredit zu bekommen. Sie war vom Pech verfolgt – der einzige Grund, warum sie hier stand, vor einem Luxushotel und kurz davor, etwas Gewissenloses zu tun. »Und das werde ich.«

»Wollen wir's hoffen. Sonst kriegst du es mit Sergej zu

tun.« Markovs helle Augen hielten ihren Blick fest, während er seine Nägel in ihren Arm bohrte. Evelyn unterdrückte ein Wimmern und versuchte sich enger ans Auto zu pressen, ihm zu entkommen, als er die andere Hand nach ihr ausstreckte. Schwielige Finger streiften ihren Wangenknochen. Sie wandte den Kopf ab, hasste ihre Hilflosigkeit beinahe genauso sehr wie seine Nähe. Zufrieden summend, verfolgte er die Linie ihrer Wangenknochen, dann hob er ihr Kinn an. »Du hast eine wunderschöne Haut, Evelyn. So weich und glatt. Viel zu schön, um sie mit einer Klinge zu beschädigen.«

Der Magen drehte sich ihr fast um. »Lass mich los.«

Er lachte und gab ihr Handgelenk frei. »Flieg weg, kleine Taube. Ich sehe dich morgen wieder.«

Sobald Markov zurückgetreten war, hob Evelyn ihre Handtasche vom Boden auf und floh, schlüpfte zwischen ihm und ihrem Auto hindurch. Ohne ihn ein einziges Mal anzusehen. Das roch stark nach Feigheit, was sie absolut nicht leiden, aber jetzt, in diesem Augenblick, auch nicht ändern konnte. Wenn sie ihm noch einmal in die Augen sähe, würde sie einknicken, eine Närrin aus sich machen, um Gnade bitten und um mehr Zeit. Was sie natürlich kein Stück weiterbringen würde. Markov kannte keine Gnade. Das konnte er sich nicht leisten in seinem brutalen Job. Und Seattle konnte, ehrlich gesagt, gut auf weitere arbeitslose Psychopathen verzichten, die keine anderen Interessen hatten.

Serienkiller waren nun mal so. Messerschwingende Irre wie Sergej auch.

Wieder überlief sie ein Schauder. Evelyn zog ihre Stola enger um sich. Verzweifelt versuchte sie sich vor der Kälte und der Bedrohlichkeit abzuschirmen. Sie spürte Markovs bohrenden Blick in ihrem Hinterkopf. Gefährlich. Unberechenbar. Wahnsinnig. Und als sie die rissige asphaltierte Straße mit ihren Stilettos überquerte und die halbkreisförmige Auffahrt des Luxmore betrat, fragte sie sich – und zwar nicht zum ersten Mal –, wie die Dinge derartig aus dem Ruder hatten laufen können.

Sie runzelte die Stirn. Gott konnte nicht viel von ihr halten.

Beweise seines Missfallens pflasterten ihren Lebensweg – finanzieller Ruin, gefühlsmäßiges Wrack, Selbstwertgefühl im Keller … verfolgt von der Mafia. Heiliger Strohsack, konnte es überhaupt noch schlimmer kommen? Aber gleich, nachdem ihr diese Frage durch den Kopf geschossen war, schob sie sie auch schon beiseite. Dumme Frage. Natürlich konnte es noch schlimmer werden. War es ja bereits. Der lebendige Beweis dafür zeichnete sich zehn Stufen vor ihr ab in Form prächtiger Hoteltüren und einer höllischen Nacht, die vor ihr lag.

Sie atmete tief durch, straffte sich und ging weiter in ihrem hautengen, knielangen Kleid. Die erfrorenen Pflanzen rund um die Auffahrt begrüßten sie. Tiefsitzende Furcht begleitete das Klackern ihrer hohen Hacken auf dem Kopfsteinpflaster, das nach Einsamkeit klang in der Nachtluft. Die Hoteldiener, die neben der chromverkleideten Jugendstilopulenz der Eingangstüren Posten bezogen hatten, hörten sie kommen. Während sie sich näherte, veränderte sie ihren Gang, wiegte sich in den Hüften, reckte das Kinn und trat aus den Schatten der bepflanzten Auffahrt. Der Portier, der ihr am nächsten stand, holte überrascht Luft. Eine Sekunde später fiel ihm die Kinnlade herunter. Evelyn lächelte. Gut. Seine Reaktion war ein hervorragender Start. Wenn sie die Angestellten in Staunen versetzen konnte mit ihrer Erscheinung – reich auszusehen und sich so zu verhalten –, würde keiner den Grund hinter ihrem Besuch heute Abend vermuten.

Ein großer Vorteil, wenn man bedachte, was sie wirklich vorhatte.

Die beiden Hoteldiener traten vor, während sie über den Fußweg auf das Luxmore zuging. Alle beide wünschten ihr einen guten Abend. Sie begegnete ihnen mit Schweigen, nickte ihnen nur knapp zu und wies auf die Mitteltür. Das Duo beeilte sich, sie für sie zu öffnen, stieß mit den Schultern zusammen vor Eifer, ihr zu Diensten zu sein. Evelyn hätte beinahe gelacht. Himmel, es war kinderleicht, Menschen glauben zu machen, dass man dazugehörte. Unvermeidlich, schätzte sie. Sie hatte die Kunst, sich anzupassen, perfektioniert. Unzählige Stunden in teuren Vorstandsetagen verbracht, die Autorität einer Führungskraft ausgestrahlt, mächtige Bosse überzeugt, die sich gar nicht gern die Wahrheit über die Firmenfinanzen anhörten.

Die Tür öffnete sich leise.

Ohne zu zögern, trat Evelyn über die Schwelle in die imposante Lobby. Sie war dreigeschossig und strömte reine Eleganz aus. Jugendstilperfektion mit kompliziert gemusterten Marmorfußböden, deren orangefarbene, dunkelgraue und schwarze Einlegearbeiten das Ganze abrundeten. Schwarzlackierte glatte Säulen standen Spalier entlang der hellen Wände, brachten eine ausladende Treppe zur Geltung, deren filigranes Treppengeländer in einen geschwungenen Handlauf überging.

Die Lobby war heute Abend gut besucht. Einige warteten

zweifellos auf Tische in der Bar und im Restaurant. Andere waren damit zufrieden, ihre Drinks zu schlürfen und den Abend umgeben von Freunden und Luxus zu verbringen. Vom Rand des Geschehens aus überflog Evelyn die Szenerie auf der Suche nach ihrer Kontaktperson. Nicht auf den Sofas, die hinten an den Wänden standen. Nicht auf den vereinzelten Ledersesseln, die über die Lobby verteilt standen. Sie spähte nach links zu drei gepolsterten Hockern mit festen runden Sitzen. Eine Brünette in den Zwanzigern, die Chanel trug, begegnete ihrem Blick. Trixie, die Frau, die sie vor zwei Tagen an der Luxmore Bar kennengelernt hatte. Sie hatte sich um einen Job als Bardame beworben (Verzweiflung ließ sich nun mal nicht leugnen), und stattdessen war sie mit Trixie ins Plaudern gekommen.

Eine gewiefte Frau. Eine von der berechnenden Sorte und ... eine der erfolgreichsten Escortservicebetreiberinnen Seattles. Nicht, dass die Polizei das wusste.

Trixie verstand ihr Geschäft und wusste, wie man unter dem Radar blieb. Sie nahm nur wenige Frauen auf und gab sich ausschließlich mit reichen Kunden ab. Wenn man noch Raffinesse und Unmengen von Charme hinzurechnete, dann .. kein Zweifel. Die Bullen hatten keine Chance. Keiner wollte sich bei Trixie unbeliebt machen, einschließlich der Männer, die die Vorzüge ihres Escortservices genossen. Evelyn hatte keinen Zweifel, dass die ausgebuffte Zuhälterin ihr kleines schwarzes Buch schwenken würde – das mit den vielen Namen darin – um die Sicherheit ihrer Mädchen zu garantieren und um ihre eigene Haut zu retten.

Mit übergeschlagenen Beinen, total entspannter Haltung und absolutes Selbstbewusstsein ausstrahlend, lächelte Trixie sie an, als sie näher kam. Sie klopfte mit ihrer manikürten Hand auf den Nachbarhocker. »Ich hätte nicht gedacht, dass du heute Abend auftauchen würdest.«

Evelyn schluckte. »Ich auch nicht.«

Sie glitt auf den Hocker neben ihrer neuen Freundin und sah sich im Raum um. Reiche Männer in teuren Anzügen nippten an teuren Drinks aus VIP-Tumblern. Wohin sie auch blickte, registrierte sie die Trennlinie – die Habenichtse bedienten die Superreichen. Es schien nicht fair zu sein. Andererseits, was war schon fair im Leben? Nur sehr wenig. Ein Beweis war die Tatsache, dass sie in einem todschicken Hotel saß und kurz davor war, sich zu prostituieren, um ihren Hals zu retten. Widerwille breitete sich wie Gift in ihr aus, brannte ihr ein Loch in den Bauch. Meine Güte, es war verabscheuungswürdig. Und mehr als nur ein kleiner Rückschritt. Es schmeckte nach Versagen in großem Maßstab. Aber wer bankrott und kurz davor war, ermordet zu werden, konnte nicht wählerisch sein. Die stetige Verschlechterung ihrer Situation erforderte schnelles Handeln und Mut. Aber selbst als sie sich sagte, dass ihr keine andere Wahl blieb, packten sie Entsetzen und Angst, kreisten ihr die unvermeidlichen Fragen durch den Kopf.

Würde sie das hier wirklich tun? Könnte sie das wirklich bis zum Ende durchziehen?

Markovs Gesicht tauchte vor ihrem geistigen Auge auf.

Evelyn wandte ihren Blick von der Menschenmenge ab und glättete ihr Kleid mit den Handflächen. Jetzt ging es ums Ganze. Hatte sie das nicht vorhin schon gesagt? Ja. Absolut. Sie hatte keine Alternative, und es blieb ihr kein Ausweg.

»Es ist nicht für immer, Trixie.« Sie schlug ihre Beine

übereinander und drehte sich zu der Escortservicebetreiberin um. »Ich brauche im Moment das Geld, das ist alles.«

Besorgnis blitzte in Trixies Augen auf. »Wirst du von jemandem bedroht?«

»Die Gründe spielen keine Rolle, ich möchte dich nur darauf hinweisen«, sagte sie und beschloss, ehrlich zu sein. »Sobald ich genug verdient habe, bin ich weg. Solange du das akzeptierst, haben wir keine Probleme.«

»Ich weiß deine Ehrlichkeit zu schätzen.«

»Fair Play ist eine meiner Stärken.«

»Meine auch. Von mir aus gibt es keine Einwände, im Gegenteil, ich werde dich unterstützen.« Trixie musterte sie aufmerksam. »Wenn du Fragen hast – egal, welche –, kommst du zu mir. Verstanden?«

Evelyn nickte.

Mit verständnisvollem Blick öffnete Trixie das Abendtäschchen auf ihrem Schoß. Eine schnelle Durchsuchung förderte eine Schlüsselkarte zutage, die sie Evelyn zuschob. »Zimmer 301 … nimm die Treppe, dann geh oben nach links. Die Suite ist zu deiner Rechten, in dem ersten Korridor.«

»Danke«, flüsterte Evelyn und … ah, Mist. So weit war es mit ihr gekommen, dass sie einer Puffmutter, die einen exklusiven Escortservice führte, dankte. Vergessen wir die Schande. Das Ganze war sowieso eine totale Katastrophe. Während sie sich erhob, strich Evelyn ein letztes Mal ihr Kleid glatt. »Bis später.«

»Evelyn?«

Mit einem Kloß in der Kehle blickte sie zurück über ihre Schulter.

Grüne Augen voller Verständnis musterten sie aufmerksam. »Das erste Mal ist immer das schwierigste, meine Liebe. Es wird leichter mit der Zeit.«

Du liebe Güte, das hoffte sie nun wirklich nicht.

Evelyn wollte nicht, dass es leichter wurde. Sie wollte dieses Gefühl konservieren, dieses Gefühl von Selbsthass und Elend. Es sollte nicht verblassen mit der Zeit. Genauso wenig wie der Gedanke daran, dass es notwendig war. Und während sie die Lobby durchquerte, reiche Kunden passierte, an wunderschönen Möbeln vorbeiging und die Stufen erklomm, wusste sie, dass das Abstoßende an dieser Situation sie für immer begleiten würde. Darauf ließ es sich reduzieren … es war ein absolut schrecklicher Moment für sie. Ihr Leben oder ihre Tugend. Es war traurig, aber im Augenblick konnte sie nicht beides gleichzeitig haben.

3

Durch seine Magie getarnt und für menschliche Augen unsichtbar, betrat Venom das Luxmore auf der Suche nach drei Dingen. Einem Drink, einer schönen Frau und Sex. Die Hitliste klang außerordentlich vernünftig. Und das vornehme Luxushotel? Er lächelte. Reine Perfektion. Das Erste auf seiner Liste würde leicht genug zu beschaffen sein: Jägermeister auf Eis, und zwar ein dreifacher. Dieses Versprechen lag eine Rechtsdrehung und fünfzig große Schritte durch die Lobby vor ihm, jenseits des Durchgangs zur Triton Bar. Eine Leichtigkeit unter normalen Umständen. Die allerdings heute Nacht nicht herrschten.

Leicht hatte nichts mit diesen Umständen zu tun. Nicht, solange er unterwegs in der Stadt war …

Ohne einen Waffenbruder, der ihm Deckung gab.

Er glitt in die Schatten neben der Eingangstür, bezog Posten neben einer Topfpflanze und lehnte sich mit den Schulterblättern an die Wand, die Hände in die Taschen seiner Jeans geschoben. Wahrscheinlich nicht ganz der richtige Aufzug. Die Levi's, zusammen mit seinem T-Shirt und der Lederjacke, schrien geradezu »nicht korrekt gekleidet«. Venom war das schnuppe. Er war nicht nach Seattle gekommen, um sich mit der Elite der Stadt zu unterhalten und Kontakte zu pflegen. Das hatte er zur Genüge getan, als er noch in Prag lebte, mit seinem Erzeuger … vor der *Verwandlung*. Bevor seine Drachen-DNA aktiviert wurde und es ihm ermöglichte, sich von Menschen- in Drachengestalt zu verwandeln. Es waren keine guten Erinnerungen. Dafür hatte sein Vater gesorgt. Der hatte ihn immer nur klein machen und verletzen wollen … ihn unterjochen wollen – egal, wie passend er gekleidet war oder wie gut er sich betragen hatte.

Sadistische Männer waren so, behandelten diejenigen, die sie für minderwertig hielten, brutal. Erfanden Vorwürfe. Bildeten sich Verstöße ein. Unbegründete Anschuldigungen. Das gehörte alles zum Gesamtpaket. Venom hätte nicht das Geringste tun können gegen die Raserei seines Erzeugers. Der General hatte keinen Grund gebraucht, um ihn zu misshandeln. Seine eigene Belustigung war ihm Grund genug gewesen.

Der Gedanke daran verursachte Venom Erstickungsgefühle.

Er schüttelte den Kopf. Er musste aufhören, daran zu denken. An den dicken Pfahl, der am Strand aufgerichtet war. Daran, dass er bei Ebbe an ihn gefesselt wurde – die Hände mit einem festen Seil gebunden, das Rückgrat eng am hölzernen Pfosten, mit wild hämmerndem Herzen, während das Salzwasser seine Füße umspülte und dann langsam immer höher stieg, bis es über seinen Kopf schwappte. Mist, er war erst neun Jahre alt gewesen, als sein Erzeuger mit den Bestrafungen anfing. Zu jung, um irgendetwas zu begreifen. Viel zu verletzlich, um sich zu verteidigen. Unfähig, sich vor dem Mann in Sicherheit zu bringen, der ihn hätte beschützen sollen, statt ihn zu misshandeln.

Klar, die Schläge hatten ihn nicht umgebracht.

Und er war auch nicht ertrunken.

Aber er war mehrmals sehr nahe dran gewesen. Er durchlebte das Entsetzen jedes Mal aufs Neue, wenn er die Augen schloss. Hatte Albträume, dass die Welt sich verdunkelte, dass Ärzte herbeieilten, um ihn wiederzubeleben, dass sein Vater ihn rügte wegen seines mangelnden Durchhaltevermögens – seiner Unfähigkeit, die Luft anzuhalten und über Wasser zu bleiben in dem schäumenden kalten Ozean. Venom erschauderte. Er konnte immer noch das Salzwasser riechen. Spürte immer noch die Flüssigkeit im Mund, wie sie ihm die Kehle hinunterrann, in seine Lungen drang. Egal, wie sehr er sich anstrengte, es zu überwinden, das Übel verfolgte ihn. Nie hatte er etwas richtig gemacht. Jedenfalls nicht in den Augen seines Vaters und schon gar nicht in denen der Aristokratie der Drachenblütigen, in die er hineingeboren war, sodass …

Scheiß auf die überbezahlten Topmanager in ihren teuren Anzügen und polierten Schuhen. Er interessierte sich einen Scheißdreck für die Etikette. Oder dafür, sich in die menschliche Welt einzufügen. Diese aufgeblasenen Arschgeigen konnten ihm alle so was von gestohlen bleiben, konnten seinetwegen zur Hölle fahren. Ohne über Los zu gehen. Ohne das übliche Geld einzukassieren.

Venom konzentrierte sich auf die Menschenmenge, legte seinen Tarnzauber ab und starrte auf den Eingang zum Barbereich. Genau. Ein Kinderspiel. Er war nur einen Katzensprung entfernt von einer Einrichtung voller weiblicher Wesen. Er wandte seinen Blick kurz ab von der Triton Bar und überflog erneut die Lobby. Wandleuchter und verchromte Kerzenständer tauchten den runden Raum in warmes Licht. Überall wurde geplaudert, männliche Stimmen vermischten sich mit weiblichen, das Geräusch driftete bis an die drei Geschosse höher liegende Decke. Aus reiner Gewohnheit checkte er ab, ob es irgendwo Ärger geben könnte. Sein Instinkt verriet ihm, dass die Luft rein war. Seine Drachensinne meldeten sich, unterstützten seine Intuition. Keine Gefahr in Sicht auf dem breiten Balkon am Ende der Treppe. Keine Razorback, die sich in der Menschenmenge versteckten. Absolut nichts Außergewöhnliches.

Venom nickte. Exzellent. Alles klar. Zeit, an die Arbeit zu gehen.

Und dennoch rührte er sich nicht vom Fleck.

Er knetete seine Hände und veränderte seine Haltung an der Wand. Sich hier allein aufzuhalten war nicht die beste Idee. Allerdings hatte er das schon gewusst, bevor er das Hauptquartier verlassen hatte. Und egal, wie schlecht sein Gewissen war und wie sehr die Vergangenheit ihn quälte, seine Absichten waren immer noch dieselben. Er brauchte Ablenkung. Etwas, was ihn lange genug beschäftigte, um seine Spannung abzubauen. Venom spürte, wie der Druck zunahm. Die gefährliche Woge trieb ihn näher an den Abgrund, sorgte dafür, dass seine Unzufriedenheit unter der Hautoberfläche brodelte.

Wirklich absolut keine tolle Ausgangsposition, um den Abend zu beginnen. Verführung erforderte Geduld und liebevollen Umgang. Dass er lange genug cool blieb, um sein Ziel zu erreichen. Ein guter Plan im Großen und Ganzen. Besonders, da Frauen erschrocken die Flucht ergriffen, sobald sie sein Temperament spürten, also … genau, Zeit, aufzuhören mit diesem Mist. Sonst bekäme er nicht das, wonach er sich sehnte – Kontakt und Nähe, das wunderbare seidige

Hinein- und Hinausgleiten zwischen den Schenkeln einer Frau.

Allein bei dem Gedanken erbebte er erwartungsvoll.

Die Realität fuhr ihm allerdings schwer in die Parade.

Diese gottverdammte Einschränkung. Vierzig Minuten mit einer Frau waren einfach nicht genug. Er brauchte mehr heute Nacht. Mehr Zeit. Mehr als nur eine kurze Kostprobe. Und verdammt viel mehr Berührung. Er wollte festhalten und selbst festgehalten werden. Sich die ganze Nacht hindurch unterhalten, während er es genoss, in den Armen einer Frau zu liegen. Sich etwas zu wünschen bedeutete allerdings nie, dass es auch tatsächlich eintraf. Oder dass die Tatsachen sich änderten. Das Gift in seinen Adern würde eine derartige Intimität nicht zulassen.

Venom schluckte das bittere Gefühl von Enttäuschung herunter. Er war nun mal reduziert auf kleine Zeitabschnitte mit dem anderen Geschlecht. Was für eine verflixte Tragödie. Eine unveränderbare, die er auch klaglos akzeptierte. Nun ja, wenigstens meistens. Manchmal – wie heute Nacht . . . wenn seine Einsamkeit eskalierte – verfluchte er die Magie in seinem Blut. Und die Tatsache, dass er eine Frau töten konnte durch seine Berührung, wenn er nicht aufpasste.

Das Nervengift, das er über die Haut absonderte, wirkte schnell.

Ein wunderbarer Aktivposten, wenn er in Drachengestalt kämpfte. Nicht so toll, wenn er in einer Lobby voller Frauen stand, von denen die meisten die Intensität seiner Berührung nicht überleben würden. Frauen mit niedriger Energie konnten es auf gar keinen Fall. Also … egal, wie brennend seine Lust war, seine Strategie blieb dieselbe: Eine Frau mit guter

Energie verführen – eine, die eine starke Verbindung zum Meridian hatte, dem elektrostatischen Band, das den Planeten umgab und alle Lebewesen nährte –, sich nehmen, was er brauchte, und dann nichts wie ab nach Hause.

Bevor irgendjemand im Black Diamnond mitbekam, dass er sich heimlich verdrückt hatte.

Der letzte Teil des Plans hatte höchste Priorität. Er wollte nicht, dass Bastian und die Jungs ihn suchten. Zumal er nicht hundertprozentig fit war. Der blitzartige Aufbruch von Black Diamond hatte die letzten Reste seiner Reserven verzehrt. Hinzu kamen noch der Alkohol und die Tatsache, dass er seit Tagen keine Frau mehr angerührt hatte und … keine Frage. Er musste sich dringend nähren. Er spürte, wie seine Energie stetig abnahm und seine Muskeln erschlafften. Ein Schuss weiblicher Energie würde ihn wieder aufmöbeln – seine Körperkräfte wieder aufladen, seinen Körper nähren, ihm geben, was er brauchte, um zu überleben.

Eine Notwendigkeit angesichts der Tatsache, dass er sich mit dem Meridian nicht selbst verbinden konnte.

Durch einen Fluch der Göttin aller Dinge vor mehreren Jahrhunderten war die Verbindung zwischen Angehörigen des Drachenbluts und der Quelle der Allmacht zerstört. Ein Totalschaden. Und keine Hoffnung darauf, ihn jemals zu beheben. Ein winzig kleiner Moment, der aber in seiner allumfassenden Wirkung unglaublich unfair war. Der Bruch veränderte alles. Jetzt stand seine Art am Rande des Abgrunds – zahlenmäßig mehrere Tausend zu eins den Menschen unterlegen, gezwungenermaßen auf Menschenfrauen angewiesen, um zu überleben, in vielerlei Hinsicht durch ihre Lebensumstände eingeschränkt, und das Zerwürfnis war so total, dass keine Magie der Welt es überwinden konnte. Nicht, dass er der Göttin ihren legendären Wutanfall übel nahm. Einige Dinge verzieh eine Frau schließlich nie.

Untreue schien eins davon zu sein.

Venom seufzte. Der Drachengott hatte es unglaublich vermasselt an jenem Tag. Er ballte seine Hände erneut, hätte sie nur zu gern der Gottheit um die Kehle gelegt und zugedrückt. Was zum Teufel hatte den Mann nur geritten, mit einer Waldnymphe zu schlafen, wo er doch zu Hause hätte sein sollen – im Bett – mit der Göttin aller Dinge? Das roch stark nach Idiotie. Venom runzelte die Stirn. Oder Egoismus. Venom wusste nicht, was davon eher zutraf, aber eins war sicher. Silfer hatte sich selbst übertroffen … und alle Drachenblütigen mit ins Verderben gerissen.

Dämlicher Drachengott. Eine Dumpfbacke allererster Güte.

Venom ließ seine Schultern kreisen, stieß sich von der Wand ab und schlenderte auf die Bar zu. Seine Augen überflogen erneut die Menge. Er verzog die Lippen. Nee. Die Lobby konnte er knicken. Keine guten Kandidatinnen weit und breit. Zeit, sich ein bisschen in der Bar umzusehen. Je schneller er eine Frau mit starker Energie fand, desto schneller konnte er zurück nach Hause fliegen. Und vorgeben, ein braver Krieger zu sein, der die Regeln beachtete und Black Diamond nicht allein verließ. Eine hervorragende Strategie. Zumal sie sicherstellte, dass er ohne blaue Flecken ins Bett fallen konnte.

Oder mehrere angeknackste Rippen.

Auf halbem Weg durch die Lobby blitzte etwas in seinem Augenwinkel auf. Venom verlangsamte seine Schritte, blickte nach rechts und …

Er sog scharf die Luft ein. Unmöglich. Das konnte doch nicht sein, aber … er blinzelte und konzentrierte sich. Klar. Absolut. Dieses Leuchten war unverwechselbar. Seine Augen trogen ihn nicht. Eine Frau mit hoher Energie auf drei Uhr, allein, hübsch, umgeben von einer hellgelben Aura. Sie saß in der Mitte einer langen Couch, hatte ein Smartphone in der Hand, starrte wie gebannt auf das kleine Display und war das perfekte Ziel. Eine Frau, die mehr als fähig war, seine Berührung auszuhalten, während sie ihn aus der Quelle nährte. Der Schock war groß. Seine Anspannung wuchs mit seinem Interesse. Venom schüttelte beide Reaktionen ab, während die Wahrheit langsam bei ihm einsickerte. Heiliger Strohsack. Silfer gewähre ihm Gnade – eine Frau mit hoher Energie saß direkt vor ihm, mitten im Hotel Luxmore.

Kein Wunder, dass Sloan so gern hierherkam.

Venom blieb wie angewurzelt fünf Meter vor ihr stehen und musterte sie erneut. Er schwankte einen Augenblick. Sie war nicht sein Typ. Nicht direkt. Er bevorzugte dunkelhäutige Frauen gegenüber hellhäutigen, aber ein hungriger Mann konnte nicht wählerisch sein. Egal, welche Vorlieben er hatte, sie musste genügen. Nur ein Idiot begegnete schließlich einer Frau mit hoher Energie und ließ sie links liegen. Was auch nicht weiter verwunderlich war. Solche Frauen waren einzigartig. Sie waren so selten, dass die meisten Männer nur einmal im Leben einer begegneten. Seattle schien jedoch ein Hotspot für Frauen mit hoher Energie zu sein. Was auch einleuchtete, denn Seattle lag mitten auf einer der elektrostatischen Hauptverbindungen zum Meridian. Eine Theorie besagte, dass mehr Frauen mit hoher Energie in der Nähe der vertikalen Stränge, die den Nord- mit dem Südpol verbanden, geboren wurden.

Gut für seinen Clan. Noch besser für ihn in diesem Moment. Besonders, da er vorhatte, dieser Frau, die völlig in den Inhalt ihres iPhones vertieft war, ganz nahezukommen.

Mit einer schnellen Drehung veränderte er seine Richtung, ging auf sie zu statt zur Bar. Sie spürte sein Näherkommen und blickte von ihrem Handy auf. Dunkelgrüne Augen begegnetem seinem Blick, dann musterten sie seine Gestalt, schätzten ihn von Kopf bis Fuß ein. Volle Lippen kräuselten sich zur Begrüßung. Venom versagte sich ein erwartungsvolles Knurren. Fantastisch. Ihre Miene spiegelte das wider, was er wissen musste. Ihr gefiel das, was sie sah. Sie war total bereit für ihn und ein bisschen Spaß.

Er ging über den glänzenden Marmorboden und blieb ungefähr einen Meter vor ihr stehen. Sie wies mit ihrem Kinn auf den Clubsessel vor ihr. Er unterdrückte das aufwallende Gefühl von Befriedigung. Fantastisch. Genau das, wonach er gesucht hatte – eine Einladung ohne das übliche Geplänkel. Venom ging um den Beistelltisch herum und setzte sich. Leder seufzte. Dicke Polster taten ihren Job, nahmen ihn geduldig auf, umfingen seine Gestalt, ließen ihn es sich bequem machen. Stille herrschte zwischen ihnen, während sie ihn prüfend betrachtete. Sein Mund verzog sich. Nett. Aus der Nähe war sie sogar noch hübscher. Sah auch sehr gepflegt aus in ihrer Designerkleidung, aber was noch besser war? Sie wusste geschickt die Macht einer aufgeladenen Pause einzusetzen, benutzte sie wie eine selbstgebastelte Waffe.

»Ven«, stellte er sich vor, um das Eis zu brechen.

»Trixie.«

Er beugte sich vor im Sessel und hob fragend eine Augenbraue. »Abkürzung für Beatrix?«

»Vielleicht.« Mit einem amüsierten Funkeln in den Augen legte sie ihr iPhone auf ihren Schoß. »Nur zur Warnung, Ven. Bei mir läuft es nur unter bestimmten Bedingungen.«

Unverhohlen. Sinnlich. Venom verstand die Zweideutigkeit sofort. *Bei mir läuft es nur unter bestimmten Bedingungen*, in der Tat. Die Bemerkung erregte ihn noch mehr. Wow, ganz schön gewagt, die Dame. »Was für Bedingungen?«

»Kostspielige.«

Aha, na gut ... das erklärte es. Ein Callgirl, ein gut ausgebildetes der Spitzenklasse, so wie sie klang. Das ergab Sinn. Es war nicht schwer, sich ein richtiges Bild zu machen. Sie sah auch so aus. Enges Cocktailkleid von Chanel. Overknee-Stiefel von Gucci. Anspruchsvoll. Teuer. Und ihr wachsamer Blick deutete darauf hin, dass sie befürchtete, für ihre Arbeit verachtet zu werden.

»Sind Sie es wert?«, fragte er sie neckend, um die Stimmung aufzulockern. Er wollte sie bereitwillig, nicht argwöhnisch. Die Lebensentwürfe von Menschen zu verurteilen war nicht sein Stil. Er selbst hatte weiß Gott auch nicht gerade eine weiße Weste ... oder eine unbefleckte Vergangenheit.

Ihr Mund zuckte. »Jeden Penny.«

»Dann zahle ich gern.« Eine einfache Lösung. Ging bedeutend schneller als die Verführungsnummer. Ganz sein Fall heute Nacht.

»Zuerst aber noch ein paar Fragen.«

»Das ist nur recht und billig.« Ein Meister in diesem Spiel, rutschte Venom vor bis zur Kante seines Sessels. Er stützte die Ellbogen auf seine Knie und beugte sich vor, wollte unbedingt der Bioenergie näher kommen, die sie wie eine Supernova ausstrahlte. Hitze durchfuhr ihn prickelnd. Venom hielt sie unter Kontrolle. Es machte schließlich keinen Sinn, Trixie zu verschrecken … oder die Chance zu verspielen, sie davon zu überzeugen, dass er das Risiko wert war. Gewohnheitsmäßig verschränkte er seine Finger zwischen den gespreizten Beinen. Erfahrung, gepaart mit Geduld, half ihm, sich locker auf diese Unterhaltung einzulassen. »Schießen Sie los.«

Sie runzelte ein wenig die Stirn und wandte das Gesicht ab. Sie überflog die Menge mit einem Blick, dann sah sie ihn wieder an. Mit wacher Intelligenz und scharfem Verstand musterte sie ihn. »Sind Sie ein behutsamer Liebhaber?«

»Wenn eine Frau das wünscht.«

Sie warf ihm einen vielsagenden Blick zu. »Bereit, sich den Wünschen einer Frau zu überlassen?«

»Im Bett – ja.«

»Ein Gentleman«, murmelte sie anerkennend. »Nein bedeutet Nein?«

»Ohne Frage.«

Sie runzelte die Stirn eine Sekunde lang, bevor sie den Mund verzog, als ob sie noch nicht ganz überzeugt wäre. Als ob sie seinen Charakter testen würde. Als ob sie das Buch besäße, das die gesamte männliche Gattung katalogisierte, und jede Seite auswendig kannte. Nach kurzem Zögern nickte Trixie, nahm ihr Handy zur Hand, gab mit dem Zeigefinger etwas ein und zeigte ihm eine Zahl. Venom hob eine Augenbraue. Wow. Dreitausend Dollar für die Zeit einer Frau. Das mochten einige übertrieben finden. Aber er nicht. Unter Berücksichtigung aller Umstände – einschließlich ihrer starken Verbindung zum Meridian – war es ein ziemlich guter Deal.

Er tat so, als würde er darüber nachdenken, wollte nicht

als zu leicht zu haben erscheinen. »Für eine Stunde? Oder die Nacht?«

»Bleiben Sie eine Stunde oder die Nacht ... Ihre Entscheidung. Aber um sieben Uhr morgens ist Schluss, und Sie sind weg.«

»Gebongt.«

Sie atmete tief durch. »Versprechen Sie, geduldig zu sein.«

»Natürlich«, sagte er in Beantwortung der unterschwelligen Bitte in ihrer Stimme. Venom verkniff sich ein Stirnrunzeln, obgleich ihm seine Intuition etwas zuflüsterte. Irgendetwas an ihrer Bitte klang nicht richtig. Es klang beinahe so, als ob, nun ja ... er wusste auch nicht genau. Sie klang unsicher und beschützend, als ob sie sich um jemand anderen als um sich selbst sorgte. »Sie haben mein Wort.«

»Na gut, in Ordnung.« Sie glättete ihr Kleid, stellte die Beine nebeneinander und erhob sich. Dann öffnete sie ihre Handtasche, griff hinein und hielt kurz darauf eine Schlüsselkarte in der Hand. Sie zögerte den Bruchteil einer Sekunde. Venom hielt den Atem an und fing in der Hoffnung, dass sie keinen Rückzieher machen würde, an zu zählen. *Eins. Zwei. Drei ...* Die Schlüsselkarte landete auf dem Sitzpolster, von dem sie sich gerade erhoben hatte. Er beobachtete, wie die Karte auf dem dunklen Polster zur Ruhe kam, dann begegnete er Trixies Blick. Sie ließ ihn nicht länger zappeln. Stattdessen erhielt er genaue Instruktionen. »Warten Sie zehn Minuten, dann gehen Sie nach oben. Sie bezahlen im Voraus. Zimmer 301 ist im obersten Stockwerk.«

Er nickte.

Geräuschlos entfernte sie sich, ließ ihn gespannt und begierig zurück. Er musste sich unglaublich beherrschen, um ihre Instruktionen nicht einfach zu ignorieren und ihr zu folgen. Stattdessen wechselte er den Platz und nahm die Schlüsselkarte, setzte sich auf das Polster, das immer noch ihre Körperwärme gespeichert hatte. Ein Schauer lief ihm über den Rücken, drängte ihn zu gehen. Venom verschloss sich diesem Gefühl, zwang sich, sitzen zu bleiben. Sie zu drängen würde ihm nicht verschaffen, was er wollte – sie nackt … er tief in ihr. Das zu wissen half ihm jedoch wenig. Die Erwartung wurde immer größer, zunehmende Ungeduld ergriff ihn, während sich die Zeit dehnte und nur sekundenweise verstrich. Er drehte die Karte um in seiner Hand und lenkte sich ab, indem er den menschlichen Bienenstock beobachtete, der vor ihm summte.

Zehn Minuten waren wirklich nicht viel. Eine kurze Zeitspanne. Kaum der Überlegung wert und dennoch …

Venom schob den Ärmel seiner Lederjacke hoch. Lampenlicht spiegelte sich auf seiner MTM Militäruhr. Er summte grollend. Neun Minuten vergangen, noch eine abzuwarten. Zeit, seinen Hintern zu lüften und nach oben zu gehen. Er stand auf, ging um den Beistelltisch herum und dem Sessel aus dem Weg. Mit leisen, gleichmäßigen Schritten schlug er den direkten Weg durch die Lobby ein. Wieder berührten seine Stiefel polierten Marmorboden. Der süßliche Geruch von Wermut und Zwanzig-Dollar-Cocktails reizten seine Sinne. Er knurrte den Mann, der ihm im Weg stand, an. Der Typ sprang beiseite wie ein Hase, machte hastig Platz, erzeugte eine Kettenreaktion, sodass die Menge zwischen Venom und der Treppe auseinanderfuhr, bevor er ihr zu nahe kommen konnte. Gott sei Dank. Das Letzte, was er wollte, war Einmischung von irgendeiner Seite. Denn die Uhr tickte, und Trixie wartete.

Hoffentlich mit nichts weiter bekleidet als einem Spitzenhöschen und einem Push-up-BH.

Die Vorstellung fuhr ihm direkt in die Eier. Venom beschleunigte seine Schritte, Ungeduld trieb ihn vorwärts, während Begierde ihn schier überwältigte. Er war unglaublich gierig, so ausgehungert, dass er kaum noch schlucken konnte.

Er nahm zwei Stufen auf einmal, als er die Treppe hocheilte. Zwei Frauen lächelten ihn auf ihrem Weg hinunter an, zeigten freizügig lange Beine, gingen mit ihren Stöckelschuhen geräuschlos über die Auslegeware, schwangen auffordernd ihre Hüften. Er ignorierte die einladenden Blicke, ging an beiden vorbei und blieb auf der obersten Stufe stehen. Er konzentrierte sich auf die Schilder an der Wand.

Sein Blick fuhr nach links. Zimmer 301 … diese Richtung.

Er verfolgte die glänzenden Konturen des geschwungenen Geländers, das ihn in den weitläufigen Flur führte. Das gedämpfte Licht der Wandleuchter warf seltsame Schatten auf den hellen Teppich. Geräusche drangen von der Lobby im Erdgeschoss nach oben. Venom nahm sie kaum zur Kenntnis. Er war ausschließlich auf die Türen konzentriert auf der einen Seite des Korridors, prüfte die Zimmernummern und …

Bingo. Ziel erreicht. Eine Frau mit hoher Energie auf dem Programm.

Er blieb stehen und musterte die Tür. Mit einer schnellen Bewegung drehte er die Schlüsselkarte in seiner Hand um und steckte sie in den schmalen Schlitz im Türschloss. Das rote Licht des Mechanismus leuchtete grün auf. Mit hämmerndem Herzen und hellodernder Begierde aktivierte

Venom seine Magie, öffnete die Tür mit einem gedanklichen Befehl und trat über die Schwelle. Seine Augen passten sich dem schwachen Licht an. Sein suchender Blick fand die Frau, die auf der anderen Seite des Zimmers stand, aus dem Fenster starrte und …

Sie drehte sich um und sah ihn mit dunklen Augen an. Ihr Blick begegnete seinem, quer durch den Raum. Venom schnappte nach Luft.

»Verdammte Scheiße«, murmelte er, verstand die veränderte Situation nicht.

Wie angewurzelt blieb er stehen und schluckte schwer, war unfähig, seine Augen von ihr abzuwenden, versuchte, wieder klar zu denken. Was schwierig war. Und noch schwieriger wurde durch die Tatsache, dass sie nicht die Frau war, mit der er in der Lobby geredet hatte. Sie war nicht Trixie. Sie war eine andere und – Mannomann – eine mit noch höherer Energie als ihre Freundin. Venom versagte sich ein Knurren, als seine Drachenhälfte erwachte, sich auf sie fixierte, ihn antrieb, sich ihr zu nähern und den Meridian anzuzapfen. Ewige wunderbare Kraft pulsierte in ihrer Aura, ein warmes Grün, das sie von innen heraus leuchten ließ. Derartig heftige *Lust* packte ihn, dass ihm der Mund wässrig wurde.

Oh Gott. Sie würde ja so was von gut schmecken.

Er verschlang sie mit seinem Blick, entkleidete sie mit seinen Augen. Schlank, aber schöne Kurven. Absolut perfekt mit ihren pechschwarzen Locken, die ihr Gesicht umrahmten, ihr bis zu den Schultern reichten und sie vor Vitalität schimmern ließen. Ein Meter fünfundsiebzig oder vielleicht knapp ein Meter siebzig groß ohne die Stilettos, hatte sie die Art von langen Beinen, die wie dafür geschaffen waren, sich um die Hüften eines Mannes zu schlingen. Venom runzelte die Stirn. Nein … streichen wir das. Vergessen wir das allgemeine Wort *Mann* und ersetzen es durch seinen Namen, weil … hm. Er hatte gerade den Hauptgewinn abgeräumt. Diese Frau war sogar noch besser als Trixie. Mit mokkafarbener Haut, wunderschönen braunen Augen und einem vollen Mund, der einfach zum Küssen bestimmt war, erreichte sie die absolute Bestnote auf seiner Die-muss-ich-haben-Skala. Erregung traf ihn wie eine geballte Faust. Sein Körper reagierte, reagierte auf die Schockwelle, als Venom weiter ins Zimmer ging.

Die Tür schloss sich klickend hinter ihm und …

Gott möge ihm vergeben. So viel zu seinem Versprechen.

Er hatte Trixie angelogen. Geduld war nicht länger Teil seines Plans. Dafür gierte er zu sehr nach der Frau auf der anderen Seite des Zimmers. Das Verlangen überwältigte ihn geradezu. Rationalität war nicht länger mit von der Partie. Vergessen waren die Umgebung und seine übliche Vorsicht. Nur noch eine Sache zählte. Er musste Haut an Haut mit ihr sein. Und zwar jetzt sofort.

Sie sollte etwas sagen. Wirklich. Das sollte sie. Und zwar sofort – bevor das drückende Schweigen noch drückender wurde. Aber als Evelyn dem Blick ihres geheimnisvollen Freiers quer durch das Zimmer begegnete, fehlten ihr die Worte. Und ihr Denkvermögen hatte sich auch verabschiedet. Ihr Verstand hatte einen Kurzschluss erlitten oder etwas dergleichen. Spielte verrückt von der Sekunde an, seit er sie gemustert hatte. Sie schluckte, versuchte, das chaotische Flattern in ihrem Sonnengeflecht in den Griff zu kriegen, aber, nun ja …

sie konnte sich die Mühe schenken. Auch ihre Herzrhythmusstörungen unter Kontrolle zu bekommen war reines Wunschdenken. Ihr Herz explodierte geradezu, klopfte derart heftig, dass sie fast einen Blutsturz bekam, ihr die Ohren klangen und ihr Verstand sich verabschiedete. Sie konnte einfach keinen Gedanken fassen. Bis auf einen …

Gott hatte es gut mit ihr gemeint, der Typ war umwerfend.

Groß. Gut gebaut. Stark, blond und wunderschön. Einer von Gottes großartigen Geschenken an die Frauenwelt – von der Sorte, die Titelbilder von Herrenmagazinen wie *GQ* schmückten. Und eigentlich nicht die Art Mann, die für Sex bezahlte. Niemals. Nur eine Annahme? Evelyn stieß die angehaltene Luft aus. Nicht im Geringsten. Die Schlussfolgerung war absolut stichhaltig, wurde noch gestützt durch eine unabweisbare Tatsache …

Der Typ strotzte geradezu vor Sex-Appeal. Und zwar nicht dem von der harmlosen Art.

Er hatte eine geradezu tödliche Ausstrahlung. War die reine, unmissverständliche animalische Anziehung, umhüllt von einer unglaublichen Verpackung, die alle ihre Kriterien erfüllte. Na ja, zumindest unter normalen Umständen. Nicht, dass das eine Rolle spielte. Ihr Körper war viel zu sehr damit beschäftigt, auf seine Gegenwart zu reagieren. Auf den verwirrenden körperlichen Reiz, sodass sie ungewollt die übliche Checkliste durchging. Dichtes, schulterlanges Haar – stimmt. Bikerjacke über einem breitschultrigen, langgliedrigen, muskulösen Körper – stimmt auch. Ein Gesicht, um das ihn jedes männliche Supermodel der Welt beneiden würde, und … Der Hattrick der sexuellen Attraktivität war vollendet. Dazu die Hardcore-Ausstrahlung, die er wie Pheromone absonderte, und … heiliger Strohsack. Es konnte kein Zweifel bestehen. Mr. Sexy gehörte nicht in ein Hotelzimmer, in dem sich ein verzweifeltes vorübergehendes Callgirl befand. Er gehörte ins Zentrum der Aufmerksamkeit. Umringt von bereitwilligen Frauen, die beide Eckzähne – und vielleicht auch noch einen Arm und ein Bein – dafür geben würden, mit ihm ins Bett zu gehen. Kostenlos. Und nicht für dreitausend Dollar …

Ah, Mist. Das erklärte es. Irgendetwas an ihm stimmte ganz und gar nicht.

Der Gedanke führte zu einem weiteren. Im Geiste sah sie Dominosteine kippen, Warnlichter blinken. Evelyn runzelte die Stirn. Was um alles in der Welt ging hier vor sich? Meinte Mr. Sexy es ehrlich? Hatte Trixie ihn wirklich geschickt? Oder hatte seine Ankunft mit etwas sehr Finsterem zu tun – wie zum Beispiel der russischen Mafia und einem Mann namens Markov? Ein Schauder lief ihr über den Rücken, ließ ihre Haut prickeln und ihre Instinkte heiß laufen. Oh, nein. Nicht gut. Über dem Machtspiel stand in Großbuchstaben der Name Markov. Der Irre liebte Spielchen und sah gern zu, wie andere Leute sich wanden vor Qual. Was bedeutete, dass es sehr gut möglich sein konnte, dass er sie auf dem Parkplatz hatte davonkommen lassen, nur um ihr einen anderen Mann auf den Hals zu hetzen innerhalb des Luxmore. Mit nur einem Hintergedanken …

Sie zu überraschen. Sie allein anzutreffen. Und ihr eine Lektion zu erteilen.

Evelyn verschränkte ihre Finger, presste ihre feuchten Handflächen aneinander und zwang sich nachzudenken. In Ordnung. Es hatte keinen Sinn, in Panik zu geraten. Jedenfalls noch nicht. Sie wusste nicht, womit sie es hier zu tun hatte, und bis sie das wusste – nun ja, ruhig und beherrscht zu bleiben würde sie weiter bringen, als auszurasten und ängstlich zu sein. Sie bemühte sich um eine gelassene Miene und straffte die Schultern. Sie brauchte einen Plan und etwas, wohinter sie sich verstecken konnte. Auf der Stelle. Vielleicht auch noch eine Waffe. Der Aschenbecher auf dem antiken Tisch zu ihrer Linken täte es vielleicht. Die Lampe zu ihrer Rechten auf dem Beistelltisch. Die scharfen Spitzen ihrer Stilettos. Egal, was auch immer, solange es ihn verlangsamen würde, wenn er beschloss, sie anzugreifen.

Evelyn trat vom Fenster zurück und glitt hinter zwei kastenförmige Clubsessel. Ihr Fuß stieß gegen den Beistelltisch, der sich zwischen dem Duo befand. Die darauf stehende Lampe wackelte. Der Lichtstrahl hüpfte auf und ab und erzeugte merkwürdige Schatten auf den hellgrünen Polstern und …

Mr. Sexy kam auf sie zu.

Evelyn zuckte zurück.

»Entspann dich, *Mazleiha*.« Seine tiefe Stimme beruhigte sie überraschend schnell. Seltsam, aber … er klang genau richtig. Sein leichter Akzent – Osteuropa vielleicht –, zusammen mit seinem ruhigen Tonfall nahmen ihr etwas von ihrer Nervosität, drängte sie, seiner Bitte nachzukommen und sich zu entspannen. Nicht, dass sie das tun würde. Sex war möglicherweise Teil der Abmachung. Vertrauen gehörte jedoch nicht dazu. »Trixie hat mich geschickt.«

Der Krampf in ihrem Magen löste sich ein wenig. »Beweise es.«

»Reicht dir die Schlüsselkarte nicht?«

»Nein.«

Er grinste, sein Blick signalisierte Zustimmung. »Richtig, Schätzchen. Man sollte nie etwas für bare Münze nehmen.«

Unbeeindruckt von seinem Lob, sah sie ihn auffordernd an.

»Grüne Augen. Braunes Haar. Heute Abend piekfein gekleidet in Chanel und Gucci. Interessiert sich mehr für ihr iPhone als für die Menschenmenge. Sie hat mich gebeten, geduldig mit dir zu sein«, murmelte er und ließ seinen Blick über sie wandern. Ihre Haut fing an zu kribbeln bei dieser langsamen, heißen Musterung und … auweia. Sagen wir, sie war bereit und die Nacht quasi gelaufen. Mr. Sexy wusste, was er tat. Als Meister des Spiels zog er sie mit seinem Blick aus, machte sie wehrlos, während er sie mit den Augen entkleidete. Er knurrte, eine Art leises Schnurren voller Versprechen. Evelyn erstarrte. Gegen ihren Willen gefiel ihr das Geräusch. »Reicht das?«

»Das reicht«, sagte sie, wiederholte seine Worte. War unfähig, eine eigene Formulierung zu finden.

Lässig warf er die Schlüsselkarte auf die Kommode gegenüber von dem breiten Doppelbett. Als sie unter dem Flachbildschirm liegen blieb, griff er in die Innentasche seiner Jacke. Ihr Herz hämmerte wie verrückt. Panik meldete sich, drängte sie, die Flucht zu ergreifen. Und dennoch konnte sie sich nicht bewegen und schon gar nicht den Blick abwenden. Wie ein Zuschauer bei einem Zugunglück sah sie ihrem Verderben ins Auge – gelähmt von der Realität der entsetzlichen Situation, während sie zusah, wie er ein Geldbündel hervorzog. Er tippte auf das Bündel in seiner Hand, ließ sie es betrachten, bevor er das Geld neben die Schlüsselkarte legte.

Er heftete seinen Blick auf sie und sah sie fragend an. »Dreitausend – das übliche Honorar, wurde mir gesagt.«

Mit zugeschnürter Kehle starrte Evelyn auf das Geld. Hundertdollarscheine. Sauber. Ordentlich. Die Antwort auf ihre Probleme und …

Sie unterdrückte einen Aufschrei des Entsetzens. Gott sei ihr gnädig. Sollte sie das wirklich tun? Ihre Würde aufs Spiel setzen? Ihre Erziehung vergessen – alle Moralvorstellungen, die ihr Vater ihr eingetrichtert hatte – und mit einem Fremden schlafen … für Geld?

Entsetzliche Scham machte sich in ihr breit, schnürte ihr die Kehle zu.

Statt sich in Beschämung aufzulösen, beschloss Evelyn, die Sache pragmatisch anzugehen. Sie konnte die Wahrheit nicht verleugnen. Oder dem Unvermeidlichen aus dem Weg gehen. So sehr sie die Umstände auch verabscheute, es hatte sich nicht das Geringste geändert. Das Geld oder ihr Leben. Markov war nun mal das Zentrum des Desasters. Würde leider auch nicht einfach verschwinden in naher Zukunft. Was bedeutete, dass ihr keine Wahl blieb. Mr. Sexy war genau das, was sie brauchte – ein wohlhabender Kunde, bereit, für das Einzige zu zahlen, was sie umsonst geben sollte …

Einem Mann, der sie liebte. Nicht einem absolut Fremden mit dem perfekten Knochenbau.

Er tippte sich ans Kinn. »Bist du bereit?«

Nein. Sie war nicht *bereit*. Egal, was heute Nacht passierte – oder wie oft er sie nahm –, sie würde nie bereit sein. »Hast du irgendwelche besonderen Wünsche?«

»Für dreitausend will ich alles.«

Sie erschauderte. »Keine Gewalt. Das werde ich nicht …«

»Keine Gewalt«, bestätigte er leise, sein Tonfall beruhigend. Mit einer Schulterbewegung streifte er seine Lederjacke ab und warf sie auf das Ende des Bettes. Die weiße Bettdecke gab unter dem schweren schwarzen Leder nach. Er krümmte seine Finger, als bereitete er sich darauf vor, sie zu berühren, und trat einen Schritt auf sie zu. »Nur Vergnügen, *Mazleiha*. Für uns beide. Ich verspreche es.«

»Okay.« Unfähig, ihm in die Augen zu blicken, trat Evelyn hinter dem Sessel hervor. Sie neigte den Kopf und griff sich an die Hacke. Zog einen ihrer Stöckelschuhe aus. Sie ließ ihn zu Boden fallen und griff zum zweiten. Als das Paar mit einem sanften Plumps auf den Teppich fiel, verließ sie der Mut. Evelyn atmete zittrig aus und räusperte sich. »Willst du, dass ich dich ausziehe, oder ziehst du es vor …«

»Wie heißt du?«

»Evelyn.«

»Hat dich schon mal jemand Evie genannt?«

»Manchmal.«

»Dann komm her, Evie.« Er stand am Fußende des Bettes und streckte ihr auffordernd seine Hand entgegen. »Lass dich von mir umarmen.«

Eine vernünftige Bitte. Auch durchaus willkommen, besonders, da sie ihr noch etwas mehr Zeit verschaffte, die Situation zu akzeptieren, sich mit ihr vertraut zu machen, sich an den Gedanken zu gewöhnen, von einem Fremden nackt ausgezogen zu werden und sich vor ihm zur Schau zu stellen. »Nenn mir erst deinen Namen.«

»Venom.«

Sie blinzelte. »Wirklich?«

»Wirklich. Mein Erzeuger fand, dass er zu mir passt.«

»Oh«, flüsterte sie, während sich ihre Gedanken überschlugen. Seltsamer Name. Das Wort *Erzeuger* eine ungewöhnliche Ausdrucksweise. Absolut nicht amerikanisch. »Ich nehme an, dass ihr in Europa die Dinge anders betrachtet.«

»Tun wir«, sagte er, gab nichts preis, blieb freundlich, während er mit den Fingern schnippte. Die Bewegung zeugte von Ungeduld. Seine Körpersprache sagte jedoch etwas anderes. Er war entspannt. Bereit, schonend vorzugehen … aber nur bis zu einem gewissen Punkt. »Also – ist jetzt Schluss mit der Hinhaltetaktik?«

»Das ist keine Hinhaltetaktik. Ich möchte dich nur besser kennenlernen«, log sie unverblümt. Natürlich hielt sie ihn hin. Die Taktik erschien ihr die beste Möglichkeit. Je länger sie dem Unvermeidlichen auswich, desto weniger Zeit würden sie im Bett verbringen. Sie wies auf die antike Anrichte hinter ihr. Kristallkaraffen, gefüllt mit Schnaps, blinkten im dämmrigen Licht. »Möchtest du einen Drink?«

»Nein«, antwortete er. »Komm her, Evie. Gewöhn dich an mich, bevor ich mit dir ins Bett gehe.«

Mit dir ins Bett gehe.

Die Worte hallten wider in ihrem Kopf. Ihre Schläfen fingen an zu pochen. Oh, Gnade. Ihre Zeit war abgelaufen. Was zu erwarten gewesen war. Venom hatte recht. Hinhalten würde nicht das Geringste ändern. Oder dafür sorgen, dass sie sich besser fühlte bei dem, was sie tun musste. Was bedeutete, dass sie auf ihn zugehen musste, statt zurückzuschrecken. Je eher sie es zuließ, dass er sie berührte, desto schneller würde die Nacht vorübergehen. Aber als sie durch den Raum ging, ihre Hand in seine viel größere legte und zuließ, dass er sie an sich zog, wusste Evelyn, dass sie nie wieder dieselbe sein würde. Sie hatte eine Grenze überschritten. Befand sich jetzt auf gefährlichem Terrain, und es gab kein Zurück mehr.

Das Verlangen in Venoms Augen sagte es ihr.

Sein leises Flüstern des Wohlbehagens, als sie sich in seine Arme schmiegte, besiegelte es.

Er würde sie gnadenlos nehmen, sie benutzen, sie vernichten … und dann gehen, ohne sich noch einmal umzusehen. Die Wahrheit traf sie hart, verletzte sie tief in ihrer Seele. Aber obgleich sie Bedauern für die Frau empfand, die sie heute Nacht war – und die morgen eine andere sein würde –, dachte Evelyn nicht daran, zurückzuzucken. Jetzt oder nie. Untergehen oder schwimmen. Es war an der Zeit, ins kalte Wasser zu springen und zu hoffen, dass sie morgen früh unbeschadet wieder auftauchte.

4

Prag, Tschechische Republik

Das Geräusch von Wassertropfen, die von einem uralten Deckengewölbe herabfielen, hallte von massiven Steinwänden wider. Tropf, tropf. Pause. Tropf, tropf, pling. Der Regentropfen traf auf Metall. Das Geräusch echote durch die Stille. Gage zuckte zusammen, als der nächste Tropfen zischend auf den unter Strom stehenden Stahl fiel, auf der Verstrebung über seinem Kopf verdampfte. Weniger als zwei Zentimeter entfernt von der Stelle, an der sein Handgelenk an den vertikal montierten Stahlrost gefesselt war.

Metall schnitt in seine Haut.

Blut rann über die Innenseite seines Unterarms.

Seine Muskeln beschwerten sich und zitterten. Noch ein Tropfen fiel, verpasste den Stahl und spritzte ihm in den Nacken. Ein Schauder überlief seinen Rücken, folgte dem schrecklichen Lauf des kalten Wassers. Nicht optimal. Alles andere als gut. In einer perfekten Welt würde er die stählernen Handschellen aufbrechen und verschwinden. Würde seinen Selbsterhaltungstrieb aktivieren und einen ganz großen Schritt nach rechts machen. Dem Wasser ausweichen. Der Gefahr ausweichen. Der gesamten Situation aus dem Weg gehen – und den Schmerzen. Hörte sich gut an im Nachhinein. Aber der Zug war leider abgefahren.

Rodin und seine Bande hatten alles richtig gemacht. Hatten den Hinterhalt wie Profis gelegt – in der schmalen Gasse zugeschlagen, ihn und Haider mit jeweils vierzigtausend Volt ausgeknockt, jegliche Hoffnung, sich verwandeln und wegfliegen zu können, im Keim erstickt. Ein kluger Schachzug von Rodin. Ein saudummer von seiner Seite aus. Er hatte gewusst, dass die Erzgarde-Wichser üble Methoden draufhatten. Scheiße, er hatte es erwartet. War darauf vorbereitet gewesen, aber …

Gage schnaubte. Sein Versagen, seine Schuld. Er hatte einen fatalen Fehler gemacht und nach dem Köder geschnappt. Ein junges Mädchen in Bedrängnis, das in einer dunklen Gasse angegriffen wurde. Nur ein kurzer Moment der Unaufmerksamkeit. Ein winzig kleiner Fehler und …

Die Schleimscheißer hatten zugeschlagen.

Bevor er die Bedrohung auch nur wahrgenommen hatte.

Wenn er das hätte, wäre er jetzt bereits auf halbem Wege nach Hause. Nur noch Stunden entfernt von Seattle und dem Hauptquartier der Nightfury. Sicher. Geschützt. Im Schoß seiner Familie, und nicht hier, in einer Folterkammer der Todesschwadronen, wo er, mit gespreizten Armen und Beinen an einen Rost gefesselt, auf die nächste Runde wartete.

Verschiedene Rinnen im Boden sagten ihm, was Sache war.

Genau wie der Geruch von Blut, das von anderen Kriegern stammte.

Männer wurden hierhergebracht, um zu krepieren. Für immer angekettet in der unterirdischen Gruft. Die Hand- und Fußgelenke mit Stahlschellen gefesselt. Die Glieder weit gespreizt an dem großen Rost, der an die Wand geschraubt war. Blut floss in Strömen, während Elektrizität durch das Metallgestell gejagt wurde. Mit dem Rücken an den diagonal verlaufenden Stäben, überprüfte Gage ein weiteres Mal seine Fesseln. Nicht gut. Nach drei Stunden in der Hölle war er zu schwach. Elektroschocks sorgten dafür, dass er es auch blieb, beraubten ihn seiner Kräfte, legten seine Magie lahm, zerstörten jegliche Hoffnung auf Flucht.

Ein höllenmäßiger Aufenthaltsort für jeden Krieger.

Jemand drehte an einem Hahn. Metall quietschte, als er sich bewegte. Wasser tröpfelte stetig auf Gages Haut und die Kabel, die über seinem Kopf an dem Rost befestigt waren. Elektrizität knisterte. Funken flogen, erzeugten ein helles Glitzern. Erschütterten den Rost. Die Stahlstäbe vibrierten hinter Gage, und eine neue Dosis Starkstrom wurde durch seinen Körper gejagt. Seine Muskeln verkrampften sich, er zuckte instinktiv zurück und fing an zu zittern. Er verbiss sich ein Stöhnen, weigerte sich, Schwäche zu zeigen. Oder sich zu ergeben. Nicht, dass seine Tapferkeit eine Rolle spielte. Gage wusste das. Genau wie Zidane – der Kotzbrocken mit der widerwärtigen Veranlagung und einem ganzen Tisch voller Folterinstrumente. Widerstand war nichts weiter als Stolz in einer anderen Form. Früher oder später würde die brutale Ladung elektrischen Stroms unerträglich werden. Würde er das Bewusstsein verlieren, seine Fähigkeit zu kämpfen, und sich den Schmerzen ergeben.

Genau, wie es Haider passiert war.

Da das eine Auge zugeschwollen war, öffnete Gage das andere einen Spalt breit. Der Raum schien zu schwanken, mal mehr, mal weniger. Er biss die Zähne zusammen. Verdammte Drecksäcke. Erzgarde-Schweinebacken. Sie hatten ihn gezwungen zuzusehen. Hatten ihn geschwächt, aber dafür gesorgt, dass er bei Bewusstsein blieb, während Haider litt. Während Zidane – Rodins Erbe – Schlagringe und Messer einsetzte, um seinen besten Freund zu foltern. Die Erinnerung ging ihm schwer an die Nieren. Zuzusehen, wie Haider verletzt wurde, war grauenhaft gewesen. Das Schlimmste, was er je zu erdulden gezwungen war. Jetzt schaffte er es nicht, die fürchterlichen Bilder aus dem Kopf zu kriegen. Kam nicht damit klar, dass er nicht in der Lage gewesen war, seinem Freund zu helfen. Und zu allem Überfluss kam noch hinzu, dass er nicht mal wusste, wohin Zidane Haider gebracht hatte, nachdem er aufgehört hatte, ihn zu foltern und …

Gages Seelenqualen wurden immer unerträglicher.

Er kniff sein heiles Auge zu und bemühte sich, trotz der Schmerzen ruhig weiterzuatmen. Er durfte sich nicht gehen lassen. Musste ruhig und bereit bleiben, immer in der Lage, schnell anzugreifen und zuzuschlagen, wenn der Feind es am wenigsten erwartete. Sonst würde er hier nicht lebend herauskommen.

Und Haider auch nicht.

Die Augen geschlossen, den Kopf gesenkt, ballte Gage seine Fäuste. Die Handschellen schnitten ihm noch tiefer ins Fleisch. Blut tröpfelte von seinen Handgelenken, vermischte sich mit Wasser, rann über die Innenseite seiner Arme. Er ignorierte es und blieb bei der Sache. Konzentration. Entschlossenheit. Magie. Drei Dinge, die er in höchstem Ausmaß besaß und jetzt einsetzte, alles aufrief, was ihm noch geblieben war von seiner Magie. Schwach, aber immer noch bei Bewusstsein, rührte sich seine Drachenhälfte. Seine Sinne schärften sich. Geräusche hallten in seinem Schädel wider. Er lauschte angestrengter, verfolgte die Bewegungen seiner Bewacher innerhalb der Folterkammer. Das Duo stand irgendwo links von ihm. Zweifellos vor einem der Tische, auf denen die scharfen Instrumente lagen. Er hörte das leise Rascheln von Kleidung. Jedes Schaben von Stiefelsohlen auf dem Betonfußboden. Das schreckliche Geräusch eines Messers, das über einen Schleifstein gezogen wurde.

Er biss die Zähne zusammen. Gott bewahre, dass die Wichser eine stumpfe Klinge an ihm benutzten!

Noch einmal wurde das Messer über den Schleifstein gezogen. »Was willst du als Nächstes, Zidane?«

»Die Kneifzange«, sagte Zidane, der schon vor Erwartung frohlockte. »Der Nightfury hat viel zu viele Zähne. Was meinst du, Ferland?«

»Fang mit seinen Eckzähnen an. Die sind am schmerzhaftesten.«

»Ohne Frage. Möchtest du gern den Vortritt haben und den ersten ziehen, oder …«

»Fang du an.« Stahl schlug auf Stahl, als Ferland das Werkzeug testete. »Ich sehe dir gern bei der Arbeit zu. Das ist wirklich echte Kunstfertigkeit.«

Zidane lachte. »Stell die Kamera etwas weiter zurück, Ferland.«

In Gages Gesichtsfeld tauchte Ferland auf. Das blonde Haar leuchtete im schwachen Licht, als der Mann neben dem Stativ stehen blieb, auf dem die Hightech-Kamera befestigt war. Gage unterdrückte ein Knurren und schluckte den metallischen Geschmack seines eigenen Blutes hinunter. Diese kranken Kacklappen. Die beiden führten Grausamkeit in völlig neue Dimensionen, zeichneten jede Sitzung auf, um sich später daran zu ergötzen. Wahrscheinlich in einem der komfortablen Lustpavillons, die das Duo sein Zuhause nannte. Bestimmt von Rodin spendiert. Der Anführer der Erzgarde verwöhnte die Mitglieder seiner Todesschwadronen und insbesondere seinen erstgeborenen Sohn.

Langsam schloss Gage sein heiles Auge.

Nur für einen Moment. Er brauchte nicht mehr als eine Sekunde. Nur einen klitzekleinen Moment, um sich zu sammeln und bereit zu sein. Aber als die beiden über die richtigen Kamerawinkel diskutierten – das Stativ zurechtstellten, die Scheinwerfer neu justierten, ihn anleuchteten, um den besten Effekt zu erzielen –, verließ ihn doch etwas von seiner Entschlossenheit. Nicht viel. Kaum erwähnenswert. Die kleine Veränderung signalisierte ihm jedoch Probleme. Zweifel nagten an ihm und … ah, Mist. Nicht gut. Seine Abwehrkräfte ließen nach. Was zu einer unvermeidlichen Frage führte: Wie viel konnte er noch aushalten? Bisher hatte er alles ertragen, ohne einen Mucks von sich zu geben. Die Brutalität baute ihn eher auf, lieferte ihm ein Ziel, sagte ihm, je länger er aushielt, desto länger blieben Haider und er am Leben.

Er runzelte die Stirn.

Tja, jedenfalls hoffte er das. Es war schwer einzuschätzen. Zidane liebte es zu experimentieren. Irgendwelche Beschränkungen kannte er nicht. Er war ein Fanatiker, bereit, alles für seinen Erzeuger zu tun. Was bedeutete … Gage schluckte schwer. Er hatte möglicherweise die Situation falsch eingeschätzt. Vielleicht war Zidane tatsächlich so dämlich. Vielleicht hatte die Dumpfbacke tatsächlich nur vor, einen von ihnen am Leben zu lassen, um das zu bekommen, was er wollte. Gage fluchte innerlich. Die Theorie ergab Sinn. Nicht, dass das eine Rolle spielte. Mutmaßungen waren einen Dreck wert, während er hier angekettet hing und kurz davor war, wie ein Fisch filetiert zu werden. Und dennoch, auch wenn es im Nebel der Ungewissheit hing, blieben die Tatsachen doch dieselben. Zidane mochte ja ein Sadist sein, aber er war auch zielorientiert. Er würde keine Gelegenheit auslassen. Das ganze Trara in der Folterkammer diente einem Zweck. Der Saftsack brauchte Informationen, um die Mission seines Erzeugers zu unterstützen.

Die Art Information, die nur ein Nightfury-Krieger liefern konnte.

Zidane spielte, setzte viel ein, um groß abzusahnen. Gage verstand das Spiel. War sogar noch besser im Abwägen der Chancen als die Männer, die ihn als Geisel gefangen hielten. Was hieß, dass er bereits wusste, was Zidane nicht wusste. Er würde niemals reden. Niemals seinen Clan verraten

Oder den Ort seines Hauptquartiers in Seattle.

Die Nightfury bedeuteten ihm alles: eine zweite Chance, wahre Bruderschaft, stabile Sicherheit innerhalb eines wirklichen Zuhauses mit Männern, die ihn wertschätzten. Und die er ebenfalls liebte. Also zum Teufel damit. Er würde den ultimativen Preis zahlen, um seine Brüder zu schützen. Würde sterben in einer mittelalterlichen Foltergruft. Zwischen Tod und Dreck. Tief unter der Erde. Unter den wachsamen Augen der Folterknechte unter Rodins Befehl – es sei denn, er fand einen Weg, den Spieß umzudrehen und zu fliehen.

Gage schluckte einen Mundvoll Speichel hinunter und hob den Kopf. Seine mehr als mitgenommenen Nervenenden protestierten heftig. Müdigkeit und Blutverlust attackierten den kleinen Rest der ihm verbliebenen Kräfte. Er horchte tief in sich hinein und kratzte den Rest seiner Energiereserven zusammen, biss die Zähne zusammen und hob das Kinn.

Blut tropfte ihm ins heile Auge.

Gage blinzelte den roten Schleier weg und funkelte den Mann an, der ihn folterte. »Ich werde dich töten, Zidane. Sobald ich frei bin, bist du nichts weiter als Asche.«

»Kühne Behauptung, Nightfury.«

»Vergiss sie nicht, Arschloch. Ich mache keine Versprechungen, die ich nicht halten kann.«

»Was für eine Selbstüberschätzung, Gage.« Zidanes Mund verzog sich leicht, bevor er seine Aufmerksamkeit wieder dem Tisch zuwandte. Er überflog die Sammlung seiner Folterwerkzeuge mit einem Blick, dann streckte er die Hand aus und fuhr mit seiner Fingerkuppe über eine Reihe von Kneifzangen. Gezackte Spitzen. Gekrümmte Enden. Rasiermesserscharfe Klingen, wie zum Schneiden gemacht. Seine Finger tanzten über jedes einzelne Gerät. Die absichtlichen Berührungen sprachen Bände. Sein Feind genoss den Augenblick. Wollte, dass Gage sich das Schlimmste vorstellte und sich vor der Ausführung fürchtete. »Irgendwie mag ich das sogar an dir.«

Der Pisser unterbrach seine Streichelübungen und nahm eine schmale Zange zur Hand. Er prüfte die Spitzen mit seinem Daumen. Als er zufrieden summte und nach einem Holzeinsatz griff, der dazu diente, einem Mann den Mund aufzusperren, knurrte Gage. Ein Fehler. Er wusste es in der Sekunde, in der das Knurren ihm entwich. Leider konnte er es nicht mehr ändern. Egal, wie oft er sich sagte, dass er auf keinen Fall eine Reaktion zeigen sollte, dass Zidane sich von seiner Furcht nährte – er musste zugeben, dass der Drecksack wusste, was er tat.

Sich den Schmerz vorzustellen übertraf schließlich immer die Wirklichkeit.

»Deine Entscheidung, Nightfury.« Zidanes dunkle Augen glitzerten, als er sich umdrehte. »Willst du einen langsamen Tod – oder einen schnellen? Gib mir, was ich will, und ich werde Erbarmen mit dir haben.«

»Blödsinn.«

Zidane schnaubte, ein leichtes Lächeln zeigte sich in seinen Augen. »Wie scharfsinnig von dir. Euch Nightfury fehlt es nie an Verstand, das muss ich euch lassen. Obgleich …« Er drehte die Zange in seiner Hand und hob eine Augenbraue. »Du solltest vielleicht an deine Freunde denken. Wenn du redest, lasse ich sie in Frieden. Ein schneller Tod? Oder unendliche Schmerzen und Demütigungen – für jeden Einzelnen? Deine Entscheidung.«

Mit klopfendem Herzen hielt Gage die Luft an. Sein Blick verengte sich auf Zidane, und er runzelte die Stirn. Freunde? Hatte das Arschloch gerade *Freunde* gesagt … in der Mehrzahl? Wovon zum Teufel redete Zidane da? Warf er nur grundlos mit Drohungen um sich? Oder waren die Neuigkeiten etwas, worüber er sich Sorgen machen musste? Auf der Suche nach der Wahrheit spähte er zu Ferland. Die selbstgefällige Miene des Wichsers verriet ihn.

Du Verdammte Scheiße. Zidane log nicht.

Die Erzgarde hatte noch einen weiteren Krieger gefangen. Vielleicht mehr als einen. Verdammt, es konnten jede Menge Männer sein, die Gage kannte und liebte, die hier in der Nähe eingesperrt waren. Die Vorstellung brachte ihn ins Schleudern. Als das Schwindelgefühl nicht aufhörte, riss er sich zusammen und stoppte dieses mentale Abgleiten. Panik würde nicht helfen. Klar zu denken und die Ruhe zu bewahren aber eventuell durchaus, also ...

Gage zwang sich dazu, tief durchzuatmen. Er dachte angestrengt nach. Moment mal. Stopp. Die Schlussfolgerung ergab keinen Sinn. Keiner der anderen Nightfury war in Prag. Nun ja, jedenfalls soweit er wusste. Sechs Tage Funkstille – eingeschlossen in einem Kerker und nicht in der Lage, seine Brüder zu warnen – machten nicht gerade sehr zuversichtlich. Genauso wenig wie der Triumph in Zidanes Augen. Was so viel hieß wie ...

Bastian hatte eingegriffen.

Gage verschluckte einen Fluch, dann fing er an zu beten, hoffte, dass Bastian sich zurückgehalten hatte. Erwartete er zu viel? Wahrscheinlich. Nein *definitiv*. Sein Kommandant ließ sich nie auf die Ersatzbank verbannen. Egal, wie brisant die Situation war, Bastian fand immer einen Weg, um seinen Clan zu beschützen. Also jawohl. Absolut. Das bedeutete, dass Bas ihn nie im Stich lassen würde. Er war zu loyal – zu gerissen –, um den Dingen einfach ihren Lauf zu lassen. Der Mann sicherte sich immer gegen Notfälle ab. Hatte immer im Voraus alles geplant – vielleicht eine geheime Allianz geschlossen, um sie aus Prag herauszuholen, falls die Situation brenzlig wurde.

»Wen habt ihr noch?«, fragte Gage, wobei er sich dazu zwang, gelassen zu klingen.

»Würdest du das gern wissen?«

»Das ist ja wohl der Grund für die Frage, du Arschloch. Mann, was bist du doch für eine Dumpfbacke.«

Mit wutverzerrter Miene drehte sich Zidane zu ihm um. Er zeigte mit der Zange auf ihn, bedrohte Gage damit aus einem Meter Entfernung. »Vorsicht, Nightfury. Meine Geduld geht langsam zur Neige.«

Gage zuckte die Achseln, was höllisch schmerzte. »Sag mir, was ich wissen möchte, und du bekommst eine Gegenleistung.«

»Und was wäre das?«

»Die Information, die du brauchst, für die Antwort, die ich möchte«, log Gage unverfroren. Das Einzige, was er Zidane *geben* würde, war eine Faust in die Fresse, gefolgt von einem gebrochenen Hals. »Komm schon, Zidane. Du spielst gern – also spiel!«

»Ich mag Spiele. Deins interessiert mich aber nicht.« Zidane packte die Zange fester. Die spitzen Zähne schnappten zu. Ein scharfes Geräusch ertönte, gesellte sich zu dem eintönigen Wassertröpfeln, während er einen Schritt auf Gage zuging. Mit erwartungsvoll glitzernden Augen hob er den Holzeinsatz und grinste Gage an. »Bereite dich darauf vor, deine Eckzähne zu verlieren, Nightfury. Sei versichert, dass ich deine Schreie genießen werde, wenn …«

Stahl krachte gegen Stein.

Die Erschütterung donnerte durch den Raum. Ein Metallgriff wurde gedreht, dann klickte es. Angeln quietschten. Die Tür schwang weit auf, ermöglichte Gage einen Blick in einen dunklen Korridor. Einen Moment später steckte ein junger Angehöriger des Drachenbluts – einer, der noch nicht durch die *Verwandlung* gegangen war – seinen Kopf in die Kammer. Sein Blick landete auf Gage, seine hellen Augen weiteten sich vor Schreck, dann blickte er hastig weg. Gage verschluckte ein Schnauben. Ein unschuldiger Knabe in einer Mördergrube. Wenn das keine Ironie war. Es wäre zum Lachen, hätte er nicht so unglaubliche Schmerzen. So nahm er die Absurdität des Ganzen kaum wahr. Die Reaktion des Neuen ging ihm so was von am Arsch vorbei. Auch die Furcht, die er im Blick des Jünglings wahrgenommen hatte.

Nur eine Sache war von Bedeutung.

Die Unterbrechung war ein gutes Zeichen. Sie gab ihm vielleicht eine Atempause. Mehr Zeit, um einen Plan zu entwerfen. Eine weitere Chance, das Versprechen einzulösen, das er Haider gegeben hatte, nämlich, dass er sie beide hier lebend herausschaffen würde.

Der junge Mann blieb auf der Schwelle stehen und schluckte. »Mein Gebieter?«

»Was ist?«, fuhr Zidane ihn in scharfem Tonfall an.

»Ihr Vater, mein Gebieter«, flüsterte der Jüngling mit gesenktem Haupt und scharrte mit den Füßen. »Er wünscht Ihre Anwesenheit beim Morgenmahl.«

Zidane warf ihm über seine Schulter einen Blick zu. »Wann erwartet er mich?«

»Jetzt.«

Knurrend warf Zidane den hölzernen Biss weg. Das Teil hüpfte über den Tisch, über rasiermesserscharfe Klingen. Er sah einen Moment zu, wie es über die Instrumente hüpfte, dann verlagerte sich seine Aufmerksamkeit, und er wandte den Blick wieder Gage zu. »Gerettet durch die Frühstücksglocke, Nightfury. Glück gehabt.«

»Ja, ich Glückspilz«, murmelte Gage sarkastisch, obgleich er tatsächlich jedes Wort meinte, weil … *gottlob.* Er hatte echt eine Pause nötig. Die Welt hatte ihm eine bewilligt – und dazu einen erstklassigen Informationsbrocken. *Das Frühstück.* Neun Uhr in den meisten Höhlen von Drachenblütigen. Diese Information verschaffte ihm Hoffnung und noch etwas anderes: die Uhrzeit und einen ungefähren Zeitrahmen. Zwei Stunden – höchstens drei –, bis das Frühstück beendet war. Genug Zeit, um sich zu befreien, Haider zu finden und schnell wie der Blitz aus Rodins unterirdischer Höhle zu verschwinden. »Schätze, ich sehe dich dann später.«

»Worauf du dich verlassen kannst.« Mit dröhnenden Stiefelschritten schritt Zidane zur Tür. Der Knabe trat beiseite, machte die Türschwelle frei für seinen Herrn. Zidane heftete seinen Blick auf den jungen Mann. »Osgard?«

»Ja, mein Gebieter?«

»Bleib hier und hilf Ferland.«

Osgard nickte.

Ferland, der mit der Kamera beschäftigt war, blickte überrascht auf. »Wobei?«

»Schalt den Strom ab, und hol ihn runter«, befahl Zidane. »Steck unseren kleinen Vogel in seinen Käfig.«

Ferland runzelte die Stirn. »Aber …«

»Lass ihn wieder zu Kräften kommen, während wir essen.« Schon halb aus der Kammer, warf Zidane seinem Freund einen Seitenblick zu, dann konzentrierte er sich wieder auf Gage. Der Seufzer, den er von sich gab, klang verdammt sehnsüchtig. Gage verspannte sich. Der Drecksack summte, genoss zweifellos den Anblick starker Muskeln. Mit stolzem Blick überflog er die Stichwunden, die kreuz und quer über Gages Oberkörper verliefen, dann ließ er ihn weiterwandern zu den Brandwunden an Gages Hals, zu dem vielen Blut, das über seine Brust floss. Der durchgeknallte Scheißkerl grinste. »Es macht keinen Spaß, einen Schwächling zu foltern. Die schreien nie so schön laut.«

Eine Binsenweisheit. Eine, die Gage gut kannte.

Er war bei zahllosen Verhören anwesend gewesen – und auch bei mehr als einer Hinrichtung –, als er noch unter dem Dach seines Erzeugers gelebt hatte. Genug, um Ursache und Wirkung zu verstehen und was die Lust, die Zidane empfand, wenn andere schrien, bedeutete. Der Wichser war mehr als nur grausam. Er war ein echter Sadist, ein Mann, den die Schmerzen anderer sexuell erregten. Eine wichtige Information für künftige Gelegenheiten. Besonders, da Gage nicht mehr hier sein würde, wenn Zidane zurückkam. Der Plan zeichnete sich bereits ab, nahm in Gages Kopf Gestalt an. Es würde nicht mehr lange dauern. Nur noch Augenblicke, bis …

Das Summen der Elektrizität wurde schwächer.

Seine Muskeln entspannten sich, sodass sein Körper zuckte. Gage stöhnte, als sich seine Glieder langsam beruhigten und … oh, süße, süße Erleichterung. Es war beinahe so gut wie Rache. Beinahe, aber nicht ganz. Seine Dem-zahle-ich-es-heim-Gene dachten nicht daran, aufzugeben. Oder klein beizugeben. Die gesamte Erzgarde würde für seine Schmerzen büßen und noch mehr dafür, dass sie es gewagt hatten, Haider zu verletzen.

Schlüssel klirrten, als Ferland vortrat, um die Fußeisen aufzuschließen.

Gage spielte den total Erschöpften, ließ den Kopf hängen und seine Muskeln schlaff werden. Ferland trat vor ihn und widmete sich der Stahlschelle, die seinen linken Fußknöchel umschloss. Das Schloss klickte. Das erste Fußeisen sprang auf. Eins geschafft, blieben noch drei. Gages Mund verzog sich. Fantastisch. Absolut perfekt. Der Mann mochte es zwar noch nicht wissen, aber Ferland würde ohne das Vergnügen eines Frühstücks auskommen müssen. Er würde mausetot sein, bevor Zidane auch nur das Besteck zur Hand nahm und sich den ersten Bissen in seine verdammte Fresse stopfte.

5

Mit weit gespreizten Flügeln schoss Bastian über dichten Wald dahin. Riesige Bäume bogen sich fügsam, und die zarteren Baumwipfel streiften den Boden, bevor sie wieder hochschnellten und Piniennadeln und jede Menge Schnee in den Nachthimmel schleuderten, sodass Bastian eine Schmutzwolke hinter sich zurückließ. Ein abgebrochener Ast wirbelte hoch und überschlug sich. Bastian duckte sich, konnte ihm knapp ausweichen und spähte über seine Schulter zurück. Der Ast wirbelte über die Stacheln an seinem Rücken und …

»*Autsch!*« Dicht hinter ihm wich Rikar nach rechts aus. »*Zum Teufel mit dir, Bas. Hast du deinen verdammten Verstand verloren?*«

Bastian erhöhte seine Geschwindigkeit und ignorierte die Frage. Ihm stand der Sinn nicht nach Unterhaltung. Jetzt nicht. Vielleicht für eine ganze Weile nicht. Stattdessen musterte er weiterhin die raue Landschaft und flog an einer Gruppe uralter Pinien vorbei.

»*Verdammte Scheiße …*« Sein stellvertretender Kommandant flog eine scharfe Kurve, wich weiterem aufgewirbeltem Schmutz aus. »*Pass doch auf.*«

Bastian dachte nicht daran, auf den stocksauren Tonfall seines Freundes zu reagieren. Es bestand absolut kein Grund, den Moment durch Gerede zu ruinieren. Rikar würde schon klarkommen mit den Dreckwolken und der halsbrecherischen Geschwindigkeit. Genau wie der Wald. Schaden. Kein Schaden. Die Landschaft und welches Chaos auch immer er hinter sich verursachte, spielten keine Rolle. Nicht heute Nacht. Die Natur würde tun, was sie immer tat – genau wie sein XO –, und überleben. Seine Gedanken waren mit anderen Dingen beschäftigt. Dringlichen Dingen. Beunruhigenden Dingen und der Situation in Seattle.

Die bedeutete, dass er schleunigst nach Hause musste. Den Wasserfall erreichen, in die unterirdische Kaverne fliegen, in der Landezone landen, Menschengestalt annehmen und so schnell wie möglich ins Computerzentrum von Black Diamond sausen musste – zu Sloan. Und zwar schneller als schnell. Gute Geheiminformationen waren schließlich heikel. Sie blieben nur eine gewisse Zeit aktuell. Also schnell und sauber. Oder skrupellos. Beides klang gleich gut für ihn. Beide Strategien könnten hinhauen, wenn er die nötigen Informationen bekam, um die Leerstellen zu füllen.

Reine Spekulation, welche Maßstäbe auch immer man anlegte, aber …

Er musste es probieren. Sonst wäre er am Arsch, hätte am anderen Ende der Welt gleich zwei vermisste Krieger.

»Verdammte Scheiße«, knurrte er und flog eine scharfe Kurve.

Rikar fluchte, blieb mitten in der Luft stehen, rüttelte mit den Flügeln und ließ seine frostige Seite von der Leine. Die Temperatur fiel. Feuchte Luft wurde zu einem Eiswirbel, überzog Bastians dunkelblaue Schuppen. Unter ihnen fiel das Gelände ungefähr siebzig Meter steil ab. Den Felsvorsprung fest im Blick, schoss Bastian in die Tiefe. Schiefer löste sich, stürzte in den Fluss unter ihm. Er ignorierte das Platschen, bog scharf ab und donnerte um die nächste Biegung. Das Wasser kräuselte sich, frostige Wellen peitschten hoch. Seine Muskeln protestierten. Er kümmerte sich nicht darum. Der halsbrecherische Flug fühlte sich gut an. Schien angemessen zu sein. Die Kraftanstrengung hatte seinen Kopf geklärt und für gewisse Erkenntnisse gesorgt.

Er musste das Problem mit Gage und Haider für den Moment außer Acht lassen. Etwas anderes belastete ihn nämlich auch sehr – *etwas*, was sehr viel näher an seinem Wohnort lag, weil … kein Zweifel. Die Schwingungen in der City heute Nacht waren falsch.

Bastian schnaubte. Funken sprühten aus seinen Nüstern, als er seinen Kopf schüttelte. Himmelherrgott. Wem wollte er etwas vormachen? *Falsch* war nicht mal annähernd der richtige Begriff für die letzten paar Stunden. Merkwürdig. Beschissen. Absolut nicht normal. Egal, welche Beschreibung er benutzte. Sie trafen alle zu. Insbesondere, da er in Seattle nicht auf einen einzigen Razorback gestoßen war. Nicht *einen.* Obgleich sie mehrere Stunden auf der Jagd gewesen waren, jeden ihnen bekannten Treffpunkt der Feinde aufgesucht hatten und er seine Magie wieder und wieder aktiviert, seine Position preisgegeben, den feindlichen Clan geradezu eingeladen hatte, ihn zu fangen.

Normalerweise brauchte der nicht mehr als das – eine Einladung zum Kampf.

Aber nicht heute Nacht. Das Übliche hatte nicht funktioniert. Egal, wie viele Signale er ausgesandt hatte, der Feind war nicht ausgeschwärmt, um ihn anzugreifen.

Diese Veränderung signalisierte Probleme. Die Razorback

änderten ihr Verhalten nie. Die Reaktionen dieser Idioten waren vorhersehbar. Ihre Strategie war immer gleichbleibend. Meistens waren sie einfach nur schlicht brutal. Also … das veränderte Verhalten der Razorback beunruhigte ihn. Es musste einen signifikanten Grund für diese neue Taktik geben. Außerordentlich signifikant. Schwerwiegend genug, um die Feinde drinnen zu halten – und aus dem Himmel – seit geschlagenen drei Nächten. Und hinzu kam noch die Situation in Prag, was seine Probleme vervielfältigte, geradezu weltumspannend machte in null Komma nichts.

Und Gage und Haider in Bedrängnis brachte.

Einen Ozean entfernt ohne Rückendeckung. Oder die leiseste Hoffnung auf baldige Hilfe.

Furcht sammelte sich in seiner Magengrube. Hinterließ einen schlechten Geschmack in seinem Mund. Bastian schluckte das Saure hinunter. Du liebe Güte. Alles war den Bach runtergegangen. War durcheinander, stimmte hinten und vorn nicht. War so verkorkst, dass er nicht wusste, wo er anfangen sollte. Sollte er sagen »Scheiß drauf!«, nach Prag aufbrechen und die Erzgarde herausfordern? Oder die Sache durchstehen und seinen Kriegern vertrauen? Sein Instinkt drängte ihn einzugreifen. Erfahrung riet ihm abzuwarten …

Noch ein wenig länger.

Seine Krieger waren keine Leichtgewichte. Sie waren selber brutal. Und zu zweit. Waren hochintelligent … keine Frage. Gage und Haider ließen Wildheit zahm aussehen. Und dennoch konnte Bastian seine Unsicherheit nicht abschütteln. Er hatte ein schlechtes Gefühl. Der Art, die ihm sagte, dass das Verschwinden seiner Krieger und der plötzliche Rückzug der Razorback irgendwie zusammenhingen. Nur eine Annahme? Mutmaßungen ohne irgendwelche Tatsachen? Bastian knirschte mit den Zähnen. Zweifellos. Er hatte nicht die Spur eines Beweises. Und würde wahrscheinlich auch keinen bekommen. Nicht, wenn Ivar, der Anführer der Razorback, seine Krieger nicht aufs Spielfeld schickte, sondern sie zurückhielt.

»*Arschloch*«, knurrte Bastian und wünschte sich, dass Ivar herauskommen würde zum Spielen.

»*Du hast hoffentlich nicht mich gemeint, sonst …*« Rikar spannte sich an und machte einen Salto über Bastian hinweg. Seine frostbedeckten Schuppen klirrten. Auf halbem Weg warf er Bastian einen finsteren Blick zu. »*Du bist das einzige Arschloch hier im Moment.*«

»*Ich bin ziemlich nervös*«, sagte Bastian, was wohl als Entschuldigung durchgehen sollte. »*Sechs Tage, Rikar. Sechs verdammte Tage ohne ein Sterbenswort.*«

»*Ich weiß. Ich mache mir auch Sorgen um die Metallischen, aber …*« Sein Freund machte einen Satz nach rechts und ging an Bastians linker Flügelspitze in einen sanften Gleitflug über. »*Die halsbrecherische Geschwindigkeit ändert auch nichts daran, Bas.*«

»*Vielleicht nicht, aber sie hilft mir beim Denken. Ich brauche dringend Durchblick.*« Oder einen wirklich starken Drink. Ein Glas mit Johnnie Walker Blue käme gerade recht. Würde ihn besänftigen. Ein paar davon zu kippen half ihm immer, seine Nervosität abzubauen. Das wäre heute Nacht nicht anders, außer … Bastian seufzte. Trinken war keine gute Idee. Die Schuldgefühle würden ihn weiterhin bedrücken, ebnenso wie die Bürde des Kommandos. Also nein. Whiskey war für die nähere Zukunft gestrichen. Er musste einen klaren Kopf behalten. Konzentriert bleiben. In der Lage sein, das Problem aus allen möglichen Blickwinkeln zu analysieren. Sonst würde er seine Krieger niemals heil aus Europa herauskriegen. »*Alles ist mordsmäßig schiefgegangen. Ich habe Gage und Haider rübergeschickt, Rikar. Ich …*«

»*Es war eine todsichere Sache … eine gute Entscheidung alles in allem. Wir brauchten die geheimen Berichte. Jetzt haben wir sie und wissen, was uns erwartet.*«

Bastian verstand den vernünftigen Einwand. Verdammt, er war derjenige gewesen, der als Erster mit dem Plan rübergekommen war. Aber zu wissen, dass es der richtige Spielzug war, hieß nicht, dass er sich dabei besser fühlte. »*Was, wenn sie bereits tot sind?*«

»*Auf keinen Fall. Hab Vertrauen zu ihnen, Bas. Gage und Haider wissen, was sie tun.*« Rikar bleckte seine Fänge und grunzte. »*Rodin ist zu gierig, um unsere Jungs im stillen Kämmerlein umzubringen. Der Mistkerl braucht Publikum, will ein Exempel an uns statuieren, ohne seine Position zu gefährden.*«

Bastian grunzte. »*Indem er unseren Clan ins Exil verbannt.*«

»*Eine aggressive Strategie*«, sagte Rikar. »Das Gesetz der Ezinile *ist eine heikle Sache. Die anderen Mitglieder des Hohen Rates erinnern sich noch an deinen Vater und kennen dich. Mit Nian auf unserer Seite wird Rodin sie nur schwer überreden können, uns zu ächten, ganz davon zu schweigen, ein Kopfgeld auf ein Mitglied unseres Clans auszusetzen.*«

Das stimmte schon. Ein exzellenter Einwand, der allerdings auch seine Schwachstellen hatte.

Insbesondere, da Nian ebenfalls verschwunden war.

Bastian zog eine Grimasse. Die Funkstille musste nicht unbedingt etwas zu bedeuten haben. Nian konnte abgetaucht sein, um im Hintergrund die Fäden zu ziehen, und unbemerkt versuchen, die Metallischen in Sicherheit zu bringen. Bastian hoffte es, aber ... bei Nian wusste man nie genau. Der Mann war machtgeil und ehrgeizig. Was ihn unberechenbar und infolgedessen unzuverlässig machte. Nicht die Art Krieger, die Bastian normalerweise auf seine Seite holte. Dennoch hatte er sich auf Nian eingelassen, hatte versprochen, seine Absichten innerhalb der Erzgarde zu unterstützen. Warum? Bastian schnaubte. Gute Frage. Eine, die er sich selbst seit einer Woche immer wieder stellte. Die Frage ließ ihn einfach nicht mehr los. Sie tauchte immer wieder auf, kam wie eine lästige Person immer wieder durch die Drehtür. Aber ob es ihm nun gefiel oder nicht, die Antwort blieb stets dieselbe. Intuition. Basierend auf Erfahrung. Es war gefährlich, aber Bastian sah etwas in dem jüngeren Mann. Etwas, was ihm gefiel und wovon er wusste, dass es mit der Zeit noch stärker würde. Nian war jemand, der sich Gedanken machte. Er wollte das Richtige tun. Sehnte sich nach einer Veränderung. Nach Frieden und einem besseren Weg für die Angehörigen des Drachenbluts – egal, wie schwierig der Weg war oder wie viele Feinde er sich auf dem Weg dorthin machte. Also ... alles in allem war Nian ein guter Verbündeter.

Aber nur, wenn der Idiot auf seine Anrufe reagierte.

Bastian verschluckte einen Fluch und krümmte seine Klauen. Es gefiel ihm nicht. Gage. Haider. Und jetzt Nian. Drei Vermisste innerhalb von sechs Tagen. Die Situation roch stark nach einem fehlgeschlagenen Plan.

Den Blick auf das zerklüftete Terrain geheftet, bog er um eine Klippe, die sich am Rand des Flusses erhob. Seine Gedanken rasten. Der Druck auf seiner Brust wurde stärker und machte ihm das Herz schwer, als sein Instinkt sich lautstark zu Wort meldete, ihm riet aufzupassen. Rodin steckte hinter dem Verschwinden seiner Krieger. Steckte ganz tief irgendwie in diesem Machtspiel. Bastian verkniff sich ein Knurren. Nicht überraschend. Der Scheißkerl würde alles tun – jedem Schaden zufügen –, um an der Macht zu bleiben. Manipulieren. Einschüchtern. Morden. Der Mann versuchte es mit allem, wie Bastian wissen sollte. Er hatte Rodins Manöver beobachtet, als er nach dem Tod seines Erzeugers ein Mündel unter der Fuchtel der Erzgarde war.

Den Mord an Bastians Vater hatte Rodin in die Wege geleitet.

Nicht, dass Bastian es beweisen konnte. Der schleimige Dreckskerl war aalglatt. Rodin machte sich nie die Hände schmutzig. Er erteilte Befehle und erwartete, dass andere sie ausführten. Was bedeutete, dass Bastian immer noch nicht wusste, wer seinen Vater umgebracht hatte – Sigvoid, den Großkanzler der Drachenblütigen, den Mann, den alle Clanchefs gewählt hatten, damit er die Erzgarde und die Gesetze ihrer Art überwachte. Ein beschissenes Blatt, ausgeteilt kurz vor Toresschluss. Egal, wie sehr er sich um Informationen bemühte, keiner redete. Ergo konnte er die Schuld nicht Rodin in die Schuhe schieben. Dieser Zug war abgefahren. Es gab kein Zurück. Keine Beweise zu sammeln oder schuldige Parteien anzuklagen. Keine Lösung welcher Art auch immer. Nur den Schmerz des Verlustes und die Gewissheit, dass sein Vater gestorben war, weil er wollte, dass seine Spezies eine Zukunft hatte.

Ein harter Job. Einer, der noch erschwert worden war durch gewissenlose Drecksäcke wie Rodin.

Was zu erwarten gewesen war. Die politische Arena blieb

sich ewig selbst treu. Wie bei einem Schachspiel wechselte das Spielfeld nie, nur die Positionen der Spieler auf dem Brett. Das war der Grund, weshalb Bastian in Seattle lebte, weit weg von all dem Machtgezerre. Sein Vater hatte etwas Besseres gewollt – etwas mehr – für ihn. Ein wirkliches, glückliches Leben. Nicht die konstante Bedrohung durch machthungrige Männer, die auf seinen Posten scharf waren.

Das war der Grund für das Versprechen, das er seinem Vater vor dessen Tod gegeben hatte. Nie in die Politik zu gehen. Nie die Rolle des Großkanzlers zu übernehmen. Egal, wie viele Männer ihn darum baten, die Gesamtheit der Drachenblütigen anzuführen.

Bastian stieß heftig die Luft aus.

So viele Jahre waren vergangen seit diesem schicksalhaften Gespräch. So viel Leid und Unfriede, seit er auf sein Recht verzichtet hatte. Bastian schüttelte den Kopf. Er war noch so jung gewesen, erst siebzehn Jahre alt – drei Jahre vor seiner *Verwandlung* und der damit verbundenen Fähigkeit, Drachengestalt anzunehmen. Zu naiv, um zu verstehen, was es bedeutete, sein Wort zu geben. Oder was für Folgen es für seine Spezies haben würde. Totale Umwälzung. Totaler Aufruhr. Bruder gegen Bruder. Manchmal fragte sich Bastian, ob sein Vater vorausgesehen hatte, was es bedeutete, den Thron unbesetzt zu lassen, und welches Chaos daraus entstehen würde. Vielleicht war es das, was er gewollt hatte. Vielleicht hatte er immer gewusst, was seine Spezies brauchte …

Wirklichen Wandel. Eine Neustrukturierung der Hierarchie der Drachenblütigen.

Bastian wusste es nicht. Sein Vater war tot, er war weg und würde nie wieder zurückkehren. Und sich den Kopf darüber zu zerbrechen, was er beabsichtigt hatte? Reine Zeitverschwendung. Ratespiele waren kein Ausweg. Er konnte nicht zurück und seine Meinung ändern. Konnte nicht zwei Jahrhunderte voller Probleme ungeschehen machen, geschweige denn erfahren, welche Absichten sein Erzeuger verfolgt hatte. Bastian lebte – tagein, tagaus – mit der Realität der Situation, die sein Vater hinterlassen hatte. Nun ja, damit und mit den Erinnerungen an die erlittenen Grausamkeiten, nachdem Rodin nach der Ermordung seines Vaters das Kommando übernommen hatte.

Bedauern schnürte ihm die Kehle zu.

Sein Erinnerungsvermögen lieferte den Rest, ließ Bilder vor seinem inneren Auge aufblitzen, erinnerte ihn an verpasste Gelegenheiten und begangene Fehler. So viele verpfuschte Versuche. Viel zu viele Männer, die an dem Thron interessiert waren. Sigvoid war weniger als eine Woche tot gewesen, als Rodin mit seinen Machtspielchen begann.

Eine feindliche Übernahme, wie sie schlimmer nicht hätte sein können.

Uneinigkeit war die Folge. Und das Amt musste immer noch besetzt werden. Jahre ohne einen wahren Anführer hatten die Drachenblütigen gespalten, es hatten sich diverse Gruppierungen gebildet, die unterschiedliche Territorien für sich beanspruchten. Jetzt lebten Angehörige seiner Spezies nicht mehr an einem zentralen Ort, sondern waren über den gesamten Erdball verteilt. Einige unterstützten immer noch Rodin und seine üblen Bestrebungen. Andere wollten, dass Bastian das Amt übernahm, genau wie sein Vater es getan hatte. Und bei diesen beiden oppositionellen Lagern? Bastian schüttelte den Kopf. Endlose politische Manöver. Unvernunft bis zum Anschlag. Himmelherrgott. Kein Wunder, dass es so ein Schlamassel war.

Überall nur Uneinigkeit.

Und keiner konnte verstehen, warum er sich weigerte, Großkanzler der Drachenblütigen zu werden. Aber die Wahrheit blieb dieselbe. Seine Antwort auch.

Er hatte sein Wort gegeben, es seinem Vater versprochen.

Was ihn mitten in dieses Durcheinander katapultierte. Und zwar an vorderste Front, wo ein tödliches Tauziehen stattfand. Eins, das ungefähr so ging: Er musste dafür sorgen, dass seine Unterstützer zufrieden genug blieben, um seine Weigerung, den Thron anzunehmen, zu akzeptieren, während er gleichzeitig Rodins Versuche, ihn für sich zu beanspruchen, hintertrieb. Absolut nicht einfach. Besonders nicht, wenn Rodin am politischen Rad drehte und dem Nightfury-Clan *Xzinile* androhte. Bastian knurrte. Verdammte Erzgarde. Die schlappschwänzigen Idioten hatten keine Ahnung. Seine Weigerung, das Amt seines Vaters zu übernehmen, machte noch lange keinen Schwächling aus ihm. Womöglich machte es ihn sogar noch gefährlicher. Und wenn dann noch diese Drohung dazukam, dann …

Es verhieß Ärger. Für die Männer im Hohen Rat, nicht für ihn.

Als Geächteter gebrandmarkt zu werden würde ihn erst richtig entfesseln. Ihm die Freiheit geben, sich über das Gesetz hinwegzusetzen, dem Beispiel seines Vaters zu folgen und die Erzgarde anzugreifen. Sie alle zu eliminieren. Ein archaisches System zu demontieren, das nicht länger den Interessen der Drachenblütigen diente, und es durch ein besseres zu ersetzen. Also nur zu. Sollte die Erzgarde ihn ruhig zu einem Verräter erklären. Bastian hoffte, dass Rodin so dumm war. Er hoffte es wirklich. Sobald der Hohe Rat abstimmte, die Papiere unterschrieb und eine Belohnung auf seinen Kopf aussetzte … Verdammte Scheiße. Er konnte es kaum erwarten zu sehen, was dann passierte.

Nicht viele Männer hätten genug Mut, um ihn zu jagen. Oder einen seiner Krieger quasi vom anderen Ende der Welt aus. Sein Ruf war solide, seine Methoden allgemein bekannt. Hinzu kam noch die Tatsache, dass seine Verbündeten sich zusammenscharen würden, um ihn zu unterstützen, und … kein Zweifel. Rodin steuerte gefährliches Terrain an. Riskierte alles, um seinen Stolz zu befriedigen, statt auf Nummer sicher zu gehen und den Status quo zu erhalten. Was nur zu einem führen konnte …

Zu einem weltweiten Krieg. Einer Chance zu bedeutenden Veränderungen.

»Hey, Bas?«

Bastian warf seinem besten Freund einen Blick zu. *»Ja?«*

»Wie läuft es mit Forge?«

»Bisher gibt es noch nichts.«

»Er erinnert sich immer noch nicht?«

»Ich arbeite mit ihm.« Bastian ließ seine Schultern kreisen. Eissplitter lösten sich von seiner geschuppten Drachenhaut und blieben hinter ihm zurück, als er seine Geschwindigkeit veränderte. *»Noch erzählt er von keinen Details jener Nacht, aber seine Erinnerung kehrt langsam zurück.«*

Wie nicht anders zu erwarten war. Bastian konnte das verstehen.

Forge wollte sich nicht erinnern, geschweige denn, den Angriff noch einmal durchleben. Oder die daraus resultierende

Qual. Er hatte mit angesehen, wie sein Vater und seine älteren Brüder getötet wurden. Um den Schmerz nicht länger ertragen zu müssen, hatte der Schotte die Erinnerung abgespalten. Jetzt hatte er keinen Zugang zu ihr. Und er hatte auch keinen Grund gehabt, einen zu suchen. Doch Bastian wollte wissen, was in jener Nacht passiert war. Also setzte er psychische Regressionstechniken ein, zusammen mit seiner Magie. Er benutzte alles, versuchte, Forge dazu zu bringen, sich zurückzuversetzen und seine Erinnerung wiederzuerlangen. Es ging nur langsam voran, keine Frage, aber das Glück war aufseiten der Geduldigen. Bastian wollte Forge auf keinen Fall zu sehr drängen, seine Synapsen nicht beschädigen im Verlauf dieses Prozesses. Erinnerungen stückweise zusammenzusetzen brauchte Zeit, und Bastian hatte Vertrauen. Der Schotte würde sich erinnern – irgendwann – und ihm geben, was er brauchte.

Mehr Informationen. All die wichtigen kleinen Details.

Den wahren Grund, warum Rodin den Tod des Schotten wollte.

Aber zuerst musste Bastian das *Warum* hinter dem Vorwand durchschauen. Das Geheimnis, das das Netzwerk von Lügen rund um das Oberhaupt der Erzgarde aufrechterhielt. Hatte der Drecksack seinen Krieger aufs Korn genommen, um ein Verbrechen zu vertuschen? Wie beispielsweise seine Beteiligung an dem Mord an Forges Erzeuger, dem Befehlshaber des schottischen Clans, vor vielen Jahren? Keine abwegige Mutmaßung. Rodin war nicht immer so vorsichtig gewesen, wie er heutzutage war. Der Wichser liebte es zwar, die Fäden hinter den Kulissen zu ziehen, aber hin und wieder machte er sich doch die Finger schmutzig. So vielleicht auch bei der Ermordung von Forges Familie. Vielleicht war Rodin nach Schottland gereist, um den Angriff zu koordinieren. Vielleicht … nur *vielleicht* … könnte Forge ihn als den Bastard identifizieren, der als Drache die Führung der Todesschwadron übernommen hatte.

Reine Spekulation. Mutmaßung ohne den Hauch eines Beweises.

Bastian konnte sich trotzdem ein zufriedenes Brummen nicht verkneifen. Die Theorie ergab schließlich durchaus Sinn. Sie erklärte alles, genau genommen. Rodins Fixierung auf Forge. Seine Bereitschaft, das Risiko einzugehen, das Gesetz der *Xzinile* wieder einzuführen, um nicht nur die Wahrheit zu verbergen, sondern auch den einzigen Zeugen seines Verbrechens zu beseitigen. Eines Fehltritts, der zu Rodins Sturz führen könnte, wenn er von einem Drachengericht dessen überführt wurde.

Es fehlte nur ein kleines Bruchstück. Nur eine klitzekleine Information. Die Bestätigung, dass Rodin vor Ort gewesen war. Bastian wusste, wie der Bastard aussah in Drachengestalt. Er brauchte von Forge nur die Beschreibung der Todesschwadron – all der Männer, die in jener Nacht angegriffen hatten. Wertvolles Geheimwissen, zwar unter Verschluss im Gedächtnis des Schotten, aber nichtsdestotrotz vorhanden. Mit finsterem Blick musterte Bastian die Baumwipfel und ging seine Strategie erneut durch. Langsam und stetig. Geduldig daran arbeiten, Erinnerungen wiederzuerlangen. Dabei musste er Forge helfen. Sonst würde er verlieren, was er brauchte, um den Chef der Erzgarde zu stürzen.

Ein für alle Mal.

»Je früher Forge sich erinnert«, meldete Rikar sich zu Wort,

dessen tiefe Stimme durch ihre mentale Verbindung drang, *»desto besser für uns.«*

»Ich weiß. Ich brauche möglicherweise deine Hilfe dabei.«

Rikar runzelte die Stirn. *»Um ihn abwechselnd zu bearbeiten? Zwei sind besser als einer?«*

»Weiß ich nicht – vielleicht. Kann nicht schaden, es zu versuchen.«

»Ja, in Ordnung.« Rikar nickte. *»Was immer du brauchst.«*

»Ich rede mit Forge«, murmelte Bastian, froh, dass er seinen Freund mit an Bord hatte, *»hole mir sein Okay, bevor wir ihn mit dir überraschen, und dann …«*

Sein Sonar meldete sich.

Bastian drehte den Kopf schnell nach rechts. Das Kribbeln wurde stärker, glitt über seinen Rücken, dann veränderte es die Richtung, kollidierte mit seinem Schädel. Ein Prickeln strömte über seine Hörner. Er suchte weiträumig die Landschaft ab, konzentrierte sich auf seine Fähigkeit, die Eigenschaften eines Mannes aus weiter Entfernung zu bestimmen. Er hielt die Kraft einen Moment lang fest, dann ließ er seiner Gabe freien Lauf. Magie breitete sich wie ein Netz vor ihm aus, über die Baumwipfel und den Himmel, um ihn mit Informationen zu füttern. Er bleckte seine Fänge. Oh, toll. Männliche Drachenblut-Angehörige näherten sich vom südlichen Ende des Waldes. Er verminte das Signal. Entfernung zum Ziel – drei Meilen. Wie viele insgesamt? Zwei große Männer. Alter, Fähigkeiten und Art des Atemausstoßes? Bastian stellte sein Radar feiner ein. Seine Sinne schärften sich. Einer spie Feuersäure, und der andere …

Ah, verdammt. Er identifizierte die tödlichen Schwingungen, die auf ihn zukamen.

Mac und Forge sausten mit Lichtgeschwindigkeit heran.

Seufzend warf er seinem XO einen Seitenblick zu.

Rikar grinste, bleckte seinen riesigen Fänge. »*Die Wunderzwillinge auf drei Uhr.*«

Bastian schnaubte amüsiert. *Wunderzwillinge.* Der Spitzname gefiel ihm. Die Bezeichnung passte zu den beiden neuesten Mitgliedern des Nightfury-Clans wie Kugeln in einen Revolver. »*Ich hatte auf zwei Razorback gehofft.*«

»*Wunschdenken.*« Rikar grummelte, klang auch schwer frustriert. »*Kein sonderliches Jagdglück in letzter Zeit.*«

Kein Witz.

Der verdammte Ivar. Der Mann vermasselte ihm sein Vergnügen, indem er seine Soldaten fest unter Verschluss hielt. Allerdings sollte er vielleicht seine Erwartungen herunterschrauben. Jedenfalls hier draußen – mitten im Nirgendwo. Der Feind verließ selten die Grenzen von Seattle. Die Saftsäcke liebten die Stadtlandschaft. Versteckten sich gern hinter Wolkenkratzern und hohen Gebäuden. Sehr bedauerlich, wirklich. Einen Razorback in offenem Gelände unter Beschuss zu nehmen würde sehr viel mehr Spaß machen. War genau die Art von Vergnügen, nach der sich Bastian heute Nacht sehnte, aber … na gut. Ein andermal hätte er vielleicht mehr Glück. Was bedeutete …

Zeit, in Richtung Black Diamond zu steuern.

Ein paar schöne Stunden mit Myst würden seine Stimmung heben. Seine Frau konnte ihn wie nichts und niemand anders besänftigen – einschließlich einer handfesten Prügelei. Er war ein Glückspilz, dass er sie hatte. Und auch dankbar. Nichts ging darüber, jeden Morgen nach Hause zu kommen zu seiner Gefährtin. Oder toppte das Privileg, sie jeden Tag in den Armen zu halten und mit ihr zu schlafen.

Bastian drosselte seine Geschwindigkeit und spähte über seine Schulter. Zwei Schatten tauchten am Horizont auf. Ein steiler Felsvorsprung erhob sich vor ihm. Ein Auge auf die Wunderzwillinge geheftet, wich Bastian dem Gestein aus, während die beiden blitzschnell zu ihm aufschlossen. Forge grunzte zur Begrüßung, flog nun zu seiner Linken, nahm die Flügelposition gegenüber von Rikar ein.

Mac ging über ihm in Gleitflug und aktivierte ihr Drachen-Handy. *»Irgendwas los?«*

»Nada«, antwortete Rikar. Es war mehr ein Knurren als ein verständliches Wort. *»Bei euch?«*

»Verdammte Inzucht«, kam es von Forge, dessen schottischer Akzent stärker war als gewöhnlich. *»Nichts. Kein einziges Arschloch zu töten. Und wir sind den ganzen Weg runter nach Süden bis Tacoma geflogen.«*

Mac schüttelte den Kopf. *»Irgendwas ist da im Busch. Die Flachwichser verstecken sich.«*

»Ich weiß«, murmelte Bastian. *»Ich hoffe, dass Sloan etwas Neues für uns hat. Azrad sollte sich heute Nacht melden.«*

Schweigen folgte auf seine Bemerkung. Was nicht überraschte. Azrad war ein heikles Thema. Keiner seiner Krieger wollte es vertiefen, geschweige denn den Gedanken äußern, dass Azrad möglicherweise nicht gut war für den Nightfury-Clan. Bastian verstand die Vorbehalte seiner Krieger. Verdammt, er teilte sie sogar. Hatte einen Haufen Bedenken und mehr Fragen als Antworten.

Aus gutem Grund.

Bis vor einer Woche hatte er nicht gewusst, dass Azrad

überhaupt existierte. Oder dass sein Vater vor seinem Tod noch einen Sohn gezeugt hatte. Aber die Dann-Untersuchungen ließen keinen Zweifel zu – Azrad war sein Bruder. Ein verloren geglaubter, der schließlich heimgefunden hatte. Sehr seltsam, das nach so vielen Jahren als Einzelkind herauszufinden. Gefährlich war es außerdem noch. Die Verbindung berührte sein Herz. Ließ ihn an Wunder glauben und an Familienbande. Was sein Urteilsvermögen schmälerte. Was nicht klug oder auch nur halbwegs ratsam war. Seine Wachsamkeit aufzugeben, bevor er alle Fakten kannte, war eine schlechte Idee.

Auf diese Weise kamen Männer zu Tode.

Ein Fehler führte zum anderen. Das wusste Bastian. Und dennoch wollte er nach dem Glück greifen. Vertrauen statt misstrauen und Azrad willkommen heißen in der Gruppe. Dieser Wunsch hatte ihn kalt erwischt. Erfahrung müsste das Vorgehen diktieren. Vorsicht war geboten. Misstrauen und Akzeptanz waren zwei Seiten derselben Medaille. Egal, wie du sie warfst. Beide Seiten passten gleichermaßen zu der Situation. Was zu einer unvermeidlichen Wahrheit führte.

Er musste seine Karten klug ausspielen. In die Rolle des älteren Bruders schlüpfen. Seinem Verstand folgen statt seinem Herzen und einen Weg finden, seinen Clan zu schützen, während er sich gleichzeitig richtig verhielt gegenüber seinem Bruder. Azrad verdiente eine Chance, sich zu beweisen …

Insbesondere, da er so viel auf sich genommen hatte, um ihn zu beeindrucken.

Bastian verzog den Mund. Man musste seinen kleinen Bruder einfach lieben. Azrad war wirklich brillant. Er hatte sich von Anfang an als nützlich erwiesen, Bastian geliefert, was er selbst nicht beschaffen konnte, nämlich Insiderinformationen, indem er sich in den Razorback-Clan eingeschmuggelt hatte. Ein Spion innerhalb des feindlichen Lagers. Was für ein Konzept. Eins, das Bastian fraglos gefiel. Kein anderer hätte sich so effektiv in dem feindlichen Bienenstock einnisten können. Azrad war das gelungen, woran Bastian gescheitert war. Kein Wunder. Nach Jahren der Gefangenschaft in Tanzenmed – einem Gefängnis der Drachenblütigen, genehmigt von der Erzgarde und geleitet von Rodin – verhielt oder redete der Mann nicht wie ein Nightfury. Niemand würde ihn verdächtigen, solange er seine persönlichen Absichten außen vor ließ und sich klug verhielt.

Doch das war reine Spekulation. Berechenbar zu sein traf schließlich nicht gerade auf seinen Bruder zu. Also konnte Bastian nichts anderes tun als abwarten. Und die Daumen drücken. Hoffen und beten, dass Azrad lange genug durchhielt, um lebend wieder herauszukommen.

Bastian fletschte die Zähne und schoss um die letzte Biegung. Kühle Luft traf die rasiermesserscharfen Spitzen seiner Zähne. Nebel drang in sein Maul, als der Wasserfall in Sicht kam. Ungehindert stürzte das Wasser einhundert Meter tief in den Fluss. Feuchte Luft stieg hoch wie eine Wolke, verdeckte den Halbmond. Der dichte Dunst nahm ihm die Sicht. Was keine Rolle spielte. Seine Nachtsicht sprang an, und mit seinem noch aktivierten Sonar sah er alles. Die gefrorenen Schilfrohre am Flussufer. Jede einzelne frostüberzogene Piniennadel. Jedes Stück Baumrinde an den Baumstümpfen, die das Ufer säumten.

Beinahe am Ziel.

Dreißig – vielleicht vierzig – Sekunden, bis er sich in die

Vertikale legte, den Wasserfall durchschnitt und in den engen Tunnel dahinter einbog. Aus solidem Granit gehauen, führte der gezackte Eingang zur Landezone und in die unterirdische Höhle. Danach wäre er im trauten Heim, Glück allein. Nur einen Katzensprung entfernt von seiner Frau. In Mysts Armen. Könnte sie auf den Mund küssen, tief ihren Duft einatmen und sie begrüßen, wie er es immer tat – bevor er das Computerzentrum aufsuchte, um sich die Information zu beschaffen, die er brauchte, um die Nacht abzurunden. Sloan würde wie immer schwer damit beschäftigt sein, Datenbanken zu durchforsten, zu kontrollieren …

»*Bastian.*« Sloans Stimme drang mit einem leisen Knurren durch die Gedankenverbindung.

»*Was gibt's?*« Bastian schüttelte sich das Wasser von den Schuppen, ging tiefer und, den Blick auf den Wasserfall gerichtet, setzte zur Landung an. »*Irgendetwas von den Metallischen?*«

»*Noch nichts*«, antwortete Sloan. »*Aber ich habe gerade eine Nachricht von Azrad erhalten.*«

»*Was besagt sie?*« Rikar kam von hinten herangeflogen und stieß Mac beiseite.

»*Verdammt.*« Mac schwankte, geriet ins Schlingern. Magie flackerte auf, als der Mann seinen inneren Drachen von der Leine ließ und Rikar eine Handvoll Schneematsch an den Kopf schleuderte. Die Ladung klatschte seinem XO direkt ins Gesicht. Rikar prustete. Mac fletschte die Zähne. »*Pass ja auf, sonst ersäufe ich dich.*«

Mit einem boshaften Grinsen rächte Rikar sich und attackierte Mac mit Schneegestöber. Eis und Schnee explodierten in alle Richtungen. Forge fluchte, wich dem Eishagel aus.

Knurrend vollführte Mac einen Überschlag und schlug nach Rikars Schwanz. Schuppen rasselten. Der Wind frischte im Gefolge eines Eiswirbels auf. Sein Freund lachte über den spielerischen Versuch, ihn zum Krüppel zu machen. Bastian seufzte, dann schüttelte er den Kopf, hätte sich liebend gern eingemischt in das Spiel. Er könnte im Moment die kleine Rauferei gut gebrauchen, ein bisschen Stressabbau. Und ein Kampf? Oh, Mann, der würde ihm wirklich guttun. Würde helfen, die Anspannung zu mildern, bevor die Sonne ihn nach drinnen trieb für den Tag. Leider hatte er keine Zeit zu vergeuden in Anbetracht der nahenden Morgendämmerung und der beiden vermissten Krieger Gage und Haider. Aus einer freundschaftlichen Runde Drachenkampftraining und daraus, seinen Kriegern eine kräftige Abreibung zu verpassen, würde also nichts werden.

Oder daraus, sie weiter Dampf ablassen zu lassen, indem sie versuchten, Rikar festzunageln.

Es wurde Zeit, es zu beenden und an die Arbeit zu gehen.

Mac versuchte es erneut bei Rikar.

»Schluss jetzt, ihr beiden. Spart es euch für ein andermal auf«, ermahnte er seine Krieger, erstickte die Möglichkeit eines Ringkampfes im Keim, bevor es ernst wurde. *»Sloan, wie lautet die Botschaft?«*

»Granite Falls.«

»Was zum Teufel soll das denn heißen?« Forge vollführte eine Drehung und reihte sich ein, bildete die Nachhut. Der Wind frischte auf, prallte gegen seine dunkelvioletten Schuppen. *»Person, Ort oder Ding, Kumpel?«*

»Ort«, sagte Mac, setzte das Wissen, das er im Zuge seiner jahrelangen Tätigkeit als Inspektor der Mordkommission von

Seattle erworben hatte, gewinnbringend ein. *»Kleinstadt in den Cascades, nahe der kanadischen Grenze.«*

»Genau.« Das schnelle Klackern auf einer Tastatur drang durch ihre mentale Verbindung. Das konnte nur eins bedeuten. Sloan saß vor seinem Computer und tat, was er am besten konnte – er durchsuchte Dateien, knackte Firewalls, hackte Sicherheitsserver, um sich wichtige Informationen zu beschaffen. *Bin mir noch nicht sicher, was es bedeutet. Hab gerade erst angefangen, aber deswegen habe ich euch nicht angefunkt.«*

Bastian verkrampfte sich. Sloans angespannte Stimme versprach Ärger. Immer wenn sein Krieger sie benutzte, ging es um Probleme. Garantiert. *»Sag schon.«*

Das Gewinde quietschte, als Sloan seinen Sessel drehte. *»Daimler ist zu mir gekommen. Er kann Venom nirgends finden. Er ist abgehauen, Bas.«*

»Mist.« Blaugraue Schuppen blitzten auf, als Mac ausscherte. Er warf Bastian einen besorgten Blick zu. *»Er hat das Hauptquartier allein verlassen?«*

»Genau«, bestätigte Sloan.

Rikar knurrte. *»Du liebe Güte.«*

»Scheiße.« Absolut nicht gut. Eine totale Verletzung der Regeln. Eine, die Bastian nicht durchgehen lassen konnte. Venom müsste es besser wissen, als dass er einfach die Höhle ohne Deckung verließ. Allein zu fliegen war gefährlich. Allein war gleichbedeutend mit schutzlos. Und schutzlos zu sein führte oft zum Tod. *»Wo ist Wick?«*

»Bei J.J.«

Bastian fluchte leise. *»Geh ihn holen.«*

»Auf keinen Fall.« Das Tippen auf der Computertastatur hörte abrupt auf. Die Pause konnte nur eins bedeuten. Sloan

kämpfte mit sich, überlegte sich fieberhaft eine Entschuldigung, um Wick aus dem Weg zu gehen. *»Ich zerre ihn nicht aus dem Bett und weg von seiner Frau in seiner freien Nacht. Ich hege keinen Todeswunsch.«*

Knurrend gab Bastian noch einen Fluch von sich.

Rikar seufzte.

Die Wunderzwillinge schwiegen ausnahmsweise einmal.

Gott sei Dank. Das Letzte, was Bastian brauchte, war noch mehr Ärger. Oder eine Prise von dem seltsamen Sinn für Humor der beiden. *»Hast du irgendeine Ahnung, wo er sein könnte, Sloan?«*

»Habe ich.« Leder knarrte. Das Dröhnen von Stiefeln auf Beton ertönte, als Sloan hin und her ging. *»Das Luxmore Hotel. Wirklich exklusiv. Jede Menge Frauen. Gute Nährmöglichkeiten. Ich habe ihm letzte Woche davon erzählt.«*

Bastian nickte, obgleich sein Krieger das nicht sehen konnte. *»Adresse?«*

Sloan ratterte den Namen einer Straße herunter, die am nördlichen Ende von Seattle lag. Bastian verlangsamte seinen Flug und wirbelte herum. Die anderen folgten, nahmen Flugformation ein, sausten gemeinsam mit ihm über den Wald. Was gut war. Er brauchte alle Hände an Deck. Venom dort herauszuholen würde einiges an Finesse erfordern und darüber hinaus jede Menge brutale Kraft. Venom würde nicht einfach ruhig mitkommen. Das tat er nie, wenn es um Frauen ging. Sein Krieger liebte die Weiblichkeit viel zu sehr. Nahm sich gern viel Zeit. Genoss das Hineingleiten in die Ekstase mehr als die meisten anderen Männer. Wünschte sich sehnlichst eine Frau, die ihm gehörte, was – herzlichen Glückwunsch – zweifellos der Grund war, warum er die Regeln übertreten und allein ausgeflogen war heute Nacht.

Er war auf der Suche nach einer Frau.

Nach einer für immer? Oder nur nach Sex mit einer seiner Favoritinnen der Woche?

Schwer zu sagen. Aber was Bastian mit Sicherheit sagen konnte? Sobald er Venom in die Finger kriegte, würde es ein Nachspiel geben. Und eine gesalzene Strafpredigt obendrein. Er verschluckte ein Grollen. Vollidiot. Allein loszufliegen. Was für eine hirnrissige Aktion. Eine, die er nicht ungestraft durchgehen lassen konnte. Regeln gab es aus bestimmten Gründen: Sie sorgten dafür, dass seine Krieger am Leben blieben. Also … Zeit, die Peitsche zu schwingen. Venom brauchte einen gewaltigen Tritt in den Arsch. Bastian knurrte, während er über die Interstate 90 flog. Da hatte Venom echt Pech gehabt. Er war genau in der Stimmung, seinem Krieger reichlich von beidem zu verpassen.

6

Venom seufzte, als Evelyn sich von ihm umarmen ließ. Hm, sie war so was von exquisit. Ganz warm und weich in seinen Armen. Schmiegte sich schön an. Sah wunderbar aus mit ihrem dunklen Haar und ihrer weichen, mokkafarbenen Haut. Er fand alles an ihr verlockend. Alles an ihr erregte ihn. Ließ ihn jedes kleinste Detail wahrnehmen – den sinnlichen Bogen ihrer Lippen, ihren freizügigen Rückenausschnitt, ihren aufreizenden Duft. Er atmete tief und genussvoll ein, sog ihn tief in seine Lungen und … oh Baby. Noch ein Geschenk. Er liebte ihren Geruch, sie roch so süß wie der Sommer, wie taufrischer Himmel und warme, laue Nächte.

Absolut natürlich. Einhundertprozentig weiblich. Keine Andeutung von Parfüm.

Er ließ seine Hand unter ihre schulterlangen Locken gleiten, umfasste ihren Nacken und senkte seinen Kopf. Sein Kinn streifte ihre Wange. Sie schnappte nach Luft. Das leise Geräusch erregte ihn noch mehr, während der Meridian summte, eine Verbindung zwischen ihnen herstellte. Ihre Bioenergie flackerte auf, breitete sich um sie herum aus. Venom legte seine Lippen an ihre Schläfe, genehmigte sich eine Kostprobe und … halleluja. Sie schmeckte unglaublich. Besser als gut – nach allem, was er brauchte, aber nicht erwartet hatte. Was keine Überraschung war. Er war noch nie einer Frau wie Evelyn begegnet. Ihre Einzigartigkeit – die reine

Schönheit ihrer Energie – verblüffte ihn derart, dass er nicht anders konnte, als sie an sich zu pressen. Ihre Kraft zog ihn wie magnetisch an, hielt ihn fest, trieb ihn an, mehr davon aufzusaugen, da er sich an der Quelle nährte, die seine Art am Leben hielt.

Er konnte nicht anders, musste einfach noch einmal an ihr nippen.

Seine Fingerspitzen kribbelten vor neuer Energie.

Evelyn zitterte in seinen Armen und schmiegte sich an ihn. Sie hob das Kinn und presste sich an ihn, verstärkte die Verbindung, gab mehr von ihrer Energie frei und ihm mehr Zugang. Der Strom intensivierte sich. Venom stöhnte, als ihre Aura pulsierte, ihn mit köstlicher Hitze umgab. Eine weitere Prise reiner Lust durchrieselte ihn. Sein Pulsschlag beschleunigte sich, sein Herz hämmerte in seiner Brust. Das Blut rauschte in seinen Ohren, fuhr durch seine Adern, steigerte seine Erregung zu rasendem Verlangen.

Oder versetzte ihn in totale Verzweiflung.

Venom wusste nicht, was davon zutraf. Der Urtrieb hatte seinen Verstand ausgelöscht. Jetzt wurde er nur noch von niederen Instinkten beherrscht, die seine Drachenhälfte weckten. Er sog scharf die Luft ein. Was nicht half und … oh, Mist. Die Bestie von der Leine zu lassen war keine gute Idee. Auf die Weise wurden Frauen in der Regel verletzt. Jedenfalls, wenn sie ihm zu nahe kamen. Seine giftige Natur machte da keine Ausnahme, seine männlichen Triebe keine Kompromisse. Beide drängten ihn, seine Skrupel fallen zu lassen, das Vorspiel zu beschleunigen und ihr Kleid anzuheben – ihre Schenkel zu spreizen und tief in sie einzudringen. Ohne Umschweife oder Erbarmen und …

Venom verspannte sich. Gott helfe ihm. Er würde es wirklich gern tun. Sie berühren, schmecken und erregen, bis sie seinen Namen stöhnte. Bis sie ihn anflehte, ihr die Lust zu verschaffen, die er ihr nur zu gern bereiten würde.

Ein hervorragender Plan. Bis auf eins …

Sie zu sehr zu bedrängen wäre gleichbedeutend damit, sie zu zwingen.

Etwas, was er auf keinen Fall tun würde.

Ein seltsamer Gedanke in Anbetracht ihrer Bereitschaft. Aber trotz allem – seiner heißhungrigen Reaktion auf sie, ihrem Beruf und dem Geld auf dem Tisch – spürte er ihre Unsicherheit. Argwohn umhüllte sie wie ein dichter Nebel, machte ihm ihr Unbehagen bewusst. Evelyn war randvoll von Bedenken, ihre Zweifel verstärkt durch Verunsicherung. Der Sturm tobte direkt unter ihrer Haut – dort, wo Anstand lebte und Integrität gedieh.

Venom verstand das. Wirklich, er verstand es. Sie lehnte ihre Reaktion auf ihn ab. Wehrte sich gegen die starke gegenseitige Anziehung. Verdammt, das tat er auch. Der Unterschied zwischen ihm und ihr? Während sie darum kämpfte, ihre professionelle Fassade aufrechtzuerhalten und die Kontrolle nicht zu verlieren, wollte Venom den Aufruhr in vollen Zügen genießen und sich gehen lassen. Einmal wenigstens frei sein. Eine Frau lieben, die ihn etwas fühlen ließ – alles – statt ein bedeutungsloses Techtelmechtel in einer dunklen Ecke irgendeines Clubs. Der Gedanke fasste in ihm Fuß, die Möglichkeit hielt ihn in ihrem Bann.

Eine ganze Menge interessanter Szenarien schwirrten ihm durch den Kopf.

Er würde sie mehr als nur einmal lieben. Zweimal vielleicht. Vielleicht sogar noch ein drittes Mal, bevor das Gift in seinen Venen die Regie übernahm und ihn zwang, sie in Ruhe zu lassen. Also, Zeit sich zu entscheiden – sollte er gleich in der ersten Runde skrupellos sein? Oder sich für ein langes, ausgiebiges Liebesspiel entscheiden? Beides klang durchaus vielversprechend, aber …

Venom schüttelte im Geiste den Kopf. Nein. Dieses Mal nicht. Keine Hast. Kein schneller und sauberer Vollzug. Nicht mit Evelyn. Zum ersten Mal in seinem Leben wollte er es ausdehnen und genießen. Eine Frau würdigen und auskosten. Ihre Lust verlängern, bis er seinen eigenen Höhepunkt nicht länger hinauszögern konnte.

Er knurrte. Ja, genau, aufreizend und langsam klang spitze. Wie ein vorgezogener Weihnachtsmorgen. Was kein Wunder war. Evelyn in den Armen zu halten war die allerschönste Tortur. Reine Wonne, kurvenreich. Sie fühlte sich einfach wunderbar an. So verlockend. So süß. Sie war nicht nur schön, sie war die reine Perfektion. Ein Fest für die Sinne. Völlig in Gedanken versunken, sog er ihre Energie auf und fummelte hinten an dem Verschluss ihres Kleides herum. Der Haken war schnell geöffnet. Er zog an dem Reißverschluss. Die Metallzähne leisteten einen Augenblick Widerstand, dann gaben sie nach, durchbrachen die Stille mit einem aufreizenden Geräusch.

Seine Hand glitt unter den Stoff, traf auf samtweiche Haut.

Evelyn schnappte nach Luft, als seine Fingerspitzen über ihr Rückgrat fuhren. Er seufzte, nahm ihre Anspannung wahr und knabberte sanft an ihrem Ohrläppchen. Sie zuckte leicht zusammen, wehrte sich ein wenig, versuchte seiner Berührung auszuweichen und bog den Rücken durch, wich zurück, statt näher zu kommen. Venom murmelte ihren Namen, dann wartete er, hoffte, dass seine Stimme sie beruhigen würde, und ... bingo. Süßer, süßer Sieg. Evelyn gab nach, atmete zittrig aus, entspannte sich unter seiner Liebkosung. Und er fuhr fort, zog den Reißverschluss weiter nach unten. Ihr Kleid klaffte auf, sodass ihr Rücken der kühlen Raumluft preisgegeben war, sie eine Gänsehaut bekam. Venom konzentrierte sich jetzt auf ihren Mund, küsste sanft ihren Mundwinkel. Sie atmete stoßweise. Er lockte sie mit einem liebevollen Kuss. Berührte sie kaum. Fast gar nicht.

Aber es reichte.

Seine Geduld machte sich bezahlt. Von einem Augenblick auf den anderen fasste sie Vertrauen, krallte ihre Hände in sein T-Shirt und hob ihr Kinn an. Ihre Lippen öffneten sich. Die Bewegung verriet Venom alles, was er wissen musste. Evelyn wollte ihn. Wehrte ihn nicht länger ab oder verkrampfte sich in seinen Armen. Sie hatte ihre Ablehnung überwunden. Jetzt hieß sie ihn willkommen, bat um mehr.

Summend vor Freude, folgte Venom ihrer Aufforderung, biss zart in ihre Unterlippe, bevor er in ihren Mund eindrang. Der Hunger wuchs, drängte ihn, den Kontakt zu vertiefen. Venom unterdrückte den Impuls. Langsam und sachte. Stück für Stück, dann würde sie nachgeben. Bereit sein für ihn. Hundertprozentig mit an Bord bei dem Sexspiel. Also hielt er sich zurück mit seinen Liebkosungen, streifte ihren Mund immer wieder nur leicht, lockte sie, ihm ihre Lippen weiter zu öffnen, reizte sie mit seiner Zunge, bis ...

Er drang in ihren Mund ein und ... oh Gott. Sie war ein wahrgewordener Traum. Sein Ticket zu ungeahnter Lust.

Venom stockte der Atem, als sie die Führung übernahm. Sie stellte sich auf die Zehenspitzen, ließ ihre Hände in seine Haare gleiten und schmiegte sich enger an ihn. Fest an ihn gepresst, ließ Evelyn ihre Fingernägel über seine Kopfhaut wandern und erwiderte seinen Kuss. Aufstöhnend öffnete er weit seinen Mund, bat sie wortlos um mehr, betete, dass sie es ihm geben würde, und … Silfer sei Dank. Sie versagte es ihm nicht. Sie akzeptierte seine Zunge und intensivierte den Kontakt. Ihr Geschmack drang in seinen Mund. Geradezu verheerendes Verlangen packte ihn, machte ihn noch mehr an und …

Grundgütiger.

Sie war umwerfend. So verdammt gut, dass er unbedingt eine zweite Runde brauchte. Mehr von ihrer Haut auf seiner. Mehr von ihrem Geschmack in seinem Mund. Mehr von den sinnlichen Tönen, die sie von sich gab. Sofort. In diesem Augenblick. Er konnte nicht länger warten. Wusste nicht, wie er das lustvolle Verlangen, seine immer stärker werdende blindwütige Gier zügeln sollte. Sein Verstand hatte sich verabschiedet, jegliche Vernunft war zum Teufel gegangen, alle seine Zurückhaltung. Jetzt konnte er nicht mehr zwei und zwei zusammenzählen, geschweige denn seinen Sinkflug in wonnevolles Vergessen aufhalten.

Er verlor die Kontrolle. Löste sich total auf. Gestattete einem weiblichen Wesen, ihn zu führen.

Etwas, was er nie zuließ.

Er war der Dominante im Bett und diktierte das Spiel. Auch das Tempo. Aber irgendwie schob Evelyn ihn über seine Grenzen. Jetzt war er verloren. In einem Rettungsboot auf hoher See, und niemand anders außer ihr war da, um ihn nach Haus zu steuern. Keine gute Idee. Er war so viel größer – so viel stärker, ein männlicher Drachenblütiger, der über machtvolle Magie verfügte und eine giftige Natur besaß. Was nichts Gutes für sie verhieß, wenn er nicht … wenn er nicht …

Verdammt. Er musste ihr dringend auf den Leib rücken und seine Autorität wiederherstellen. Musste seinen Verstand wieder einschalten und Evelyn aus dem Fahrersitz zerren. Das Gift in seinen Adern und der Schaden, den er ihr ungewollt zufügen konnte, diktierten das Spiel. Er hatte Regeln. Und zwar solche, die er penibel einhielt, um jeden Preis, wenn es um Frauen ging. Die erste und entscheidende? Cool bleiben … immer. Die zweite, dritte und vierte? Für unglaubliche Lust sorgen und im Gegenzug welche kassieren, dann die Fliege machen, bevor die Frau Schaden nahm.

Heute Nacht jedoch waren seine Regeln außer Kraft gesetzt und bisher nicht wieder aktiviert.

Innerhalb weniger Minuten hatte sich die Lage verändert, hatte sich eine Erkenntnis in den Vordergrund geschoben: Evelyn stellte etwas sehr Merkwürdiges mit ihm an. Seine Reaktion auf sie war mehr als *Begierde,* sie hatte sich zu *Begehren* gesteigert. Irgendwie. Auf die eine oder andere Weise. Aus irgendeinem Grund erkannte seine Drachenhälfte sie als das, was sie war – das fehlende Teil eines unvollständigen Puzzles. Venom runzelte die Stirn, als seine Instinkte ihm einen Streich spielten und seine bis dato geltenden Regeln umstießen, ihn mit einer völlig verrückten Schlussfolgerung zurückließen.

Vielleicht trafen seine Regeln auf sie ja nicht zu.

Vielleicht … nur vielleicht … konnte Evelyn das ganze

Programm mit ihm ertragen. Nicht nur die üblichen vierzig Minuten. Er könnte sich Zeit lassen. So stark zur Sache gehen, wie es ihm beliebte. So lange bleiben, wie er wollte. Die ganze Nacht. Bis in die frühen Morgenstunden und auch noch den ganzen nächsten Tag bleiben – ohne ihr zu schaden.

Seine Drachenhälfte lieferte die Fakten.

Venom küsste Evelyn erneut. Tiefer. Stürmischer. Bemächtigte sich gierig ihres Mundes, um seine Theorie zu überprüfen. Auf jede Nuance achtend, schob er sie rückwärts. Ihr Rücken stieß gegen die Wand, und er presste seinen Körper an sie, umschloss sie mit seinen Armen. Sie stöhnte und krallte ihre Finger in seine Haare. Murmelnd umfasste er ihren Po, seine Hände glitten über Seide, und er hob sie hoch. Eine präzise Drehung beförderte ihn direkt vor die Kommode. Während seine Zunge nach wie vor mit ihrer spielte, setzte er Evelyn auf die Holzkante.

Der Flachbildschirm hinter ihr wackelte leicht.

Das interessierte Venom nicht die Bohne. Der gesamte Raum um ihn herum hätte zusammenbrechen können, und er hätte es nicht bemerkt. Er war viel zu sehr damit beschäftigt, Evelyn zu küssen, ihr Kleid hochzuschieben und seine Hüften zwischen ihre gespreizten Schenkel zu drängen. Sie stöhnte seinen Namen, umschlang seine Hüfte mit ihrem Bein und kam ihm entgegen. Der Meridian stieg an, befeuerte ihn mit einer pulsierenden Energiewelle. Sein Verstand summte, kämpfte um Vernunft, aber jegliche Zurückhaltung war zunichte gemacht. Unfähig, ihr zu widerstehen, trank er in tiefen Zügen, sättigte sich an ihrem erstaunlichen Geschmack. Magie knisterte in seinen Venen. Sein Körper summte, prickelte vor Vitalität, als sie an seinem Mund keuchte. Das leise Geräusch griff ihm ans Herz. Und mit einem Schlag traf ihn die Erkenntnis.

Sie war mehr als nur eine Frau mit hoher Energie.

Evelyn war die personifizierte Energie. Machtvoll und stark, die ideale Bettgefährtin. Jedenfalls für ihn. Ihre Bioenergie – die Frequenz, die sie mit dem Meridian verband – passte zu seiner … perfekt. Keine Abweichung im Energiefeld. Kein einziges falsch gelegtes Kabel. Was bedeutete, dass sie ihn befriedigen konnte. Dafür geschaffen war, ihn zu nähren, bis er rundum gesättigt war. Ihn lieben konnte bis zur Besinnungslosigkeit, ohne die geringste Nebenwirkung zu erleiden.

Der Schock traf ihn wie mit einer Eisenfaust.

Ihm stockte der Atem, ihm blieb die Luft weg.

Er zuckte zusammen, dann erstarrte er. Seine Lippen auf ihre gepresst, kämpfte er darum, das zu begreifen. Es widersetzte sich jeder Logik. Es *konnte* einfach nicht sein, und dennoch, die Wahrheit meldete sich, konnte nicht einfach beiseitegeschoben werden. Trotz allem, was er über sich selbst wusste – und dem Übel seiner toxischen Natur –, bewies sie ihm das Gegenteil. Ihre prachtvolle Bioenergie – ihre absolute Schönheit – sprach eindeutig dafür, überwand den Schock und enthüllte die Wahrheit.

Evelyn gehörte zu ihm.

Er gehörte zu ihr.

Sie waren füreinander geschaffen.

Er hatte seine Gefährtin gefunden. Seine ihm auf jede Weise ebenbürtige Partnerin. Die einzige Frau, die für immer zu ihm passen und seine Bedürfnisse befriedigen konnte … in einem schnieken Hotel unter fragwürdigen Umständen. Du liebe Güte. Das war echt der Hammer. Nahezu unverständlich. Er hatte es sich so oft vorgestellt. Sie ständig vor seinem geistigen Auge gesehen. Immer und immer wieder. Wie sie wohl aussähe. Wie sie sich wohl anfühlte. Wie ihre Stimme wohl klänge und wie es wohl wäre mit der ungebremsten Intimität, die sie in sein Leben bringen würde. Venom erschauerte in ihrer Umarmung. Seine Hände fingen an zu zittern. Verdammt noch mal. Er hatte geträumt und gehofft und gebetet. Alles, ohne recht daran zu glauben, dass er die Chance hatte, sie zu finden. Aber hier, in diesem Augenblick, hielt er sie in seinen Armen. War ganz kurz davor, das in Besitz zu nehmen, wonach er sich verzehrte. Eine Frau, die ihm allein gehörte. Was bedeutete …

Er musste aufhören. Sofort.

Er konnte sie nicht so zu der Seinen machen. Weigerte sich, mit ihr zu schlafen, solange Geld im Spiel war. Alles musste sauber und ehrlich ablaufen, eine Begegnung der Seelen, Herzen und Körper. Nicht wie das hier – zwei Fremde in einem leidenschaftlichen Austausch, der nichts bedeutete und im Nachhinein noch weniger bedeuten würde. Die Erkenntnis machte ihn schier schwindlig. Venom versenkte sich tief in sein Innerstes, gebot dem Gedankenwirbel Einhalt, und nachdem er seine Begierde wieder gezügelt hatte, mäßigte er seinen Kuss.

Evelyn grummelte, protestierte gegen seinen Rückzug.

Der sinnliche Laut sorgte dafür, dass er prompt wieder voll da war. Er küsste sie wieder. Und wieder. Und noch einmal, bevor er von ihr abließ und ihre Wange umfasste. Ihr Gesicht schmiegte sich in seine Handfläche und … oh Mann. Er war ein Idiot, dass er den Funken der Begierde erstickte. Dass er zu Verstand kam. Dass er Evelyn gestattete, ebenfalls zu Verstand zu kommen. Aber mit seinem laut protestierenden Bewusstsein und seiner Gefährtin in den Armen konnte Venom seine Überlegungen nicht einfach über Bord werfen.

Oder leugnen, dass Zurückhaltung das Richtige war.

Respekt und Zuwendung gingen Hand in Hand. Er musste so weitermachen. Das Richtige tun und seine Frau beschützen. Auch wenn das bedeutete, dass er sie sogar vor sich selbst schützen musste.

Er atmete ruhig aus und umfasste ihre Handgelenke. »Evie, sieh mich an.«

Ihre schlanken Finger spielten mit seinen Haaren, und sie schüttelte den Kopf. »Küss mich wieder. Ich kann alles vergessen, wenn dein Mund auf meinem liegt. Bitte, küss mich wieder.«

»Später – wenn du möchtest.«

»Nein.« Ihr Griff um seinen Kopf wurde fester. Sie bewegte sich auffordernd und versuchte, ihn an sich zu ziehen. Venom erstarrte, hielt aber seine Stellung. Auf keinen Fall würde er ihr das durchgehen lassen, ihn zu manipulieren. Egal wie sehr er sich das wünschte, er würde nicht nachgeben. Er wollte mir ihr reden. Musste mehr über sie erfahren, bevor er weiter ging. Nicht, dass es Evelyn kümmerte. Sie setzte ihre Verführungskünste hemmungslos ein, beugte sich vor und knabberte an seiner Unterlippe, peitschte ihn geradezu mit Lust und Begierde. Venom fluchte. Sie lächelte an seinem Mund. »Jetzt, Venom. Wenn du willst, dass ich bleibe, dann küss mich wieder.«

Das Ultimatum bekräftigte nur seinen Entschluss. Ihr Befehlston besiegelte die Sache.

Kleine Hexe. Schöne Verführerin. Nie im Leben würde er sie das Spiel diktieren lassen. Nicht, während er zwischen ihren Schenkeln stand und sie halb entkleidet in den Armen hielt. »Du wirst nirgendwohin gehen, Evie. Erst, wenn ich dich lasse.«

Sie verspannte sich. »Drohst du mir?«

»Nein. Das würde ich nie tun, *Mazleiha*«, murmelte er, nannte sie in der Drachensprache *Liebling*. »Nicht in einer Million Jahren, aber ich möchte reden, also … sieh mich an.«

Ihre dichten Wimpern flatterten. Argwöhnische braune Augen blickten ihn an. »Sind wir nicht übers Reden hinaus?«

»Noch lange nicht.«

»Warum?«, fragte sie und klang verwirrt. »Ich dachte, du willst mich.«

»Ich will dich. Mehr, als gut für mich ist, aber …« Venom hielt inne, überlegte, wie er am besten das Thema zur Sprache bringen konnte. Sollte er es direkt ansprechen und sie einfach fragen? Hoffen, dass er keine Grenze verletzte, seine Nase nicht in Dinge steckte, die ihn nichts angingen? Sie könnte es als Kränkung auffassen, ihn für ein besitzergreifendes Macho-Arschloch halten. Vielleicht sogar für einen dieser zwanghaften Stalker. Venom unterdrückte eine Grimasse. Wahrscheinlich war das gar nicht mal so weit entfernt von der Wahrheit. Zwar nicht generell, wohl aber, wenn es um sie ging. »Wie oft machst du das hier, Evie?«

Sie runzelte die Stirn. »Warum spielt das eine Rolle?«

»Es spielt für mich eine Rolle«, sagte er, wollte jetzt nicht klein beigeben. »Wie oft?«

»Nie. Du bist mein erster Kunde.«

Venom atmete tief aus. Gott sei Dank. Gute Neuigkeiten.

Sie war gar kein Callgirl. Wenigstens noch nicht. Sie würde auch keins werden. Nicht, wenn er ein Wörtchen mitzureden hätte. Eine Reaktion, die Bände sprach, wenn man seine Abneigung in Betracht zog, über andere zu urteilen. Er war kein Heiliger, und er hatte auch nicht zu entscheiden, was richtig oder falsch war für andere. Dennoch konnte er seine Erleichterung nicht leugnen. Keine Frau sollte jemals ihren Körper verkaufen müssen. Und ob es ihm nun passte oder nicht, er hasste es, dass Evelyn hier war – innerhalb des Luxmore, gezwungen, sich Fremden für Geld hinzugeben.

Es war nicht ihr Stil.

Das verriet ihm ihre Art, sich dezent und geschmackvoll herzurichten. Ihre Körpersprache – zusammen mit der Unsicherheit in ihren Augen – erklärte den Rest. Wenn man ihr auch nur die geringste Chance einräumte, würde sie weglaufen. Das piekfeine Hotel hinter sich lassen und nie wieder zurückblicken. Die Erkenntnis stachelte seine Neugierde an, stellte das Bedürfnis, mehr zu erfahren, in den Vordergrund. Jetzt wollte er alles von ihr wissen – das Warum und Wie ihrer persönlichen Umstände.

»Das freut mich. Mir gefällt die Vorstellung, dass ich dein Erster bin.« Als sie schnaubte, hob er die Hand, und unfähig, sie zurückzuhalten, strich er ihr eine verirrte Locke aus dem Gesicht. »Warum tust du es?«

»Das geht dich nichts an.«

»Ich habe gerade beschlossen, dass es das tut.«

»Dazu hast du kein Recht.«

»Das stimmt nicht.« Er hatte jedes Recht dazu. Mehr als jeder andere Mann auf der Welt. Es spielte keine Rolle, dass er ihr fremd war – oder dass Evelyn noch nicht wusste, dass sie zu ihm gehörte. Sanft ergriff er ihre Handgelenke und drehte ihre Arme so, dass die Innenseiten ihrer Unterarme sichtbar wurden. Male in der Form von Fingernägeln auf ihrer Haut. Die ersten Anzeichen blauer Flecken. Jemand hatte sie grob angefasst. Und zwar erst kürzlich. Venom fuhr mit seinen Daumen über die Verletzungen an ihren Armen und verbiss sich ein Knurren. »Wirst du von jemandem bedroht?«

Sie schüttelte den Kopf.

Intuition schärfte seine Drachensinne. »Ich kann dich beschützen, *Mazleiha* – aber du musst es zulassen.«

»Mir geht es gut.«

Oh, das stimmte absolut nicht. Eine faustdicke Lüge. Ihr ging es alles andere als *gut*. »Evie …«

»Wirklich«, sagte sie, einen leicht störrischen Unterton in der Stimme. »In meinem Selbstverteidigungskurs ging es ein wenig ruppig zu, das ist alles.«

Noch mehr Lügen … oder war es die Wahrheit?

Venom wusste es nicht. Evelyn hatte ein Pokerface, um das die meisten Männer sie beneidet hätten. Dazu kam, dass sie seine Magie vertrug, die Fähigkeit, ihre Gedanken vor ihm zu verbergen, und … genau. Es war ihm unmöglich, sie zu durchschauen. Was bedeutete, dass er den Einsatz erhöhen musste. Sie ein bisschen zappeln lassen musste, um sie zum Reden zu bringen.

Venom sah sie durchdringend an und presste seine Hüften zwischen ihre Schenkel. Sie holte tief Luft, bevor ihre Augen sich warnend verengten. Mit einer schnellen Drehung befreite sie ihre Handgelenke und presste beide Handflächen gegen seine Brust. Sie spannte die Arme an, um ihn wegzustoßen. Er rührte sich nicht. Evelyn schob erneut, die Botschaft war klar – *Hau ab, Kumpel!* –, während sie versuchte, von der Kante der Kommode zu gleiten.

»Wie groß sind die Schwierigkeiten, in denen du steckst?«, fragte er, ignorierte ihren Widerstand und dass sie sauer wurde wegen seiner Penetranz.

Da sie ihn nicht wegstoßen konnte, reckte sie das Kinn.

Ihre Angeberei hielt nicht lange an. Es dauerte nur einen Moment, bevor sich Beschämung in ihrer Miene zeigte. Ihre Wangen röteten sich, als sie wegblickte und ... ah, verdammt. Da war sie – die Verletzlichkeit, die er hinter ihrer toughen Fassade, die sie der Welt präsentierte, gespürt hatte. Venom schnürte sich die Kehle zu. Er verstand, was sie antrieb. Zu großer Stolz. Stark wucherndes Misstrauen. Die Überzeugung, dass es am sichersten war, wenn sie für sich selbst sorgte, sich auf sich selbst verließ.

»Sag es mir, Evie.« Venom legte ihr einen Finger unters Kinn und drehte ihr Gesicht wieder in seine Richtung, zwang sie, ihn anzusehen. »Ich lasse dich erst in Ruhe, wenn du es mir gesagt hast.«

»Es ist nichts Ernstes.«

Venom sah sie nur unverwandt an.

Sie wand sich. »Hör zu, es geht mir wirklich gut. Ich brauche keine Hilfe, es ist nur ...« Sie griff nach dem Ausschnitt ihres Kleides und zog es hoch. »Meine Güte. Es ist so peinlich.«

»Sag es einfach.«

»Ich habe vor ein paar Monaten meinen Job verloren, okay? Ich brauche das Geld.«

»Um Rechnungen zu bezahlen?«, fragte er und hasste ihr Unbehagen genauso sehr wie seine Beharrlichkeit. Aber so sehr es ihm auch gegen den Strich ging – die Wahrheit zu erfahren war wichtiger, als sie nicht in Verlegenheit zu bringen. Er konnte ihr schließlich nicht helfen, wenn er nicht wusste, worum es ging. »Gläubiger?«

»Ja.«

»Dann mache ich dir einen Vorschlag.«

Sie runzelte die Stirn. »Welcher Art?«

»Exklusivität. Keine anderen Männer außer mir. Keine weiteren Treffen mit Fremden in Hotelzimmern.«

»Aber …«

»Jedes Mal, wenn wir uns treffen, bekommst du weitere Dreitausend.«

Er griff um sie herum und schnappte sich das Bündel Hunderter auf der Kommode. Ihr Blick huschte von ihm zum Geld, dann wieder zurück. Er wedelte mit den Scheinen in seiner Hand, benutzte das Geld als Lockmittel. Eins, das ihren Widerstand überwinden würde. Eine exzellente Art, um sich einer störrischen Frau zu nähern. Er konnte es in ihren Augen erkennen, das Bedürfnis, ihre Probleme selbst in den Griff zu kriegen. Also diente die Bestechung einem guten Zweck. Evelyn konnte sich ihre Würde bewahren und gleichzeitig ihre Schwierigkeiten beheben. Und er hätte erreicht, dass sie nicht mehr mit anderen Männern ins Bett gehen musste, während er sie umwarb.

Ohne sie kidnappen zu müssen.

Wozu seine Nightfury-Brüder bei ihren Gefährtinnen gezwungen gewesen waren.

Die Erkenntnis traf ihn wie ein Laster in voller Fahrt. Venom schnappte nach Luft. Heiliger Strohsack. Was für ein Gedanke. Ein kitschiger, klar, aber … wow. Er haute ihn glatt von den Socken. Jetzt konnte er sich seines Reizes nicht mehr erwehren. Er hatte sich nach dieser Erfahrung gesehnt. Hatte sich eine Möglichkeit gewünscht, Zeit mit Evelyn zu verbringen außerhalb des Hauptquartiers, richtige Dates zu haben, sie zu umwerben, sie richtig zu behandeln und …

»Warum willst du mir helfen?«

Ihre Stimme holte ihn zurück aus seinen Fantasien. Sein Blick fuhr zu ihr herum. »Weil ich es kann. Und ich teile nicht gern.«

Überraschung flackerte auf in ihren Augen.

Venom hob eine Augenbraue. »Also … sind wir uns einig?«

Sie schluckte schwer, dann nickte sie. »Okay.«

»Gut.« Hoch befriedigt drückte er ihr das Geld in die Hand.

Sie sah verwirrt aus – und unglaublich bezaubernd –, als sie flüsterte: »Danke.«

Er fühlte sich befreiter, als er es seit Jahren getan hatte, küsste sie leicht, fuhr ihr ein letztes Mal über die Oberschenkel und trat zurück. Er packte ihre Handgelenke und zog sie von der Holzkommode. Sobald ihre Füße den Boden berührten, drehte er sie um zum Fernseher. Er betrachtete ihr Spiegelbild in dem dunklen Rahmen und zog den Reißverschluss an ihrem Rücken wieder hoch. Glatte Haut verschwand unter heller Seide, was sein Bedauern aufflackern und sein Herz schneller schlagen ließ.

Venom unterdrückte eine Grimasse. Hatte er sich vorhin einen Idioten genannt? Tja, er hatte Vollidiot gemeint. Er sollte ihr auf keinen Fall den Reißverschluss schließen, sondern ihn aufziehen. Ein Bild nahm Gestalt an in seiner Vorstellung – von Evelyn. Nackt und flehend unter ihm.

Seine Erektion pochte protestierend.

Venom widerstand der Versuchung, seinen Reißverschluss zu öffnen, räusperte sich und gab ihr einen kleinen Schubs. »Hol deine Sachen, *Mazleiha*. Wir sind fertig für heute Nacht.«

»Und morgen?«

»Wir treffen uns zum Dinner um acht.«

»Wo?«

»Figorelli's … im Westen der Stadt.«

»Italiener?«

»Irgendwelche Einwände?«

Sie schüttelte den Kopf, benutzte einen der Clubsessel als Stütze und schlüpfte wieder in ihre sexy Stilettos. Venom holte tief Luft durch die Nase und atmete durch den Mund wieder aus. Teufel auch. Sie hatte wirklich die längsten Beine, die er je gesehen hatte. Evelyn richtete sich auf und legte ihre Stola um. Er setzte eine ausdruckslose Miene auf, gab nichts preis, als ihr Blick seinem begegnete, quer durch den Raum.

»Ich treffe dich dann dort«, flüsterte sie und kam auf ihn zu.

Er genoss ihren sinnlichen Hüftschwung und nickte. »Nur noch eine Sache.«

»Was?«

»Ich möchte wissen, wie du mit vollem Namen heißt.«

Nicht, dass er ihn brauchte. Sie hatte ihn aus dem Meridian genährt, der Quelle allen Lebens. Jetzt konnte er die Spur ihrer Energie verfolgen, die sie hinter sich ließ, wohin auch immer sie ging. Ihr voller Name war für Sloan. Für die Informationen, die sein Kumpel für ihn aus dem Netz holen sollte. Er musste mehr wissen über sie, bevor er ihr wieder gegenübertrat.

»Evelyn Victoria …« Sie hielt inne, schlang sich ihre Tasche über die Schulter, dann trat sie auf ihren acht Zentimeter hohen Hacken beiseite und stand zwischen ihm und dem Bett. Sie ging an ihm vorbei und zur Tür. »Foxe … geschrieben F-O-X-E.«

Sein Mund verzog sich zu einem Grinsen. Fast wie ein Fuchs und verdammt listig. Das passte besser zu ihr als »Liebling«. Was … verdammte Inzucht … ihn stark in Versuchung brachte, seine Prinzipien zum Teufel zu schicken. Zu vergessen, was *richtig* war, während er in Windeseile das *Falsche* tat, sie sich schnappte und mit ihr in ihr Hauptquartier, Black Diamond, zurückkehrte und …

Sie in Besitz nahm, zu der Seinen machte.

»Geh, Evie«, sagte er, während seine Entschlossenheit nur noch an einem seidenen Faden hing. »Bevor ich meine Meinung ändere und dich bitte zu bleiben.«

Leise Schritte waren auf dem dicken Teppich zu hören, als sie zur Tür ging. Mit der Hand auf dem Türknauf blieb sie stehen und blickte über ihre Schulter. Sie sah ihn unsicher an. Sekunden vergingen, bevor ihre Miene sich entspannte. »Hey, Venom?«

Mit stark klopfendem Herzen hob er den Kopf. »Ja?«

»Bis morgen.«

»Um acht Uhr.«

Sie nickte. Das Türschloss klickte. Die Tür schwang auf. Evelyn trat über die Schwelle auf den Korridor.

Und einfach so war sie weg, ließ ihn zurück, umgeben von Stille und mit einem körperlichen Verlangen, das so stark war, dass es schmerzte. Venom atmete tief durch und senkte den Kopf, zwang sich, an Ort und Stelle zu verharren. Sein Wort zu halten. Aber es war schwer. Er wollte ihr hinterherlaufen. Sehnte sich danach, sie wieder in die Arme zu schließen und sie mit nach Haus zu nehmen. Er ballte die Fäuste und schüttelte den Kopf. Kam nicht in Frage. Sie zu entführen war eine schlechte Idee. Er musste es auf anständige Weise machen. Sie richtig umwerben. Ihr Vertrauen gewinnen und schließlich ihre Zustimmung.

Sie zu begehren hieß nicht, Grenzen zu verletzen. Oder die Frau, die er für sich gewinnen wollte, respektlos zu behandeln. Evelyn zu seiner Gefährtin zu machen, das würde kommen … mit der Zeit. Aber nur, wenn er sie langsam daran gewöhnte, ihn und die Drachenblütigen zu akzeptieren. Was auf keinen Fall eine leichte Sache war. Venom wusste das, dachte aber nicht daran, davor zurückzuschrecken. Das konnte er gar nicht mehr. Seine Drachenhälfte würde das nicht zulassen. Energieaustausch – die magische Verbindung zwischen Gefährten – war eine machtvolle Angelegenheit. Einmal aktiviert, konnte ein männlicher Angehöriger des Drachenbluts seinem Sog nicht widerstehen. Oder der Frau, die seine Paarungsinstinkte ausgelöst hatte.

Seine waren in dem Moment ausgelöst worden, in dem er Evelyn erblickte.

Jetzt war er festgenagelt. Steckte bis über beide Ohren fest, wie es der Fluch seiner Art war. War ein Gefangener seiner Triebe, eingesperrt durch ihre reine Kraft. Was bedeutete, dass er nicht zurückkonnte, geschweige denn …

Venom schnaubte.

Was für ein blöder Gedanke. Er wollte gar nicht zurück. Er war schon unglaublich lange einsam. Hatte sein Leben lang auf Evelyn gewartet. Seine Drachenhälfte hatte sich in

Sekundenschnelle mit ihr verbunden. War jetzt an sie angeschlossen und auf sie eingestellt – brannte für sie mit einer Wildheit, die ihn verblüffte. Alles hing von ihr ab und seiner Fähigkeit, ihre Liebe zu erringen: seine Zukunft, sein Glück. Eine Partnerin, die ihn akzeptierte … mit all seinen Fehlern und Schwächen. Venom spannte seine Finger an und schluckte schwer. Es stand so viel auf dem Spiel. Er konnte alles verlieren. Oder alles gewinnen. Und jetzt konnte er nur noch hoffen und beten. Hoffen, dass sie ihn brauchte.

Und beten, dass sie blieb, wenn sie seine schuppigere Seite entdeckte und die Wahrheit ans Licht kam.

Als die Tür hinter ihr ins Schloss fiel, blieb Evelyn mitten auf dem Flur stehen. Wahrscheinlich nicht gerade die weiseste Entscheidung. Sie sollte nicht stehen bleiben. Stattdessen sollte sie die Schultern straffen, das Kinn heben und ihre Stilettos in Gang setzen. Langsam und stetig über den teuren Teppich gehen, auf die Lobby zu in die unerwartete Freiheit. Sie atmete schwer. Ach was, vergessen wir das. Sie sollte rennen. Freudensprünge machen. Sich freuen, wie sich nur Sieger freuen konnten – mit einem kräftigen Schluck Hochprozentigem das Glas erheben. Aber als der Schock einsetzte, konnte sie einfach nicht weitergehen.

Nicht aufhören zu zittern.

Eine normale Reaktion, keine Frage. Erleichterung konnte das schon mal bewirken bei einer Frau. Ihr die Fassung rauben. Sie schier umhauen. Dafür sorgen, dass ihre Schuhsohlen wie festgeklebt am Boden haften blieben.

Evelyn holte erneut zittrig Luft. Sie brauchte eine Minute. Nur ein paar Sekunden, bevor sie wegging. Vielleicht würde sie dann den Rest dessen wiedererlangen, was ihr noch geblieben war an Vernunft und …

Ein weiteres Zittern durchlief sie.

Sie schüttelte den Kopf. Tja, nun gut, das war's dann wohl. Zum Teufel mit dem Anspruch, stark zu sein. Sie würde stattdessen lieber heulen. Sich lockern und ihren Tränen freien Lauf lassen, während sie Gott dafür dankte, dass er sie ganz knapp vor ihrem Fehltritt bewahrt hatte. Dafür, dass er sie aus der unmittelbaren Schusslinie gerettet und eine unerwartete Lösung für eine schlimme Situation geliefert hatte. Evelyn schluckte den Kloß in ihrer Kehle herunter. Heiliger Strohsack, sie hatte ein doppeltes Geschenk erhalten – mehr Zeit, gepaart mit einem Ausweg …

In allerletzter Minute. Nicht, dass sie der Zeitrahmen groß kümmerte. Gerettet hieß genau das … *gerettet*. Das Wie spielte keine Rolle. Genauso wenig wie der Grund für ihre Erlösung. Evelyn senkte den Kopf und packte ihre Handtasche, drückte sie an ihre Brust. Dachte an das Geldbündel darin. Dreitausend Dollar, mehr als die Hälfte ihrer nächsten Rate an Markov. Die Antwort auf all ihre Gebete und … Gott sei Dank. Es war geschafft. Er hatte einen Ausweg gefunden aus ihrem Schlamassel. Hatte für Abhilfe gesorgt. Sie vor der russischen Mafia beschützt.

Sie hatte das Licht am Ende des Tunnels, einen kleinen Hoffnungsschimmer, gefunden, heute Nacht.

Und das alles dank eines fantastischen Typen, der Probleme damit hatte, etwas zu *teilen*.

Evelyn schnaubte, musste halb lachen, halb schluchzen. *Exklusivität*. Oh, wie sie dieses Wort liebte. Und Venom dafür, es benutzt zu haben, darauf zu bestehen, dass sie anderen

Männern fernblieb. Seine Warnung hallte wider in ihrem Kopf. *Keine weiteren Treffen mit Fremden in Hotelzimmern.* Mit einem einzigen Satz hatte er die Situation umgedreht. Ihr ihre Selbstachtung zurückgegeben. Sie wieder an Glück glauben lassen und …

Ihr die Beschämung genommen.

In Ordnung, es war nicht perfekt. Sie kannte ihn nicht. Hatte keine Ahnung, was er mit ihr vorhatte. Dazu kam noch die Tatsache, dass sie auf eine Weise auf ihn reagierte … Nun ja … Sie erschauerte. Wie sollte sie es am besten beschreiben? Sie presste die Lippen zusammen. »Irre angeturnt« beschrieb ihre Reaktion auf ihn recht gut. »Abgehen wie eine Rakete« noch besser. »Voll lüsterner Begierde« und … genau. Evelyn atmete tief durch. Alle drei Etiketten trafen es hervorragend.

Trafen geradezu perfekt zu, genau genommen.

Erinnerungen tauchten vor ihrem geistigen Auge auf, formten ein Bild, steuerten Gefühlsfetzen bei, sorgten dafür, dass ihr Lustpegel anstieg und sie zitterte. Evelyn zog eine Grimasse. Du liebe Güte, sie hatte ihn angefleht, nicht aufzuhören, ihr mehr zu geben. Ihn gebeten, sie zu küssen. Hätte sich ihm hingegeben, wenn er sie aufs Bett gelegt hätte, ihm alles gegeben, was er verlangt hätte. Sie runzelte die Stirn. Etwas daran war schrecklich verkehrt. Und auch sehr ungehörig. Sie schlief wirklich nicht gern mit Fremden. Hatte nie zu der abenteuerlustigen Sorte Frau gehört. Oder Anonymität bevorzugt in der sexuellen Arena. Sie wusste gern mehr von einem Typen, bevor es persönlich wurde, erst recht, bevor sie intim wurde mit ihm.

Andererseits … konnten Verzweifelte nicht wählerisch sein. Was bedeutete, dass ihre Reaktion auf Venom keine Rolle spielte. Unabhängig davon, welchen Charme er versprühte, und von ihrem Interesse an ihm – er war nur ein Mittel zum Zweck. Schlicht und einfach. Kein Grund, sich darüber den Kopf weiter zu zerbrechen. Er hatte ihr einen Weg aus der Dunkelheit gewiesen. Eine Chance gegeben, unbeschadet zu bleiben, einen Weg zurück zu sich selbst und ihrem Selbstwertgefühl zu finden. Also, keine Frage. Und noch weniger Zweifel. Nur ein Idiot hätte sein Angebot abgelehnt.

Mal für einen Moment abgesehen von seinem unglaublichen Aussehen. Seiner Anziehungskraft. Seinen sanften Berührungen und seiner offensichtlichen Erfahrung mit Frauen. Und auch davon, dass er mit einem Blick dafür sorgen konnte, dass ihr ganzer Körper kribbelte. – Die Tatsachen blieben unverändert, die Alternativen dieselben: weiteren Dates und Sex mit ihm zuzustimmen oder mit vielen Männern zu schlafen in Trixies Stall, um das Geld zu verdienen, das sie zum Überleben brauchte.

Eisige Furcht kroch ihr über den Rücken. Evelyn warf einen Blick zurück. Zimmer 301. Venom war immer noch dort drinnen und …

Sie schluckte.

Jawohl. Es war abgemacht. Sie würde seine Bedingungen akzeptieren und nicht weiter darüber nachgrübeln.

Trotz ihrer Unsicherheit war er die bessere Lösung. Seine Pläne für sie spielten keine Rolle. Genauso wenig wie seine besitzergreifende Haltung. Oh, sie hatte es durchaus bemerkt – in seinen Augen, wie er das Kinn reckte, auch im Timbre seiner tiefen Stimme. Seine gefährliche Ausstrahlung sagte alles. Nach dieser kurzen Begegnung betrachtete er sie bereits als sein Eigentum. Er hatte es nicht ausdrücklich gesagt, aber sie hatte alle Anzeichen dessen erkannt. Ein schlechtes Omen? Eine zufällige Schicksalswende? Evelyn wusste es nicht. Aber was sie sicher wusste? Dass ihre Einschätzung, was ihn anging, haargenau zutraf. Männer wie er überließen nie etwas dem Zufall, also ob es ihr gefiel oder nicht, sie stand jetzt ganz oben auf seiner Hitliste. Trug gewissermaßen eine Zielscheibe auf dem Rücken.

Die Erkenntnis machte sie ziemlich nervös.

Sie zwang sich dazu, ihren Blick von der Tür abzuwenden und weiterzugehen. Ihre Stöckelschuhe sanken in den Teppich ein, der alle Geräusche verschluckte, als sie schnell den Flur hinunterging. Sich von Venom entfernte. Eine exzellente Strategie. Eine, die etwas mit einem tiefsitzenden Selbsterhaltungstrieb zu tun hatte. Nicht, dass sie glaubte, er würde ihr etwas tun. Er hatte ihr bereits das Gegenteil bewiesen, aber …

Sie brauchte etwas Zeit. Genug Abstand, um zu entscheiden, wie sie am besten mit ihm umgehen sollte. Venom war kein Schwächling. Ihre kurze Begegnung mit ihm hatte das nur zu klar gemacht. Er wäre nicht umzustimmen durch ein leichtes Lächeln, ließe sich nicht manipulieren von ihr. Ihr Instinkt sagte ihr, dass er gern seinen Willen bekam. Wahrscheinlich viel zu häufig, also … ein neuer Plan musste her. Sie brauchte einen, bevor sie ihn wieder traf. Bevor sie Figorelli's betrat, eins der exklusivsten Restaurants in Seattle, und sich hinsetzte, um mit ihm zu essen. Andernfalls würde sie ernsthafte Probleme bekommen. Bis zum Hals in Schwierigkeiten stecken, ohne zu wissen, wie sie heil aus der Sache herauskommen und Venom loswerden sollte, wenn ihre kleine Vereinbarung endete.

Möglicherweise nicht gleich nächste Woche. Vielleicht nicht einmal nächsten Monat. Aber sie würde enden …

Irgendwann.

Sie hatte Trixie die Wahrheit gesagt. Sobald sie genug Geld zusammengekratzt und die Schulden ihrer Mutter bezahlt hatte, wäre sie weg. Wieder in Granite Falls bei ihrer Großmutter. Würde wieder ruhiges Fahrwasser und die richtige Richtung ansteuern – sich einen neuen Job suchen (sie drückte sich selbst die Daumen), der nicht beinhaltete, dass sie sich dem Meistbietenden anbot.

Evelyn blieb oben an der Treppe stehen, um sich einen Moment zu sammeln. Die Treppe hinunterzustürmen, quer durch die Lobby und aus dem Haupteingang, war keine gute Idee. Sie würde Aufsehen erregen. Die Party stören. Zu viele Blicke auf sich ziehen von der Menschenansammlung im Foyer. Sie verspannte sich bei diesem Gedanken. Sie wollte keine Aufmerksamkeit. Unbemerkt zu bleiben, unterhalb des Radars zu bleiben, statt aufzufallen, ihre Nervosität abzubauen, statt sie zu steigern, klang besser für den Moment.

Und war auch besser für ihren Stolz.

Die eine Hand auf dem glatten, geschwungenen Geländer, ging Evelyn Stufe für Stufe hinunter. Ohne Eile. Kein Grund für irgendjemanden, hochzublicken und sie zu bemerken. Kein Grund für Trixie, ihre Unterhaltung mit einem älteren Mann mitten in der Lobby zu beenden, sich umzudrehen und sie aus dem Luxmore verschwinden zu sehen, Stunden früher als geplant. Evelyn schluckte den Kloß in ihrem Hals hinunter und ging, den Blick fest auf ihre Zuhälterin geheftet, weiter. Auf keinen Fall wollte sie von Trixie in ein Gespräch verwickelt werden. Oder erklären müssen, warum sie die Einnahmen der Brünetten nicht steigern wollte, indem sie weitere Kunden bediente.

Fantastische Strategie.

Ein bisschen feige, zugegeben. Aber ehrlich gesagt verkraftete sie keine weiteren Turbulenzen. Nicht heute Nacht. Ein Telefongespräch mit Trixie morgen früh musste ausreichen. In der Zwischenzeit musste sie bei der Sache bleiben und Ruhe bewahren. Sonst würde sie es nicht die Treppe hinunter schaffen, geschweige denn bis zur Eingangstür.

Gleichmäßigen Schrittes ging Evelyn weiter. Eine Stufe, zwei Stufen, drei Stufen … vier. Nicht mehr weit. Beinahe geschafft. Nicht mehr als eine halbe Treppe – acht, vielleicht neun Stufen –, bis sie die Hauptlobby erreicht hatte. Sie ließ erneut den Blick über die Menge wandern. Mit einem Drink in der Hand lachten Männer. Ausstaffiert mit dem besten, was Geld kaufen konnte, lächelten Frauen. Das Stimmengewirr wurde lauter, während sie die unterste Stufe erreichte. Sie trat schnell einen Schritt zur Seite und glitt hinter eine Gruppe Geschäftsleute. Gesprächsfetzen vom letzten Golfspiel erreichten sie.

Evelyn lächelte zufrieden. Mission erfüllt. Sie hatte sich unters Volk gemischt. Sich mitten in der Schusslinie versteckt, nur noch Sekunden entfernt vom Eingang und der erfrischenden Kühle der Nachtluft. Vor den Glastüren konnte sie die Portiers auf ihrem Posten sehen und …

Ein Prickeln fuhr ihr über den Nacken.

Auf halbem Weg durch die Lobby hielt sie inne und blickte über ihre Schulter. Nichts als eine normale Menschenmenge. Keiner folgte ihr. Eifrig in Gespräche vertieft, schenkten ihr die hier Versammelten keine Beachtung. Und dennoch wurde die merkwürdige Vibration noch stärker. Instinktiv blickte sie hoch zu der Zwischenetage jenseits der geschwungenen Treppe. Sie runzelte die Stirn. Nichts und niemand. Ein langes Geländer, weiter nichts, aber …

Ein weiterer Schauder überlief sie, verstärkte ihre Ahnung.

Evelyn zog die Augenbrauen zusammen. Meine Güte, das war seltsam. Das warme Kribbeln war weiterhin da, aktivierte ihr internes Alarmsystem, forderte sie auf, wachsam zu sein. Sie konnte einfach das Gefühl nicht abschütteln, dass jemand sie beobachtete … von irgendwo innerhalb des Luxmore. Evelyn musterte das Zwischengeschoss noch einmal. Immer noch nichts. Absolut nichts Außergewöhnliches. Was zu einer Frage führte. Hatte die Nacht schließlich ihr Opfer gefordert? War sie jetzt paranoid? Vielleicht. Sie schnaubte. Streichen wir das. Ersetzen wir es durch *absolut.* Ihre Reaktion bewies es. Keiner beobachtete sie auf ihrem Weg durch die Lobby. Die Kunden des Luxmore waren viel zu sehr damit beschäftigt, ihre Cocktails zu schlürfen, sich zu amüsieren … all diejenigen zu beeindrucken, die zu den gleichen gesellschaftlichen Kreisen gehörten.

Das Kribbeln setzte wieder ein.

Evelyn setzte ihre schicken Schuhe in Bewegung. Ihre Hacken klackerten über die Marmorfliesen, während sie nach ihren Schlüsseln suchte. Stattdessen fand sie eine Haarnadel. Grummelnd warf sie sie zurück in die Tiefe ihrer Tasche und versuchte es erneut. Sie seufzte. Du lieber Himmel, was für ein Durcheinander. Sie musste wirklich mal etwas dagegen unternehmen. Zum Beispiel all das unnütze Zeug aussortieren, das sie mit sich wie Treibgut herumschleppte in ihrer übergroßen Handtasche.

Oder vielleicht eine kleinere kaufen.

Hervorragende Idee. Vielleicht würde sie das tun in nicht allzu ferner Zukunft … wenn sie es sich wieder leisten konnte. Immer noch in ihrer Tasche kramend, schob Evelyn ihr Portemonnaie beiseite, als sie die Eingangstür erreichte. Der Portier lächelte ihr zu. Sie nickte zurück und wartete, dass er seinen Job tat, dann trat sie über die Schwelle. Frostige Luft wirbelte um ihre Füße und erfasste ihre nackten Beine. Sie seufzte erleichtert auf, begrüßte die Kühle und …

Es klingelte ganz unten in ihrer Tasche. Ihre Fingerspitzen streiften Metall. Sie lächelte. Volltreffer. Autoschlüssel gefunden.

Evelyn blieb am Randstein stehen und hielt ihren Schlüssel fest. Eine weitere schnelle Suche förderte ihr Handy zutage. Sie berührte das Display mit dem Daumen. Keine neuen Nachrichten. Perfekt. Besser als gut, wenn man bedachte, dass sie mit niemandem reden wollte. Jedenfalls nicht jetzt. Vielleicht eine ganze Weile nicht. Nun ja, zumindest nicht, bis sie Venom traf morgen Abend. Bis dahin würde sie es genießen, ein bisschen Zeit für sich zu haben. Aber eins nach dem anderen. Sie hatte eine halbe Stunde Fahrtzeit bis Granite Falls. Was bedeutete …

Dass sie langsam ihr Auto finden sollte.

Ohne zurückzublicken, betrat sie die Auffahrt. Lampenlicht fiel auf die Steine, beleuchtete vereiste Stellen auf dem Pflaster. Auf Zehenspitzen stieg sie darüber hinweg, vermied die rutschigen Stellen und steuerte den Fußweg an. Die nächtlichen Schatten wurden länger, erzeugten unheimliche Muster, während sie sich der Straße näherte. Im Gebüsch neben ihr raschelte es. Sie unterdrückte einen Schauder und zog die Enden ihrer Kaschmirstola enger um sich. Das Einmummeln half auch nicht. Das merkwürdige Kribbeln ließ einfach nicht nach. Jetzt befiel es ihre Haut, erweckte Besorgnis in ihr, sodass sie sich fragte, ob Markov sie von irgendwoher beobachtete.

Sie spähte erneut über ihre Schulter.

Immer noch nichts. Immer noch keine Menschenseele.

Mit klopfendem Herzen beschleunigte Evelyn ihre Schritte, widerstand dem Bedürfnis, ein zweites Mal zurückzublicken. Sie war jetzt beinahe am Ziel. Noch eine Minute, und sie hätte es geschafft. Wäre auf der anderen Seite der Allee. Nicht mal einen Meter entfernt von der Sicherheit ihres Autos. Kurz davor, ihre Tür zu verriegeln und den Angstfaktor unter Kontrolle zu haben. Eine Schlüsselumdrehung davor, wegzufahren und …

Ihr Handy vibrierte in ihrer Hand.

Das Summen erschreckte sie.

Evelyn zuckte zusammen, dann trat sie vom Kopfsteinpflaster auf den unebenen Bürgersteig. Sie schwankte kurz auf ihren hohen Hacken, bevor sie das Gleichgewicht wiedergefunden hatte. Das Samsung summte wieder. Evelyn versuchte sich zu beruhigen und überflog den Parkplatz auf der gegenüberliegenden Straßenseite, dann warf sie einen Blick auf ihr Telefon. Die Anruferkennung lieferte den Namen. Evelyn musterte das Display finster. Seltsam. Erst recht, wenn man bedachte, dass ihre Großmutter sonst nie nach neun Uhr abends anrief.

Mit einer Berührung des Displays nahm Evelyn den Anruf an. »Hi, Mema. Was machst du denn noch so spät nachts …«

»Evelyn«, meldete sich ein Mann mit rauer Stimme.

Sie blinzelte überrascht. Eine Sekunde verging, bevor sie die Stimme erkannte. »Dr. Milford?«

»Ja«, sagte er und klang außer Atem. Ganz und gar nicht wie der unerschütterliche Arzt, auf den sie regelmäßig bei dem Einkaufsladen an der Ecke stieß. Schon weit über siebzig, hatte Dr. Milford so gut wie alles gesehen als langjähriger Arzt in Granite Falls. Der Mann verdiente eine Medaille. Für seinen heldenhaften Umgang mit überwältigenden Schwierigkeiten. Evelyn sollte es wissen. Sie hatte ihre Großmutter zu mehr Arztterminen begleitet, als ihr lieb war. War gezwungen gewesen, im Wartezimmer zu warten und mit anzuhören, wie Dr. Milford ihrer Großmutter die Gefahren eines zu hohen Cholesterinspiegels vor Augen führte … wohl wissend, wie groß die Vorliebe ihrer Großmutter für Butter war. Die sie auf allem und jedem großzügig verteilte. »Wo bist du?«

»In der Stadt.«

»Du musst nach Haus kommen.«

»Was ist los?«, fragte sie und umklammerte ihr Handy. »Geht es um Mema? Geht es ihr gut?«

»Ich habe deine Großmutter gerade in einen Krankenwagen verfrachtet.«

»Was …«

»Ich erkläre es dir später, wenn du hier bist.« Eine Tür wurde zugeschlagen. Männerrufe waren in der Nähe zu hören, das Geräusch drang laut und deutlich aus dem Handy. Die Polizei vielleicht. Sanitäter vielleicht, die Dringlichkeit in ihren Stimmen unüberhörbar. »Wir bringen sie gerade ins Cascade Valley Hospital in Arlington.«

»Okay.« Evelyns Gedanken rasten, während sie sich bereits in Bewegung setzte und über die Straße rannte, den Blick auf ihren Volkswagen geheftet. »Ich mache mich gleich auf den Weg.

»Gut«, sagte er. »Beeil dich, Evelyn. Wir sehen uns später im Krankenhaus.«

Eine Sirene ertönte im Hintergrund.

Das Telefongespräch wurde unterbrochen.

Furcht schnürte ihr die Kehle zu. Du lieber Gott. Bitte, lass es Großmutter gut gehen. Bitte, bitte … dreimal *bitte*. Die Litanei hämmerte gegen ihre Schläfen, wurde zu einem Sprechchor in ihrem Kopf. Schrecken gesellte sich hinzu, verkrampfte ihr den Magen, führte zu Fragen wie … Was, wenn Markov gelogen hatte? Was, wenn das Scheusal ihre Großmutter wieder aufgesucht hatte? Was, wenn Mema nicht durchkam? Die Nervosität in Dr. Milfords Stimme wies auf eine unleugbare Tatsache hin. Er war besorgt. Was auch immer passiert war, die Situation war mehr als ernst. Vielleicht lebensgefährlich. Und als Evelyn die Autotür aufschloss und hinters Steuerrad glitt, zwangen die unterschiedlichen Möglichkeiten – eine schlimmer als die andere – sie, sich der Wahrheit zu stellen.

Es war ihre Schuld. Die Umstände wie auch das Ergebnis.

Alles, wirklich alles, war … *ihre Schuld*.

Wäre sie nur klüger gewesen. Hätte sie nur ihre Probleme schneller geregelt. Hätte sie nur einen Weg gefunden, die Schulden ihrer Mutter zu bezahlen. Dann wäre nichts von alldem passiert. Sie würde nicht vor dem Luxmore stehen auf einem gottverlassenen Parkplatz, so gerade eben davor bewahrt, sich mitten in der Nacht zu prostituieren. Und ihre Großmutter wäre nicht auf dem Weg ins Krankenhaus, müsste nicht um ihr Leben kämpfen.

7

Eine Schulter an die Wand gelehnt, starrte Ivar aus dem Fenster der Feuerwache und betrachtete finster den Nachthimmel. Stecknadelgroße Sterne zwinkerten ihm aus dem Schwarz über der Silhouette von Seattle zu. Der Lichtschein rund um die Stadt machte die Kanten unscharf, schuf eine verschwommene Linie zwischen Hell und Dunkel. Und da er seine schlechte Laune nicht zügeln konnte, betrachtete er auch das mit finsterem Blick.

Warten war scheiße.

Er hasste es. Hasste Verzögerungen. Den Grund, der hinter jeder einzelnen steckte, auch.

Ivar knurrte. Das leise Geräusch hallte von Fenstern und Wänden wider. Er biss sich auf die Zunge und fluchte erneut. Verdammte Menschen. Diese unkooperativen Einwohner von Granite Falls. Seine Geduld erschöpfte sich von Sekunde zu Sekunde mehr. Das Bedürfnis, es zu erfahren, stocherte in ihm herum wie ein spitzer Stock. Wie ein Süchtiger nach dem nächsten Schuss lechzte, so sehnte er sich nach Informationen. Brauchte Statistiken. Lechzte nach farbigen Tortendiagrammen mit Prozentwerten – nach Gleichungen, die die jeweiligen Infektionsraten der Menschen ermittelten, die in der kleinen Stadt südlich der kanadischen Grenze lebten.

Eine Durchschnittsstadt der USA. Die perfekte Petrischale. Eines der besten Versuchsumfelder, die es gab. Aber nur, wenn sein Spiel sich auszahlte.

Zu viele gesunde menschliche Immunsysteme machten es beinahe unmöglich, das Ergebnis vorherzusagen. Was Mutter Natur außen vor ließ. Nicht, dass *sie* sich darum scherte. Oder sich auch nur einen Deut für das interessierte, was er wollte. Die launische Hexe schätzte offenbar Balkendiagramme – oder Mikrobiologie – nicht so sehr wie er. Inkubationszeiten starker Viren unterlagen anderen Gesetzen. Und zwar solchen, die sich ihm entzogen.

Verärgerung packte ihn.

Ivar schob den Ärmel seines Hemds hoch. Das Licht einer Straßenlaterne fiel durch das Fenster auf seine Armbanduhr. Das teure Teil lieferte ihm die Uhrzeit – kurz vor zwei Uhr morgens. Beinahe sieben Tage, ohne dass ein Symptom zu verzeichnen war. Nicht ein einziges. Ivar seufzte enttäuscht. Verzögerung um Verzögerung. Tage, die damit verschwendet waren, dass er fernsah, Nachrichten verfolgte, nervigen Moderatoren zuhörte, die über irgendetwas Langweiliges jammerten. Nächtelange Suche im Internet, Livevideos ansehen, Blogs lesen, immer auf der Suche nach Nachrichten – oder wenigstens irgendeiner, die bestätigte, dass sein Plan funktionierte.

Oder verstrich die Zeit einfach, ohne dass sich etwas tat?

Eine gute Frage. Eine, die eine schnelle Antwort erbringen sollte angesichts der Tatsache, dass er die Wasserversorgung von Granite Falls vor über einer Woche mit einem Supervirus infiziert hatte. Sein Baby war ein echtes Prachtstück von Bio-Cocktail. Gemein. Schnellwirkend. Ein Killer in Form einer tödlichen Dosis Viren.

Jedenfalls hatte er das gedacht.

Bisher.

Verdammte Scheiße, es war frustrierend. Er sollte jetzt da sein, mitten im Zentrum des Geschehens. Mitten in der Stadt und beobachten, wie sich sein Experiment entwickelte, wie sein Supervirus seine Wirkung entfaltete und Menschen starben. Ein hübscher Gedanke. Nichts als eine immer geringer werdende Hoffnung im Moment. Ein Beweis für den Ausbruch der Krankheit stand noch aus. Nicht mal eine Andeutung gab es in den Spätnachrichten. Kein Wort von Denzeil, keine Anzeichen einer Panik in der Bevölkerung. Was echt *nervte*... Insbesondere, da er keine einzige Blut- oder Gewebeprobe sammeln konnte, bevor die Infektion Fuß fasste. Was für ihn was bedeutete? Festzusitzen. Um was zu tun? Däumchen zu drehen – ihm waren die Hände gebunden, er konnte nichts unternehmen, während seine schlechte Laune immer schlimmer wurde ... und er darauf *wartete*, dass etwas passierte.

Er wandte seinen Blick von seiner Armbanduhr ab und konzentrierte sich auf die Straße, die sich an der alten Feuerwache, Walton Street 28, vorbeischlängelte, die um 1930 gebaut worden war und seinen Bedürfnissen genau entsprach. Ivar liebte diesen Ort – große Räume, ein offenes Gelände, sozusagen die Essenz von Feng Shui. Und dazu noch das unterirdische Hauptquartier unterhalb der dreizehn Hektar – da hatte er einen echten Hauptgewinn erzielt. Alles, was er brauchte, um beschäftigt zu sein und Problemen aus dem Weg zu gehen, aber ...

Nicht heute Nacht.

Ivar unterdrückte einen Fluch. Er langweilte sich höllisch, brauchte dringend etwas Abwechslung. Er sah erneut aus dem Fenster. Nichts und niemand. Alles ruhig an der Vorstadtfront. Er verzog den Mund. Wieder eine Nacht, immer dasselbe Resultat. Keine Abweichung von der Routine. Kein nächtliches Drama. Absolut nichts, was sich zu berichten lohnte. Immer das Gleiche, das Gleiche und noch mal das *Gleiche*. Meistens gefiel ihm das an der verschlafenen Ecke von Seattle, die er sein Zuhause nannte. Nie klopften Nachbarn an seine Tür. Bullen fuhren selten vorbei. Und die Lichter in den kleinen Häusern, die beiderseits der schmalen Straße standen, gingen immer gegen neun Uhr aus.

Hübsch und vorhersehbar. Sicher und – Ivar seufzte – total langweilig.

Er verlagerte sein Gewicht von einem Fuß auf den anderen und stieß sich ab von der Wand. Sein Spiegelbild schwankte in der dunklen Scheibe. Er trat über einen Haufen Abfall und ignorierte seinen verschwommenen Umriss in der Fensterfront, bewunderte lieber die Architektur. Hochglänzend und dem neuesten Stand der Technik entsprechend, standen die dreifach verglasten Fünflinge Schulter an Schulter – groß und oben geschwungen wie Kirchenfenster. Sauber, ordentlich und fantastisch. Keine Haarrisse mehr im Glas. Kein Wärmeverlust mehr, keine kalte Luft, die durch verfaulte Holzrahmen eindrang. Funkelnagelneu, genau wie die breiten Dielen unter seinen Füßen.

Er stieß ein Stück einer Bambusplanke weg, das von der frischen Renovierung übrig geblieben war. Sägemehl wirbelte hoch, beschmutzte seine Stiefelspitze, verband sich mit dem Geruch von frischen Trockenmauern und Verputz. Er erspähte einen weißen Fleck Gips unter einem der Fensterstöcke aus Stahl. Er verzog den Mund.

Beinahe geschafft.

Noch eine Woche oder zwei, dann wäre dieses Geschoss der einst verfallenen Feuerwache fertig renoviert. Nichts mehr zu tun, außer, die Räume einzurichten und den Ort zu genießen. Eine schöne Vorstellung. Eine, die ihn erfreuen müsste. Meistens tat sie das auch. Besonders, wenn er in seinem hochmodernen Labor, fünfzig Meter unterhalb seines jetzigen Standorts, die verschiedenen Viren testete. Heute Nacht jedoch war Befriedigung meilenweit entfernt. So weit entfernt, dass er keinerlei Stolz auf seine neue Bude aufbringen konnte.

Ivar lockerte seine geballten Fäuste und seine Schultern. Seine angespannten Muskeln beschwerten sich. Was nicht weiter überraschend war. Steif vom zu langen Herumstehen, verlangte sein Körper nach Bewegung. Wollte, dass er seine innere Bestie freiließ, seine Flügel spreizte und über die Stadtlandschaft rauschte. Seine Drachenhälfte meldete sich erfreut, ihr gefiel die Vorstellung. Er blickte an die Decke. Feuchte Gipsflecken starrten zurück, forderten ihn auf, es zu tun, aber …

Ivar schüttelte den Kopf.

Auf keinen Fall. Durch das Dach zu schießen, um an die frische Luft zu gelangen, würde nichts ändern. Sicher, es würde seine Laune verbessern. Möglicherweise eine Zeit lang etwas von der unterschwelligen Spannung abbauen, aber die Erleichterung wäre nicht von Dauer. Das waren Provisorien nie. Er musste den Zeitplan einhalten und bei der Sache bleiben. Nur noch eine kleine Weile. Höchstens noch einen Monat, dann hätte er, was er brauchte – Erfolg auf ganzer Linie. Einen sicheren, bequemen Landeplatz nach einer harten Kampfnacht. Neuigkeiten vom Projekt »Supervirus in

Granite Falls«. Mehr Datenmaterial aus seinem Fortpflanzungsprogramm und zu den weiblichen Gefangenen, die er eingesperrt hielt in seiner unterirdischen Höhle.

So viele Bälle in der Luft.

Er konnte es sich nicht leisten, einen einzigen fallen zu lassen. Nicht, wenn er hoffte, die Spezies der Drachenblütigen zu retten.

Einige hielten seinen Kampf gegen die Umweltzerstörung für eine vorübergehende Phase. Für nichts weiter als einen Zeitvertreib, während er Forscher spielte. Ivar wusste es besser. Er *spielte* nicht. Seine Bereitschaft, eine gesamte Spezies auszumerzen – nämlich die menschliche Gattung –, bewies es. Seine Entscheidung entsprang mehr der Verzweiflung als der Neugier. War seine letzte Zuflucht. Der Wendepunkt rückte näher … und damit der Zeitpunkt, an dem es kein Zurück mehr gab. Mutter Erde konnte nicht mehr viel von dem Missbrauch ertragen, den die Menschheit ihr regelmäßig antat.

Die Idioten brachten den Planeten um.

Langsam. Gewissenlos. Ohne das geringste Bedauern.

Beweise dessen füllten die Schlagzeilen. Monsterstürme. Eine beschädigte Ozonschicht, Luftverschmutzung. Zerstörte Regenwälder, vergiftetes Grundwasser und kranke Kinder mit noch nie gekannten Allergien. Ivar stieß die Luft aus. Er konnte es nicht mehr ertragen. Es war einfach so unnötig. Eine tickende Zeitbombe. Hundertprozentig korrigierbar, wenn rechtzeitig eingegriffen wurde. Er schüttelte den Kopf. Aber natürlich bestand keinerlei Hoffnung, dass das passierte. Die Menschen weigerten sich, die Warnungen zu beherzigen. Die Idioten würden tun, was sie immer taten – sich nehmen, was sie wollten, gierige Schwachköpfe, die sie waren, wenn es um die Umwelt ging, und die Konsequenzen ausblenden.

Ihm blieb also nur eine Lösung: Pläne zu machen. Dafür zu sorgen, dass seine Strategie erfolgreich war. Allein weiterzumachen mit weniger Mitteln, als er gern gehabt hätte, und mehr Druck von Rodin, als er gebrauchen konnte.

Was in mehr als einer Hinsicht bedauerlich war.

Ehrgeizig und machtgierig, liebte es Rodin, sich einzumischen und nie aufzugeben. Er wollte regelmäßige Updates und rief viel zu häufig an. Nervig? Absolut. Ein notwendiges Übel? Zweifellos. Die ständige Überwachung im Gegenzug für die Unterstützung vonseiten eines der mächtigsten Männer seiner Spezies war ein geringer Preis und die erschwerenden Umstände langfristig wert. Ivar zog eine Grimasse. In Ordnung, er liebte die Beschränkungen wirklich nicht. Oder Rodins Angewohnheit, zu versuchen, ihn wie eine Marionette zu benutzen. Aber Geld war nun einmal genau das … *Geld.* Und weitere Mittel bedeuteten größere Flexibilität.

Eine, die es ihm ermöglichen würde, mit der Geißel, die sich Menschheit nannte, Schluss zu machen.

Ivar drehte sich auf dem Absatz um und schlenderte ans andere Ende des Raums. Seine Schritte echoten, hallten von den Wänden wider. Hin und zurück. Wieder und wieder. Eine Runde nach der anderen … und noch eine. Sein Spiegelbild blitzte in der Scheibe auf, als er um einen Plastikmülleimer herumging. Er ging auch der daneben liegenden Säge aus dem Weg und blieb vor dem letzten Fenster stehen. Genau da, wo er gestartet war. Traurig, aber wahr. Dort wieder zu landen, wo er begonnen hatte, schien sein Modus Operandi zu sein in letzter Zeit.

Mit einem langen, tiefen Seufzer schob er die Hände in die Hosentaschen und lehnte sich wieder an den Fensterrahmen. Stahl bohrte sich in seinen Bizeps. Der Schmerz durchzuckte seinen Arm, während er das traurige alte Haus auf der anderen Straßenseite betrachtete. Er starrte das durchhängende Dach an und den zerbeulten Jeep, der in der Auffahrt parkte. Die Erinnerung ließ ihn nicht los, gemahnte ihn daran, wessen verrosteter Wrangler es war. Er bekam einen trockenen Mund. Ivar schluckte, als ihm ihr Name wieder einfiel.

Sasha Cooper … unvergleichliches Betthäschen.

Ein Bild von ihr tauchte vor ihm auf, seine Schläfen fingen an zu pochen, und der Verräter hinter seinem Reißverschluss erwachte. Hundertprozentige Erektion in weniger als einer Sekunde. Verheerende Begierde. Brennendes Verlangen. Alles verschlingende *Lust*. Ivar schloss die Augen und ließ die Nacht, die er mit ihr verbracht hatte, noch einmal vor seinem geistigen Auge ablaufen. Die Nacht, in der Sasha die Sirene gespielt hatte mit ihm als Seefahrer. Verdammt, sie war unglaublich gewesen. Hatte alles übertroffen, was er bis dato gekannt hatte. Spitzenmäßige Bioenergie. Unvergesslicher Geschmack. Fesselnde Unterwerfung. Ihre schönen braunen Augen, die ihn hingebungsvoll ansahen. Die Hitze ihrer Umarmung. Ihre helle, weiche Haut unter seinen Händen. Der Klang ihrer Stimme, während sie seinen Namen wisperte, ihn anflehte, sie wieder zu nehmen. Das Gefühl, als sie kam. Meine Güte. Was für eine Erinnerung und …

Ivar ballte die Fäuste in seinen Taschen.

Mist. Nicht gut. Oder auch nur das kleinste bisschen weise.

Er musste sie sich unbedingt aus dem Kopf schlagen. Sofort. Bevor er etwas Dummes anstellte – wie zum Beispiel das Hauptquartier zu verlassen, über die Straße zu gehen und an ihrer Eingangstür zu klopfen. Wieder. Wie das letzte Mal. Großer Fehler. Und noch schlimmeres Ergebnis. Insbesondere, da sie versucht hatte, ihn zu töten nach dem Genuss mehrfacher Orgasmen.

Herrgott, er wäre fast draufgegangen.

Gestorben, verdammt noch mal. Und dennoch, hier stand er … und erging sich in Fantasien über sie. Rief sich ihren Geschmack ins Gedächtnis, wie sie sich anfühlte. Versuchte herauszufinden, wie er sich schützen könnte, damit er Sasha ein zweites Mal aufsuchen konnte. Wieder mit ihr schlafen konnte. Die ganze Nacht bleiben konnte, statt nur ein paar Stunden.

Der Gedanke trieb ihn um, drängte ihn, einen Weg zu finden, der das Problem löste. Bisher war ihm noch absolut nichts eingefallen, wie er ihre Wirkung auf ihn negieren konnte. Aus offensichtlichen Gründen. Er war noch nie zuvor einer Frau begegnet, die seiner Magie entgegenwirken konnte, geschweige denn, einen Zufluss zum Meridian öffnen konnte durch ihn. Sasha hatte genau das getan, sein einzigartiges Biosignal genutzt, sich mit der Quelle verbunden und ihn des Kerns seiner Energie beraubt. Sie hatte ihn ausgesaugt, seine Fähigkeit, sich abzukoppeln, blockiert und ihm dann alles entzogen, ihn quasi trockengelegt. Die Tatsache, dass er ihr Haus lebend verlassen hatte, konnte man nur als Wunder bezeichnen.

Ein riesiges. Eins, von dem er wusste, dass es kein zweites Mal passieren würde.

Leider weigerte sich der Wissenschaftler in ihm, es dabei zu belassen. Er liebte Rätsel. War spitze darin, Antworten auf schwierige Probleme zu finden. Sasha stellte ein faszinierendes Problem dar. Jetzt wollte er alles wissen über sie, auch, welche Art von Macht sie anwendete. Sonst würde er angreifbar bleiben, wäre geschwächt, statt stark wie ein Krieger zu sein. In keiner Hinsicht ideal. Er war der Befehlshaber der Razorback. Geboren und erzogen für den Krieg, keine Schwuchtel, die …

»Ivar.«

Mit ausgeprägtem norwegischem Akzent schob sich die Stimme wie eine Messerklinge in sein Gehör, aalglatt, beinahe beruhigend, wie sie seine Haut zum Prickeln brachte. Ivar verzog den Mund. Gott sei Dank. Wurde verdammt noch mal Zeit. Eine willkommene Ablenkung steuerte in diesem Augenblick auf ihn zu.

Ivar öffnete die Augen und warf einen Blick über seine Schulter. Hamersveld, der mit einem Sechserpack Heineken auf der gegenüberliegenden Seite des Raumes stand, musterte ihn stirnrunzelnd. Beinahe hätte Ivar ihn angelächelt. *Beinahe*, aber nicht ganz. Er war zu eifrig damit beschäftigt, nach dem Wren des Mannes Ausschau zu halten. Eine gute Idee in Sachen Selbsterhaltung. Fen war ein gemeiner kleiner Drecksack. Dem Norweger treu ergeben. Großartig, wenn es um einen Kampf ging. Nicht so toll, wenn man ihm innerhalb des Hauptquartiers Auge in Auge gegenüberstand. Teufel auch, der Miniaturdrache hatte Ivar beinahe den Kopf abgerissen, als er letztes Mal auf ihn gestoßen war.

»Wo ist Fen?«, erkundigte sich Ivar und betrachtete forschend die Schatten hinter seinem Freund.

Hamersveld tippte auf seine Schulter und zeigte auf das versteckte Tattoo unter seinem T-Shirt. »Lädt auf.«

»Gut.«

»Warum – hast du Schiss?«

Ivar schnaubte. *Schiss?* Nicht wirklich, obgleich er eine gewisse Vorsicht nicht abstreiten konnte. Eine verständliche Reaktion, ausgelöst von dem Bedürfnis, am Leben zu bleiben. Fen war eine interessante Herausforderung, aber gleichzeitig ein gefährliches Dilemma. Einerseits war Ivar fasziniert von dem Minidrachen. Und andererseits? Seine bösartige Natur machte es schwierig, ihn zu studieren. Weniger als halb so groß wie Ivar in Drachengestalt, hatte Fen nicht die Spur Menschliches in sich. Reine Drachen-DNA, mit den Drachenblütigen verwandt, aber genetisch deutlich verschieden. Pfeilschnelle Flieger, höllenmäßig tödlich, operierten Wrens nach vollkommen anderen magischen Prinzipien. Was … genau … gewissermaßen ein feuchter Traum jedes Wissenschaftlers war – insbesondere Ivars. Die Chromosomenstruktur des Wrens zu ermitteln würde ihn Jahre kosten. Vielleicht sogar Jahrzehnte. Eine tolle Sache, bis auf eins …

Der Wren ging nie irgendwohin ohne Hamersveld. Warum nicht? Interessante Frage … leichte Antwort. Fen konnte ohne den Mann auf der Erde nicht überleben.

Wrens nahmen keine Nahrung zu sich und nährten sich, anders als die Drachenblütigen, auch nicht auf dem Umweg über weibliche Menschen, sondern ein Wren verband sich mit einem männlichen Drachenblütigen, war angewiesen darauf, dass sein Wirt ihn ernährte und am Leben erhielt. Ein einzigartiger Prozess, der es erforderte, dass der Minidrache mit dem Stammeszeichen verschmolz, das sein Wirt auf der Haut trug. Das magische Tattoo funktionierte wie eine elektrische Steckdose. Sich einfach an die Quelle anschließen. Das richtige Maß an Strom absaugen aus den elektrostatischen

Leitungen, die den Planeten umringten. Die Batterien neu aufladen. Sobald Fens Bioenergie sich mit der Hamersvelds verband, entstand eine obskure Verbindung und …

Heureka. Zwei waren zu einem verschmolzen.

Nun ja, zumindest für eine kleine Weile. Ivar wusste nicht, wie lange das Aufladen dauerte. Das variierte von Woche zu Woche. Manchmal verschwand Fen für mehrere Tage innerhalb des Tattoos. Manchmal nur für ein paar Stunden.

Was den Wren nur zu einem noch faszinierenderen Studienobjekt machte.

Unfähig, seine Neugierde zu bezähmen, fragte Ivar: »Wie lange ist er schon weg dieses Mal?«

»Weniger als einen Tag. Fünf Stunden.« Mit misstrauischem Blick musterte Hamersveld ihn. »Hast du vor, ihn zu vermessen?«

»Der Gedanke ist mir durchaus gekommen.«

»Immer der Wissenschaftler.«

»Nur Neugier«, murmelte Ivar und beobachtete den Mann genau. »Der Fluch meiner Berufung.«

Hamersveld verdrehte die Augen.

Ivar gab nach und grinste. Er konnte nicht anders. Trotz Hamersvelds schwierigen Charakters mochte er den Mann. Im Ordnung, vielleicht war *mögen* übertrieben. Respekt traf schon eher zu. Nicht, dass es eine Rolle spielte. Er kannte ihn vielleicht noch nicht sehr gut, aber Ivar hegte große Hoffnungen in Bezug auf den Norweger. Der Krieger war verlässlich, wenn auch etwas schwer zu durchschauen. Daran gewöhnt, allein zu leben, gab Hamersveld so gut wie nichts preis. Er hielt seine Gefühle fest unter Kontrolle, hielt sich bedeckt, ließ nie jemanden an sich heran.

Ivar verstand den Impuls. Er war genauso gepolt. Verstand den Mann besser als die meisten anderen. Lebenslanges Misstrauen zu überwinden brauchte seine Zeit. Und Freundschaft zu schließen war nie leicht. Das zu wissen hielt Ivar jedoch nicht davon ab, es sich zu wünschen. Er sehnte sich nach einer solchen Verbindung. Stellte sich gern vor, einen Freund zu haben. Einen, dem er vertrauen konnte, der ihm helfen würde, die Last zu tragen. Jemand, der fähig wäre, auf Dauer sein Stellvertreter zu sein. Hamersveld eignete sich dazu, erfüllte alle Voraussetzungen auf seiner Wunschliste – war klug, tödlich, ein starker Mann mit einer beeindruckenden Ausstattung.

Und zwar der eines Wasserdrachen.

Ein zufälliger und glücklicher Fund. Und noch besser, so einen Freund auf seiner Seite zu haben. Insbesondere, da die meisten männlichen Drachenblütigen Wasser fürchteten.

Ivar sah Hamersveld fest in die Augen und hob eine Braue. »Schon zurück vom Schwimmen im Puget Sound?«

»Ich bin gar nicht weggewesen.«

Aha. Tja, wenn das nicht interessant war. Eine Abweichung von der Routine. Mehr als nur etwas eigentümlich. Hamersveld verpasste nie seine mitternächtliche Planscherei. Ein See, Ozean, kleiner Fluss oder ein Swimmingpool von olympischen Ausmaßen – der Ort war egal, solange Wasser damit verbunden war. Was eins von zwei Dingen bedeutete: Entweder fühlte sich der Mann nicht gut, oder er wollte reden.

Auf Letzteres hoffend, warf Ivar einen Blick auf den Karton Heineken. »Hast du auch eins für mich?«

»Vielleicht.«

Umrahmt von Hellblau, begegneten schwarze Haifischpupillen seinem Blick. Hamersveld sah etwas unsicher aus und zögerte. Ivar hielt den Mund, dachte nicht daran, seinen neuen Freund zu drängen. Reden? Sich ihm anvertrauen oder nicht? Die Entscheidung lag ganz bei Hamersveld, nicht bei ihm.

Eine Sekunde mündete in die andere, bevor der Mann sich rührte, den Raum durchquerte. Bierflaschen stießen aneinander, bewegten sich in dem dünnen Pappkarton. Das leise Stampfen schwerer Schritte verband sich mit dem Klirren, dann hörte es auf, als Hamersveld neben Ivar stehen blieb. Er riss den Karton auf und reichte seinem Freund eine Flasche, nahm sich selbst eine und stellte den Karton auf den Boden zu seinen Füßen. Nachdem er fertig war mit seiner Kumpel-Routine, lehnte Hamersveld seine Schulter an die Fensterscheibe, einen Meter von Ivar entfernt.

Und Ivar wartete. Dass Hamersveld quatschen würde. Dass er den ersten Zug machte und ihm sein Problem anvertraute.

Mit gerunzelter Stirn seufzte Hamersveld. »Was zum Teufel tust du hier oben? Ich dachte, ich finde dich im Labor.«

»Bin vor einer Stunde fertig geworden mit meiner Arbeit.« Ivar packte seine Bierflasche und öffnete den Verschluss. Schaum blubberte aus dem Flaschenhals. Ivar ignorierte ihn und schnippte den Verschluss in Richtung Mülleimer quer durch den Raum und … bingo. Genau die Mitte. Ganz genau ins Zentrum des Eimers. Ein dreifaches Hurra für ihn. Solide zwei Punkte. »Ich warte, dass die Bakterienkulturen sich voll entwickeln.«

»Noch kein Wort aus Granite Falls?«

Ivar schüttelte den Kopf. »Keinen Piep.«

»Und jetzt bist du ruhelos?«

»Höllenmäßig nervös«, sagte er, gab die Schwäche zu, obgleich sie einen schlechten Geschmack hinterließ in seinem Mund. Ivar schluckte die Säure herunter. Bescheidenheit war nicht seine Stärke. Genauso wenig, eine Schwäche zuzugeben – eine wirkliche oder eingebildete. Aber Hamersveld näherzukommen erforderte einen anderen Zugang. Einen, der mit Ehrlichkeit anfing und in Vertrauen endete. Er fuhr mit seinem Daumen über das Flaschenetikett, wischte die Wassertropfen weg und räusperte sich. »Ich hasse Warten.«

Hamersveld brummte verständnisvoll. »Du bist ungeduldig.«

»War ich schon immer.«

»Gib der Sache Zeit, *Zi Kamir*«, sagte Hamersveld, nannte ihn Bruder in der Drachensprache, verhielt sich wie ein wirklicher Freund, gab Ivar Hoffnung. »Der Supercocktail, den du zusammengerührt hast, ist tödlich. Er wird bestimmt noch wirken.«

»Ich weiß.«

Ivar unterdrückte ein Schnauben. So viel zu der Nummer mit der Ehrlichkeit. Der falsche Ton, die Übertreibung in seinem Tonfall sagten alles – er war sich nicht sicher. Wusste absolut *nichts*.

Jedenfalls nichts Genaues.

»Wenn er allerdings nicht wirkt, sind wir am Arsch.« Ivar hob die Hand und nahm noch einen Schluck aus der Flasche. Kühl und frisch umschmeichelte das Heineken seine Geschmacksnerven, dann lief der kühle Strom seine Kehle hinunter. »Wir müssten von vorn anfangen.«

»So weit ist es aber noch nicht.« Hamersveld zog das Etikett von seiner Flasche ab, zerknüllte es zu einer Kugel, warf diese in den offenen Karton. »Hör auf, ständig darüber nachzugrübeln.«

»Fick dich«, sagte Ivar knurrend. »Es ist nicht dein Baby da draußen, das seinen Job nicht macht.«

Hamersveld schnaubte. »Hättest du gern eine Ablenkung, während wir darauf warten, dass es jemanden umbringt?«

»Gern«, sagte Ivar und nahm noch einen Schluck. »Was schlägst du vor?«

»Ich habe eine Idee.«

»Welcher Art?«

»Es handelt sich um die Frauen mit hoher Energie in deinem Zellenblock A.«

Oh ja. Netter Übergang. Eine hervorragende Wendung in der Unterhaltung.

Das garantiert einzige Thema, das geeignet war, Ivar Granite Falls vergessen zu lassen. Zumindest für den Augenblick. Die weiblichen Wesen, die er in seinem unterirdischen Hauptquartier gefangen hielt, lenkten ihn ab, wie nichts anderes es konnte. Diese außerordentlich seltenen Frauen mit hoher Energie waren der Eckstein seines Programms. Er hatte Monate gebraucht, jede Einzelne aufzuspüren. Jetzt wachte er penibel über ihren Gesundheitszustand. Ernährte sie mit Feinkost voller Proteine und Vitamine. Achtete darauf, dass jede erhielt, was sie brauchte – Bewegung, Sonnenlicht, so viele Bücher, wie sie lesen konnte. Legte Fruchtbarkeitstabellen an und untersuchte sie auf jede ihm bekannte genetische Abweichung hin, bevor er seine hübschen kleinen Testpersonen mit dem Serum infizierte, das er in seinem Labor entwickelt hatte.

Alles, was er jetzt noch tun konnte, war zu warten, dass der

Meridian sich neu justierte während der Frühjahrstagundnachtgleiche. Einem der beiden Zeitpunkte, zu denen Angehörige des Drachenbluts zeugungsfähig waren. Die Neuausrichtung der elektrostatischen Verbindungen löste ihren Primärtrieb aus, sodass die Männer seiner Spezies *gierig* wurden. Sich geradezu zwanghaft paaren wollten … ein Zustand, der den Fortbestand seiner Art garantierte. Was bedeutete, dass er bereit sein musste.

Er hatte nur einen Versuch. Nur *einen,* damit es funktionierte.

Das Serum war so angelegt, dass es die Drachen-DNA veränderte. Es ersetzte das Y-Chromosom durch ein X-Chromosom, würde die erste weibliche Drachenblütige seit über sechshundert Jahren erzeugen und dadurch den Fluch beenden, der auf seiner Spezies lastete. Ein ehrgeiziges Ziel. Unglaublich schwierig zu erreichen. Er hatte jahrelang experimentiert, nach der richtigen Zusammensetzung gesucht, nach der genauen Kombination, die sie vom Joch menschlicher Abhängigkeit befreien würde.

Jetzt war es so, dass männliche Drachenblütige auf Menschenfrauen angewiesen waren, um den Fortbestand ihrer Art zu sichern. In weniger als drei Monaten könnte sich das ändern, wenn der Meridian sich neu justierte. Aber nur, wenn sein Serum funktionierte und er erfolgreich die Drachen-DNA neu programmieren konnte. Seine Gefangenen hielten das Potenzial dazu in ihren Schößen.

Unendliche Möglichkeiten. So viel Hoffnung. Freiheit für alle Angehörigen des Drachenbluts.

Ivar leerte seine Flasche, stellte sie auf das Fensterbrett und holte sich eine neue. »Woran hast du gedacht, Sveld?«

»Wir sollten einen Wettkampf veranstalten.« Hamersvelds Mund verzog sich, als er den Bierverschluss wie eine Münze hochwarf. Metall drehte sich und blitzte auf im schwachen Licht. Er fing ihn mitten in der Luft auf und warf ihn in Richtung Abfalleimer. »Such nicht du die Männer aus. Lass sie gegeneinander antreten um das Privileg, eine der Frauen zu begatten.«

»Was – so etwas wie eine Drachenblut-Olympiade?«

»Drachenblut-Olympiade … das gefällt mir.« Hamersveld grinste. »Die besten fünf gewinnen eine Nacht mit einer der Frauen mit hoher Energie, wenn der Meridian sich neu ausrichtet.«

»Der Sieger hat die erste Wahl?«

Der Mann prostete ihm bestätigend mit seinem Heineken zu. »Eine einmalige Gelegenheit.«

Ivars Mundwinkel zuckten. »Machst du mit?«

»*Um Gottes willen*, nein.« Hamersveld verzog das Gesicht und sah ihn entsetzt an. »Ich möchte keine Nachkommen. Ich versuche immer noch, meinen letzten Fehler zu korrigieren und ihn zu killen.«

»Die Nightfury-Wasserratte«, sagte Ivar, amüsiert über den Mangel seines Freundes an Vaterinstinkt. So was von seltsam. Die meisten Männer fanden es reizvoll, eine Familie zu gründen. Hamersveld fand die Vorstellung geradezu grauenvoll. Ihm gefiel sein einzigartiger Status als Wasserdrache. Er wollte keine Konkurrenz, nicht einmal, wenn sie von seinem eigenen Sohn herrührte. »Bist du sicher, dass du ihn ausschalten kannst?«

»Keine Frage. Aber wir reden im Moment nicht über diesen Mistkerl.« Hamersveld stieß sich ab vom Fenster und ließ seine Schultern kreisen. Erregung glitzerte in seinen Augen, ließ das Blau um seine schwarzen Iriden schimmern. »Ich werde alles organisieren, Ivar. Die Rahmenbedingungen festlegen. Den richtigen Ort für die Spiele finden … irgendein unzugängliches ländliches Gebiet. Ich erarbeite die Grundlagen und lade alle Razorback ein, sich an den Wettkämpfen zu beteiligen. Du musst nur noch den Punktrichter spielen.«

Mit schmalen Augen ging Ivar die Möglichkeiten durch. Die Idee war durchaus vielversprechend. War ein echter Selbstläufer alles in allem. Die Wettkämpfe würden zu zwei wichtigen Zielen führen: Erstens sicherstellen, dass die stärksten Krieger seine Frauen begatteten. Und es ihm zweitens ermöglichen, die Fähigkeit jedes Razorback einzuschätzen. Es hatte viel neues Blut gegeben in jüngster Zeit, einige Männer waren aus Europa gekommen, andere von einem abgespaltenen Clan aus Südamerika. Venezuela möglicherweise. Oder Peru.

Ivar runzelte die Stirn. Er wusste es nicht genau. Was nie ein gutes Zeichen war. Insbesonderes seit die Nightfury-Arschgeigen seine Soldaten schneller ausschalteten, als er sich merken konnte, woher sie gekommen waren. Jetzt kannte er nicht mal die Hälfte der Namen seiner neuen Mitglieder. Ein Umstand, der geändert werden musste. Er konnte nicht der Oberbefehlshaber sein, wenn er verdammt noch mal nicht wusste, wer zu seiner Truppe gehörte. Er brauchte Namen. Musste über ihre Kampfkraft Bescheid wissen. Er wollte jedem Krieger in die Augen blicken und entscheiden, ob er zu seinem Razorback-Clan gehörte oder nicht.

Weshalb er auch eine neue Runde Drachenkampftraining angeordnet hatte.

Nicht gerade der beliebteste Befehl.

Nicht das Quartier verlassen zu können bedeutete für seine Krieger, der Stadt fernzubleiben. Erst dann wieder weibliche Gesellschaft genießen und sich nähren zu können, wenn sie sich qualifiziert hatten. Auch Auseinandersetzungen mit den Nightfury fielen fürs Erste aus. Eine tolle Idee, wenn man die aktuelle Todesrate in Betracht zog. Die positive Seite … keine toten Razorback. Die negative Seite seines Plans war jedoch, dass Bastian seine Ruhe hatte für eine gewisse Zeit. Das gefiel Ivar absolut nicht. Aber trotz dieses Nachteils dachte er nicht daran, seine Ausgangssperre zu lockern. Seine Razorback trainieren zu lassen und vom Radar der Nightfury fernzuhalten war der klügste Schachzug.

Zumindest für den Moment.

Er hatte größere Pläne. Solche, die nicht beinhalteten, dass seine Soldaten von einem Haufen Schweinebacken mit dicken Abzeichen auf den Schultern umgenietet wurden. Seine Augen verengten sich, während Ivar einen weiteren Schluck nahm. Verdammte Nightfury. Es gab keine schlimmere Plage. Er musste wirklich bald mal was unternehmen wegen dieser Krieger … wie zum Beispiel ihr Hauptquartier aufspüren. Schnell und hart zuschlagen. Sie alle massakrieren, bevor Bastian überhaupt wusste, wie ihm geschah.

Bodendielen knarrten neben ihm. »Komm schon, Ivar. Gib grünes Licht.«

Ivar blinzelte und musterte Hamersveld.

Der Mann fixierte ihn. »Es ist ein solider Plan.«

»Und verspricht auch noch Spaß.«

»Riesigen Unterhaltungswert.« Hamersvelds Mund verzog sich. »Die reine Win-win-Situation.«

Vorfreude breitete sich in ihm aus. *Drachenblut-Olympiade.* Ein verrückter Plan mit großen Vorteilen. »Leg los, Sveld. Mal sehen, wohin es uns führt, aber …«

Hamersveld sah ihn fragend an. »Aber was?«

»Sorge dafür, dass keiner dabei draufgeht. Wir können es uns nicht leisten, noch mehr Kämpfer zu verlieren.«

»Kein Problem.« Mit einem Glitzern in den Augen nickte der Norweger. »Damit kann ich arbeiten …«

Das Summen eines Motors drang durch die Stille.

Eine Sekunde später klingelte der Fahrstuhl. Das Geräusch von Doppeltüren, die sich öffneten, folgte – das schwache Zischen erreichte sie von der anderen Seite der Feuerwache.

Ivar stieß sich ab von der Wand. »Denzeil?«

»Ja«, rief sein zweiter Stellvertreter und eilte mit hallenden Schritten auf sie zu, betrat das zukünftige Wohnzimmer. Denzeils dunkle Augen glitzerten vor Erregung, und er wedelte mit seinem Tablet. »Hab neue Nachrichten. Es tut sich was in Granite Falls.«

Gott sei Dank. Endlich Resultate. Wurde aber auch langsam Zeit.

»Welcher Art?«, fragte Ivar.

»Eine Anhäufung von Notrufen«, sagte Denzeil. »Fünf Personen sind schon ins Cascade Valley Hospital eingeliefert worden. Die Symptome variieren, aber den Krankenakten ist zu entnehmen, dass die Menschen keine Ahnung haben, welcher Art die Infektion ist, die zu den Problemen geführt hat.«

Hamersveld brummte zufrieden. »Sieht aus, als wäre dein Baby unterwegs, Ivar.«

Ivar ging Denzeil auf halbem Weg entgegen und nahm

ihm das Tablet aus der Hand. Er tippte auf den Bildschirm. Der erste Notruf wurde hörbar. Er hörte sich die Nachricht an. Totale Panik in der Stimme des Menschen. Komplettes Durcheinander im Hintergrund. Ein erschreckter Ehemann, der wegen seiner Frau anrief.

Erleichterung traf Ivar wie eine geballte Faust. Er atmete tief durch. »Es funktioniert.«

»Das ist erst die Spitze des Eisbergs, Boss«, sagte Denzeil und grinste ihn an. »Es geht gerade erst los.«

»Woll'n wir uns das mal näher ansehn?« Hamersveld packte Ivars Schulter von hinten und drückte sie leicht, um ihn zu beglückwünschen. »Wir haben noch ein paar Stunden bis Sonnenaufgang, um …«

»Noch nicht. Geben wir dem Virus noch etwas mehr Inkubationszeit.« Zwölf Stunden sollten reichen, um die Aktivitäten zu verfolgen und festzustellen, wie viele Personen sich infiziert hatten. Ivar erwiderte Denzeils Grinsen und hörte sich den nächsten Notruf an, dann gab er Hamersveld einen freundschaftlichen Stoß mit der Faust direkt in dessen Herzgegend, was dem Norweger ein Lächeln entlockte. »Wir brechen morgen bei Sonnenuntergang auf.«

»Fantastisch«, murmelte Hamersveld.

Im Ernst. *Fantastisch* beschrieb es nicht mal annähernd.

Ivar packte Hamersveld am Shirt und schüttelte seinen neuen Freund erneut leicht. Meine Güte. Dieser süße, *süße* Geschmack des Sieges. Sein Wissen hatte ihn nicht getrogen. Hatte keine Schwachstellen. Was bedeutete, dass Phase zwei eingeleitet werden konnte. Er summte erwartungsvoll, weil … Scheiß auf das Drachenkampftraining. Seine Krieger und das Trainingslager in der Cascade Mountain Range würden warten müssen. Die nächste Nacht versprach Aufregung einer ganz anderen Sorte. Er musste woanders hin – nämlich in ein Krankenhaus, um dort Proben von infizierten Personen, die aus Granite Falls kamen, einzusammeln.

8

Mit gesenktem Kopf, immer noch an den Rost gefesselt, versuchte Gage, Ruhe zu bewahren. Ein feiner Sprühnebel senkte sich auf ihn herab, vermischte sich mit seinem Blut, rann über seine Brust und zerrte an seiner Willenskraft. Verdammt. Er würde sich schrecklich gern bewegen. Die Hölle entfesseln und alles an dem Mann auslassen, der ihn folterte. Stattdessen biss er die Zähne zusammen. Abwarten war die bessere Option. Wenn er sich bewegte, auch nur ein Muskel zuckte, würde Ferland zu Verstand kommen und etwas merken. Und seine Karten aufzudecken? Keine gute Idee, aber … Mann. Es war verdammt schwer stillzuhalten, während das Schwein sich damit Zeit ließ, die Stahlschellen aufzuschließen, mit denen er an das Stahlgitter gefesselt war.

Metall blitzte auf in seinen Augenwinkeln.

Schlüssel klirrten an einem großen Ring.

Erwartung ließ sein Herz schneller schlagen. Das chaotische Hämmern jagte Adrenalin durch seine Adern. Jetzt konnte er absolut nichts hören, nahm nur wahr, dass ihm das Blut zu Kopfe stieg und die Gefahr eines sensorischen Kurzschlusses drohte. Seine Drachensinne waren aufs Äußerste gespannt. Die Magie verzerrte die Wahrnehmung, erhöhte die Intensität. Er konzentrierte sich mit aller Macht. In seinen Schläfen pochte es schmerzhaft.

Gage verdrängte die Schmerzen, verschloss sich jeglichem

Gefühl und lauschte, wie Ferland seinen Schlüsselbund durchging.

Er war ganz nah dran. Hatte es beinahe geschafft. Eine Schelle war bereits geöffnet. Noch drei weitere Schlösser, ein Fuß- und zwei Handgelenke entfernt von totaler Freiheit.

Es blieb immer noch ein ziemlich riskantes Spiel.

Das kümmerte Gage nicht. Quasi ausweglose Situationen waren seine Spezialität. Schwierige Aufträge lehnte er nie ab. Schreckte nie zurück vor dem schier Unmöglichen. Alles zu Einfache langweilte ihn eher. Genauso wie Untätigkeit. Kompliziertes, eine gesunde Dosis Herausforderung, war da mehr nach seinem Geschmack. Wie ein Schuss scharfer Soße befeuerte ihn die Aussicht auf Aktion mehr als alles andere. Die Nightfury-Krieger verstanden seine Tendenz zur Gewalt, akzeptierten seine Manie, eher tödlich zu agieren, ohne sie zu hinterfragen. Aber der Schwanzlutscher, der dabei war, ihm die Fesseln abzunehmen? Gage unterdrückte ein Grinsen. Hervorragend. Der Flachwichser schnallte absolut nichts.

Nachdem er den richtigen Schlüssel gefunden hatte, steckte der Ausbund an Hirnlosigkeit ihn in das Schloss an seiner rechten Hand und … hmmm, Baby. Einen Schritt näher an seine Befreiung. Seine schnellen Reflexe, gepaart mit der Zerstreutheit des Feindes – perfekt. Ein geradezu epischer Wechsel der Umstände. Ein wunderschönes Geschenk an einem dunklen Ort, Gott sei Dank. Ferlands Unbedarftheit verschaffte Gage die Oberhand. Was bedeutete, dass er weiterhin stillhalten und Schwäche vortäuschen musste. Sobald der Kerl merkte, dass er nicht halb tot war, wäre er erledigt. Besiegt. Ende des Spiels. Keine Befreiung von dem Gitter, das an die Wand geschraubt war. Absolut keine Aussicht auf Flucht – oder Haider zu helfen.

Der Gedanke leitete sein weiteres Vorgehen.

Die Aussicht zu scheitern, ließ ihn weiter mitspielen.

Stöhnend sackte Gage in sich zusammen, verhielt sich wie ein Weichei, zu schwach, um sich aufrecht zu halten. Das hinterließ zwar einen schlechten Geschmack in seinem Mund, aber, nun ja … scheiß drauf. Wen interessierte das schon, verdammt noch mal? Den Bewusstlosen zu spielen war ein notwendiges Übel. Es würde dem Feind seine Aufgabe erschweren. Gages Theaterspiel noch glaubhafter machen, also …

Ferland fluchte leise.

Gage unterdrückte ein befriedigtes Knurren. Perfekt. Genau der richtige Zeitpunkt. Sein Plan funktionierte. Und Ferland war offiziell im Arsch. So abgelenkt durch sein Gewicht an dem Gestell, dass der Vollpfosten seine Alarmbereitschaft nicht schnallte. Und auch nicht die Tatsache, dass er seine Augen einen Spalt weit geöffnet hatte, um zu beobachten und abzuwarten. Die Lider auf Halbmast gesenkt, glitt sein Blick zu dem anderen Mann im Raum. Osgard stand etwas abseits – die Hände verschränkt, den Kopf gesenkt, die Schultern eingezogen – und wirkte wie versteinert.

Ohne einen Muskel zu rühren, taxierte Gage den Jungen. Groß und schlaksig, mit zu großen Händen und Füßen, musste Osgard noch in seinen Körper hineinwachsen. Sechzehn – vielleicht siebzehn – Jahre alt … noch mindestens drei Jahre entfernt von seiner *Verwandlung* und der Fähigkeit, zum ersten Mal Drachengestalt anzunehmen, roch er förmlich nach Verletzlichkeit. Ein schrecklicher Geruch von Angst, Hoffnungslosigkeit und …

Ach, verdammte Inzucht.

Das alles war eine Nummer zu groß für den Grünschnabel. Er fühlte sich total unwohl. Insbesondere, da seine Körpersprache mehr verriet als nur Unsicherheit. Sie zeugte von Missbrauch. Roch nach einer Art von Unterdrückung und Kaputtsein, von der sich die meisten Männer nie mehr erholten, sofern sie sie überlebten.

Bedauern ergriff Gage, traf ihn wie eine geballte Faust.

Was für ein Unglück aber auch. Sehr beklagenswert. Für Osgard, klar, aber genauso für ihn. Gewöhnlich brachte er keine Minderjährigen seiner Spezies um. Allerdings erforderten lebensbedrohliche Umstände auch brutale Maßnahmen. Er konnte Osgard nicht verschonen und hoffen, lebend der unterirdischen Höhle des Todeskommandos zu entkommen. Jeder, dem er in diesem Labyrinth begegnet war, würde sterben. Schlicht und einfach. Sicherer für ihn. Besser für Haider. Je eher er seinen Freund fand, desto mehr Distanz würde er zwischen sie beide und die Erzgarde legen. Desto schneller könnte er auch Bastian informieren. Ihm blieben höchstens zwei Stunden, bevor Zidane zurückkam von seinem Frühstück. Was bedeutete, dass er keine Zeit für Schwachsinn hatte. Oder für einen Anflug von Erbarmen oder schlechtem Gewissen …

Ein lautes Klicken echote von den rissigen Steinmauern.

Die nächste Schelle sprang auf, gab seinen rechten Fußknöchel frei. Beide Füße frei, noch ein Handgelenk gefesselt. Gage sackte noch etwas stärker zusammen, ging in die Knie. Ferland wandte sich der letzten Schelle zu. Metall kratzte über Metall, als er den Schlüssel ins Schloss steckte. Ein weiteres Klicken ertönte. Das Schloss sprang auf.

Gage spannte sich an, machte sich bereit zum Angriff.

Mit aller Macht versuchte er, seine Glieder wieder zu stärken. Muskeln spannten sich über seinen Knochen an. Seine Fingerspitzen zuckten. Die ungewollte Bewegung signalisierte Ungeduld. Gage unterdrückte sie. Er konnte sich nicht den kleinsten Fehler leisten. Nicht jetzt, nur noch Augenblicke entfernt von der Freiheit. Die Sekunden verrannen, eine nach der anderen. Gage begann mit dem Countdown. Drei. Zwei …

Mit einer schnellen Bewegung öffnete Ferland die letzte Handschelle.

Eins und …

Los! Gages nackte Füße landeten dröhnend auf dem Betonboden. Seine Gelenke kreischten auf, ebenso sein Rücken. Der Schmerz krallte sich in seinen Brustkorb. Er ignorierte das Stechen und konzentrierte sich auf seine Beute. Ferlands Kopf fuhr hoch. Mit vor Entsetzen aufgerissenen Augen fluchte der Mann.

Gage ballte seine beiden Hände zu Fäusten.

Das Dreckschwein ruderte hastig zurück. Mit einer panischen Drehung machte er einen Satz auf die Wand zu, an der die ganzen Folterwerkzeuge hingen. Gage knurrte und sprang hinterher. Auf keinen Fall. Das könnte ihm so passen. Ein fairer Kampf stand nicht auf seinem Plan. Genauso wenig, wie Ferland die Gelegenheit zu geben, auch nur an eine der Klingen zu gelangen, die auf dem Tisch lagen.

Raserei befiel ihn.

Er griff an. Ferland kreischte, als Gage sein T-Shirt zu fassen bekam. Baumwolle riss, von seiner Hand zerfetzt. Mit einem Knurren packte Gage fester zu, hob seine Faust und …

Rums!

Seine Fingerknöchel trafen den Kiefer des Arschlochs. Ferlands Kinn rutschte seitlich weg. Der Geruch von Blut verpestete die Luft. Panisch schlug der Mann um sich, versuchte, einen Treffer zu landen. Gage konterte und riss den Mann zu sich herum. Sein Blick verengte sich auf das Foltergitter. Ihm kam eine zündende Idee, die sich in seinem Kopf festsetzte und jegliche Zurückhaltung im Keim erstickte. Dieser verkackte Bastard. Er hatte ihn stundenlang gefesselt. Hilflos den Schmerzen ausgesetzt. Ihn bewegungsunfähig gemacht durch Elektroschocks. Und jede Sekunde all dessen genossen.

Ein Schritt. Eine schnelle Drehung und …

Gage rammte Ferlands Schädel gegen das Gitter.

Knochen traf auf Stahl. Einmal. Zweimal. Ein drittes Mal und … Der Schädel des Schweinepriesters brach. Blut spritzte über das Gitter. Gage donnerte Ferlands Kopf erneut dagegen. Ferland sackte in sich zusammen. Ein Gurgeln, das seinen Tod ankündigte, drang aus seinem Mund. Schwer atmend, lockerte Gage seinen Griff. Das blutbedeckte Haar entglitt seinen Fingern. Knurrend drehte er Ferland den Hals um, brach dem Feind das Genick.

Ein schneller Tod. Schneller, als Ferland es verdient und Gage es sich gewünscht hätte, aber …

Zeit war jetzt das Wichtigste.

Eine schnelle Flucht.

Als Ferlands Herz aufhörte zu schlagen, zerfiel er, Muskeln und Knochen lösten sich auf und hinterließen nichts als einen Ascheregen. Graue Flocken schwebten, wirbelten durch schale Luft, stoben auf und umgaben Gage. Stille senkte sich herab. Erleichterung setzte bei Gage ein, schob die Erschöpfung wieder in den Vordergrund. Sein Körper pochte, ließ ihn jeden einzelnen Schnitt und Kratzer, jede Verbrennung und Prellung spüren. Gage biss die Zähne zusammen und ging in Richtung Tür.

Leichenblass trat Osgard einen Schritt zurück.

Gages Blick verengte sich auf den Jüngling. »Wenn du wegläufst, bist du tot.«

Osgard zuckte zusammen. Er starrte den Haufen Asche am Boden an und schluckte schwer. »Ich werde nicht wegrennen oder Alarm schlagen, aber …«

»Aber was?«

»Nehmen Sie mich mit. Bitte, Mylord, nehmen Sie mich mit.«

Mit angstgeweiteten Augen sah Osgard Gage an, hielt sich aber wacker angesichts all des Grauens um ihn herum. Hoffnung, vermengt mit Entsetzen, ließ die hellen Augen des Jünglings aufleuchten. Gage wurde die Brust eng. Er verbiss sich ein Knurren. Gottverdammter Mistkerl. So ein verfluchtes Pech aber auch. Genau das, was er nicht brauchte … ein anhängliches Gör, das Hilfe brauchte. Aber als das Gör den Kopf beugte und vor ihm niederkniete auf dem kalten Betonboden, nur einen Meter entfernt, war Gage klar, dass er in der Bredouille steckte. Er verachtete Tyrannen. Hasste es, Misshandlungen mit ansehen zu müssen, und votierte immer für Außenseiter. Eine Schwäche von ihm, das wusste er.

Leider schien er nichts dagegen tun zu können.

Jedes Mal landete er deswegen in Schwierigkeiten. So wie jetzt, da er einem Jüngling gegenüberstand, der verzweifelt Hilfe brauchte und wenig Hoffnung auf eine bessere Zukunft hatte. Was seinen Beschützerinstinkt auflodern ließ. Während das Inferno sich entfachte, goss Osgard noch mehr Öl ins Feuer, fing an vor ihm zu zittern, flüsterte noch einmal *Bitte!*, flehte Gage an, bis dessen Herz sich verkrampfte. Jetzt tat ihm der Junge leid. Kein gutes Zeichen. Er neigte dazu, Dummheiten zu machen, wenn …

»Ich werde von Nutzen sein, ich schwöre es«, flüsterte Osgard verzweifelt. »Ich werde Ihnen gut dienen, wenn Sie mir eine Chance geben, es zu beweisen …«

»Ich brauche keinen Diener.«

»Dann einen Sohn.«

Einen Sohn. Gage blinzelte, die Überraschung machte ihn schwindlig.

»Alle Krieger brauchen einen Sohn. Ich weiß, dass ich nicht von Eurem Blut bin, aber ich bin stark und bereit zu lernen. Ich werde Ihnen ein guter Sohn sein, ich schwöre es.« Osgard hob den Kopf und blickte ihn flehentlich an. »Ich weiß, dass Sie ein würdiger Mann sind … dass Sie aus einem ehrenwerten Clan stammen. Bitte, Mylord, lassen Sie mich nicht hier zurück bei Zidane.«

Also, Mist. Ein Volltreffer. Und auch noch ein gut gezielter.

Gewitzter kleiner Welpe. Osgard wusste, was er tat. Insbesondere, da Gages Hass auf Zidane sein Bedürfnis, dem Kind zu helfen, erst recht befeuerte. Trotz des Ernstes der Situation erfasste ihn Belustigung. Sein Mund verzog sich. Gut für Osgard. Der Junge hatte schmutzige Tricks drauf. Hatte ziemlich viel Grips im Kopf … und echtes Potenzial. Etwas, was Stolz ähnelte, machte sich in ihm breit, wärmte sein Inneres. Gage unterdrückte die Reaktion – zusammen mit dem Gefühl – und machte ein ausdrucksloses Gesicht. Er hatte keine Zeit, Scheiß zu bauen und sich darauf einzulassen. Und mitten in einer Folterkammer zu stehen und mit einem Gör zu quatschen? Genau, das war schon selten dämlich. Also blieb ihm nur eins zu tun …

Sich in Trab zu setzen.

Gage verlagerte sein Gewicht auf seine rechte Seite, presste den Ellbogen an seinen Brustkorb, verdrängte das Unbehagen und humpelte auf Osgard zu. Seine nackten Füße schrammten über unebenen Boden. Schweigen dehnte sich aus, erfasste den ganzen Raum, als er neben den jungen Mann trat. Immer noch auf den Knien, erstarrte das Kind, hielt aber die Stellung, ertrug Gages Nähe. Unsicherheit ließ Gage zögern. Er schob sie beiseite, dann streckte er den Arm aus. Er packte Osgards Shirt am Rücken und zog den Welpen auf die Füße.

Osgard hob den Kopf.

Gage musterte ihn durchdringend. »Weißt du, wo mein Freund festgehalten wird?«

Osgard nickte. »Ich habe ihm vor einer Stunde etwas zu essen gebracht. Sie haben ihn in einen Käfig gesperrt, nicht weit von hier.«

»Zeig's mir.« Gage reichte es mit dem Geschwätz, und er drehte den Knaben um, packte seine Schulter und schob Osgard in Richtung Tür. »Wir haben nicht viel Zeit.«

»Heißt das …« Osgard hielt inne, hell funkelnde Hoffnung in seiner Miene. »Nehmen Sie …« Er schluckte, das Auf und Ab seines Adamsapfels sprach Bände. »Nehmen Sie mich mit, Mylord?«

Gage knickte wie Schilf im Wind ein und knurrte. »Nenn mich nicht so. Ich bin Gage. Nenn mich noch einmal *Mylord*,

Junge, und du wirst nirgendwo hingehen. Stattdessen reiße ich dir den Kopf ab.«

Mit Tränen in den Augen lächelte Osgard ihn zittrig an.

Gage unterdrückte das Bedürfnis zusammenzuzucken. Er erkannte diesen Blick. Tausendfache Erleichterung … reine, unverstellte Freude. Der Art, die eine Startrampe zu Heldenverehrung war. Er schüttelte den Kopf. Mann, er war echt im Arsch. Total geliefert. Saß tief in der Scheiße ohne Paddel. Was auch immer. Die Metapher spielte keine Rolle. Allerdings tat es das Schlamassel, in dem er bis zum Hals steckte … und zwar gewaltig. Es bedeutete in der Tat alles. Jetzt zählte nur noch die Wahrheit. Verletzt, tief in Feindesgebiet, höllenmäßig geschwächt – und mit einem Jüngling unter seinem Schutz –, war seine Lage nicht als optimal zu bezeichnen. Aber als er Osgard einen leichten Schubs gab, über die Schwelle humpelte und hinter seinem neuen Schützling auf den Korridor trat, dachte Gage nicht daran, seinen Kurs zu ändern. Er hatte seine Entscheidung getroffen.

Und sein Schicksal besiegelt.

Osgard würde mit ihm kommen.

Jetzt blieb ihm nichts weiter, als zu hoffen, dass der Welpe nicht gelogen hatte. Er musste Haider finden und aus der unterirdischen Höhle fliehen … und zwar blitzschnell. Sonst wäre er nicht mehr in der Lage, sich selbst oder seinen Freund zu beschützen, geschweige denn einen Jungen, der verzweifelt Rettung brauchte.

9

Durch seinen Tarnzauber geschützt, stand Venom auf dem Bürgersteig außerhalb des Luxmore und beobachtete, wie Evelyn über den Parkplatz ging. Eine schlechte Entscheidung. Er hatte es schon vor fünf Minuten gewusst – bevor er über das Balkongeländer gesprungen und drei Stockwerke tiefer auf dem Gartenweg gelandet war. Er hatte es gewusst, als er ihr über die halbkreisförmige Auffahrt gefolgt war. Genauso, wie er es jetzt wusste. Leider konnte er sich nicht bremsen. Egal, wie oft er sich sagte, dass es falsch war – dass er bleiben sollte, wo er war, und sie ungehindert gehen lassen musste –, seine Urinstinkte hatten ihn fest im Griff. Er musste sich einfach überzeugen. Musste mit eigenen Augen sehen, dass sie geborgen in ihrem Auto saß ... und sicherstellen, dass niemand sie belästigte auf ihrem Weg dorthin.

Die Reaktion roch stark nach Dominanz. Nach Besitzgier und einem so tiefen Verlangen, dass er es nicht verdrängen, geschweige denn unterdrücken konnte.

War auch nicht anders zu erwarten, schätzte er. Energieaustausch war eine ernste Sache. Eine magische Verbindung, die nie aufhörte. Oder abnahm im Laufe der Zeit. Einmal ausgelöst, konnte ein männliches Mitglied des Drachenbluts dem Sog nicht widerstehen. Was viel erklärte, nicht wahr? Wie zum Beispiel, warum er hier wie angewurzelt stand, den Blick nicht abwenden konnte von Evelyn und seine Drachenhälfte schweigend gegen ihren Rückzug protestierte. Sein Herz pochte derartig heftig, dass Venom sich fragte, wann er wohl den Kopf verloren hatte. Irgendwann in der letzten Stunde, so viel war mal sicher. Nichts anderes erklärte seine Bereitschaft, sie gehen zu lassen, ohne Sex mit ihr gehabt zu haben.

Oder die Tatsache, dass er von Weitem zusah, wie sie wegging.

Seine Handlungsweise kam ihm unnatürlich vor. Wie ein ganz großer Fehler. Der schlimmste seines Lebens. Venom ballte die Fäuste und biss die Zähne zusammen. Was für eine Untertreibung. Er hatte wirklich reichlich Fehler gemacht im Leben. Hatte so häufig etwas verbockt, dass er schon vor Jahren aufgegeben hatte, sich das im Einzelnen zu merken. Und dennoch, als das Klackern ihrer Stilettos leiser wurde, hinterfragte er die Richtigkeit seiner Entscheidung. Er zog die Brauen zusammen. Vielleicht lag er falsch. Vielleicht sollte er sie doch lieber entführen. Vielleicht würde Evelyn im Laufe der Zeit anfangen, ihn zu lieben, genau wie das bei den anderen von den Nightfury gewählten Gefährtinnen der Fall gewesen war, denn … So ein Mist aber auch. Sie weggehen zu sehen fühlte sich, na ja … falsch an.

Ganz falsch.

Mordsmäßig falsch oder so ähnlich.

Jetzt wollte er nichts anderes, als »Scheiß drauf!« sagen. Die Entscheidung revidieren. Die Gründe ganz tief einbuddeln zusammen mit seiner Geduld. Richtig. Falsch. Nichts spielte mehr eine Rolle. Nicht, wenn sein Bedürfnis, über die Straße zu rennen, sie sich zu schnappen und zu sich nach Haus zu schleppen, ihn schier zerriss. Um seine Anspannung zu lösen, ließ er seine Schultern kreisen. Seine angespannten Muskeln regten sich, dachten aber nicht daran, auch nur einen Millimeter nachzugeben. Der Schmerz blieb unverändert. Und die Versuchung? Venom schnaubte. Diese Gewitterhexe setzte ihm weiterhin zu, sorgte dafür, dass er seinem Bedürfnis, ihr zu folgen, nur schwer widerstehen konnte. Jetzt steckte er fest zwischen zwei entgegengesetzten Gedankenpolen – sie einzuholen oder sie gehen zu lassen.

Der erste Gedanke klang besser als der zweite.

Leicht. Effektiv. Umgehende Belohnung, zweckmäßig. Entführung – eine durchaus Erfolg versprechende Strategie. Bis auf eine Sache.

Evelyn war nicht einfach irgendeine Frau.

Sie gehörte zu ihm. War diejenige, auf die er sein ganzes Leben gewartet hatte. Seine Gefährtin. Die er beschützen musste. Die er heimführen wollte in den Schoß seiner Nightfury-Familie. Was bedeutete, dass er sie nicht drängen durfte. Er wollte ihre Einwilligung. Er brauchte ihre Liebe. Er verzehrte sich nach der Chance, ein ganzes Leben mit ihr zu verbringen, also …

Venom atmete ganz tief durch und schüttelte den Kopf. Auf keinen Fall. Das würde nicht passieren. Er musste sich zusammenreißen und bei seinem Plan bleiben. Ihr den Hof zu machen, sich dafür genügend Zeit zu nehmen würde ihn schneller voranbringen. Er führte sich die Tatsachen noch einmal knallhart vor Augen und zwang sich dazu, stehen zu bleiben. Seine Muskeln zuckten, wehrten sich gegen die strikte Anweisung. Er ignorierte ihr Unbehagen. Weiterzugehen war keine gute Idee. Nicht jetzt. Sobald seine Füße sich in Bewegung setzten, wäre er geliefert, auf halbem Weg über die Straße mit nichts Gutem im Sinn. Ganz oben auf seiner Liste stand zum Beispiel, wie er Evelyn am schnellsten wieder in seine Finger kriegen konnte. Sie wieder zu küssen erreichte ebenfalls einen Spitzenplatz. Und wie wunderbar es wäre, das zu beenden, was sie im Hotelzimmer begonnen hatten, und …

Verdammt und zugenäht. Falscher Gedanke. Schon wieder.

Knurrend legte Venom seine Begierden an die Leine. Zurückhaltung übernahm wieder die Regie, beruhigte ihn, gestattete es ihm, wieder durchzuatmen, sich von Logik leiten zu lassen. Gott sei Dank. Dieser Besitzergreifungsmist war nicht gerade spaßig. Aber Evelyn zuzusehen, wie sie sich bewegte? Hmm, Baby, das war ein unglaubliches Vergnügen.

Mit gesenktem Kopf und eiligen Schrittes wühlte Evelyn in ihrer Handtasche. Dank seiner geschärften Drachensinne hörte er sie leise schimpfen und dann erleichtert grummeln, als sie ihre Schlüssel fand. Sie drehte den Bund in ihrer Hand. Metall klirrte in ihrer Handfläche. Innerhalb von Sekunden öffnete sie das Schloss, zog am Griff und öffnete die Tür weit. Verrostete Scharniere quietschten in der Stille, woraufhin Evelyn zusammenzuckte. Sie wirkte ein bisschen paranoid und verängstigt, blickte sich um, spähte in die Dunkelheit jenseits der Straßenbeleuchtung. Venom verstärkte seinen Tarnzauber, achtete darauf, dass er außerhalb ihrer Sichtweite blieb. Auf keinen Fall sollte sie glauben, dass er ihr nachspionierte. Er verzog die Lippen. In Ordnung, er lief ihr hinterher wie ein junger Hund, aber das hieß nicht, dass er wollte, dass sie das merkte.

Ihr Blick erreichte die Stelle, wo er stand, dann zuckte sie noch einmal zurück.

Mit schmalen dunklen Augen blickte Evelyn ihn direkt an. Sie runzelte die Stirn. Venom erstarrte. Wow, das war seltsam. Sie konnte ihn auf keinen Fall sehen. Nicht, wenn seine Magie aktiviert war, die auch funktionierte, aber ihre Regungslosigkeit verriet etwas anderes: Sie spürte ihn. Wusste, dass sie nicht allein war und er sich in Reichweite befand. Er sah es an ihrem Gesichtsausdruck. Sie strahlte Verwirrung und Unsicherheit aus. Sie flüsterte seinen Namen. Ein kleines Fragezeichen lag in ihrem Tonfall. Venoms Mundwinkel hoben sich. Hm, was für ein gutes Zeichen. Das Beste vom Besten, genau genommen. Warum? Wenn sie ihn spüren konnte, war die Verbindung, die er mit ihr teilte, stark.

Jenseits von Gut und Böse, geradezu himmlisch stark.

Sehr gut für ihn. Nicht so toll für sie im Moment. Evelyn war mehr als nur etwas unsicher. Sie war kurz davor, auszurasten. Er zapfte ihre Bioenergie an und lauschte ihrem Herzschlag. Viel, viel zu heftig. Das Geräusch schnürte ihm die Brust ein. Ihre Ängstlichkeit traf ihn als Nächstes, addierte sich zu den Negativeindrücken, löste einen Soundtrack in seinem Kopf aus.

In dem Bestreben, ihr zu helfen, sie zu beruhigen, streckte er seine mentalen Fühler nach ihr aus.

»Du bist in Sicherheit, Evie«, dachte er, an sie gewandt. Sie umklammerte die Autotür und runzelte die Stirn. Ihr Blick schweifte erneut über die Stelle, wo er stand. Immer noch unfähig, ihn zu sehen, schüttelte sie den Kopf. Er beschwor einen Wirbel herbei, der sie mit einem warmen Gefühl von Sicherheit umhüllte. *»Geh nach Hause,* Mazleiha.«

Als der Kosename sie erreichte, stieß Evelyn zittrig die Luft aus. Die Stirn immer noch gerunzelt, sah sie sich ein letztes Mal um und glitt in ihr Auto, wobei ihre dunklen Locken auf und ab hüpften. Der Saum ihres Kleides hob sich und gab den Blick auf ihre fantastischen Schenkel frei. Lust packte ihn und ließ ihn nicht wieder los. Venom schluckte, verdrängte die Begierde und zwang sich dazu, Geduld zu bewahren. Nicht, dass ihm das viel half. Bereits total angeturnt und auf sie eingestellt, folgte er jeder ihrer Bewegungen, konzentrierte sich auf die Einzelheiten. Das letzte Schaben ihrer hohen Hacken auf dem Pflaster, der unglaubliche Farbton ihrer Haut, der intuitive Stolz, mit dem sie ihre Schultern straffte und das Kinn reckte – alles führte dazu, dass er derart für sie entbrannte, dass es schon an Besessenheit grenzte.

Bald, knurrte seine Drachenhälfte.

»Sehr, *sehr* bald«, murmelte Venom und wiederholte es noch einmal, während Evelyn aus der Parklücke setzte.

Kies knirschte unter ihren Reifen.

Venom hielt die Stellung, dachte nicht daran, den Bürgersteig zu verlassen. Er musste sie wegfahren lassen … für den Moment. Aber nicht für lange. Morgen Abend war ja schon bald. Er konnte es schaffen. Sich selbst lange genug treu bleiben, um sein Ziel zu erreichen – ein Dinner mit Evelyn. Vielleicht mehr als eins, wenn alles gut lief. Mehrere Verabredungen, die sie so weit in seinen Bann ziehen würden, dass sie die Wahrheit ertragen konnte, wer und was er war – ein Drachenblut-Krieger, der seiner Gefährtin hörig war. Ein Mann, den es so erwischt hatte, dass er alles tun würde, um seine Frau zu erobern und glücklich zu machen.

Und der deswegen mit dem Schwersten überhaupt begann – nämlich, sie in Ruhe und gehen zu lassen.

Beide Hände am Lenkrad, trat Evelyn auf das Gaspedal

und fuhr an ihm vorbei. Das Licht der Straßenlaternen streifte die verblichene rote Farbe des Hecks und ließ das weiße Nummernschild kurz aufblitzen. Er merkte sich die Zahlen, speicherte die Information in seinem Gedächtnis. Vielleicht wäre sie später mal von Nutzen. Nicht, dass er die Nummer brauchte, um sie wiederzufinden. Nachdem er von ihrer Lebenskraft gekostet hatte, war er fest mit ihr verbunden. So auf die einzigartige Frequenz ihrer Bioenergie eingestellt, dass er sie über weite Entfernungen aufspüren konnte. Sloan war jedoch eine andere Geschichte. Je mehr Details er dem Computergenie der Nightfury geben konnte, desto wahrscheinlicher bekäme er die Informationen, die er haben wollte, bevor er Evelyn morgen Abend im Figorelli's traf.

Den Blick auf das rote Aufblitzen ihrer Rücklichter gerichtet, sah Venom, wie seine Frau nach rechts auf die Union Avenue abbog. Sobald das Auto um die Ecke gefahren und außer Sichtweite war, aktivierte Venom seine Zauberkraft. Knurrend nahm er seine Drachengestalt an. Dunkelgrüne Schuppen bedeckten seine Schultern bis zu der schwarzen Membran seiner Flügel. Er breitete sie aus, genoss das Rasseln der Schuppen und die Dehnung seiner steifen Muskeln, dann trat er in die Mitte der Straße. Seine rasiermesserscharfen Krallen klickten auf dem Asphalt und … hm, jawohl. Genug freier Raum hier. Kein lästiges Gebüsch, das ihm in den Rücken stach. Keine Stromleitungen, die seine Hörner streiften. Auch keine Menschen in Sicht. Nur jede Menge Platz auf einer verlassenen Straße. Die perfekte Startbahn, um loszufliegen und von hier zu verschwinden.

Oder vielmehr, um nach Haus zu fliegen.

Bevor irgendjemand spitzkriegte, dass er abgehauen war.

Er spannte die Muskeln an, fletschte die Zähne und sprang hoch. Schlug mit den Flügeln. Kleine Steine und Schmutz wirbelten hinter ihm auf, trieben über die Zufahrt zum Luxmore. Venom kümmerte sich nicht darum, sondern legte einen Zahn zu, schoss hoch in den Nachthimmel. Die kühle Nachtluft rauschte über die Hörner auf seinem Schädel. Kondenswasser bildete sich auf seinen Schuppen, vereiste die Stacheln auf seinem Rücken. Er genoss die kühlen Spritzer und bog um das hohe Gebäude. Seine Flügelspitze berührte leicht eine Fensterfront. Glas klirrte und zitterte in den Stahlrahmen. Einige wenige Lichter gingen an, als seine Berührung die Bewohner des Gebäudes aufweckte. Dank seiner geschärften Sinne hörte er Bettlaken rascheln, kurz bevor menschliche Füße den Fußboden berührten.

Ein Türschloss klickte. Eine Balkontür glitt auf.

Venom verstärkte den Tarnzauber, um für garantierte Unsichtbarkeit seinerseits zu sorgen, und blickte sich um. Ein großer Mann trat auf den schmalen Balkon und musterte den Horizont. Da er nichts weiter sah als einen ganz normalen Himmel, brummte der Kerl leise etwas in seinen Bart. Eine normale Reaktion. Venom grinste. Er konnte nicht anders. Er musste einfach lachen über die saure Miene des Mannes. Seine Laune verbesserte sich, der Rest seiner Anspannung verflüchtigte sich, und er entspannte sich zunehmend während des Fluges. Was für eine willkommene Erleichterung. Ihm war gar nicht bewusst gewesen, wie schwer es ihm gefallen war, Evelyn gehen zu lassen. Aber die Reaktion dieses Mannes justierte ihn neu, half ihm, seine innere Anspannung abzuschütteln.

Venom atmete lange und langsam aus. Hervorragend.

Alles klar an der emotionalen Front. Jetzt kam der heikle Teil …

Sich ins Black Diamond zurückzuschleichen. Ohne dass Daimler Alarm schlug.

Mit weit gespreizten Schwingen schüttelte Venom den Kopf. Verdammter Numbai. Der Mann hatte sogar in seinem Hinterkopf Augen. Zu diesem Schönheitsfehler kam noch Daimlers außerordentliches Verantwortungsgefühl hinzu – und sein Bedürfnis, die Krieger zu beschützen, die er quasi als seine Kinder betrachtete – und … genau. Sobald er bemerkte, dass Venom nicht da war, wo er sein sollte, wäre das Spiel gelaufen. Wäre er geliefert. Würde nichts ihn davor bewahren, einen Tritt in den Arsch zu kriegen. Verdammt, der Mann der Nightfury für schwierige Fälle würde zweifellos Popcorn machen und die Show genießen, während Bastian ihm eine Abreibung verpasste. Obgleich …

Venom runzelte die Stirn. Das war vielleicht ein bisschen übertrieben.

Daimler mochte zwar ein Regelfetischist sein, aber er war nicht grausam. Auch alles andere als unsensibel. Scharfsinniger als die meisten, würde der Numbai verstehen, was ihn angetrieben hatte. Und warum er nicht einfach ruhig zu Hause hocken konnte, während Wick seinen Spaß hatte mit J.J. … und Venom nicht beachtete. Er zog eine Grimasse. Was für ein schrecklicher Gedanke. Grauenhaft, genau genommen. Er klang wie ein weinerlicher degenerierter Loser. Wie absolut würdelos, auf seinen besten Freund eifersüchtig zu sein.

Evelyns Gesicht tauchte vor seinem geistigen Auge auf.

Er summte und schloss die Augen, während er über einem dichten Wald in den Gleitflug überging. Er hielt an der Vorstellung fest, besonders an der von ihrem üppigen Mund. Dachte an ihren Duft. Die Art, wie sie in seinen Armen gelegen hatte, die Weichheit ihrer Haut und … ha! *Eifersüchtig.* Venom schnaubte. Das würde gestrichen. Ab sofort gehörte das der Vergangenheit an. Mit Evelyn auf seinem Radar – und innerhalb seiner Reichweite – fühlte er sich weniger allein. Wie ein Mann kurz vor einer wichtigen Entscheidung. Einer, die alles verändern würde. Seine Absicht festigte sich, bestärkte ihn in seiner Hoffnung, steigerte seine Zuversicht …

Eine starke atmosphärische Störung traf ihn.

Sofort schaltete er die Bilder seines Fantasielandes aus und vertrieb Evelyn aus seinem Kopf. Seine Drachenhälfte meldete sich, und er ließ sich von seinen Instinkten leiten. Ließ die Bestie aus dem Käfig, während das Knistern sich ausdehnte zwischen seinen Schläfen. Sein Schädel schmerzte heftig. Erfahrung läutete seine innere Alarmglocke. Venom verstärkte seine Magie und schickte einen Sonarsuchtrupp auf die Reise, erzeugte ein breites Netz über den Baumwipfeln. Verdammt noch mal. Keine magischen Zeichen welcher Art auch immer, geschweige denn irgendwelche Identifizierungsmerkmale. Das Signal hüpfte hierhin und dorthin, entzog sich seinem Versuch, es zu entschlüsseln. Was bedeutete, dass er nichts hatte. Nichts außer alten Bäumen und Felszungen, da das Gelände immer rauer wurde.

Das starke Signal meldete sich erneut.

Venoms Blick fuhr nach rechts. Mit geschärften Sinnen drehte er ab und flog Richtung Süden, in der Hoffnung, die Quelle zu lokalisieren. Die Luft knisterte und … aha. Seltsam. Er erkannte diese bösartige Schwingung, konnte sie aber dennoch nicht richtig unterbringen. Möglicherweise eine Vernebelungsaktion, die verhindern sollte, dass er etwas erkannte, und ihn aus der Bahn werfen sollte.

Blitze schossen über den nächtlichen Himmel.

Setzten ein magisches Netz direkt vor ihm unter Strom.

Venom sog scharf die Luft ein. Oh, verdammt. Scheiße, scheiße … und noch mal *scheiße*. Nicht gut. Er wusste, was das bedeutete, und …

Er bremste, schlug mit den Flügeln, versuchte auszuweichen. Zu wenig, zu spät. Das Netz verbreiterte sich, dann zog es sich zusammen, fiel über ihn und verpasste ihm einen elektrischen Schlag. Tödliche Fäden umhüllten seine Schuppen, zogen sich zusammen und nahmen ihm jede Fluchtmöglichkeit, als das Netz ihn aus dem Nachthimmel riss.

Bastian schoss über die Lichtung und zuckte zusammen, als Venom zu Boden krachte. Verheddert in dem von ihm erzeugten magischen Netz, prallte sein Krieger heftig auf und rutschte noch ein ganzes Stück weiter. Gras und Erde spritzten hoch. Venoms gezackter Schwanz peitschte hin und her. Junge Bäume wurden hochgeschleudert wie ein Haufen ferngesteuerter Raketen. Lauter Krach durchbrach die Stille, donnerte durch das enge Tal. Mit blitzenden rubinroten Augen fluchte Venom und überschlug sich. Seine mächtigen Klauen packten zu, krallten sich in den Boden, rissen Furchen hinein, als sein Körper eine weitere Drehung vollführte. Mondschein spiegelte sich auf seinen grünen Schuppen, verband sich mit dem blauen Knistern des Netzes. Bastian verzog das Gesicht. Schon wieder. Wie es schien, zum x-ten Mal.

Verdammter Mist. Da hatte er wohl gerade den Vogel abgeschossen …

Er hatte nicht vorgehabt, Venom ganz so heftig zu treffen – oder vielmehr, ihn herunterzuholen.

Er kreiste über riesigen Pinien, drehte eine weitere Runde. Kalte Luft erfasste ihn, ließ seine mitternachtsblauen Schuppen rasseln, fing sich in der dunklen Membran seiner Flügel, trieb ihn seitlich ab. Er spannte seine Muskeln an, kontrollierte den Aufwind und flog, den Blick starr auf Venom gerichtet, ein weiteres Mal über die Stelle, die er für die Prügelei vorgesehen hatte. Das Netz zog sich um Venom weiter zusammen, wurde noch enger, riss ihn über den Boden.

Bastian schüttelte den Kopf. *»Scheiße.«*

»Herrgott, Bas.« Rikar, der hinter ihm flog, schnaubte. *»Das ist wirklich gemeiner Scheiß.«*

Das war nicht zu leugnen. Vielleicht *zu* gemein. Dieses vermaledeite Blitznetz. Er musste wirklich häufiger mit diesem dämlichen Ding üben. Vielleicht auch seine Kräfte etwas drosseln.

Der Beweis dafür rutschte gerade quer über die ganze Lichtung und kam zu einem Halt, die schwarzen Flügel seltsam angewinkelt, den Kopf halb vergraben in einem Erdhaufen. Venoms Flügelmembran knarrte, als er versuchte, sich zu sortieren und seine Klauen in die Reihe zu kriegen. Ein herzhaftes Fluchen ertönte in der frostigen Luft. Knurrend holte Venom mit seinem gezackten Schwanz aus, kämpfte darum, sich aus dem Netz zu befreien. Bastians Lippen zuckten, aber er war doch sehr erleichtert. Sein Krieger war nicht verletzt. Kein bleibender Schaden angerichtet.

Jedenfalls noch nicht.

»Lässt du ihn frei?« Mac vollführte einen Salto und glotzte ihn mit seinen schimmernden aquamarinblauen Augen an. *»Oder lässt du ihn verrotten?«*

»Ich votiere für Letzteres«, sagte Forge, dessen schottischer Akzent so sauer wie selten klang. Er kämpfte sich durch nördliche Aufwinde und durch instabile Luftströmungen. Turbulenzen rüttelten an seinen violetten Schuppen, rüttelten den Schotten wie ein Passagierflugzeug in einem Sturmgebiet durch. *»Lass ihn noch ein bisschen schmoren, Bas. Wir kommen in einer Stunde wieder.«*

Bastian schnaubte. Das klang verführerisch, wirklich. Unter normalen Umständen hätte er es möglicherweise getan und wäre in die andere Richtung gedüst, hätte Posten bezogen, ein paar Meilen entfernt, während sein Krieger gefesselt blieb. Venom verdiente es für den Schwachsinn, das Hauptquartier allein verlassen zu haben. Dieser Blödmann. Von allen Dingen war das das idiotischste. Besonders jetzt. Bastian knurrte. Hatte er nicht bereits genug Probleme am Hals? Er wurde von allen Seiten attackiert – da war die Sache mit Gage und Haider, das Verschwinden der Abtrünnigen aus der Stadt, Rodins Obsession, Forge zu töten, die Gefahr einer *Xzinile* für seinen Clan, eine schwangere Frau zu Haus.

Myst. Bastian summte. Seine Liebe, sein Leben und jetzt seine Gefährtin.

Bastian flog eine weitere Runde und atmete langsam durch. Gott sei Dank, dass es sie gab. An Myst zu denken hatte immer dieselbe Wirkung auf ihn. Sie besänftigte ihn, half ihm, sich zu sammeln, wie nichts anderes sonst. Jetzt war er wieder bereit. Mehr als fähig, sich mit Venoms Regelverstoß zu befassen und ihn zu bestrafen.

Etwas, was er nicht häufig tat ... oder gern.

Meistens hielten sich die Krieger unter seinem Kommando an die aufgestellten Regeln. Beherzigten das Protokoll und befolgten es, ohne es in Frage zu stellen. Was gut war. Die Vorschriften gab es nicht grundlos. Sich allein auf den Weg zu machen konnte zum Tod eines Mannes führen. Sich unerlaubt von der Truppe zu entfernen war nicht etwas, was er seinen Kriegern gestattete. Als Befehlshaber des Nightfury-Clans oblag es ihm, dafür zu sorgen, dass jeder gesund und munter blieb und heil nach Haus kam. Er liebte seine Waffenbrüder. Jeder Mann brachte eine besondere Fähigkeit mit – alle Arten von Gewitztheit, Wildheit, wenn nötig, seltene Begabungen und magische Fähigkeiten –, und diese einzigartige Gemeinschaft machte es zu einer Freude, den Clan anzuführen. Nun ja, zumindest in den meisten Nächten. Im Moment konnte absolut nicht von *meistens* die Rede sein. Als normal konnte man die Situation jedenfalls nicht bezeichnen, was bedeutete, dass Venom kurz davor stand, mehr abzubekommen, als er erwartet hatte, und alles, was er verdiente.

Perfekter Zeitpunkt.

Wirklich absolut *perfekt*. Insbesondere, da Bastian einen Kampf brauchte. Einen anständigen, ausgedehnten Kampf, um seine Anspannung zu lockern und zurück auf neutralen Boden zu kommen. Vielleicht konnte er dann wieder klar denken – einen neuen Plan entwickeln, bevor die Situation in Prag noch mehr aus dem Ruder lief und möglicherweise auf der anderen Seite der Erdkugel zum Tod seiner Metallischen führte.

Bastian winkelte die Flügel an und schoss über den Wald. Mit blitzenden grünen Augen leuchtete er das Gelände aus.

Das Licht strömte über die Baumwipfel und erzeugte unregelmäßige Schatten, während er seine Landung in Angriff nahm. Eine Lichtung direkt vor ihm. Zeit, die Flügel anzulegen und zu landen. Schnell und hart zuzuschlagen. Die optimale Strategie. Venom war kein Leichtgewicht. Der Mann war ein gewiefter Taktiker und liebte, seiner Leutseligkeit zum Trotz, eine handfeste Prügelei. Was bedeutete, je schneller er seine Pranken auf die Erde setzte, desto eher würde er kriegen, was er wollte – einen Faustkampf mit einem Krieger, der locker alle Schläge wegstecken konnte, die Bastian ihm verpassen würde.

Als Bastian den Rand des Pinienwaldes erreichte, zog er die Flügel ein. Die Schwerkraft übernahm, zog ihn aus dem Nachthimmel. Die Sterne und der Mondschein verschwammen vor seinen Augen. Hundert Jahre alte Baumstämme schwankten, und Piniennadeln wurden aufgewirbelt. Den Blick fest auf seinen Krieger gerichtet, landete Bastian mitten auf der Lichtung … drei Meter entfernt von seinem Ziel.

Venom hatte sich wie eine Katze geduckt, seine Hörner ragten durch das Netz, und er starrte ihn wütend an durch die Maschen. »*Verdammte Inzucht, Bas.*«

Er knurrte zurück: »*Verwandle dich!*«

Eindeutig sauer, gehorchte Venom, nahm menschliche Gestalt an.

Mit einem mentalen Befehl zog Bastian an verschiedenen Strängen und dimmte die Lichtshow. Das Netz zog sich zusammen. Magie trieb über die Lichtung, Äste knarrten protestierend und … das Blitznetz löste sich in nichts auf. Beide Hände zu Fäusten geballt, fletschte Venom die Zähne. Diese aggressive Haltung setzte Bastian in Marsch. Die Spitzen seiner Kampfstiefel in die aufgeworfene Erde gebohrt, stürmte er los. Noch vier Schritte bis zu Venom. Jetzt drei. Sein Krieger erwartete ihn in Kampfstellung. Die Augen auf sein Ziel fixiert, senkte Bastian den Kopf und …

Rammte Venom seine Schulter in den Magen.

Venom grunzte, als die Luft aus seinen Lungen entwich. Das heftige Ausatmen war weit über die Lichtung zu hören. Bastian knurrte, packte seinen Krieger an der Jacke und riss ihn hoch. Dann trieb er Venom erbarmungslos rückwärts über das Gelände.

Überraschung blitzte in den Augen seines Freundes auf.

Bastian setzte mit einer ganz fiesen Körperdrehung nach, ließ nicht locker und überwältigte seinen Krieger. Fluchend krachte Venom zu Boden. Das Dröhnen hallte wider, durchbrach die Stille. Befriedigt registrierte Bastian, das Venom tief die Luft einsog. Bastian schob seine Befriedigung beiseite. Es war noch viel zu früh, um sich zu freuen. Im Moment hatte er die Oberhand. Keine große Sache. Zeiten änderten sich. Auch der festeste Griff lockerte sich irgendwann, also … keine Frage. Sein Krieger mochte zwar am Boden liegen, aber er war noch nicht besiegt. Keineswegs. Was bedeutete …

Es war an der Zeit, seinen Vorteil zu nutzen.

Er setzte Venom sein Knie auf die Brust, riss ihm den Arm zurück und gab ihm Saures. Seine Faust schoss vorwärts wie ein Kolben und … Ein ziemlich gemeines Knacken ließ sich in der Stille vernehmen. Er hatte dem Idioten, den er Freund nannte, einen soliden rechten Haken verpasst. Venoms Kopf fuhr zur Seite. Bastian hörte, wie die beiden anderen Nightfury hinter ihm landeten. Er kümmerte sich nicht um sie. Er schlug Venom erneut – und noch einmal.

Gottverdammter Blödmann. Einfach ohne Deckung die Höhle zu verlassen.

Er ließ seine Faust wieder fliegen.

Sein Krieger konterte und blockte mit einer bösartigen Drehung den nächsten Schlag ab. Aus dem Gleichgewicht gebracht, versuchte Bastian einen weiteren Schlag zu landen. Mit blitzschnellen Reflexen schlug Venom Bastian seinen Handballen in den Solarplexus. Alle Luft wich aus Bastians Lungen. Sein Magen rebellierte. Galle stieg ihm in die Kehle. Bastian würgte. Mann, ein Volltreffer. Genau. Präzise. An genau der richtigen Stelle.

Ihm tränten die Augen, er hustete, aber er ließ nicht ab von seinem Waffenbruder. Mit beiden Händen packte er ihn an der Lederjacke und schüttelte Venom so heftig, dass diesem die Zähne klapperten. Er wollte wieder zuschlagen. Den Mann Stück für Stück auseinandernehmen, verdammt noch mal, und ihn sich dann noch einmal vornehmen. Dafür, dass er einen ausdrücklichen Befehl missachtet hatte. Dafür, dass er ein Idiot war. Ihm Sorgen gemacht hatte.

»Okay. Okay«, sagte Venom, schaltete ihre Gedankenverbindung ab und starrte ihn wütend an. »Das reicht, Bas.«

»Du Arschloch. Was zum Teufel hast du dir dabei gedacht?« Heftig atmend, beugte Bastian sich vor. Nase an Nase mit Venom, sah er ihm in die rubinroten Augen. »Nenn mir einen guten Grund, warum ich dir nicht den Kopf abreißen sollte.«

»Doch, solltest du.« Venom wischte sich das Blut ab, das aus einem Riss über seinem Auge quoll, und verzog mürrisch das Gesicht. »Schlag mich weiter, wenn du willst. Ich verdiene es.«

Die Bemerkung erstickte Bastians Wut, und er seufzte. Gottverfluchter Venom. Typisch für den Mann, verständig zu reagieren, nachdem ihm gerade die Fresse poliert worden war. Knurrend trat Bastian den Rückzug an, nahm sein Knie von der Brust seines Freundes. »Grundgütiger, Ven.«

»Ich weiß. Ich weiß. Tut mir leid, aber ...« Zerknirscht holte Venom tief Luft und setzte sich auf. Mit gerunzelter Stirn zog er beide Beine an, ließ seine Unterarme auf seinen Knie ruhen und schüttelte den Kopf. »Ach, verdammt.«

Bastian hatte sich neben ihm auf seinen Allerwertesten gesetzt und wartete auf eine Erklärung. Er wusste, dass Venom eine hatte, aber, na ja ... Mist. Egal, wie gut seine Entschuldigung war, sie wäre nicht gut genug. Nichts war wichtiger als die Sicherheit des Clans. *Nichts.* Das galt auch für Venom.

Dass er allein ausflog, würde auch nie wieder vorkommen. Das wusste Bastian. Venom würde es nicht noch einmal tun nach der Erfahrung von heute Nacht. Oder sollte es lieber lassen. Sonst wäre der Mann wieder reif für eine weitere Tracht Prügel ... während die Mitglieder des Nightfury-Clans sich anstellten und darauf warteten, ihm die Bedeutung von Regeln in seinen dicken Schädel zu hämmern.

Die Vorstellung fachte Bastians Zorn wieder an. Er warf seinem Freund einen entnervten Blick zu. »Sag mir, was los war.«

Venom zog eine Grimasse. »Es fällt mir schwer, zu Haus zu bleiben, während Wick und J.J. ...«

»Dich ignorieren und auf der anderen Seite des Flurs Zeit miteinander verbringen?«, fragte Rikar, der sich damit in die Auseinandersetzung einmischte.

Die Frage hing in der kalten Luft, führte Bastian zu einer Erkenntnis.

Er blinzelte. Scheiße. Er war so ein Trottel. Ein unglaublicher Vollidiot, der sich dringend untersuchen lassen musste. Er hätte bemerken müssen, was es für Venom bedeutete, Wick mit einer anderen Person teilen zu müssen. Der Krieger mochte vielleicht stark sein, aber er war gleichzeitig auch sensibel. Immer auf die Bedürfnisse anderer eingestellt. Fürsorglich bis zur Selbstaufgabe. So großherzig, dass andere bei ihm immer an erster Stelle kamen. Was bedeutete, dass Veränderungen, welcher Art auch immer, ihn aus der Bahn warfen. Für Venom war der Status quo lebenswichtig. Stabilität. Mit Unüblichem und Ungewohntem kam er nicht klar.

Was Bastian schon viel früher hätte auffallen müssen.

All die Turbulenzen der letzten paar Monate – die Ausweitung des Krieges gegen die Abtrünnigen, die Aufnahme von vier Frauen mit hoher Energie und zwei zusätzlichen Kriegern in den Clan, das Verschwinden von Gage und Haider – hatten schließlich ihren Tribut gefordert. Jetzt hatte Venom mit völlig neuen Spielregeln zu kämpfen. Und dann musste er auch noch seinen besten Freund teilen … mit einer Frau. Alles andere als leicht für einen Mann, der so besitzergreifend war wie Venom. Bastians Wut war verraucht. Den Blick unverwandt auf seinen Krieger gerichtet, empfand er sogar Verständnis für den saudämlichen Ausrutscher seines Freundes in dieser Nacht. Er hätte besser aufpassen müssen. Mehr auf die Bedürfnisse seiner Clanmitglieder achten müssen, statt sich vorrangig mit den Schwierigkeiten in Prag zu beschäftigen.

Aber es war nun mal passiert. Schluss aus. Ihm blieb nichts weiter, als Venom zu verzeihen.

Mit schmerzenden Muskeln sprang Bastian auf. Er klopfte sich den Schmutz von seiner Jeans ab und hielt Venom die Hand mit seinen zerschlagenen Fingerknöcheln hin. Sobald der Mann sie ergriffen hatte, zog Bastian ihn auf die Füße. »Es wird nicht besser werden in naher Zukunft, Ven. J.J. ist jetzt ein Teil von Wicks Leben. Du musst akzeptieren, dass …«

»Ich habe es akzeptiert. Und es *wird* besser werden«, antwortete Venom und sah ihn fest an. »Ist es sogar schon.«

Die Wortwahl roch nach einer gefühlsmäßigen Veränderung. Mit der Andeutung eines Lächelns straffte Venom seine Schultern. Bastian ging in Alarmbereitschaft. Er kannte diesen Ausdruck. Teils Aufregung, teils knallharte Gewissheit und … aha. Wenn das nicht interessant war. Venom hatte neue Informationen, vielleicht sogar geheime in petto. Bastian warf Rikar, der neben ihm stand, einen warnenden Blick zu.

Wie immer schnell von Begriff, hob sein XO eine Augenbraue. »Besser? Wie das?«

»Ich habe sie gefunden«, sagte Venom, dessen leichtes Lächeln sich zu einem breiten Grinsen auswuchs. »Es ist endlich geschehen. Ich habe sie gefunden.«

Forge trat in den Kreis. »Und wen, bitte schön?«

»Meine Gefährtin.«

»Deine *Gefährtin?*« Mac runzelte die Stirn, als er sich der Party anschloss.

Bastian sah ihn fragend an. »Bist du sicher? Du bist giftig, Ven. Frauen können deine Berührung nicht lange ertragen, also … sei dir sicher. Sehr, *sehr,* sicher. Sonst stehen wir alle vor einem Scherbenhaufen.«

»Und haben eine tote Frau am Hals«, fügte Rikar hinzu.

»Ich bin mir sicher.« Mit leuchtenden Augen räusperte

sich Venom. Er ließ seine Schultern kreisen, scharrte mit den Füßen und spannte seine Finger an, zappelte herum, als würde ihn allein schon der Gedanke an seine Gefährtin kribbelig machen. »Sie ist nicht wie die anderen, Bas. Sie ist immun. Meine Berührung schadet ihr nicht.«

Bastian stieß die angehaltene Luft aus und starrte seinen Krieger an. Er hoffte sehr, dass Venom nicht neben der Spur war und ein Märchen erfunden hatte, glaubte, seine Gefährtin gefunden zu haben, nur weil er es glauben wollte. Verzweiflung stellte seltsame Dinge an mit Männern, und Venom war dagegen nicht gefeit. Keiner von ihnen war das. Aber als er den Blick seines Freundes festhielt, erkannte Bastian die Wahrheit in seinen Augen. Hundertprozentige Überzeugung. Totale Gewissheit. Kein Märchen in Sicht. Venom glaubte mit einer Intensität, die nicht trügen konnte, dass er *die Eine* gefunden hatte. Was bedeutete, dass es stimmen musste.

Bastian packte seinen Freund bei den Schultern und drückte sie. »In Ordnung.«

»Gut gemacht.« Mac hob seine Faust und stieß sie Venom freundschaftlich in den Bizeps.

»Au, verdammt.« Venom rieb sich die Stelle an seinem Arm und warf Mac einen bösen Blick zu.

Mac grinste. »Gratuliere, Mann.«

Rikar blickte sich suchend um. »Also, wo hast du sie versteckt?«

»Nirgends.« Argwöhnisch sah Venom sie an und zuckte die Achseln. »Ich habe sie gehen lassen.«

»Du hast *was?*« Forges Augenbrauen fuhren in die Höhe. Er sah völlig verdattert aus. »Bist du verrückt, Kumpel? Keiner, der noch bei Verstand ist, lässt seine Gefährtin gehen.«

»Jedenfalls nicht, ohne sie zu begleiten«, murmelte Bastian und musterte seinen Krieger eindringlich. Venom sah in seine Richtung, bat mit seinem Blick stillschweigend um Verständnis. Und erhielt es. Bastian wusste genau, was Venom bewogen hatte, seine Gefährtin ohne ihn gehen zu lassen. Bastians Mundwinkel hoben sich. Verrückter Venom. Der Mann suchte nie die einfache Lösung. Er hatte hohe Ansprüche. Einen Sinn für Redlichkeit, der ihn meistens in Schwierigkeiten brachte. »Du wolltest sie nicht entführen. Stattdessen hast du vor, sie zu umwerben.«

»Wir haben für morgen eine Verabredung zum Abendessen.«

»Tja …« Rikar grinste ihn spöttisch an. »Ich schätze, das bestätigt, was wir alle schon lange wissen. Du hast eine Meise, Bruder.«

»Und forderst den Ärger geradezu heraus«, sagte Forge und klang noch angepisster als sonst. »Hol sie nach Haus, Ven. Mit der Zeit wird sie dich schon akzeptieren.«

Venom schüttelte den Kopf. »Ich werde sie keinesfalls zwingen. Evelyn verdient etwas Besseres und … verdammt. Ich kann es genauso gut zugeben.« Er atmete tief durch. »Mir gefällt der Gedanke, mich mit ihr zu verabreden … Zeit mit ihr zu verbringen. Ich möchte es versuchen mit diesem Umwerben.«

»Gott steh uns allen bei.« Forge seufzte. »Du bist ein verdammter Romantiker.«

Rikars Mundwinkel zuckten. »Versuch es ruhig auch mal, Schotte. Es könnte dir gefallen.«

»Pustekuchen.« Forges violette Augen wandten sich ab, sein Blick wurde verschlossen. Mit finsterer Miene starrte er über die Lichtung, konzentrierte sich auf das Wogen des hohen Grases, während ein Muskel an seinem Kinn zuckte. »Ich habe keinen Bedarf an solchem Schwachsinn.«

Der barsche Kommentar beendete die Unterhaltung abrupt.

Winterwinde zausten die Baumwipfel. Piniennadeln verloren den Kampf und purzelten herunter, tanzten in der Brise, während sich aller Augen auf Forge hefteten. Eine natürliche Reaktion in Anbetracht seines vehementen Bestreitens. Nachricht abgeschickt und erhalten. Laut und deutlich. Keine Fehlinterpretation möglich. Bastian räusperte sich, während ihm der Schotte in der Seele leidtat. Er konnte sich den Schmerz nicht mal vorstellen, mit dem Forge tagein, tagaus lebte. Oder wie man mit so einem Verlust fertig wurde. Seine Frau bei der Geburt seines Kindes zu verlieren konnte einfach niemals leichter werden. Egal, wie viel Zeit verstrich, das machte keinen Unterschied. Schreckliche Erinnerungen blieben für immer an einem Mann haften. Verblassten nie.

So frisch. Erst Monate alt. Den Verlust hatte Forge noch nicht annähernd verwunden.

Die Tatsache, dass der Sohn des Schotten überlebt hatte, verringerte dessen Kummer nicht. Erleichterte auch die Qual nicht. Bitterkeit und Schuld nagten stattdessen an Forge, verhärteten ihn innerlich, hielten ihn davon ab, irgendwelche Beziehungen einzugehen, sich potenziell verletzlich zu machen und neuen Kummer zu erleiden. Heilung würde einsetzen, aber bis dahin musste das neue Mitglied des Nightfury-Clans mit Samthandschuhen angefasst werden, das war Bastian klar.

Und mit unglaublich viel Verständnis behandelt werden.

»Evelyn«, sagte Mac, brach das Schweigen, rettete seinen Mentor, indem er die Unterhaltung wieder in die richtige Spur brachte. »Hübscher Name.«

»Dämlicher Plan.« Der Schmerz, den Forge nach Kräften zu verbergen versuchte, schlich sich in seinen Tonfall ein. Er hob einen Fuß und kickte einen Stein in Richtung eines Findlings, der halb versteckt im Boden lag. Stein krachte gegen Stein. Er knurrte. »Setz deinen Arsch in Bewegung, Venom, und hol sie.«

Mit schmalen Augen öffnete Venom den Mund, wollte Forge zweifellos übers Maul fahren.

»Lasst gut sein«, sagte Bastian ruhig, aber bestimmt, beendete den Streit, bevor er sich entwickeln konnte.

Keiner der Männer brauchte jetzt einen Kampf. Zumindest nicht miteinander. Was jedoch die Razorback betraf? Das war etwas anderes. Feinde zu töten würde die Spannung lösen. Das tat es immer. Aber da Ivar und seine Schleimscheißer nun mal durch Abwesenheit glänzten, schien es ziemlich unwahrscheinlich, dass Abtrünnige auseinanderzunehmen, um die angespannten Nerven zu beruhigen, auf der Tagesordnung stand. Was alle leider angespannt bleiben ließ, und er musste einen Weg finden, um den Frieden aufrechtzuerhalten innerhalb des Nightfury-Clans.

Ein heikles Unterfangen.

Keineswegs leicht angesichts seiner gereizten Krieger. Hinzu kamen noch ihr explosiver Charakter und die jeweilige Tendenz zur Gewalt und … Bastian schnaubte. Verdammt.

Er gab Mac spielerisch einen Schubs, um die Stimmung zu lockern, legte Forge eine Hand auf die Schulter und drückte sie leicht, die Botschaft glasklar: Verdirb Venom nicht seinen Spaß. Er hielt seinen Blick fest, und der Schotte atmete tief aus und entspannte sich. Bastian nickte anerkennend und gab seinem Krieger einen freundschaftlichen Klaps. Seine Handfläche traf auf dessen Lederjacke. Das laute Klatschen durchbrach die Stille auf der Lichtung, während er sich Venom zuwandte. Unterstützung, Hilfe, Tipps für sein Verhalten bei Dates – alle Zeit und alles Geld für Venom, damit der es richtig machte und seine Frau in die Gemeinschaft heimführte. Bastian wollte ihm das alles geben, weil … genau. Keine Frage. Das Glück seines Waffenbruders war wichtiger als der Schlamassel, der sich in Prag zusammenbraute. So sehr es ihn schmerzte, er musste leider abwarten und hoffen, dass Gage und Haider die Flucht gelang. Was bedeutete, dass er die Metallischen im Augenblick sich selbst überlassen musste.

Aber das hieß nicht, dass er Venom nicht helfen konnte.

Er hob das Kinn und forderte seinen Freund zum Reden auf: »Was weißt du über sie?«

Venom ließ von Forge ab und wandte seine Aufmerksamkeit wieder Bastian zu. »Nicht viel, ich habe nur einige Hinweise. Sloan muss denen für mich nachgehen, bevor ich sie wiedersehe.«

»Also nichts wie ab nach Hause«, sagte Bastian und drehte sich um zu den großen Bäumen, die wie Wächter am Rand der Talsenke standen. »Es gibt reichlich zu tun.«

Was eine unglaubliche Untertreibung war.

Eine wirklich unglaubliche in Anbetracht seiner Unterhaltung mit Sloan von vorhin. Der Mann war einer Sache auf der Spur. Hatte etwas aufgespürt in der Cyberwelt, verfolgte eine heiße Fährte. *Granite Falls.* Eine Kleinstadt hoch oben im Norden. Mit großen Problemen, wenn das, was er befürchtete, sich bewahrheitete. Dass sich keiner der Abtrünnigen in Seattle blicken ließ, bedeutete, zusammen mit Azrads Botschaft, dass Ivar am Zug war. Und bestimmt Böses im Schilde führte in der Cascade Mountain Range. Die Örtlichkeit beunruhigte Bastian. Sie war viel zu isoliert. Nicht gerade ideal, um einen Angriff zu starten.

Aber das hieß nicht, dass es nicht passieren würde.

Ivar unternahm nie etwas Unbedachtes. Er plante in großem Maßstab, handelte schnell und schlug präzise zu, innerhalb fest umrissener Parameter. Beliebigkeit gehörte nicht zu seinen Charaktereigenschaften. Wenn also Granite Falls auf seinem Radar war, hatte der Bastard einen Grund, sich die Stadt auszusuchen. Einen, der vermutlich ebenso unheilvoll wie irrsinnig war. Bastian biss die Zähne zusammen. Daraus konnte nur ein Schluss gezogen werden: Ivar plante die ganz große Nummer. Eine, die Menschen einschloss. Was die Einwohner von Granite Falls mitten aufs Schlachtefeld beförderte.

Knurrend blieb Bastian mitten auf der Lichtung stehen. Er stellte sich breitbeinig hin, blickte in den Nachthimmel und nahm Drachengestalt an. Seine Klauen zerfurchten den Boden. Er schüttelte den Schmutz ab, breitete seine Schwingen aus und schwang sich in den Sternenhimmel.

Seine Krieger taten es ihm nach.

Bastian flog schnell und bog nach Osten in Richtung Black Diamond ab, tief in Gedanken, was seine Schwierigkeiten betraf und das Wohlergehen seines jüngeren Bruders. Er atmete tief durch, um sich zu beruhigen. Mann, er hoffte, dass es Azrad gut ging. Seine Nachricht an Sloan gefährdete seine Sicherheit, beförderte seinen Bruder in die Schusslinie. Je wagemutiger er sein Leben riskierte, um die Nightfury vor Problemen zu warnen, desto leichter würde es für Ivar werden, ihn aufzuspüren. Azrad hatte sich sehr weit aus dem Fenster gelehnt, hatte sich angreifbar gemacht, war leichte Beute für Ivar innerhalb der Razorback.

Besorgnis meldete sich.

Bastians Angst um seinen Bruder wuchs, beschleunigte seinen Herzschlag, während seine innere Unruhe immer größer wurde. Spionage innerhalb des feindlichen Lagers – was für ein tödlicher Sport. Mehr als gefährlich für Azrad. Und alles anderes als leicht für Bastian, das von außen zu beobachten. Ein falscher Spielzug, und es wäre vorbei. Sein jüngerer Bruder würde geschnappt werden. Und Ivar hätte die Oberhand in einem Krieg, den Bastian unbedingt gewinnen musste.

10

Im Cascade Valley Hospital mit den Schulterblättern an die Wand gelehnt, verschränkte Evelyn die Arme und starrte hinüber zur leeren Schwesternstation. Alles ruhig an der medizinischen Front. Keiner rannte hin und her. Keine Krankenakten stapelten sich auf dem hohen Tresen. Nicht mal ein Telefon klingelte. Nur eine große Wanduhr leistete ihr Gesellschaft, deren leises Ticken das einzige Geräusch war auf dem langen, schmalen Flur. Was mehr als nur ein bisschen unheimlich war. Normalerweise summten Krankenhäuser vor hektischer Betriebsamkeit. Aber nicht dieses, nicht hier. Nicht da, wo sie stand und aus drei Metern Entfernung zusah, wie der Sekundenzeiger sie verspottete.

7:31 Uhr morgens. Beinahe Tagesanbruch. Höchstens noch eine halbe Stunde bis zum Sonnenaufgang. Nicht, dass sie das mitbekommen würde.

Der fensterlose Warteraum befand sich im Zentrum des Krankenhauses, gegenüber von der Schwesternstation, was irgendwo zwischen beunruhigend und frustrierend lag. Fügen wir noch einen Schuss Angst hinzu, und, ob es ihr gefiel oder nicht, sie hatte alle Zutaten für eine richtige Horrorparty beisammen. Eine richtig schöne Single-Party. Was kein Wunder war. Sie wartete jetzt seit Stunden allein hier – auf Informationen über ihre Großmutter. Auf positive Meldungen von den Ärzten. Darauf, dass die elektronische Türverriegelung an beiden Seiten des Flures sich öffnen und sie freilassen würde.

Vorzugsweise in der nächsten Minute.

Sie zählte bis sechzig, dann seufzte sie. Wunschdenken, das auf Pech basierte. Immer noch kein Dr. Milford vor der Tür.

Evelyn schluckte den Kloß in ihrer Kehle herunter. So etwas hatte sie nicht erwartet – an der Eingangstür von Fremden in Empfang genommen und eingeschlossen zu werden. Sie stieß sich ab von der Wand und spähte erst in die eine, dann in die andere Richtung. Nichts Neues. Das Meer von hellen Wänden hatte sich nicht verändert. Kastenförmige Neonlampen summten über ihr, machten die Stille irgendwie unheilvoll, während sie sich auf die Doppeltüren konzentrierte, die zur Intensivstation führten. Dicke, bruchsichere Scheiben, umgeben von verstärktem Stahl. Die elektronischen Schlösser waren aktiviert, verhinderten den Zutritt. Ein doppeltes Hindernis, das sie einsperrte an einem Ort, den offenbar niemand aufsuchen wollte.

Jenseits dieser Türen eilte ein Schwesternteam vorbei. Schnellen Schrittes. Die Bewegungen zeugten von Stress. Mit angelegtem Mundschutz schob die Gruppe ein leeres Krankenbett über den Flur.

Ihre Unsicherheit nahm zu.

Evelyn entschied sich für eine Flucht nach vorn.

Sie ließ ihre Tasche auf dem Stuhl liegen, ihre Schuhe auf dem Boden stehen und rannte auf die Türen zu. Vielleicht würden die Schwestern sie hören, wenn sie laut genug schrie. Vielleicht wusste eine von ihnen etwas. Vielleicht hätte eine von ihnen Mitleid und würde ihr die Wahrheit sagen, wenn sie sie durch die Scheibe um Nachrichten anflehte. Sie lief schneller. Ihre nackten Füße schlugen auf hartes Linoleum. Das laute Klatschen echote auf dem engen Flur, als sie sich den Türen näherte. Klemmbretter in der Hand, tief in eine Diskussion versunken, gingen zwei Ärzte vorbei. Evelyn bremste, bis sie stehen blieb, und donnerte mit ihren Fäusten gegen die Scheibe.

Das Duo reagierte wie furchtsame Hasen. Zwei erschrockene Blicke fuhren zu ihr herum.

Sie schlug erneut mit der Handfläche gegen das Glas. »Lassen Sie mich hier heraus.«

Während er seinen Mundschutz herunterzog, blinzelte Doktor Nummer eins. »Miss?«

»Ich bin jetzt seit Stunden hier. Lassen Sie mich raus.«

»Es tut mir leid, aber das geht nicht«, sagte Doktor Nummer zwei und trat näher an die Tür. Mitfühlend starrte er sie durch die Scheibe an. »Das gesamte Krankenhaus ist abgeriegelt. Alle Codes wurden geändert. Nur die Chefärzte und die Krankenhausverwaltung haben sie.«

Panik schnürte ihr die Kehle zu. »Aber …«

»Es war der reine Wahnsinn hier heute Nacht. Wir haben mehr Patienten, als wir versorgen können.« Doktor Nummer eins klemmte sich sein Brett unter den Arm und schüttelte den Kopf. »Sie haben Sie wahrscheinlich vergessen in dem Chaos.«

Dem Chaos? Mehr Patienten, als das Krankenhaus versorgen konnte? Eine hübsche kleine Information. Ein besorgniserregendes Wissen, das in keiner Weise für Vertrauen sorgte. Oder für einen Hoffnungsschimmer. Das Bild ihrer Großmutter trat ihr vor Augen. Ihre Furcht nahm zu, und ihr Herz schlug so schnell wie das eines Rennpferds. Viel zu schnell atmend, blickte Evelyn erst den einen, dann den anderen Arzt an. Während ihr Blick hin und her schoss, schlug sie gegen die Glasscheibe. Ihre Hände zitterten.

Eine Durchsage kam über die Lautsprecheranlage, verlangte nach Dr. Sowieso.

»Sorry.« Doktor Nummer eins wandte sich ab und warf ihr über seine Schulter einen entschuldigenden Blick zu. »Das bin ich.«

»Hören Sie«, sagte Nummer zwei und sah seinem Kollegen hinterher, der durch den Korridor verschwand. Er trat einen Schritt zurück, vergrößerte die Distanz zwischen ihnen. »Ich muss gehen, aber …«

»Warten Sie.« Evelyn holte schnell Luft. »Können Sie mir einen Gefallen tun?«

Er tippte sich ans Kinn. »Was?«

»Finden Sie Dr. Milford. Sagen Sie ihm, dass Evelyn Foxe unbedingt mit ihm reden muss.«

Er nickte. »Ich versuche es.«

Sie murmelte ihren Dank. Und dann war er weg, rannte über den Korridor mit seinem Klemmbrett in der Hand und ließ sie zurück hinter verschlossenen Türen. Sie presste ihre Stirn gegen das Glas und kniff die Augen zu. Du meine Güte. Unglaublich. Es war ein Albtraum, der nicht enden wollte. Einer, der ihr viel zu viel Zeit ließ zum Nachdenken, um sich das Schlimmste vorzustellen, und nicht genug, um die Tatsachen zu verarbeiten. Sie schnaubte. *Die Tatsachen.* Richtig. Lachhaft. Und auch das falsche Wort. Insbesondere, da sie null *Tatsachen* hatte. Nur haufenweise Vermutungen, beruhend auf Angst.

»Gott helfe mir«, sagte sie und drehte sich um, presste ihren Rücken gegen die Tür.

Sie ließ sich an dem Stahlrahmen hinabgleiten und setzte sich auf den Fußboden. Kälte sickerte durch ihr Kleid, als sie ihre Knie anzog und den Kopf senkte. Der Ring, den sie trug, zwinkerte ihr zu. Wie immer konnte sie nicht widerstehen und fuhr mit ihrem Daumen über die blutroten Rubine. Die alten Edelsteine zu berühren hatte eine beruhigende Wirkung auf sie. Das hatte es immer, und als ihr Herzschlag nach und nach regelmäßiger wurde, drehte sie den Goldring an ihrem Mittelfinger. Wieder und wieder.

Tränen brannten in ihren Augen.

Sie sollte ihn nicht tragen. Hätte ihn nie offen zeigen und riskieren sollen, dass Markov ihn ihr stahl. Er war viel zu kostbar. Stand für glückliche Erinnerung und bessere Zeiten. Verband sie mit ihrer Geschichte – und erinnerte sie an den Tag, als ihre Großmutter ihr das vergoldete Kästchen überreicht hatte nach ihrem Collegeabschluss. Ihr Abschlusszeugnis in der einen Hand, den Ring, den ihre Großmutter ein halbes Jahrhundert lang getragen hatte, in der anderen. Was für ein bedeutsamer Moment. Denkwürdig. Wichtig. Ein Moment, der sie mit Stolz erfüllte, da, ihrer Familientradition entsprechend, eine Generation ihr Erbe weitergab an die nächste.

Was erklärte, warum sie ihn so selten trug. Und immer darauf achtete, ihn ja nicht zu verlieren.

Nun ja, zumindest meistens.

Heute Nacht war eine Ausnahme von der Regel gewesen. Der Gedanke daran, Trixie in dem Hotel zu treffen – und ihren ersten Kunden –, hatte sie dazu veranlasst, den Ring aus seinem Kästchen zu holen. Sie brauchte etwas zur Bestärkung. Hatte sich nach Zuversicht und Mut gesehnt, um zu tun, was getan werden musste. Um sich daran zu erinnern, wen sie beschützte. An den Grund für ihre Handlungsweise, ihre Entscheidung, das Luxmore zu betreten und dort …

… Venom zu begegnen.

Evelyn blinzelte, als sein Name ihr durch den Kopf schoss. Sie kräuselte die Lippen, hätte beinahe gelächelt. Dieses Bedürfnis schockierte sie. Insbesondere, da sie es nicht mehr für möglich gehalten hätte, heute Nacht noch zu lächeln, aber … Überraschung, Überraschung. An ihn zu denken hob ihre Stimmung. Holte sie aus ihrem mentalen Tief und ihrer Seelennot. Verringerte ihre Angst und sorgte dafür, dass sie sich wieder sammelte. Eine seltsame Reaktion auf einen nahezu Fremden. Auch irgendwie erschreckend. Normalerweise ganz und gar nicht ihre Art. Vorsicht und Misstrauen waren mehr ihr Ding, und dennoch konnte sie die Gefühle, die er ihr vermittelte, nicht leugnen. Sie fühlte sich sicher, geborgen, stabiler, als sie sich seit langer Zeit gefühlt hatte. Jetzt, zum ersten Mal seit sehr langer Zeit, fühlte sie sich, als würde jemand auf ihrer Seite sein und sie beschützen. Jemand mit Einfluss, der sie möglicherweise aus der Klemme holen konnte. Was für eine riesige Überraschung. Er war unglaublich gewesen zu ihr. Sanft. Geduldig. Fürsorglich, obgleich er nur wenig über sie wusste. Der erste Lichtblick seit den seit neun Monaten andauernden dunklen Tagen und schrecklichen Nächten.

Und sie würde ihn wiedersehen.

Heute Abend bei Figorelli's. In zwölf Stunden ungefähr und …

»Oh, Mist«, flüsterte sie, mehr keuchend, als ihr etwas dämmerte.

Weniger als zwölf Stunden bis zu ihrer Verabredung zum Abendessen, und sie hatte seine Nummer nicht. Und das bedeutete, dass sie in der Bredouille steckte. Da ihre Großmutter krank war, konnte sie das Krankenhaus nicht verlassen. Ohne Venoms Telefonnummer konnte sie ihm das nicht mitteilen. Und ohne das Geld würde Markov ihr bei Nachteinbruch bei lebendigem Leib die Haut abziehen.

Der Schreck breitete sich aus zwischen ihren Schläfen. Derartig brüllend fuhr er ihr unter die Schädeldecke und pochte so heftig, dass sie nicht mehr wusste, wo sie war. Aber noch während ihr schlecht wurde vor Sorge, presste Evelyn die drei Rubine in ihre Handfläche und versuchte sich zu beruhigen.

Ihre Großmutter hatte nie etwas übrig gehabt für Panik.

Pragmatisch und gewitzt hatte sie jede Krise gemeistert. Schwierige Situationen zu überwinden war eine ihrer Spezialitäten, also …

Evelyn verengte die Augen. Nachdenken … sie musste *nachdenken.* Es musste eine Möglichkeit geben, Venom zu erreichen. Eine Nachricht bei Figorelli's für ihn zu hinterlassen. Gelbe Seiten. Online-Verzeichnisse. Listen über Listen von Telefonnummern und alphabetisch geordneten Namen. Und mal ehrlich, wie schwer konnte es schon sein, einen Typen zu finden, der *Venom* hieß? Ihr Blick fuhr herum zur Schwesternstation. Eine Sekunde später sprang sie auf. Sie brauchte nur einen Computer. Einer musste einfach hinter dem hohen Tresen versteckt sein, zusammen mit einem Telefon. Vielleicht, wenn sie Glück hatte, würde eine schnelle Suche ihr verschaffen, was sie brauchte. Danach würde sie ihre Finger benutzen und …

Ein Klicken echote in dem Korridor.

Auf halbem Wege zum Tresen fuhr Evelyn herum zu dem Eingang gegenüber der Intensivstation. Ein Mann kam in Sicht durch das Glas. Die Tür schwang auf. Eine rundliche Gestalt in einem weißen Laborkittel, der glatzköpfige Schädel schimmernd unter der grellen Beleuchtung, die braunen Augen voll von Besorgnis, trat Dr. Milford in den Warteraum.

»Oh, Gott sei Dank.« Sie trat auf ihn zu. »Dr. Milford, was geht hier vor?«

»Es tut mir leid«, sagte er. Seine Stimme klang gedämpft durch den Mundschutz, der die untere Hälfte seines Gesichts bedeckte. Evelyn öffnete den Mund, um ihn erneut zu fragen. Der betagte Arzt schüttelte den Kopf, dann seufzte er, und die Erschöpfung in seiner Stimme war unüberhörbar. Die Tür schloss sich mit einem Klicken hinter ihm. »Ich hatte nicht vor, dich hier so lange warten zu lassen, aber ich konnte mich nicht früher loseisen.«

»Das ist nicht weiter wichtig, nur …«, flüsterte sie, tat seine Entschuldigung ab. Die Verzögerung – ebenso wie das Einschließen – spielte keine Rolle mehr. Sie brauchte Antworten. »Bitte, sagen Sie mir, was hier los ist. Wo ist Mema? Was ist passiert? Geht es ihr gut?«

Ein Schatten legte sich über Dr. Milfords Augen, und er schüttelte den Kopf. »Wie geht es dir?«

»Ich bin gestresst, besorgt … total erschrocken.«

Seine Augen wurden schmal. »Ich meinte körperlich, Evie. Hast du eine wunde Kehle? Kopfschmerzen? Tut dir deine Brust weh, oder hast du Probleme mit dem Luftholen?«

»Nein.« Sie runzelte die Stirn. Die Frage ging weit über Wissbegierde hinaus. Alle ihre Instinkte wurden wach. Etwas an dieser Befragung fühlte sich falsch an. Insbesondere, da Dr. Milford sie gut kannte. Sie war nie krank. Niemals. Kein Mensch konnte sich daran erinnern, wann sie das letzte Mal eine Erkältung gehabt hatte, geschweige denn eine Grippe. Und ehrlich gesagt, Evelyn selbst auch nicht. »Es geht mir gut.«

»Gut«, murmelte er erleichtert. »Hol deine Sachen, und komm mit mir.«

»Aber …«

»Ich erkläre dir später alles, Evie, aber das Krankenhaus braucht diesen Raum, und wir bringen dich jetzt irgendwo anders unter.« Er griff in seine Manteltasche und zog einen weiteren Mundschutz hervor, identisch mit dem, den er trug. Er hielt ihn ihr hin, forderte sie auf, ihn anzulegen. »Du musst den hier tragen und mir folgen.«

Evelyn blinzelte. *Sie irgendwo anders unterbringen.* Du liebe Güte, das klang nicht gut. Und dennoch zögerte sie nicht. Nicht eine Sekunde. Sie schlüpfte in ihre Schuhe, schnappte sich ihre Handtasche vom Stuhl und eilte auf ihn zu. Endlich. Nach stundenlangem Warten würde sie bekommen, was sie sich wünschte – die dringend benötigte Zeit mit ihrer Großmutter. Genug, um sich davon zu überzeugen, dass alles in Ordnung war. Ihre Stilettos klackerten durch die Stille, bis sie vor Dr. Milford stehen blieb und von ihm den Mundschutz entgegennahm. Sobald sie die Gummibänder über ihre Ohren gestreift und die Maske angelegt hatte, drehte er sich um und gab den Code in das Türschloss ein.

Die elektronische Verriegelung zischte.

Er trat über die Schwelle.

Evelyn folgte ihm hinaus auf den Korridor. Sie wandten sich nach links und bogen in einen schmalen Flur ein. Das Geräusch gedämpfter Stimmen drang durch die Stille. Den Blick auf Dr. Milford geheftet, folgte sie ihm um die nächste Ecke – vorbei an einem provisorischen Medikamentendepot, an besorgt aussehenden Schwestern und Ärzten in Schutzkleidung – zu einer Tür am Ende des Ganges. Evelyn holte tief Luft. Grundgütiger. Wenn das nicht surreal war. Auf einem Schild stand in schwarzer Schrift: »Quarantänebereich. Nicht betreten.«

Auf ihre Ungläubigkeit folgte der Schock. Benommenheit ergriff sie. Sie zögerte. Dr. Milford murmelte ihren Namen. Ihr Blick sprang von dem Schild zu den Schutzanzügen, dann wieder zu ihm. Sie begegnete seinem Blick, sah ihn fragend an. Er schüttelte den Kopf, öffnete die Tür zum Quarantänebereich und bedeutete ihr, ihm zu folgen. Und Evelyn begann sich zu fragen, wann sie das Cascade Valley Hospital verlassen und die Twilight Zone betreten hatte.

Dicke Bäume bogen sich gehorsam und wichen ihm aus, als Venom die Kurve zu schnell nahm. Nur Zentimeter von ihnen entfernt, fegte seine Schwanzspitze an den Baumwipfeln vorbei. Alte Äste stöhnten protestierend. Es kümmerte ihn nicht. Scheiß auf den Wald. Auch die frostige Nachtluft und die aufgewirbelten Blätter kümmerten ihn nicht. Die Piniennadeln waren allerdings ein kleines Problem. Wie winzige rasiermesserscharfe Klingen spritzte der Mist auf und schnitt ihm in die Schuppen, griff ihn an, spielte Fang-den-Drachen im Dunkeln.

Er schnaubte wütend. Leuchtender grüner Nebel stieg aus seinen Nüstern. Ein *Spiel.* Von wegen. Nicht annähernd zutreffend angesichts der Tatsache, dass er absolut nicht spielte. Er musste sich dringend ablenken, indem er rasend schnell flog und sich anstrengte. Sich körperlich abzureagieren war wie ein Ventil, half ihm, sich wieder einzukriegen. Er verschluckte ein weiteres Schnauben. *Sich einzukriegen* war auch die falsche Beschreibung. Insbesondere, weil er gleichbleibend angespannt blieb. Die Ungewissheit lastete schwer auf ihm, die grausame Ironie prügelte förmlich auf ihn ein.

Sein gottverdammter Beschützerinstinkt. Immer den Ritter in schimmernder Rüstung zu spielen war echt Bockmist.

Venom knirschte mit den Zähnen und schüttelte den Kopf. Er war sich so sicher gewesen. So verdammt *sicher*, dass Evelyn gehen zu lassen das Richtige war, aber …

Er fluchte leise.

Vielleicht hatte Forge doch recht. Vielleicht war die Entscheidung, sie wieder in die Wildnis der menschlichen Gesellschaft zurückkehren zu lassen, saudumm gewesen. Vielleicht war es nicht klug, sondern grundfalsch gewesen, allein nach Haus zu fliegen. Er atmete ganz tief aus. Eine Frostwolke schoss aus seinem Maul, fing den Mondschein ein, bevor sie über die Hörner auf seinem Kopf wirbelte. Er spannte seine Muskeln an und flog schneller. Noch schneller. Mordsmäßig schnell. Noch einmal sich kräftig austoben. Er brauchte das, um nicht auszuflippen – um auf Kurs zu bleiben, statt seiner Frau hinterherzuhetzen.

Maximal eine halbe Stunde.

Eine schnelle Kehrtwende.

Ein schneller Flug nach Seattle hinein, bevor er nach Norden abbog.

Mehr wäre nicht nötig, und schon läge sie wieder in seinen Armen. Könnte er sie genießen. Sie befriedigen. Sich holen, was er brauchte, während er Evelyn alles gab, was sie von ihm verlangte. Die Versuchung war riesengroß, klopfte laut bei ihm an die Tür. Venom hielt die Stellung, dachte nicht daran, aufzugeben, geschweige denn, die Grenze zu verletzen. Er hatte eine Entscheidung getroffen. Jetzt musste er sich daran halten. Evelyns Recht, selbst zu wählen, respektieren. Egal, wie schmerzhaft er die Trennung empfand.

Er richtete seine Flügel aus und zwang sich, weiter in Richtung Black Diamond zu fliegen. Der Wald unter ihm lichtete sich. Er schoss über die nächste Erhebung. Eine Landstraße schnitt eine Schneise durch den Wald, schlängelte sich zweispurig durch hohe Eichen und einhundert Jahre alte Pinien, so als würde sie dort hingehören. Als ob die Menschen nicht in die unberührte Wildnis eingedrungen wären und sie sich angeeignet hätten. Das lag in der Natur der Sache, schätzte er. Menschen liebten das Gefühl von Überlegenheit. Siegen oder besiegt werden – ein Mantra, nach dem diese zerstörerische Spezies lebte. Obgleich er zugeben musste, dass die Idioten besser wurden. Na ja, zumindest im Umweltbereich.

Regierungsorganisationen strengten sich inzwischen echt an, gefährdete Arten zu schützen, für sauberes Grundwasser zu sorgen und striktere Auflagen für Industrieunternehmen zu fordern. Interessengruppen waren entstanden in den letzten Jahren und legten dem US-Senat und dem Kongress Daumenschrauben an, erwarteten mehr von den gewählten

Volksvertretern. Und die Bevölkerung insgesamt? Sie wurde auch immer vernünftiger, begann Recyclingprogramme zu unterstützen und Abfall zu reduzieren. Es war nicht genug. Noch nicht jedenfalls. Aber es würde nicht mehr lange dauern, bis der Planet die Wirkung spürte.

Eine gute Sache, sofern es sauberere Luft zum Fliegen bedeutete, wenn er das Hauptquartier jede Nacht verließ.

Venom ließ die nass glänzende Asphaltstraße hinter sich und erspähte die beiden Zwillingsklippen. Er fixierte seinen Blick auf das Paar und ging in die Vertikale. Die Stacheln auf seinem Rücken rasselten. Schiefersplitter lösten sich und fielen runter, als er zwischen den Klippen hindurchschoss. Dichter Wald begrüßte ihn auf der anderen Seite. Er wirbelte noch mehr Schmutz auf. Er summte zufrieden. Beglückwünschte sich selbst. Bei seiner halsbrecherischen Geschwindigkeit hatte der Wald nicht die geringste Chance, ihn aufzuhalten.

Genauso wenig wie seine Kumpels.

Den Nightfury blieb keine andere Wahl, als zu versuchen, ihm auf den Fersen zu bleiben. Dagegen sprach absolut nichts. Er hatte die Führungsposition schließlich nicht ohne Grund übernommen. Sondern um nicht durchzudrehen. Er hatte die Schnauze gestrichen voll von Forges Seitenblicken. Oder dem Zweifel, der ihn jedes Mal überfiel, sobald er einen Blick des Schotten auffing. Er wusste, was der Mann dachte. Wusste auch, was der Rest seiner Gruppe dachte … auch wenn Bas und die anderen zu höflich waren, um es laut auszusprechen. Trotz all ihrer Gratulationen und des Abklatsch-Rituals auf der Lichtung verstand keiner von ihnen sein Bedürfnis, Evelyn den Hof zu machen. Sie auszuführen. Sie richtig zu behandeln. Sie behutsam einzuführen in das Leben der Drachenblütigen. Sie zu entführen war – zumindest in den Augen seiner Waffenbrüder – sehr viel zweckmäßiger. Sicherer. Klüger. Passte auch besser zu seiner Beschützernatur, also …

Er schnaubte. Jawohl. Keine Frage. Diese Einwände schob er besser beiseite. Ließ sie weit hinter sich und beschäftigte sich ein andermal mit ihnen. Insbesondere, weil er auf die entmilitarisierte Zone zuflog, die einen Namen hatte: Wick.

Venom zog eine Grimasse. Das war unvermeidlich. Er war in Schwierigkeiten. Alles lief auf einen Kampf hinaus, sobald er in Black Diamond landete. Bastian war abgehakt. Die aktuelle Gefahr stand jetzt direkt vor der Eingangstür, nur einen Katzensprung entfernt von der Zufahrt und der oberirdischen Höhle. Wartete. Auf ihn. Dass er landete. Ah, Himmelherrgott, hatte er Schwierigkeiten gesagt? Haken wir das ab und nennen es stattdessen *Schlamassel*. Schon wieder. Zum, tja … scheiße. Er wusste nicht, zum wievielten Male er bis zum Hals im Schlamassel steckte heute Nacht.

Jedenfalls öfter, als angeraten war, so viel war sicher.

Seufzend ging er in den Gleitflug über. Die Bäume knarrten, freuten sich scheinbar über den Übergang von Überschallgeschwindigkeit zu einem langsamen und gleichmäßigen Tempo. Die Membran seiner Flügel flatterte, während der Wald sich auszudünnen begann. Höchstens noch eine Minute, und er stünde seinem besten Freund gegenüber, würde versuchen zu erklären, warum er sich unerlaubt von der Truppe entfernt hatte. Nicht, dass Wick kümmerte, dass er die Vorschriften gebrochen hatte. Der Mann gab einen Scheißdreck aufs Protokoll. Er würde aus einem anderen

Grund sauer sein. Und zwar aus dem, dass Venom ihn heute Nacht zurückgelassen hatte.

Wahrlich keine Glanzleistung. Aber obgleich Venom einer drohenden Kraftprobe entgegensah, weigerte er sich, es zu bedauern. Die Fliege gemacht zu haben mochte zwar als nicht besonders klug durchgehen, aber es hatte immerhin erfreuliche Folgen gehabt, ihm verschafft, was er brauchte, sodass …

Zum Teufel damit.

Wick könnte ihm seinetwegen jede Nacht die Fresse polieren. Es kümmerte Venom nicht. Er hatte sie gefunden. Verdammt noch mal, er hatte sie *gefunden*. In einem Meer von falschen Frauen hatte er endlich die richtige gefunden.

»Evelyn«, murmelte, probierte den Klang aus.

Seine Lippen kräuselten sich. Sogar ihr Name klang perfekt. Genau richtig. Das Schönste, was er je gehört hatte. Er stellte sich ihr Gesicht vor und erinnerte sich an ihren Geschmack auf seiner Zunge. Die Begierde zerfraß ihn förmlich, erhitzte sein Gemüt, ließ ihn fast seinen Plan vergessen und ihr hinterherfliegen. Während er um die letzte Kurve schoss, streckte er seine Fühler aus und zapfte ihre Bioenergie an. Fantastisch und üppig breitete sich ihre Lebenskraft zwischen seinen Schläfen aus.

Sein Sonar schwirrte.

Seine Drachenhälfte war schon halb erwacht, und heißhungrige Begierde ritt ihn.

Knurrend stellte Venom das Signal feiner ein, konzentrierte sich, verfolgte ihre Bioenergie quer über raues Gelände und … oh Baby. Da war sie: gleich nördlich von Seattle, umgeben von Wald, irgendwo innerhalb der Cascade Mountain

Range. Ohne langes Zureden verstärkte sich das Erkennungssummen in seinem Kopf. Er konnte sie jetzt aufspüren ... aus meilenweiter Entfernung, falls notwendig. In Ordnung, es war noch nicht perfekt. Egal, wie stark sein Sonar anschlug, er konnte ihren Aufenthaltsort nur abschätzen. Zumindest im Moment noch. Das würde sich bald ändern. Sobald er sie wieder berührte – und sich an der Quelle nährte –, würde die Verbindung sich festigen. Noch stärker werden und seine Lebenskraft mit ihrer verbinden. Für den Moment musste er die Einschränkungen, die daraus resultierten, dass sie sich erst einmal begegnet waren, akzeptieren und die Geduld bewahren.

Obgleich es ihn unendlich nervte.

Mit schmalen Augen verdrängte Venom seinen Ärger. Er neigte seinen Kopf und kennzeichnete das Signal. Scheiß auf die Einschränkungen. Er konnte der Versuchung nicht widerstehen. Er wollte ganz präzise mit ihr verbunden sein. Musste sie spüren. Sehnte sich nach dem warmen Surren ihrer Energie in seinen Adern.

Er justierte die kosmische Einstellung und spürte, wie das Surren zunahm und ... hmm, genau. Definitiv. Sie musste inzwischen zu Hause sein. Schlüpfte wahrscheinlich gerade aus ihren Killer-Stilettos. Legte ihr sexy Cocktailkleid ab. Zog sich einen übergroßen Pyjama an, bevor sie ins Bett schlüpfte und sich einkuschelte. Vielleicht sogar an ihn dachte. Der Gedanke verankerte sich tief in seinen Hinterkopf. Sein Herz schlug schneller. Oh, bitte. Mann, ja. Er wollte in ihren Gedanken sein. Wollte, dass sie an ihn dachte. Wollte, dass sie vor Erwartung gespannt war. Sehnsüchtig auf ihr nächstes Treffen wartete, darauf, dass er sie wieder berührte.

Erregung packte ihn, sorgte dafür, dass seine Schuppen kribbelten und …

»Venom, du Arschloch.« Das böse Knurren kappte die mentale Verbindung wie ein Messer. Venom zuckte zusammen. Na toll. Einfach spitze. Wick hatte sich eingeloggt bei ihm. Wartete da vor ihm und war schwer angepisst. *»Komm sofort runter.«*

Venom versuchte das Unvermeidliche noch etwas hinauszuzögern und verlangsamte seine Anfluggeschwindigkeit. *»Gib mir eine Minute.«*

»Nein.«

»Wick«, sagte er warnend mit leiser Stimme.

»Versuch es gar nicht erst. Lande endlich, oder ich komme hoch.«

Keine gute Idee. Sauer und in menschlicher Gestalt war sein bester Freund schon kein Leichtgewicht. Aber ein wütender Wick in Drachengestalt? Nur ein Idiot würde sich freiwillig diese Art Ärger einhandeln. *»Reg dich wieder ab. Ich nehme gerade den letzten Anstieg.«*

Wick knurrte etwas Unverständliches.

Venom ignorierte den bösartigen Unterton. Er hatte nichts anderes erwartet. Es auch mehr als verdient, weil er die Regeln gebrochen hatte. Nicht, dass er es bedauerte, Wick zu Hause zurückgelassen zu haben. Sein Freund brauchte die Ruhe und Erholung. Hatte sich wirklich eine echte Auszeit verdient mit J.J., aber … na ja, verdammte Inzucht. Nachdem Bastian ihn schon aus dem Himmel geholt und kräftig durchgeschüttelt hatte vorhin? Venom schluckte den schlechten Geschmack in seinem Mund herunter. Das Letzte, was er brauchte, war noch eine Maßregelung.

Oder ein Kräftemessen mit Wick.

Seufzend schüttelte er den Kopf und korrigierte seine Flugbahn. Beinahe geschafft. Fünfhundert Meter, die schnell weniger wurden. Was bedeutete, dass er sich umgehend eine Entschuldigung überlegen sollte. Schneller als schnell. Einen taktischen Dreistufenplan parat haben sollte, den perfekten Schlenker in der verbalen Arena. Weniger würde Wick nicht besänftigen. Andererseits sollte er es vielleicht einfach mit der Wahrheit versuchen. Ihm von Evelyn erzählen. Seinen Rat einholen. Was … genau, wenn er so darüber nachdachte … möglicherweise geradezu brillant war, strategisch betrachtet. Eine Methode, um seinem Freund – und dem unangenehmen Gespräch – auszuweichen, ohne einzuknicken.

Trotz seines neuen Status als verheirateter Mann hatte Wick es nämlich immer noch nicht so richtig mit diesem ganzen fürsorglichen Getue. Er war nun mal kein Gemütsmensch, und Gefühle zeigte er schon gar nicht. Jedenfalls nicht Venom gegenüber. Und wie war es bei J.J.? Verdammt, sie hatte den Markt komplett aufgekauft – hatte sich mit seinem besten Freund verbunden, hatte Wick aus seiner Isolation geholt, ihren Gefährten rundum akzeptiert, ihn sogar zum Reden gebracht, wenn auch nur hinter verschlossenen Türen. Was gut war. Wick brauchte jemanden, mit dem er reden konnte, aber …

Venom verkniff sich ein Fluchen.

Er konnte es sich genauso gut eingestehen. Er wollte derjenige sein, dem Wick sich anvertraute. Was ihn zu einem Vollidioten machte. Zu einem eifersüchtigen Arschloch. Er sollte sich freuen für seinen Freund – wie er es auch meist tat. An manchen Tagen allerdings sickerte Sehnsucht durch die Risse, lauert auf ihn wie ein Schwarm Piranhas. Fraß ihn auf bei lebendigem Leib. Nagte ihn bis auf die Knochen ab. Es schmerzte ihn zutiefst. Nach allem, was sie gemeinsam durchgemacht hatten, verdiente er etwas Besseres von Wick. Dass dieser ihn einbezog. Vertrauen. Rückhaltlosen Respekt wie zwischen Brüdern. Insbesondere, da Venom das Undenkbare getan hatte, um Wick das Leben zu retten.

Kummer schnürte ihm das Herz ab. Das passierte immer, wenn er sich an diese schreckliche Nacht erinnerte. Sein Herz reagierte auf die Erinnerung, pochte so schmerzhaft, dass er sich wunderte, wie es immer noch weiterschlagen konnte. Mörder. Er hatte einen *Mord* begangen. Seinen Erzeuger erschlagen, um Wick aus der Hölle zu befreien und in Sicherheit zu bringen. Nicht, dass er das beabsichtigt hatte. Er kannte damals seine eigene Stärke noch gar nicht. Hatte nicht gewusst, dass die *Verwandlung* – als er das erste Mal Drachengestalt annahm – eine derart verblüffende Wirkung zeitigen würde: heillose Stärke, unbändige Kraft und ... total giftiges Blut in seinen Adern. Jetzt spielte es keine Rolle mehr. Er konnte seinen Schritt nicht rückgängig machen. Konnte die Brachialgewalt nicht zurücknehmen, keinen besseren Weg finden, die Sache nicht ungeschehen machen.

Konnte sich das Blut und die Drachenasche nicht von den Händen waschen.

Es war zu spät für Ehrenerklärungen. Seine Schuld lastete für immer auf ihm und ließ es nicht zu.

Der Wald wurde dünner, dann verschwand er ganz, gab den ausgedehnten Komplex frei, der in ein großes Plateau eingebettet war. Black Diamond. Sein Zuhause. Der einzige Ort auf Erden, wo er hingehörte. Und dennoch wanderten seine Gedanken wieder zurück, zurück zu einer anderen Zeit, zu einem anderen Ort, in die Vergangenheit. Zu dem Moment seiner *Verwandlung* und der Entscheidung seines Vaters, ihn ins kalte Wasser zu werfen und der Scheinheiligkeit der Drachenblut-Aristokratie auszusetzen … und den abartigen Spielen, die die Erzgarde veranstaltete.

Und eins ihrer Opfer war Wick gewesen.

Genau wie er, aber trotz der sechzig Jahre zwischen damals und heute tat Venom sich schwer, es zu vergessen. Die Brutalität abzuschütteln und weiterzumachen. Zeit heilte eben nicht alle Wunden. Wer auch immer das behauptet hatte, lag falsch. Der Schmerz blieb frisch. Die Wut blieb unverändert. Und auch sein Helfersyndrom – das Bedürfnis, sein Verbrechen dadurch zu kompensieren, dass er anderen half, Ungerechtigkeit bekämpfte und für die Schwächeren eintrat – würde sich niemals legen. Das war das Päckchen, das er zu tragen hatte. Buße für das Vermächtnis seines Erzeugers, für das verunreinigte Blut, das durch seine Adern floss.

Dreimal verflucht sollte sein Vater sein.

Egal wie sehr er sich bemühte, er konnte es einfach immer noch nicht begreifen. Wie hatte sein Vater – ein General mit Einfluss innerhalb ihrer Spezies und Rodins Vertrauter – so hartherzig sein können? So amoralisch? So korrupt und gewissenlos? Wie hatte er zulassen können …

Ein Zittern befiel ihn, ließ seine Schuppen rasseln.

Er hasste die Erinnerungen. Wollte nicht an die Vergangenheit denken. Leider konnte er sie nicht abschütteln. Das Trauma nicht überwinden. Nicht, nachdem er die Grausamkeit seines Vaters mit angesehen hatte. Nicht, nachdem er bartlose Knaben hatte kämpfen sehen, die mit gezückten Messern um ihr Leben kämpften, schreckliche Tode erlitten, um die Drachenblut-Elite zu unterhalten. Von den Kampfclubs zu erfahren war schon schlimm gewesen. Die Käfige hinter der Bühne zu sehen, in denen Jünglinge eingesperrt waren, noch schlimmer. Den Befehl zu bekommen, den sterbenden Wick auf einen Lastwagen zu verfrachten, der für Tanzenmed bestimmt war, das für seine Foltermethoden berüchtigte Gefängnis der Erzgarde, hatte das Fass zum Überlaufen gebracht.

Das war mehr, als er ertragen konnte.

Jedenfalls, nachdem er Wick in die Augen gesehen hatte. Nachdem er dessen Wunden gesehen hatte. Nachdem er die Ziffern gesehen hatte, die in Wicks Unterarm gebrannt waren – und das im Bewusstsein dessen, was den jungen Mann erwartete, den er damals noch nicht kannte, aber jetzt als seinen besten Freund betrachtete.

Die Brutalität stieß ihn unglaublich ab. Und als ihm die Ungerechtigkeit tief ins Herz schnitt, reagierte sein Gerechtigkeitssinn. Das tat er immer und erzeugte eine Kettenreaktion. Vergangenheit. Gegenwart. Spielte keine Rolle. Seine Gefühle blieben dieselben. Ekel. Bedauern. Unglaublicher Zorn. Eine so unbändige Wut, dass er alle Zurückhaltung hatte fahren lassen vor sechzig Jahren, auf seinen Vater losgegangen war und …

»*Ven*«, knurrte Wick und unterbrach Venoms Reise in die Vergangenheit.

Venom legte die Flügel an und ging in Sinkflug. Er aktivierte seine Magie, um den Tarnzauber abzulegen. Der Unsichtbarkeitsschild spannte sich um ihn, dann riss er weit auf. Venom sah den Boden unter sich. Der pfeifende Wind trieb den Geruch von Zedern und Wolken über den Nachthimmel.

Der Mond verschwand hinter den aufgetürmten Wolken, ließ ihn im Dunkeln zurück. Seine Pranken landeten dröhnend mitten auf der Zufahrt. Kies knirschte unter seinen Krallen. Er atmete tief durch, füllte seine Lungen und bereitete sich auf die Kraftprobe vor, spähte hinüber zum Haus. Die Verandabeleuchtung erhellte den Fußweg, der zur Eingangstür führte, seine dunkelgrünen Schuppen, und er erspähte Wick in dem schwachen Licht.

Mit funkelnden goldenen Augen knurrte sein Freund ihn an.

Venom knurrte zurück. Wahrscheinlich nicht die beste Idee, aber …

Zum Teufel damit. Er hatte keinen Bock, sich schon wieder zu entschuldigen. Einmal heute Nacht reichte. Sein Soll war erfüllt. Die Schuld abgearbeitet. Es sah aber nach einem weiteren hart zur Sache gehenden Boxkampf aus, weil … genau. Wick machte einen alles andere als glücklichen Eindruck. Der Mann sah wie der personifizierte Zorn aus. Tödlich. Venom machte sich bereit für den Aufprall. Sein Freund gab gerade Vollgas. Kam mit rasender Geschwindigkeit auf ihn zu und mit einer Miene, die besagte, er werde Venom den Kopf abreißen.

Jetzt würde nur ein Kampf die Spannung abbauen.

Aber als Venom sich in menschliche Gestalt zurückverwandelte und auf das Kommende vorbereitete, wusste er, dass er es nicht zulassen sollte. Es war seine Schuld, nicht Wicks. Einige wohlgesetzte Worte würden seinen Bruder zurückhalten. Lange genug, damit Venom ihm alles erklären und von Evelyn erzählen konnte. Leider fiel ihm absolut nichts ein. Eigentlich wollte er auch gar nichts sagen. Nachdem

Bastian ihn nach Strich und Faden verprügelt hatte, brauchte er einen Kampf beinahe genauso sehr wie sein Freund. Statt dem also aus dem Weg zu gehen, wartete er mit erhobenen Fäusten und in Kampfposition auf Wick, der über den Plattenweg auf ihn zugedonnert kam wie eine führerlose Lokomotive. Was bedeutete … zum Teufel mit Beschwichtigungen. Sollte die Party doch beginnen. Er war kurz davor, mit seinem besten Freund eine heftige Prügelei anzuzetteln. Die Kollision war nicht nur unvermeidlich, sondern garantiert.

11

Da seine Drachensinne Amok liefen, wäre Gage beinahe über eine unebene Stelle im Steinfußboden gestolpert. Während er sich um sein Gleichgewicht bemühte, unterdrückte er ein angewidertes Knurren. Der unterirdische Durchgang roch genauso ekelhaft, wie er aussah – dunkel und feucht mit einem kräftigen Schuss Eau de Dreck. Er verzog das Gesicht, als seine Schulter die Wand streifte. Er spürte die feuchte Kälte und irgendetwas Schleimiges, was auch immer, verdammt noch mal. Keine Ahnung, was er da gerade berührt hatte. Etwas Kaltes. Etwas, was schon lange vor sich hin faulte. Etwas, worüber er nicht nachdenken und was er erst recht nicht identifizieren wollte.

Glitschige Steinwände führten zu einer weiteren Kreuzung.

Der Junge wartete eine Sekunde an der Mündung, dann ging er nach rechts. Gage folgte ihm dicht auf den Fersen. Seine Muskeln beschwerten sich, warfen ein grelles Licht auf seine Verletzungen, rückten seine Erschöpfung in den Mittelpunkt.

Ein Gang mündete in den nächsten. Der folgende immer schmaler als der vorherige.

Eine weitere Runde Abscheu packte Gage und verlangte nach Sendezeit in seinem Kopf. Gage kämpfte gegen den Schmerz und gegen seine Aversion an. Er spannte seine Hände an, krallte sich hinten an Osgards T-Shirt fest. Er brauchte diesen Halt für seine Standsicherheit. Der Junge mochte zwar noch nicht voll ausgewachsen sein, aber er war stark. Eine hervorragende Stütze. Oder Anhängerkupplung. Was auch immer. Gage konnte sich nicht entscheiden. Alles, was er fühlte, war Dankbarkeit. Der Jüngling hatte die Verantwortung und die Führung übernommen, bewegte sich lautlos vorwärts, bugsierte ihn außerordentlich effizient durch das Feindeslabyrinth.

Erneut wallte Dankbarkeit in ihm auf.

Sieh mal einer an. Osgard war ein Glücksfall. Ein hervorragender Fund, wenn man in Rechnung stellte, dass Gage nicht wusste, wie lange er noch durchhalten würde. Die Qualen wurden mit jeder Sekunde größer, erschöpften seine bereits niedrigen Energiereserven immer schneller. Ihm war klar, dass ihn das in Bedrängnis brachte – ihn heißhungrig auf Energiezufuhr machte. Ein Zustand, den die meisten Männer fürchteten. Und ob es ihm gefiel oder nicht, er war keine Ausnahme von der Regel. Was bedeutete, dass er sich nähren musste … und zwar bald. Sonst würde er außer Kontrolle geraten, in ein Loch fallen und die erstbeste Frau verletzen, die ihm über den Weg lief. Sein Magen zog sich zusammen. Schwindelgefühl setzte ein, und er taumelte, während ihn eine weitere unerfreuliche Erkenntnis traf.

Haider war in dem gleichen Zustand. Vielleicht ging es ihm sogar noch schlechter als ihm.

Gage biss die Zähne zusammen. Das konnte man mit Fug und Recht eine gefährliche Situation nennen. Zwei Männer voller Energiegier auf dem Weg ans Tageslicht. Wirklich absolut nicht ratsam. Er schnaubte. Die Situation konnte wahrlich nicht schlimmer werden.

Osgard bog um eine Ecke.

Der Junge zog den Kopf ein, um sich nicht zu stoßen, und zerrte Gage in einen Gang mit durchgehend niedriger Decke. Die abrupte Bewegung fuhr Gage in den Arm. Ein scharfer Schmerz durchzuckte ihn und breitete sich über seine gesamte Brust aus, dann schoss er ihm in den Bauch. Gage zuckte zusammen. Verdammte Scheiße, das tat weh. Sein Körper verlangte dringend nach einer Pause. Flehte ihn geradezu an, innezuhalten, nur einen Augenblick oder auch zwei, um sich wieder zu fangen, setzte diese Höllenqualen quasi als Warnschüsse ein. Er packte Osgards Shirt fester und zwang seine Füße, weiterzulaufen. Zum Teufel mit den Beschwerden. Ab mit ihnen in irgendeine verstaubte Ecke. Da die Zeit ablief, konnte er sich eine Pause nicht leisten. Also starrte er stur geradeaus, statt Osgard zu bitten, eine Sekunde haltzumachen, um Atem zu schöpfen, ignorierte seine Schmerzen und versuchte sich nicht anmerken zu lassen, dass diese zunehmende Enge ihn gruselte.

Seine Reaktion grenzte an Idiotie.

Die schmalen Gänge sollten ihn nicht weiter kümmern. Er war schon an schlimmeren Orten gewesen. Monatelang eingesperrt, bevor Haider ihn aus der Isolationshaft befreit hatte. Die Erinnerung fraß an ihm. Schweiß tropfte ihm in die Augen, als er den Kopf schüttelte. Es war Jahre her. Jahrzehnte waren vergangen seit seinem Aufenthalt in der sechs Quadratmeter großen Zelle. Und dennoch, ganz gegen seine sonstige Natur – samt einer ordentlichen Dosis Drachen-DNA –, verursachte das Labyrinth ihm eine Gänsehaut.

Er war lieber im Freien. Hatte gern frische Luft und Sonnenlicht. Und den Geruch von Pinien und durch Wälder und

Wiesen plätschernden Bächen. Aber am meisten liebte er den Morgengesang der Vögel. Die unterirdischen Bruchbuden, in denen die meisten Drachen Zuflucht suchten, waren nicht sein Ding. Hätte er die Wahl, würde er jeden Tag den ganzen Tag draußen verbringen. Im goldenen Schein eines warmen Nachmittags. Scheiß auf die tödlichen UV-Strahlen. Anders als der Rest seiner Spezies konnte er Sonnenlicht in kleinen Dosen vertragen. Haider glaubte, dass Gages Besonderheit noch aus der Antike herrührte, als seine spezielle Untergruppe die Sonne anbetete. Als die Griechen auf dem Höhepunkt ihrer Macht waren, vor der Entstehung des römischen Weltreiches.

Gage, der aus einer langen Linie von Bronzedrachen stammte, kannte seine Geschichte. Seine Vorväter hatten an die Sonnenkönigin geglaubt und sie geehrt. Hatten die altertümlichen Rituale und Bräuche geachtet, hatten Silfer, dem Drachengott, gehuldigt und seiner Liebe zur Sonne. Gage hatte es nur ein paarmal miterlebt, sich im Glanz des Mittags gesonnt, genau, wie seine Vorfahren es getan hatten. Seine Toleranzschwelle schwankte, je nach Tagesform und Energiereserven. Wenn er vollgetankt war, konnte er eine halbe Stunde verkraften. Aber wenn er hungrig war und sich dringend nähren musste, schrumpfte die Zeitspanne auf weniger als fünfzehn Minuten. Leider hatten sich die Zeiten geändert. Wirklich bedauerlich. Es hätte seine Berufung sein können. Er wäre gut gewesen. Ein absoluter Profi im Begrüßen der Morgendämmerung und darin, der Sonnengöttin zu dienen, der Göttin aller Dinge – der zickigen Gottheit, die seine Gattung verwünscht hatte.

Gage knirschte mit den Zähnen.

Dieser dämliche Vollpfosten. Die Gier des Drachengottes

hatte sie alle ins Verderben geführt. Die Göttin hatte die Angehörigen des Drachenbluts verwünscht, sodass die Verbindung seiner Spezies zu dem Meridian gekappt war. Was dem Begriff »völlig im Arsch« ganz neue Dimensionen verliehen hatte. Ein Zustand, an den seine Spezies mittlerweile gewöhnt sein müsste. Doch weit gefehlt. Jetzt nagte der Hunger an ihm und weitete sich zu einem Schmerz aus, der sich gewaschen hatte. Er schluckte. Grundgütiger. Genau das, was er nicht brauchte. Er spürte förmlich, wie seinem Körper die Energie entwich, an seinen Muskeln zerrte, seinen Verstand leerte, seine Sicht trübte.

Gage wischte sich den Schweiß aus den Augen.

»Wo sind wir?«, fragte er und klang ziemlich kaputt, mehr wie ein totales Wrack als ein Mann aus Fleisch und Blut. Gage zog eine Grimasse. Himmelherrgott. Seine Stimme versagte ihm den Dienst. Klang viel zu krächzend. Viel zu dünn. Es lag absolut keine Autorität in seinen Worten. Er hasste seine Schwäche und zwang sich erneut, sich zu konzentrieren. Sein Sehvermögen in der Dunkelheit verbesserte sich. Er sah die Fugen zwischen den massiven Steinblöcken, die mit schleimigen Ablagerungen gefüllt waren, wie durch ein Vergrößerungsglas, was dazu führte, dass er sich noch stärker eingeengt fühlte von diesen Wänden. Er atmete nur noch durch die Nase ein und durch den Mund aus und packte Osgards Shirt noch fester. Der Kleine zuckte zusammen, blieb aber nicht stehen. Der Jüngling ging weiter, zog ihn hinter sich her. »Wie weit noch?«

Osgard warf ihm über seine Schulter einen Blick zu. Helle Augen begegneten seinen. »Am Ende des Flurs. Siehst du die Tür?«

Gage kniff die Augen zusammen und versuchte, etwas zu erkennen, nahm einen Schimmer im Dunkeln wahr. Ein Metallgriff, vielleicht. Auch einige alte Scharniere. Jawohl, definitiv. *Etwas* war da gleich vor ihm. Na gut, er konnte es nicht richtig erkennen, aber …

»Wie schlimm sind sie?«, fragte Osgard flüsternd.

»Was?«

»Die Schmerzen?«

»Erträglich«, sagte Gage, log wie ein Profi. Er stützte sich noch schwerer auf Osgard und schob ihn weiter, den Blick starr auf den verschwommenen Umriss der Tür gerichtet. »Bring mich einfach zu Haider.«

Der Junge nickte, ging leise weiter, blieb schließlich vor der schmalen Tür stehen. Verblasst und vernachlässigt, hatte sich das Holz im Laufe der Zeit grau verfärbt, was zu den maroden Scharnieren und den verrosteten Metallnägeln passte, die die einzelnen Bretter zusammenhielten. Sogar der untere Teil der Holztür war verrottet. Die Bretter waren in der Feuchtigkeit verfault und sahen wie spitze Zähne aus, die den Boden anknurrten, den sie nicht länger berührten. Ein schwacher Schimmer drang aus der Kammer dahinter und umspielte seine Füße.

Osgard streckte die Hand nach dem alten Türgriff aus.

»Nicht.« Mit festem Griff zog Gage seinen neuen Schützling zurück. Weg von der Tür. Außer Reichweite. Aus der Schusslinie. Fort von eventuellen versteckten Gefahren. Er wollte den Jungen nicht mittendrin haben. Hatte sich nicht damit einverstanden erklärt, den Jüngling mitzunehmen – ihn zu beschützen –, nur um ihn mitten in ein Kampfgetümmel zu werfen. So gut es ging auf dem engen Raum, manövrierte Gage sich vor ihn, legte ihm seine Handfläche auf die Brust und schob ihn einen halben Meter weiter weg. »Gibt es irgendwelche Bewacher?«

»Nein, aber …«

»Bleib hinter mir. Wenn es kritisch wird, läufst du weg. Verstanden?«

Die Schulterblätter gegen die Wand gepresst, runzelte Osgard die Stirn. »Ich kann kämpfen.«

»Ich weiß, dass du das kannst«, murmelte Gage. Er log schon wieder, um Osgards Stolz nicht zu verletzen. Junge Männer waren eine interessante Brut. Jeder hielt sich für unbesiegbar – ließ die Muskeln spielen und schaltete den Verstand ab, wenn es zur Sache ging. Gage verstand das, wusste es aber besser. Vor langer Zeit war er genau wie Osgard gewesen. Bereit, sich ins Getümmel zu stürzen, ohne die Folgen zu bedenken. »Halt die Stellung, Junge, aber halte dich raus.«

»Wie du wünschst.« Osgard stieß sich von der Wand ab und trat hinter ihn. Gage schüttelte den Kopf. Verdammter Bengel. Die Bewegung verkündete nichts anderes, als dass er ihm den Rücken decken wollte, sich in Erwartung des Kampfes wie ein Krieger positionierte. »Aber ich laufe nicht weg.«

Gage unterdrückte ein Schnauben. Vorwitziger kleiner Welpe. Tougher als ihm selbst guttat, was … tja, einfach nur dazu führte, dass er den Jungen noch mehr schätzte.

Den Blick fest auf die Tür gerichtet, ließ Gage seine Schultern kreisen. Was ihm Höllenqualen verursachte. Er ignorierte das Brennen. Abgelenktheit war nicht angesagt. Genauso wenig wie jedes weitere Zögern. Die Situation erforderte sowohl List als auch Schnelligkeit. Zwei Dinge, über die er gerade nicht im Übermaß verfügte. Er verdrängte den Schmerz trotzdem, konzentrierte sich, aktivierte seine Aggressionsbereitschaft. Sein Körper wusste, was er zu tun hatte. Seine Natur half ihm, setzte die Wut frei, die tief in ihm vergraben war, während er nach der Türklinke griff.

Seine Handfläche berührte das eisige Metall.

Die rostigen Scharniere quietschten, als die Tür langsam nach innen aufschwang. Licht floss durch den breiter werdenden Spalt, beleuchtete Stein und Holz. Gage wartete keine Sekunde länger, sondern huschte geduckt über die Schwelle. Schnell. Geschmeidig. Hasserfüllt. Seine Körperhaltung sprach Bände – eine Mischung aus »Versuch's mal«, gepfeffert mit »Leg dich nicht mit mir an«. Seine Augen fingen an zu glühen, während er seine Zähne bleckte und die Fäuste hob. Das Summen von Elektrizität untermalte die Stille. Mit einem leisen Knurren suchte er die Schatten ab. Sein Blick fuhr nach rechts. Steinwände. Glitschige Felssteine. Eine Glühbirne hing von den Holzbalken der Decke.

Bisher nicht viel mehr.

Keine Soldaten, die sich in dunklen Ecken versteckten. Kein Wachhund in Sicht. Nicht das leiseste Wispern oder …

»Wird auch Zeit, dass du dich blicken lässt«, ertönte eine tiefe, heisere Stimme, die durch die schale Luft driftete.

Er wandte sich abrupt nach links um.

Schimmernde silberne Augen sahen ihn an.

Gage atmete erleichtert aus. »Gesund und munter, wie ich sehe.«

Haider zuckte die Achseln. »Mehr oder weniger.«

Kein Scheiß. Sein Freund sah mehr als mitgenommen aus.

Total kaputt. Die Kleidung in Fetzen. Die blasse Haut schmutz- und blutverschmiert. Den Rücken angelehnt an die hintere Wand. Die Beine ausgestreckt vor sich. Eingesperrt in einen Stahlkäfig, der unter Strom stand. Hochspannung knisterte um die vertikalen Gitterstäbe herum, formte ein undurchdringliches Netz um seinen Freund, warnte ihn.

Gage wandte den Blick von Haider ab und untersuchte den Käfig. »Wartest du schon lange?«

»Sagte ich nicht, dass es Zeit wird?«

Gage schnaubte. Den Blick auf die Gefängniszelle gerichtet, trat er näher. Der ebene Fußboden schabte ihm die Sohlen seiner nackten Füße auf. Er ignorierte Haiders angepissten Tonfall und suchte lieber den Käfig nach Schwachstellen ab. Aus knapp zwei Metern Entfernung. Trotz der Eile war es sicherer so. Zumindest für den Augenblick ... bis er herausgefunden hatte, wie er seinen Freund aus diesem unter Strom stehenden Käfig befreien konnte. Er konzentrierte sich auf die eine Tür. Schmale Blitze schossen über den Stahl, schützten die Scharniere, den Türgriff und das Schloss, lagen auf der Lauer, forderten ihn heraus, näher zu kommen.

Mit klopfendem Herzen studierte er die Anlage genauer. »Besser spät als nie.«

»Stimmt.« Haider hustete, es klang rau und schmerzhaft. »Hatte dich allerdings früher erwartet.«

»Wie eine Prinzessin, die auf Rettung wartet?« Immer das alte Sticheln und Spotten. Das übliche Spiel zwischen ihm und Haider – sogar jetzt, wo viel auf dem Spiel stand und sie in Todesgefahr schwebten. So seltsam es klang, aber die gewohnte Routine – der bissige Wortwechsel – baute ihn wieder auf. Sein Freund mochte zwar ziemlich fertig sein, aber nichts hatte sich geändert. Haider war am Leben. Genau wie er. Die Erkenntnis sorgte dafür, dass er sich besser konzentrieren konnte, vertrieb seine Besorgnis, beruhigte ihn, wie nichts anderes es konnte. »Ah, wie reizend, Haider. Ich wusste ja nicht, dass ich dein Märchenprinz bin. Hättest du mir ruhig früher sagen können.«

»Fick dich selbst.«

Gage grinste.

Haider lächelte zurück. Nicht gerade strahlend, nur ein leichtes Heben seiner Mundwinkel. Aber Gage verstand die Botschaft, und es reichte ihm. Als Silberdrache mit unvergleichlichem Verhandlungsgeschick redete Haider gern, je mehr, desto besser. Und Gage einen Rüffel zu erteilen? Seine Lippen zuckten. Ihn aufzuziehen war der liebste Zeitvertreib seines Freundes. Gage beäugte ein Bündel Kabel und blieb kurz vor der Tür stehen. Er verfolgte mit den Augen, wie sie verliefen. Miteinander verwoben und über den Stahl gespannt, mündeten sie in ein dickes Kabel, das vom Rand des Käfigs bis zur Steinwand führte. Er verfolgt es, drehte sich einmal im Kreis, wollte sehen, wohin der Scheiß ihn führte und …

Heureka. Volltreffer.

Eine Verteilerdose neben einem Elektroschaltkasten. Spitzenmäßiger Schaltkreis. Eine komplizierte Anlage oben an der Wand hinter der Tür. Er drehte Haider den Rücken zu, ignorierte Osgard, der nicht von der Schwelle wich, und humpelte auf den stahlgrauen Kasten zu. Zeit, ein Gebet zu sprechen. Da der Schaltkasten verschlossen war, konnte er die Trennschalter nicht sehen, wusste aber, dass sie für komplizierte elektrische Kreisläufe zuständig waren, und zwar für mehrere. Das schwere Kabel, das oben in den Schaltkasten mündete, sprach Bände. Was bedeutete, dass die Bastarde das Ding möglicherweise mit einem Sicherheitssystem ausgerüstet hatten. Einem, das Alarm schlug, sobald er an dem Schaltkreis herumfummelte. Es waren schon seltsamere Dinge passiert. Zidane mochte ja ein hochkarätiges Arschloch sein, aber er war nicht blöd. Leider nicht, also … genau. In dem Schaltkasten herumzuspielen könnte den Alarm auslösen und das Schwadron der Erzgarde in Marsch setzen.

»Warte mal kurz.« Gage trat näher an den Schaltkasten heran und studierte den Rahmen, dann hob er die Hände. Seine Handflächen berührten das kalte Metall, als er die Seiten des großen Kastens packte. Nichts passierte. Kein Alarm ging los. Keine Lasersensoren schützten das Teil. Er atmete tief aus, befingerte den Riegel an der Seite, zog die Tür auf und …

Er blinzelte. Verdammt. Das konnte man kompliziert nennen.

Ausgebildet als Baustatiker und geschickt mit seinen Händen, war er vertraut damit, einzelne Komponenten komplexer Projekte so zusammenzusetzen, dass das Ganze funktionierte. Er konnte jedes beliebige Bauwerk entwerfen, die entsprechenden Pläne zeichnen und umsetzen. Hinzu kam noch seine Leidenschaft für Automechanik – und die Tatsache, dass er mit Vorliebe Motoren auseinandernahm, nur um zu sehen, wie sie funktionierten. Insofern glich sein Können geradezu dem eines Genies. Aber als er dem Schaltkasten voller Stromkreise gegenüberstand, befiel ihn eine gewisse Unsicherheit. So viele Kabel unterschiedlicher Stärke, überzogen mit jeder Farbe des Regenbogens, eingezwängt auf sehr kleinem Raum.

Keine Kleinigkeit.

Gage fluchte leise. »Gib mir eine Sekunde, um dieses Durcheinander zu sortieren.«

»Aber klar«, sagte Haider, und seine Stimme triefte vor Sarkasmus. »Es ist ja nicht so, als hätten wir es eilig.«

»Ich schätze, jetzt bin ich damit dran, dir zu sagen, dass du dich selbst ficken sollst.«

»Genau wie immer.«

»Tröstlich zu wissen, dass sich nichts geändert hat, hm?«

»Hey, Gage?«

»Ja.« Er befingerte einen grünen und blauen Draht und spähte über seine Schulter.

Haider begegnete seinem Blick. »Ich habe ein kleines Problem. Ich kann nichts sehen mit meinem rechten Auge.«

»Kannst du gehen?«

»Ja.« Haider stützte sich mit einer Hand auf dem Fußboden ab und richtete sich mühevoll auf. Er schwankte, dann taumelte er in der Zelle zur Seite. Elektrizität knisterte, reagierte auf die Bewegung. Fluchend krümmte sich sein Freund, kämpfte keuchend darum stehen zu bleiben.

Knurrend drehte Gage sich wieder zu dem Schaltkasten um. Mit fliegenden Fingern prüfte er jedes Kabel auf der Suche nach der Universallösung … der Verbindung, die den Strom zum Käfig unterbrach. »Könnte allerdings Hilfe gebrauchen.«

»Ich kann helfen«, sagte Osgard, trat über die Schwelle und kam in den Raum.

Haider schnappte nach Luft. »Was zum Teufel …«

»Hab ihn aufgelesen«, sagte Gage und schnitt damit die Frage seines Freundes ab.

»Das sehe ich«, murmelte Haider, »und sollte dir wahrscheinlich sagen, dass ich auch einen aufgegabelt habe.«

»Einen Jüngling?«

»Mehr so etwas wie einen Waffenbruder.« Unsichere Schritte hallten durch die Zelle.

Nach wie vor auf die Kabel konzentriert, versuchte Gage, auf mehreren Hochzeiten gleichzeitig zu tanzen, spielte Elektriker, überprüfte Kabel, lauschte, wie Haider auf die andere Seite des Käfigs schlurfte.

»Nian, Mann – ich weiß, dass du Schmerzen hast, aber du musst aufstehen.«

»Was?« Gedämpft von Schmerzen und Schlaftrunkenheit, erhob sich eine männliche Stimme in der Stille. »W-wo …«

»Immer noch bei mir. In Sicherheit«, sagte Haider. »Aber nicht mehr lange, wenn du deinen Arsch nicht hochkriegst. Komm schon, Nian. Steh auf. Wir hauen ab.«

Ein kratzendes Geräusch drang durch die feuchte Luft. »Wie?«

»Der Märchenprinz ist eingetroffen.«

Die Bemerkung mochte ja witzig sein, wäre Gage in der richtigen Stimmung gewesen. Aber in Gegenwart von Mitgliedern der Erzgarde war ihm noch nie zum Scherzen zumute gewesen. Egal, unter welchen Umständen. Und Nian fand er erst recht nicht lustig. Als jüngstes Mitglied des Hohen Rates war der Mann nicht nur gefährlich, sondern auch noch unzuverlässig.

»Verdammt, Haider«, sagte Gage und klang mächtig sauer, konnte einfach nicht dagegen an. »Wir nehmen diesen Scheißkerl auf keinen Fall mit.«

»Doch, tun wir. Er ist vertrauenswürdig, Gage. Er ist von

Rodin aufs Korn genommen worden, weil er uns geholfen hat.« Gage untersuchte ein weiteres Kabel und runzelte die Stirn. »Na und?«

Haider seufzte. »Gage …«

»Es gefällt mir nicht.«

»Muss es auch nicht. Bastian hat ihm seine Unterstützung zugesagt. Unser Clan steht hinter Nian.« Haider hielt inne, ließ ihn die hässliche kleine Information verdauen. »Er kommt mit uns.«

Gage verzog das Gesicht. Das waren schlechte Nachrichten. Er verzehrte sich seit Wochen danach, Nian umzunieten. Seit dem Moment, als er zum ersten Mal dieses Muttersöhnchen von einem Aristokraten gesehen hatte. Jetzt unterstützte sein Clan diesen Kacklappen und seine neurotischen Pläne? Das war schlimmer als eine *schlechte Nachricht.* Diese Wendung glich einer Katastrophe. War riesengroßer Scheißdreck.

»In Ordnung«, sagte er, weil er sich nicht gegen die Entscheidung seines Befehlshabers stellen wollte. Auf Bastian war Verlass. Der Mann wusste immer, was er tat. Obgleich Gage dieses Mal gern gegen die Bank gewettet hätte. Auf die Vorschriften gepfiffen und sich über Bas' Autorität hinweggesetzt hätte, weil … Nian innerhalb des Nightfury-Clans? Allein schon der Gedanke verursachte ihm Magenkrämpfe. Gage riss an dem grünen und orangefarbenen Kabel. Trennschalter erledigt. Elektrizität schwirrte rund um den Käfig, bevor sie sich abschaltete. Er wirbelte herum und nagelte Haider mit einem warnenden Blick fest. »Aber erwarte nicht von mir, nett zu ihm zu sein. Eine falsche Bewegung, und ich reiße ihm den Kopf ab.«

»In Ordnung.« Haider klang amüsiert. »Also sei schön brav, Nian.«

»Im Ernst?« Verletzt und in keinem besseren Zustand als Haider, schlang Nian die Arme um seinen Brustkorb und trat schlurfend vor. Gage seufzte. Na gut, Teufel auch. Sieh einer an. Zidane hatte sich auch an Nian ausgetobt, sodass beide Augen des Mannes zugeschwollen waren. »Kein Problem. Ich kann mich im Moment sowieso kaum bewegen.«

Gage durchquerte die Zelle und trat an den Käfig seines Freundes. Mit einem Fingerschnippen öffnete er den Stahlriegel, und die Tür schwang auf. Haider seufzte, als er aus dem Käfig trat. Gage nahm ihn in Augenschein, streckte den Arm aus und legte seinem Bruder die Hand auf den Nacken. »Bist du sicher, dass mit dir alles in Ordnung ist?«

»Ja.« Immer noch blass, aber etwas sicherer auf den Füßen, nickte Haider. Mit erleichtertem Blick umfasste er Gages Unterarm. Das warme Gewicht seiner Hand sprach Bände – es sprach von Erleichterung und Dringlichkeit, aber hauptsächlich von Dankbarkeit. »Gehen wir.«

Gage erwiderte den leichten Druck und ließ seine Hand sinken. »Osgard.«

»Ja.«

»Der beste Weg hinaus?«

»Die unterirdische Garage«, sagte Osgard und streckte den Arm aus, um Nian zu stützen, als der Mann durch die Zelle stolperte. Ohne zu zögern, schlang der Jüngling sich Nians Arm über die Schulter, dann drehte er sich um und ging, ihn halb tragend, halb mit sich schleifend, zur Tür. »Rodin hat dort einen Wagen mit verdunkelten Scheiben stehen, damit er bei Tageslicht von Ort zu Ort fahren kann.«

»Er ist nützlich«, sagte Haider, dessen Blick an Osgards Rücken klebte.

Gages Mundwinkel hoben sich. »Nicht wahr?«

Die beste im Bruchteil einer Sekunde getroffene Entscheidung. Keine Frage. Er hatte so ein Gefühl, dass der Knabe sich mehr als nur seine Sporen verdienen würde. Jetzt und in Zukunft. Aber das Wichtigste zuerst. Sie mussten erst mal an Rodins Wachposten vorbeischlüpfen. Und blitzschnell von hier verschwinden, und zwar möglichst so, dass alle anschließend noch über ihre Gliedmaßen verfügten. Eine heikle Angelegenheit – mit drei Verletzten. Und einer zweifelhaften unterirdischen Fluchtroute durch ein Höhlensystem voller feindlicher Soldaten. Komplizierter wurde das Problem noch durch ein Mitglied des Hohen Rates der Erzgarde, einen potenziellen Verräter, der gerade Überläufer spielte, und …

Sein Blick heftete sich an Nians Hinterkopf.

Das verwöhnte Muttersöhnchen. Der Mann behinderte sie. Gage runzelte die Stirn. In Ordnung, das stimmte nicht ganz. Nicht wirklich. Nian bewegte sich – nicht gut, zugegeben, stützte sich auf Osgard, kämpfte darum, das Gleichgewicht zu halten, aber …

Gage seufzte. Er konnte es genauso gut zugeben. Haider hatte recht. Nian konnte nicht zurückgelassen werden. So sehr Gage den Mann auch verabscheute, er verdiente Besseres, als in einem schleimigen Höllenloch zu verrotten.

Gage vermied jegliche Berührung mit der Steinwand, die quasi eine Petrischale war für alle möglichen Krankheitskeime, und schleppte sich durch den engen Korridor, die Augen wie festgeklebt an dem Paar vor ihm. Es war still in dem Gang, der feuchte Modergeruch beherrschte hier alles, sogar die Geräusche. Das Platschen der nackten Fußsohlen auf dem nassen Stein drang durch die kühle Luft. Der Junge ging nach links, führte sie, zwang Gage und Haider, ihm zu folgen. Aber als ein Gang in den nächsten überging – und eine Biegung zur nächsten führte –, wuchs Gages Besorgnis. Er atmete tief aus und kämpfte gegen seine Erschöpfung an, versuchte das Stechen in seiner Seite zu ignorieren, während ihm die Wahrheit dämmerte.

Durch das Labyrinth hinauszufinden dauerte zu lange.

Leider konnte er die Zeit nicht anhalten. Oder die Entfernung von hier nach da verkürzen. Was in mehr als einer Hinsicht bedauerlich war. Die Zeit arbeitete gegen sie. Jede Minute würden die Bewacher zurückkommen vom Frühstück. Sobald der Feind die leere Zelle entdeckte, würde er Alarm schlagen, und Gage würde den einzigen Vorteil verlieren, den er hatte – das Element der Überraschung. Also blieb nur zweierlei zu tun: weiterzugehen und zu beten. Und dabei zu hoffen, dass seine fröhliche Viererbande die Garage erreichte, bevor Rodins Todeskommando die Frühstückstafel aufhob und zum entscheidenden Schlag ausholte.

12

Venoms Stiefel glitten über den Plattenweg vor dem Hauseingang, als er seine Position veränderte und auf die Zufahrt trat. Kies knirschte unter seinen Füßen. Er nahm es kaum wahr. Die Augen fest auf Wicks Gesicht geheftet, nahm er eine Einschätzung der Gefahr vor. Clockwork-Orange-Gebiet. Durchgeknallt mit einem gemeinen Schuss Wut. Er zuckte zusammen und bereitete sich, beide Fäuste erhoben, auf den Hauptangriff vor – oder vielmehr, den Überfall –, obgleich er immer noch nach einem Ausweg suchte.

Ein hübscher Gedanke. Ein sogar noch besserer Plan. Ein großes Problem gab es aber bei beiden.

Es war absolut undenkbar, dass eine Feuerpause eingelegt wurde.

Nicht mit Wick, der Blut sehen wollte und direkt auf ihn zurannte.

Venom biss die Zähne zusammen und veränderte seine Position, wich nach rechts aus. Wick ließ sich nicht reinlegen, bewegte sich in dieselbe Richtung und stürzte, zeitlich genau abgepasst, auf ihn zu. Seine großen Hände packten zu, gruben sich in Venoms Lederjacke. Mit einem Knurren riss sein Freund ihn hoch. Ein gemeiner Schlag traf ihn. Ein Unterarm an seiner Kehle sorgte für den Rest, schnitt ihm die Luft ab. Er versuchte sich aus dem Griff seines Freundes zu befreien und rang nach Atem. Harte Knochen pressten ihm die

Luftröhre zu, und Venom fing an zu husten. Aber statt nachzugeben, verpasste Wick Venom einen Kinnhaken.

Harte Knöchel krachten gegen seinen Kiefer.

Venom knurrte. Was für ein gemeiner Zug. Aber auch alles andere als überraschend. Wick hatte keinen Schimmer, was fairer Kampf hieß. Kannte auch nicht die Bedeutung von Zurückhaltung. Hinzu kam noch sein Bedürfnis, einen Mann zu verstümmeln, der gerade etwas sagen wollte, und … genau. Eins zu null für die andere Seite. Das Spiel lief weiter. Nicht, dass ihm die Zeit blieb, sich über den Mangel seines Freundes an Finesse zu beklagen. Dazu war Wick viel zu eifrig dabei, ihm eine Abreibung zu verpassen. Einen weiteren Faustschlag. Und weitere Schläge. Ein Knurren echote durch die Stille. War er das? Wick? Venom wusste es nicht. Nicht, dass es eine Rolle spielte. Als er einen weiteren Schlag abblockte, geriet er ins Straucheln. Wick machte sich das zunutze und erhöhte sein Trommelfeuer, trieb ihn quer über die Zufahrt auf die Garage zu und weg von dem oberirdischen Zugang zum Hauptquartier.

Überfrorenes Gras knisterte unter ihren Füßen.

Aus dem Gleichgewicht gebracht, die Füße unterwegs in die falsche Richtung, spähte Venom über seine Schulter und … oh, Mist. Nicht gut. Er wusste genau, was Wick mit ihm vorhatte – er wollte mit ihm eine Karussellfahrt machen, die sich *großer Ärger* nannte. Oder *verdammte Scheiße*. Was auch immer. Die Situation zu benennen hatte nicht oberste Priorität. Den tödlichen Faktor herunterzuschrauben? Schon eher. Keine Frage, das war Job Nummer eins. Sonst endete die Sache für ihn noch ohne zwei seiner Schneidezähne.

»Wick – stopp. Warte eine Sekunde.«

Wick knallte ihm zur Antwort seinen Ellbogen gegen den Kopf.

Venoms Wangenknochen bedankte sich. Sein Kopf fuhr zur Seite. Ein lautes Knacken echote in seinem Schädel, tötete mehr Gehirnzellen ab, als zu verlieren er sich leisten konnte. Venom knirschte mit den Zähnen. Verdammt und zugenäht. Er hätte seinen eigenen Ratschlag befolgen sollen. Sagen sollen »Vergiss es!«. Seinem Bauchgefühl folgen und den ersten Schlag landen sollen. Es wäre leichter gewesen. Und auch angebrachter, so viel war sicher.

Und gleichzeitig sehr viel befriedigender.

Viel zu sauer, um auf ihn zu hören, machte Wick keine Mätzchen. Er war auf Blut aus. Hatte Mordlust in den Augen. Egal was. Weder das eine noch das andere spielte eine Rolle, wenn beides die Situation gleich gut beschrieb. Venom rutschte auf dem eisigen Untergrund aus und blockte einen weiteren Schlag ab. Dadurch wurde Wick angreifbar. Mit einer schnellen Bewegung ging Venom in die Offensive. Seine Faust schürfte Wick das Kinn auf.

Sein Freund grollte.

»Hör mir einfach nur zu«, sagte Venom, mehr knurrend als bittend. »Ich kann erkl…«

Wick packte ihn an der Jacke und stieß ihn zurück. Die Garage lauerte hinter ihm. Das dicke Wellblech glitzerte im schwachen Licht und …

Wick donnerte ihn gegen die Wand.

Die Luft wich aus seinen Lungen. Venom keuchte. Stahl stöhnte, die riesigen Türen erbebten. Seine Wirbelsäule reagierte wie ein Echo darauf, murrte unwillig, machte ihm all seine Schnitte und Prellungen bewusst. Alle Wunden, die ihm Bastian beigebracht hatte auf der Lichtung. Er verzog das Gesicht. Verdammter Bas und sein dämliches Blitznetz. Er hatte aber auch so was von Pech. Schien nie unterhalb des Radars fliegen zu können. Oder mit irgendetwas davonzukommen.

Er richtete sich wieder auf und zwängte seine Arme zwischen Wicks Arme. Schnell. Entschlossen. Mit nur einem Ziel: Freiheit. Auf Distanz zu gehen zu seinem Freund. Gnadenlos setzte Venom seine Unterarme ein und vollführte eine schnelle Drehung mit ihnen. Wick fluchte, als sein Griff sich lockerte. Venom verschwendete keine Sekunde, setzte seinem Freund beide Handflächen auf die Brust und schob. Wick taumelte zurück. Venom setzte nach und stieß ihn weiter zurück. Und noch weiter, versetzte ihm aber keinen zweiten Faustschlag.

Wick zu schlagen fühlte sich immer mies an. Er liebte den Mann zu sehr, als dass er ihm ernsthaft schaden wollte. Egal wie sehr der störrische Mistkerl es auch verdiente. Venoms Augen begannen zu schimmern. Sie verströmten rotes Licht und umgaben Wick mit einem rubinroten Glanz, während Venom ihn wütend anstarrte. »Ich hab keinen Bock mehr zu kämpfen.«

»Schade«, sagte Wick, einen tödlichen Cocktail in seiner Stimme. Sorge. Enttäuschung. Betrug. Alles enthalten in den Untertönen. Wut führte jedoch die Parade an, kam tief aus der Kehle. »Hättest dran denken sollen, bevor du dich unerlaubt verpisst hast.«

»Was hättest du an meiner Stelle getan?« Genauso wütend inzwischen, fauchte Venom Wick an. Er ballte die Fäuste und trat vor, zwang seinen Freund, zurückzuweichen. »Hättest du an meine Tür geklopft und mich weggezerrt? Hätte ich dich zwingen sollen, J.J. zu verlassen und ...«

»Nein.« Mit grimmigem Blick, immer noch auf Krawall gebürstet, sah Wick ihn an.

Venom hielt seinem Blick stand, dachte nicht daran, auch nur einen Millimeter nachzugeben. In Ordnung, es war sein Fehler – der ganze Schlamassel inklusive der Unruhe. Sowie der Aufregung, die er den Nightfury beschert hatte. Aber das hieß nicht, dass er verprügelt werden musste. Wieder. Zum x-ten Mal heute Nacht. Genauso wenig wie es hieß, dass er klein beigab, ohne seinen Standpunkt zu vertreten.

Er war ruhelos gewesen.

Er hatte unbedingt raus gemusst aus dem Hauptquartier. Seine Flügel strecken und die düsteren Schatten vertreiben müssen, die immer dichter geworden waren in ihm.

Das musste Wick doch verstehen. Verdammt, der Mann hatte quasi im Schatten gelebt, an düsteren Orten, die nicht viele überlebten. Aber als Schweigen eintrat und immer lauter zwischen ihnen wütete, wurde Venoms Anspannung so stark, dass er befürchtete, sie nicht länger aushalten zu können. Dass sie ihn einfach zerreißen und er etwas Saudummes sagen würde. Etwas Verletzendes. Etwas, was Wick ihm möglicherweise nie verzieh. Also hielt er, statt seine Klappe zu öffnen, den Blick seines Freundes fest, bat ihn ohne Worte um Verständnis.

Ein Moment voller Anspannung ging in den nächsten über.

»Verdammt.« Sein Freund atmete tief durch, während er seine Fäuste senkte. »Ich weiß nicht, was ich getan hätte. Das Gleiche wie du, möglicherweise. Aber wenn du gefragt hättest, wäre ich mitgekommen.«

»Ich wollte nicht …«

»*Wollen* hat nichts damit zu tun«, sagte Wick, ausnahmsweise mal die Stimme der Vernunft. »Ich bin dein bester Freund, Ven. Ich decke dir den Rücken. Du verlässt das Hauptquartier nicht ohne mich. Nie.«

Venom blieb der Mund offen stehen. Sieh mal einer an, wer hätte das gedacht? Mehr als vier Wörter auf einmal. Mehr als ein voller Satz … von Wick. Einem Mann, der nie viele Worte machte. Das war ja ein ziemlicher Tritt in den Hintern. Unglaublich überraschend. Seine Kehle verengte sich. Mehr als sechzig Jahre zusammen, und endlich schien sein Freund sich zu öffnen. Fing an, aus seinem Schneckenhaus zu kriechen. Äußerte seine Meinung und gleichzeitig seine Bedürfnisse.

Dieses Bewusstsein veranlasste Venom zu einer Kehrtwendung, seine Haltung bekam Risse.

Durch diese drang Schuldgefühl. Sein Gewissen meldete sich lautstark. Venom schluckte den Kloß in seiner Kehle herunter. Er hatte heute Nacht die Rollen getauscht. Getan, was Wick in der Regel mit ihm anstellte. Er hatte sich selbst in Gefahr gebracht und seinen besten Freund beunruhigt durch seinen Egoismus. Was bedeutete, ob es ihm gefiel oder nicht, dass er sich bei Wick entschuldigen musste. Sein Grund, weshalb er die Regeln gebrochen hatte, spielte keine Rolle mehr. Genauso wenig wie der Erfolg dieser Unternehmung oder die exquisite Natur seines Fundstücks – Evelyn mit all ihrer prächtigen hohen Energie. Er hatte den Mann, den er als seinen Bruder betrachtete, zu Tode erschreckt. Hatte ihm Sorgen bereitet. Er konnte die Wahrheit in Wicks Augen erkennen und verstand das Gefühl. Die absolute Panik bei dem Gedanken, seinen Freund zu verlieren. Nicht da zu sein, wenn der Mann in Schwierigkeiten geriet.

Er hatte mit dieser Furcht seit Jahren gelebt. Also jawohl. Heute Nacht hatte ein totaler Rollentausch stattgefunden. Einer, bei dem er sich auf der falschen Seite der Gleichung wiederfand, nämlich, sich entschuldigen zu müssen, statt umgekehrt die Zerknirschung des anderen zu akzeptieren.

»Tut mir leid. Ich hätte bleiben müssen, aber …« Er zuckte die Achseln, wusste nicht, was er noch sagen sollte. Oder wie er es erklären sollte, ohne bedürftig zu klingen. Er wollte, dass Wick glücklich war. Wünschte ihm, so viel Zeit mit seiner Frau zu verbringen, wie er konnte, aber, na ja … verdammt. Er fühlte sich nun mal vernachlässigt. So, als ob J.J. so viel von Wicks Zeit beanspruchte, dass nichts mehr für ihn übrig blieb. Und ehrlich, so sehr er es hasste, es zuzugeben, er vermisste seinen besten Freund. »Ich konnte einfach …« Er seufzte, hätte sich in den Hintern beißen können für seine Schwäche. »Konnte es zu Hause einfach nicht aushalten.«

Wick runzelte die Stirn. »Was zum Teufel ist los, Ven?«

Venom hob die Hände, fuhr sich durchs Haar. Die langen Strähnen verhedderten sich an seinen Fingern, zogen an seiner Kopfhaut. »Schätze, ich bin einfach ruhelos.«

»J.J. glaubt, dass ich dich vernachlässige.«

»Was?«

»Sie macht sich Sorgen deinetwegen. Meint, dass du einsam bist oder so'n Scheiß.«

Venom war sprachlos vor Staunen.

Wick hob eine Augenbraue. »Stimmt das?«

»Nicht mehr.«

Wick trat einen Schritt näher und atmete tief ein durch

die Nase, aktivierte seine scharfen Drachensinne, um alles in sich aufzunehmen. Mit seinen goldenen Augen fixierte er ihn. »Etwas ist anders. Was hat sich verändert?«

»Ich habe sie gefunden.«

»Wen?«

»Meine Gefährtin.«

Wick blinzelte. »Wo?«

»Im Luxmore, Sloans Lieblingsplätzchen.« Ein Schauer der Erregung überlief seinen Rücken. Venom ließ seine Schultern kreisen, versuchte den Schauer zu unterdrücken. Es funktionierte nicht. Was nicht weiter überraschte. Allein der Gedanke an sie erregte ihn schon. »Sie heißt Evelyn.«

»Dunkle Haut?«

Venom nickte. »Und auch dunkles lockiges Haar.«

Wick verzog den Mund. »Deine Lieblingskombination.«

»Genau. Sie ist unglaublich. Wunderschön. Sie törnt mich so was von an, es ist nicht zu fassen.«

»Gut.« Erleichtert klopfte Wick ihm auf die Schulter. Haut klatschte auf Leder. Der liebevolle Klaps stieß Venom beinahe um, während Wick mit seinem Blick die Zufahrt überflog. Alte Pinien winkten ihnen von der gegenüberliegenden Seite der ausgedehnten Fläche zu. Er suchte noch eine Sekunde länger, dann wandte er sich der vorderen Seite des Hauses zu. Als er dort auch nicht fündig wurde, runzelte Wick die Stirn. »Wo ist sie?«

Auf der Suche nach den richtigen Worten holte Venom tief Luft, wollte schon etwas sagen und …

Das Flattern von Flügeln wurde hörbar in der frostigen Luft.

Das Geräusch nahm zu. Staub wirbelte hoch. Venom

schnaubte, wartete aber ab. Es machte keinen Sinn, gegen diesen Lärm anzureden. Eine Nightfury-Landungsparty zu übertönen. Er würde Wick alles erklären, sobald sie im Hauptquartier waren. Er brauchte die Intimität. Zu warten, bis die anderen außer Hörweite waren, erschien ihm eine gute Idee. Auf keinen Fall wollte er eine weitere Runde mit Bastian und den Jungs riskieren. Seine Waffenbrüder waren bereits skeptisch, was sein Vorhaben, Evelyn zu umwerben, betraf. Und er gab es ja zu, vielleicht war das Konzept etwas abwegig. Zumindest in Drachenkreisen. Dennoch konnte er dem Reiz des Gedankens nicht widerstehen. Oder das Bedürfnis abschütteln, das Richtige zu tun. Ihr ein Gefühl von Normalität zu vermitteln. Sich ihrer Akzeptanz zu versichern, bevor er sie verunsicherte, wenn er sie mit der Komplexität seiner Welt bekannt machte.

Als Erster traf Forge ein, der sich enttarnte.

Der Unsichtbarkeitsschild fiel ab, zerbröselte wie alter Stoff. Violette Schuppen blitzen auf im schwachen Licht, fingen den Schein der Verandabeleuchtung auf. Mit weit gespreizten Flügeln landete der Mann. Rasiermesserscharfe Krallen klickten, während der Schotte Wick mit schimmernden violetten Augen festnagelte. »Hat Venom es dir schon gebeichtet?«

»Mir was gebeichtet?«, fragte Wick.

Venom öffnete schon den Mund, um Forge zu sagen, dass er die Klappe halten sollte.

Der Schotte kam ihm zuvor. »Der sture Arsch hat sie gehen lassen.«

Verblüffung breitete sich auf Wicks Zügen aus. »Was zum Teufel soll das heißen?«

Venom knurrte. Super. Einfach toll. Es ging doch nichts darüber, sich einen schönen Moment ruinieren zu lassen. Und sich den Boden unter den Füßen wegziehen zu lassen … von einem dämlichen Schotten mit einer großen Klappe.

»Arschloch.« Venom ging vom Gras runter und ließ seine Schultern kreisen. Er glotzte Forge an, spannte seine Hände an, ballte sie zu Fäusten. Ihm mochte ja die Vorstellung, sich mit Wick zu prügeln, missfallen, aber mit dem Schotten? Der Mann kam ihm wie gerufen. Ganz besonders jetzt. Der Blödmann hatte sich gerade selbst auf die Liste der gefährdeten Arten gesetzt. »Nichts geht über die Möglichkeit, mir die Chance zu geben, es zu erklären.«

»Was gibt's da zu erklären?« Schnaubend nahm Forge menschliche Gestalt an. Er rief seine Kleidung herbei, fuhr stampfend in seine Stiefel. Kies spritzte auf und landete in den erhöhten Blumenbeeten links und rechts der Einfahrt. »Das war ein bescheuerter Einfall. Deine Frau gehen zu lassen, in der Hoffnung, sie zu umwerben. Verdammt noch mal, Junge – wer hat denn je so was gehört?«

Wick, der Venom anstarrte, als hätte er zwei Köpfe, runzelte die Stirn. »Du hast sie *gehen* lassen?«

»Volltreffer. Absolut hundertprozentig ins Schwarze.« Mac, der eine Gewitterwolke hinter sich herzog, landete.

Wassertropfen flogen durch die Luft, liefen Mac über den Rücken, fielen zu Boden. Venom musterte Mac stirnrunzelnd von oben bis unten. Er konnte sich immer noch nicht an die Unterschiede gewöhnen und, na ja … wow. Einfach wow. Ihm fiel keine passendere Beschreibung ein, wenn sein neuer Kamerad in seiner ganzen Wasserdrachenpracht eintraf. Als Exemplar einer ganz seltenen Art unterschied Mac sich von allen anderen Drachenblütigen. Er hatte glatte Drachenhaut, quasi Fischschuppen, statt schwieliger Schuppen. Mit Schwimmhäuten versehene Pranken. Eine Art Haifischflosse auf dem Rücken statt Stacheln. Und er verfügte über die Macht, eines der gefährlichsten Elemente der Erde zu beherrschen.

Venom unterdrückte einen Schauder. Mann, er hasste Wasser. Wirklich, und wie er das tat.

Die schuppenförmigen Augenbrauen gerunzelt, schüttelte Mac den Kopf. »Kann es immer noch nicht fassen, dass du sie nach Haus geschickt hast, Ven.«

»Das ist doch nichts Besonderes.« Venom wischte sich einen verirrten Wassertropfen von der Wange und versuchte, seine Entscheidung herunterzuspielen. Nicht, dass er es toll fand, in die Defensive gedrängt zu sein. In der Offensive zu sein und Köpfe gegeneinanderzuschlagen war sehr viel mehr sein Ding. »Menschen machen ihren Frauen ständig den Hof.«

»Dabei gibt es nur ein Problem«, wandte Rikar ein, der geräuschlos hinter Forge landete. Schnee umwehte ihn, und er schüttelte sich. »Du bist kein Mensch.«

Das stimmte allerdings.

Ziemlich gutes Argument, alles in allem.

Was Venom erneut schwer verunsicherte. Und während seine Unsicherheit ihn quälte, fing er an, seine Entscheidung in Frage zu stellen. Verdammt und zugenäht. Forge hatte möglicherweise recht. Und den Reaktionen aller anderen nach zu urteilen, einschließlich Wick, waren alle Forges Meinung. Venom seufzte, sah der Wahrheit ins Gesicht. Verfluchter Mist. Keine Frage. Er saß in der Klemme. Und zwar ziemlich.

»Hört zu.« Venom atmete tief aus, schüttelte den Kopf und knickte ein. »Ich treffe sie morgen Abend. Und wenn es euch lieber ist, werde ich sie dann kidnappen.«

»Keiner hat dich gebeten, sie zu kidnappen.« Bastian, der sich in schnellem Gleitflug über den hohen Baumwipfeln näherte, legte die Flügel an. Bastians dunkelblaue Schuppen rasselten, als die Schwerkraft den Kommandanten aus dem Himmel riss. Seine riesigen Pranken landeten dröhnend hinter Venom, walzten das gefrorene Gras platt, sorgten dafür, dass die Garagentüren zum zweiten Mal in dieser Nacht erbebten. »Wir wollen nur nicht, dass du sie verlierst, das ist alles.«

»Na gut.« Venom starrte Bastian an, dann gab er nach und nickte. »Aber ich mache es auf meine Art, Bas. Ich bringe sie in einem Wagen hierher, statt mit ihr hierher zu fliegen. Ich möchte nicht, dass sie ausflippt, und …« Er hielt inne, begegnete jedem einzelnen Krieger mit warnendem Blick. »Keiner berührt sie außer mir, sonst werde ich …«

Ein Quietschen störte das gesammelte Schweigen.

Venoms Blick fuhr herum zum Haus.

Die Tür wurde aufgerissen. Dann streckte Sloan seinen Kopf heraus. »Gott sei Dank. Wurde auch langsam Zeit, dass ihr Jungs nach Haus kommt.«

Magie summte, während Bastian sich in Menschengestalt verwandelte. »Irgendwelche Neuigkeiten?«

»Tonnenweise«, antwortete Sloan. »Granite Falls steht bei jemandem auf der Abschussliste. Kommt lieber rein.«

Bereits in Bewegung, ging Venom voran, betrat den Plattenweg und lief auf den Haupteingang ihres Quartiers zu. Sechs Stufen hinauf, und er hatte die oberste erreicht. In gleichmäßigem Tempo überquerte er die Veranda, stieß die Tür weiter auf und folgte Sloan über die Schwelle ins oberirdische Hauptquartier. Der Geruch von frisch gebackenem Brot driftete durch den Hauptflur. Venom wurde der Mund wässrig, aber er blieb nicht stehen. Oder hielt auf die Küche zu und den kulinarischen Zauberer, der da drinnen mit einer Backform hantierte. Stattdessen ging er nach links, entfernte sich von dem verführerischen Aroma und dem, was es signalisierte: Frühstück. Nahrung für Körper und Seele.

Sein Magen knurrte wieder.

Die Verführung war groß, drängte ihn, in die andere Richtung abzudrehen, zu Daimler und dem Versprechen außergewöhnlicher Fressalien. Es würde nur eine Sekunde dauern. Eine kleine Korrektur der eingeschlagenen Richtung erfordern. Keine große Sache. Höchstens eine Minute, und er würde sich eine Scheibe schnappen, sie mit Butter bestreichen und …

Venom schüttelte den Kopf und zwang seine Füße, auf Kurs zu bleiben. Eine weitere Schwade des köstlichen Dufts zog durch den Flur. Sein Magen zog sich zusammen. Venom seufzte resigniert. Egal, wie hungrig er war, er hatte keine Zeit für einen Boxenstopp in Daimlers Domäne. Nicht in diesem Moment. Nicht mit den Jungs im Rücken und wenn Sloan so völlig aus dem Häuschen war wegen irgendwelcher geheimen Nachrichten über Granite Falls.

Tragisch, wirklich. Bedauerlich in mehr als einer Hinsicht.

Er hatte bereits den Geschmack auf der Zunge. Konnte riechen, wie gut die Zimtbrötchen waren. Sich ihre süße Perfektion vorstellen. Wie sie ihm auf der Zunge zergingen. Einfach genau das, was ein Mann brauchte nach einer Nacht auf der Jagd nach Razorback. Seine Vorliebe für Süßigkeiten meldete sich jammernd. Venom unterdrückte ein sehnsuchtsvolles Stöhnen und durchschritt einen Türbogen. Seine Stiefelschritte dröhnten auf dem Hartholz, während er die Treppe hinunterlief und das Wohnzimmer betrat.

Das vertraute Dekor begrüßte ihn. Der große doppelseitige Kamin erhob sich hinter einer ledernen Sitzgruppe gleich vor ihm. Ein Hi-Fi-Center mit fünfzehn bequemen Sesseln und einem riesigen Flachbildschirm zu seiner Rechten. Zwei Billardtische zu seiner Linken. Hinter dem zweiten stand Sloan, den Laptop angeschlossen und auf dem grünen Filz abgestellt, blickte aber nicht hoch. Er war völlig versunken im Cyberspace, seine Finger flogen über die Tastatur. Eine Fensterwand erstreckte sich hinter ihm. Das klare Glas, gewellt durch Magie, wurde mit jedem Moment dunkler, während der Staat Washington unter dem Einfluss der Sonne erwachte.

Eine orangefarbene Linie erschien am Horizont.

Die frostbedeckte Winterlandschaft funkelte im warmen Schein.

In ständiger Bewegung, verdunkelten sich die Fenster noch mehr.

Was auch notwendig war. Eine großartige Schutzmaßnahme. Die Zauberkraft, die Black Diamond beschützte – und das Hauptquartier vor Außenstehenden verbarg, und zwar sowohl vor Menschen als auch vor anderen Drachenblütigen –, reagierte immer bei Sonnenaufgang. Verdunkelte das Haus. Verbannte das Sonnenlicht und hielt die tödlichen UV-Strahlen davon ab, sich in die oberirdische Höhle zu ergießen. Was in jeder Hinsicht hervorragend war. Der Zauber, der das Zuhause der Nightfury umgab, schützte sie alle und erlaubte es jedem Krieger, sich tagsüber überall aufzuhalten, ohne Gefahr zu laufen, gegrillt zu werden.

Oder unvermeidlich blind zu werden.

»Sloan, Mann«, sagte Venom und blieb gegenüber von seinem Freund stehen. Der Billardtisch stand wie eine Barrikade zwischen ihnen, während er dem Klicken der Computertastatur lauschte. »Was hast du?«

»Irgendeine Epidemie in Granite Falls«, murmelte Sloan kaum verständlich. Während seine Finger immer noch über die Tastatur flogen, schüttelte er den Kopf. »Noch haben die Nachrichten nichts gemeldet, aber das Cascade Valley Hospital in Arlington nimmt alle Fälle auf. Ich durchsuche das System nach allen medizinischen Daten, damit Myst sie überprüfen kann, aber bisher gibt es nicht viel. Was ich allerdings habe, sieht nicht gut aus.«

Venom tippte sich ans Kinn. »Ein gemeines Grippevirus?«

»Oder verdächtige Umstände?«, fragte Wick hinter ihm.

Sloan stützte beide Handflächen auf den Filz unter seinem Computer und blickte vom Bildschirm auf. Seine mokkafarbene Haut sah noch dunkler aus im Halbdunkel, und besorgte braune Augen blickten sie an. »Die Seuchenschutzbehörde wurde alarmiert.«

»Du grüne Neune.« Mit leisen Schritten umrundete Mac den Tisch und blieb neben Sloan stehen. Die aquamarinblauen Augen auf den Schirm gerichtet, schüttelte er den Kopf. »Nicht gut. Die Seuchenschutzbehörde – sie haben die ganz wichtigen Jungs gerufen.«

Forge gesellte sich zu ihnen. »Das bedeutet, dass die Ärzte nicht wissen, was es ist.«

Flankiert von den Wunderzwillingen, stieß Sloan die Luft aus. »Bisher sind es fünfzehn Fälle. Alle im Krankenhaus jetzt. Aber wenn die Menschen den Grund des Ausbruchs nicht kennen …«

Bastian knurrte. »Myst wird auch nicht wissen, was es ist.«

»Schlechte Nachrichten.« Die Arme vor der Brust verschränkt, lehnte Rikar sich mit der Hüfte gegen das Tischende und warf Bas einen besorgten Blick zu. »Ivars Werk?«

»Könnte sein. Keine schlechte Vermutung.« Bastian umfasste seinen Nacken mit beiden Händen, neigte den Kopf und drückte ihn nach vorn. Klassische Haltung. Und zwar unnachsichtig. Verdammt, Venom konnte praktisch aus zwei Metern Entfernung hören, wie Bastians Rückgrat sich beschwerte. Tyisch für Bas. Schmerzen regten seine Konzentration an. »Der Mistkerl ist Mikrobiologe. Er weiß, wie man tödliche Viren zusammenbraut, und …«

»Wie man am besten das menschliche Immunsystem angreift. Wie man die maximale Infektionsrate erzielt, um den größtmöglichen Schaden anzurichten«, fuhr Rikar fort und führte damit Bastians Gedanken zu Ende.

»Könnte sich weltweit ausbreiten«, sagte Forge. »Könnte zu einer hohen Anzahl von Todesopfern führen.«

»Herrgott.« Rikar fuhr sich mit beiden Händen über den kurzgeschorenen Schädel, stieß sich vom Tisch ab und begann ihn zu umkreisen. Er blickte Venom direkt in die Augen. »Wir müssen der Sache auf den Grund gehen.«

Ein schlichter Satz. Harmlos, für sich allein genommen. Von großer Tragweite, wenn er in Bezug auf eine biologische Waffe gebraucht wurde, die gegen die Menschheit gerichtet war. Was bedeutete …

Botschaft gesendet.

Venom hatte sie voll empfangen. »*Wir* tun gar nichts. Nicht, bevor ich es nicht gecheckt habe.«

Skepsis leuchtete in Bastians Blick auf. Seine grünen Augen glitzerten im Halbdunkel, während er Venom anstarrte.

Venom wich seinem Blick nicht aus, dachte nicht daran, nachzugeben.

»Okay, Ven. Dein Part«, sagte Bas, lenkte ein, gab ihm sein Einverständnis, auch wenn das bedeutete, dass er ihn in eine Menschenstadt schickte, und zwar allein. Als Erster rein. Als Letzter raus. Ein bisschen wie die US Marines. »Wir warten den Tag ab. Ruhen uns aus, sehen uns alles neue Datenmaterial an, das Sloan bis Sonnenuntergang beschafft, dann fliegen wir nach Granite Falls.«

Einverstanden mit dem Plan, stimmte Wick ihm zu.

»Gut.« Mit nachdenklicher Miene rieb Rikar sich das Kinn, fuhr sich mit den Fingernägeln über die Bartstoppeln. »Wir grenzen das Gebiet ein – bleiben sieben, vielleicht zehn Meilen außerhalb der Stadt. Warten darauf, dass Venom den Schauplatz checkt. Sobald er grünes Licht gibt, werden wir …«

»Moment mal.« Stirnrunzelnd starrte Mac ihn an.

Venom gab sich gelassen, sah keinen Grund, alles vorher schon auszuplaudern. Gewitzt und voller Neugierde, würde der Ex-Bulle es schnell genug schnallen. Aber als Mac seinen Blick abwandte, um Rikar fragend anzusehen, sich dann umdrehte und Wick anfunkelte, hatte Venom doch Mühe, nicht loszuprusten. Wicks gewohntes Schweigen war keine Hilfe an der Lösungsfront. Das Schweigen hielt an.

Macs Blick, der eine weitere Runde Karussell spielte, wanderte über die Gruppe, nagelte jeden Krieger fest, bevor er aufgab und Bastian finster musterte. »Auf keinen Fall schicken wir ihn da rein, Bas. Die Menschen krepieren wie die Fliegen. Was für einen Virus Ivar da auch immer zusammengebraut hat, er könnte auch für Drachenblütige ansteckend sein.«

Wick schnaubte.

Rikar grinste.

Mac runzelte die Stirn noch mehr. »Was zum Teufel habe ich da nicht mitbekommen?«

»Ven ist ein Giftdrache, Mac. Einer der mächtigsten seiner Art«, sagte Sloan, als ob diese kleine Information alles erklärte.

Was sie auch tat ... in gewisser Weise. Nicht, dass Mac es wusste. Zumindest noch nicht.

Als unerfahrener Drachenblütiger hatte der Neue noch viel zu lernen. Aufgewachsen in der Welt der Menschen und außerhalb des Clans, fehlten Mac wesentliche Grundlagen – lebenslange Erziehung, all die Informationen, die man brauchte, um ihre Spezies zu verstehen. In Ordnung, Mac war hervorragend im Kampf. War echt super, wenn es drauf ankam, aber Wissen erforderte mehr als einfaches Know-how. Es erforderte auch eine lange Schulzeit. Als sein Mentor würde Forge dafür sorgen, dass Mac das Handbuch auswendig lernte – so dick dieses Monstrum auch war –, aber bis dahin fehlten ihm mehr als nur ein paar Details an der Informationsfront.

Also die heutige Lektion? Ein kurzer Überblick über die einzigartigen Untergruppen der Angehörigen des Drachenbluts.

Jede Untergruppe trug verschiedene Dann-Kennzeichen,

die für unzählige Talente verantwortlich waren. Als Frostdrache herrschte Rikar über Eis und Schnee, den Wind und auch das Wetter. Mac beherrschte das Wasser. Wick und Forge teilten sich das Element Feuer, obgleich jeder Krieger es unterschiedlich handhabte. Forges Atem kombinierte Feuer und Schuppen verätzende Säure. Wick wiederum war ein Lavadrache – die Waffe seiner Wahl war ein Feuerball aus drei tödlichen Schichten, der die Razorback regelmäßig in die Flucht schlug. Sloan sprengte den üblichen Rahmen, hatte sein Talent in neue und interessante Bahnen gelenkt. Als Erddrache mit Skorpiongift in seinem Atem, machte sich das Computergenie der Nightfury die Erdenergie zunutze, steuerte Pflanzenleben, streute Sand ins Getriebe rasender Stürme, beherrschte Tiere, wenn nötig. Und Bastian? Ihr Befehlshaber übertraf sie alle. Als Blitzdrache konnte Bas einen neurotoxischen Atem ausstoßen, feindliche Soldaten ausschalten und ... ähem ... immer mal wieder für durchgeschmorte Stromnetze der Menschen sorgen.

Und zu guter Letzt – Venom selbst.

Als Giftdrache war er so hochtoxisch, dass alles, was mit ihm in direkten Kontakt kam, starb. Manchmal langsam. Manchmal innerhalb von Sekunden. Haut und Knochen, Muskeln und Blut, jede Zelle seines Körpers war total giftig. Was die kurze Zeitspanne erklärte, die er mit dem sogenannten schwachen Geschlecht höchstens zusammen sein konnte. Verbrachte er zu viel Zeit mit einer Frau, wurde sie krank. Länger andauernder Kontakt bedeutete für sie den sicheren Tod und für ihn tonnenweise Schuldgefühle. Nur, das war jetzt Vergangenheit. In Zukunft wäre das anders. Jetzt, da Evelyn in Erscheinung getreten war. Sie konnte er berühren und schmecken – so viel Zeit mit ihr verbringen, wie er wollte –, ohne befürchten zu müssen, dass er sie verletzte, und zwar nicht das kleinste bisschen.

Gott sei Dank.

Endlich. Eine, die er die Seine nennen konnte. Eine, die er verwöhnen konnte. Eine, die er festhalten konnte, mit der er im Bett faulenzen konnte nach umwerfendem Sex, statt sich hinterher so schnell wie möglich aus dem Staub zu machen.

Venom räusperte sich und durchbrach das allgemeine Schweigen. »Wahrscheinlich solltest du einiges erfahren über mich, Mac.«

»Was denn?«

»Ich bin giftig«, murmelte er, überrascht, dass das Eingeständnis ihm nichts ausmachte. Das hatte es sonst immer, so lange er denken konnte. Allerdings hatte er damals keine Hoffnung gehabt. Und keinen Glauben. Durch eine einzige Begegnung hatte Evelyn ohne ihr Wissen beides wiederhergestellt. Er ging um den Tisch herum und umfasste Macs Schulter. Die Geste sollte ihn beruhigen. Und zu Venoms Überraschung akzeptierte Mac sie, ohne zu zögern. »Ich bin so giftig, dass es keine biologische, pathologische oder sonst wie geartete Ansteckungsgefahr für mich gibt. Ich kann nicht infiziert werden. Am sichersten ist es, mich vorzuschicken nach Granite Falls. Wenn ich die Quelle der Viren lokalisieren kann, kann ich sie abtöten.«

Mac hob eine Augenbraue. »Und dafür sorgen, dass sich keine weiteren Menschen anstecken.«

»Genau«, murmelte Forge und gab Mac einen spielerischen Schubs.

Als der Neue fluchte, lächelte Bastian. »Die Sonne ist aufgegangen, Jungs. Daimler wartet auf uns. Schnappt euch ein paar Fressalien, und dann seht zu, dass ihr ’ne Mütze voll Schlaf kriegt. Wir haben viel Arbeit vor uns.«

Guter Plan.

Aber als die Jungs in Richtung Esszimmer und zu den versprochenen Leckerlis des Numbai rannten wie ein Rudel wilder Hunde, packte Venom Sloan am Hemdsärmel, der gerade den Computer herunterfuhr. Sein Kumpel hielt inne. Dunkle Augen begegneten seinem Blick, bevor Sloan eine Augenbraue hob.

»Hast du mal ’ne Minute?«, fragte Venom und sah den letzten Nightfury im Esszimmer verschwinden.

Eine Hand über seinem Laptop erhoben, hob Sloan sein Kinn an. »Was brauchst du?«

»Informationen.«

»Worüber?«

»Eine Frau.«

»Auf der Jagd, was?« Als Venom die Achseln zuckte, verzog Sloan den Mund. Mit einem Fingerschnippen schaltete er sein MacBook Air wieder an und öffnete ein Suchfenster. »Name?«

»Evelyn Victoria Foxe«, sagte Venom und fühlte sich unsicher. Auch schuldig in jeder Hinsicht. Er zog eine Grimasse. Mist. Er sollte nicht in ihrem Leben herumstöbern. Es sah verteufelt nach Hinterherspionieren aus. Wie ein Eindringen in ihre Privatsphäre, aber, nun ja … verdammt. Er fühlte sich zwanghaft dazu getrieben. Besorgnis und Argwohn taten ihr Übriges. Irgendetwas war da faul. Sehr, sehr *faul*. Nichts anderes konnte ihre Anwesenheit im Luxmore letzte Nacht erklären. Sie war in Schwierigkeiten. Hatte Angst vor etwas oder wurde vielleicht – Venom runzelte die Stirn – von jemandem bedroht. »Foxe mit einem *e* am Ende.«

»Suchst du etwas Spezielles?«

»Wie wäre es mit allem, was du finden kannst?«

Sloan nickte. »Gib mir eine Minute.«

»Sicher. Kein Problem.«

Venom versuchte seine Schultern zu lockern. Die müden Muskeln genossen die Dehnung, während er mit der blauen Kreide spielte, die auf dem schmalen Rand des Billardtisches lag. Er drehte den Würfel in seiner Hand und warf einen Blick auf die Fensterfront. Voller Zauberkraft wellte sich das Glas wie schwarzes Wasser, erinnerte ihn daran, dass Evelyn da draußen war. Irgendwo. Allein am helllichten Tag. Er biss die Zähne zusammen und zwang sich zur Geduld, lauschte dem schnellen Klappern der Computertasten und …

»Achtundzwanzig Jahre alt. Afroamerikanischer Abstammung. Kam früh aufs College, mit einundzwanzig schloss sie mit summa cum laude ab.« Den Blick auf den Bildschirm geheftet, scrollte Sloan durch eine Seite. »Finanzsachverständige. Und eine sehr gute, so wie es aussieht, und … ah, Mann. Sie hat vor drei Monaten ihren Job verloren.«

»Ich weiß.« Venom wandte seinen Blick von dem sich ständig verändernden Glas ab und sah seinen Freund an. Ein schneller Schritt, und er stand neben seinem Kumpel. Sein Blick fiel auf den Bildschirm voller Informationen. »Sie hat es mir gesagt.«

»Wusstest du, dass ihre Firma am Amsted-Skandal beteiligt war? Die Firma hat Insolvenz beantragt. Gegen Mitarbeiter auf höchster Ebene wird ermittelt ... Gerichtsverfahren stehen noch aus.«

Na gut, das erklärte viel, nicht wahr? Zum Beispiel, warum Evelyn keinen anderen Job gefunden hatte. Mit ihren Qualifikationen hätte sie im Handumdrehen eine neue Stelle finden müssen. Stattdessen war sie seit drei Monaten arbeitslos. »Was noch?«

Den Zeigefinder über der Tastatur erhoben, runzelte Sloan die Stirn. »Hm, das ist merkwürdig.«

»Lass mal sehen.«

Sein Freund wies auf den Bildschirm. »Sie hat alles liquidiert. Und ich meine *alles*, Ven. Hat ihre Eigentumswohnung in der Stadt verkauft. Ihren Audi A6 gleichfalls. Auch alle möglichen anderen Dinge über eBay ... Kleidung, Handtaschen, Sonnenbrillen. Egal was, sie hat alles verscherbelt. Ich bin überrascht, dass sie überhaupt noch irgendwas in ihrem Kleiderschrank hat.«

»Bankkonten?«

»Leer. Sie hat ihre gesamten Ersparnisse abgehoben – 38.000 Dollar – vor fünf Monaten.«

»Verdammt.« Unsicherheit erfasste Venom wie ein entgleister Zug. »Ich habe zwar gemerkt, dass sie in Schwierigkeiten steckt, aber ...«

Als er abbrach, sah Sloan ihn an. »Wie es aussieht, könnten es ernsthafte sein.«

»Genau. Als schulde sie jemandem viel Geld.« Venom fluchte leise. Die dreitausend, die er ihr gegeben hatte, schienen das zu bestätigen. »Hast du eine aktuelle Adresse von ihr?«

»Mal sehen, wohin sie sich die Post schicken lässt.« Innerhalb von Sekunden hackte Sloan die Firewall des US Postal Service. Er gab Evelyns vollen Namen in die Suchmaschine des Systems ein. »Oh, Mist.«

»Was?«

»Nicht gut«, murmelte Sloan. »Sie lebt in Granite Falls … 2301 Church Street.«

Venom blieb das Herz stehen, dann sackte es ihm bis in die Kniekehlen. »Nein, auf keinen Fall. Check das noch einmal. Lass es noch einmal durchlaufen, Sloan.«

Sloan fluchte leise vor sich hin und wiederholte die einzelnen Schritte. Dieselbe Adresse erschien auf dem Bildschirm. Venom starrte sie an, dann schüttelte er den Kopf. Seine Kehle war wie zugeschnürt. Der Druck nahm zu zwischen seinen Schläfen, erhob sich wie ein Tsunami in seinem Schädel. Angst um sie überrollte ihn, ließ seinen Verstand rasen und sein Herz sinken, während Sloan die Information ein drittes Mal durchlaufen ließ. Aber auch ein doppeltes und dreifaches Überprüfen würden nichts ändern und auch seine Besorgnis nicht verringern.

Wenn Sloan recht hatte, braute sich etwas Schlimmes in Granite Falls zusammen. Etwas Lebensgefährliches. Und er hatte Evelyn dorthin zurückkehren lassen. Es spielte keine Rolle, dass er es nicht gewusst hatte. Was jetzt eine Rolle spielte, war seine Fähigkeit, sie zu schützen. Aber der Hammer dabei? Der absolute Hammer? Er konnte es nicht sofort tun. Ihr nicht folgen.

Nicht, während die Sonne aufging und tödliche UV-Strahlen aussandte.

»Ruf sie an.« Den Blick wie gebannt auf die Telefonnummer unter ihrer Adresse gerichtet, packte er Sloans Schulter.

»Ruf sie an, Sloan. Schick ihr eine SMS … was auch immer. Aber sieh zu, dass du sie erreichst. Sofort!«

»Moment«, sagte sein Freund und rief einen Internet-Callservice an.

Die Computerlautsprecher rauschten. Ein Wählzeichen war zu hören, bevor Evelyns Telefon klingelte. Sechsmal klingelte es und …

Ihr Anrufbeantworter schaltete sich ein.

Sloan versuchte es noch einmal.

Das gleiche Ergebnis. Keine Antwort. Nur eine automatische Nachricht am anderen Ende der Leitung.

Besorgnis ergriff Venom. Furcht gesellte sich hinzu und ließ ihm das Herz in der Brust hämmern. Venom schüttelte den Kopf. Okay. Ruhig bleiben. Es war sinnlos, auszuflippen. Zumindest noch. Sie könnte schlafen. Sie könnte den Klingelton ausgeschaltet haben. Vielleicht ignorierte sie das Telefon einfach. Eine Unzahl von Erklärungen wären denkbar. Aber als sich ihm die Kehle zuschnürte und Venom vom Billardtisch zurücktrat, zwang er sich, der Wahrheit ins Gesicht zu sehen.

Forge hatte recht gehabt.

Er hätte sie niemals gehen lassen dürfen.

13

Gefolgt von den anderen, schlich Gage um eine Ecke. Mit geschärften Drachensinnen ging er in die Hocke und lauschte angestrengt. Nichts. Kein noch so schwaches Geräusch von beiden Enden des unterirdischen Ganges. Keine feindlichen Soldaten, die sich in dunklen Nischen versteckten. Überhaupt keine Geräusche waren zu hören. Nur das chaotische Schlagen seines eigenen Herzens. Er atmete tief durch und wartete darauf, dass sein Blut langsamer floss. Ruhig. Gleichmäßig. Konstant. Der ultimative Dreier, die Säulen eines soliden Plans, solange er sich auf unbekanntem Terrain bewegte.

Drohende Gefahren hinter jeder Ecke. In der Unterzahl innerhalb eines feindlichen Höhlensystems. Eingesperrt unter der Erde. Immer noch kein Ausgang in Sicht.

Gage biss die Zähne zusammen. *Im Arsch* schien ihm im Moment die beste Wortwahl zu sein. *Glücklos* könnte ihm auch dazu einfallen, aber, na ja – zum Teufel damit. Er konnte die Umstände nicht ändern, die letzten sechs Tage nicht ungeschehen machen. Abgesehen von dem kolossalen Schlamassel, den er angerichtet hatte, indem er den Hinterhalt nicht bemerkt hatte, lohnte sich das Kopfzerbrechen nicht.

Genauso wenig, wie sich selbst im Nachhinein immer wieder zu zerfleischen.

Nicht, wenn er lange genug am Leben bleiben wollte, um aus dem feindlichen Gebiet zu fliehen.

Er tastete den kurzen Gang nach irgendwelchen Fallen ab, dann schlurfte er weiter. Die kalten Steine kühlten seine nackten Sohlen, während er um die nächste Ecke glitt. Das Ende des Ganges war erleuchtet. Das Licht durchschnitt die Dunkelheit, fiel auf glitschige Steinwände. Der Lichtschein blendete ihn für einen Moment. Dann gewöhnten sich seine Augen daran, sodass er mehr erkennen konnte und …

Wurde aber auch Zeit, verdammt noch mal.

Genau das, wonach er gesucht hatte – ein Ausgang aus dem Labyrinth. Endlich. Dort vor ihm mündete der Gang in einen deutlich größeren Raum. Gage blieb geduckt und kroch auf den Durchgang zu. Den Rücken an der Wand, blieb er am Rand einer gewaltigen Halle stehen.

Eine Laderampe erstreckte sich vor ihm.

Er verzog den Mund. Hauptgewinn. Eine echte Glückssträhne. Eine Insel aus Beton, mindestens volle fünf Meter Deckung. Und was sogar noch besser war? Eine Barrikade, bestehend aus einem Stapel Kisten mit irgendwelchen Waren, in einer geraden Linie, aufgetürmt wie Legosteine entlang der Kante der Rampe. Ein riesiger Stapel Leinensäcke mit dem Aufdruck »Wäsche« auf der anderen Seite der Rampe war auch hilfreich, erinnerte ihn an Sandsäcke in einem Bunker. Und hinter dem Stapel? Eine gewaltige Garage voller unterschiedlichster Fahrzeuge. Er sah sie sich genauer an. Hm, sehr schön: Maserati, Lamborghinis, Audis und BMWs parkten in ordentlichen Reihen. Ihr auf Hochglanz polierter Lack funkelte unter der Neonbeleuchtung.

Gage knurrte zufrieden.

Er konnte sich den Besten aussuchen.

So schnell seine Verletzungen es zuließen, huschte Gage

über die Laderampe. Er begutachtete die schicken Sportwagen, dann schüttelte er den Kopf. Keiner der Zweisitzer passte zu Osgards Beschreibung. Er betrachtete die Sammlung erneut. Mist. Nicht gut. Er konnte keinen …

Sein Blick streifte einen Bentley, blieb an ihm hängen.

Bingo. Genau, was er für die Flucht brauchte. Perfektion auf vier Rädern, gekleidet in glänzendes Schwarz. Jawohl. Kein Zweifel. Der Bentley in der neunten Reihe war derjenige, den Rodin tagsüber benutzte. Verdunkelte Scheiben. Eine verstärkte Stahlkarosserie für zusätzlichen Schutz. Ein starker V-8 unter der Motorhaube für eine entsprechende Geschwindigkeit. Gage kniff die Augen zusammen und prüfte die Umgebung. Drei große Garagentore beherrschten die gegenüberliegende Seite der Halle. Keine Hindernisse zwischen dem Bentley und dem mittleren Tor.

Perfekt. Absolut brillant. Ein Ausgang direkt vor ihnen. Die Flucht jetzt in vollem Gange. Zeit, sich umzusehen, ob sie irgendwelche Gesellschaft in der Garage hatten.

Er suchte Deckung hinter dem Kistenstapel und hob seinen Arm mit geballter Faust. Ein Stück hinter ihm griff Haider das Signal auf, übermittelte die Botschaft, ballte ebenfalls eine Faust und warnte Osgard und Nian, nicht weiterzugehen. Die schlurfenden Schritte verstummten hinter ihm. Ein weiteres Handsignal bedeutete den Männern, sich mucksmäuschenstill zu verhalten.

Geräuschlos bewegte Gage sich nach rechts und spähte um die Ecke des Stapels. Seine Haut streifte das raue Holz. Schmerz durchzuckte ihn. Die Brandmale auf seiner Brust beschwerten sich, erzeugten eine Kettenreaktion. Er fuhr zusammen, wehrte sich gegen die zusätzliche Schwächung durch die Schmerzen. Er dachte keine Sekunde daran, stehen zu bleiben, schlich weiter, ignorierte seine Erschöpfung und dachte stattdessen lieber an die Vorteile.

So weit, so gut.

Bisher gab es keinen Grund zur Sorge. Keine Bewegungen auf der großen Parkfläche hinter der Laderampe. Sein mathematisches Gedächtnis lief auf Hochtouren, während er die Umgebung musterte und ein paar schnelle Einschätzungen vornahm. Ein Raster leuchtete auf vor seinem inneren Auge, zeichnete Linien, entwarf Richtungen, verriet ihm die ungefähren Ausmaße der Garage. Vierzig Meter breit, zwanzig Meter tief... Deckenhöhe zehn Meter mehr oder weniger. Er verließ seinen Aussichtspunkt und kroch auf allen vieren zum anderen Ende des Kistenstapels. Von der Ecke aus blickte er in beide Richtungen und humpelte trotz seiner Schmerzen hinter den Stapel Leinensäcke.

Nichts rührte sich. Keiner rief. Und auch keine Alarmanlage ging los.

Er stieß den angehaltenen Atem aus und machte sich bereit, um ...

Schwere Schritte ertönten, prallten ab von Stahl und stiegen hoch bis zur Decke. Eine Tür schlug zu, irgendwo zu seiner Rechten. Männerstimmen folgten. Gage erstarrte. Verdammter Mist. Zu spät. Wachhunde der Erzgarde, die von ihrem Frühstück zurückkehrten.

Gage duckte sich noch tiefer, benutzte die Wäschesäcke als Deckung.

»Ich mache die Runde«, sagte einer der Wächter. »Gieß einen frischen Kaffee auf, ja?«

»Hab Whiskey dabei«, sagte Wächter Nummer zwei von

der anderen Seite der Garage. Schlüssel rasselten. Metall schabte über Metall. Scharniere quietschten, als eine Tür geöffnet wurde. »Willst du einen Schluck in deinen Kaffee?«

»Klar«, brummte der erste Mann und blieb neben der Laderampe stehen. Gage unterdrückte einen Fluch. Nur knapp zwei Meter entfernt. Der Bastard hatte sich gerade auf seiner Türschwelle niedergelassen. Ein Feuerzeug klickte. Einmal. Zweimal. Ein drittes Mal, bevor der Mann tief inhalierte. Zigarettenrauch zog von der anderen Seite der Leinensack-Barrikade herüber, erzeugte einen Niesreiz bei ihm. »Gib mir einen doppelten Schuss.«

Ein dritter Mann fiel ein. »Das Spiel fängt an.«

»Klingt gut«, sagte ein anderer, der neben dem Mann stehen blieb, der an dem Krebsstängel sog. »Kann ich mir eine schnorren?«

Das Feuerzeug wurde wieder angeknipst. Noch mehr Rauch driftete herüber von der anderen Seite der Wäschesäcke, als der Feind tief ausatmete.

»Wo ist die verdammte Fernbedienung?«, fragte ein fünfter Typ, der sauer klang.

»Na hier.« Ein Bums echote, als ein weiterer sich in die Unterhaltung mischte. »Mann. Was bist du – blind?«

Gage schluckte schwer. Das machte sechs. *Sechs* feindliche Soldaten, zwei kampierten direkt vor ihm, weniger als einen Meter entfernt, weitere vier irgendwo in der Garage. Er balancierte auf seinen Fußballen und blickte zurück über seine Schulter.

Haider musterte ihn durchdringend mit seinen silbernen Augen.

»Macht euch bereit«, murmelte Gage und hielt den Blick

seines Freundes fest, während er mit halbem Ohr dem Gerede des Feindes lauschte. »*Wir kämpfen uns den Weg frei.*«

»*Sag wann.*«

»*Gib mir eine Minute. Ich möchte, dass die anderen im Büro verschwinden, bevor ich loslege*«, erklärte er und spähte über den Stapel. Die beiden Wachmänner lehnten sich Schulter an Schulter an die Laderampe und füllten emsig ihre Lungen mit Krebserregern. »*Zwei Wächter leise zu töten, das schaffe ich. Aber sechs auf einmal?*«

»*Genau.*« Haider ballte seine Fäuste und kroch ein Stück vor, versuchte, einen besseren Blick zu bekommen. »*Macht zu viel Lärm.*«

Gage nickte. »*Zumindest einer wird auf den Alarmknopf drücken, bevor ich ihn erwische.*«

»*Scheiße.*«

Im Ernst. Das war das richtige Wort. *Scheiße* fasste es ziemlich genau zusammen, in Anbetracht der Situation. Sechs gesunde Männer gegen drei Verletzte und einen Knaben.

Keine gute Ausgangslage.

Es war Gage egal. Er bewegte sich trotzdem vorwärts.

Schnell und auf leisen Sohlen bewegte er sich auf den Rand der Laderampe zu. Er überflog das gesamte Terrain, suchte es nach weiteren Fallen ab. Nach irgendetwas, was ihm in die Quere kommen könnte, wenn er die Deckung verließ. Bewegungsmelder? Stolperdrähte? Eine Alarmanlage, gespickt mit Lasersensoren? Er musste es wissen, bevor er die Wächter ausschaltete … und zwar geräuschlos. Diese Fähigkeit war immer nützlich. Seine Waffenbrüder liebten ihn dafür. Der Feind? Nicht so sehr. Allerdings hörten ihn die Schweinebacken sowieso nie kommen, also …

Hatte er nie eine Beschwerde gehört.

Er musste lächeln, als er daran dachte. Seine blutrünstige Natur dürstete danach, loszulegen. Sich zu entfesseln. Wie der Teufel auf diejenigen loszugehen, die zwischen ihm und der Freiheit standen. Gage senkte den Kopf, schloss die Augen und führte sich den Ablauf des Tötens vor Augen. Jede Bewegung. Jedes Detail. Den Anblick, die Geräusche und den Geruch, während er sich zum Raubtier entwickelte, um die Männer hinter sich zu beschützen.

Seine Nasenflügel bebten. Er ballte beide Hände zu Fäusten.

»*Wenn ich bis drei gezählt habe*«, flüsterte er, warnte Haider vor. »*Ich schalte die beiden Wachleute aus, dann rennen wir zur …*«

»*Nicht nötig*«, krächzte Nian, der vorsichtig auf die Laderampe gekrochen kam. »*Die Mistkerle werden uns nicht sehen.*«

Gage blinzelte überrascht. »*Sie werden uns spüren, sobald ich mich bewege.*«

»*Nein, werden sie nicht. Ich erschaffe einen Illusioniszauber. Sobald ich meinen Zauberbann ausspreche, kann kein Drachenblütiger mich aufspüren.*« Nian biss die Zähne zusammen und kroch bäuchlings hinter die Holzkisten. Osgard schloss zu ihm auf und half dem Mann weiter. Ein Auge auf den Wächtern, winkte Gage das Duo zu sich. Das Paar landete sicher neben ihm. Nian stöhnte, als der Junge ihn losließ, schaffte es aber, sich aufrecht zu halten. »Ich erzeuge eine unsichtbare Luftblase. Bleibt dicht bei mir, dann seid ihr getarnt.«

Geduckt hinter dem Paar, musterte Haider Nian einen Moment prüfend, dann sah er Gage an. Sein Blick sprach Bände. Gage verstand die Botschaft. Sein Freund hatte recht. Zidane hatte Nian ziemlich zugerichtet: Ihm beide Augen blau geschlagen, ihm fünf seiner Finger gebrochen, ihm Nadeln in Brust- und Oberschenkelmuskeln gestochen, ihm den Rücken mit einem Schneidbrenner versengt, seine Haut knusprig gebraten. Jetzt litt der Mann Höllenqualen. Hatte so starke Schmerzen, dass er sich kaum bewegen, geschweige denn klar denken konnte.

»Du bist in einem schlechten Zustand, Nian«, wandte Gage gedämpft ein, während er den Mann erneut unter die Lupe nahm. Verdammt. Es war schlimmer, als er gedacht hatte. Nians Bioenergie war auf dem Tiefstand, bewegte sich auf den einstelligen Bereich zu. Was bedeutete, dass er sich nähren musste … und zwar schleunigst. *»Du bist nicht stark genug für …«*

»Meine Magie wird lange genug halten, dass wir es bis zum Auto schaffen.«

Gage blickte zu Haider, um eine zweite Meinung einzuholen.

Sein Freund nickte, war bereit.

»Alles bewegt sich auf mein Kommando.« Gage drehte sich um zur Treppe und checkte noch einmal die Lage. Stufen, die die Rampe hinunterführten, zu seiner Linken, Rodins Lakaien zu seiner Rechten. Weniger als zwei Meter entfernt, zog einer von ihnen einen neuen Glimmstängel aus seiner Packung. Das Feuerzeug klickte. Die Flamme leuchtete auf. Rauch folgte in einem grauen Kringel und zog hinauf zur Decke. *»Jetzt. Leg los, Nian.«*

»Halt mich fest, Osgard«, flüsterte Nian, der ihre mentale Sprechverbindung unterbrach, um den Knaben einzubeziehen in ihr Gespräch. »Was auch immer passiert, lass nicht los.«

Osgard nickte.

Nian rief seine Gabe auf, atmete tief ein und ganz langsam wieder aus. Seine mehrfarbigen Opalaugen fingen an zu schimmern. Magie entfachte sich in Nians Handflächen. Ein Kraftfeld entwickelte sich in der Luft. Eine Sekunde ging in die nächste über. Bittere Kälte umgab die Gruppe. Der Mann murmelte etwas. Die Magie wurde stärker, sog an Gages Haut, zerrte an seinen Nerven, während sich die unsichtbare Blase ausweitete. Warme Luft waberte vor ihm, umgab ihn, wellte sich, dann glättete sie sich, umhüllte jeden einzelnen Mann mit einem Zauber, der so stark war, dass er alle Spuren von Leben tilgte. Gage blieb das Herz stehen, als er und die anderen von der Bildfläche verschwanden.

Kälte erfasste ihn. Gage unterdrückte einen Schauder. »*Grundgütiger.*«

»*Sagte ich ja.*« Ein Ausdruck von Befriedigung huschte über Nians zerschlagenes Gesicht.

Gage schnaubte. »*Freuen kannst du dich später – jetzt komm lieber in die Gänge.*«

Gage erhob sich vorsichtig, um den Unsichtbarkeitszauber zu testen. Er trat einen Schritt vor zur Treppe. Keiner der Wächter blickte in seine Richtung. Er machte einen zweiten Schritt, dann einen dritten. Absolut keine Reaktion. Verdammt, die Kotzbrocken zuckten nicht mal kurz. Auch in dem kleinen Büro auf der gegenüberliegenden Seite der Garage rührte sich nichts. Durch die Fenster waren deutlich vier Männer erkennbar, die an einem kaputten Tisch saßen. Ihre Blicke klebten geradezu am Fernseher, in dem gerade ein Fußballspiel lief, das sich die nichtsahnenden Typen ansahen. Orangefarbene und grüne Trikots schossen über den Flachbildschirm. Gage runzelte die Stirn.

Deutschland gegen Holland möglicherweise. Nicht, dass ihn das interessierte. Das Spiel war für ihn bedeutungslos.

Er war im Moment damit beschäftigt, die Stufen hinunterzugehen, auf leisen Sohlen den Boden der Garage zu betreten, während er zu allen Göttern betete, dass Nian durchhielt. Ganz kurz spähte er zurück über seine Schulter.

Osgard fing seinen Blick auf.

Gage hob das Kinn, bat stillschweigend um ein Update. Man sah dem Jungen die Anstrengung an, die es ihn kostete, Nian zu stützen, aber er korrigierte seinen Griff und nickte ihm beruhigend zu. Gage atmete verhalten aus. Fantastisch. Alle Mann auf Kurs. Genau wie er. Nur noch an einigen wenigen Stoßstangen vorbei – zehn bis fünfzehn maximal –, und er hätte es geschafft. Wäre neben dem Bentley. Nur noch Augenblicke davon entfernt, einzusteigen, den Motor anzulassen und das Gaspedal bis zum Anschlag durchzutreten.

Er teilte seine Konzentration auf, behielt die Saukerle im Büro im Auge und gleichzeitig die Männer, die Rauchringe produzierten. Gage umging einen hellorangefarbenen Ferrari, bog ab und schlich den Gang zwischen den Fahrzeugen hinunter. Muscle-Cars standen neben teuren europäischen Modellen. In jeder Farbe des Regenbogens. Gewachstes Stahlblech. Fließende Linien. Glänzender Chrom. Der feuchte Traum jedes Mechanikers, was natürlich nur seine Sehnsucht befeuerte, nach Haus zu kommen. In die Geborgenheit von Black Diamond und zu dem achthundert Quadratmeter großen Traum, den die Nightfury-Krieger »die Garage« nannten … und er sein Schlafzimmer. Hundertprozentig seine Domäne. Jedes der Menschheit bekannte Werkzeug unter einem Dach.

Die Corvette, die er letzten Sommer wieder aufgemöbelt hatte, tauchte vor seinem inneren Auge auf.

Er schob die Vorstellung beiseite, stopfte sie in die hinterste Ecke seines Denkens. Später. Er würde *später* an die fantastische ZR1 denken. Und auch daran, sie wieder zu fahren, aber erst, wenn er alle in Sicherheit gebracht hatte.

Der Wachmann genehmigte sich einen weiteren Zug an seiner Zigarette.

Der Tarnzauber spannte sich an. Die Magie schwankte. Frostige Luft um Gage. Nian keuchte. Der Unsichtbarkeitsschild zerbarst, machte sie sichtbar für Feindesaugen. Gage duckte sich zwischen zwei Muscle-Cars. Fluchend zog Osgard Nian hinter sich mit zu Boden. Bäuchlings neben einem Reifen spähte Gage über seine Schulter zurück. Nian knickte ein, der Schimmer in seinen Augen erlosch zusammen mit der Magie, während Haider in Deckung ging. Seine Handflächen landeten klatschend auf dem Beton.

Das laute Geräusch hallte wider, drang durch die Stille.

Einer der Wachmänner bewegte sich. Er ließ seine Zigarette fallen und zerquetschte sie unter seiner Stiefelsohle. »Hast du das gehört?«

»Ja«, bestätigte der andere. »Du gehst in die Richtung. Ich überprüfe die Türen.«

Nian, der aus einem Schnitt über seinem Auge blutete, schüttelte den Kopf. *»Ich bin zu schwach. Ich kann ihn nicht zurückholen. Ich kann nicht …«*

»Scheiße.« So viel dazu, dem Muttersöhnchen zu vertrauen. Er hätte seinem Bauchgefühl folgen und die Wachmänner umnieten sollen. Schnell. Leise. Wie er es gewollt hatte, als noch Gelegenheit dazu war. Jetzt hatte er keine Zeit mehr.

Eingezwängt zwischen zwei Wagen, lauschte er den Wachen, die ihre Runden machten. Stiefelschritte dröhnten durch die Stille. Jeder Schritt brachte die beiden Wachen näher. Geduckt schlossen seine eigenen drei Männer zu Gage auf. Geparkt zu seiner Rechten, diente der Bentley Gage als Spiegel; seine glänzende schwarze Karosserie reflektierte Wachmann Nummer eins. Sieben Reihen entfernt. Der Mann rückte langsam vor, schritt die Reihe der Stoßstangen ab, überprüfte jede Querreihe. Gage ging neben dem Bentley in die Hocke und riskierte durch das Fenster auf der Fahrerseite einen Blick hinein.

Unverschlossen. Die Schlüssel lagen wie ein Geschenk auf der Mittelkonsole.

»Haider.«

»Ja?«

»Hast du noch etwas Saft übrig?«

Haider brummte. *»Genug, um noch Ärger zu machen.«*

»Mach dich bereit. Auf mein Zeichen …« Gage verstummte und überprüfte erneut die Position des Wachmanns, dann packte er den Griff der hinteren Tür des Bentleys und zog vorsichtig. Die gut geölten Scharniere sorgten dafür, dass die Tür sich leicht öffnen ließ. Er lauschte, wie der Wachmann sich seinem Versteck näherte. Sieben Meter entfernt. Noch vier Reihen. Er sah den Jungen an, verzichtete auf die mentale Sprechverbindung und flüsterte: »Osgard – in der Sekunde, in der ich loslege, hilfst du Nian auf den Rücksitz.«

»Kannst du fahren?«, fragte der Junge lautlos mit den entsprechenden Mundbewegungen.

»Exzellente Frage«, kommentierte Haider.

»Mit geschlossenen Augen«, antwortete Gage, überging Hai-

ders Skepsis, hoffte, dass das nicht gelogen war. Beinahe so schwer verletzt wie Nian, nahm seine Bioenergie stetig ab, flirtete bereits mit dem kritischen Punkt. *»Ich komme mit Sonnenlicht klar.«*

»Mit wie viel?«, wollte Nian wissen, der mehr tot als lebendig aussah. *»Und wie lange?«*

»Zwanzig Minuten.« Gage verspannte sich, als der Wachmann zwei Reihen entfernt stehen blieb. *»Maximal eine halbe Stunde, bevor ich …«*

»Erblinde.« Haider knurrte – das Geräusch fuhr Gage zwischen die Schläfen. *»Das ist zu riskant, Gage. Lass Osgard fahren. Sonnenlicht schadet ihm nicht.«*

Gage hatte schon ein *Fick dich!* Auf der Zunge, schluckte es aber runter und antwortete nicht. Er öffnete stattdessen geräuschlos die Fahrertür. Haider fluchte. Die Schritte der beiden Wachmänner kamen hallend näher. Ein Auge auf das Spiegelbild des Mannes in dem schwarzen Lack gerichtet, zählte Gage die Sekunden runter, wartete darauf, dass der Feind in Reichweite kam, während ihm Haiders besorgte Empfehlung durch den Kopf ging.

Er biss die Zähne zusammen.

Verwarf die tolle Idee seines Freundes. Klar, Osgard fahren zu lassen mochte ja sicherer sein, aber … auf keinen Fall konnte er das zulassen. Osgard in Gefahr zu bringen kam nicht in Frage. Er hatte nun mal geschworen, den Jungen zu beschützen, komme, was wolle. Und dazu gehörte, dass er nicht getötet wurde, sobald sie das Garagentor passierten.

Das Geräusch von Schritten verebbte.

Den Rücken an die Fahrertür des Bentleys gepresst, beobachtete Gage durch die Windschutzscheibe, wie der Feind auf der anderen Seite des Wagens stehen blieb. Schräg gegenüber von ihm. Weniger als eine Wagenlänge entfernt. In Reichweite, na ja, mehr oder weniger. Gage atmete tief durch. Der Wachmann runzelte die Stirn und spähte über seine Schulter. Er rief seinem Kumpel etwas zu. Knurrend ging Gage zum Angriff über. Er tauchte hinter dem Bentley auf, stützte sich mit einer Hand ab und sprang über die Motorhaube auf den Wachmann zu.

Überrascht riss der Feind die Augen auf.

Gage schlug zu, seine Faust traf innerhalb von Sekundenbruchteilen. Knochen krachte auf Knochen, und der Kopf des Feindes knickte seitlich weg. Der Sauhund taumelte zurück. Gage zögerte nicht. Er schlug weiter auf das Arschloch ein. Eine Blutfontäne spritzte über die Heckscheibe.

Magie summte, als Haider sie entfesselte. Silberkugeln pfiffen durch die Luft, durchlöcherten die Brust des zweiten Wachmanns. Der leblose Körper fiel zu Boden.

Gage packte das Arschloch vor sich fester und … brach dem Bastard das Genick.

Das laute Knacken hallte durch die Garage. Die Zeit dehnte sich. Der Feind zerfiel unter seinen Händen zu Asche. Während die grauen Flocken durch die Luft wirbelten, drehte er sich zu dem Bentley um. Osgard schob Nian auf den Rücksitz. Ein Warnruf erschallte. In seinem Augenwinkel blitzten Bewegungen auf. Die Wachen im Büro sprangen auf. Stühle flogen zurück. Metall quietschte, bevor die hölzernen Rückenlehnen auf den Betonboden knallten.

Ein unheimliches Knurren ertönte.

Den Blick auf den vordersten Wachmann geheftet, sprang Gage über die Motorhaube und landete dröhnend neben der Fahrertür. Der Mann verwandelte sich, nahm im Büro Drachengestalt an. Glas zersprang. Holz zersplitterte. Magie fegte durch die Garage. Rote Schuppen glitzerten, als der Feind aufbrüllte. Seine riesigen Fänge schimmerten in dem grellen Licht. Ein orangefarbenes Leuchten wuchs tief im Rachen des Drachen an, formte sich zu einem Feuerball.

»Haider …« Mit einem mentalen Befehl startete Gage den Motor. Der große V-8 brummte, erwachte mit einem wilden Rumpeln zum Leben. »Steig in das verdammte Auto!«

Haider setzte über einen Lamborghini hinweg und sprang auf den Rücksitz. »Los. Los. Los!«

Gage schlug die Fahrertür krachend zu. »Kraftfeld.«

»Schon dabei«, antwortete Haider.

Verdammte Kacke. Ihnen lief die Zeit davon. Sie waren kurz davor, vom Feind mit einem scheißhinterhältigen Feuerball gegrillt zu werden. Was nicht so toll wäre, alles in allem. Gage kümmerte sich nicht darum. Er packte das Lenkrad mit beiden Händen und trat aufs Gaspedal, drückte es bis zum Boden durch. Der Bentley heulte auf und schoss vorwärts.

Reifen quietschten. Der Geruch von verbranntem Gummi erfüllte die Luft.

Der feindliche Drache atmete aus.

Ein Feuerstoß schoss auf das Heck des Wagens zu.

Haider fluchte wüst. Das Kraftfeld wuchs, legte sich um das Heck des Bentleys. Flammen brausten auf die Stoßstange zu. Der Feuerball knallte auf den Schutzschild, stieß den Wagen vorwärts. Das Heck schlingerte. Der schwere Stahlmantel stöhnte. Haider hielt die Stellung, formte den Schild, kämpfte mit aller Gewalt darum, das Inferno abzuwehren.

Der feindliche Drache atmete erneut ein.

Gage fuhr wie der Teufel, während er sich tief in sich versenkte und seine eigenen Kräfte heraufbeschwor. Reifen quietschten über Beton, während er seinen Verstand öffnete. Magie knisterte, fauchte in seinem Schädel. Magnetische Kraft rauschte durch seine Venen, vibrierte warnend. Er hielt einen Moment an ihr fest, strapazierte seine Fähigkeiten bis zum Äußersten, sammelte die Energie in sich, ließ sie ansteigen. Als sie den Gipfel erreicht hatte, stieß er sie in alle Richtungen. Der mächtige Stoß wütete rund um den Bentley. Teure Sportwagen wurden hochgeschleudert. Metall stöhnte. Männer fluchten. Der feindliche Drache wich aus, um keinen Mercedes Benz in die Fresse zu bekommen.

Der Geruch von Benzin erfüllte die Luft.

Ein Funke leuchtete auf, entzündete die Benzinquelle. Ein Feuersturm brach los, fegte durch die Garage. Mit einem Knurren beförderte Gage noch mehr Autos in die Luft. Stahl kreischte, verbog sich unter der Kraft seiner Magie. Den Fuß eisern auf dem Gaspedal, beschleunigte er noch mehr. Mit heulendem Motor schoss der Bentley Richtung Ausgang. Autos überschlugen sich in der Luft, blitzten in seinem Rückspiegel auf, sorgten dafür, dass die Wachen in Deckung gingen.

Gage, der die Zerstörung voll unter Kontrolle hatte, konzentrierte sich jetzt auf die Garagentore. Den Supraleiter in seinem Kopf auf Hochtouren, setzte er eine Schockwelle frei. Der verstärkte Stahl hielt stand. Er hämmerte erneut auf das Hindernis ein. Das untere Ende aller drei Tore bog sich. Stahl barst. Sonnenlicht fiel durch die Risse. Gage fletschte die Zähne und gab Gas. Beinahe geschafft. Noch drei Meter. Jetzt eineinhalb, einer, ein halber …

Er schlug noch einmal auf das Tor direkt vor dem Bentley ein.

Das Metall teilte sich in zwei Hälften, die sich aus den Führungsschienen lösten. Die beiden Platten flogen durch die Luft, schossen in den hellblauen Himmel. Tödliche UV-Strahlen fluteten die Garage. Die Feinde schrien auf vor Schmerz. Gage blickte nicht zurück. Verlangsamte auch nicht seine Geschwindigkeit. Das Lenkrad fest im Griff, betätigte er den entscheidenden Knopf – woraufhin eine dunkle Trennscheibe hochfuhr, um die Rückbank zu schützen – und sauste durch die Öffnung hinaus ins Tageslicht.

Brennende Hitze traf seinen Handrücken.

Der stechende Schmerz auf seiner Haut breitete sich über seine Unterarme aus, kurz bevor er das Brennen in seinen Augen spürte. Er kniff sie zusammen und beschwor eine Sonnenbrille herbei. Er setzte sie auf, schützte seine Augen vor der Sonne. Es war kein nennenswerter Schutz, aber die Ray-Ban half wenigstens ein bisschen, brachte ihn ein Stück weiter. Eine exzellente Strategie angesichts des Schadens, den er in seinem Kielwasser angerichtet hatte. Tiefe Befriedigung erfüllte ihn. Sie hielt nicht lange vor. Sicher, für den Moment mochten sie in Freiheit sein, aber die Dinge konnten sich schnell ändern. Rodins Todesschwadron war jetzt voll alarmiert. Die Schweinebacken wären jetzt zweifellos bereits am Computer. Hatten sich in das supermoderne GPS-System in dem Bentley eingeloggt und konnten sie überwachen. Was bedeutete …

Sie hatten keine Zeit zu verlieren. Und erst recht nicht zu verschwenden.

»Mist.«

»Alles okay?«, fragte Haider, dessen Stimme etwas gedämpft klang durch die Trennscheibe.

»Alles bestens«, sagte Gage und versuchte dabei so normal wie möglich zu klingen. Wie er das schaffte, wusste er selbst nicht. Dreißig Minuten in der Sonne, von wegen. Sagen wir lieber nur fünfzehn, weil … Mannomann. Es tat mehr weh, als er erwartet hatte.

Normalerweise konnte er die Sonne besser vertragen. Konnte sich eine Weile draußen aufhalten in menschlicher Gestalt, ein bisschen Wärme aufsaugen und die Sonne genießen. Aber nicht heute. Kein Wunder. Da er nicht voll bei Kräften war, war er eben auch nicht so widerstandsfähig. Leider. Und mehr als bedauerlich. Dass seine Toleranz ausgerechnet heute versagte, hier, genau jetzt, war so ziemlich das Schlimmste. Gage verkniff sich einen saftigen Fluch und sauste auf das Ende der Zufahrt zu. Er riss das Steuer herum und fuhr nach rechts. Der Bentley geriet ins Schleudern. Er brachte das Schlingern unter Kontrolle und schoss auf eine zweispurige Schnellstraße. Er musterte das Gelände zu beiden Seiten. Nichts außer meilenweit Wälder und Felder. Nicht überraschend. Die Todesschwadronen der Erzgarde bevorzugten Abgeschiedenheit und operierten selten innerhalb von Städten.

Ein viel zu hohes Risiko, entdeckt zu werden. Nicht genug Zeit, um mit ihrer Beute zu spielen.

Er warf einen Blick auf die Mittelkonsole, suchte die Gegensprechanlage. Er drehte an einem Schalter und schaltete die erstklassige Anlage ein. »Nian, nenn mir einen Ort, irgendeinen, wo wir uns verstecken können bis Sonnenuntergang. Ich werde nicht mehr weit kommen.«

Nian stöhnte, als er sich auf dem Rücksitz rührte. »Fahr in Richtung Flughafen.«

Gage runzelte die Stirn. »Wohin?«

»Fünfzehn Minuten von hier aus. Bieg in Richtung Osten ab. Dort wartet ein Privatjet auf mich.«

»In deinem Namen?« Die Augen auf die Straße gerichtet, überprüfte Gage den Horizont. Nichts und niemand. Nicht ein einziges Auto in Sicht. Ruckartig fuhr er auf die Gegenfahrbahn, in den Schatten alter Eichen, die hier die Straße säumten, die Sonne abblockten. Gage seufzte vor Erleichterung. »Wenn das der Fall ist, weiß Zidane längst Bescheid. Auf keinen Fall ist der Flieger immer noch dort.«

»Du kannst mir ruhig ein bisschen mehr zutrauen, Nightfury«, sagte Nian mit einem knurrenden Unterton. »Das Flugzeug gehört mir nicht. Genauso wenig wie die Startbahn. Ich borge es mir von einem Menschen, wann immer ich tagsüber fliege.«

Haider schnaubte. »Du borgst es dir?«

Nian schnaubte ebenfalls. »Na schön. Also … ich stehle es vorübergehend. Zufrieden jetzt?«

Nicht auch nur annähernd. *Zufrieden* war er weder mit der Situation.

Noch mit seinem Zustand.

Nicht, solange die Sonne hell brannte und wie mit einem Vorschlaghammer auf seinen Schädel einschlug. Jede Lücke im Geäst nutzte, um ihm eine weitere Ladung UV-Strahlen zu verpassen. Gage keuchte vor Schmerzen, hielt den Wagen aber weiter auf der Straße. Dann bog er scharf ab, fuhr auf eine Schotterpiste. Steine flogen hoch, schlugen gegen das Fahrgestell, hinterließen eine Staubwolke hinter ihm.

Jetzt fuhren sie nach Osten. Pfeilgerade in Richtung Freiheit.

Und er konnte nichts weiter tun, als am Ball zu bleiben und zu hoffen, dass er es rechtzeitig schaffen würde. Bevor die Sonne ihm die Sicht raubte. Bevor sie alle mitten im Nirgendwo strandeten. Bevor die Dämmerung einsetzte und die Erzgarde in die Offensive ging, ihre Schwadronen ausschickte, um sie zu jagen.

14

Mit seiner Leibgarde im Schlepptau schoss Ivar über den Bergpass. Nackter Fels wich dichten Wäldern. Seine Nachtsicht schaltete sich ein. Er vollführte eine scharfe Drehung, dann folgte er einer verlassenen zweispurigen Schnellstraße. Kühle Nachtluft wehte über seine Schuppen. Ivar verzog das Gesicht, erhöhte aber trotzdem die Geschwindigkeit. Seine Aversion gegen Kälte durfte im Moment keine Rolle spielen. Seine Feuerdrachenvorlieben mussten zurückstehen.

Er hatte keine Zeit zu verlieren.

Eine vielversprechende Katastrophe wartete auf ihn… ausgelöst durch seinen Supervirus.

Ivar summte. Supervirus Nummer drei hatte sich eingenistet. Jetzt sorgte das Virus für Verheerung, infizierte stündlich weitere Menschen. Nun blieb nichts weiter zu tun, als auf eine kurze Stippvisite vorbeizuschauen, sich umzusehen und den Schaden aufzuzeichnen.

Ivar flog über die nächste Anhöhe. Seine Krieger folgten ihm über die vereiste Landschaft. Vereinzelt zwinkerte ihm eine Verandabeleuchtung von Ferne zu, dann wurden es mehr und mehr glitzernde Pünktchen, die ihn förmlich in die Stadt zogen. Seine Nachtsicht reduzierte sich zunächst kaum, dann stellte sie sich auf die städtische Beleuchtung ein. Kalte Feuchtigkeit bedeckte seine Schuppen, während Ivar eine Schleife flog und in einen langsamen Sinkflug überging.

Die schweren Wolken teilten sich. Mondlicht gesellte sich zum Schein der elektrischen Beleuchtung.

Der sanfte Lichtschimmer ließ die Ziegel von Hausdächern aufleuchten, zog seine Aufmerksamkeit auf dunkle Fenster. Menschen lagen geborgen in ihren Betten hinter verschlossenen Türen, die Bettdecke hochgezogen, die Augen geschlossen, während sie – Ivar überlegte – wovon träumten? Verdammt, er wusste nicht, wovon Menschen träumten. Vielleicht davon, ihrer langweiligen Kleinstadt zu entfliehen?

Er schüttelte den Kopf, amüsiert von diesem Gedanken. Frostige Luft wirbelte um seine Hörner, erzeugte einen weißen Kondensstreifen hinter ihm. Er ging weitere siebzig Meter tiefer. Straßenlaternen begrüßten ihn, beleuchteten Straße und Bürgersteige, als läge vor ihm eine Landebahn, führten ihn zu dem medizinischen Komplex am Ende der Allee.

Das Cascade Valley Hospital. Zur Grundversorgung der Bevölkerung.

Seine Augen verengten sich auf die Ansammlung von Gebäuden, die in einem Asphaltmeer schwammen. Jede Menge Parkplätze davor, ein Waldstreifen dahinter. Nicht viel zu sehen aus der Entfernung. Noch weniger zu berichten. Tatsächlich irgendwie enttäuschend. Nicht gerade der sexieste Ort, um seinen Supervirus zu entfesseln oder gar die Resultate einzusammeln, aber …

Ivar seufzte. Was soll's. Der Ort spielte doch absolut keine Rolle. Was interessierte ihn schon *sexy*. Er interessierte sich für *wirkungsvoll. Tödlich* wäre auch okay.

Getarnt durch seinen Unsichtbarkeitszauber, winkelte er die Flügel an und kreiste über der Anlage. Einmal, zweimal. Er kniff die Augen zusammen und drehte eine dritte Runde, nur um ganz sicherzugehen. Genau. Die Satellitenaufnahme hatte nicht gelogen. Alles war genau da, wo es hingehörte – die alte Klinik zu seiner Rechten, der neue Flügel des Krankenhauses zu seiner Linken. Er visierte sein Ziel an und landete auf dem Parkplatz zwischen diesen beiden Gebäuden. Seine Krallen klickten laut auf dem Pflaster. Er stellte sich auf seine Hinterbeine, schlug mit den Flügeln und dehnte seine angestrengten Muskeln. Der von ihm ausgelöste Wind fegte über das Gelände. Die geparkten Wagen schaukelten auf ihren Rädern, Staub wirbelte über die Straße, junge Ahornbäume am Rande des Bürgersteigs schwankten protestierend.

Ivar ignorierte die Staubwolke und nahm Menschengestalt an. Das grelle Licht der Straßenbeleuchtung stach ihm in die Augen. Er kniff sie zusammen, um sie vor den LEDs zu schützen, und beschwor seine Kleidung herbei. Die entsprach nicht seinem üblichen Outfit. Heute musste er eine bestimmte Rolle spielen, eine, die er sich selbst auf den Leib geschrieben hatte – nämlich einen außergewöhnlichen Arzt. Weiche Baumwolle umgab seine Haut. Über die grüne OP-Kleidung kam noch ein weißer Laborkittel, und an den heftete er sein Namensschild.

Dr. Ivar.

Er schnaubte belustigt. Wirklich zu witzig. Der totale Betrug. Und dennoch kam ihm die OP-Kleidung irgendwie passend vor. Fühlte sich gut an. Besser als alles, was er in letzter Zeit getragen hatte.

Er versagte sich ein Augenrollen und ging in Richtung der Gebäude. Der Laborkittel flatterte, wehte ihm von hinten gegen die Oberschenkel, während er den Parkplatz überquerte. Er blickte in beide Richtungen und lief über die Straße, ging geduckt unter einigen tiefhängenden Zweigen hindurch und blieb auf einem Rasenstreifen stehen. Gefrorenes Gras knirschte unter seinen Nikes. Ivar nahm keine Notiz davon. Stattdessen nahm er den Haupteingang unter die Lupe. Große Säulen ragten aus dem Betonfundament. Eine Glasfassade befand sich gleich dahinter, reichte zwei Stockwerke hoch bis zum Dach. Durch die Innenbeleuchtung wurden hinter der Fensterfront einige Sessel sichtbar, die rechts neben der Eingangstür standen. Dahinter lag der Rezeptionsbereich, und hinter dem Empfangstresen stand eine hübsche Brünette, bereit, alle zu begrüßen, die durch den Haupteingang kamen.

Ivar spitzte die Lippen. Aha. Tatsächlich ein nett aussehender Ort. Auch viel größer, als er erwartet hatte. Gut gestaltet. Luftig. Rustikales gemischt mit moderner Vernunft.

Er konzentrierte sich auf die Brünette am Empfang, schlenderte über die Zugangsstraße und den Bürgersteig. Trat sich vor dem Eingang die Schuhe ab. Er spürte, wie seine Anspannung wuchs, während seine Erwartung stieg. Ungeduld gesellte sich hinzu, drängte ihn zur Eile. Ivar verdrängte beides.

Es bestand kein Grund zur Eile. Kein Grund, sich diesen Moment zu ruinieren.

Die Befriedigung hinauszuzögern intensivierte das Erleben. Steigerte die Wahrnehmung. Jetzt spürte er alles – seinen Herzschlag, das Kribbeln in seinen Fingerspitzen, den Blutansturm, der dazu führte, dass sich die feinen Haare in seinem Nacken aufstellten. Ivar krümmte seine Finger und knurrte. Welch ein Triumph. Das war es. Nach monatelanger Arbeit. Nach einer Woche des Wartens. Endlich war der Tag der Abrechnung gekommen.

Jetzt stand er hier.

War nur noch Augenblicke davon entfernt, seinen Supervirus in Aktion zu sehen. Sekunden davor, den Schaden zu begutachten, den die Weiterentwicklung seiner wissenschaftlichen Experimente verursachte. Minuten davor, die Symptome aufzuzeichnen und Blutproben zu nehmen, um sie in sein Labor zu überführen. Die Tests würden Wochen in Anspruch nehmen. Er konnte es kaum erwarten, endlich anzufangen.

Ivar blickte noch einmal über seine Schulter zurück, suchte den Himmel ab und aktivierte die mentale Sprechverbindung. *»Kommst du?«*

»Muss ich?«, fragte Hamersveld mit einem Grollen in der Stimme zurück.

Raureif überzog die Straße, bevor der Mann seine Tarnung ablegte. Glatte haifischgraue Haut blitzte im Dämmerlicht auf. Dunst wirbelte aus seinen Nüstern, während er aus dem Himmel fiel. Seine mit Schwimmhäuten versehenen Pranken landeten dröhnend auf dem Asphalt. *»Ich hasse Krankenhäuser.«*

Ivar hob eine Augenbraue. *»Bist wohl in vielen gewesen, was?«*

»In keinem, genau genommen.« Sein Freund gab einen Laut des Abscheus von sich. *»Ich mag sie prinzipiell nicht. Zu viele kranke Menschen.«*

»Da drinnen ist eine hübsche Brünette«, versuchte Ivar ihn zu ködern.

»Wo?«

»Hinter dem Empfangstresen.«

Mit gespanntem Interesse trat Hamersveld einen Schritt

zur Seite und reckte seinen Hals. Der Norweger spähte um eine der Säulen. Seine hellblau umrandeten schwarzen Pupillen weiteten sich, als er die Frau erblickte. *»Bei Silfers Eiern – sieh dir die an. Wie viel Zeit brauchst du hier drinnen?«*

»Eine halbe Stunde«, murmelte Ivar und unterdrückte seine Belustigung. Aber es fiel ihm schwer. Er hätte zu gern über seinen neuen Stellvertreter gelacht. Der Mann war ein hundertprozentiges Klischee. War viel zu vorhersehbar. Zumindest, was Frauen betraf. Egal, was passierte, Hamersveld verpasste nie eine Gelegenheit, eine Frau flachzulegen. *»Höchstens fünfundvierzig Minuten, um alles zu checken und Blutproben zu nehmen.«*

»Kein Grund zur Eile.« Hamersveld nahm menschliche Gestalt an und zog sich die Kampfstiefel an die Füße. Das leise Aufstampfen echote durch die Nachtluft. Voll auf die Brünette konzentriert, trat er auf Ivar zu, und als er neben ihm stehen blieb, grinste er schon ganz begierig. *»Nimm dir alle Zeit der Welt. Ich probiere sie mal aus, während ich warte.«*

Ivar schnaubte.

Hamersveld knurrte. *»Vielleicht hat sie ja noch eine Freundin in der Nähe.«*

»Gieriger Mistkerl.«

»Ich nehme, wo und was ich kriegen kann.«

»Was praktisch überall alles ist«, sagte Ivar.

»Du bist nicht anders, Ivar.«

»Das ist allerdings richtig.«

Eine totale Lüge. Ivar wusste es, sobald die Worte ihm entschlüpft waren, aber, nun ja … wie auch immer. Sollte Hamersveld doch glauben, dass er auf einen heißen Dreier genauso verrückt war wie andere Männer. Dass das eine irrige

Vorstellung war, juckte ihn absolut nicht. Es war eine, die zu seinen Gunsten ausging, nur seinen Status erhöhte innerhalb der Razorback. Als Anführer eines großen Clans musste er die Illusion pflegen. Da war es ihm nur zu recht, dass seine Krieger ihn mit Ehrfurcht und Respekt betrachteten. Was er in Wahrheit bevorzugte, ging schließlich niemanden etwas an. Am allerwenigsten Hamersveld.

Keiner musste wissen, dass er Unersättlichkeit nicht toll fand.

Oder dass er es lieber nur mit einer Frau zu tun hatte, nicht mit mehreren gleichzeitig. Sie sich mit anderen Männern zu teilen war auch nicht sein Lieblingsding. Wenn er die Wahl hätte, hätte er nur eine. Nur *eine* Frau zur Verfügung. Eine Mieze auf Abruf, wenn es ihn juckte … und er sich nähren wollte. Das wäre wirklich das perfekte Arrangement. Er bekäme, was er brauchte, und dann könnte er sich wieder dem widmen, was er am besten konnte – allein sein.

Leider passierte das viel zu selten. Zeit für sich zu finden schien ein unmögliches Unterfangen zu sein. Zumindest für ihn. Sodass er ein permanentes Nachholbedürfnis hatte. Weil er ständig in Erscheinung treten musste – sich nähren und ficken musste vor den Augen seiner Bodyguards. Darauf angewiesen war, sich Frauen mit Hamersveld zu teilen, nur um vorzugeben, dass es ihn einen Dreck scherte. Ivar zog eine Grimasse. Kein Wunder, dass er sich nur nährte, wenn er dazu gezwungen war. Wenn Heißhunger ihn überfiel und sein Körper gierig nach Nahrung verlangte.

Kein tolles Konzept. Schon gar nicht für einen männlichen Angehörigen des Drachenbluts.

Vor lauter Heißhunger blinder Energiegier zu verfallen

war alles anderes als spaßig. Und dennoch flirtete er regelmäßig mit der Gefahr, scheute sich vor körperlichem Kontakt. Peinlich, aber wahr. Besonders, da er schon die Kontrolle verloren und aus Versehen weibliche Wesen getötet hatte … bei mehr als einer Gelegenheit. Ihm wäre das möglicherweise auch bei Sasha passiert …

Wenn sie es zugelassen hätte.

Die blonde Schönheit hatte stattdessen den Spieß umgedreht. Hatte sich bei ihm eingeklinkt und seine Energie angezapft, bevor er es umgekehrt tun konnte. Ihr Bild tauchte vor seinem geistigen Auge auf. Zerzauste lange Haare. Ein Schlafzimmerblick. Ein verführerisches Lächeln. Ivar erschauerte, dann schüttelte er den Kopf, versuchte sie aus dem Kopf zu kriegen. Sie blieb aber hartnäckig haften, wollte nicht weichen, verschanzte sich geradezu, zwang ihn, sich ihre merkwürdige Wirkung auf ihn einzugestehen. Sie war ihm ein Rätsel. Verblüffend. Faszinierend. Mehr als beunruhigend. Insbesondere, da ihre Stärke ihm eine Schwäche seinerseits bewusst machte. Eine, die er nicht verstand und auch nicht enträtseln konnte. Ihre Fähigkeit, sich mit seiner Lebenskraft zu verbinden, widersprach jeglicher Logik. Es hätte nie passieren dürfen.

Den Blick fest auf die Eingangstüren gerichtet, unterdrückte Ivar ein Knurren.

Eine weitere Sünde, die man der Göttin aller Dinge zu Füßen legen konnte.

Verdammter Fluch. Total ungerecht.

Was zum Teufel wusste die Gottheit schließlich schon von Leiden? Von Schmerz und Verlust? Wie konnte sie es wagen, eine gesamte Spezies wegen des Fehltritts eines einzigen

Mannes zu verdammen? Wegen Untreue, einem Verbrechen, für das nie jemand ins Gefängnis wanderte, und dennoch wurde seine Spezies deswegen seit Jahrhunderten bestraft. War angewiesen auf die Menschheit. Abgeschnitten von der Quelle, die ihre Drachenhälfte nährte – und die magischen Fähigkeiten, die jeder männliche Drachenblütige besaß. Seine Brauen kollidierten. Er hatte keinen Zweifel mehr. Die Drachenblütigen hatten genug gelitten. Die Göttin musste ihren Fehler inzwischen eingesehen haben – den unglaublichen Egoismus ihres Handelns … ihres Wutanfalls … oder als was auch immer sie es bezeichnet hatte.

Dennoch, nichts änderte sich.

Alles blieb wie gehabt. Und die Drachenblütigen blieben verflucht. Unwiderruflich an Menschen gebunden. Gezwungen, sich über eine minderwertige Spezies fortzupflanzen. Hundertprozentig abhängig von jemand anderem, um zu überleben.

Mit zusammengebissenen Zähne gab Ivar sich einen Ruck und setzte sich in Bewegung. Mit einem mentalen Befehl verstärkte er seinen Tarnzauber, dann packte er einen der Türgriffe. Kaltes Metall berührte seine Handfläche. Er zog. Die Tür flog auf. Er betrat, gefolgt von seinem neuen Stellvertreter, die Eingangshalle, einen offenen Raum mit zehn Meter hoher Decke.

Hamersveld steuerte sogleich nach rechts in Richtung des Empfangstresens. *»Ruf mich, wenn du mich brauchst.«*

»Klar«, sagte Ivar und ging auf die Treppe zu.

Hinter dieser Treppe ging ein Korridor ab. Sein Blick fiel auf die Wand daneben. Ein Lageplan mit Erklärungen in großen Blockbuchstaben und roten Pfeilen wies ihm den

Weg. Eine schnelle Drehung nach links führte ihn einen kurzen Gang hinunter und …

Bingo. Notaufnahme direkt vor ihm.

Mit gleichmäßigen Schritten betrat Ivar den Wartebereich. Alle Stühle leer. Helle Wände. Hässliche Bilderrahmen. Nicht ein Mensch in Sicht. Was ihm verständlich erschien. Menschen mochten ja nervtötend sein, aber sie waren effizient. Insbesondere in medizinischen Notsituationen. Die Quarantänevorschriften erklärten die Ruhe innerhalb der Notaufnahme. Mit seinem Supervirus auf vollen Touren hatte das Krankenhaus so reagiert, wie er es erwartet hatte – die potenzielle Gefahr für groß erklärt, alles unwichtige und verzichtbare Personal aus dem Krankenhaus abgezogen, nicht betroffene Patienten in andere medizinische Einrichtungen umgeleitet.

Perfekt. Weniger Menschen, denen er aus dem Weg gehen musste, während er sich an die Arbeit machte.

Das Klicken einer Computertastatur war zu seiner Rechten zu hören.

Sein Blick fuhr herum. Eine Schwesternstation. Drei weibliche Wesen mit Mundschutz arbeiteten hinter der hohen Theke. Hektisch gab eine Daten in den Computer ein. Die anderen beiden sortierten Papiere, hefteten sie ab, sahen gestresst aus und … jawohl. Sein Mund verzog sich. Mehr als nur ein bisschen ängstlich. Hervorragend. Genau zur richtigen Zeit. Er hatte den richtigen Ort gefunden. Jetzt musste er nur noch die infizierten Patienten finden.

Eine Schwester nahm einen Stoß Akten und trat hinter der Theke hervor. »Ich bringe diese dann in den zweiten Stock.«

Die Schwester am Computer blickte kurz von ihrem Bildschirm auf. »Geh auf keinen Fall in den Quarantänebereich, Becky. Übergib sie einem im Seuchenschutzanzug, und komm gleich wieder zurück.«

»Mache ich.« Gummisohlen quietschten, als sie sich umdrehte und durch den Flur flitzte.

Ivar ließ sie nicht aus den Augen, während er ihr folgte. Es hatte schließlich keinen Sinn, eine goldene Gelegenheit zu verpassen. Die Frau kannte das Gebäude und auch den schnellsten Weg in den Quarantänebereich. Die Akten gegen ihre Brust gedrückt, drehte sie ab und ging einen weiteren Flur hinunter. Dann blieb sie vor einer Reihe von Fahrstühlen stehen. Unsichtbar durch seinen Zauber, stellte er sich hinter sie. Er betrachtete ihre Kurven. Ein bisschen zierlich und unglaublich nervös. Er konnte ihre Furcht förmlich riechen. Sie schwängerte die Luft um sie herum, reizte seine Sinne. Und dennoch rief sie den Aufzug und bewegte sich in Richtung Gefahr statt in die Gegenrichtung.

Seltsam in vielerlei Weise. Mutig in anderer.

Die meisten Menschen wären geflohen. Wären schon längst über alle Berge in der Hoffnung, ihre eigene Haut zu retten. Nicht, dass sie die Chance dazu jetzt noch gehabt hätte.

Sie war bereits infiziert.

Mit seinen scharfen Drachensinnen registrierte er die Verseuchung ihres Blutes. Höchstens noch zwölf Stunden, und die Schwester würde krank werden … bräuchte die gleiche medizinische Pflege, die sie anderen jeden Tag angedeihen ließ. Sie zappelte nervös vor ihm. Ein kleines Hüsteln drang aus ihrer Kehle. Mitgefühl für ihr kommendes Leiden schnürte ihm das Herz ab. Ivar unterdrückte eine Grimasse. Nun ja, Teufel auch. Das war kein gutes Zeichen. Er sollte nur Triumph empfinden. Aber als sie wieder hustete und den Knopf ein zweites Mal drückte, damit der Fahrstuhl endlich kam, geriet seine Überzeugung ins Wanken. Er seufzte. Arme Menschenfrau. Sie war unverschuldet ins Kreuzfeuer geraten. Und ehrlich, er fühlte sich schlecht ihretwegen. Und auch mehr als nur ein wenig schuldig. Es war nicht ihr Fehler, dass die Menschheit nichts auf die Reihe kriegte.

Oder dass ihre Spezies den Planeten verwüstete, und zwar Stück für Stück, und das jeden Tag.

Der Fahrstuhl klingelte. Die Doppeltüren glitten auf. Die Schwester trat hinein.

Ivar zögerte. Mist. Er brachte es einfach nicht fertig, konnte den Fahrstuhl nicht mit einer Frau teilen, die durch einen Supervirus starb, den er erschaffen hatte. Es schien irgendwie respektlos zu sein. Statt also zusammen mit ihr einzusteigen, wartete er, bis die Türen sich schlossen, und ging dann auf die Tür mit der Aufschrift »Treppe« zu und öffnete sie mit einem kräftigen Ruck. Er betrat ein enges Treppenhaus. Nahm immer zwei Betonstufen auf einmal. Stand binnen Sekunden vor dem Eingang zum zweiten Stock. Er riss die Tür auf und trat über die Schwelle auf einen Flur.

Ein Mann in einem Schutzanzug ging auf das Ende des Flurs zu, auf eine Tür mit einem Schild, auf dem »Quarantänebereich. Zutritt verboten!« stand.

Ivar lief dem Plastikvermummtem hinterher. Er verstärkte seine Magie, schlüpfte mit durch die Tür und betrat das Sperrgebiet. Als Erstes überfiel ihn der Geruch von antiseptischer Seife. Als Nächstes registrierte er den Geruch von

Blut. Seine Nase zuckte einen Moment, bevor seine anderen Sinne sich meldeten. Medizinische Geräte piepten. Papiere raschelten, Infusionsbeutel knisterten in den Händen von Schwestern, und Schuhsohlen quietschten auf dem Linoleumfußboden. Menschen stöhnten, flehten um Hilfe, während medizinisches Personal – in Schutzkleidung – versuchte zu helfen. Verzweiflung hing in der Luft. Organisiertes Chaos ebenfalls, und zwar der Art, die an Panik grenzte.

Und keine Entlastung.

Mannomann. Was für eine Katastrophe. Eine, die zu erzeugen er gehofft, aber nicht wirklich erwartet hatte.

Ivar ging weiter durch den Korridor und spähte in den Raum zu seiner Rechten. Vier Betten standen aufgereiht an der hinteren Wand, alle belegt mit kranken Menschen. Die Vorhänge zugezogen. Infusionsbeutel an Metallständern versorgten die Patienten mit Flüssigkeit, vielleicht sogar mit Virostatika. Er atmete tief durch, um sich zu wappnen, und marschierte direkt hinein ins Trümmerfeld. Jetzt oder nie. Er hatte Arbeit zu verrichten. Vierzig Minuten mindestens, bevor Hamersveld befriedigt war und sich eine Atempause gönnte.

Ivar konzentrierte sich auf seine Rolle als Forscher – auf die reine Wissenschaft, in der Mitleid nichts zu suchen hatte. Er überhörte alle Bitten um Hilfe und verdrängte den Anblick der Leidenden. *Bleib ruhig. Bleib distanziert. Vergiss die Qualen.* Er widerholte sich das wieder und wieder, während er seine Runde machte und eine Blutprobe von jedem Patienten nahm. Mittels Magie verstaute er alle blutgefüllten Teströhrchen in einem geheimen Gewölbe, aus dem er sie später hervorholen würde … wenn er wieder in seinem Labor war.

Raum für Raum. Patient für Patient. Überall zeigten sich die gleichen Symptome.

Hohes Fieber. Eiterbeulen. Schließlich Atemversagen.

Wirkungsvolle Todesursachen, aber als er den vierten Raum betrat, begann Ivar, sich Sorgen zu machen. Etwas war hier falsch. Sehr, sehr *falsch.* Bisher hatte er noch keinen infizierten Mann gesichtet. Nicht einen einzigen. Alle Patienten, von denen er Proben genommen hatte, waren weiblich.

Sechzehn insgesamt. Alle *weiblich*, verdammte Scheiße.

Unsicherheit befiel ihn. Erschrecken pochte an seine Schädeldecke.

Neben einem Krankenbett stehend, starrte Ivar auf die Frau mittleren Alters, die darin lag. Angeschlossen an Sauerstoff, nur Stunden entfernt von ihrem Tod, kämpfte sie darum, Luft zu bekommen. Er runzelte die Stirn. Die Resultate ergaben keinen Sinn. Auf keinen Fall konnten seine Befunde stimmen. Krankheit diskriminierte nicht. Viren griffen unterschiedslos an. Geschlecht war nie ein entscheidender Faktor bei Infektionen. Und dennoch. Der Quarantänebereich log nicht.

Irgendwie … auf irgendeine Weise … hatte er sich verrechnet.

Ivar schüttelte den Kopf. Vielleicht hatte er das falsche Biotoxin hinzugefügt. Vielleicht hatte er den Supervirus zu stark synthetisiert. Es konnte auch ein Problem der Verabreichungsform sein. Vielleicht war es doch nicht die beste Idee gewesen, die Menschen über die Wasserversorgung zu infizieren. Es gab so viele Möglichkeiten. Zu viele, um sie zu analysieren. Die Tatsachen jedoch ließen sich nicht leugnen. Sein Experiment war schiefgegangen. Jetzt trugen die Frauen die Hauptlast, starben, während Männer verschont blieben.

»Verdammt«, murmelte er, als die Erkenntnis ihn in vollem Umfang traf.

Wenn er zuließ, dass sein Supervirus sich weiter ausbreitete, würde der Frauen auf der ganzen Welt umbringen – und die einzige Möglichkeit, sich mit dem Meridian zu verbinden, die den Drachenblütigen geblieben war, zunichtemachen. Ihn befiel heftige Beklemmung. Schleichende Furcht machte sich bemerkbar, während er sich das Schlimmste ausmalte.

Ivar schüttelte den Kopf. Es blieb nur eine Schlussfolgerung zu ziehen. Er musste seinen Virus abtöten. Sofort. Bevor der sich weiter in der Bevölkerung ausbreitete und nicht mehr zu stoppen war. Wenn er von Granite Falls und Arlington auf andere Gemeinden übersprang, wäre es zu spät.

Die endgültige Auslöschung der menschlichen Spezies musste aufgeschoben werden.

Etwas anderes hatte jetzt Vorrang.

Drachenblütige brauchten Menschenfrauen. Ohne sie wäre keiner von ihnen in der Lage, sich mit dem Meridian zu verbinden – sich an ihm zu nähren, um stark und gesund zu bleiben. Die Folge wäre ein unglaubliches Leiden. Ein schreckliches Dahinwelken von Seele und Körper, das dazu führen würde, dass die Drachenblütigen zusammen mit den Menschen verendeten.

Mit Herzklopfen wandte Ivar sich von dem Bett ab und ging auf die Tür zu. Er musste Hamersveld leider auf den Nerv gehen und umgehend in sein Labor zurückkehren. Je schneller desto besser. Je schneller er die Blutproben auswertete, desto schneller konnte er einen passenden Antivirus kreieren. Die Ärzte würden ihn brauchen. Auf keinen Fall würde einer dieser idiotischen Menschen die richtige Lösung finden, um seinen Supervirus rechtzeitig abzutöten.

Der Gedanke steigerte seine Anspannung noch.

Panik gesellte sich hinzu.

Mit hallenden Schritten lief Ivar über den Flur. Die Tür zum Treppenhaus tauchte am Ende des Flures auf. Er rannte auf sie zu, lief noch schneller. Dabei wich er einem Wagen mit medizinischem Zubehör aus, schlüpfte an einer Schwester vorbei, ging einem weiteren Schutzanzugträger aus dem Weg und …

Sanftes grünes Licht strömte auf den Korridor.

Ein eigenartiges Summen erreichte seine Schläfen, ließ ihn innehalten. Er runzelte die Stirn, ging einem Mann aus dem Weg, der eine Rolltrage schob, und blieb vor einer offenen Tür stehen. Sein Sonar schwirrte. Sein Blick verengte sich auf das menschliche Paar, das neben einem allein stehenden Krankenbett stand. Ein Mann, klein, mit beginnender Glatze, rundlich, in einem Arztkittel. Ivar runzelte die Stirn. Keine Bedrohung von dieser Seite. Seine Aufmerksamkeit wandte sich ruckartig der anderen Person zu und …

Ihm blieb die Luft weg.

Mannomann. Eine Frau mit hoher Energie. Ihre hellgrüne Aura umgab sie wie ein leuchtender Heiligenschein. Der Schock fuhr ihm direkt in die Eier. Einen Augenblick lang checkte er gar nichts, bevor sein Verstand sich schlagartig wieder einschaltete. Unglaublich. Nach monatelanger Suche nach einer weiteren Frau mit hoher Energie, um sein Fortpflanzungsprogramm auf den Weg zu bringen, stand sie hier. Direkt vor ihm. Nicht mehr als fünf Meter entfernt.

Er musterte sie erneut.

Groß und langbeinig. Makellose Haut in der Farbe von Milchschokolade. Lockiges schwarzes Haar, das ihr bis auf die Schultern fiel. Ein schönes Exemplar. Ein seltener Fund. Und auch noch hundertprozentig gesund. Total auf sie konzentriert, trat Ivar einen Schritt näher. Und noch einen. Er blieb kurz vor der Tür stehen und vermaß ihre Bioenergie mit seinen Drachensensoren. Er musste ganz sichergehen. Wollte keinen Fehler machen und … er sog hastig die Luft ein. Genau richtig. Absolut kein Zweifel. Sie war nicht infiziert. Der Virus hatte ihr nichts anhaben können, obgleich er im Quarantänebereich wütete.

Etwas in ihrem Blut machte sie immun dagegen.

Starke Abwehrstoffe vielleicht. Die Gabe, Infektionen abzuwehren. Ein Enzym, das durch ihre hohe Energie geschaffen war, möglicherweise. Eins, das jedes Gift abtötete, das ihm begegnete. Was auch immer. Sie war ein Geschenk – ein hervorragender Orientierungspunkt für sein Labor, die perfekte Ergänzung für sein Fortpflanzungsprogramm. Zwei Fliegen mit einer Klappe. Ein lebendes Exemplar mit den richtigen Antikörpern in seinen Adern. Eine weitere Frau, um die seine Krieger kämpfen konnten, wenn der Meridian sich neu justierte.

Eine Win-win-Situation in jeder Beziehung.

Mit einem leichten Schweißfilm auf seiner Stirn murmelte der Arzt etwas.

Ivar konzentrierte sich erneut auf das Paar und lauschte aufmerksam.

Die braunen Augen vor Bestürzung geweitet, schüttelte die Frau ihren Kopf. »Das kann nicht wahr sein, Dr. Milford.«

»Es tut mir leid, Evelyn«, sagte Milford und gab sich große

Mühe, sie zu trösten. »Wir haben alles getan, was wir konnten, aber sie ist gegangen. Sie ist gegangen, meine Liebe.«

»Nein.« Sie schluchzte laut auf. »Nicht Mema, Dr. Milford. Sie ist alles, was mir geblieben ist. Ich kann nicht ... Ich verstehe es nicht.« Tränen stiegen ihr in die Augen. Sie versuchte durchzuatmen, was ihr nur stockend gelang, während sie die Hände rang. »Ihr ging es doch gut. Ich habe noch Abendbrot mit ihr gegessen, bevor ich in die Stadt gefahren bin, und es ging ihr gut!«

»Ich weiß.« Milford trat einen Schritt auf sie zu und streckte die Hand aus. Er nahm ihre Hände in seine behandschuhten Hände. »Ich weiß, Evelyn, aber sie ist tot. Der Virus hat vor einer Viertelstunde zum Atemstillstand geführt. Ich habe alles versucht, aber ich konnte ... ich konnte sie nicht zurückholen.«

»Oh Gott«, sagte sie mit schwacher Stimme und sah so verloren aus, dass Ivars Herz sich zusammenzog.

Er schnaubte verärgert. Verdammt. Schon wieder – schon wieder hatte er Mitleid, wo er keins haben sollte. Andererseits ... Ivar runzelte die Stirn. Vielleicht war seine Reaktion gar nicht so merkwürdig. Er verstand, was das Wort *Verlust* bedeutete. Lebte immer noch mit dem Schmerz, Lothair verloren zu haben, einen Mann, den er mehr als alle anderen wertgeschätzt hatte.

»Ich möchte sie sehen, Dr. Milford.« Evelyn blinzelte die Tränen weg und hob das Kinn. »Kann ich sie sehen?«

»Noch nicht. Ein Epidemiologe von der Seuchenschutzbehörde in Atlanta ist unterwegs hierher. Sobald er ihren Leichnam freigegeben hat, bringe ich dich zu deiner Großmutter.«

»Ich muss an die Luft.« Am Boden zerstört, sah Evelyn in Richtung Tür. Ihr Blick streifte Ivar. Der Unsichtbarkeitsschild, den er um sich herum gewoben hatte, fing an, sich zu wellen, hielt aber stand und hinderte sie daran, ihn zu bemerken. »Ich muss unbedingt hier raus.«

»Du kannst den Quarantänebereich nicht verlassen, Evelyn. Du musst hierbleiben, bis die Ergebnisse deines Bluttests vorliegen. Bis die Ärzte dich freigeben.«

Absolut unnötig. Zum Teufel mit den Regeln, den Vorschriften der Menschen.

Evelyn musste auf niemanden warten. Sie würde jetzt gehen … mit ihm. Würde nützliche Dienste leisten als Antivirus-Versuchsperson in seinem Labor. Nicht, dass sie das schon wusste. Aber als er vom Flur in den Raum trat, in der Absicht, sie sich blitzschnell zu schnappen, wusste Ivar, dass sie das schnell spitzkriegen würde.

Das war bei Frauen mit hoher Energie immer der Fall.

15

Mit Überschallgeschwindigkeit flog Venom aus den Sturmwolken. Der Mond verschwand hinter einer enorm dicken und düsteren Wolkenwand. Donner grollte in der Ferne. Das Licht von Straßenlaternen blitzte auf, wurde zu verschwommenen Streifen unter ihm. Frostige Luft schlug geräuschvoll gegen seine Schuppen und kollidierte mit den gezackten Hörnern auf seinem Kopf. Das war nun nicht gerade überraschend. Sein halsbrecherischer Flug sprengte alle Grenzen, konnte wahrlich nicht mehr als gefahrlos, sondern nur noch als wahnwitzig bezeichnet werden. Nicht, dass ihn das einen Deut scherte.

Im Moment ging es ihm um Schnelligkeit, auch wenn die Geschwindigkeit seine Muskeln stark strapazierte. Venom vollführte eine weitere todesverachtende Drehung und erhöhte seine Flügelschlagfrequenz sogar noch. Schmerz krallte sich in seine Schultern. Er verdrängte das unangenehme Gefühl. Mit der körperlichen Anspannung und den Schmerzen konnte er klarkommen. Nicht klarkommen konnte er mit dem Gedanken zu versagen. Er musste Granit Falls erreichen. Und zwar bevor Evelyn etwas zustieß.

Er stellte seine Nachtsicht schärfer und bog nach rechts ab. Seine glühenden rubinroten Augen suchten das Gelände unter ihm ab. Dichte Wälder machten kleinen Häusern Platz und kompakten Appartementhäusern. Die Straße unter ihm führte ihn ins Stadtzentrum. Venom knurrte, als der Landeplatz, den er sich ausgeguckt hatte, in Sicht kam. Er legte die Flügel an und ließ sich aus dem Himmel fallen. An die vorderste Front, direkt ins Zentrum des Cascade Valley Hospital.

Zweihundert Meter unter ihm. Jetzt fünfzig.

Er fletschte die Zähne. Die Schwerkraft antwortete mit einem bösen Ruck. Seine Pranken prallten auf das Krankenhausdach. Die Wucht des Aufpralls hätte ihn beinahe umgeworfen. Grollend fuhr Venom seine Krallen aus, um zu bremsen. Den Blick fest auf die fünfzig Meter entfernte Tür gerichtet, wechselte er mitten im Schlittern in menschliche Gestalt. Leder legte sich um seine Haut. Seine Füße rutschten über die Platten des Hubschrauberlandeplatzes. Er nahm das nicht weiter wahr. Stattdessen entfachte sich explosionsartig seine Zauberkraft und erhitzte die Luft um ihn herum. Schnee schmolz, und Dunst stieg in die Gewitterwolken. Nicht, dass der eisige Rückstoß ihn kümmerte. Genauso wenig wie der Schaden, den er in seinem Kielwasser anrichtete. Nur eine Sache zählte: seine Frau. Er musste sie erreichen, bevor es zu spät war. Der Gedanke ließ sein Herz heftiger schlagen. Sein Blut pulsierte schneller. Adrenalin übernahm den Rest, trieb ihn vorwärts zur Dachtür. Venom sprang über einen Luftschacht, rannte über die offene Fläche.

So nah.

Verflucht, er konnte sie spüren. Sie war ganz, ganz *nah*. Nur zwei Stockwerke unter ihm. Nur noch wenige Flure entfernt. Irgendwo innerhalb dieser Einrichtung, die von einer Infektionskrankheit überrollt wurde.

Venom stellte die Verbindung zu ihr her, und um sicherzugehen, klinkte er sich in ihre Bioenergie ein. Das Knistern ihrer Lebenskraft ertönte in seinem Schädel. Er stellte die Verbindung noch genauer ein. Der Signalbalken pulsierte wie ein Herzschlag, im selben Rhythmus wie sein eigener, wies ihm die Richtung. Er erreichte den Eingang, riss die Tür auf und stürmte über die Schwelle. Nach drei großen Schritten blieb er auf dem Treppenabsatz stehen. Seine Nachtsicht passte sich an, dann sah er alles ganz scharf. Körnige Betonwände, die beige gestrichen waren. Ein enges Treppenhaus mit Stahlstufen, die nach unten führten. Das weiß leuchtende Ausgangsschild über ihm. Vor ihm ein direkter Weg hinunter in die Krankenhauskorridore voller medizinischer Sachkundiger.

Zwei Stufen auf einmal nehmend, lief Venom die Stufen hinunter. *»Ich bin drin.«*

»Verfluchter Mist, Ven«, knurrte Mac durch ihr mentales Handy. *»Warte, bis Forge und ich gelandet sind, bevor du …«*

»Keine Zeit.«

»Verdammte Scheiße, Kumpel.« Wind rauschte durch die kosmische Verbindung und dämpfte Forges Stimme. *»Gib uns eine Chance, bevor du mit halb entsicherter Waffe loslegst.«*

Halb entsichert, von wegen. Sagen wir stattdessen lieber *voll durchgeladen.*

Venom konnte nicht warten. Er musste Evelyn sofort sehen und sich vergewissern, dass es ihr gut ging. Ihre Bioenergie sagte ihm, dass sie nicht verletzt war, aber … verfluchter Mist. Scheiß auf die Konsequenzen und auf die Instruktionen des Schotten. Er dachte nicht daran, irgendetwas dem Zufall zu überlassen.

Oder abzuwarten, Tee zu trinken und auf das Beste zu hoffen.

Während seine Fußsohlen beim Hinunterrennen auf die Stahlstufen krachten, verstärkte Venom seine Verbindung zu dem Signalbalken, den Evelyn wie Pheromone aussandte. Der war ein fantastisches Barometer, zeigte ihren gefühlsmäßigen Zustand an, bereitete ihn auf das vor, was ihn erwartete, und …

Ihre Anspannung wurde spürbar, erleuchtete sein Inneres. Sein Magen sackte ihm in die Kniekehlen. Ah, verdammt. Alles andere als gut. Sie war wegen irgendetwas am Boden zerstört, in Tränen aufgelöst, total aufgewühlt. Zunehmend fassungslos, während sie versuchte, irgendwelche schlechten Nachrichten zu verkraften. Die Energieverbindung ermöglichte es ihm, ihre mentale Temperatur zu messen. Evelyn war kurz davor, überzukochen. Was bedeutete, dass schnell nicht schnell genug war. Sie brauchte ihn auf der Stelle. Und er war immer noch Minuten von ihr entfernt.

Der Gedanke trieb ihn noch schneller vorwärts.

Die Realität sorgte dafür, dass er sich wieder einkriegte. Er konnte nicht ändern, was ihr heute Nacht passiert war. Er konnte nur versuchen, es wiedergutzumachen. Zuhören, wenn sie reden wollte. Sie im Arm halten, wenn sie es zuließ, die Verbindung verstärken, ihr Vertrauen vertiefen, sie auf die Art und Weise beruhigen, wie ein Mann es mit seiner Frau tat.

Venom gefiel sein Plan, während er über den nächsten Treppenabsatz stürmte. Auf halbem Weg die nächsten Stufen hinunter, nahm er ein Surren zwischen seinen Schläfen wahr. Das Gefühl wurde stechender. Das Warnsignal sorgte dafür, dass er sich total verkrampfte. Seine Drachenhälfte reagierte, sein Instinkt. Und seine Erfahrung vergrößerte seine Besorgnis noch und ließ sein Herz wie rasend klopfen.

Er konnte sich in Bezug auf diese hässliche Vibration und das, was sie signalisierte, nicht irren.

»*Abtrünnige. Wir haben einen Tross hier in der Umgebung und…*« Venom schwieg, versuchte, es genauer zu identifizieren. Das Signal pochte wie verrückt in seinen Schläfen. Er verkürzte die Reichweite, hielt direkt auf die Quelle zu. Zwei miteinander konkurrierende Leuchtbalken formten sich in seinem Kopf. Der erste gehörte zu Evelyn. Der andere war an einen Razorback angeschlossen – an einen starken männlichen Razorback, der sich irgendwo im Krankenhaus aufhielt. »*Verdammter Mist. Evelyn ist in Schwierigkeiten.*«

»*Scheiße*«, grollte Forge, dessen schottischer Akzent stärker als sonst war. »*Beweg deinen Arsch, Kumpel. Sei wachsam, und hol sie da raus. Mac und ich bleiben in der Leitung, sind dreißig Sekunden hinter dir.*«

»*Bastian – leg los*«, sagte Venom. Er brauchte eine Geländeskizze. Sofort. Nichts durfte dem Zufall überlassen bleiben. Nicht, wenn Evelyn in Gefahr war. Was bedeutete, dass Bastians Gabe, Abtrünnige aus weiter Entfernung zu identifizieren, sich als nützlich erweisen konnte. Zum tausendsten Mal in… wie kurzer Zeit? Tja, verdammt. Venom wusste es nicht. Es interessierte ihn auch nicht weiter. Er wollte nur einen kurzen Überblick – wie viele Abtrünnige es waren, ihr Alter, ihre jeweiligen Fähigkeiten und Atemsubstanzen. Und den genauen Ort des Mistkerls innerhalb der Einrichtung. »*Sag mir, was Sache ist.*«

»*Fünfzehn Abtrünnige mit unterschiedlichen Fähigkeiten. Acht Feuerdrachen, zwei, die Säure ausatmen, einer, der andere verbrühen kann, und… verdammt*«, sagte Bastian und klang echt sauer. »*Mac, es gibt noch einen Wasserdrachen.*«

»Hamersveld.« Mac knurrte. *»Wurde auch langsam Zeit, dass der Kotzbrocken auftaucht. Sag mir, wo er ist, Bas.«*

»Nein. Zuerst kümmern wir uns um Vens Frau.« Mit grollender tiefer Stimme wies Rikar Mac in die Schranken und unterband Macs persönliche Vendetta gegen den Mann, der ihn erzeugt hatte. Zweifellos eine gute Idee. Der Neue mochte ja stark sein, aber der abtrünnige Wasserdrache war älter, gewitzter und weitaus erfahrener. Auf keinen Fall sollte sein Waffenbruder sich mit dem Flachwichser schon jetzt messen. *»Du und Forge, ihr nähert euch von Norden, zusammen mit Sloan. Mal sehen, wo sich die Schweinebacken verkrochen haben.«*

»Und dann räuchern wir sie aus.« Sloan summte erwartungsvoll. *»Guter Plan. Ich bin noch drei Meilen entfernt.«*

»Und Wick?«

Wick knurrte. *»Zur Stelle. Westseite.«*

»Gut«, sagte Bastian, und im Hintergrund knisterte Elektrizität. Ein Blitzschild vielleicht? Keine schlechte Vermutung. Venom kannte das Geräusch gut und hätte beinahe gelächelt. *Beinahe*, aber nicht ganz. So sehr er auch die Fähigkeit seines Kommandanten schätzte, Abtrünnige bei Feindberührung zu frittieren, machte er sich doch Sorgen angesichts der Lage. In der Unterzahl zu sein und gleichzeitig seine Frau in Sicherheit zu bringen – das sah nicht besonders gut aus. *»Bleib hinter Ven. Wenn es heikel wird, gibst du ihm Rückendeckung.«*

»Wird gemacht«, murmelte Wick.

»Bleibt dicht zusammen. Und haltet euch an die Vorgaben, Jungs.« Rikars Stimme, begleitet vom Knistern des Frosts, drang durch die mentale Sprechverbindung. *»Wir werden die Schweinebacken lange genug beschäftigen, damit Venom seine Frau rausholen kann, und dann schlagen wir hart zu.«*

Mac murmelte etwas von verpasster Gelegenheit.

Forge knurrte zustimmend.

Wicks Krallen schrammten über Stahl, als er auf dem Dach landete.

»Bleib auf dem Dach, Wick.« Venom erreichte den nächsten Treppenabsatz und sprang die letzte Stufe hinunter. Evelyns Bioenergie peitschte durch seinen Schädel. Er justierte die Feineinstellung, prüfte ihre Stimmung. Sie war durcheinander, aber … er runzelte die Stirn … nicht verängstigt. Was bedeutete, dass der Abtrünnige sie noch nicht entdeckt hatte. Erleichtert atmete er erstmal tief durch. *»Ich hole sie raus.«*

Wick grunzte zustimmend.

Venom packte den Türgriff. Er zog. Die Tür flog auf und schlug gegen die Wand. Der Rums echote durch das Treppenhaus, als er in den breiten Korridor lief. Er kam rutschend zum Stehen und spähte in beide Richtungen. Leer. Keine Krankenschwestern. Nicht ein Arzt in Sicht. Nichts außer heller Beleuchtung, hellen Krankenhausböden und …

Eine Reihe Schutzanzüge hing an Haken weiter hinten im Flur.

Hauptgewinn. Genau das, was er finden wollte.

Sein Blick verengte sich auf die Türen am Ende des Korridors. Er las das Schild, das Menschen davor warnte, diesen Bereich zu betreten. Venom gab Gas und schoss förmlich an einem leeren Krankenhausbett vorbei. Er raste durch die Stille, stieß die Doppeltüren auf. Türangeln zischten, als die beiden Flügel nach innen schwangen. Sein Radar maximal ausgefahren, lief er in den Quarantänebereich.

Ein langer Flur erstreckte sich vor ihm.

Der strenge Geruch von Krankheit verpestete die warme

Luft, attackierte seine Sinne. Er ließ seine Schultern kreisen und lauschte dem leisen Murmeln weiblicher Stimmen. Er ging einer Gruppe Krankenschwestern auf dem Flur aus dem Weg und durchforschte die Geräusche, suchte die richtige Wellenlänge. Evelyns Bioenergie durchschnitt das menschliche Stimmengewirr und …

Ein leises Knurren war über dem leisen Plappern zu hören.

Venom sträubten sich die Nackenhaare. Verdammte Scheiße. Er kannte dieses Geräusch. Spürte die Gefahr, noch bevor er sie erspäht hatte. Er ballte seine Fäuste und versuchte dieses unheimliche Knurren zu lokalisieren. Da war es wieder. Er fuhr herum, fletschte die Zähne. Da, genau da, halb versteckt durch einen Wandschirm, stand der Abtrünnige in einem weißen Laborkittel, total fixiert auf etwas innerhalb des Krankenzimmers. Das Leuchten von Evelyns hellgrüner Aura geisterte um den Wandschirm auf dem Flur. Venoms Beschützerinstinkt meldete sich, und er gab Vollgas.

Knurrte zurück.

Der Razorback blickte in seine Richtung. Rosa Iriden schimmerten. Ivars Augen weiteten sich überrascht, dann verengten sie sich herausfordernd. Der Mistkerl nahm Kampfhaltung an, stellte sich mit dem Rücken zu dem Raum, versperrte den Eingang. »Venom … lange nicht gesehen. Bist gekommen, um die Menschen zu beschützen, nicht wahr?«

»Weg von der Tür.«

»Und wenn nicht?«

»Dann stirbst du schneller«, antwortete Venom, ging lieber auf Nummer sicher, statt einen Kampf zu riskieren. Was ihm sehr schwerfiel, weil er sich nichts mehr wünschte, als anzugreifen. Einfach loszulegen und Ivar zu zerfetzen. Das Kackgesicht zu töten würde unglaublich viele Probleme lösen. So viel Unrecht wiedergutmachen. So viele Tode rächen. Doch so schön die Vorstellung auch war, und ob es ihm gefiel oder nicht, es war kein guter Plan. Der Drecksack hatte einen Vorsprung von gut drei Metern. War Evelyn viel näher als er selbst und würde nicht zögern. Sogar, wenn Venom alle seine Zauberkräfte entfesselte, würde Ivar Evelyn als Erster erreichen und ihr das Genick brechen.

Seine Aggressionslust wuchs ins Unermessliche.

Venom machte eine ausdruckslose Miene. Er durfte keine Reaktion zeigen. Sobald Ivar mitkriegte, wie wichtig Evelyn ihm war, war sie tot.

Also ließ Venom sich auf ein Gespräch ein und bewegte sich dabei auf seine Beute zu. »Hast du all das hier angerichtet?«

»Wissenschaft ist meine Stärke.« Zwinkernd reagierte Ivar auf jeden Schritt, den Venom machte, bewegte sich synchron mit ihm, gab keinen Zoll preis. »Und mit den Leben der Menschen zu spielen auch.«

Dieser Kommentar kostete Venom beinahe die Beherrschung. Doch er riss sich zusammen, dachte nicht daran, das Spiel verloren zu geben. »Hau jetzt ab, Ivar – und lebe länger.«

»Bereit, mich gehen zu lassen? Seltsam, es sei denn …« Erkenntnis blitzte in seinen Augen auf, und Ivar grinste. »Aha, kapiert. Du bist wegen der Frau hier. So eine wunderschöne hohe Energie … ein wirklich hübscher Knackarsch.«

Venom fletschte die Zähne.

»Sachte, sachte, Nightfury.« Ivar musterte ihn mit gesenkten Augenlidern und trat einen Schritt zurück. Eingehüllt in

Magie, war er menschlichen Blicken verborgen. Aber nicht Venoms. Venoms sah alles erschreckend klar. Auch die Absicht des Mistkerls, als Ivar sich zwischen die Türpfosten pflanzte, Evelyn einsperrte im Zimmer und Venoms Zugang zu ihr blockierte. »Eine falsche Bewegung, und ihr passiert was.«

»Ich kann es immer weniger erwarten, dich auszuschalten«, sagte Venom und bewegte seine Füße vorsichtig ein Stück vor.

Beinahe geschafft. Nur noch zwei Meter, und er hätte die Entfernung überwunden. Wäre in der Position zuzuschlagen. Nahe genug, um den Pisser aus dem Gleichgewicht zu bringen. Venom bewegte sich nach rechts, Zentimeter für Zentimeter vorwärts, plante seinen nächsten Zug wie ein meisterhafter Schachspieler. Es juckte ihn in den Handflächen. Seine Finger zuckten. Gott, wie sehr er sich wünschte, Ivar an die Kehle zu gehen. Ein schneller Ruck. Ein lautes Knacken und … Rums! Ende des Spiels. Ein toter Anführer der Abtrünnigen.

Friede auf Erden, ein Segen für alle Angehörigen des Drachenbluts.

Die Anspannung stieg, seine Muskeln verkrampften sich zunehmend. Venom schätzte die Entfernung ab und fing an zu zählen. Fünf … vier … drei … zwei …

Eins!

Er sprang seinen Feind an.

Ivar fluchte und wirbelte herum, suchte Zuflucht im Krankenzimmer. Venom griff nach ihm, erwischte den Laborkittel des Arschlochs an der Schulter. Baumwolle riss, und er hielt den Kittel in der Hand. Ein Knall ertönte. Der Zauber, der Ivar vor menschlichen Augen verbarg, fing an zu reißen.

»Was zum Teufel ist das?«, brummte ein Arzt, der sich in dem Zimmer aufhielt.

»Du liebe Güte!«, keuchte Evelyn alarmiert.

Knurrend warf Venom den Kittel beiseite und verfolgte die Schweinebacke. Evelyns Profil blitzte kurz auf in seiner Peripherie. Sie wandte ihren Blick ab von Ivar und sah ihn an. Die Zeit blieb stehen. Sein Atem ging stoßweise. Seine glühenden Augen tauchten den Raum in rotes Licht. Ihre Augen weiteten sich, als sie seinem Blick begegnete und … verdammt. Er würde es nicht schaffen. Würde nicht rechtzeitig bei ihr sein. Ivar war einfach zu schnell und …

Venom stürzte sich auf ihn.

Der Bastard streckte seine Hand vor.

Starke Magie entströmte Ivars Handfläche. Der Geruch von Schwefel brauste durch den Raum. Gift prallte gegen Venom, dann krallte es sich in seine Kehle, drohte ihm die Luft zu nehmen. Seine giftige Hälfte reckte sich, um das Gift zu absorbieren. Venom ballte eine Hand zur Faust, ließ seine Magie von der Leine und sog die giftigen Dämpfe aus dem Zimmer auf. Evelyn hustete, als sich der Sauerstoff verringerte. Ohne groß darüber nachzudenken, schloss er sie in eine Luftblase ein, schützte sie vor dem Ersticken durch die giftigen Dämpfe.

Ivar ließ eine weitere Ladung auf ihn los.

Er feuerte zurück, beschoss den Bastard mit Neurotoxinen. Ivar lief in Richtung Fenster und grinste ihn an. Und Venom wurde schlagartig bewusst, dass er einen Fehler gemacht hatte.

Er atmete schnell noch einmal tief durch.

Ivar aktivierte seine Feuerdrachenseite mit voller Gewalt und entzündete das Gasgemisch.

Gefüttert durch Venoms Magie, explodierte es. Eine verheerende Hitze entwickelte sich. Vorhänge fingen Feuer. Flammen schlugen in den Korridor. Das Bett überschlug sich. Glas barst und verteilte sich im Zimmer, während sich dichte Rauchwolken bildeten und ihm die Sicht nahmen. Venom ignorierte die offenen Flammen und sprang durch die Feuerwand. Rote Schuppen blitzten auf in dem Feuersturm, und Ivar entkam durch das Fenster in die Freiheit. Venom knurrte, wollte ihm hinterher. Aber er konnte nicht. Nicht jetzt. Er musste Evelyn finden und ihr Schutzschild werden. Bevor der Sauerstoffbehälter auf der anderen Seite des Zimmers in die Luft flog. Bevor das Feuer sie erreichte und sie bei lebendigem Leib verbrannte.

Auf der Suche nach ihr in dem Chaos, wandte Venom sich ab vom Fenster. Dichter Rauch waberte, brannte ihm in den Augen, legte sich auf seine Lungen, setzte den Feueralarm in Gang. Die Sprinkleranlage aktivierte sich. Wasser sprühte in alle Richtungen. Menschen schrien entsetzt. Venom sprang über das umgestürzte Krankenbett. Seine Stiefel landeten dröhnend auf der anderen Seite und schlitterten über nasses Linoleum. Feuer knisterte über seinem Kopf. Deckenplatten schmolzen wie Wachs zu einer giftigen Soße, die ihm auf den Kopf tropfte.

Er konzentrierte all seine Sinne, zapfte seine Energie an, um sie nach Kräften zu unterstützen. Verzweifelt hielt er an dem kosmischen Halteseil fest und erweiterte den Umfang seines Gesichtsfeldes, ging bis an die Grenzen seiner Möglichkeiten. Er musste das Signal – ihr *Signal* – unbedingt finden. Sich wieder anschließen an ihre Lebenskraft. Er nahm atmosphärische Störungen wahr zwischen seinen Schläfen, die aber wieder erstarben. Er versuchte es erneut, klammerte sich an den magischen Anker im Feuersturm.

Venom würgte wegen der Dämpfe und schob einen Nachttisch aus dem Weg. »Evelyn!«

Keine Antwort. Keine Bewegung. Nicht ein Flüstern in der rauchgeschwängerten Luft.

Die Furcht brachte ihn fast um den Verstand.

Er brüllte ihren Namen erneut. Und noch einmal. Hörte nichts, nur das Fauchen gefräßiger Flammen.

Offenkundig umgerissen durch eine Explosion, versuchte Evelyn, sich zu orientieren. Wo war sie? Irgendwo hinten im Raum vielleicht? Links vom Fenster? Sie schüttelte den Kopf. Du liebe Güte, sie wusste es nicht. Die Druckwelle hatte sie ganz schön erwischt. Sie hochgeschleudert. Sie auf die Seite geworfen. Sie durchgerüttelt und mit dem Kopf gegen die Wand geschleudert. Jetzt konnte sie sich nur einer Sache sicher sein: dass ihr die Ohren klangen. Aber, oh, Moment mal. Das stimmte nicht. Sie wusste noch etwas – nämlich, dass sie absolut nichts sehen konnte. Nicht, solange diese Rückenlehne des Stuhls und das Krankenbett ihr die Sicht versperrten.

Evelyn zwang sich dazu, ihre Arme zu bewegen, und versuchte, den umgekippten Stuhl, der sie am Fußboden festhielt, wegzuschieben. Schmerz schoss ihr in die Unterarme. Sie verzog das Gesicht. Der Gestank von Rauch reizte ihren Geruchssinn. Erkenntnis und Panik trafen sie, als der graue Rauch dicker wurde und eine Hitzewelle heranrollte. Der Schreck verdrängte den Schock. Sie schob stärker, versuchte sich aus der Falle zu befreien. Verbogen durch die Explosion, rührte sich das schwere Stahlgestell nicht von der Stelle. Sie versuchte es noch einmal. Scharfes Metall schnitt ihr in die Handflächen. Blut quoll hervor. Sie kümmerte sich nicht darum. Nahm die Schnittwunden kaum wahr. Nur eine Sache zählte. Sie musste sich von diesem verdammten Stuhl befreien. Sofort, bevor …

Sie warf einen Blick nach rechts.

Wie eine heranrollende Welle kroch das Feuer über die Decke. Sie starrte wie gebannt auf die Flammen und sah zu, wie sie über die Wände krochen und durch das zerbrochene Fenster schlugen, sich wie lange Hexenfinger um den verbogenen Stahlrahmen ringelten. Rauch wogte in die Nacht, frische Luft drang in den Raum, lieferte jede Menge Sauerstoff … fachte den Feuersturm an.

Mit einem Aufschrei drosch sie auf den Stuhl ein und duckte sich.

Das Feuer kam immer näher. Rauch rollte heran wie Meeresbrandung. Hilflos dem Ansturm ausgeliefert, holte Evelyn so tief Luft, wie sie nur konnte. Sie brauchte Sauerstoff. Um genug Kraft zu haben – und Zeit –, um sich herauszuwinden. Sonst würde der Rauch sie ersticken.

Die Wand grauer Tentakel streckte ihre Fühler nach ihr aus, um sie zu verschlingen.

Evelyn zählte die Sekunden. Sie betete um ein Wunder. Einen Richtungswechsel. Einen Glücksfall. Irgendetwas. Was auch immer. Um etwas mehr Zeit, um doch noch einen Ausweg zu finden und …

Der Rauch bewegte sich weg von ihr.

Evelyn blinzelte. Nein, das war nicht ganz richtig. Der Rauch war gegen etwas gestoßen. Nur Zentimeter von ihrer

Nase entfernt, sah sie, wie die dichten Wolken über etwas glitten, höher und über sie hinweg, ohne sie zu berühren. Ihr blieb vor Staunen der Mund offen stehen. Eine Ladung Asche stob gegen das seltsame Hindernis, und es hielt stand, hielt die giftigen Dämpfe ab. Verständnislos streckte sie die Hand aus. Berührte das Hindernis mit den Fingerspitzen, hinterließ einen blutigen Film auf der durchsichtigen Oberfläche. Diese wellte sich wie Wasser, dann wurden sie still wie Glas. Evelyn runzelte die Stirn und zog ihre Hand zurück. Die gewölbte Oberfläche reagierte wieder, warf bunte Wellen. Rot, Grün und Blau vermischten sich, verrieten die Form der Konstruktion, die Evelyn umgab.

Glatte Wände. Geformt wie eine Kugel. Dünn wie Papier.

Eine weitere Staubwolke traf auf die merkwürdige Barriere. Ein orangefarbener Schein folgte, näherte sich mit erschreckender Geschwindigkeit. Hohe Flammen leckten an der Seite der Kugel. Die glatte Wand wellte sich. Panik erfasste Evelyn. Sie stieß die angehaltene Luft aus und …

»Evelyn!«

Sie drehte sich zu dem Rufenden um. Eine Erkenntnis traf sie. Evelyn sog tief die dringend benötigte Luft ein. Eine tiefe Stimme. Osteuropäischer Akzent. Venom. Kein anderer klang so, und … du lieber Gott. Hörte sie ihn tatsächlich? Oder spielte ihr ihre Fantasie einen Streich? Suchte nach Hilfe, wo keine existierte?

Er rief erneut ihren Namen.

Erleichterung setzte ein, als ihr bewusst wurde, dass es wahr war. Oh, Gott sei Dank – Venom. Er war hier. Wirklich *hier*. Keine Erfindung ihrer überreizten Fantasie, sondern aus Fleisch und Blut. Wie das? Warum? Ihr Verstand verlangte, dass sie sich die Frage stellte. Evelyn unterdrückte sie. Ihr Bedürfnis, es zu erfahren – das Rätsel zu lösen –, konnte warten. Bis er sie befreit und ihr geholfen hatte, hier rauszukommen.

»Venom!«, schrie sie, kämpfte gegen den Stuhl, der sie einklemmte, und hoffte, dass er sie hören würde, trotz der tosenden Flammen. »Hier hinten – hier bin ich!«

Von hinten erhellt durch den Feuerschein, lief eine dunkle Silhouette durch den Rauch auf sie zu.

»Venom.« Sie streckte ihre Hand nach ihm aus.

Er schob einen umgekippten Tisch beiseite und kam rutschend neben ihr zum Stehen. »Wende dein Gesicht ab.«

Evelyn gehorchte, ohne nachzufragen. Sobald sie ihre Wange an ihre Schulter gelegt hatte, packte er den Stuhl. Er schmiss das schwere Möbelstück mit einer Hand zur Seite. Verbogener Stahl und zerbrochenes Holz flogen durch die Luft, drehten sich mehrfach und sausten auf die andere Zimmerseite. Ein Krachen ertönte neben dem Fenster. Die Kugel, die sie umgab, verdunstete. Rauch traf sie ins Gesicht. Sie keuchte, kämpfte um Luft. Venoms Arme legten sich um sie. Er hob sie vom Boden hoch. Voller Erleichterung und Dankbarkeit zögerte Evelyn keine Sekunde. Sie schlang ihre Arme um seinen Hals und klammerte sich fest.

»Los«, krächzte sie, während Asche ihre Haut bedeckte.

»Halt dich ganz fest«, sagte er, seinen Mund an ihrem Ohr.

Sie nickte.

Mit einer schnellen Bewegung drehte er sich um und sprang durch die Flammenwand. Hitze streifte ihre nackten Füße. Sie benutzte Venom wie ein Klettergerüst, klammerte sich an ihn, zog ihre Knie an und schlang ihre Beine um seine

Hüfte. Seine Füße landeten dröhnend auf der anderen Seite der Feuerwand. Das Gesicht an seinen Hals gepresst, konnte sie seinen Körper spüren. Feste Muskeln, die sich anspannten. Er veränderte die Richtung, dann duckte er sich unter etwas hindurch und lief los.

Das Fauchen des Feuers wurde leiser.

Die Hitze verringerte sich von *nicht auszuhalten* zu *unangenehm*.

Die Luft wurde nach und nach klarer.

Keuchend nahm Evelyn noch den Geruch von Schwefel in der Luft wahr. Sie hob ihr Kinn und blickte über ihre Schulter zurück. Fluoreszierendes Licht flackerte über ihrem Kopf, brannte ihr in den Augen. Sie kniff sie zusammen, versuchte, etwas zu erkennen. Männer riefen Befehle. Wasser fiel wie Regen aus den Sprinklerdüsen. Stahl knallte gegen Wände und Türrahmen. Eine Gruppe Feuerwehrmänner in voller Ausrüstung sprintete an ihr vorbei. Panische Krankenschwestern eilten herbei, um Ärzten zu helfen, Patienten in dem breiten Korridor zu versorgen. Weiße Kittel, verschmiert mit Ruß. Blasse Gesichter, total schockiert. Chaos hoch zehn.

Der Anblick brachte ihren Verstand wieder auf Touren.

»Warte – Venom, bitte bleib stehen.«

Er überflog den Korridor mit einem Blick und schüttelte verneinend den Kopf.

Beide Hände am Rücken in seine Lederjacke gekrallt, starrte sie sein Profil an. »Dr. Milford war mit mir dort drinnen. Wir müssen helfen, ihn zu …«

»Ihm geht es gut. Die Menschen haben sich bereits um ihn gekümmert.«

Evelyn blinzelte verständnislos. »Menschen?«

Er warf ihr einen Blick aus den Augenwinkeln zu. »Ich erkläre es dir später.«

Der kurze Moment des Blickkontakts machte sie nervös. Etwas stimmte hier nicht. Sie runzelte die Stirn. Nun ja, okay, außer dem Offensichtlichen. Jemand hatte Feuer gelegt. In einem Krankenzimmer. In dem sie sich aufgehalten hatte, verflucht und zugenäht. Aber als sie in Venoms Armen lag, er ein schnelleres Tempo anschlug und ihre Angst sich langsam legte, kam ihr ein vordringlicheres Problem in den Sinn. Sein Blick schimmerte. Im Hotelzimmer war sie sicher gewesen, dass er braune Augen hatte. Aber jetzt? Sie löste ihre Hand von seiner Jacke und griff nach seinem Kinn. Einen Tag alte Bartstoppeln kitzelten ihre Fingerspitzen. Sie wandte sanften Druck an, um seinen Kopf zu drehen. Er wehrte sich einen Moment dagegen, dann gab er nach, wandte seinen Blick ab vom Korridor und sah sie an. Ihr blieb die Luft weg. Heiliger Strohsack! Ganz und gar nicht dunkelbraun, sondern tief rubinrot. Hübsche Farbe. Total unnatürlich, insbesondere das sanfte Schimmern seiner Iris. Er hielt ihren Blick einen Moment fest. Das Schimmern steigerte sich noch, kurz bevor er seine Konzentration wieder auf die Doppeltüren am Ende des Korridors richtete. Sie versuchte, sich ihre Entdeckung zu erklären. Sekunden vergingen. Evelyn zwang ihren Verstand, die Tatsachen zu durchleuchten.

Es könnte sich um eine Sinnestäuschung handeln. Könnte sein, dass sie eine Gehirnerschütterung erlitten hatte und sich jetzt Dinge einbildete. Sich das Schlimmste vorstellte. Probleme sah, wo keine existierten. Oder es könnte sein, dass ihr Verstand absolut in Ordnung und etwas Seltsames an ihm war.

Der letzte Gedanke hallte nach, nahm Fahrt auf in ihrem Kopf.

Sie rieb sich die Augen, verschmierte die Wimperntusche, dann blickte sie erneut hin. Jawohl. Keine Frage. Definitiv dunkelrot – ein schimmerndes, unheimliches *Rot.* Selbstschutz ließ ihre Alarmglocken läuten. Ihre Nackenhaare sträubten sich warnend, während Unsicherheit sie überfiel.

Sie lockerte ihren Griff, wollte sich zurückziehen. »He, Venom?«

Er packte sie fester. »Nicht loslassen, Evie.«

»Ich glaube, du solltest mich absetzen.«

»Auf keinen Fall.«

»Aber …«

»Wir verschwinden von hier wie der Wind. Ich werde dich nicht wieder gehen lassen.«

Wieder? Evelyn runzelte die Stirn. Was, zum Teufel, sollte das heißen? Hervorragende Frage. Eine, die einer schnellen Antwort bedurfte. Das Problem dabei? Venom schien im Moment nicht gerade nachgiebig zu sein. Seine Stiefel platschten durch Pfützen auf dem Boden. Mit entschlossener Miene rannte er auf den Ausgang zu. Noch mehr Alarmglocken fingen in ihrem Kopf an zu klingeln. Evelyn machte sich gerade und steif, versuchte ihn wegzustoßen und sich zu befreien. Er umfasste ihre Oberschenkel und presste sie an sich. Schwielige Hände glitten unter ihr hochgerutschtes Kleid. Sie erzitterte und erschauerte explosionsartig, ihre Haut kribbelte und erstickte ihre Einwände, als er ihre Pobacken mit beiden Händen umfasste.

Sie legte ihm ihre Hände auf die Schultern und schob.

»Entspann dich, *Mazleiha.*« Er wich einem Rollstuhl aus

und korrigierte seinen Griff. Seine Finger glitten unter den Saum ihres Höschens. Sie keuchte überrascht. Er beugte seinen Kopf und rieb seine Wange an ihrer. Seine Bartstoppeln kratzten. Ein Schauer der Lust überlief sie an Körperstellen, die sie lieber ignoriert hätte. Evelyn sog heftig die Luft ein. Du liebe Güte. Irgendetwas stimmte nicht mit ihr. Erregung war keine normale Reaktion. Zumindest nicht in diesem Augenblick. Sie sollte sich ängstigen, total ausrasten wegen des ganzen Wahnsinns und sich nicht daran erinnern, wie er geschmeckt hatte in dem Hotelzimmer.

»Gleich haben wir's geschafft.«

Er drehte seinen Kopf und knabberte an ihrem Ohrläppchen. Evelyn biss die Zähne zusammen, um einen Seufzer der Lust zu unterdrücken. »Hör auf.«

»Ich tue doch gar nichts.«

»Doch, tust du«, sagte sie warnend. »Du versuchst mich abzulenken.«

Seine Mundwinkel zuckten. »Funktioniert es?«

Viel zu gut. Besser, als es das tun sollte. Nicht, dass sie das zugeben würde. »Lass mich los. Sofort.«

»Nein.«

Seine Weigerung fachte ihre Wut an. Evelyn erstickte sie umgehend und beschloss, vernünftig zu reagieren. Ihm zu widersprechen war nicht die beste Idee. Machos wie Venom reagierten nicht freundlich auf Drohungen. So viel hatten sie die vielen Stunden, die sie an Konferenztischen mit hohen Tieren gesessen hatte, gelehrt. Venom hatte durchaus diese Art von Sturheit an sich. Das wusste sie, wenn sie ihn nur ansah. Und ehrlich gesagt, er hatte im Moment alle Trümpfe – zusammen mit ihrem Hinterteil – in der Hand. Sie musste die Situation analysieren, überlegen, wie sie ihn mit vernünftigen Argumenten überzeugen könnte, und blickte über ihre Schulter.

Ah, Mist. Sie hatte keine Zeit mehr.

Die Ausgangstür auf zwölf Uhr näherte sich schnell.

»Venom, hör mir zu«, sagte sie. »Ich kann hier nicht weg.«

»Sicher kannst du das.«

Gott helfe ihr, er verstand es einfach nicht. Sie konnte auf keinen Fall den Quarantänebereich verlassen. Nicht, ohne dass zuvor die Ergebnisse ihres Bluttests vorlagen. Es spielte keine Rolle, dass sie sich gut fühlte. Keine Symptome zu spüren bedeutete nicht, dass sie nicht infiziert war. Es bedeutete schlicht, dass der Virus noch nicht angeschlagen hatte. Dr. Mildorf hatte sie gewarnt vor der Möglichkeit eines verzögerten Ausbruchs. Sie war jung. Sie war gesund. Sie war noch nie in ihrem Leben krank gewesen, sodass … jawohl. Die Letzte zu sein, die krank wurde, machte einen gewissen Sinn.

»Mach dir deswegen keine Sorgen«, murmelte Venom und unterbrach ihren Gedankengang.

»Was?«

»Du bist nicht infiziert.«

»Das kannst du noch nicht wissen.«

»Ich weiß es bereits«, antwortete er und erreichte das Ende des Korridors. Ohne seine Schritte zu verlangsamen, beugte er sich vor, setzte seine Schulter ein und stieß die Doppeltür auf. Sie flog auf, dann schloss sie sich mit einem lauten Zischen wieder hinter ihnen. »Wenn du das wärst, hätte ich die Krankheit in deinem Blut entdeckt. Du hast dich nicht angesteckt, Evie.«

Diese Versicherung ließ ihr Herz höher schlagen. Sie atmete zittrig aus. *Nicht angesteckt.* Das klang wundervoll im Augenblick. Wie eine tolle Nachricht nach einem gehörigen Schrecken, aber …

… es ergab keinen Sinn.

Venom konnte es nicht wissen. Konnte sich ihrer Gesundheit nicht sicherer sein als sie sich seiner Motive. Alles an dieser Situation deutete auf Wahnwitz hin. Venoms Auftauchen im Krankenhaus. Die ungewöhnliche Farbe seiner Augen. Ihre Reaktion auf ihn. Trotz des ganzen Chaos fühlte sie sich nicht bedroht von ihm. Besorgt aufgrund der Situation? Ja. Verängstigt durch das Chaos? Sicher. Verunsichert, aus dem Gleichgewicht und auf fremden Gebiet? Absolut. Trotzdem, irgendetwas an ihm beruhigte sie. Gab ihr ein Gefühl der Sicherheit. Sich auf sicherem Boden zu befinden.

Sie konnte ihm vertrauen.

Er würde ihr nichts tun.

Evelyn starrte sein Profil an und überdachte die Sache. Sie konnte sich keinen Reim darauf machen. Es gab keinen vernünftigen Grund dafür, nicht den geringsten Beweis. Und dennoch. In diesem Moment spürte sie seine Stimmung, erkannte sie seine Absichten.

Er hatte nur ein Ziel: sie zu beschützen.

»Was geht hier vor?«, fragte sie, ihr Gesicht nah an seinem, ihre Stimme nicht mehr als ein angespanntes Flüstern. »Warum bist du hier?«

Venom antwortete nicht. Sah sie auch nicht an

Stattdessen wandte er sich zu einer geschlossenen Tür um. Mit einem schnellen Tritt gegen den Griff öffnete er sie. Die Tür flog auf, gab ihm den Weg ins Treppenhaus frei. Er löste seine Hände von ihrem Hinterteil und nahm sie bequem auf beide Arme. Sie erwartete, dass er jetzt hinuntergehen würde, zum Haupteingang und dem Parkplatz. Stattdessen ging er hinauf. Er trug sie, als würde sie nichts wiegen, während er zwei Stufen auf einmal nahm. Die Betonwände sausten an ihnen vorbei. Ein geschwungenes Metallgeländer führte sie um einen Treppenabsatz und zu einer weiteren Treppe.

»Venom, bitte sag mir, was hier vor sich geht.« Sie krallte sich in seine Jacke und rüttelte ihn. Nicht, dass ihr Versuch ihn beeindruckte. Groß, stark und mit großem Durchhaltevermögen ausgestattet, nahm er kaum Notiz von ihrem Rütteln.

Und er wurde nicht ein bisschen langsamer.

Was irgendwie beunruhigend war, bis auf eine Sache. Sie war bereits zu dem Ergebnis gekommen, dass er auf ihrer Seite stand. Das Warum beschäftigte sie allerdings immer noch. Sie hatte gern Klarheit. Hatte es gern übersichtlich. Alles in schönen Stapeln auf ihrem Schreibtisch. Logik war gleich geistiger Gesundheit, und Wissen war Macht. Er musste einen Grund haben, ihr zu helfen. Sein Erscheinen in dem Hotel und jetzt hier, das konnte kein Zufall sein. Sie schürzte die Lippen. Oder doch?

Evelyn ließ sich die Frage durch den Kopf gehen und runzelte die Stirn.

Venom sprang die letzten Stufen hoch. Als seine Stiefelschritte über den Boden dröhnten, formte sich ein neuer Gedanke in ihr. Dem sogleich Misstrauen folgte. Sie atmete tief durch vor Überraschung. »Bist du ein Bulle? Bist du mir gefolgt? Geht es hierbei um Markov?«

Das Ausgangsschild zum Dach blitzte vor ihr auf.

Er musterte sie scharf. »Ist das derjenige, der für die blauen Flecken auf deinem Arm verantwortlich ist?«

Evelyn wollte schon antworten.

Venom schnitt ihr das Wort ab. »Du wirst mir später von ihm erzählen.«

Ihr lief ein Schauer über den Rücken bei seinem barschen Tonfall. Das war keine Frage. Das war eine Feststellung. Eine, die er mit einem Blick unterstrich, dessen Angespanntheit Evelyn innehalten ließ. Schon wieder. Zum hundertsten Mal, seit sie ihm begegnet war. Es schien ein Dauerthema zu sein mit Venom – den einen Moment schaute er noch ganz liebevoll und im nächsten total warnend.

Sie schluckte den Kloß in ihrer Kehle herunter. »Ich verstehe nicht …«

»Ich weiß, dass du es nicht tust«, sagte er verständnisvoll. »Ich wollte nicht, dass es so passiert. Ich wollte dich nicht erschrecken, aber …« Er blieb auf dem obersten Treppenabsatz stehen und ließ sie zu Boden. Rauer Beton kühlte ihre nackten Fußsohlen. Ihr Kleid rutschte wieder herunter und umschmeichelte ihre Kniekehlen. Er befreite sich mit einer Schulterdrehung aus seiner Jacke. Schweres Leder legte sich um ihre Schultern und übertrug etwas von Venoms Hitze auf ihre Haut, als er seine Hände hob und ihr Gesicht umfasste. »Ich werde all deine Fragen beantworten, Evie, ich verspreche es. Aber jetzt musst du mir noch ein wenig länger vertrauen. Wir müssen verschwinden. Es ist hier nicht sicher.«

Er klang so aufrichtig. Mehr als verlässlich. Mehr als vertrauenswürdig.

Sie brauchte nur den Bruchteil einer Sekunde, um sich zu entscheiden. Sie hatte im Leben bessere Tage gesehen. Und verrücktere Dinge, als Venom zu vertrauen, waren passiert. Nach den endlosen Konflikten während des letzten Jahres, nach all der Ungewissheit, nachdem sie in Quarantäne gewesen war und in einem Feuersturm festgesessen hatte, war alles, was sie sich jetzt wünschte, wegzukommen – weg von dem Chaos, weit weg von dem Schmerz und der Erinnerung an das Dahinscheiden ihrer Großmutter. Trauer schnürte ihr die Kehle zu. Sie schluckte schwer und verdrängte sie, weigerte sich zu weinen.

Er hatte gesagt, dass es hier nicht sicher war.

Sie glaubte ihm.

Dies war nicht der richtige Zeitpunkt. Ihre Trauer musste noch ein wenig warten.

»Okay.« Sie kämpfte darum, ihre Furcht im Zaum zu halten, sah ihm in die Augen und nickte dann. »Gehen wir.«

Stolz blitzte in seinen Augen auf, bevor er seinen Kopf senkte. Sein Mund streifte ihren. Ein flüchtiger Kuss. Nur eine kurze Berührung. Intimität in weniger als einer Sekunde. Maximale Wirkung. Schlimmstes Verlustgefühl, denn schon war er wieder weg. Wieder zur Tagesordnung übergegangen. Drängte sie hinaus durch die offene Tür auf das Dach. Frostige Luft ließ sie erzittern. Evelyn kuschelte sich tiefer in Venoms Jacke, während scharfe Steinchen ihr in die Fußsohlen bissen. Donner grollte über ihr. Blitze folgten, erleuchteten den Nachthimmel und …

Etwas bewegte sich, blitzte in den Sturmwolken auf.

Evelyns Blick fuhr nach links. Und traf auf einen … auf einen … auf etwas Unbegreifliches. In ihrem Kopf herrschte absolute Leere. Ihre Augen lieferten ihr Informationen: Schwarze, an den Spitzen bernsteinfarbene Schuppen. Riesige

Pranken mit rasiermesserscharfen Krallen. Goldene Augen in einem gehörnten Schädel. Ein Drache … der nur ungefähr dreißig Meter entfernt hockte. Starr vor Schreck starrte Evelyn ihn an. Die Bestie hob eine schuppige Augenbraue. Ungläubigkeit erfasste sie. Entsetzen. Der Adrenalinschub funktionierte wie eine Raketentreibstofffüllung. Kreischend wirbelte Evelyn herum, um in Richtung Treppenhaus zu fliehen. Venom, der sich hinter ihr aufgebaut hatte, spreizte die Arme. Er ließ sie nicht durch, legte ihr seine Arme um die Taille, packte sie und hob sie hoch.

»Nein!« Sie schlug und trat wild um sich, den Blick wie gebannt auf das Monster gerichtet, und wehrte sich gegen seine Umklammerung. »Oh mein Gott, bist du verrückt? Lass mich los!«

»Ruhig, Evie. Das ist nur Wick.« Der Inbegriff von Gelassenheit, trug Venom sie auf den Drachen zu. Sie strampelte wie verrückt, kletterte an ihm hoch wie an einem Baum. Sanft, aber ungerührt, umarmte er sie, um sie davon abzuhalten, sich freizustrampeln. »Tut mir leid, Liebste, gleich wird es noch viel, viel eigenartiger für dich. Aber alles wird gut. Vergiss nicht, ich werde dir niemals wehtun.«

Sie hörte das Bedauern in seiner Stimme. Sah die Zerknirschung in seinen Augen, als die Luft sich wellte und Venom seine Gestalt veränderte. Unter ihren entsetzten Blicken verwandelte er sich in einen Drachen. Dunkelgrüne Schuppen ersetzten seine Haut. Hände und Füße wurden zu riesigen Pranken mit gekrümmten Krallen. Mächtige Flügel mit schwarzer Membran wuchsen aus seinen Schultern. Seine rubinroten Augen glühten, während er ihren Blick festhielt und die Stacheln auf seinem Rücken im Winterwind rasselten.

Er griff mit einer seiner Pranken nach ihr, und seine Krallen schlossen sich um sie. Schwielige Drachenhaut streifte ihren Nacken. Evelyn schrie. Venom murmelte ihren Namen, sein Tonfall war besänftigend, er versuchte sie zu beruhigen.

Aber es war zu spät.

Sie hatte viel zu schnell vertraut. Ihm zu schnell geglaubt. Sich seiner Fürsorge anvertraut, ohne an die Folgen zu denken. Oder einen Beweis für seine Absichten einzufordern. Jetzt würde sie einen hohen Preis für ihre Torheit bezahlen – sie zweifellos mit ihrem Leben bezahlen, da Venom seine Flügel ausbreitete, die Welt, die sie kannte, verließ, und in den Himmel sprang, bitteren Gefahren entgegen, deren Ausmaß sie noch überhaupt nicht ermessen konnte.

16

Venom flog über einen Krankenhausschornstein und verschwand im Himmel. Seine Nachtsicht schaltete sich ein. Sein Sonar sprang an. Er drehte sich suchend um und justierte die Einstellung, suchte nach Mitgliedern der Razorback in den Sturmwolken. Donner grollte über ihm. Feuchtigkeit sammelte sich in frostiger Luft, bereitete sich auf einen Wutausbruch von Mutter Natur vor, während er den Horizont absuchte. Bisher konnte er nichts entdecken. Kein Aufblitzen von Schuppen. Kein warnendes Knurren. Nicht einmal das Flattern sich nähernder Flügel im Dunkeln. Nur ein leise warnendes Summen, das ihn daran erinnerte, dass er noch nicht zu Hause und in Sicherheit war.

Eine große Gruppe Razorback hielt sich immer noch in der Umgebung auf, versteckte sich in dem Wald, der die Stadt Arlington umgab. Es würde aber nicht mehr lange dauern, bis er den Feind sichtete. Jede Sekunde würde Bastian loslegen. Die Arschgeigen aus ihren Verstecken treiben und ein Höllenspektakel veranstalten, in dessen Verlauf mehrere Männer getötet werden würden.

Der Gedanke sollte ihn erfreuen. Abtrünnige zu jagen machte ihm immer Spaß.

Aber nicht heute Nacht.

Je höher Venom stieg, desto schlechter fühlte er sich.

Mit einer scharfen Drehung bog er ab und spähte hinunter

auf seine linke Pranke. In ihr hatte Evelyn sich eingerollt und zitterte im heftigen Wind. Ein schmaler Spalt zwischen seinen schwarzen Krallen ließ ihn ihr Gesicht erkennen, ließ sie klein aussehen und ... Mist. Kein Wunder, dass sie sich fürchtete. Sein schlechtes Gewissen meldete sich, machte ihm schwer zu schaffen. Meine Güte. Er hatte nicht gewollt, dass es so ablief. Leider kümmerten die Umstände sich nicht um seine Wünsche, sondern zwangen ihn dazu, die Taktik zu ändern. Sorgten dafür, dass sich seine Frau fast zu Tode ängstigte. Jetzt wusste er nicht, was er tun sollte oder wie er ihr helfen könnte, ihre Angst zu überwinden.

Ein weiteres Zittern befiel sie.

Im verzweifelten Bemühen, sie warm zu halten, legte er eine Pranke über die andere und rief einen Wärmeschild herbei. Die warme Blase legte sich um sie. Sie atmete stockend aus. Er schüttelte den Kopf. Verdammter Mist. So viel dazu, es richtig zu machen und sie sich langsam akklimatisieren zu lassen. Sie nach Art der Menschen zu umwerben war nicht länger möglich. Genauso wenig, wie die Auswirkungen zu ignorieren. An ihnen führte kein Weg vorbei. Er steckte in großen Schwierigkeiten, deren Ausgang absolut unklar war, mit einer Frau, die ihn lieber verlassen als ansehen würde. Also blieb nur eine Möglichkeit offen ...

Es wiedergutzumachen. Wie auch immer. Die Methode spielte keine Rolle, solange Evelyn aufhörte, sich vor ihm zu fürchten.

»Evelyn«, murmelte er in der Hoffnung, sie zu beruhigen.

Seine Stimme erreichte sie. Sie wandte ihr Gesicht ab und rollte sich noch kleiner zusammen.

»Na komm, *Mazleiha*.« Wind fuhr rasselnd über seine

Schuppen, als die Straße unter ihm einen scharfen Knick machte. Laternenlicht flutete die Hauptstraße. Venom wandte seinen Blick ab, senkte den Kopf und blickte Evelyn an. Sie hatte die Augen fest zugekniffen, die Knie eng an die Brust gezogen und, genau, wirkte immer noch wie erstarrt. Es schnürte ihm das Herz ab. Was sollte er nur tun? Er wollte sie beruhigen. Den Arm ausstrecken und irgendwie die letzten Minuten ungeschehen machen. Ihr helfen, den Schock, ihn in Drachengestalt zu sehen, zu überwinden. Er wusste, dass es möglich war. Seine Waffenbrüder hatten es zur Genüge bewiesen. Verdammt, die vermählten Nightfury nahmen ihre Frauen ständig mit auf mitternächtliche Flüge und, na ja … er hatte noch keine Beschwerden gehört. »Alles ist in Ordnung. Du bist in Sicherheit bei mir.«

»Ich verbiete dir, mit mir zu sprechen.«

Ihr Tonfall verblüffte ihn. So etepetete. Viel zu damenhaft. Er unterdrückte ein amüsiertes Schnauben. »Du verbietest es mir?«

»Ja.«

»Nun ja. Und was soll ich deiner Meinung nach tun?«

»Ich will, dass du diesen Drachen wendest und mich zurückbringst.«

Diesen Drachen. Venom runzelte die Stirn. Ernsthaft? »Evie … ich *bin* dieser Drache.«

»Sehe ich aus, als würde mich das interessieren?«, fragte sie und klang, als wäre sie kurz vor einem hysterischen Anfall.

»Genau genommen, ja.« Venom überprüfte seine Flugroute und schwenkte nach Süden ab. Die Lichter der Stadt blitzten unter ihm auf. Er warf ihr erneut einen kurzen, prüfenden Blick zu. »Irgendwie wirkst du so.«

»Halt den Mund! Halt einfach … Oh Gott, ich werde noch wahnsinnig.« Mit sich überschlagender Stimme bedeckte sie ihr Gesicht mit beiden Händen. »Ich rede mit einem Drachen. Einem *Drachen*! Ich dreh durch. Ich bin schon total irre.«

Wick, der links neben ihm flog, kicherte.

Venom warf ihm einen bösen Blick zu.

»Was ist?« Sein Freund zuckte die Achseln, und seine Stimme ertönte durch die mentale Verbindung. *»Du hast mich auch ausgelacht, als ich Jamison gefunden habe.«*

»Habe ich nicht.«

»Hast du doch.«

Venom schnaubte empört. *»Und was nun – zahlst du es mir jetzt heim?«*

»Rache ist süß«, sagte Wick und grinste ihn breit an.

»Du bist eine Nervensäge.«

Wick feixte.

Das plötzliche Bedürfnis, seinen besten Freund nach Strich und Faden zu verprügeln, überwältigte Venom beinahe. Er schwankte einen Moment, überlegte sich die Vor- und Nachteile. Vorteil: er würde Wick ordentlich eine verpassen. Nachteil: Evelyn würde noch mehr ausrasten. Venom knurrte. Das konnte er auf keinen Fall riskieren. Er wollte nicht, dass sie ins Kreuzfeuer geriet. Was bedeutete, dass Wick eine Abreibung zu verpassen – und etwas Spaß zu haben – warten musste.

Seufzend streckte er seine mentalen Fühler nach seinem Anführer aus. *»Bas – wir sind draußen. Legt los, aber passt auf. Ivar ist mit von der Partie.«*

»Kein Irrtum möglich?«, fragte Rikar nach.

»Nein.« Venom schüttelte den Kopf, obgleich sein Befehlshaber ihn nicht sehen konnte. *»Hatte ein kleines Tête-à-Tête mit ihm da drinnen.«*

Bastian fluchte. *»Alles okay?«*

»Alles bestens.«

Schuppen klickten, als Mac sich bewegte. *»Aus dem Gebäude dringt Rauch.«*

Venom zog eine Grimasse. In Ordnung, vielleicht stimmte *alles bestens* nicht ganz.

Ein Bild des Schadens nahm Gestalt an vor seinem geistigen Auge. Venom biss die Zähne zusammen, als er erneut die Hitze spürte, den Brand roch … und Evelyn eingeklemmt unter einem gottverdammten Stuhl sah. Seine Wut übertraf seine Besorgnis. Der verfluchte Ivar. Der Bastard würde dafür zahlen, dass er sie in Gefahr gebracht hatte. *»Ivar hat ein Krankenzimmer in Brand gesetzt, um mir zu entkommen.«*

»Das Feuer ist jetzt gelöscht«, murmelte Wick, dessen Feuerdrachenhälfte sich eingeschaltet und die Situation im Cascade Valley Hospital überwacht hatte. *»Die Menschen haben es unter Kontrolle.«*

»Gut.« Das Knistern atmosphärischer Störungen kam durch ihr Drachen-Handy. Bastian stellte es anders ein, sodass Venoms Schuppen noch in drei Meilen Entfernung zuckten. *»Mac, du bist der Köder. Forge, halte dich bereit. Und Sloan …«*

»In Position«, mischte Sloan sich ein. *»Südseite.«*

»Venom, Wick …« Rikar gab letzte Instruktionen. *»Haltet euch fern von der Ostseite. Bringt die Frau in Sicherheit. Wir übernehmen den …«*

Ein Feuerball explodierte am Nachthimmel.

Das fauchende Inferno schoss mit einem Flammenschweif über den Wald östlich der Stadt. Die Flammen züngelte über den Baumwipfeln. Die Luft knisterte. Die alten Bäume fingen Feuer wie Zunder, flackerten orangefarben auf in der Ferne.

»Verflixt«, murmelte Forge.

Mac knurrte. *»Sieben Abtrünnige im Anflug.«*

»Mach zwölf daraus«, korrigierte Bastian.

»Wunderbar«, war Sloans sarkastischer Kommentar. *»Bin unterwegs.«*

»Verdammte Scheiße«, grollte Rikar und schloss sich ihnen an. Knurren rundum. Gefolgt von Flüchen, die Venoms Schläfen traktierten. Er legte sich auf die Seite und spähte über seine Schulter. Ein weiterer Feuerball erhellte den Himmel, während die Nightfury sich einen Kampf mit den Razorback lieferten. *»Ven, pass auf, hinter dir. Hier sind drei Razorback verschwunden.«*

»Scheiße.«

Wick wechselte die Seite, nahm den Platz zu Venoms Rechter ein. *»Spürst du das?«*

Und ob. Das Summen kratzte an seinen Schläfen. Seine Schuppen sträubten sich. Evelyn zuckte zusammen, wand sich in seiner Pranke, als seine Schwingungen sich von *beruhigend* zu *bösartig* veränderten. Als sie seinen Namen keuchte, murmelte er ihren zur Antwort, legte aber keine Pause ein, um sie zu beruhigen. Keine Zeit. Wäre auch unklug. Er musste sich konzentrieren – auf der Hut sein, schnell handeln und tödlich sein. Sonst würde Evelyn hier nicht lebend herauskommen. Und das würde er sich nie verzeihen.

Venom erhöhte seine Fluggeschwindigkeit, schoss aus der

Stadt. Die Arschgeigen planten einen Überfall, suchten nach dem besten Ort, um maximalen Schaden anzurichten. Ein großer Fehler. Die Landschaft flog vorbei, veränderte sich von städtisch zu ländlich. Hohe Felswände erhoben sich zu seiner Rechten, führten ihn über unebenes Gelände.

Das Summen in seinem Kopf wurde stärker.

Venom ortete das Signal. Drei Abtrünnige lagen auf der Lauer. Zweihundert Meter entfernt, und er näherte sich schnell. Er fletschte die Zähne und spannte seine Klauen an. *»Wick?«*

»Alles unter Kontrolle.«

Knurrend legte Venom sich auf die Seite. Die blitzschnelle Änderung seiner Flugbahn brachte ihn auf Kurs. Die Abtrünnigen enttarnten sich. Die Flügel weit gespreizt, verließen sie ihr jeweiliges Versteck. Orangefarbene, gelbe und blaue Schuppen blitzten im Dämmerlicht auf. Drei Ziele, drei verschiedene Farben.

»Teile und herrsche.«

Wick summte. *»Ich übernehme die beiden rechts.«*

»Perfekt.«

Und das war es auch. Insbesondere, weil ein Abtrünniger eine geringe bis gar keine Herausforderung darstellte. Drei gegen einen verbesserten gewöhnlich die Chancen. Zumindest für sie. Wenn Venom die Wahl hatte, nahm er sich gern vier Abtrünnige auf einmal vor. War eine bessere Trainingseinheit auf die Weise. Heute Nacht jedoch ging es nicht um ihn. Es ging um seine Frau. Darum, sie in Sicherheit zu bringen. Sich von seiner Beschützerseite zu zeigen – und ihr den Unterschied zwischen Gut und Böse. Und dass er auf der richtigen Seite war.

Mit Überschallgeschwindigkeit schoss Venom in eine tiefe Schlucht. Wick griff hinter ihm knurrend an, schnappte sich Armleuchter Nummer eins und zwei. Die Abtrünnigen kreischten auf. Venom knurrte Armleuchter Nummer drei über seine Schulter hinweg an. Der feindliche Drache zögerte, versuchte sich zu entscheiden. Seine Schuppen verschwammen hinter Venom zu einem gelben Streifen. *Komm schon. Komm schon.* Der Letzte des Trios musste unbedingt seine Freunde verlassen und Venom folgen. Teile und herrsche. Sich aufteilen und töten. Immer die beste Strategie und …

Der Abtrünnige drehte in seine Richtung ab.

Fantastisch. Das Arschgesicht verfolgte ihn. Dumpfbacke zwei und drei waren beschäftigt mit Wick – kämpften darum, am Leben zu bleiben, während sein Freund an die Arbeit ging, sie Schuppe für Schuppe auseinandernahm.

Ein Auge auf den Mann gerichtet, der ihn verfolgte, eins auf das gebirgige Gelände, verlangsamte Venom das Tempo, damit der Abtrünnige näher kommen konnte. Evelyn wurde schlecht bei der Geschwindigkeit, und sie würgte. Er wollte sich entschuldigen – für so viele Dinge. Dass er ihr Unwohlsein bereitete. Dass er sie zu Tode ängstigte. Dass sie zitterte in seinem Griff. Aber, nun ja … verdammt, das konnte er sich nicht leisten. Nicht im Moment. Ablenkung war keine gute Idee. Er musste wachsam und konzentriert bleiben. Sonst würde er einen Fehler machen, und Evelyn könnte Schaden nehmen.

Der Gedanke verstärkte seine Konzentration.

Mit verengten Augen zog Venom sie enger an sich, während seine brutale Natur sich meldete. Sie zitterte, drängte sich an ihn, legte ihre Hände auf seine Brust. *Braves Mädchen* hätte er gern gesagt. Stattdessen schoss er um eine unübersichtliche Kurve. Er drehte scharf ab und folgte einer steilen Böschung. Zerklüftete Felsen erhoben sich zu seiner Rechten. Er tauchte ab in Richtung Boden. Der Abtrünnige folgte ihm über die Kante. Er musste sich treiben lassen. Dem Feind die Illusion des Sieges vorgaukeln, während er ihn genau im Auge behielt. Gelbe Schuppen blitzten auf, während der Idiot zu ihm aufschloss. Venom fing an zu zählen. Einundzwanzig, zweiundzwanzig, dreiundzwanzig …

Der Mann schlug mit seiner Pranke nach ihm.

Scharfe Krallen streiften seine Schwanzspitze und …

Vierundzwanzig!

Er machte einen Rückwärtssalto. Die Bewegung wirbelte ihn hoch und gleichzeitig vorwärts. Sein gehörnter Kopf war nur mehr Zentimeter entfernt vom Rückgrat des Feindes, als er zum Schlag ausholte. Seine Krallen fuhren in Schuppen, trafen den Drachenschwanz. Warmes Blut spritzte über seine Vordergliedmaßen. Der Mann kreischte überrascht. Erbarmungslos grub er seine Krallen noch tiefer hinein und wirbelte den Feind herum, mit atemberaubender Geschwindigkeit, mitten in der Luft. Der dadurch verursachte Luftzug streifte die Klippenwand. Schiefergestein prasselte zu Boden. Der Berg grollte, als große Felsbrocken herunterkrachten. Der Kopf von Idiot Nummer drei peitschte hin und her. Evelyn schrie auf, ihr Ton so voller Entsetzen, dass es Venom ins Herz schnitt.

Aber er dachte nicht daran, nachzugeben. Er fletschte seine Zähne und wirbelte den Feind noch einmal herum. Und noch einmal, erhöhte die Geschwindigkeit mit jeder Drehung. Der Mann brüllte vor Schmerzen, schlug um sich, versuchte sich zu befreien. Venom wirbelte ihn ein letztes Mal herum und öffnete dann seine Krallen und …

Ließ los, schleuderte den Mann weg wie beim Hammerwerfen.

Und schon sauste der Abtrünnige auf die Felswand zu. Venom sah das Weiße seiner Augen in der Sekunde, bevor der Mistkerl gegen die zerklüftete Wand donnerte. Geformt wie ein Speer, bohrte der scharfe Stein sich in den Rücken des Abtrünnigen und kam durch seine Brust wieder heraus. Aufgespießt von dem Felsen, hing der Razorback an der Klippenwand. Blut quoll gurgelnd aus seiner Kehle, floss über die gelben Schuppen und bedeckte seine Brust.

Venom behielt den Razorback im Auge, rüttelte, verharrte an Ort und Stelle in der Luft. Der Mann keuchte noch einmal, dann hörte er auf zu atmen. Einen Augenblick später löste der Feind sich explosionsartig in Drachenasche auf.

Graue Flocken wirbelten im Aufwind hoch, der sie in alle Richtungen verteilte. Venom gewann an Höhe und flog aus der Schlucht. Sein Sonar schwirrte. Er hörte ein vertrautes Geräusch. Sein Mund verzog sich. Wick. Genau rechtzeitig. Das einzigartige Energiesignal seines Freundes pochte hinter seinen Schläfen, beruhigte ihn, als er …

»Venom.«

»Alles heil geblieben. Und du?«

»Ein paar Kratzer. Zwei tote Abtrünnige.« Immer noch eine Meile entfernt, knurrte Wick: *»Deine Frau?«*

Venom spähte hinunter und zog eine Grimasse. Meine Güte, war sie blass. So verschreckt, dass sie ganz kurz davor war, zu hyperventilieren. *»Kurz vorm Ausrasten.«*

»Bring sie nach Haus.«

Gute Idee. Bis auf eine Sache.

Er konnte nicht nach Black Diamond fliegen und dem Getümmel aus dem Weg gehen. Nicht, wenn seine Brüder östlich von Arlington in einen Nahkampf verwickelt waren. Mit eingeschaltetem Radar verfolgte er das Kampfgeschehen, in die Lebensenergie jedes einzelnen seiner Nightfury-Brüder eingeklinkt. Gott sei Dank. Keiner war ernsthaft verletzt, aber sein Sonar log nicht. Seine Gruppe war dem Feind immer noch drei zu eins unterlegen. Die Chancen standen nicht gut, nicht, solange Ivar und Hamersveld mitmischten, zusammen mit diesem gemeinen kleinen Wren – da konnte sich das Blatt sehr schnell gegen sie wenden.

»*Wick, dreh um. Hilf Bas und den anderen.*«

»*Bist du dir sicher?*«

»*Null Problemo*«, sagte er in dem Wissen, dass er außer Gefahr war. Kein Razorback in der Nähe. Kein Grund zur Sorge. »*Ich fliege nach Westen, dann folge ich der Küstenlinie nach Seattle.*«

»*Willst du in unser* Safe House?«

»*Genau.*« Das war die bessere Lösung. Auch ein leichterer Flug in Anbetracht des fortdauernden Kampfgeschehens zwischen ihm und ihrem Zuhause. In einer piekfeinen Gegend von Seattle gelegen, diente das *Safe House* einem wichtigen Zweck. Daimler hatte das am Wasser gelegene Anwesen vor einem Monat für Millionen gekauft – auf Veranlassung von Rikar. Eine notwendige Ausgabe. Das Haus war ein letzter Zufluchtsort, ein Ort, wo Angela, Rikars Gefährtin, pennen konnte, wenn ihr Zeitgefühl sie bei ihren Nachforschungen verlassen hatte und sie es nicht mehr rechtzeitig nach Haus schaffte. Das war schon mehr als einmal passiert. Und wenn das der Fall war? Dann drehte Rikar fast durch, rastete so schnell aus, dass jeder, der noch halbwegs seine fünf Sinne beisammen hatte, daraus schließen würde, dass die Welt gerade unterging. Nicht, dass er das seinem Befehlshaber vorwarf. Eine Frau mit hohem Energiepotenzial draußen nach Anbruch der Dunkelheit – insbesondere eine, die mit einem Nightfury vermählt war – bedeutete große Gefahr. Der Art, die in der Regel Razorback im Schlepptau hatte.

Und dennoch machte Venom ihr ihre Nachlässigkeit nicht zum Vorwurf.

Verdammt, er bewunderte Angela.

Als ehemalige Ermittlerin der Kripo von Seattle liebte sie ihre Arbeit und war gut darin. Konnte so gut Fakten ausgraben, dass sie jetzt als Chefermittlerin für die Nightfury tätig war, Sloan half, die Cyber-Datenbahnen zu durchstöbern, häufig großartige Informationen zutage förderte, die heiße Spuren waren. Das größte Geheimnis von allen jedoch – die Lage von Ivars neuem Hauptquartier – hatte sie immer noch nicht enthüllt. Aber Venom hatte großes Zutrauen. Angela würde es irgendwann finden – und damit auch die Frauen mit dem hohen Energiepotenzial, die der Drecksack in seiner unterirdischen Anlage gefangen hielt.

»*Zwanzig Minuten maximal, Wick, dann lande ich in unserem neuen Hinterhof.*«

Sein Freund zögerte, blieb weiter auf Kurs, schloss auf zu ihm. »*Ven …*«

»*Hau ab.*« Venom flog über den dichten Wald und konsultierte seinen inneren Kompass, nahm Kurs auf Seattle. Murmelnd erzeugte er einen Tarnzauber und ging in Gleitflug, flog in Richtung Küste und stärker bevölkerte Gegenden. *»Keine Abtrünnigen weit und breit. Ich komme bestens klar.«*

»Bis später dann«, sagte Wick, dessen Stimme erwartungsvoll klang.

»Sei vorsichtig.«

»Bin ich das nicht immer?«

Venom schnaubte. Das Wort *vorsichtig* in Verbindung mit seinem Freund? Von wegen. Wie wäre es mit *bösartig*? *Unvorhersehbar*? Im Kampf *tödlich* dank seiner Gabe, flüssige Lava zu spucken? Zweifellos. Alle drei Adjektive trafen auf Wick bestens zu. Aber als er spürte, wie sein Freund mitten im Flug in die andere Richtung abbog, hätte Venom beinahe seine Meinung geändert und ihn zurückgerufen.

Beinahe, aber nicht ganz.

Er war kein Feigling. Er war ein Krieger. Ein starker, der über einen scharfen Verstand verfügte, kombiniert mit brutaler Gewalt. Verdammt noch mal, er hatte gerade einen Abtrünnigen gegen eine Felswand geschleudert und ausgeschaltet. Kein Grund, jetzt Schiss zu kriegen oder in Panik zu geraten wegen Evelyns Reaktion, wenn er sie wieder auf sicheren Boden setzte. Und dennoch … machte er sich Sorgen.

Venom warf einen schnellen Blick auf seine Frau.

Evelyn atmete etwas leichter inzwischen und lag bäuchlings in seiner Pranke. Er begegnete ihrem Blick. Ihre braunen Augen verengten sich. Der Stachel der Besorgnis wurde stärker, ging ihm unter die Haut. Venom verkniff sich einen Fluch. Ach, verdammt. Nicht gut. Sie war wachsam, ihre Furcht nahm schnell ab, und ihr Verstand meldete sich zurück. Sie war nicht annähernd zufrieden oder glücklich. Sie atmete erneut tief durch, beruhigte sich unter dem Einfluss seines sanften Gleitflugs – und zog einen Schmollmund. Venom setzte eine ausdruckslose Miene auf, entschlossen, nichts preiszugeben angesichts ihrer zunehmenden Wut.

Aber, Mannomann, es war schwer.

Sie kannte ihn kaum. Und ihr scheinbar emotionsloser Blick signalisierte ihm überdeutlich, dass ihr das hier alles total gegen den Strich ging. Er widerstand dem Bedürfnis, sich zu winden, wusste aber, dass ihr Schweigen nicht lange andauern würde. Ihre Schwingungen sagten alles. Sobald er beim *Safe House* gelandet war und wieder menschliche Gestalt angenommen hatte, würde Evelyn loslegen. Ihn zur Schnecke machen.

Ein einziger Blick in ihr Gesicht verriet ihm das. Garantiert würde sie das tun. Da hatte er keinerlei Zweifel. Und er konnte nirgendwohin fliehen, trug eine riesengroße Zielscheibe auf dem Rücken und hatte es mit einer wütenden Frau zu tun, die er ganz dringend beruhigen musste.

Blitzschnell schoss Bastian auf den Feind zu. Er war umgeben von brüllenden, in der Luft kämpfenden Drachen. Ohrenbetäubende Schmerzensschreie explodierten über den Baumwipfeln. Bastian schlug im Vorbeifliegen auf den Abtrünnigen ein. Seine Krallen erzeugten ein kreischendes Geräusch, als sie über dessen Schuppen fuhren. Der Razorback fauchte ihn an. Bastian grinste zurück, machte einen Salto und schlug erneut auf ihn ein. Drachenblut spritzte im Mondschein. Der metallische Geruch traf auf frostige Luft, verband sich mit dem Gestank von Feuer und Schwefel.

Bastian packte den Feind, drang mit seinen Krallen tief in dessen Fleisch ein.

Der Abtrünnige wirbelte herum, versuchte verzweifelt, sich zu lösen.

Gute Strategie. Das mochte dem hellschuppigen Mistkerl so passen. Aber Freiheit war keine Option für den Razorback. Jetzt nicht mehr. Der Kerl steckte bereits tief im Schlamassel. War in seinem Fadenkreuz. Eingeklemmt zwischen seinen Pranken. Die Flügel bewegungsunfähig. Abgeschnitten von jeder Hilfe und dem Tross … kurz davor, sein Leben zu verlieren.

Nur eins hielt Bastian davon ab, es ihm zu nehmen: er wollte Informationen.

Eingeweiht in seine Pläne, hielten auch Mac und Forge sich zurück, schützten seine rechte Flanke. Sloan und Rikar kämpften auf der linken, hielten die Stellung. Bastian fletschte seine Zähne. Sehr schön. Hervorragend. Perfekt auf ganzer Linie. Er hatte genug Zeit und Platz, um ungestört an die Arbeit zu gehen. Schädel zu knacken und die Razorback zu verhören, solange sie noch lebten.

Theoretisch wirklich hervorragend. Nur leider hatte er so gut wie nichts erreicht bisher.

Drei Abtrünnige erledigt. Und nicht die Spur einer Information.

Und der Razorback, den er gerade in den Krallen hielt? Bisher auch kein Glück. Er könnte genauso gut beginnen, ihm die Zähne einzeln auszureißen. Oder seine Schuppen, weil dieses vierte Opfer wirklich eine harte Nuss war. Egal, wie sehr er ihn verwundete, der Mann weigerte sich zu reden – ihm zu verraten, wohin Ivar verschwunden war. Bastian knurrte frustriert. Schlechter Zeitpunkt. Einfach kein Glück. Der Anführer der Abtrünnigen war entkommen.

Schon wieder. Insgesamt wie viele Male? Tja, Mist. Er wusste nicht, wie oft. Hundertmal? Tausendmal? Er knirschte mit den Zähnen. Es fühlte sich wie millionenfach an im Moment.

Nacht für Nacht. Woche für Woche. Jahr für Jahr.

Verdammt. Ivar schaffte es immer, ihm durch die Maschen zu schlüpfen.

Mitleidlos verstärkte er den Druck und verdrehte dem Feind die Flügel. »Wo ist er?«

Ein Keuchen. Ein Schmerzensschrei. Weiter nichts. Der Abtrünnige weigerte sich noch immer zu antworten.

Bastian verrenkte dem Kerl seine Flügel noch mehr. »Sag es mir.«

»Fick dich.«

»Fein. Wie du willst.«

Knurrend legte Bastian dem Mann seine Pranke um den Hinterkopf und drehte ihn. Der Abtrünnige schlug aus, wehrte sich gegen die Umklammerung. Ein brutaler Ruck, und Bastian hatte ihm das Genick gebrochen. Das bösartige Knacken echote. Der Abtrünnige erschlaffte in seinem Griff, bevor er zu Drachenasche explodierte.

Graue Flocken wirbelten ihm ins Gesicht.

Bastian ignorierte es und drehte scharf ab, suchte sein nächstes Ziel. Ein weißer Streifen tauchte in seinem Gesichtsfeld auf. Er funkte seinen besten Freund an. *»Rikar, hast du was erreicht?«*

»Nichts. Keiner redet. Die Arschgeigen sind loyal, das muss ich ihnen lassen.« Nur verschwommen auszumachen, sauste Rikar an ihm vorbei, arktische Luft und Schnee in seinem Gefolge. *»Hast du mehr Glück gehabt?«*

»Nein. Ivar hat sich verpisst. Hamersveld mit ihm.«

Rikar machte eine Volldrehung in der Luft und kam an seine rechte Seite. *»Verdammte Inzucht. Wir bekommen einfach keine Auszeit.«* Allerdings nicht. Bastian fluchte leise. Jede Nacht die gleiche Geschichte. *»Der Sausack muss so etwas wie einen Glücksbringer in seinem Arsch haben.«*

Sein bester Freund schnaubte belustigt.

Während er Mac und Forge beobachtete, schüttelte Bastian den Kopf. Seine Mundwinkel hoben sich. Mannomann. Die Wunderzwillinge waren echt in Form, nahmen sich fünf Abtrünnige auf einmal vor. Und Sloan? Bastian spähte nach links. Nur ein stecknadelgroßer Fleck am Himmel, flog sein Krieger weg, entfernte sich vom Kampf. Bastian runzelte die Stirn und verfolgte die Spur seines Freundes. Sein Sonar schwirrte und … aha. Seltsam. Absolut nicht Sloans Stil. Der Mann ging nie einem Kampf aus dem Weg, es sei denn, er war dazu gezwungen.

Was bedeutete, dass etwas geschehen war.

Etwas Schlimmes, wenn nicht sogar etwas Gefährliches.

Bastian suchte erneut den Horizont nach dem unverkennbaren Aufblitzen von Sloans schneeweißen Pranken ab. Ein Funkeln zog seinen Blick an. Das Aufblitzen von etwas Weißem, gleich vor ihm. Die Flügel weit gespreizt, trat Bastian auf die Bremse. Seine Muskeln kreischten vor Anstrengung, wehrten sich gegen die Anspannung.

Rikar flog an ihm vorbei.

Mit einer schnellen Drehung wechselte Bastian die Richtung. *»Ich fliege Sloan hinterher.«*

»Ich hab ja die Wunderzwillinge.« Mit Überschallgeschwindigkeit umkreiste Rikar die beiden, suchte nach einer Öffnung zwischen Mac und Forge, die blassen Augen auf den

Razorback an Macs linkem Flügel gerichtet. »*Mac, rück ein Stück. Ich komme auf heißen Reifen rein.*«

»*Was heißt hier ›heiß‹, Frosty?*«, fragte Forge, der sich mal wieder seinen Klugscheißer-Kommentar nicht verkneifen konnte. Grunzend schlitzte er einen Razorback auf. Schuppen rasselten. Ein Schrei hallte durch den Nachthimmel, wehte über die Baumwipfel. »*Will dir natürlich nicht zu nahe treten ...*«

»*Du bist ein Arsch, Schotte*«, gab Rikar zurück. »*Halt die Klappe, und geh mir aus dem Weg.*«

Forge schnaubte, klang amüsiert.

Mac lachte, während er einen Abtrünnigen mit einer Ladung Wasserspeere beglückte.

Bastian ließ das Trio hinter sich und justierte seinen Radar. In ihm machte sich ein Gefühl von Besorgnis breit. Er folgte Sloan, vorbei an einer glatten Felswand. Die Augen auf das raue Gelände geheftet, verfolgte er zerklüftete Senken und Felszungen. Seine Nachtsicht war aktiviert, sodass er alles klar erkannte. Jede Senke. Jede Zacke. Alle Details. Alt und dicht erstreckte sich der Wald vor ihm zu seiner Linken. Riesige Pinien standen neben alten Eichen entlang sich schlängelnden Asphalts. Noch im Bau befindlich, durchschnitt die Landstraße die Wildnis. Schweres Baugerät stand neben Haufen von Straßenschutt, verblasste Holzmasten leuchteten im Mondlicht.

Bastian biss die Zähne zusammen.

Wunderbar. Einfach toll. Der perfekte Ort, um einen Angriff zu starten – hohe Klippen zu beiden Seiten, ein enges Tal dazwischen, wenig Raum zum Manövrieren. Er zog die Brauen zusammen. Dieser verrückte Sloan. Was zum Teufel dachte er sich dabei? Auf keinen Fall sollte der Mann ohne Rückendeckung direkt in einen Hinterhalt fliegen. Bastian erhöhte seine Fluggeschwindigkeit und forderte über ihr Drachen-Handy Verstärkung an.

»Immer noch beschäftigt.« Ein Knurren echote durch die Verbindung. Das Kreischen von Krallen über Schuppen folgte. Rikar summte, bevor knackend Knochen brachen. *»Wir räumen hier auf und …«*

»Komme«, knurrte Wick.

Bastians Mundwinkel hoben sich. Gut, gut … das war ja zu erwarten, oder? Genau rechtzeitig. Gott musste den Mann lieben. Wick hatte wirklich ein einwandfreies Timing. *»Venom?«*

»Außer Reichweite.«

Weiße Kondensstreifen schienen seinen Flügelspitzen zu entströmen, als Wick über die Klippe gesaust kam. Mit einem Salto flog er über den Klippenrand, eine echte Kamikazenummer. Bastian duckte sich, um einen Zusammenstoß zu vermeiden. Der verrückte Mistkerl änderte die Richtung, verfehlte ihn nur um Zentimeter, brachte die Stacheln auf seinem Rücken zum Rasseln, machte ihn stinksauer.

Bastian sah ihn wütend an.

»Freut mich auch, dich zu sehen.« Wick grinste, von Entschuldigung keine Spur. *»Wo ist Sloan?«*

»Hier.«

Dunkelbraune, grün-golden gesprenkelte Schuppen funkelten über ihnen. Gefolgt vom Aufblitzen von Sloans schneeweißen Pranken in der Dämmerung. Bastian musterte ihn mit verengten Augen. Bingo. Ziel erreicht. Ein Erddrache direkt vor ihm.

»Was zum Teufel sollte das werden, Sloan?« Inzwischen in Sichtweite, warf er seinem Krieger einen Seitenblick zu. Sloan reagierte nicht darauf. Stattdessen betrachteten seine dunklen Augen forschend das zerklüftete Gelände vor ihm, und er fluchte leise. Und Bastian war hoch alarmiert. Weniger explosiv als die meisten, neigte Sloan absolut nicht dazu, überzureagieren. Er überlegte sich alles genau, setzte seinen unglaublich hohen IQ ein und seine ausgebufften IT-Fähigkeiten, um Dinge zu enträtseln. Was bedeutete, dass das, worauf sich der Mann gerade konzentrierte, ungeteilte Aufmerksamkeit erforderte. *»Spuck's aus.«*

»Drei Abtrünnige spielen Verstecken«, erklärte Sloan und setzte ihn damit ins Bild. *»Allerdings ist etwas daran höchst seltsam.«*

»Was?«, fragte Bastian.

»Mir scheint, dass sie nicht kämpfen wollen.« Sloan blickte über seine Schulter und sah ihn an. *»Verdammt. Sie zu verfolgen war mehr Spiel als Kampf. Alles nur Theater.« Besorgt schüttelte er den Kopf. »Ich kann sie nicht mal mehr sehen. Es ist, als wären sie …«*

»Verschwunden?« Bastian schaltete seine Gabe ein und ließ seiner Magie freien Lauf.

Wie eine mächtige Welle erhob sie sich, strömte über die Landschaft. Sein Sonar bis zum Anschlag aufgedreht, suchte er nach dem einzigartigen Signal, das jeder männliche Drachenblütige aussandte. Schwach konnte er das Trio wahrnehmen, aber … hm, eigenartig. Mehr als seltsam. Das Signal wurde durch irgendetwas gedämpft, was ihn daran hinderte, es genauer zu identifizieren. Normalerweise konnte er Männer aus meilenweiter Entfernung aufspüren. Aber heute hatte er nicht so viel Glück. Da der Signalbalken so schwach war, war auch seine Wahrnehmung verschwommen.

Der Winterwind wurde stärker.

Tote Blätter raschelten, während die Bäume schwankten.

Ein Summen reizte seine Schläfen, trieb ihn weiter nach Norden.

Er wechselte die Strategie und suchte im Zickzack. Ein Pochen kam durch. Das gleiche Resultat, bis auf … Seine Augen verengten sich. Moment mal. Er griff ein schwaches Signal auf …

Bastian holte tief Luft. Grundgütiger. Jetzt erkannte er dieses Knistern. Es war schon Jahre her. Jahrzehnte. Viel zu lange. So etwas hatte er erst einmal zuvor gespürt – als sein Erzeuger noch am Leben war.

Bastian klinkte sich in das Signal ein und flog in Richtung Landstraße. *»Folgt mir.«*

Seine Krieger schlossen zu ihm auf, gaben ihm Flügeldeckung, während er dem Summen folgte. Nord-Nordwest. Über glatte Klippen. Über die Spitzen riesiger Pinien. Eine halbe Meile Asphalt und Schotter bis zur Baustelle. Seitlich davor geparkt, standen Bagger neben Planierraupen. Bastian ging tiefer, schwebte hinunter, glitt hinter eine Reihe Kipplaster.

Schwarze Reifen glänzten im Mondlicht. Nordwind kam auf, wehte Staub über die schmale Straße, während das Knistern sich intensivierte, seine Schläfen malträtierte und … aha, ja. Ein Funkloch direkt vor ihm. Ein von einem männlichen Drachenblütigen künstlich eingerichtetes Funkloch. Nicht wie das Bermudadreieck. Aber genauso wirksam. Fünfzig Meter breit und genauso tief, dämpfte das abgegrenzte Gebiet Signale und unterband elektronischen Verkehr, schuf ein Kraftfeld rund um den Benutzer. Eins, das die meisten Männer niemals entdecken würden.

Raffinierter Trick. Clevere Masche. Ein sehr wirkungsvolles Manöver.

Ohne seine Geschwindigkeit zu verringern, flog Bastian durch die durchsichtige Barriere. Die Seitenwand wellte sich, ergoss sich über ihn wie Wasser, benetzte seine Flügel. Bruchstücke von Energie schnitten in seine Schuppen. Das unangenehme Prickeln lief ihm über den ganzen Rücken. Hinter ihm fluchte Wick laut. Bastian wandte sich nicht um, sondern bog nach rechts ab, flog eine Schleife und musterte das Gelände innerhalb des Energieschildes. Tja, da war nicht viel zu sehen. Hohe Zedern erhoben sich am Rand des Funklochs. Riesige Findlinge, wahllos aufgehäuft neben einem verlassenen Bagger. Ein einzelner Pick-up, der am Ende der Schotterstraße parkte.

Er nahm eine Bewegung wahr.

Die Scheinwerfer des Pick-ups leuchteten auf, erhellten ein Stück der Straße.

Der verrostete Pick-up quietschte, als sich jemand in Drachengestalt vorn neben dem Wagen enttarnte. Pechschwarze Schuppen glitzerten im Licht, blutrote Stacheln verliefen entlang des Rückgrats des Kriegers. So vertraut. Mehr als seltsam, jemanden zu sehen, der genau wie sein Vater aussah. Aber was letztendlich die Identität des Drachenblütigen verriet? Das rote Spinnentattoo am Hals des Kriegers.

»Heiliger Bimbam«, murmelte Sloan.

Wick summte – ein freundlicher Willkommensgruß.

Bastians Mundwinkel hoben sich. »Azrad.«

»Bruder.« Azrad legte den Kopf zurück und beobachtete mit zusammengekniffenen Augen, wie er über ihm schwebte. »Landest du jetzt, oder was?«

Bastian legte seine Flügel an und ließ sich aus dem Himmel fallen. Seine Pranken landeten dröhnend auf der Erde, nur einen Meter von Azrad entfernt. Schotter stob auf und prallte gegen die Seite des Pick-ups. Wick und Sloan setzten hinter ihm auf. Ihre großen Pranken rissen den festen Untergrund auf, und Azrad setzte sich aufrechter hin. Sein leichtes Zucken sprach Bände. Bastian verstand die Botschaft. Sein Bruder war sich nicht sicher, ob er akzeptiert war. Was nicht anders zu erwarten war. Bis vor zwei Wochen hatte er noch gar nicht gewusst, dass sein Vater noch einen Sohn gezeugt hatte.

Oder dass Azrad existierte.

Und dennoch freute Bastian sich darüber. Er konnte sich keinen Reim darauf machen. Es gab keinen Grund dafür. Es war einfach der Glaube daran, dass man eine Familie brauchte. Er schnaubte. Grundgütiger. Er konnte es kaum fassen. Ein jüngerer Bruder, der blutsverwandt mit ihm war. Derselbe Vater. Eine andere Mutter. Eine Chance, eine Verbindung zu schmieden, wie sie auch andere Brüder hatten. Leider bedeutete eine ähnliche DNA nicht sofortige Verbundenheit. Vertrauen und eine enge Beziehung brauchten Zeit, um sich zu entwickeln. Bedeuteten viel harte Arbeit und persönlichen Einsatz, sodass … jawohl. Er verstand Azrads Zögern. Er spürte es auch, das Bedürfnis nach Selbstschutz, nur für den Fall, dass die Dinge sich verschlechtern würden. Und dennoch, trotz seiner Bedenken dachte er nicht daran, sich abzuwenden.

Zu viel stand auf dem Spiel.

Die Zukunft seines Bruders. – Er hatte das Bedürfnis, ihn zu unterstützen. – Die Chance, eine echte Beziehung zu dem einzigen Mann aufzubauen, der mit ihm verwandt war. Alles stand auf dem Spiel.

Er hielt Azrads Blick fest und verwandelte sich in menschliche Gestalt. Ein kühner Zug, einer, der ihn verwundbar machte. Wahrscheinlich nicht gerade das Klügste, was er tun konnte. Seine Schuppen waren wie eine Rüstung, schützten ihn vor Angriffen. Menschenhaut machte ihn zu verletzlich. Bastian kümmerte das nicht. Er musste schließlich irgendwo beginnen. Dies hier, heute Nacht, schien ein Ort so gut wie jeder andere zu sein, um eine Brücke zu schlagen, die sich bewähren würde. Er fuhr stampfend mit den Füßen in seine Stiefel und ließ die Schultern kreisen, rückte seinen Ledertrenchcoat zurecht.

Er ließ seinen forschenden Blick erneut über Azrad wandern, reckte das Kinn. »Du siehst Vater ziemlich ähnlich in Drachengestalt.«

Überraschung blitzte in den Augen seines Bruders auf. Azrad blickte auf seine schuppenbedeckte Brust hinunter. »Wirklich?«

»Die gleichen Farbtöne … minus der Spinne.«

Interesse schärfte Azrads Blick. »Erzählst du mir irgendwann mal von ihm?«

Bastian nickte. »Wenn du möchtest.«

Sein Bruder belohnte die Antwort damit, dass er das Vertrauen erwiderte und ebenfalls menschliche Gestalt annahm. Ein an beiden Seiten rasierter Kopf mit dunklem Irokesenkamm erschien. Dunkelblaue Augen blickten ihn an, kurz bevor das Metall sichtbar wurde. Zwei schwarze Metallstecker tauchten in Azrads Gesicht auf – einer in seiner Augenbraue, der andere in seiner Nase. Bastian blinzelte. Gut, in Ordnung. Das ganze Metall hatte er beinahe vergessen. Schon irgendwie merkwürdig, aber …

Er schluckte seine Belustigung hinunter. Verrückt. Total irre. Wer hätte je gedacht, dass er irgendwann mal mit einem gruftimäßig gestylten Typen als Bruder zu tun haben würde?

Azrad zog eine abgewetzte Armeejacke an und warf einen Blick auf Sloan, dann sah er wieder Bastian an. »Tut mir leid, das Theater. Ich musste dafür sorgen, dass es echt aussah für die Abtrünnigen, und außer deinen Krieger zu töten …«

Wick schnaubte abfällig, unterbrach die Erklärung.

»Keine Chance«, sagte Sloan mit einem harten Glitzern in den Augen.

»Umstellt von Feinden, Krieger. Du warst in der Unterzahl«, murmelte Azrad, starrte Sloan an und schnippte mit den Fingern.Die magische Barriere des Funklochs bewegte sich.

Zwei Krieger drangen hindurch, wurden sichtbar in dem Licht, das die zerbrochenen Scheinwerfer warfen. Kurzgeschnittenes schwarzes Haar, eine Lederklappe über dem einen Auge, trat der Größere der beiden vor. Zwar dünner aber genauso groß, bewegte sich der Blonde im Zickzack hinter seinem Kameraden. Ihre Schritte knirschten auf dem Schotter, während beide Krieger hinter Azrad Stellung bezogen. Der mit der Augenklappe zu seiner Rechten. Der hübsche Blonde zu seiner Linken. Bastians Mund zuckte. Sieh an. Die Pyramidenposition, eine Formation, die nur einem Zweck diente: dem Anführer Rückendeckung zu geben. Ihre kräftigen

Muskeln geballt, taten Wick und Sloan das Gleiche, stellten sich dicht hinter ihn.

Den Blick auf die Neuankömmlinge gerichtet, zuckte Sloan die Achseln. »Drei gegen einen in einem Kampf. Ziemlich gute Chancen – zu meinen Gunsten.«

»Arroganz ist ein Vorbote des Todes.« Der mit der Augenklappe spannte seine Hände an und lächelte herausfordernd.

Unbeeindruckt verdrehte Wick die Augen. »Fick dich.«

Lachend hörte der Kraftprotz auf, den dicken Macker zu spielen. »Ich bin Terranon. Azrads Erster Offizier.«

»Kilmar«, sagte der Blonde und nahm eine entspannte Haltung ein.

Sloan öffnete seine geballten Fäuste und stellte sich vor.

Das Trio nickte, dann blickten sie an Bastian vorbei, fixierten den Mann rechts hinter ihm. Einen Moment lang lag Spannung in der Luft. Wick schwieg. Bastian unterdrückte ein Lachen. Stur bis zum Gehtnichtmehr. Schweigend wie gewöhnlich. Typisch Wick, sich als Einziger querzustellen.

»Und das ist Wick.« Bastian hob den Daumen und wies über seine Schulter. »Also, jetzt, wo wir uns alle bekannt gemacht haben …« Er hielt inne und trat auf Azrad zu. Er blieb vor seinem Bruder stehen und hob die Hand. Azrad zuckte zusammen, rührte sich aber nicht von der Stelle, gestattete ihm, seinen Hals zu umfassen. »Geht es dir gut? Ist das Leben im Lager der Razorback okay?«

Azrad atmete auf, entspannte sich unter seinem Griff. »Mir geht's gut. Allerdings ist es ziemlich tough.«

»Viele interne Machtkämpfe?«

»Einige«, sagte Azrad und schüttelte Bastians Hand ab. Er drehte sich zu dem Pick-up um, legte den Kopf zurück und blickte in den Nachthimmel. Sterne waren undeutlich zu sehen, ein stecknadelgroßes Leuchten, gedämpft durch den Energieschild. »Es ist schwierig, Nachrichten herauszuschmuggeln.«

»Ich habe die über Granite Falls erhalten«, sagte Sloan. »Kurz und bündig … und treffend.«

»Das Beste, was ich tun konnte.« Seufzend streckte sich Azrad und dehnte seine verkrampften Muskeln. »Strenge Sicherheitsvorschriften. Die Krieger stehen unter scharfer Beobachtung. Und jetzt, wo Hamersveld der neue XO ist?« Azrad stieß die Luft aus. »Jetzt wird es noch schlimmer.«

Bastian hörte die Frustration in Azrads Stimme und schwieg. Sein Bruder musste sich aussprechen. Er konnte es in Azrads Augen erkennen. An der Art, wie er sich hielt, und an seinem verletzlichen Unterton. Nicht im Geringsten überraschend. Verdeckt zu arbeiten war nicht einfach, und Azrad tat das mitten im Feindeslager. Hinzu kam noch die Tatsache, dass sein Bruder jahrelang allein in einem Gefängnis der Drachenblütigen gesessen hatte. Niemanden gehabt hatte, mit dem er sich unterhalten, niemanden, dem er zuhören konnte. Totale Isolationshaft, Stille rundum und … Keine Frage. Zurückzukehren in die Welt, nur um sich mitten in einem Krieg wiederzufinden, konnte nicht einfach sein.

Bastian zog die Brauen zusammen und starrte Azrads Profil an. »Azrad, wenn du es dir noch einmal überlegen willst …«

»Quatsch.« Sein Bruder bleckte die Zähne und wirbelte herum. Seine dunkelblauen Augen glühten, als er Bastian mit einem harten Blick festnagelte. »Ich kneife nicht. Ich bin ganz drin, Bastian – wirklich ganz, aber … verdammt. Weißt du, was dieser Mistkerl tut?«

Er schüttelte den Kopf. Abwarten war im Moment das Beste. Zuhören nützte ihm im Moment mehr als Reden. Auf diese Weise bekäme er mehr Informationen. Was an und für sich schon wichtig war, aber noch einen zusätzlichen Nutzen hatte. Indem er den Schweigsamen gab, half er Azrad, seine Spannung abzubauen.

Ein großer Bonus. Eine Win-win-Situation in jeder Hinsicht.

»Er misshandelt Frauen, Bastian. Ivar hält welche mit hohem Energiepotenzial gefangen und tut ihnen Gott weiß was an.« Er fuhr sich mit einer Hand über seinen Irokesenkamm, ballte beide Hände zu Fäusten und öffnete sie wieder. Weiße Fingerknöchel – offene Handflächen. Zorn flammte in seinem Blick auf. Azrad spreizte die Finger, hob seinen Arm und streckte ihm seine erhobene Hand entgegen. »Bisher hat er fünf. *Fünf* unschuldige Frauen, die er irgendwo eingesperrt hat.«

Terranon knurrte. »Kranker Bastard.«

Keine Frage. Auch kein Zweifel. Bastian ließ seine Schultern kreisen. »Irgendeine Ahnung, wo er die hat?«

»Noch nicht.« Azrad senkte seinen Kopf und umfasste seinen Nacken mit beiden Händen. Ein Muskel zuckte an seinem Kinn, ehe er es hob. »Ich habe keine Ahnung, wo das Hauptquartier untergebracht ist. Auch keiner der Fußsoldaten. Nur Ivar und seine Leibwache leben da.«

»Scheiße.« Er hatte auf mehr gehofft. Warum? Er wusste es nicht. Ivar war nicht dumm. Der Kerl ließ nur ganz wenige in seinen inneren Kreis. Seine Gedanken wirbelten, während Bastian sich umdrehte. Seine Stiefel knirschten über den Schotter der Straße. Er vollendete eine Runde, dann blieb er vor dem Pick-up stehen und musterte die Schrottkarre. Das Bedürfnis, den Fuß zu heben und dem Ding einen Tritt zu versetzen, war gewaltig. Stattdessen drehte er sich um und sprang auf das Gefährt. Sein Hintern landete auf der Motorhaube. Metall wellte sich, krümmte sich unter ihm. Er zog seine Knie an und knallte seine Füße auf die vordere Stoßstange. »Mir gefällt das kein bisschen besser als dir, Azrad. Auf keinen Fall sollten Frauen in der Schusslinie stehen. Aber versuch, geduldig zu bleiben. Ich habe jemanden, der daran arbeitet, sie zu finden.«

»Taugt er was?«

»*Sie* ... und jawohl, Ange hat hervorragende Fähigkeiten.«

Kilmar hob eine Augenbraue. »Ihr arbeitet mit Frauen zusammen?«

»Wenn es sich um eine ehemalige Ermittlerin der Kripo von Seattle handelt, die mit meinem Stellvertreter verheiratet ist?« Die Ellbogen auf seine Knie gestützt, verschränkte Bastian seine Finger und funkelte den hübschen Blonden an. »Absolut.«

»Gut.« Azrad trat neben ihn und lehnte seine Hüfte an den Pick-up. Er überflog den Horizont mit einem Blick, dann warf er Bastian einen Seitenblick zu. »Hat sie schon irgendwas herausgefunden?«

»Nicht viel.«

»Sag ihr, sie soll schneller arbeiten.«

»Was hat sich geändert?«

»Alles«, sagte Azrad und sah besorgt aus. »Ivar plant eine Serie von Wettkämpfen, in denen Razorback gegeneinander antreten. Die fünf Besten gewinnen eine Woche mit einer der Frauen mit hohem Energiepotenzial.«

Sloan atmete kurz durch. »Wann?«

»Wenn der Meridian sich justiert … während des *Heißhungers.*«

»Verdammte Scheiße«, murmelte Bastian, als ihn die Erkenntnis mit voller Wucht traf. Ivars Plan war geradezu teuflisch. Verdammt, er war brillant, unterstrich die ultimative Schwäche der Drachenblütigen. Die Phase des *Heißhungers* setzte zweimal pro Jahr ein, immer wenn die elektrostatischen Bänder sich neu ausrichteten. Diese kosmische Veränderung pushte die männliche DNA, sorgte dafür, dass die Männer eine Nacht lang zeugungsfähig waren. Zwölf Stunden Wonne. Eine Überfülle von sexuellen Eroberungen, bei denen viele Männer im Paarungsrausch die Kontrolle verloren. Eine Nacht, die nur einem Ziel diente: den Fortbestand ihrer Spezies zu sichern. »Er hat vor, die Frauen mit den stärksten Männern zu paaren.«

»Ja, und das ist noch nicht alles.« Terranon hob seinen Fuß und trat nach einem Stein. Der Stein flog hoch, schoss über den Schotter und schlug in den Bauschutthaufen ihm gegenüber ein. Ein Krachen ertönte, prallte von innen gegen den Schild des Funklochs. »Es geht ein Gerücht um unter den Razorback. Irgendwas über ein Experiment. Ein Serum soll an den Frauen ausprobiert werden. Niemand weiß Genaueres, worum es sich da handelt, aber …«

»Grundgütiger.« Ein *Serum.* Bastians Augenbrauen kollidierten. Er hatte dieses Wort schon zuvor gehört. Von seiner Gefährtin, nachdem sie Angelas Verletzungen behandelt hatte – die Wunden, die sie davongetragen hatte, als sie sich in der Gewalt der Razorback befand. Myst hatte die Einstichstellen an Angelas Bauch beschrieben. Besorgnis packte ihn, schnürte ihm die Luft ab. Nur eine Schlussfolgerung war da zu ziehen: was auch immer Ivar den Frauen innerhalb seines Hauptquartiers antat, war Angela bereits angetan worden. Diese Neuigkeiten trieben ihn an. Bastian sprang von der Motorhaube. »Wir können nicht warten. Wir müssen sofort wissen, was das Serum bewirkt.«

Wick trat an seine Seite. »Der einzige Weg, das herauszufinden, ist, dass wir Ivars Labor finden.«

»Ihr bleibt von eurer Seite aus am Ball«, sagte Azrad. »Ich arbeite von meiner aus.«

Bastian hob den Kopf. »Wie?«

»Indem ich mich für die Spiele qualifiziere.«

»Wir werden alle drei antreten.« Kilmar lächelte leicht und schlug sich mit der geballten Faust in die Handfläche der anderen Hand. »Erobern einen der vordersten Plätze und …«

»Werden direkt in Ivars Höhle eskortiert«, beendete Terranon den Satz seines Freundes.

»Wir töten die Wachen in der Höhle des Schweinepriesters. Und finden die Gefangenen«, sagte Azrad mit einem gefährlichen Glitzern in seinen Augen. »Sobald das erledigt ist, holen wir die Frauen da raus. Übergeben jede einzelne eurer Obhut.«

»Und wir siedeln sie um.« Zu ihrer eigenen Sicherheit. Sie würden einen neuen Ort finden, an dem sie leben konnten. Zeugenschutzprogramm vom Feinsten. Bastians Gedanken eilten bereits voraus, und er nahm sich vor, den Ball ins Rollen zu bringen, sobald er nach Hause kam. Daimler wusste alles darüber, wie man einer Person eine neue Identität verschaffte. Der Numbai hatte das gerade erst für J.J. getan, Wicks Gefährtin, und zwar vor weniger als einem Monat.

Falsche Papiere – Pass, Führerschein, neue Sozialversicherungsnummer – eingeschlossen. »Ein Kinderspiel.«

Sloan grunzte. »Verdammt heikel. Wenn ihr auffliegt, dann …«

»Sind wir tot.« Mit gelassener Miene stieß Azrad sich vom Wagen ab. Die Knöpfe seiner Militärjacke streiften den rostigen Stahl der Motorhaube. »Den Razorback-Clan dermaßen im Kern zu treffen ist das Risiko wert.«

»Das bestreitet keiner«, murmelte Wick.

»In Ordnung.« Mit einem Nicken packte Bastian die Schulter seines Bruders. Er drückte sie und gab ihm einen kräftigen Klaps auf den Rücken, dann drehte er sich um und ging die Straße hinunter. Er musste abhauen. Sofort. Sonst würde er noch »Scheiß drauf!« sagen und die gesamte Operation abblasen. Ihm stank diese ganze Undercover-Nummer gewaltig. *Direkt und tödlich* gefiel ihm besser, aber, na ja … Er seufzte. Seine Strategie mochte ja Abtrünnige töten, aber sie beendete den Krieg nicht. Azrads Ansatz könnte das jedoch vielleicht. Er rieb sich den Schädel, blieb zwei Meter weiter stehen und blickte zurück. Musterte Azrad und seine Männer. »Das Treffen ist beendet. Schick uns Updates, wenn du kannst, aber pass auf dich auf. Fliegt ja nicht auf.«

Azrad nickte.

Bastians Stiefel knirschten über den Schotter, während er Drachengestalt annahm. Er spreizte seine Flügel und sprang hoch, und während sein Herz wie wild klopfte und sich seine Gedanken überschlugen, hoffte er sehr, dass er die richtige Entscheidung getroffen hatte. Seinen Bruder nicht in zu große Gefahr gebracht hatte.

Ihn nicht direkt in den sicheren Tod geschickt hatte.

17

Er hatte ein Problem. Einen Spion innerhalb der eigenen Reihen. Ivars Gedanken rasten, als er, die Laufschuhe auf das nasse Pflaster des Krankenhausparkplatzes gepflanzt, vom Rand aus die menschliche Katastrophe beobachtete. Das rote und blaue Licht der Polizei- und Feuerwehrwagen erhellte die Nacht. Rauch quoll seitlich aus dem Gebäude. Feuerwehrmänner krochen mit Wasserschläuchen über den Boden. Er runzelte die Stirn, als jemand brüllte und die Menge sich in die falsche Richtung verteilte und …

Er verzog den Mund.

Ein Verräter innerhalb der Razorback. Verdammt noch mal nicht zu fassen.

Und dennoch. Etwas anderes ergab einfach keinen Sinn. Oder erklärte die Anwesenheit des Nightfury in Arlington. In den Nachrichten hatte es nicht den geringsten Hinweis gegeben. Und sie hatten auch niemanden angerufen. Es gab keinen Anlass für den Feind, hier zu sein. Was bedeutete, dass jemand mit Insiderinformationen den Nightfury einen Tipp gegeben hatte. Bei dem Gedanken wurde ihm eiskalt. Sein Temperament löste das Problem dadurch, dass seine Wut dermaßen heiß aufflammte, dass seine Körpertemperatur rasant anstieg. Hellrote Flammen kreisten in seinen Handflächen. Er erstickte die Feuershow und musterte die in Panik geratene Menschenschar aus einigen Metern Entfernung.

Eine normale amerikanische Kleinstadt, von wegen. Der Ort fühlte sich viel zu groß an, heute Nacht. Verratsmäßig groß. Kampfmäßig groß. Im-Arsch-mäßig groß. Ivar knirschte mit den Zähnen. *Ein Spion.* Verdammte Scheiße. Er konnte es einfach nicht glauben. Die Vorstellung kam ihm so fremd vor, als würde sie jemand anders betreffen, nicht ihn. Er schürzte die Lippen. Das leuchtete ein. Schließlich hatte ihn bisher noch niemand verraten.

Stirnrunzelnd betrachtete er erneut die Menschenmenge. Mannomann, was für ein Durcheinander. Polizisten brüllten Befehle, versuchten, die Ordnung wiederherzustellen, aber ... vergeblich. Zu gehorchen war normalen Bürgern offenbar absolut fremd. Ivar fluchte leise vor sich hin. Echt ungünstig. Also musste er den Verräter für den Augenblick vergessen. Er hatte ein vordringlicheres Problem. Eins, das damit begann und endete, wie er wieder zurück ins Krankenhaus gelangte. Eher früher als später. Mit anderen Worten – sofort, verdammt noch mal. Sonst würde er nicht bekommen, was er für die Arbeit in seinem Labor brauchte ...

Nämlich Evelyns wunderbares energiereiches Blut.

Ihre Blutprobe war dort drinnen – irgendwo.

Wahrscheinlich in dem medizinischen Labor, wo sie darauf wartete, untersucht zu werden. Ivar biss sich auf die Unterlippe. Zumindest, wenn er Glück hatte. Wer wusste schon, wie weit die Menschen bereits gekommen waren? Vielleicht war er längst in den Arsch gekniffen. Vielleicht hatten die im Labor bereits die gesamte Blutprobe verbraucht. Vielleicht standen ihre Ergebnisse bereits in einer Akte und warteten darauf, dass ein Arzt sie sich anschaute. Er schnaubte. Was für eine Zeitverschwendung. Die Frau war nicht krank. Sie war eine genetische Anomalie mit einem außergewöhnlichen Immunsystem.

Einem, das jeden Virus abtötete, dem es begegnete.

Interessant. Faszinierend. Hundertprozentig beachtenswert, gerade im Zusammenhang mit dem Supervirus. Aber nicht, dass ihn das im Moment interessierte. Seine wissenschaftliche Neugierde musste warten. Er hatte keine Zeit, sich zu verzetteln.

Er *musste* zurück ins Krankenhaus.

Die Augen auf das Gewimmel der Menschen gerichtet, plante er sein Vorgehen. Die Hintertür wäre mit Sicherheit das Beste. So würde er dem Chaos aus dem Weg gehen. Das Labor finden. Die Blutprobe stehlen. Ein Kinderspiel …

Sofern Hamersveld endlich auf seinen Anruf reagierte.

Ivar biss die Zähne zusammen, enttarnte sich und trat vor, stolperte fast über eine unebene Stelle im Straßenpflaster. Er trat mit der Spitze seines Schuhs noch einmal zu, hätte am liebsten »Scheiß drauf!« gesagt und wäre einfach hineinspaziert. Hätte losgelegt, wäre über den Platz marschiert und hätte die dämlichen Menschen aus dem Weg geschoben. Doch die Vernunft hielt ihn zurück. Seine Erfahrung ebenso. Die medizinische Einrichtung allein zu betreten wäre wirklich nicht klug. Nicht jetzt, jedenfalls. Nicht, wenn das Gebäude brannte und Nightfury sich in Rufnähe herumtrieben. Ivar runzelte die Stirn. Na gut, also das war übertrieben. Die Feinde mochten ja in der Nähe sein, aber um sie musste er sich keine unmittelbaren Sorgen machen. Seine Krieger erledigten ihren Job, befolgten ihre Befehle, bewegten sich über dichte Wälder in Richtung bergiges Gelände, lockten die Nightfury von Arlington weg.

Eine tolle Strategie. Mit einem noch besseren Ergebnis – nämlich, dass er in das Krankenhaus hineinschlüpfen und sich holen könnte, was er brauchte. Wenn sich sein neuer XO doch nur verdammt noch mal endlich blicken ließe.

Ivars Drachenhälfte wurde stärker, während er einen weiteren Anruf aussandte. Das Schwirren echote durch seinen Kopf, dann fuhr es hinaus, suchte sich eine Verbindung. Er hielt den Atem an und lauschte angestrengt. Eine Sekunde nach der anderen verging. Nichts. Keine Antwort von der anderen Seite. Er verkniff sich einen saftigen Fluch. Verrückter Hamersveld. Unzuverlässiger Saftsack. Wo in Gottes Namen war er? Eine gute Frage – ohne passende Antwort. Leider. Wenn der Mann nicht bald auftauchte, würde seine Ungeduld mit Ivar durchgehen, und etwas Schlimmes – oder vielmehr etwas sehr Schlimmes – würde passieren.

Wahrscheinlich würden noch mehr Menschen sterben.

Mit heulender Sirene sauste ein weiteres Löschfahrzeug auf den Parkplatz, trug seinen Teil bei zu der endlosen Lichtshow.

Ivar knurrte frustriert. Als wären ihm nicht bereits genug Hindernisse im Weg.

Er verschränkte die Arme vor der Brust und beobachtete eine Gruppe von Frauen, die an ihm vorbeirannten. Total in Panik. Typisch menschliches Verhalten. Zweifellos eine Charakterschwäche. Allerdings ... was wusste er schon? Nach seinem dämlichen Auftritt heute Nacht sollte er nicht den ersten Stein werfen. Er hob beide Arme und massierte sich die Schläfen. Das ganze Chaos war seine Schuld. Er hatte das Feuer gelegt und dadurch das Krankenzimmer abgefackelt.

Sein Blick wanderte zu dem zerstörten Fenster. Glassplitter hingen noch im Stahlrahmen, sahen im Rauchschleier wie Haifischzähne aus. Das Bild der Explosion nahm in seiner Vorstellung Gestalt an. Ivar verzog das Gesicht. Was für eine saudämliche Aktion. Eine momentane Fehleinschätzung, bis auf eine Sache …

Die Lunte zu zünden hatte unglaublich Spaß gemacht.

Summend vor Vergnügen, stellte er sich wieder Venoms Gesicht vor. Die Verblüffung in seinen Augen. Totale Panik, nachdem der Wichser seine Magie entfesselt und gleich darauf seinen Fehler bemerkt hatte. Einfach köstlich. Nicht zu überbieten. Das war das Durcheinander hinterher durchaus wert. Es passierte schließlich nicht oft, dass er einen Nightfury erst überraschte und dann überrumpelte. Die Wichser waren zu gut in diesem Spiel. Wie meisterhafte Schachspieler liebten seine Feinde es, das Feld zu kontrollieren. Sie flogen nie unvorbereitet in ein Gefecht und leisteten sich selten, wenn überhaupt, Fehler.

Doch heute Nacht war eine Ausnahme von der Regel.

Sehr schön in vielerlei Hinsicht. Brutal in anderer. Insbesondere, da er hier festsaß und von Sekunde zu Sekunde ungeduldiger und stinkiger wurde, während …

Regen spritzte auf seinen Rücken. Eine tödliche Schwingung folgte, bei der sich ihm die Nackenhaare sträubten. Zweige knackten. Gebüsch raschelte hinter ihm. Ivars Mundwinkel hoben sich, als er über seine Schulter nach hinten spähte.

Hamersveld trat aus dem Gebüsch hervor und auf das Pflaster hinter ihm. Mit finsterer Miene funkelte sein Stellvertreter ihn an. »Was zum Teufel ist los, Ivar?«

»Wurde echt Zeit, dass du dich blicken lässt.« Erleichtert,

den Mann zu sehen, fuhr Ivar ihn an: »Wo hast du dich rumgetrieben?«

»Ich lag auf der Lauer«, sagte der und klang genauso sauer, wie er aussah. »Ich hatte ein weit offenes Schussfeld, bevor du an meiner Kette gerüttelt hast. Dieses Mal hätte ich ihn schnappen können. Ich war …« Er hob seine Hand und hielt Daumen und Zeigefinger einen Zentimeter weit auseinander. »So kurz davor, den Welpen festzunageln.«

Ivar hob eine Augenbraue. »Wen – die Nightfury-Wasserratte?«

»Wen sonst?« Ein Muskel zuckte an Hamersvelds Kinn, während er Ivar wütend ansah. Er zog sich seine Kampfstiefel über. Das zweimalige Stampfen echote über den Parkplatz, sandte eine klare Botschaft aus. Er war schwer genervt. »Weit offen, Ivar. So kurz davor. Was auch immer du willst, es ist hoffentlich wichtig.«

»Deck mir einfach den Rücken, okay?« Mit einer schnellen Drehung lief Ivar auf den Hintereingang des Krankenhauses zu. Es war keine Zeit zu verlieren, und noch weniger blieb für Erklärungen übrig. Er würde seinen XO auf dem Rückflug ins Bild setzen. Sie liefen um ein Löschfahrzeug herum und umrundeten die Rückseite des Krankenhauses. Das Pflaster wich Rasen. Gefrorene Grashalme knirschten unter ihren Füßen. »Wir müssen uns beeilen, bevor die Nightfury wieder zu Atem kommen.«

»Was ist passiert?«

»Ich habe es vermasselt.«

»Wie das?«

Tja, zum einen, indem er ein Krankenhaus abgefackelt hatte. Zum anderen, indem er den Virus in seinem Labor nicht ausreichend getestet hatte, bevor er ihn auf die Menschheit losließ. »Der Virus greift Frauen an. Männer werden nicht infiziert.«

»Überhaupt keiner?«

Ivar schüttelte den Kopf.

»Bei Silfers Eiern«, flüsterte Hamersveld und klang besorgt. Eine angemessene Reaktion in Anbetracht der Gefahr und der Masse sterbender Frauen. Ivar beschleunigte seine Schritte. Sein XO folgte ihm dicht auf den Fersen. »Wie verhindern wir, dass er sich ausbreitet?«

»Wir produzieren einen Antivirus. Stellen ihn so schnell wie möglich den Ärzten zur Verfügung.«

»Bevor er größere Bevölkerungsschichten erfasst?«

»Ja, genau.«

Ivar spannte seine Muskeln an und sprang über einen Findling. Kalte Luft pfiff ihm um die Ohren. Er sichtete den Boden auf der anderen Seite, landete dröhnend und schlitterte einen Hang hinunter. Seine Füße krachten auf eine weitere asphaltierte Fläche. Er blickte suchend nach links. Perfekt. Eine Laderampe, die großen Tore geöffnet. Er verschwendete keine Sekunde und rannte mit Hamersveld im Schlepptau auf die Betonplattform zu – während ihn angesichts der Ironie der Situation Staunen packte. Unerhört, aber er hatte tatsächlich vor, sein wissenschaftliches Talent einzusetzen, um Menschenleben zu retten. Ivar verzog das Gesicht. Ein seltsamer Gedanke. Nichts, was er sich je zuvor hätte vorstellen können. Doch hier war er und rannte wie verrückt auf der Suche nach einem Heilmittel …

Wozu er das Blut einer Frau mit hohem Energiepotenzial finden musste.

Evelyns Blut – all diese wunderbaren tödlichen Fresszellen und weißen Blutkörperchen – würden seinen Zweck erfüllen. Es ihm erlauben, einen Antivirus herzustellen in seinem Labor, um das gewünschte Resultat zu erzielen – den Tod seines Supervirus Nummer drei im Dschungel der menschlichen Gesellschaft.

Sie erreichten die breite Laderampe und sprangen auf die Betonplattform. Liefen weiter bis zur nächsten Tür, Ivar öffnete sie mit einem mentalen Befehl, trat über die Schwelle und hielt inne. Hamersveld blieb hinter ihm stehen. Ivar sah auf die Schilder an der Wand, um sich zu orientieren und …

Hurrah. Medizinisches Labor … Kellergeschoss.

»Hier lang«, murmelte er und lief an den Fahrstühlen vorbei.

Eine Tür mit der Aufschrift »Treppenhaus« tauchte neben ihnen auf.

Ivar riss sie auf und lief die Treppe hinunter. Seine Nikes trafen klatschend auf die Betonstufen. Hamersvelds Schritte waren im Gleichschritt mit seinen zu hören, ließen Ivars Herz schneller schlagen. Das Blut rauschte ihm in den Ohren, sorgte für einen heftigen Adrenalinschub. Noch ein paar Stufen, einige Türen und … Hoffentlich war die Probe intakt und brauchbar. Er benötigte nicht mehr als zwei Ampullen.

Als er den Treppenabsatz erreichte, warf er sich gegen die nächste Tür, und sie flog krachend auf. Er betrat den unterirdischen Korridor. Ein hoher Tresen vor ihm. Keiner am Empfang – absolut niemand bewachte den Zugang zum Krankenhauslabor. Er lief darauf zu, stützte seine Hand auf die harte Oberfläche, sprang über den Tresen. Aktenordner gerieten in Bewegung, fielen zu Boden. Ivar trat über den Stapel und ging auf eine gläserne Schiebetür zu.

Bewegungsmelder reagierten.

Die durchsichtigen Flügel glitten auseinander, führten ihn in ein großes Laboratorium. Organisierte Umgebung. Sauberer Geruch. Ein langer Tisch, bedeckt mit Papierstapeln, zu seiner Rechten. Arbeitsplätze voller Proben zu seiner Linken. Ein menschlicher Laborant in voller Schutzkleidung und mit geräuschschluckenden Kopfhörern hockte, in seine Arbeit vertieft, an einem hohen Tresen vor einer Reihe von Kühlschränken. Den Blick unverwandt auf den Laboranten gerichtet, ging Ivar auf ihn zu. Die Türen schlossen sich zischend hinter ihm. Seine Sohlen quietschten auf dem Linoleumboden. Der Laborant blickte von seinem Mikroskop auf. Ivar umrundete das Ende der Arbeitsplatte.

Blinzelnd wie eine erstaunte Eule, starrte der Idiot ihn an. Mit gerunzelter Stirn nahm der Mann seine Kopfhörer ab und legte sie auf den Tresen. »Hallo? Hier dürfen Sie nicht …«

Ivar holte aus. Seine Hand schloss sich um die Kehle des Laboranten. Der Mann quäkte. Ivar drückte zu, hob den Mann vom Stuhl. »Wo werden die Blutproben aufbewahrt?«

Gefangen in seinem Griff, schüttelte der Laborant den Kopf. Ivar spannte seine Hand an. Angst glomm in den Augen des Menschen auf. Er wies auf die Reihe der Kühlschränke.

»Die Proben der Quarantäne-Patienten.« Da er präzisere Informationen brauchte, beugte Ivar sich vor und blickte ihm in die Augen. Ivars rosa Augen glühten, spiegelten sich in den dunklen, die ihn entsetzt anstarrten. »Welcher Kühlschrank?«

»D-d …« Unfähig zu sprechen, schnappte der Mann keuchend nach Luft. Ivar lockerte seinen Griff. Mit den Zehen einen Zentimeter über dem Boden schwebend, tat sein Gefangener einen dringend benötigten Atemzug. »D-d-der Dritte.«

»Von links?«

»Ja.«

»Sveld …« Ivar spähte zur Tür und schob den Mann auf seinen XO zu. »Lösche sein Gedächtnis, solange ich suche.«

Hamersveld schnappte ihn sich und donnerte den Laboranten gegen die Wand. Seine schwarzen Augen fingen an zu schimmern. Der Mann wimmerte. Ivar wandte sich vom Tresen ab. Drei Schritte beförderten ihn vor den dritten Kühlschrank. Er packte den Türgriff und zog. Die Glastür öffnete sich mit einem leichten Sog. Ampullen rasselten in Metallständern. Er konzentrierte sich auf die zerbrechlichen Teströhrchen, las jedes Etikett, suchte nach …

Bingo. Evelyn V. Foxe. Das weiße Etikett hob sich von ihrem dunkelroten Blut ab.

Er steckte alle drei Ampullen, die mit Evelyns Namen gekennzeichnet waren, ein und wirbelte zum Ausgang herum. Hamersveld begegnete seinem Blick und ließ den Laboranten los. Der Mann stöhnte und sackte mit flatternden Augenlidern auf dem Fußboden zusammen. Ivar nickte im Vorbeigehen, bedeutete seinem XO, dass er hatte, was er brauchte.

»Silfer sei Dank«, brummte Hamersveld, dessen norwegischer Akzent sich mit dem Summen der Neonlampen verband. »Gehen wir.«

In der Tat. Absolut. Je schneller er nach Haus kam, desto besser.

Ivar hatte die Schnauze voll von der Kleinstadt. Musste

sich dringend in die Luft schwingen. Zurück in sein Laboratorium, fünfzig Meter unterhalb der Walton Street 28. Gleich nach der Landung würde Hamersveld auf die Jagd gehen. Den Spion ausräuchern. Das Leck stopfen. Und er selbst würde in der Zwischenzeit einen Antivirus entwickeln und ein Heilmittel finden. Große Ziele, aber das spielte keine Rolle. Es ging ums Ganze. Jetzt oder nie. Volle Kraft voraus an allen Fronten. Sonst würde seine Spezies dafür büßen müssen, und der Verräter würde ihm durch die Lappen gehen, bevor er es ihm heimgezahlt hatte.

18

Evelyn zuckte zusammen, als Venom seine Flugbahn veränderte und einen weiten Bogen beschrieb. Er ging in einen sanften Gleitflug hoch über dichtem Wald. Fast schon so stark wie der heranziehende Sturm riss der Wind an ihrem Haar, wehte widerspenstige Locken in ihr Gesicht, brachte Venoms Schuppen zum Rasseln und zerrte an ihren Nerven. Eingemummelt in Venoms Lederjacke, atmete sie konzentriert ein und aus, um ihre Angst in den Griff zu bekommen. Ein. Aus. Einatmen und ausatmen. Der Trick wirkte gewöhnlich Wunder, half ihr, wieder klar zu denken, rückte Dinge in die richtige Perspektive und die Logik ins Zentrum. Nicht so heute Nacht. Egal, wie oft sie sich bemühte, tief Luft zu holen, sie schaffte es einfach nicht. Was dazu führte, dass sie sich noch mehr ängstigte und ihr schwindelig wurde. Ihre Zweifel wurden stärker, und sie konnte einfach nicht glauben, was sie sah.

Mann, es war so was von surreal. Sie flog. Mit einem Drachen. Der sich in einen Mann verwandeln konnte.

Die Wahrheit traf sie wie ein Vorschlaghammer, wirbelte ihr mentales Rouletterad herum.

Venom flog jetzt unter den Wolken, verringerte seine Flughöhe.

Ihr Magen sackte tiefer. Galle stieg ihr brennend in die Kehle. Sie schluckte den abscheulichen Geschmack herunter und suchte den Horizont ab. Der Wald lichtete sich zunehmend. Die Lichter der Stadt tauchten in der Landschaft auf, schossen geradezu wie Pilze aus dem dunklen Boden. Sie zog ihre Knie eng an sich und kuschelte sich tiefer in Venoms Lederjacke, kämpfte gegen die Panik an, die sie zu übermannen drohte. Erstes Ziel? Die Angst verdrängen. Aufhören zu zittern. Sich lange genug beherrschen, um klar denken zu können. Alles von der Idee her spitzenmäßig. Aber total undurchführbar angesichts ihres momentanen Aufenthaltsortes – innerhalb einer riesigen Drachenpranke mit rasiermesserscharfen Krallen.

Wie Ginsu-Messer – die, mit denen man Fisch filetierte und die nie stumpf wurden – glitzerten die schwarzen Spitzen im Dämmerlicht. Sie schluckte. Ihr Herz schlug wie wild, versuchte durch ihren Brustkorb zu entkommen. Evelyn griff sich an die Kehle. Gott stehe ihr bei. Die mörderischen Krallenspitzen waren viel zu nah. Nur Zentimeter entfernt. In Kratzweite von ihrem Gesicht und – sie krümmte sich – ihrer Halsschlagader. Eine falsche Bewegung. Ein schnelles Zucken. Ein die Haut zerfetzender Schnitt, und … gute Nacht, mein Prinz.

Spiel vorbei.

Venom winkelte seine Flügel an und legte sich in eine weitere Kurve. Evelyn presste ihre Augen zusammen und verlegte sich wieder auf ihre Atemübungen. Ihre Lungen dehnten sich, lieferten ihr den dringend benötigten Sauerstoff. Ihr Verstand und ihr logisches Denkvermögen meldeten sich zurück. Nicht, dass das eine Rolle spielte. Es war egal, aus welcher Perspektive sie es betrachtete, die Schlussfolgerungen blieben die gleichen. Sie steckte in der Klemme. Steckte bis zum Hals in etwas, was sie sich nicht erklären, geschweige denn verstehen konnte. Drachen und Menschen. Gewalt und Tod. Explosionen und zerstörte Krankenhäuser. Sie und Venom. Alle Stücke gehörten zu einem größeren Puzzle. Und dennoch wusste sie nicht, welches Stück wohin gehörte. Wie passte das alles zusammen? Wo passte sie da hinein? Und warum überhaupt sie? Welchen Grund hatte Venom gehabt, ihr zu folgen?

Stirnrunzelnd ließ Evelyn sich das Ganze durch den Kopf gehen. Was ihre Kopfschmerzen allerdings verstärkte. Ohne Ergebnis. Egal, wie sie es drehte und wendete, nichts ergab Sinn. Die Stücke passten einfach nicht zusammen. Andererseits … Was wusste sie schon? Sie hatte es mit unbekannten Faktoren und sich ständig verändernden Variablen zu tun. Von denen die größte Variable die Drachen waren.

Drachen, um Himmels willen! Stoff für Legenden, für Gutenachtgeschichten.

Irgendwie jedoch hatte Venom nicht mitgekriegt, dass es Drachen gar nicht gab. Er brach alle Regeln. Hinzu kam noch seine Fähigkeit, sich in einen Mann zu verwandeln, einen fantastischen mit sanften Händen, einer unglaublichen Stimme und … du liebe Güte. Evelyn schüttelte den Kopf. Es ergab absolut keinen Sinn, aber sie konnte weder die Wahrheit leugnen noch aufhören, sich zu fragen, wer hier Mist gebaut und vergessen hatte, den Rest des Planeten über die Existenz von Drachen zu informieren. Ein unglaubliches Versäumnis von wem auch immer. Insbesondere, da sie die Erkenntnis kalt erwischte. Sie war allein unter Verrückten, und zwar auf der falschen Seite, auf der Zwangsjacken und die Einnahme von Psychopharmaka vorgeschrieben waren.

Ein Schauder überlief sie.

Evelyn zog die Jacke enger um sich wie einen Kokon, verknotete die dicken Lederärmel miteinander. Venoms Geruch drang aus den Falten in ihre Nase, erinnerte sie an das Luxmore. Sie kapierte es einfach nicht. Er war so liebevoll gewesen, beinahe höflich, als er sie in den Armen gehalten hatte. Was für eine Überraschung. Sie hatte nun mal keinen Mann erwartet, der für Sex bezahlte und sich trotzdem wie ein Gentleman betrug. Sich um ihr Wohlergehen gesorgt hatte. Sie getröstet hatte. Bereit gewesen war, sie mit dem Geld gehen zu lassen, ohne die Sache zu Ende zu bringen.

Ganz und gar nicht wie ein Freier in dem exquisiten Escort- und Prostitutionsgewerbe.

Ihr wurde heiß. Evelyn versteckte ihre erhitzte Wange in seinem Jackenkragen. Das war echt peinlich. Nicht gerade ihr stärkster Moment. Und schrecklich für eine erste Begegnung. Sie hatte Venom in einem Hotelzimmer kennengelernt. War bereit gewesen, für Geld mit ihm zu schlafen. Für *Geld!* Gott im Himmel. Die Erinnerung an ihn – den Geschmack seiner Lippen, sein starker Körper, seine sanften Berührungen, gerade so, als ob sie etwas Kostbares wäre – tat ihr im Herzen weh. Ihr traten Tränen in die Augen, und sie konnte nur noch verschwommen sehen. Sie kniff die Augen zusammen, blinzelte die Tränen weg, als sie Wasser vor sich erblickte. Der Puget Sound, jenseits der hellen Lichter der Stadt.

Evelyn starrte auf die Wasseroberfläche. Weiße Schaumkronen hoben und senkten sich. Wellen flüsterten, rollten auf das Ufer zu, während sie das Debakel noch einmal in ihrem Kopf abspulte. Der Grund, warum sie es getan hatte, tauchte auf wie ein Wal aus dem tiefen Ozean. Sie holte zittrig Luft.

In Ordnung, sie war wirklich verzweifelt gewesen. Hatte versucht, Markov und der russischen Mafia zu entkommen. Irgendwie jedoch spielten die Gründe keine Rolle mehr. Sie hatte das Undenkbare getan, um ihre eigene Haut zu retten. Zweifellos eine normale Reaktion in einer lebensbedrohlichen Situation, aber deshalb fühlte sie sich trotzdem kein bisschen besser. Sie war in ihrem Stolz verletzt.

Ihr Verhalten Venom gegenüber beschämte sie.

Jetzt wusste sie nicht, was sie tun sollte. Ihm danken, dass er ihr zu Hilfe gekommen war – zum zweiten Mal in genauso vielen Tagen? Oder ihm die Leviten lesen, dass er ihr eine derartige Angst einjagte? Wichtige Fragen. Eine größere Debatte. Argumente gab es für beide Seiten. Sie wog die Vor- und Nachteile gegeneinander ab und … jawohl. Sie konnte das eine oder auch das andere tun. Sich zurückhalten und abwarten. Oder auf die Palme gehen und losschimpfen.

Sie musterte Venom erneut verstohlen, benutzte ihre Wimpern als Deckung. Gerippte Drachenschuppen. Scharfe Eckzähne. Gezackte Hörner, die aus seiner Schädeldecke ragten. Schimmernde rubinrote Augen. Sie atmete zittrig aus. Ihr Selbstschutz meldete sich. Sie verzog das Gesicht. Nun ja, in Ordnung. Vielleicht war es doch nicht die beste Idee, ihn anzuschreien. Sich zurückzuhalten – nichts zu sagen, bis sie ihn besser kannte – schien ihr die bessere Option zu sein, auf jeden Fall die sicherere und vernünftigere.

Leider wollte sie nicht vernünftig sein.

Oder auf Nummer sicher gehen.

Stattdessen wollte sie ihre Bedenken über Bord werfen. Es würde sich so gut anfühlen, ihn anzubrüllen. Sich vom Druck zu befreien und ihn büßen zu lassen. Wofür? Nun ja, zum einen dafür, dass er sich in einen Drachen verwandelt hatte. Und zum anderen dafür, dass er der heißeste, großzügigste Typ war, den sie je kennengelernt hatte. Plötzlich tat ihr das Herz weh. Das mitleiderregende Pochen echote in ihrem Kopf. Meine Güte, es war unfair. Total lächerlich. Er hatte sie zum Essen eingeladen, Pläne mit ihr gemacht, Exklusivität verlangt.

Zu dem Zeitpunkt war sie dankbar gewesen, so verdammt erleichtert, dass sie sich mit keinen anderen Männern treffen musste, um zu bekommen, was sie zum Überleben brauchte. Jetzt war sie sich nicht mehr so sicher. Ihr Instinkt träufelte ihr Misstrauen ein. Sie runzelte die Stirn. Was für ein Spiel spielte er? Venom war nicht dumm. Weit gefehlt. Was bedeutete, dass er es gewusst haben musste. Er musste gewusst haben, was passieren würde – dass er seine schuppigere Seite nicht für immer vor ihr verbergen konnte.

Oder vielleicht hatte er schlicht vorgehabt, sie zu belügen … ad infinitum.

Der Gedanke machte sie wütend. Eine eigenartige Reaktion. Absolut unberechtigt. Sie hatte kein Recht, sauer auf ihn zu sein. Ärger gehörte hier nicht hin. Er hatte Sex mit ihr gewollt. Und sie hatte vorgehabt, sich von ihm dafür bezahlen zu lassen. Ein schlichter Austausch. Unkompliziert. Und dennoch. Die Vorstellung, dass er ihr gegenüber unehrlich war, weckte etwas Archaisches in ihr. Etwas Gefährliches. Etwas, was sie mit der Nase auf die Wahrheit stieß. Der Gedanke, dass Venom sie belog, machte ihr mehr als nur zu schaffen. Er machte sie wütend, verletzte ihr Gefühl von … von … also, sie wusste es nicht genau. Richtig oder falsch? Ihr Selbstwertgefühl? Ihren Stolz vielleicht? Keine Ahnung.

Aber was auch immer der Auslöser war, es ließ eine Sicherung durchbrennen, fachte ihre moralische Empörung an, brachte das Fass zum Überlaufen und sie dazu, alle Vorsicht in den Wind zu schlagen.

Mit schmalen Augen blickte sie stirnrunzelnd zu ihm hoch. »Venom.«

»Sind fast da, *Mazleiha.*«

»Wohin fliegen wir?«

»An einen sicheren Ort.«

»Sind deine Drachenfreunde auch da?«

Ihre knappe Frage sorgte dafür, dass er zu ihr hinunterspähte. Sie funkelte ihn an. Er musterte sie argwöhnisch. »Nein. Nur du und ich für eine Weile.«

»Gut«, sagte sie hitzig. »Wir müssen reden.«

»Hast du vor, mich fertigzumachen?«

»Ja.«

Er zog eine Grimasse. »Dachte ich mir.«

Sein Argwohn tat ihr wohl. Ihre Lippen zuckten. Sie verdrängte ihre Reaktion auf seine Skepsis. Aber es war schwer, ihn nicht süß zu finden. Der große, böse Venom mit den dunkelgrünen Schuppen und den gemeingefährlichen Krallen hatte Schiss vor ihrer Reaktion. So seltsam es klang, aber sie spürte die Unsicherheit in ihm. Konnte beinahe sehen, wie sich seine Gedanken überschlugen, während er fieberhaft nach einem Weg suchte, sie zu beschwichtigen. Nicht schlecht, alles in allem. Er hatte heute Nacht wirklich eine Mordsnummer abgezogen mit ihr. Und jetzt flog er sie sogar noch zu irgendeinem unbekannten Ort, um …

Evelyn runzelte die Stirn. Um was genau zu tun?

Sie musterte ihn forschend. Ein Surren meldete sich in

ihren Adern. Ein Gefühl von Wärme lief ihr durchs Rückgrat, schloss sie an etwas Größeres an. Die Verbindung erreichte ihre Gehirnwindungen, und sie bekam eine leise Ahnung von seinen Absichten, was sie betraf. Und war überrascht. Mann, war das seltsam. Sie konnte ihn jetzt fühlen. Ihr blieb kurz das Herz stehen, dann schlug es wieder weiter, und zwar im selben Rhythmus wie seins, sodass sie lesen konnte, was in ihm vorging. Er machte sich Sorgen wegen irgendetwas. Wegen ihrer Reaktion auf seine Drachenhälfte, sicher, aber auch noch wegen irgendetwas anderem.

Ihre Augen weiteten sich, als sich mehr von seiner Besorgnis in ihrem Kopf ausbreitete. Das Wort *Razorback* schälte sich heraus. Evelyn blinzelte. Du liebe Güte. Alle mal anhalten. Moment mal. Schön hinten anstellen. Was in Gottes Namen war das? Auf keinen Fall sollte sie in der Lage sein, seine Gedanken zu lesen. Evelyn presste sich die Handflächen gegen die Schläfen und versuchte, dieses Eindringen in ihr Gehirn – den Gedankenaustausch oder was auch immer – zu unterbinden. Es war ihr gleichgültig, was es war, solange es nur aufhörte. Der Ansturm wurde stärker, bekämpfte ihre mentale Abwehr, nahm mehr und mehr Raum ein in ihrem Kopf.

Evelyn stieß heftig die Luft aus. »Äh, Venom?«

»Schön festhalten.«

Venom legte sich in eine weitere Kurve und flog über einen Strand. Der an manchen Stellen von Schnee bedeckt war. Dann wurde er steinig. Das Tosen der Wellen erfüllte die kalte Luft, als die Brandung heranrollte, die Steine schwarz färbte. Mit weit gespreizten Schwingen verlangsamte Venom seinen Flug und landete auf einem Rasen, der sich vor einem großen Haus mit einer langen Reihe dunkler Fenster erstreckte. Evelyns Anspannung wuchs, und sie machte sich bereit für …

Ihre Nackenhaare sträubten sich. Ein Augenblick ging in den nächsten über und … Venom verwandelte sich. Aus grünen Schuppen wurde goldene Haut. Die riesigen Pranken wurden zu Händen und Füßen. Die Hörner und scharfen Stacheln verschwanden. Langes blondes Haar nahm ihren Platz ein, fiel ihm bis auf die Schultern, umrahmte sein wunderbares Gesicht.

Evelyn sog scharf die Luft ein.

Mit einem beruhigenden Murmeln legte Venom seine Arme um sie und zog sie eng an sich. Ihre bloßen Füße berührten den eisigen Untergrund. Große Hände legten sich auf ihren Rücken, als er seinen Kopf senkte. Seine Bartstoppeln streiften ihre Schläfe. Lust meldete sich flüsternd zusammen mit Wonnegefühlen, erweckten ihre ramponierten Nerven, kurz bevor ihr Verstand sich überschlug. Evelyn zuckte zusammen. Sie musste sich bewegen. Distanz war unbedingt vonnöten in diesem Moment. Sonst würde er sich ihres Körpers und ihres Verstandes bemächtigen. Was wozu führen würde? Dass sie nicht mehr klar denken konnte. Keine gute Idee. Sie hatte Fragen. Er hatte alle Antworten. Also nein … sich ablenken zu lassen, sich in ihm zu verlieren war kein kluger Schachzug.

Sobald sie klein beigab, wäre sie geliefert. Er hätte gewonnen. Sie würde den Boden unter den Füßen verlieren und die Gelegenheit, zu bekommen, was sie brauchte – eine Klarstellung auf ganzer Linie.

Sie raffte ihren ganzen Mut zusammen, straffte sich und versuchte ihre Stimme wiederzufinden. Sie öffnete den

Mund. Venom zog sie enger an sich. Ihre Hände trafen auf seinen Brustkorb. Er flüsterte ihren Namen – ein Wispern, das so erotisch war, dass sich ihr Verstand verabschiedete. Sie blinzelte. Oh, nein. Nicht gut. Sie war dabei, den Kampf zu verlieren. Er war dabei, den Krieg zu gewinnen, schwächte ihre Abwehr.

Evelyn schüttelte den Kopf. Mist. Es war offiziell. Sie war nicht länger nur mitleiderregend, sondern steuerte direkt auf *hilfsbedürftig* zu. Was so viel hieß wie … dass sie unbedingt eine Entscheidung treffen musste: Entweder, sie ließ sich von ihm trösten, oder sie ging zum Angriff über und riss sich von ihm los. Beides gleichzeitig ging nicht. Aber obgleich sie es sich übel nahm, dass sie seine Nähe genoss, schmiegte sie sich an ihn und gestand sich ihre Schwäche ein.

In diesem Moment wollte sie nicht mit ihm kämpfen.

Fragen würden gestellt und Antworten gegeben werden. Alles würde irgendwann erklärt werden. Aber jetzt hatte sie schlicht dringlichere Bedürfnisse. Sie brauchte eine tröstliche Umarmung. Wollte in seinen Armen liegen – wenn auch nur für kurze Zeit – und die Gelegenheit haben, sich wieder zu beruhigen. Dieses totale Durcheinander, dieser Aufruhr von Gefühlen war nichts für sie. Sie hatte es gern geordnet. Alles schön übersichtlich und in geordneten Bahnen. Heute Nacht fiel in dieser Hinsicht total aus dem Rahmen. Anstatt also Venom wegzustoßen, flüsterte sie seinen Namen. Ihre Gedanken überschlugen sich, ihr Körper gab nach. Keine Spur von Protest, als er ihre Schläfe küsste und sie sich an seinen Hals schmiegte. Seine Hitze überwältigte sie, und einfach so war es vorbei. Sie war erledigt, hatte das Feld geräumt und den Kampf verloren.

»Dieser ganze Hokuspokus tut mir leid, Evie.« Sein Mund streifte ihr Haar, sorgte für noch mehr wärmenden Trost. Sie weidete sich an seiner Körperwärme, und da ihr die Worte für das, was sie brauchte, fehlten, zeigte Evelyn es ihm. Sie presste sich an ihn. Venom schob seine Hände unter den Saum ihrer Jacke und zog sie an sich. »Ich wollte dich wirklich nicht erschrecken.«

Der Klang seiner Stimme sorgte dafür, dass sie erbebte.

»Mist«, sagte er und hob seinen Kopf. »Es ist saukalt hier draußen. Lass mich dich hineinbringen.«

Sie räusperte sich, um sich ihrer Stimme zu versichern. »Lebst du hier?«

»Bin das erste Mal hier.« Er nahm sie mit einem Schwung auf den Arm.

»Ich kann gehen.«

»Möchtest du das?«

Ihre bloßen Zehen zuckten protestierend. »Nicht wirklich.«

»Dann sei still und genieße es«, sagte er mit einem Anflug von Stichelei in seiner Stimme, als er mit ihr über den Rasen ging.

»Bist du immer so herrisch?«

»Das ist Teil meines Charmes.«

»Meinst du?«, fragte sie und legte ausreichend Zweifel in die Frage.

Er schnaubte. »Du bist ganz schön vorwitzig.«

»Enttäuscht?«

Er betrat einen Plattenweg und blickte auf sie hinunter. »Nicht die Bohne.«

Die Hitze in seinem Blick versengte sie, erwärmte ihr

Inneres. Unverhohlene Lust. Unstillbares Verlangen. Brennende Begierde. All das verdunkelte seine seltsam gefärbten Augen, sagten ihr klarer als Worte, dass er sie immer noch begehrte. Dass er große Pläne hatte, solche, in denen sie im Zentrum seiner sexuellen Fantasien stand. Ihr stockte der Atem. Pulsierendes Verlangen durchfuhr sie. Wow. Verrückt. Mehr als faszinierend. Es ging nicht mehr um Geld. Etwas hatte sich verändert. Etwas Gewaltiges. Er schien jetzt entschlossener zu sein. Noch stärker konzentriert auf sie … total begierig.

Und er flehte sie geradezu an, das zu erwidern. Ihr Blick fiel auf seinen Mund. Seine Lippen teilten sich bereitwillig, erinnerten sie, befeuerten ihre Fantasie, entzündeten eine innere Flamme. Und sie erinnerte sich … an alles. An die Art, wie er küsste. Wie er schmeckte. Wie sehr sie sich gewünscht hatte, ihn zu sehen, ohne einen einzigen Faden am Leib. Die ganze wunderbare goldene Haut. All diese harten Muskeln unter ihren Händen. Zu sehen, wie fasziniert er von ihr war, wie er sich auf sie konzentrierte. Wie ihre Hände sich in seinen langen Haaren vergruben. Seine Hüften zwischen ihren Schenkeln. Wie ihre Zunge sich mit seiner verband.

Ihr Mund wurde ganz trocken.

Venoms rote Augen schimmerten, seine Nasenflügel bebten.

Sie riss sich los von der Betrachtung seines Mundes und sah ihn an. Heiße Lust lag in seinem Blick. Evelyn biss die Zähne zusammen. *Zurück. Zurück!*, rief ihr der Verstand zu, wollte ihr unbedingt zur Vernunft raten. Sie musste gelassen bleiben – und nachdenken. Den zweiten Schritt vor dem ersten zu tun – also in diesem Fall Sex vor klärenden Antworten zu haben –, würde sie in ernsthafte Schwierigkeiten bringen. In noch größere als die, in denen sie bereits steckte, in solche, die eine Frau nicht überlebte. Evelyn wandte ihren Kopf ab und unterbrach den Blickkontakt, um einen klaren Kopf zu behalten. Sie hatte ihn weiß Gott gerade erst wiedergefunden. Sie würde ihn nicht so schnell kampflos wieder aufgeben.

»Evie …«

Sie schluckte. »Ja?«

»Du hast gerade ziemlich unanständige Gedanken.«

»Was?« Ah, verflixt. Erwischt. Schuldig im Sinne der Anklage. Ihr wurde ganz heiß. Ihre Haut kribbelte, und ihre Wangen erröteten tief. »Nein, habe ich nicht.«

Sein Mund verzog sich. »Wann immer du willst, *Mazleiha*. Sprich es aus, und ich sorge dafür, dass es passiert. Ich lass dich so heftig kommen, dass du meinen Namen schreist.«

Ihr Körper verkrampfte sich. Evelyn zuckte gegen ihren Willen zusammen. Du meine Güte. Warum musste er auch solche Dinge sagen? »Herrisch und eingebildet. Daran solltest du unbedingt noch arbeiten.«

Er schnaubte belustigt.

Sie konzentrierte sich auf das Geräusch seiner Schritte. Sie echoten auf dem Plattenweg, trieben durch die kühle Luft. Ihr Herzschlag beschleunigte sich. Das Blut pulsierte in ihren Ohren, und Evelyn konzentrierte sich noch mehr auf ihre Umgebung. Hinter ihr das Geräusch von Wellen, die sich am Strand brachen. Vor ihr ein Beleg für architektonische Kunst. Zwei Stockwerke hoch, verfügte das Haus über breite Fenster, die auf den Sund hinausgingen. Evelyn seufzte anerkennend. Sogar mit seiner quadratischen, modernen Form sah das Gebäude aus, als würde es hierher gehören. Als ob es schon Jahrhunderte früher gebaut worden und sich selbst überlassen geblieben war, um mit der Umgebung zu verwachsen.

Einige Dinge jedoch verrieten seinen wahren Ursprung. Zum einen die breiten Bretter aus Zedernholz, die die oberen Stockwerke verkleideten. Zum anderen das Muster der unregelmäßigen Steinfassade des Erdgeschosses. Evelyn lächelte. Sie erkannte etwas Funkelnagelneues, wenn sie es sah. Es sollte alt aussehen, aber in Wahrheit war es hochmodern.

Mit gleichmäßigen Schritten umrundete Venom den Brunnen auf ihrem Weg, zog seinen Kopf ein und ging unter beschnittenen Zedern hindurch zu dem gefliesten Innenhof. Niedrige Sträucher umgaben die erhöhte Steinterrasse. Tief und breit erstreckte sie sich von einem Ende zum anderen, nahm die gesamte Rückseite des Hauses ein. Ohne langsamer zu werden, lief er drei Stufen hinauf und auf die große Fensterwand im Erdgeschoss zu. Auf halbem Weg über die Terrasse ertönte ein leises Klicken, und eine Doppeltür öffnete sich. Evelyn erwartete, jemanden auf der anderen Seite stehen zu sehen, innerhalb des Hauses, die Hand auf dem Türgriff. Sie suchte die Dunkelheit hinter den Türen ab.

Nichts und niemand.

Sie runzelte die Stirn. Sie spähte aus dem Augenwinkel zu Venom hoch. »Hast du das gemacht?«

»Ich bin ein Drachenblütiger, Evie«, sagte er, als ob das alles erklärte.

Sie blinzelte. *Drachenblütiger.* Seltsam, aber na gut. Sie kaufte ihm das ab. Es war schwer, das zu bestreiten, nachdem sie von Venom hierhergeflogen worden war. »Was bedeutet das genau? Dass du Dinge allein durch deinen Willen bewegen kannst?«

»Ja. Magie ist Teil meines Wesens. Sie ist eingeschrieben in meine DNA.«

»Bist du auch ein Mensch?«

»Zur Hälfte.« Er hatte das Haus erreicht und ging hinein.

Die Türen schlossen sich mit einem dumpfen Geräusch hinter ihm. Halogenlampen flammten auf, dann dimmten sie sich von allein, warfen Schatten in den offenen Wohnbereich – Wohnzimmer, Essbereich und Küche in einem. Er ging um einen großen Beistelltisch herum und blieb vor einem breiten Sessel stehen. Oder vielmehr vor etwas, das aussah wie einer. Zugedeckt mit einem weißen Laken, erinnerte die plumpe Form eher an einen Geist. Unheimlich. Über dem Holzfußboden schwebend. Auf der Lauer liegend, um im Dunkeln ein nichtsahnendes Opfer zu attackieren.

Ähnlich wie Venom es mit ihr auf dem Krankenhausdach getan hatte.

Das Bild von ihm, wie er seine Gestalt wechselte, entstand vor ihrem geistigen Auge. Schweigen senkte sich nach dieser Vorstellung, machte sich breit zwischen ihnen. Die Stille im Raum zerrte an ihrem bereits mitgenommenen Nervenkostüm. Vorsicht füllte die Leere aus, nahm die Ungezwungenheit mit sich, brachte das frühere Geplänkel zum Schweigen, sorgte dafür, dass ihre Haut sich drei Größen zu klein anfühlte.

Unbehagen breitete sein Netz aus.

Evelyn wand sich aus Venoms Armen und räusperte sich.

Feste Muskeln spannten sich um sie herum an. Venom atmete aus und setzte sie behutsam ab. Ihre Füße berührten den Boden. Sie ging auf Abstand zu ihm, beugte sich zurück. Zwar nur ein klein wenig, aber Venom verstand die Botschaft. Er hatte Verständnis für ihre Anspannung, ihre wortlose Bitte um mehr Raum, nahm seine Hände von ihrer Taille und trat zurück. Ein Schritt folgte dem anderen. Seine Stiefelsohlen schrammten über die Holzdielen, und er blieb ihr gegenüber stehen, vor der langen Couch, zwei Meter weit entfernt.

Evelyn hätte dankbar sein sollen. Schließlich hatte er getan, worum sie gebeten hatte, hatte sie in Ruhe gelassen. Irgendwie jedoch hatte sie das nicht glücklich gemacht. Stattdessen drängte sie ein Gefühl von Verlust, ihn zurückzurufen. Die Distanz zu überwinden. Ihn zu bitten, sie wieder in die Arme zu nehmen und zu trösten.

Wieder etwas, was keinen Sinn ergab. Und dennoch, trotz ihrer ganzen Verwirrung fühlte sich dieses Bedürfnis richtig an.

Ob es ihr gefiel oder nicht, seine Nähe beruhigte sie. Ohne diese bedrängte sie die Realität, führte dazu, dass sie seine Behutsamkeit vergaß und sich stattdessen an seine Reißzähne erinnerte. Verständlich. Zweifellos eine normale Reaktion – die sich aber total falsch anfühlte. So überraschend es schien, sie wollte sich nicht vor ihm fürchten. Wollte ihm nicht in die Augen sehen und sich bedroht fühlen. Sie wollte einen Freund, keinen neuen Feind. Jemanden, der ihr half, sich in der fremden neuen Welt zurechtzufinden, in der sie gelandet war.

Drachenblütig. Ihre Kehle war wie zugeschnürt. Du lieber Himmel, das klang echt unwirklich.

»Aha, ein halber Drache also«, sagte sie, um das Schweigen zu brechen.

Venom nickte. »Meine Mutter war ein Mensch, mein Vater drachenblütig.«

»Oh, na ja …« Das leuchtete ein. Ergab perfekten Sinn in einer imaginären Welt.

Und dennoch. Hier stand er, sah absolut zum Anbeißen aus – wie ihre Lieblingsfantasie von einem Märchenprinzen, einen Meter fünfundneunzig groß, breitschultrig, muskulös, perfekt. Sie begegnete seinem Blick. Ihr Verstand verabschiedete sich. Schöner Mann und böser Drache – ein und derselbe, zwei Seiten einer Medaille. Eine Verbindung, die jeder natürlichen Ordnung widersprach. Sie runzelte die Stirn. Oder nicht? Sie musterte ihn erneut und schüttelte den Kopf.

»Wir gehören nur einer anderen Spezies an, Evie, das ist alles.«

»Das ist alles?«, wiederholte sie. Vor lauter Ungläubigkeit brachte sie das nur krächzend und leicht zittrig heraus. Du liebe Güte, sie klang wie eine Verrückte – halb verwirrt, halb hysterisch. »Ist das nicht genug? Ich meine … Himmel. Wie ist das überhaupt möglich? Wie kommt es, dass kein Mensch von euch weiß? Ihr fliegt hier rum, sprengt Sachen in die Luft, legt Feuer und …«

»Ich hab das Feuer im Krankenhaus nicht gelegt. Das war Ivar«, sagte er. »Und wir halten uns vor den Menschen verborgen, um euch zu schützen. Besser für uns. Sicherer für euch.«

»Warum? Fürchtet ihr euch vor unserer Vergangenheit als Drachentöter?«

Es zuckte um seinen Mund. »So in der Art.«

»Wer ist Ivar?«

»Mein Feind.« Seine Miene wurde ausdruckslos. Evelyn spannte sich an, registrierte die Gewalttätigkeit in ihm. »Ein Mann, der dich gefangen nimmt und dich verletzt, wenn er dich findet, Evie. Eine eindeutige Gefahr, jetzt, nachdem er dich gesehen hat.«

Panik erfasste sie, benahm ihr fast den Atem. »Ich verstehe nicht … warum sollte er … das ergibt doch keinen Sinn. Ich bin ein Niemand für ihn.«

»Du bist eine Frau mit hohem Energiepotenzial«, murmelte er, und sein Bedauern war nicht zu überhören. »Ungeheuer wertvoll, von meiner Spezies unglaublich hoch geschätzt. Viele würden dafür sterben, dich zu besitzen.«

»Du auch?«

»Nein.« Seine rubinroten Augen unverwandt auf sie gerichtet, schüttelte er den Kopf. »Ich würde dafür sterben, dich zu beschützen. Die Entscheidung über das andere liegt ausschließlich bei dir.«

»Oh, mein Gott. Du sprichst in Rätseln«, flüsterte sie. Druck baute sich hinter ihren Augen auf. Evelyn senkte den Kopf und presste ihre Handflächen auf ihre Augenlider. Aber das half nicht. Der Schmerz verstärkte sich, wollte nicht abklingen, pochte heftig hinter ihren Schläfen. »Was zum Teufel geht hier vor?«

»Ich weiß, dass du Angst hast. Was du heute Nacht gesehen hast, muss ein Schock für dich sein, aber …«

»Das meine ich nicht.« Evelyn hob ihr Kinn und rieb sich die Nasenwurzel. »Ich meine, das ist es schon, aber …« Sie holte stockend Luft und machte eine Handbewegung, die sowohl Hilflosigkeit als auch Müdigkeit signalisierte. »Es geht noch um etwas anderes.«

»Sag es mir.«

Sie schüttelte den Kopf.

»Komm schon, *Mazleiha*«, bat er sie so sanft, dass ihr Herz einen Hüpfer machte. Tränen traten ihr in die Augen. Besorgt starrte Venom sie einen Moment an, dann trat er auf sie zu. Er blieb vor ihr stehen. Hob seine Hand und umfasste ihren Hals. Er zog leicht. Evelyn wehrte sich nicht. Sie ließ sich ohne Protest von ihm in seine Arme ziehen. Hitze kitzelte ihren Nacken. Erleichterung setzte ein, überlief sie wie ein warmer Schauer. »Ich war dazu ausersehen, dich zu finden, Evie. Ich meine, dich zu beschützen. Bitte, rede mit mir. Lass mich dir helfen.«

Seine flehentliche Bitte brach ihren Widerstandswillen.

Der Damm brach, und sie wurde förmlich mitgerissen. Die Wahrheit kam ihr über die Lippen, bevor sie es verhindern konnte. »Es ist zu viel – der letzte Strohhalm, verstehst du? Ich habe mich bemüht, alles notdürftig zu kitten, habe alles versucht, um den Kopf über Wasser zu halten. Aber was ich auch tue, es wird immer schlimmer – zuerst meine Mom, dann Markov und das Geld und auch noch mein Job. Und jetzt Mema und diese ganze Drachennummer. Es ist zu viel, Venom. Ich kann einfach nicht mehr.«

»Ich verstehe das, Evie.«

»Nein, tust du nicht.«

Seine eine Hand streichelte ihren Rücken, die andere ihren Nacken. »Du bist nicht allein, Liebste.«

»Warum fühle ich mich dann so allein?«

»Weil es sich im ersten Moment immer schlimmer anfühlt, als es tatsächlich ist.«

»Vielleicht«, sagte sie halb schnaubend, halb hicksend.

Er konnte sagen, was er wollte, aber nichts änderte die Tatsachen. Jetzt, nach Memas Tod, war sie allein auf der Welt. Ohne Familie. Ohne eine Rettungsleine. Hundertprozentig auf sich gestellt. Aber was komisch war? Venom hatte recht. Mit ihm zu reden half. Ihre Probleme zuzugeben, sich ihren Ängsten zu stellen, verringerte ihre Ängste. Machte sie auch zuversichtlicher, und das war etwas, was sie dringender brauchte als einen Gehaltsscheck. Sie schloss die Augen und schöpfte zum ersten Mal seit Langem wieder etwas Hoffnung. Vielleicht würden die Dinge sich verbessern. Vielleicht waren ihre Probleme nicht unüberwindbar. Vielleicht könnte sie etwas anderes machen, das Ruder herumreißen und andere Lösungen finden, sich darauf konzentrieren, ihr Leben wieder in den Griff zu kriegen, statt ständig vor Angst zu schlottern.

Die Vorstellung fing an, sich in ihr festzusetzen.

Glaube und Überzeugung unterstrichen die Möglichkeit. Langsam löste sich ihre Verkrampfung. Evelyn entspannte sich mit einem Seufzer und war erleichtert, als der Druck auf ihrer Brust nachließ.

»Fühlst du dich besser?«

»Etwas«, wisperte sie. »Du hast echt Fähigkeiten wie einer dieser Psychologen.«

Er lächelte. »Ich bin ein Heiler-Ninja.«

Evelyn schnaubte. Das Bedürfnis zu lachen überraschte sie. Trotzdem lächelte sie. Du lieber Himmel, er sagte aber auch die seltsamsten Dinge. Lustige Dinge. Hinreißende Dinge. Was darauf hinauslief, dass sie große Probleme hatte. Er wurde von Sekunde zu Sekunde reizvoller. Sein Sinn für Humor, dazu diese sexy Ausstrahlung und … Mannomann.

Obacht. Sie war dabei, sich zu verknallen. Und das würde damit enden, dass sie flach auf dem Rücken lag, während Venom sie auszog.

»Hey, Evie?«

»Ähem.«

»Wer Markov ist, habe ich geschnallt. Wer ist Mema?«

»Meine Großmutter.« Ihr Herz zog sich zusammen. Kummer überwältigte sie, als sie Mema wieder vor sich sah. Mit ihrer Blumenmusterschürze, den Kochlöffel erhoben und die Augen funkelnd vor Heiterkeit über irgendetwas, während sie einen Schwung ihrer oberköstlichen Hähnchen brutzelte. Evelyn dachte immer so an sie – plaudernd, lachend und an ihrem Lieblingsort, vor ihrem Küchenherd stehend. Ein Schluchzer verfing sich in ihrer Kehle. Die Tränen, die sie unbedingt hatte zurückhalten wollen, strömten ihr aus den Augen. »Sie ist heute Nacht im Krankenhaus gestorben. Die Ärzte wollten mich nicht zu ihr lassen. Ich konnte mich nicht von ihr verabschieden.«

»Ach, verdammt.« Seine Hand legte sich fester um ihren Nacken. Er drehte seinen Kopf und drückte seine Wange an ihre. »Es tut mir so leid, Evie.«

»Es ist ein Albtraum, Venom … ein *Albtraum*.« Ein weiterer Schluchzer. Evelyn wusste nicht weiter und krallte ihre Hände in sein Hemd, hielt sich an ihm fest. Ihre Brust hob sich bei jedem Schluckauf. Ihre Tränen flossen stetig, nachdem diese emotionale Lawine nun losgetreten war. »Ich kann es einfach nicht aufhalten. Meine Situation verändert sich ständig, war schlecht und wird immer noch schlechter.«

»Damit ist jetzt Schluss«, sagte er. »Jetzt bin ich da. Alles wird gut, *Mazleiha*. Hör auf, dir Sorgen zu machen – über

Markov, das Geld … über was auch immer. Wir finden eine Lösung.«

Netter Gedanke. Schöner Traum.

Leider zu schön, um wahr zu sein.

Evelyn wusste es. Die Welt hatte sie eines Besseren belehrt, und Geschichte wiederholte sich gern. Also nein. Sie konnte Venom nicht gestatten, ihre Probleme zu lösen. Abhängigkeit brachte nichts als Schwierigkeiten mit sich. Sich auf jemanden zu verlassen konnte genauso eine Fessel sein, wie Liebe ein Fluch sein konnte. Der Kampf ihres Vaters, ihre Mutter zu retten, unterstrich diese schreckliche Tatsache. Was bedeutete, dass sie selbst einen Weg finden musste. Entweder, während sie auf eigenen Füßen stand, oder gar nicht.

Heute war sie hier. Morgen nicht mehr.

So erstaunlich es schien, aber Venom war am Ende eine schlechte Idee. Er war eine flüchtige Bekanntschaft. Nicht mehr als eine Randfigur, ein Drachenblut-Typ, der ihr mitten in ihrem Schlamassel über den Weg gelaufen war. Sicher, sein Anblick mochte ihr gefallen. Er mochte vielleicht wie verrückt auf sie stehen. Aber die Anziehung würde nicht lange vorhalten. Die am hellsten brennenden Flammen erloschen immer am schnellsten. Das Licht hielt nie vor. Dunkelheit würde zurückkehren. Gute Absichten hielten sich selten, und die gegenwärtigen Umstände bezeugten nach wie vor deutlich die Kluft, die zwischen ihr und Venom bestand.

Zwei unterschiedliche Gattungen. Zwei unterschiedliche Welten.

Sein Interesse an ihr würde nachlassen. Ihres an ihm würde auch verpuffen.

Das war ein Naturgesetz. Ein unverrückbares. So lief das nun mal auf der Welt.

Und dennoch. Als er sie nun so in den Armen hielt, wollte sie ihm glauben. Sich einbilden, dass sie ihm etwas bedeutete und die Dinge sich verbessern würden. Töricht, das zu hoffen. Dämlich, sich das zu wünschen. Das zu wissen führte jedoch nicht dazu, dass sie ihn losließ. Stattdessen presste sie sich enger an ihn, zog die Umarmung in die Länge in der Hoffnung, etwas Trost zu finden. Wenn auch nur für eine Weile. Eine Nacht oder tausend. Es spielte keine Rolle, solange er sie festhielt.

Als das Schweigen im Wohnzimmer anhielt, stieß Venom die angehaltene Luft aus. Gott sei gedankt für große Gefälligkeiten und rechtzeitige Vorsorge. Für ein leeres Haus und die Stille darin gleichermaßen. Im Black Diamond war es nie ruhig. Es war laut und lebendig. Bequem und voller Familie. Aber als er Evelyn in den Armen hielt und eng an sich zog, vermisste er seine Waffenbrüder nicht das kleinste bisschen. Der laute Haufen konnte zum Teufel gehen und ihn ein anderes Mal frotzeln. Er könnte ewig hier ganz still stehen mit seiner Frau. Ohne zu reden. Oder sich zu bewegen. In der Gewissheit, dass er die passende Gefährtin gefunden hatte. Endlich. Sie war hier, hundertprozentig real.

Nicht länger eine Fantasievorstellung.

Seine Lippen kräuselten sich. Nennen wir es vollkommen, und dann machen wir Schluss für heute. Sie passte in seine Arme, als ob sie für ihn gemacht wäre. Die reine Perfektion. Ein wahr gewordener Traum, wie sie sich so an ihn schmiegte, ihm erlaubte, sie zu halten, den Trost akzeptierte, den er versprach … ihn förmlich zerfetzte mit ihren Tränen. Sie versuchte stark zu sein und hielt sich an ihm fest, hatte die Fäuste in sein T-Shirt gekrallt, den Kopf unter sein Kinn geschmiegt, weinte jetzt nicht mehr, brach ihm aber immer noch das Herz mit jedem einzelnen stockenden Atemzug. Seine Lippen streiften ihr Haar, als er ihren Kopf küsste und ihr Zeit ließ, während sie in seinen Armen bebte und sich bemühte, ihre momentane Krise zu überwinden. Ihre Trauer und ihren Verlust. Die emotional aufwühlende Erfahrung, jemanden zu verlieren, den sie liebte. Was bedeutete …

Nichts war *perfekt.*

Weder ihre gegenwärtige Lage noch seine Umarmung, noch sein Bedürfnis, sie zu beruhigen. Er konnte ihr nicht allein durch schiere Willenskraft ihren Seelenfrieden wiederbeschaffen.

Der Gedanke machte ihm schwer zu schaffen.

Es war nicht fair. Er hatte gewollt, dass alles perfekt lief. Hatte davon geträumt, mit ihr allein zu sein – die Gelegenheit zu haben, mit ihr zu reden und zu lachen und … sie zu lieben. Gegenseitige Befriedigung war im Augenblick jedoch nicht mehr als eine ferne Hoffnung. Sie brauchte einen Freund, keinen Geliebten. Trost statt Leidenschaft. Jemanden, der ihren Kummer linderte und sie zum Lachen brachte. Jemanden wie ihn.

Aber noch nicht.

Sie war noch nicht bereit, sich auf ihn einzulassen.

Er konnte es ablesen an der Art und Weise, wie sie sich an ihn klammerte. Er atmete bedauernd aus. Trotz der Freude, sie in den Armen zu halten, zerriss ihn ihr Kummer, ging ihm an die Nieren, wie er es nicht für möglich gehalten hatte. Jetzt litt er mit ihr, schmerzte es ihn so heftig, dass ihr Verlust zu seinem wurde. Als sie Schluckauf bekam, nahm er ihr die Quälerei ab, absorbierte ihn für sie, war bereit, auch ihren ganzen Schmerz zu übernehmen, um ihn für sie erträglich zu machen. Es war ok. Er hatte ständig mit Verlust zu tun. Kannte den Tod nur zu gut und verstand ihn sogar noch besser. Und im Moment würde er alles tun, um zu helfen. Um irgendwie – auf irgendeine Art und Weise – ihre Sorgen zu verringern und ihr zu helfen.

»Es geht mir schon besser«, flüsterte sie und bewegte sich in seinen Armen. Ihre weichen Lippen streiften seine Kehle. »Ich weiß nicht, wie du das anstellst, aber es geht mir besser.«

Ihre Stimme klang umwerfend. Sein Körper erledigte den Rest, nahm das Kompliment total ernst. Erregung traf ihn mit voller Wucht, sandte die falschen Signale aus. Sein Schwanz wurde hinter seinem Reißverschluss steinhart. Venom biss die Zähne zusammen. Gottverdammter Mist. Er hatte es bisher so gut gepackt – seine Reaktion im Griff gehabt, seine Bedürfnisse unterdrückt, es sich versagt, an ihre weiche Haut zu denken, an ihre üppigen Kurven, die fantastische …

»Verdammt«, brummelte er, versuchte sich wieder einzukriegen.

Wieder zurechnungsfähig zu werden klang ziemlich gut im Moment. Leider weigerte sich der Lümmel hinter seinem Hosenschlitz, ihm da zuzustimmen. Dass sie aufgehört hatte zu weinen, hatte Auswirkungen auf ihn, brachte ihn dazu, sich Dinge vorzustellen, die er sich lieber nicht vorstellen sollte. Er unterdrückte einen Fluch. Er war steinhart und hundertprozentig bereit, sie zu befriedigen. Ein ganz schlechter Zustand mit seiner Frau in seinen Armen. Aber obgleich er sich befahl, brav zu bleiben, schossen ihm unanständige Bilder durch den Kopf. Von Evelyn, die nackt auf ihm saß, die Schenkel gespreizt, die Brustwarzen aufgerichtet, ihr Körper über ihm gewölbt, während sie ihn ritt. Gnadenlos … endlos.

Er bekam einen trockenen Mund.

In dem Versuch, sich abzulenken, starrte er auf ein Bild, das an der Wand gegenüber hing. Eine Bistro-Szene. Mitternacht in Paris, vielleicht. Eine kopfsteingepflasterte Straße, eine Außenterrasse. Das weiche Licht der Straßenlaternen, zwei Gläser Rotwein, ein Tisch. Ein ziemlich stabil aussehendes Stück, das einen Mann geradezu dazu einlud, seine Frau auf die Kante zu setzen, ihr das Kleid hochzuschieben und …

Venom blinzelte. Mist. Dämlicher Kopf. Falsche Gedanken. Schon wieder.

Er musste wirklich seine Obsession in den Griff kriegen und aufhören, sich vorzustellen, ganz tief in ihr zu sein. Wie sie sich wohl anhören würde dabei. Er schluckte, versuchte, seinen Mund wieder zu befeuchten. Ob sie laut sein würde – seinen Namen stöhnen würde, um Erlösung flehen, schreien würde, wenn sie kam? Oder gehörte sie zu den Stilleren, die zwar fordernd waren, aber leise ihre Lust genossen? Mann, er würde alles dafür geben, es herauszufinden. Jetzt. In dieser Minute, aber … tja. Mochte Gott ihn vor wollüstigen Gedanken schützen. Sex stand nicht auf der Tagesordnung, und das möglicherweise noch für eine ganze Weile nicht.

Venom holte tief Luft, füllte sein gesamtes Lungenvolumen. Er hielt einen Moment die Luft an, ließ den Druck ansteigen, dann stieß er den angehaltenen Atem auf einmal aus. Und noch einmal. Die Übung half ihm, sich zu konzentrieren. Kontrolle setzte ein, beruhigte seinen Körper, verringerte die Spannung, dirigierte seine Gedanken in eine andere Richtung. Evelyn zu bedrängen wäre unklug. Geduld würde ihn weiterbringen. Er wollte, dass sie ihm vertraute. Wollte, dass sie sich sicher fühlte trotz seiner besonderen Beschaffenheit und alldem, was sie gesehen hatte. Die meisten Frauen brauchten Zeit, um sich zu akklimatisieren und neue Situationen zu akzeptieren. Die Umstellung, mit der seine Frau es zu tun hatte, war größer als die meisten.

Auf Wiedersehen, Menschenwelt. Hallo Drachenwelt.

Evelyn mochte es noch nicht wissen, aber sie würde nie wieder in ihre Welt zurückkehren. Es war dort nicht länger sicher für sie. Nicht, solange Ivar mit im Spiel war. Hervorragender Wissenschaftler, der er war, jagte der Dreckskerl Frauen mit hohem Energiepotenzial. Was mit seinem Fortpflanzungsprogramm und einem gemeinen Serum zu tun hatte. Was Evelyn ins Fadenkreuz rückte, mitten ins Visier des Anführers der Abtrünnigen. Das Arschloch würde ihren Namen herausfinden, wo sie wohnte, und …

Venom knurrte. Auf absolut gar keinen Fall. Er würde nie und nimmer zulassen, dass Evelyn angreifbar wurde. Würde nicht zulassen, dass sie entführt wurde. Sie gehörte jetzt ihm. War Teil seines Clans. Er würde jetzt für sie sorgen. Sie beschützen. Sie befriedigen, sobald sie es zuließe.

Nichts anderes würde seinen Erfolg sichern. Oder ihr helfen, seine Ansprüche auf sie zu akzeptieren.

Aber es war schwer, Geduld zu bewahren. Er begehrte sie so unglaublich. Hatte nicht gewagt zu hoffen, dass er jemals eine finden würde wie sie – eine, die ihm ebenbürtig war, eine Frau, die in seiner Gegenwart und durch seine Berührungen aufblühte. Ehrfurcht schnürte ihm die Kehle zu. Das Bedürfnis, sie richtig zu behandeln, sorgte dafür, dass seine Hände verhaltener ihren Rücken streichelten. Er sollte sie jetzt noch gar nicht berühren. Sie brauchte Zeit und Abstand – zu ihm, während sie herausfand, was sie selbst wollte. Es war echt herzzerreißend. Und wahnsinnig schwer, durchzuhalten, aber …

Er musste auf Distanz gehen. Sofort. Sonst würde er es vermasseln. Dafür sorgen, dass sie sich unwohl fühlte. Würde etwas Dummes tun – wie zum Beispiel seinen Kopf neigen und sich ihres Mundes bemächtigen, während er ihr Kleid hochschob.

Er nahm seine Hüften zurück und räusperte sich. »Evie?«

»Spürst du das auch?«

Oh, Mannomann, und ob er das tat. Irgendwie jedoch glaubte Venom nicht, dass sie die harte Wölbung hinter seinem Reißverschluss meinte. »Was?«

»Es fühlt sich wie ein Surren in meinem Kopf an.« Sie ließ ihre Hände über seinen Rücken gleiten und streichelte seine Schultern. Venom spannte sich an. Sie hob ihren Kopf und blickte ihn mit ihren dunkelbraunen Augen an. Begierde klopfte bei ihm an. Er schlug die Tür zu, sperrte die Lust aus, während er forschend ihr Gesicht betrachtete. Die Wimpern feucht von Tränen, rollte ihr noch eine letzte über die Wange. Was ihm wieder zu schaffen machte. Er hob seine Hand und wischte sie weg. »Seltsam, aber ich kann dich fühlen.«

»Ist gar nicht so seltsam«, murmelte er und wusste, dass er mit dem Feuer spielte.

Er hatte bereits beschlossen, auf Abstand zu gehen und ihr mehr Spielraum einzuräumen. Und sich selbst auch. Aber statt sich für die kluge Variante zu entscheiden, stürzte er sich kopfüber auf die unkluge und streichelte sie wieder, genoss die Weichheit ihrer Haut, liebte den Kontrast – sie so dunkel, er so hell –, während das Schwirren seine eigenen Adern durchströmte. Nein, absolut nicht seltsam. Verblüffend, vielleicht. Unglaublich, sicher. Aber nicht im Mindesten *seltsam*. Ihre Fähigkeit, ihn zu fühlen, entstand durch die Energieverbindung, das mächtige, unzerstörbare Geschenk des Meridians an alle Drachenblütigen. Und dennoch überraschte ihn die Stärke der Verbindung. Er hatte nicht erwartet, dass es so schnell passieren würde. Oder dass Evelyn seine Drachenhälfte so leicht akzeptieren würde.

Unfähig zu widerstehen, neigte er seinen Kopf. Sie hob ihr Kinn an. Sein Mund senkte sich, streifte ihre Mundwinkel. »Wir sind vom Schicksal füreinander bestimmt, du und ich.«

»Ich bin mir nicht sicher, ob ich an Schicksal glaube.«

»Betrachte mich als deinen Weckruf – als denjenigen, durch den das Universum dich eines Besseren belehrt.«

»Mir sagt, dass ich falsch liege, meinst du?«

»Das hast du gesagt, nicht ich.«

Sie lachte. »Meine Güte, du bist echt witzig. Das gefällt mir wirklich sehr an dir.«

»Ein Kompliment«, sagte er und spähte hinter sich. Die Couch stand zwei Meter weit entfernt, der perfekte Ort für eine nächtliche Plauderei. Er verschränkte seine Finger mit ihren, zog sanft an ihrer Hand und machte einen Schritt rückwärts. Zuerst leistete sie noch Widerstand, dann gab sie seinem sanften Ziehen nach. Er wich dem Beistelltisch aus und zog sie rückwärts mit sich. Das leise Dröhnen seiner Stiefel hallte wider, schwebte hinauf zur hohen Decke, während sie ihm quer durch das Wohnzimmer folgte. »Ich mache Fortschritte in der Welt.«

»Vielleicht.« Sie zuckte die Achseln. Seine Lederjacke rutschte ihr von der einen Schulter, enthüllte mehr weiche Haut und ihr Kleid. Rußbeschmutzt schimmerte die blasse Seide im schwachen Licht, umschmeichelte ihre Kurven, betonte ihre Formen, sorgte dafür, dass ihm das Wasser im Mund zusammenlief. »Oder vielleicht hast du mich auch einfach nur in einem schwachen Moment erwischt.«

Seine Beine stießen gegen die Vorderkante der Couch.

Er hielt ihren Blick fest und setzte sich. Der Schonbezug seufzte unter seiner Levi's. Die dicken Polster passten sich seinem Körper an, luden ihn ein, es sich bequem zu machen und eine Weile sitzen zu bleiben. Keine schlechte Idee unter Berücksichtigung seiner Begleitung heute Nacht. Evelyn. Mann, sie war so was von schön. Bestand nur aus geschmeidigen Kurven, dunkler Haut und Keckheit. Eine derartig aufreizende Mischung. Mehr als fantastisch. Wie gemacht für die Liebe. Und er war derjenige, der sie lieben würde – wenn sie ihn nur darum bäte. Er unterdrückte ein Stöhnen, ließ ihre Hand los und klopfte neben sich auf das Polster. Evelyn verstand den Fingerzeig, akzeptierte die Einladung und …

Zog ihr Kleid ein Stück hoch, enthüllte ihre wunderschönen langen Beine.

Venom sog hastig die Luft ein. Ihr Knie landete auf dem Polster neben seinem Oberschenkel, sodass ihre Beine sich berührten. Vor lauter Überraschung verharrte er regungslos. Es fühlte sich an wie ein Kurzschluss in seinem Hirn. Sein Verstand war wie ausgelöscht. Sie presste ihre Hände gegen seine Brust, schob, bat ihn ohne Worte, sich zurückzulehnen, dann kam sie ganz über ihn. Sein Rücken berührte die Rückenlehne. Sie setzte sich rittlings auf ihn, platzierte ihren exquisiten Po auf seinem Schoß und presste ihren Venushügel gegen seine Erektion.

Ihre Hitze traf ihn durch den Stoff seiner Jeans.

Venom verschluckte einen Fluch.

Sie veränderte ihre Haltung, wand sich und machte es sich bequem. »Hi.«

»Hallo«, sagte er und versuchte, ruhig zu klingen. Gelassen. Wie ein Mann, der schon jede Menge Frauen gehabt hatte. Nicht wie einer, der kurz davor war, verrückt zu werden.

»Also«, sagte sie. »Ich habe nachgedacht.«

»Worüber?« Sex … bitte lass es knallharten, umwerfenden Sex sein.

»Du hast mir vorhin etwas versprochen.«

»Habe ich?«, fragte er, zwang seinen Verstand mit aller Macht dazu zu funktionieren. Synapsen knisterten, versprachen Denkfähigkeit, ließen ihn hoffen, und dann – ah, verdammt – fingen sie wieder an zu stottern und verreckten. Ihn beobachtend, ließ Evelyn ihre Hüften kreisen. Wonneschauer durchrieselten ihn, erhitzten sein Blut. Der Verräter hinter seinem Hosenschlitz zuckte warnend. Venom knirschte mit den Zähnen und schluckte schwer, während weitere Gehirnzellen sich verabschiedeten, als sein Blut Richtung Süden stürzte, ihn benommen zurückließ. Er holte verzweifelt Luft. »Du willst mich necken, Evie.«

»Du musst es ja wissen.« Ihre Fingerspitzen fuhren spielerisch über sein Schlüsselbein. Mit einer aufreizenden Drehung schob sie eine unter seinen Hemdkragen. Ihre Haut streichelte seine. Lust stieg auf, tief in ihm, erhitzte ihn, sorgte dafür, dass seine Muskeln sich verkrampften. »Du hast schließlich Übung darin.«

Er machte schmale Augen. »Es geht hier nicht um Neckerei, wenn du vorhast, es zu Ende zu bringen.«

Sie hob eine Augenbraue. »Und hast du vor, es … zu Ende zu bringen?«

Mit dem Kopf auf der Rückenlehne starrte er hoch zu ihr. Eine Sekunde nach der anderen verging. Als sie nicht zurückschreckte, ließ er seine Hände über ihre Oberschenkel gleiten. Hoch. Höher. Glatte Haut flüsterte unter seinen schwieligen Handflächen. Und noch ein wenig höher … bis der Saum ihres Kleides seine Fingerspitzen streifte. Sie zuckte nicht zurück. Mutig wie immer, begegnete sie herausfordernd seinem Blick.

Venom summte bestätigend und voller Vorfreude. Na gut, also dann. Das Spiel hatte begonnen. Kein Weg führte mehr zurück.

Er musste ihr frontal begegnen. Es ihr gleichtun, Zug um Zug. Es mit ihr aufnehmen, um die Runde zu gewinnen und in Führung zu gehen. Er strich ihr eine verirrte Haarsträhne aus der Stirn, musterte sie einen Moment, überlegte sich das Für und Wider, versuchte, ihr Spiel zu durchschauen. Einige Locken verhakten sich an seinen Fingern, blieben hängen, verführten ihn dazu, etwas länger zu verweilen. Unfähig, zu widerstehen, spielte er mit den weichen Strähnen und versuchte, einen Entschluss zu fassen.

Sie jetzt zu lieben oder sie warten zu lassen.

Es war, wie eine Münze zu werfen, ein echtes Tauziehen.

Er wollte sie nicht drängen. Oder daran beteiligt sein, dass sie kopfüber im Chaos landeten. Sie hatte gerade einen

Schock erlitten. Kämpfte mit einem tragischen Verlust. Was sie haltlos machte, auf der Suche nach einem festen Anker. Er wäre ein guter – solide, stark, liebevoll und dennoch außergewöhnlich versiert im Bett. Venom zapfte ihre Bioenergie an und versuchte ihre Stimmung zu entschlüsseln. Er schnaubte. Nett. Er konnte sie geradezu denken hören.

Jedes Wort. Jeden zusammenhängenden Gedanken. Das Aufeinanderprallen gegensätzlicher Werte: das brave Mädchen, das sie immer gewesen war, gegen das böse, das sie gern sein wollte.

Letzteres würde ihr verschaffen, was sie brauchte – Frieden und Stabilität, Einsicht in eine Welt, die aus ihrer Sicht auf dem Kopf stand. Verständlich. Auch eine ziemlich gute Strategie, und trotzdem brachte sie ihn in Bedrängnis. Er konnte keinen Fehler an ihrer Herangehensweise entdecken. Sie sehnte sich nach Trost. Nach jemandem, der sie von dem ständig zunehmenden Druck auf ihrer Seele befreite. Mit ihm zu schlafen würde das bewirken – sie körperlich erschöpfen, sie beruhigen, den inneren Tumult stoppen. Doch die Frage war …

Wollte er, dass sein erstes Mal mit ihr so ablief?

Er wickelte sich eine ihrer Locken um seine Fingerspitze und zog sie näher zu sich. »Ob ich es zu Ende bringe, hängt von einer Sache ab.«

»Wovon?«, fragte sie, ihr Mund nur eine Haaresbreite von seinem entfernt.

»Von dir.«

Sie runzelte die Stirn und lehnte sich zurück, wusste nicht, was er meinte.

Venom hätte beinahe »Scheiß drauf!« gesagt. Ihr zu geben,

was sie wollte – einen schnellen Fick, gefolgt von Wahnsinns-Orgasmen –, spielte ihm schließlich in die Karten. Sie war seine Frau. Wie geschaffen für ihn. Für ihn bestimmt. Die einzige Frau, mit der er von nun an Sex haben würde. Die Einzige, die er befriedigen würde und von der er befriedigt werden würde. Was ihn eigentlich entfesseln müsste – ihn geradezu dazu treiben müsste, sie in Besitz zu nehmen. Irgendwie jedoch war es nicht so. Was er wollte, spielte keine Rolle mehr. Es ging hier um sie, nicht um ihn. Also musste er trotz ihres mutigen Zuges – und ihrer bestimmenden Art – etwas klarstellen. Sie musste wissen, wie es sein würde, wenn sie bei ihm blieb, statt zu gehen. Schnell. Hart. Tief. Tierisch und intensiv, sobald sie auf dem Rücken lag und er sich holte, was sie anbot.

»Venom?«

»Du musst dir sicher sein, Evelyn«, sagte er knurrend. »Ich will dich viel zu sehr. Sobald wir diesen Weg einschlagen, bin ich möglicherweise nicht mehr in der Lage aufzuhören.«

»Du würdest mir nie wehtun.«

»Nein. Niemals.«

»Dann sei ganz locker, und lass dich gehen.«

»Grundgütiger.« Seine Hände krümmten sich um ihre Schenkel. »Du weißt nicht, was du da verlangst.«

»Doch, ich weiß es«, wisperte sie und wiegte ihre Hüften, lud ihn ein, mit ihr zu schlafen und die Beherrschung zu verlieren. »Ich will dich, Venom. Das wollte ich vom ersten Moment an, als ich dich im Luxmore gesehen habe.«

Wahrheit über Wahrheit, Lust und noch mehr Lust. Seine war mindestens so groß wie ihre. Aber du liebe Güte, er musste sich sicher sein. Ihrer. Seiner. Der Situation.

Sie wölbte sich ihm entgegen und stöhnte seinen Namen.

Er packte ihre Hüften und presste sie an sich, kontrollierte ihre Bewegungen. »Meine Güte, Evie. Ich kann dich durch meine Jeans hindurch spüren. Du bist unglaublich heiß.«

»Und auch sehr feucht«, flüsterte sie an seinem Mund. »Ich bin ganz schlüpfrig in meinem Höschen.«

Grundgütiger. Was für eine erregende Vorstellung. Die Dinge, die sie sagte, kehrten sein Inneres nach außen.

Summend fuhr sie mit der Zunge über seine Unterlippe, reizte ihn mit ihrer Feuchtigkeit, sodass er an das weiche Fleisch zwischen ihren Schenkeln denken musste. Venom stöhnte. Sie fing das Geräusch ein und sog es auf, küsste ihn leidenschaftlicher. Fester. Schlag auf Schlag. Reizte ihn mit ihrer Zunge, bevor sie sich wieder zurückzog. »Es mag vielleicht nicht klug sein, aber ich brauche dich – um mich gut zu fühlen und für eine Weile den Schmerz zu vergessen. Bitte, Venom.« Ihr Flehen machte ihn unglaublich an. Keuchend, immer noch unsicher, zögerte er.

Sie ließ ihre Zunge über seine Zähne gleiten. »Hmm, ich liebe dein Haar.«

»Es ist zu lang.« Er widerstand ihr nicht länger, folgte ihrem Rhythmus. Schnell und wild. Keine Zurückhaltung mehr. Sie war magisch, bewegte sich über ihm mit nur einem Ziel vor Augen: seine Lust und ihrem letztendlichen Sieg.

»Nein. Ist es nicht.« Spielerisch streichelte sie seine langen Strähnen. Ihre Nägel fuhren über seine Kopfhaut, ließen ihn erschauern. »Es ist perfekt.«

»Noch ein Kompliment«, murmelte er und versuchte den Ball flach zu halten. Ein guter Plan. Vielleicht, wenn er weiterredete, würde er noch etwas Zurückhaltung aufbringen können. Es richtig machen. Sie richtig lieben. Sie zum Orgasmus bringen, bevor er die Kontrolle verlor. »Verdammt, Evie. Du bist wunderschön.«

»Du solltest mich ohne Kleidung sehen.«

Sie lächelte, richtig teuflisch, gnadenlos.

Ihr Gesichtsausdruck und ihre neckende Stimme entfesselten ihn schließlich. Knurrend veränderte Venom ihre Position, drehte Evelyn auf den Rücken. Sie prallte auf die Polster. Er bleckte die Zähne und zerrte an ihrem Kleid, warnte sie schweigend. Scheiß auf *richtig*. Er sauste bereits direkt auf *falsch* zu. Sie wollte ihn. Er sehnte sich nach ihr. Tadellose Symmetrie. Der perfekte Sturm. Nichts stand ihm mehr im Weg. Seine Begierde wuchs, lief auf einen einzigen Gedanken zu. Er musste sie nackt sehen … sofort. Ihre weiche Haut küssen. Ihre wundervollen Kurven streicheln. Das feuchte Fleisch zwischen ihren Schenkeln kosten. Sofort. In diesem Moment. Bevor Evelyn ihn um den Verstand brachte und er den kleinen Rest, der ihm noch geblieben war, verlor.

19

Unter Venom flach auf dem Rücken liegend, versuchte Evelyn, zu Atem zu kommen. Tolle Idee. Perfekt in der Theorie. Total unmöglich in der praktischen Umsetzung.

Wild entschlossen, sie verrückt zu machen, hatte Venom sie vollständig im Griff. Raue Hände pressten sie auf die Couch. Starke Schenkel spreizten ihre Beine. Sie keuchte angesichts seiner Dominanz, während die dicken Polster unter ihr nachgaben, sich seinem Kommando fügten, es ihr bequem machten trotz seiner Kraft.

Sein starker Körper hätte sie eigentlich ängstigen müssen. Vielleicht sogar dafür sorgen müssen, dass sie einen Schritt zurückwich. Wieder über Selbstschutz und mögliche Auswege nachdachte.

Stattdessen wurde sie von Erregung überschwemmt.

Hmm, er war einfach fantastisch. So stark. Mehr als wunderbar, während er sich nach und nach auflöste – für sie … ihretwegen – ein tödlicher Drachenblut-Kerl, kurz davor, die Beherrschung zu verlieren. Sie sah es in seinen Augen. Merkte es an der Wildheit jeder seiner Berührungen. An der Art, wie er sich bewegte, von heißhungriger Begierde getrieben. Grund genug, es gut sein zu lassen für heute Nacht und so schnell wie möglich sichereres Gebiet anzusteuern. Stattdessen wand Evelyn sich unter ihm und gurrte seinen Namen, trieb ihn an, zeigte ihm ihre Begierde …

Verstärkte sein Verlangen durch ihr ständiges heiseres Flüstern.

Er knurrte sie an. Sah sie mit seinen schimmernden rubinroten Augen an. Schob ihr Kleid hoch. Der teure Stoff glitt über ihre Haut. Aus Erregung wurde ungeduldige Erwartung. Ihre Brustwarzen richteten sich auf, bettelten förmlich darum, dass er an ihnen saugte und … oh Gott. Sie konnte es kaum erwarten, ihn in sich zu spüren. Er würde sich unglaublich anfühlen. Sie hart reiten. Sie gut behandeln. Keine Nachsicht üben, während er sie heiß machte und sie ihn anflehte und … so heftig kam, dass sie laut aufschrie vor Lust.

Wirklich peinlich. Nicht, dass es sie im Mindesten störte, wie es klang.

Wollust ließ sich nun mal nicht dirigieren. Und Begierde war wie ein doppelschneidiges Schwert. Eben noch wunderbar sanft, gleich darauf eine gefräßige Bestie. Und ja, sie brauchte ihn genauso. Rückhaltlos. Ohne Bedauern oder zurückzublicken. Nur Haut auf Haut und nichts als gegenseitiges Auskosten.

Evelyn versuchte sich aus seiner Umklammerung zu lösen, und wand sich unter ihm. Venom fluchte, lockerte aber seinen Griff, räumte ihr etwas mehr Spielraum ein. Sie machte sich jedes bisschen davon zunutze, schob ihre Hände in seine Haare und küsste ihn. Er presste sie auf die Couch und vertiefte den Kuss, füllte ihren Mund ganz mit seinem Geschmack aus. Sie erbebte vor Lust. Begierde packte sie von Neuem. Sie wimmerte verzweifelt, bat um mehr. Seine Zunge brachte sie schier um den Verstand, peitschte ihr Verlangen an, bevor er seinen Kopf anhob.

Seinen Kuss beendete.

Sie protestierte heftig.

Er bleckte seine Zähne und hielt ihren Blick fest. Eine Warnung blitzte in seinen Augen auf. Evelyn verstand die Botschaft: nicht bewegen, schön brav bleiben und … du bekommst, was du dir wünschst. Sie keuchte und versuchte, ihm zu gehorchen, konnte aber nicht aufhören, sich zu winden. Sie ließ ihre Hüften kreisen, hob sie an, gab den Rhythmus vor, bat ihn wortlos, sie zu befriedigen. Sein Mund kräuselte sich, als er sie weiter nach vorn zog, sein Bein zwischen ihre Schenkel zwängte, damit sie sich an ihm reiben konnte. Sie stöhnte vor Wonne, überschwemmt von unglaublichen Lustgefühlen.

Er sah zu, wie sie sich bewegte, und krallte seine Hände in die Rückenpolster der Couch. Seine straffen Muskeln spannten sich an. Er holte aus, und schon segelten die großen Kissen über den Beistelltisch und flogen quer durchs Wohnzimmer. Sie bewegte ihre Hüften langsamer, und ihr stockte der Atem, als die Polster die Wand trafen und zu Boden fielen.

»Schau mich an, Evelyn.«

Der leise befehlende Unterton lenkte ihre Aufmerksamkeit wieder auf ihn.

Eine Hand neben ihrem Ohr, griff er mit der anderen nach ihrem Kleid und fing an, es hochzuziehen. »Hilf mir.«

Halleluja. Gott sei Dank. Zeit, sich auszuziehen. »Zerreiß es.«

Ihre heisere Aufforderung hing in der Luft. Er hielt inne und warf ihr einen Blick zu, vollkommen überrascht. Was nicht lange andauerte. Erregung traf ihn mit voller Wucht. Venoms Nasenflügel bebten, und sie machte sich bereit. Oh ja. Jetzt kam er. Der Moment der Wahrheit. Er war kurz davor, seine Kräfte von der Leine zu lassen. Er streichelte ihre Waden und starrte den Saum ihres Kleides an. Evelyn änderte ihre Position auf den weichen Polstern, hob ihre Hüften an und spreizte ihre Schenkel, ließ ihn einen Blick erhaschen auf das, was dort verborgen lag. Sein Atem ging stoßweise. Sie summte zufrieden, wusste, was er vor sich sah.

Ein rosa Spitzenhöschen, feucht vor Lust.

Mit staunender Miene streckte er seinen Arm aus. Ließ seine Hand zwischen ihre Schenkel gleiten. Ein hauchzartes Streicheln über die feuchte Spitze. Ein Streicheln zum Verrücktwerden über ihren Venushügel, dann tastete er sich weiter vor, bis dahin, wo sie ihn am dringendsten brauchte. Er behielt seine Hand im Blick, während er den Rüschen des Höschens folgte. Evelyn hielt die Luft an und hielt still, hoffte, betete, war bereit, ihn anzuflehen, sie zu berühren und ihr Lust zu bereiten. Ihre Muskeln erbebten. Bitte … bitte … *bitte – berühre mich.* Der Singsang pochte in ihrem Schädel. Gebetsmühlenartig. Wieder und wieder. Aufstöhnend gehorchte Venom und fuhr unter den Rand ihres Höschens. Sie bäumte sich auf, keuchte, als er ihre Scham mit seiner Fingerspitze liebkoste.

Verzückung nahte. Ihr Körper verkrampfte sich, verlangte nach Erfüllung.

»Hmm, *Mazleiha.*« Während seine Finger durch ihre Feuchtigkeit glitten, sog er tief die Luft ein. »Du bist so weich. So nass. Wunderschön.«

»Venom, bitte – *bitte,* zerreiß es. Befrei mich davon«, sagte sie und hatte das Gefühl, dass sich die Seide wie Schmirgelpapier auf ihrer Haut anfühlte. Er schob seinen Arm tiefer zwischen ihre Schenkel. Sein Daumen streifte ihre Klitoris.

Einmal. Zweimal. Ein drittes Mal, und in ihr pulsierte es heftig, tief drinnen. »Oh Gott, bitte. Ich möchte, dass wir beide nackt sind.«

Er streichelte sie wieder, dann zog er seine Hand zurück. Ohne sie aus den Augen zu lassen, hob er seine Hand. Streckte seine Zunge heraus. Das rosa Aufblitzen fesselte sie, und überrascht sah sie zu, wie Venom seine Fingerspitzen ableckte. Er summte vor Entzücken, ein so unanständiges Geräusch, dass Evelyn die Sache mit der Kleidung vergaß und wie gebannt zusah, wie er ihren Saft von seinen Fingern ableckte.

»Unglaublich gut«, murmelte er. »Du schmeckst wie Pfirsiche.«

Überwältigt erschauerte Evelyn.

Dunkel und undurchdringlich ruhte sein Blick auf ihr, bevor er eine Hand unter ihren Po schob. Er hob sie an. Sie kam ihm entgegen, hob ihre Hüften an, hielt still, wartete darauf, dass er ihr Kleid zerriss. Ein kurzer Ruck würde genügen – die Mittelnaht aufreißen, die Seide zerfetzen, und sie läge halbnackt unter ihm.

»Reiß einfach.«

»Nein, ich mag das Kleid. Ich möchte, dass du es irgendwann wieder trägst, dich umdrehst, und dann nehme ich dich von hinten. Dringe tief ein, während die Seide über deine Haut gleitet.«

Seine Worte führten dazu, dass sie erzitterte. Das Versprechen in seiner Stimme ließ sie aufstöhnen.

Dann schob er ihr das Kleid hoch. Der Saum verfing sich an ihren Brüsten. Sie hob die Arme. Er zog weiter, zog ihr das Kleid über den Kopf. Kühle Luft wehte über ihre Haut, und sie seufzte vor Wohlbehagen. Venom erstarrte über ihr.

Evelyn unterdrückte ein hochzufriedenes Lachen. Gott, das war einfach spitze. Seine Reaktion war Balsam für ihre Ungeduld. Das Warten hatte sich gelohnt. Sie wusste, was er erwartet hatte – einen rosa BH, einen, der zu ihrem gewagten Höschen passte.

Was er stattdessen sah, nahm ihm den Atem.

Nackte Brüste statt eines spitzenbesetzten BHs. Weiche Haut und aufgerichtete Nippel.

»Grundgütiger.«

»Überraschung«, flüsterte sie.

Venom schenkte sich die Antwort. Er senkte stattdessen seinen Kopf. Dagegen hatte sie nichts. Aber lieber noch hätte sie seinen …

Er leckte ihre Brustwarze.

»Oh ja – endlich.«

»Fräulein Ungeduld.«

»Ja.« Definitiv. Zweifellos. Sie wollte ihn in sich. Sofort.

Venom fuhr erneut mit seiner Zunge über ihre Brustwarze, erzeugte weitere Lustgefühle. »Hab noch ein klein wenig Geduld.«

»Nein.«

Er lächelte an ihrer Brust. Knabberte an der Knospe, dann saugte er stärker, ließ seine Zunge über ihr empfindsames Fleisch gleiten. Sie schmiegte sich an ihn, als er sich neben sie legte, sie zwischen der Rückenlehne der Couch und sich einklemmte. Offen. Ausgestellt. Mehr oder weniger nackt lag sie vor ihm, und sie keuchte, als seine Zunge sich ihrer zweiten Brustwarze widmete. Er beobachtete ihre Reaktion und saugte sanft, und dann, während er sie mit einer Hand festhielt, ging er mit der anderen auf Erkundungstour. Schwielig und heiß fuhr seine Handfläche über ihre Haut, streichelte ihre Hüften, dann ihren Bauch, bereitete ihr eine Gänsehaut, Wonnegefühle, machte sie verrückt vor Verlangen, bis …

Seine Hand unter ihr Höschen fuhr.

Ein leichter Ruck an der Spitze. Und langsam, ganz langsam, zog er ihr das Höschen über die Oberschenkel und sie ganz aus, sodass sie jetzt vollständig nackt in seinen Armen lag, während er angezogen war.

Er hob seinen Mund von ihrer Brust und glitt mit seiner Hand zwischen ihre Schenkel. Stieß seinen Finger zwischen ihre Schamlippen. Tief hinein. Sie flehte ihn an, bat um Erfüllung und geriet zunehmend in Ekstase. Ihre Hände packten seine Haare. Ihre Lippen streiften seine. Ganz leicht. Ein liebevolles Knabbern. Sie schnurrte und öffnete ihren Mund, bot ihm ihre Lippen. Er spielte in ihrer Hitze und ragte, nur einen Atemzug entfernt, über ihr auf, beobachtete sie, während sein Finger in sie glitt. Sie keuchte vor Lust, verkrampfte sich um ihn herum. Venom drang tiefer ein, stieß schneller zu, testete ihre Anspannung, weitete sie mit jedem Stoß, bereitete sie vor auf sein Eindringen.

»Genau so, *Mazleiha*. Reite meinen Finger«, flüsterte er an ihrem Mund, während sein Daumen um ihre Klitoris kreiste, ihr mit jeder Bewegung wollüstige Schauer verschaffte. »Du bist so angespannt, Evie. Öffne dich. Lass mich hinein.«

»Bitte«, stöhnte sie heiser, Beglückung quasi vor Augen. »Ich bin absolut bereit für dich.«

»Gleich?«

»Sofort.«

»An- oder ausgezogen?«

»Aus.«

»Wie du willst«, murmelte er.

Seine Kleidung verschwand, und im Handumdrehen war er splitterfasernackt. Goldene Haut und starke Muskeln lagen vor ihr. Ihre Kinnlade klappte herunter. Evelyn sog verblüfft die Luft ein. Heilige Mutter Gottes. Was zum Teufel war das denn? Wie hatte er das angestellt? Gerade eben noch voll bekleidet, kurz darauf total nackt. Seltsam. Verrückt. Unglaublich auf eine Weise, die …

Venom streichelte sie erneut.

Die Verblüffung wich dem sich nähernden Höhepunkt. Sie stöhnte seinen Namen. Venom starrte auf die dunklen Locken zwischen ihren Schenkeln und rutschte ein Stück weiter nach unten. Er drückte ihre Knie hoch und spreizte sie weit, dann legte er sich zwischen sie. Sein Mund folgte seiner Hand, und er erforschte ihre Scham mit seiner Zunge. Mit einem Aufschrei wand Evelyn sich unter ihm. Er hielt sie fest und tauchte ein. Sie zog sich zusammen, als er immer tiefer leckte, sie immer weiter antrieb, bis sie bettelte und flehte unter ihm. Er konzentrierte sich jetzt auf ihren Kitzler, kontrollierte ihre Lust. Ihr blieb die Luft weg, sie konnte nicht mehr atmen. Er knurrte und saugte stärker. Verzückung packte sie. Sie keuchte. Ihr Körper pulsierte, raste auf den Höhepunkt zu. Berauscht von Lustgefühlen, wölbte sie ihr Rückgrat. In Ekstase warf sie den Kopf zurück, hob die Hüften an und …

Evelyn schrie laut auf, während sie sich geradezu auflöste.

Venom veränderte seine Position und richtete sich über ihr auf. Die Spitze seines Schwanzes berührte ihren Schoß. Er stieß zu, drang mit einem einzigen Stoß in sie ein. Sie zog sich um ihn zusammen. Er knurrte zur Antwort darauf und schonte sie nicht. Die Rückenmuskeln total angespannt, drang er tief in sie ein. Nahm sie in Besitz. Dehnte sie weit. Füllte sie ganz aus, während er sie auf einen weiteren Orgasmus zutrieb. Hilflos dem hitzigen Ansturm ausgesetzt, schlang Evelyn ihre Beine um seine Hüften und klammerte sich fest. Gut. Endlich. Zu guter Letzt. Sie hatte ihn tief in sich. Wurde hart und schnell gefickt. Genau das, was sie sich von ihm gewünscht hatte. Und es war besser, als sie es sich vorgestellt hatte. Dieser Mann gewährte ihr alles, was sie brauchte.

In Besitz genommen zu werden. Sich zu unterwerfen. Zu vergessen durch besinnungslose Leidenschaft ohne Ende.

Venom verkrampfte sich und brüllte laut auf, kam heftig pulsierend tief in ihr. Zur Antwort meldete sich bei ihr ebenfalls ein Pulsieren, trieb sie an und über die Grenze zu ihrem zweiten Höhepunkt. Sie wurde schwerelos in ihrer eigenen Haut, fiel durch Zeit und Raum wie eine Sternschnuppe. Aber als Venom sich entspannte – warm und vertrauensvoll in ihren Armen –, kamen Gefühle hoch, schnürten ihr die Luft ab und ließen ihr Herz überquellen. Eindringliche Wahrheiten überfluteten sie. Tiefe Glücksgefühle. Ein unleugbares Gefühl von Zugehörigkeit. Grelle und leuchtende Hoffnung, als Venom ihren Namen seufzte und sie eng an sich drückte. Unglaubliche Zärtlichkeit. Eine gefährliche Verbindung. Verheerend. Und dennoch ignorierte Evelyn die Gefahr und kuschelte sich an ihn, setzte ihr Herz aufs Spiel, indem sie seine Umarmung erwiderte.

Albern, möglicherweise. Leichtsinnig, ohne jeden Zweifel.

Aber so himmlisch hatte sie sich noch nie gefühlt.

Vergessen war der drohende Verlust. Auch die Gefahr. Es mochte vielleicht nicht klug sein, aber sie dachte nicht daran,

Venom wegzuschieben. Sie mochte ihm vielleicht nicht für immer gehören, aber im Moment gehörte Venom ihr. Lag in ihren Armen. Wurde von ihr geschätzt. Und sie würde sich an ihn erinnern, wenn die Situation sich änderte und das Leben sie zwang, ihn aufzugeben. Gut. Schlecht. Nichts traf mehr zu. Der Sex mit ihm hatte die Wahrheit ans Licht befördert. Sie liebte die Gefühle, die er in ihr weckte – mutig zu sein, schön, stark, mehr sie selbst, als sie sich seit Monaten gefühlt hatte. Was bedeutete, dass sie geliefert war. Erledigt. In Besitz genommen. Und ob klug oder nicht – sie hatte vor, Venom so lange zu genießen, wie das Schicksal es zuließ und es mit ihm andauerte.

Venom saß neben Evelyn an der Küchentheke und sah zu, wie sie sich Erdnussbutter auf einen Cracker strich. Der nussige Duft machte ihm den Mund wässrig. Ihr Anblick in seinen Klamotten heizte ihm ein. Sie war unglaublich. Eine Göttin in schlabbrigen Jogginghosen und einem übergroßen T-Shirt. So verdammt schön mit ihrem verhedderten Haar und ihrer ungezwungenen Haltung, dass sie an seinem Schutzwall vorbeischlüpfte und ihm sein Herz stahl, ohne sich groß anzustrengen. Befremdlich, wirklich – sich jemandem derartig verbunden zu fühlen nach so kurzer Zeit.

In gewisser Weise eine willkommene Feststellung. Andererseits aber verblüffend. Und auch verdammt beängstigend.

Er hatte noch nie derartige Gefühle gehegt für jemanden. Nicht einmal für die anderen Nightfury-Krieger, die er alle bedingungslos liebte. Evelyn hatte jedoch den Einsatz erhöht. Sie gehörte einer anderen Kategorie an. Was er für seine Frau fühlte – die Tiefe seines Begehrens –, überstieg gefühlsmäßige

Grenzen, überschritt das Normale, verfrachtete ihn in Niemandsland. Unbekanntes Gebiet für ihn. Jetzt wusste er nicht, was er tun sollte. Oder wie er sich verhalten sollte. Was er sagen sollte, war ihm auch nicht klar.

Er wollte ihr erzählen, was hier passierte und wie Energieaustausch funktionierte. Von der Verbindung, die zwischen ihr und ihm bestand, und was das bedeutete. Ein schönes Vorhaben. Und es wäre auch richtig, das zu tun. Doch leider brachte er keinen Mucks heraus. Jedes Mal, wenn er den Mund öffnete, kam etwas anderes als »Wir sind lebenslang verbunden. Ich bleibe für immer bei dir« heraus. Zugegeben, das, was er an Informationen mit ihr ausgetauscht hatte – nachdem er sie vom Wohnzimmer in sein Schlafzimmer getragen hatte, nachdem er so oft mit ihr geschlafen und sie hinterher im Arm gehalten hatte, dass ihm die Übersicht flöten gegangen war –, war okay gewesen. War alles wichtig gewesen. Alles, was sie wissen musste, um mit seiner Welt klarzukommen. Wie die Drachenblütigen funktionierten. Was es mit dem Nightfury-Clan und den Männern auf sich hatte, die er Brüder nannte. Wie es sich lebte im Black Diamond und wie Daimler für Frieden sorgte in einem Haus voller explosiver Persönlichkeiten.

Irgendwie jedoch war das nicht genug.

Ein Stück Wahrheit nach dem anderen zu enthüllen, um sich vor der vollständigen Wahrheit zu drücken, roch nach Feigheit. Der Gedanke hinterließ einen schlechten Beigeschmack in seinem Mund. Er stützte seine Unterarme auf die Küchentheke, sah zu, wie Evelyn einen weiteren Cracker bestrich, und biss die Zähne zusammen. Es gefiel ihm nicht, Schiss zu haben. Oder zu denken, dass sie ihn verlassen würde, sobald sie die ganze Wahrheit herausfand. Und dennoch, genau das stellte er sich vor. Sie würde ausflippen. In Panik geraten. Ihn verlassen, bevor er die Gelegenheit hatte, die Dinge in die richtige Perspektive zu rücken und sie von sich zu überzeugen.

Eine irrationale Angst? Vielleicht. Vielleicht auch nicht. Alles, was Venom wusste, war, dass er nicht wollte, dass es endete. Er wollte mehr Zeit mit ihr. Mehr von ihrer Keckheit. Mehr von ihrem Lächeln. Mehr von allem und danach noch mehr. Er wollte sie lachen hören und ihre Einstellung kennenlernen, so lange wie möglich. Also schwieg er, hatte Herzklopfen und war angespannt, während er ihr beim Essen zusah, statt das Gespräch zu beginnen. Eine richtige Weichei-Haltung. Insbesondere, da ihn seine Unfähigkeit, mit ihr ins Reine zu kommen, beschämte. Es war wirklich jämmerlich. Aber es nicht zu wissen, mit dem Druck und der Ungewissheit zu leben – so schrecklich es sich anfühlte –, schien immer noch besser zu sein, als Gewissheit zu haben und sie für immer zu verlieren.

Mit einem zufriedenen Laut leckte Evelyn sich Erdnussbutter von ihrer Fingerspitze.

Die Vorstellung, wie sie ihn *leckte*, schoss ihm durch den Kopf. Venom unterdrückte ein Stöhnen. Verflixt. Sie war so was von heiß. Unglaublich sexy, und er konnte nicht genug kriegen von ihr. Oder vergessen, wie sie vorhin im Bett ausgesehen hatte. Die Brustwarzen hoch aufgerichtet. Den Kopf zurückgeworfen. Den Rücken durchgedrückt, während sie ihn zur Ekstase ritt auf dem Baumwolllaken. Venom betrachtete ihr Gesicht und nahm jedes Detail auf. Jede Nuance ihrer Miene. Die verborgenen Tiefen in ihren Augen. Die knallharte Intelligenz, die sie besaß, aber nie sonderlich hervorhob.

Mannomann, es machte ihn schier verrückt – wie sie aussah, wenn sie ihren Verstand benutzte. Klug und sexy, eine reizvolle Mischung. Eine, die ihn näher an den Rand trieb, seine Begierde wieder in den Fokus rückte. Die Muskeln in seinem Unterleib spannten sich an, zerrten an seinen Hüftknochen, und die Versuchung wurde groß, jeden Anstand fahren zu lassen und sie zurück ins Bett zu ziehen.

Fantastische Idee. Aber es gab ein riesiges Problem.

Er hatte nicht genug Zeit.

Mit einsetzender Dämmerung rief die Pflicht. Jetzt musste er sich fertig machen für draußen, bevor …

»Du hast mich vorhin nach meinem Ring gefragt.«

Überrascht fiel sein Blick auf den Ring an ihrem Mittelfinger. Eingefasst in ein kompliziertes Muster, glitzerten drei Rubine unter der Küchenbeleuchtung. »Du wolltest nicht darüber reden.«

»Das tue ich auch selten«, sagte sie und legte das Messer neben das Erdnussbutterglas. Das Metall prallte klickend auf die marmorne Küchentheke. Mit gesenktem Kopf fummelte sie an dem goldenen Ring, drehte ihn an ihrem Finger. Nach der dritten Umdrehung hielt sie inne und fuhr mit ihrem Daumen über die Edelsteine, dann hob sie den Kopf und sah ihn an. »Es sind gute wie schlechte Erinnerungen damit verbunden.«

Das konnte er gut nachvollziehen. Verdammt, er lebte mit der gleichen Sache tagein tagaus – dem Stolz auf seine Abstammung, der ruiniert wurde durch schreckliche Erinnerungen an seinen Vater. »Mehr gute als schlechte, hoffe ich.«

»Das hängt vom Tag ab«, sagte sie, Selbstironie in ihrem Tonfall. »Manchmal erinnere ich mich an die guten. Meistens an die schlechten.«

»Du solltest das wahrscheinlich umgekehrt machen – genau das Gegenteil tun.«

»Wahrscheinlich.« Sie schürzte die Lippen und drehte den Ring. Das alte Gold blitzte auf ihrer dunklen Haut auf. Eine Drehung nach der anderen. Sie ballte die Hand zur Faust, die Rubine ihrer Handfläche zugewandt, und sah stirnrunzelnd ihre Fingerknöchel an. Eine Falte bildete sich zwischen ihren Brauen, als sie ihre Finger krümmte und den Kopf schüttelte. »Der Ring ist ein Familienerbstück. Er ist von Generation zu Generation weitergegeben worden, von Mutter zu Tochter. Ich bin die Vierte, die ihn trägt … einschließlich meiner Mom.«

»Du bekamst ihn nach dem Unfall?«

»Nein. Ich hatte ihn schon lange vorher bekommen. Mema hat ihn mir nach meinem Examen gegeben.«

»Eine gute Erinnerung.«

»Die beste. Jetzt kommt die schlechte.« Sie zog den Ring von ihrem Finger und reichte ihn ihm. Noch warm von ihrer Haut, lag der zarte Reif auf seiner Handfläche. »Als ich elf Jahre alt war, hat meine Mom das Undenkbare getan.«

»Was war das?« Den Ring zwischen seinen Fingerspitzen eingeklemmt, studierte er die Machart genauer. Herausragende Handwerksarbeit. Ein einzigartiges Stück – hübsch, teuer, genau die richtige Größe für Evelyns Hand.

»Sie hat ihn versetzt.«

Venom brummte mitfühlend. »Sie brauchte das Geld?«

»Ja. Mein Dad hatte einen tollen Job, aber das reichte ihr

nicht. Sie wollte immer mehr und, na ja …« Sie verstummte und zuckte die Achseln, die Augen wie gebannt auf den Ring in seiner Hand gerichtet. »Eine Süchtige kennt keine Scham.«

»Wovon war sie abhängig, von Drogen?«

»Sie war spielsüchtig.« Evelyn streckte ihm ihre offene Handfläche entgegen … eine Geste, die sagte: »Gib ihn mir bitte wieder.«

Er tat es, ohne zu zaudern. Seine Finger verschränkten sich mit ihren, als er ihre Hand umdrehte. Sie hielt sich ganz fest an seiner, klammerte sich förmlich an ihn, wollte nicht loslassen, und Venom verstand sie. Über ihre Mutter zu reden fiel ihr schwer. Zweifellos war diese Offenbarung eins der schwierigsten Dinge für sie. Insbesondere, da sie glaubte, damit eine Schwäche zuzugeben – einen Fehler in ihrer DNA, das genetische Äquivalent einer tickenden Zeitbombe. Er konnte das an ihrer Anspannung ablesen. Auch an der Vorsicht in ihren Augen – als ob sie befürchtete, dass ihr Geständnis ihn abstoßen würde. Ihn dazu bringen würde, sie zu verurteilen und für charakterlos zu halten.

»Evie«, murmelte er und wollte, dass sie verstand. Nichts von ihr – ob gut, schlecht oder hässlich – würde ihn dazu bringen, sich abzuwenden. Er ließ seinen Daumen über ihre Fingerknöchel wandern und streifte ihr den Ring wieder über den Finger. »Du musst dir keine …«

»Und weißt du, was komisch daran ist?«

Es schnürte ihm das Herz ab, als er den Kopf schüttelte.

»Von all meinen Kindheitserinnerungen ist diese die deutlichste.« Sie hielt seine Hand weiterhin fest und malte mit ihrer Fingerspitze einen Kreis in die Mitte seiner Handfläche. Er bekam eine Gänsehaut auf dem Arm und erschauerte, als sie sich räusperte. »Ich erinnere mich an alles an jenem Tag – in den Wagen gestiegen zu sein mit meiner Großmutter, um zur Pfandleihe zu fahren, den muffigen Geruch in dem Laden, Memas erleichterten Gesichtsausdruck, als sie den Ring zurückbekam, und die Pietätlosigkeit meiner Mutter.« Ihre Augen glitzerten vor Tränen. Sie blinzelte sie weg und starrte den Ring an. »Es war ihr gleichgültig, dass sie einen Teil unserer Familiengeschichte verkauft hatte. Sie wollte nur das Geld und … ich liebte sie trotzdem. Ich weiß nicht, was das aus mir macht – eine Närrin, wahrscheinlich, aber ich kann anscheinend nicht dagegen an.«

»Du bist keine Närrin, Evie. Sie zu lieben macht dich zu einem normalen Menschen.«

»Normal«, wisperte sie. »Richtig. Ich habe mich seit dem fünften Schuljahr nicht mehr *normal* gefühlt … seit dem Moment, als Mom uns verlassen hat.«

»Es tut mir so leid, *Mazleiha.*«

»So ist es nun mal. Obwohl es immer noch schmerzt, habe ich mit der Geschichte abgeschlossen.«

Sie wandte ihren Blick ab von ihren Händen und sah ihm in die Augen. »Ich bin der Grund für ihren Tod, weißt du.«

Er zog die Brauen zusammen. »Das glaube ich nicht.«

»Kannst du aber«, sagte sie und packte seine Hand fester. »Es ist meine Schuld. Nachdem mein Vater gestorben war, wurde die Lebensversicherung an mich ausgezahlt.« Sie schnaubte halb bekümmert, halb resignativ. »Er konnte Mom weiß Gott nicht trauen. Mit ihrer Spielsucht und all den Geldproblemen. Nachdem sich die Aufregung gelegt hatte, ist Mom bei mir vorbeigekommen. Sie war zuckersüß anfangs, aber als ich mich weigerte, ihr das Geld zu geben …«

»Du hast dich mit ihr gestritten.«

»Und wie. Ein unglaublicher Schlagabtausch. Sie hat schreckliche Dinge gesagt, Venom. Hat mir die schlimmsten Schimpfworte an den Kopf geworfen, aber ich konnte einfach ...« Ihre Stimme brach, und ihm brach es das Herz. »Ich konnte einfach nicht gegen Dads Willen handeln.«

»Was ist dann passiert?«

»Ich habe Mema von dem Geld ein Haus in Granite Falls gekauft. Meine Mutter hat es mir damit vergolten, dass sie ihr Auto gegen einen Baum fuhr.«

»Herrjemine.«

»Genau«, flüsterte sie und sah so verloren aus, dass er großes Mitgefühl mit ihr hatte. Eine Träne glitt über ihre Wange. Er wischte sie weg, umfasste ihr Gesicht mit beiden Händen und tröstete sie, so gut er konnte. Sie lehnte sich an ihn, statt zurückzuweichen, akzeptierte seine Berührung und atmete zittrig aus. »Feine Familiengeschichte, meinst du nicht?«

»Meine ist nicht besser.«

»Sie kann nicht noch schlimmer sein.«

»Ist sie aber«, sagte er und verfolgte mit seinem Daumen ihren Wangenknochen, überlegte, wie viel er ihr offenbaren sollte. Alles bis ins letzte Detail? Nur eine grobe Zusammenfassung der Fakten? Die ganze Wahrheit würde sie möglicherweise abstoßen, und er würde sie für immer verlieren. Und dennoch wollte er daran glauben, dass Evelyn ihn akzeptieren würde – komme, was wolle. War das zu viel verlangt? Vielleicht, aber ihre Vergangenheit ließ ihn Hoffnung schöpfen für ihre gemeinsame Zukunft. Seine Frau wusste, was Kampf bedeutete – hatte erfahren, wie einen verkorkste

Familienverhältnisse wahnsinnig machen konnten und wie es war, ein Elternteil zu haben, das einen nicht liebte. Er streichelte sie wieder und zog ebenso viel Trost aus ihrer Nähe wie sie aus seiner Berührung. »Du glaubst vielleicht, dass du für den Tod deiner Mutter verantwortlich bist, aber ich weiß, dass ich meinen Vater umgebracht habe.«

»Was soll das heißen?«

»Ich habe ihn getötet, Evie. Sein Blut klebt an meinen Händen.«

»Dahinter steckt bestimmt mehr.« Mit Verwirrung in der Miene hob sie ihr Kinn, forderte ihn auf zu erzählen. »Sag mir, was passiert ist.«

Er senkte seine Hand, ließ sie los und lehnte sich auf seinem Stuhl zurück.

»Venom?«

»Es ist kompliziert«, murmelte er und suchte nach den richtigen Worten.

Fand sie aber nicht.

Er atmete gepresst aus. Es kam ihm so vor, als würde ihm das ständig passieren in ihrer Gegenwart. Eine wiederkehrende Reaktion auf seine Erziehung, möglicherweise. Die Angst, sie zu verlieren, ganz gewiss. Die Unfähigkeit zu vertrauen, ohne sich zuvor totaler Akzeptanz zu versichern, absolut. Und dennoch wusste er, dass er es ihr sagen musste. Bevor er ihr die Sache mit dem Energieaustausch erklärte. Bevor er eine Grenze überschritt und sie zustimmte, die Seine zu werden, ohne die ganze Wahrheit zu kennen.

Und deshalb tat er, was er noch nie zuvor getan hatte. Er fing an zu reden, gab Geheimnisse preis, teilte ihr intime Details mit, erzählte ihr von seinem Vater. Und Evelyn hörte zu, ohne ihn zu unterbrechen. Und hielt die ganze Zeit seine Hand. Unter normalen Umständen hätte er gespöttelt, hätte gesagt »scheiß auf den Trost« und den toughen Kerl gespielt. Das konnte er bei ihr nicht. Sie hatte seinen Schutzwall zerstört, ohne sich groß anzustrengen. Statt sich also hinter Komik zu verbergen – normalerweise seine Waffe, wenn er es mit heiklen Themen zu tun hatte –, sagte Venom ihr die Wahrheit.

»Er hat dich verletzt.«

»Ständig. Jeden Tag.«

»Und in jener Nacht…« Sie hielt inne, forderte ihn dazu auf weiterzusprechen.

Er holte tief Luft. »Er nahm mich mit zu unserem Landsitz. Der lag weit außerhalb der Stadt, am Ende der Welt… wo eine Party in vollem Gange war.«

Er schüttelte den Kopf, wollte sich nicht an die Orgie erinnern. Oder an den Kampfclub im Garten hinter dem Haus. Es war schrecklich gewesen. Grauenhaft, das mit anzusehen. Und sein Erzeuger? Der sadistische Bastard war stolz gewesen – auf die abscheuliche Verderbtheit und das sorgfältig organisierte Gemetzel. Aber noch schlimmer? Er hatte erwartet, dass Venom mit einstieg und teilnahm. Auf die Kämpfe wettete. Sich besinnungslos betrank. In Ausschweifungen schwelgte, während Jünglinge kämpften und starben.

Ein bitterer Geschmack stieg ihm in die Kehle.

Ein Bild blitzte vor seinem geistigen Auge auf, führte ihn zurück in jene Nacht.

Knaben – acht, vielleicht neun Jahre alt –, verwickelt in Kämpfe, umkreisten sich auf der Bühne mit erhobenen Messern, während die Elite der Drachenblütigen zusah. Der Geruch von Blut und Urin hing in der Luft. Das breite Grinsen im Gesicht seines Vaters. Venom zog eine Grimasse. Sogar jetzt noch, nach all den Jahren, konnte er seinen Ekel nicht unterdrücken. Und auch nicht vergessen, was sein Erzeuger ihm am Ende der Nacht zu tun befohlen hatte: Den sterbenden Wick auf einen Lastwagen zu verfrachten, der für Tanzenmed bestimmt war.

»Das war der Tropfen, der das Fass zum Überlaufen gebracht hat«, sagte er und suchte nach den richtigen Worten, um es Evelyn verständlich zu machen. Vielleicht würde er sich besser fühlen, wenn er es beichtete, alles laut aussprach, es sich ein für alle Mal von der Seele redete. Vielleicht würde dann die Scham nachlassen und er sich nicht länger schuldig fühlen. »Ich habe Wick angesehen, eingeschlossen in diesem Käfig, und sah mich selbst – all die Jahre von Misshandlung und Folter. Diese ganze Ungerechtigkeit. Wie falsch mein Erzeuger lag und …«

»Du hast dich geweigert, es zu tun«, flüsterte sie, und ihr Knie streifte seins, als sie sich auf ihrem Stuhl anders hinsetzte. Sie hob die Hand und strich ihm die langen Strähnen aus der Stirn. »Was hat er getan?«

»Mich geschlagen … wie gewöhnlich. Aber dieses Mal habe ich zornig reagiert.« Unfähig, ihr in die Augen zu sehen, wandte er seinen Blick ab. Die Deckenstrahler glühten, beleuchteten hochglänzende Schränke. Er sah sie stirnrunzelnd an und presste die Lippen zusammen. »Ich hatte gerade die *Verwandlung* hinter mir, und durch eine Laune der Natur war ich aus meinem ersten Wechsel größer und stärker hervorgegangen als mein Erzeuger. Als er also wieder seine Faust erhob, stieß ich ihn weg.« Wie oft? Venom wusste es nicht.

Sein Vater machte nie einen Rückzieher – oder gab auf. Dazu war er zu stolz. Und nachdem er jahrelang die Oberhand gehabt hatte, war der Scheißkerl unfähig gewesen zuzugeben, dass sein Sohn nicht nur größer war als er, sondern ihn auch im Kampf besiegen konnte. »Er wollte nicht aufgeben. Wollte es einfach nicht, und ich … oh Gott, Evie. Ich weiß nicht, wie oft er mich immer wieder angegriffen hat. Oder wie oft ich ihn getroffen habe. Aber als es vorbei war, war er aufgespießt von einem Speer und ich total blutverschmiert.«

»Oh, Venom.«

»Ich weiß.« Er schüttelte den Kopf. »Ich wollte ihn nicht so fest schubsen. Ich wusste nicht, dass die Waffen dort waren, aber das macht mich nicht weniger verantwortlich.«

»Es macht dich aber auch nicht schuldig.«

Venom zuckte überrascht zusammen. Er öffnete den Mund, um zu widersprechen. Um ihr zu sagen, dass sie falsch lag. Dass es seine Schuld war. Aber die Überraschung hatte ihm die Sprache verschlagen, und er starrte sie nur an.

»Klingt für mich, als wäre es entweder er oder du gewesen. Selbstverteidigung, kein Mord«, sagte sie, zwar leise, aber bestimmt. Verständnislos starrte Venom sie an. Sie hielt seinem Blick stand, knickte nicht ein, stand zu ihrer Aussage. Ihre Augen blickten ihn voller Mitgefühl an. »Du hast getan, was du tun musstest, um dich selbst zu schützen, Venom. Und du hast Wick auch noch befreit … hast ihm geholfen, als niemand anders es konnte.«

»Ja.« Er runzelte die Stirn. Das stimmte schon. Wenn auch in einem Anfall von blinder Panik. Gleich nachdem sein Erzeuger tot war, hatte er gewusst, dass er der Nächste sein würde, wenn die Erzgarde es schaffte, ihm den Mord anzuhängen.

Statt also den Platz seines Vaters innerhalb der Drachenblut-Elite einzunehmen, hatte er Wick von dem Halseisen befreit, ihn aus dem Käfig gezerrt und war um sein Leben gerannt … mit seinem zukünftigen besten Freund im Schlepptau. »Wir haben uns eine Weile in Europa versteckt, bis uns glückliche Umstände mit Bastian und Rikar zusammenführten. Dann haben wir den Atlantik überquert und sind nach Seattle gekommen.«

»Und macht Jagd auf Ivar und die Razorback.«

Venom nickte.

»Aber der Kampf mit deinem Vater beschäftigt dich immer noch.«

»Jeden Tag.«

»Lass es nicht zu, Venom.« Sie umfasste sein Kinn mit einer Hand und strich ihm mit der anderen über die Schulter. Die liebevolle Berührung traf ihn in tiefster Seele, löste seine Anspannung Stück für Stück. »Ich weiß, es ist schwierig, aber ich möchte, dass du etwas für mich tust.«

»Was?«

»Akzeptiere, dass das, was du getan hast, notwendig war, und lass es hinter dir.«

»Ich weiß nicht, wie ich das anstellen soll.«

»Übung macht den Meister. Mit der Zeit wird es schon kommen«, sagte sie. »Wenn du es zulässt, wirst du deinen Frieden damit machen.«

Vielleicht. Vielleicht auch nicht. Aber für Evelyn würde er es versuchen. Und hoffen, verdammt noch mal, dass er die Vergangenheit abschütteln konnte. Sie loslassen konnte. Neu beginnen konnte. *Sie hinter sich lassen* und sichereres Terrain betreten konnte, genau, wie Evelyn es ihm empfohlen hatte.

Und die ganze Zeit über würde er beten, dass der Tag keine neuen Albträume mit sich brachte, die Nacht keine weiteren Beschuldigungen, und dass seine Frau bei ihm blieb – für immer.

Bevor er ihr seine Sünden gebeichtet hatte, war er sich seiner Chancen nicht sicher gewesen. Evelyn war eine starke Frau. Klug. Selbstsicher. Mehr als fähig, für sich selbst zu sorgen und allein in die Welt der Menschen zurückzukehren. Jetzt jedoch, da er ihr so nahe war und nichts als Verständnis in ihren Augen las, gab es einen Hoffnungsschimmer für ihn. Vielleicht schätzte er sie falsch ein. Vielleicht brauchte sie nicht mehr als einen sanften Schubs. Mehr Informationen. Mehr Gespräche. Mehr Offenheit von seiner Seite, damit sie seinen Anspruch akzeptieren konnte und …

Eine Autotür wurde zugeschlagen, draußen in der Einfahrt.

Venom biss die Zähne zusammen. Tja, Mist. Das nannte man schlechtes Timing. Heute Abend würde es keine weiteren Seelenbekenntnisse mehr geben. Die Kavallerie war gerade eingetroffen. Also … Zeit, das Thema zu wechseln und weiterzumachen.

»Hey, Evie?«

»Ja?«

»Danke.«

»Wofür?«

»Dafür, dass du so unglaublich bist«, murmelte er, und der letzte Rest seiner Anspannung löste sich. »Du bist erstaunlich … das weißt du, nicht wahr?«

»Prinzessin Fantastisch, das bin ich«, sagte sie schelmisch in dem Versuch, die Stimmung zu lockern. Er grinste. Sie nahm das Buttermesser wieder in die Hand, schnappte sich einen Cracker, kratzte noch einmal Erdnussbutter aus dem Glas, klatschte sie auf den Cracker und verteilte sie. Dann spähte sie in seine Richtung. Ihre Blicke trafen sich. Lust schob die Gedanken an seine Vergangenheit beiseite. Sein Körper spielte verrückt, zuckte geradezu vor Begierde, mit ihr zu schlafen. Sie deutete seine Miene richtig und blinzelte überrascht, bevor ihr Mund sich verzog. »Du denkst schon wieder an was Unanständiges, Venom.«

»Dein Fehler.«

»Na klar.« Mit schalkhaft blitzenden Augen hob sie eine Augenbraue. »Ich glaube, du bist einfach nur spitz.«

Noch frecher. Wie wunderbar. »Und du nicht?«

»Vielleicht.«

»Luder.« Sie prustete vor Lachen. Mit einem Ohr auf das Knirschen der Schritte draußen in der Einfahrt lauschend, stieß Venom sich von der Küchentheke ab. Leder meldete sich flüsternd unter seinen Jeans, als er sich auf seinem Hocker umdrehte und ihren packte. Mit angespannten Unterarmen zog er. Metallfüße schabten über die Fußbodenfliesen, ein lautes Geräusch in der Stille, als er sie zu sich heranzog zwischen seine gespreizten Schenkel. Ihr Hocker berührte seinen. Sie schwankte leicht und sank gegen seine Brust. Er neigte seinen Kopf und küsste ihre bloße Schulter. »Du wunderbare Frau. Ich will dich schon wieder.«

»Fein. Gute Antwort.« Ihr Lächeln wurde zu einem breiten Grinsen. »Das macht weitere Brownie-Punkte für dich.«

Seine Lippen zuckten.

Sie lehnte sich an ihn. Ihr Mund streifte seine Lippen. Einmal. Zweimal. Und ein drittes Mal, bevor sie sich entschloss, ihn richtig zu küssen – liebevoll, sanft und mit so viel Zuneigung, dass sein Herz sich überschlug und er den Mann vor der Tür vergaß. Sie zog sich zurück, malte mit ihrer Messerspitze einen Kringel in die Erdnussbutter und hob die Hand. Er öffnete den Mund. Sie fütterte ihn mit dem Cracker. Seine Geschmacksnerven reagierten, und er summte zufrieden. Sie behielt seine Lippen im Auge, während er kaute. Und Venom wusste, was sie dachte. Trotz ihrer Neckerei wollte sie ihn auch wieder. War bereit, ihren Snack dranzugeben und sich stattdessen an ihm zu ergötzen.

Ein dumpfes Rumsen drang in die Küche. Metall schepperte. Ein Zischen erklang, als sich die Tür von der Garage ins Haus öffnete.

Das Geräusch ließ Evelyn zusammenfahren. »Hast du das gehört?«

»Ganz ruhig, *Mazleiha*.« Er strich ihre Haare beiseite, berührte sie am Hals, brachte sie sanft dazu, dass sie sich wieder zu ihm umdrehte. Sein Daumen fuhr über ihre Halsschlagader. »Das ist nur Daimler.«

»Richtig«, brummelte sie und konzentrierte sich auf ihn und den Korridor zugleich. »Ist dir schon mal aufgefallen, dass mich, wann immer du das Wort *nur* benutzt, etwas völlig unvorbereitet trifft?«

»Wie wann zum Beispiel?«

»Zum Beispiel, als du mich aus dem Krankenhaus entführt hast …«

»Gerettet, meinst du.«

Sie ignorierte seine Unterbrechung und fuhr fort: »… und dieser irre aussehende schwarze Drache da auf dem Dach hockte und mich wütend anstarrte.«

»Wick hat dich nicht wütend angestarrt.«

»Oh doch. Er hat mich böse angeschaut«, sagte sie und warf ihm einen Darauf-kannst-du-Gift-nehmen-Blick zu. »Ich habe es gesehen.«

»Wann – bevor oder nachdem du ausgeflippt bist?«

»Oh, halt die Klappe. Dass ich geschrien habe, war total gerechtfertigt.«

Er schmunzelte und genoss ihre Bissigkeit. Was nun wirklich eine große Überraschung war. Er betete alles an ihr an – einschließlich ihrer Attitüden.

Ihre Augen verengten sich. Sie zeigte mit dem Messer auf seine Nase. »Pass auf, Mister, ich …«

»Hallo!« Daimlers muntere Stimme wehte durch den Flur herein. »Jemand zu Hause?«

»Hier drinnen«, sagte Venom.

Das leise Klicken einer Tür, die geschlossen wurde, drang zu ihnen in die Küche. Plastik raschelte. Papier knisterte. Leise Schritte ertönten eine Sekunde später, und der Numbai kam aus dem Flur und um die Ecke. Seine Augen strahlten, die Elfenohren lugten durch sein dunkles Haar, und er war über und über mit Einkaufstüten beladen. Als er stehen blieb, fiel sein Blick auf Venom, dann auf Evelyn. Er nahm das trauliche Beisammensein zur Kenntnis – die Tatsache, dass sie beinahe auf seinem Schoß saß – und lächelte, wobei sein goldener Schneidezahn im schwachen Licht schimmerte.

Venom hob das Kinn. »Danke fürs Kommen.«

»Immer gern, Master Venom. Ich bin hocherfreut, hier zu sein.« Mit einem unbeschwerten Hüpfer trat Daimler auf die Küchentheke zu und stellte die Tüten auf die marmorne Oberfläche. Mit zufriedener Miene begegnete er Evelyns

Blick. »Und Sie müssen Evelyn sein. Ich bin außerordentlich glücklich, Ihre Bekanntschaft zu machen, Mylady.«

Evelyn blinzelte. »Mylady?«

»Nimm es einfach hin.« Venom nahm ihre Hand, stieß sich vom Hocker ab und stand auf. Er verschränkte seine Finger mit ihren und zog Evelyn von ihrem Sitz. Ihre Handfläche glitt in seine, und sie griff zu, stand so nah bei ihm, dass Lust ihn überkam. Venom verdrängte sie und zwang seinen Körper, sich zu beruhigen, und seinen Verstand, zu funktionieren, als sie fragend ihre Augenbrauen hob. Er zuckte die Achseln. »Es macht die Sache nur leichter.«

»Und da haben wir es schon wieder … das Wort *nur*«, sagte sie mit gedämpfter Stimme, bevor sie den Neuankömmling anlächelte. »Wie schön, Sie kennenzulernen, Daimler. Venom hat mir schon so viel von Ihnen erzählt.«

Was keine Übertreibung war. Er hatte Loblieder auf die Fähigkeiten des Numbai gesungen. Evelyn alles über seine Zauberkünste in kulinarischer Hinsicht erzählt. Auch über Daimlers sündhaft leckere dreistöckige Schokoladentorte.

»Oh, gut, dann muss ich ja nichts mehr erklären.« Daimler stellte sich auf die Zehenspitzen und sah rasch die Einkaufstüten auf dem Tresen durch. Mit einem leisen »aha« zog er eine mit der Aufschrift »Macy's« hervor. »Ich habe Ihnen ein Geschenk mitgebracht.«

Evelyn sog die Luft ein. »Was zum Anziehen?«

Daimler nickte. »Und auch Laufschuhe.«

»Gott segne Sie«, sagte sie. »Venom hatte recht. Sie sind der Beste, Daimler.«

Der Numbai verschränkte beide Hände vor seiner Brust und errötete.

Den Blick auf die Tüte geheftet, schüttelte Evelyn Venoms Hand ab. Der Verlust des Kontakts erzeugte einen Druck auf seiner Brust. Er ließ trotzdem von ihr ab, bedauerte die Distanz, während er zusah, wie Evelyn um die Küchentheke ging. Sie dankte Daimler erneut, während sie die Einkaufstüte voller Geschenke entgegennahm. Die Griffe in der Hand, ließ sie die Tüte baumeln, spähte über ihre Schulter und lächelte Venom an. »Ich gehe jetzt unter die Dusche. Möchtest du auch kommen?«

Venom blinzelte. Die Muskeln in seinem Unterleib verkrampften sich und … oh, Baby. Wenn das keine Zweideutigkeit war. Sein Magen überschlug sich, legte einen vierfachen Rückwärtssalto hin. *Möchtest du auch kommen,* in der Tat. Er verkniff sich ein Lachen. Das kleine Luder. Tolle Anmache. Natürlich wollte er kommen – in der Dusche oder wo auch immer sie von ihm befriedigt werden wollte.

Doch leider konnte er nicht. Nicht in diesem Moment.

Egal, wie sehr er sich danach sehnte, sie wieder zu lieben – er musste gehen. Seine Waffenbrüder warteten darauf, dass er sich meldete. Waren bereits in der Luft und unterwegs zu ihm. Er stellte sein Sonar feiner ein und streckte seine mentalen Fühler aus. Ein leises Schwirren umkreiste seine Schläfen, als seine Drachenhälfte erwachte. Sechs Männer. Fünf Meilen entfernt. Und sie kamen schnell näher. Venoms Blick fiel über seine Schulter ins Wohnzimmer und blieb hinten an der breiten Fensterfront hängen. Magie wellte das Glas, und die undurchsichtigen Scheiben wurden im Mondlicht durchsichtig. Was es offiziell machte. Granite Falls durfte nicht länger warten. Genauso wenig wie die Menschen, die die Kleinstadt ihr Zuhause nannten.

Was so viel hieß wie, dass die süßen Stunden vorbei waren. Zumindest für den Augenblick.

»Evie.«

Sie reagierte auf seinen ernsten Tonfall und drehte sich zu ihm um. Eine Ahnung flackerte in ihren Augen auf und minderte das Vergnügen an Daimlers Geschenken. »Was ist los?«

»Komm bitte kurz zu mir.«

Mit einem geflüsterten »Entschuldigung« in Daimlers Richtung ging Evelyn um die Küchentheke herum. Sie wich einem Hocker aus und blieb vor Venom stehen. »Du musst gehen, nicht wahr?«

»Für eine kurze Weile.«

»Wie lange bleibst du weg?«

»Ein paar Stunden. Vielleicht länger, aber ich bin zurück, bevor der Morgen anbricht.«

Sie runzelte die Stirn. »Deshalb hast du Daimler gerufen, nicht wahr – damit er mir Gesellschaft leistet?«

»Ich wollte nicht, dass du im Haus allein bist.«

»Ich könnte mit dir kommen …«

»Nein, *Mazleiha*, das geht nicht.« Er schüttelte den Kopf und unterstrich damit seine Worte. Egal, wie superstark ihr Immunsystem auch sein mochte, er wollte keinesfalls, dass sie in die Nähe von Granite Falls kam. Grundgütiger. Allein der Gedanke brachte ihn ins Schleudern. »Du musst hierbleiben. Im Haus mit Daimler. Geh auf keinen Fall nach draußen. Ich komme zurück, so schnell ich kann.«

»Aber …«

»Versprich es mir, Evie.«

Mit besorgtem Blick starrte sie ihn an. »Was verschweigst du mir?«

»Es ist nichts Ernstes«, sagte er und belog sie damit nach Strich und Faden. Er sollte ihr erzählen … ihr vom Energieaustausch *erzählen*. Er hatte ihr bereits so viel enthüllt, ihr ein Geheimnis anvertraut, von dem nur Wick wusste. Dennoch wollten ihm die Worte einfach nicht über die Lippen kommen, obwohl sein Ehrgefühl ihn dazu antrieb, aufrichtig zu sein. Ohne Skrupel. Schnell und sauber. Die Wahrheit auf einem hübschen sauberen Tablett. Venom räusperte sich. Er öffnete den Mund. Nichts kam raus. Verdammt noch mal, er war vielleicht ein Jammerlappen. Irgendjemand müsste ihm mal dringend einen Arschtritt verpassen. Ihn in die Eier treten. Ihm eine Kopfnuss geben. Egal, welche Methode, solange sie es ihm ermöglichte, voranzukommen. Die Furcht vor einer Zurückweisung abzulegen. »Wirklich, ist es nicht, aber ich muss trotzdem gehen.«

Sie runzelte die Stirn. »Warum lügst du mich an?«

»Tue ich nicht.«

»Du verlangst einen großen Vertrauensvorschuss von mir, Venom.« Sie hob die Hand und fuhr ihm mit einem Finger übers Kinn. »Ohne irgendeinen Beweis oder einen Grund zu nennen.«

»Ich weiß.«

»Ziemlich viel verlangt.«

»Das ist es, aber …« Er unterbrach sich, kämpfte um die richtigen Worte. Wieder. Wie immer. Aber ob es ihm gefiel oder nicht, es war ihm wichtig, dass sie sich nicht von der Stelle rührte, bis er nach Haus kam. Ihre Sicherheit war nicht verhandelbar. Sie war ein absolutes Muss. Insbesondere jetzt, da Ivar ihren Namen kannte. Die Abtrünnigen waren nicht blöd. Als gewiefte Technologieexperten besorgten sich die

Schweinebacken Geheimwissen aus dem Internet, hackten wie Sloan Datenbanken. Persönliche Informationen – Adresse, beruflicher Werdegang, Freunde, Bankkontonummern – galten als wichtig, wenn sie auf der Jagd waren. Was bedeutete, dass sein Feind bereits ihre Kreditkartenbewegungen verfolgte, nach Mustern und Vorlieben Ausschau hielt in der Hoffnung, ihre Lieblingsorte aufzuspüren. »Tue es für mich, Evie. Bleib hier. Es ist nicht sicher für dich in der Stadt nach Einbruch der Dunkelheit.«

Evelyn kaute auf der Innenseite ihrer Unterlippe und hielt seinen Blick fest. Eine Sekunde nach der anderen verging. Angespannte Stille herrschte. Venom schwieg weiter, zwang sich zur Geduld, wartete, dass sie etwas sagte, betete, dass sie nachgab.

Nach einer gefühlten Ewigkeit atmete sie tief aus. »Okay. Ich bleibe hier … unter einer Bedingung.«

Erleichterung traf ihn wie eine Abrissbirne. »Was immer du willst.«

»Wenn du wieder da bist, sagst du mir, was dich bedrückt. Keine weiteren Ausflüchte.«

»Abgemacht.« Gott sei Dank. Er hatte sich gerade mehr Zeit verschafft. Genug vielleicht, um einen Weg zu finden, es ihr zu erklären, ohne dass sie ausflippte. »Wir reden miteinander, wenn ich zurück bin.«

»Und du wirst ehrlich sein.« Mit schmalen dunklen Augen sah sie ihn unverwandt an. »Hundertprozentig aufrichtig mir gegenüber.«

Venom nickte. »In jeder Hinsicht.«

»In Ordnung, dann geh«, sagte sie. »Daimler und ich …«

»Werden Kekse backen!« Das begeisterte Zwitschern

echote durch die Küche. Ein dumpfes Aufprallgeräusch folgte, als Daimler eine Rührschüssel auf die Platte der Küchentheke stellte. »Vielleicht sehen wir uns auch einige Filme an.«

Lachen vertrieb die Sorge aus Evelyns Augen. »Ein bisschen wie eine Pyjamaparty.«

»Genau! Also …« Mit einem jubilierenden Hüpfer verschwand Daimler hinter der Masse seiner Einkaufstüten. Küchenschranktüren knallten. Metall traf auf Metall. Eine Sekunde später tauchte er wieder auf mit einem Arm voller Backbleche. Er stellte sie geräuschvoll ab, wedelte mit der Hand und schnippte mit den Fingern. »Geben Sie Master Venom einen Abschiedskuss, Mylady, und dann setzen Sie sich. Ich koche einen Tee, und wir unterhalten uns.«

»Kommt nicht in Frage.« Sie hielt die Hand hoch, um Venom zurückzuhalten, und trat einen Schritt zurück. Und noch einen, bestrafte ihn mit Distanz. »Geküsst wird erst dann wieder, wenn ich die ganze Wahrheit erfahre.«

»Mist«, grummelte er. »Das ist unfair, Evie.«

»Ohne Einschränkungen, Venom.«

»Eine faire Warnung, meine Süße«, sagte er, nahm den Fehdehandschuh auf, den sie ihm hingeworfen hatte. »Ich werde dich dafür büßen lassen.«

»Dafür musst du erst mal wiederkommen.«

Die Provokation machte ihn noch angespannter.

Venom knurrte. Sie hielt die Stellung, verschränkte die Arme über ihrer Brust. Na gut, in Ordnung. Seine Frau weigerte sich, einzulenken, und er bekam keinen Abschiedskuss. Verdammt schade. Ein echter Tritt in den Hintern, aber …

Es hatte keinen Zweck, die Sache zu forcieren.

Sie war unbeugsam und auf einen Streit aus, von dem

Venom wusste, dass er ihn nicht gewinnen konnte. Nicht in diesem Augenblick. Nicht ohne ein Entgegenkommen seinerseits und die richtigen Worte. Frustration packte ihn. Venom atmete tief durch, riss sich von ihrem Anblick los und wandte sich mit einer schnellen Drehung in Richtung Tür. Ruhigen, festen Schrittes, aber im Innersten total aufgewühlt, ging er durch das Wohnzimmer.

Sekunden bevor er die Tür erreichte, warf Venom einen Blick über seine Schulter zurück. »Bereite dich schon mal auf die Konsequenzen vor, *Mazleiha*. Es wird einige geben, wenn ich nach Haus komme.«

Sie reckte ihr Kinn. »Versuch's doch mal.«

Keine Bange. Das würde er tun. Nichts würde ihn davon abhalten.

Den verheißungsvollen Küssen seiner Frau war schwer zu widerstehen. Genauso wenig wie ihrer Herausforderung. Keine Küsse, von wegen. Auf keinen Fall würde sie das durchhalten. Was bedeutete, dass das Spiel jetzt begonnen hatte. Und er hatte vor, dabei die Oberhand zu gewinnen, und zwar im Wortsinn – nämlich sie mit weit gespreizten Beinen unter ihm –, bevor er ihr die Wahrheit sagte. Nur aus Prinzip. Dickköpfig, vielleicht, aber, na ja … verdammt. Er hasste Manipulation jeder Art. Also … jawohl. Sollte sie doch versuchen, das durchzuhalten. Sollte sie ruhig Begierde als Waffe benutzen. Sollte sie ruhig glauben, dass sie am Ende gewinnen würde.

Venom biss die Zähne zusammen, dann schüttelte er den Kopf. Ihre Strategie würde nicht aufgehen. Mit einem mentalen Fingerschnippen öffnete er die Tür und trat in die kalte Nachtluft hinaus. Und sie würde nicht lange durchhalten, sobald er mit der Verführung begann. Der Gedanke belebte ihn beträchtlich. Venom beschleunigte seine Schritte, um zu der offenen Rasenfläche zu gelangen. Die versprach, eine sehr gute Startbahn zu sein, und es zog ihn mächtig in die Lüfte. Er musste die anderen treffen. Seinen Job erledigen – schnell, sauber und ordentlich, weil … genau. Keine Frage. Je früher er die Infektionsquelle in Granite Falls beseitigte, desto schneller würde er wieder auf dem Heimweg sein und seiner Frau beweisen, wie falsch sie lag.

20

Auf dem Fußboden ausgestreckt, kämpfte Gage darum, wach zu werden. Er befahl seinem Körper, sich zu bewegen. Seine Muskeln gehorchten nicht, verweigerten den Befehl. Es war, als hielten ihn klebrige Spinnweben fest und sorgten dafür, dass er weiterdöste. Gefangen zwischen zwei Ebenen, kurz davor, entweder weiterzuträumen oder wach zu werden. Er versuchte den Widerstand seiner Muskeln zu überwinden und zwang seine Augen dazu, sich zu öffnen. Sanftes Licht wirbelte um ihn herum und erzeugte ein nadelstichfeines, verschwommenes Schwindelgefühl. Er blinzelte, hoffte, die Lichtshow ausschalten zu können. Nichts. Totales Sperrgebiet. Überhaupt keine Verbesserung in Sicht. Egal, wie sehr er sich bemühte, scharf zu sehen – das Gefühl, irgendwie unter Drogen zu stehen, ließ einfach nicht nach.

Grummelnd gab er klein bei und schloss erneut seine Augen.

Scheiße. Nicht gut. Er war viel zu groggy. Total daneben, hing in einem Nebel von Schläfrigkeit fest, statt hellwach und kampfbereit zu sein. Ungewöhnlich für ihn. Gage zog eine Grimasse. An den meisten Abenden kam er schnell zu sich, sprang aus dem Bett und stellte seine Füße auf den Boden, bevor sein Hirn die aufrechte Position seines Körpers auch nur registriert hatte. Was auf eine unabweisbare Tatsache verwies. Seine träge Reaktion signalisierte Probleme.

Der Art, die er gern vermeiden würde. Irgendetwas stimmte nicht. Er war derartig im Eimer, aber – er runzelte die Stirn – verdammt, wenn er doch nur wüsste, was das Problem war.

Oder herausfinden könnte, ob es überhaupt welche gab.

Er fühlte sich nicht bedroht. Lag nicht in Handschellen oder war sonst irgendwie gefesselt. Auch war kein Summen von Elektrizität um ihn herum zu hören. Es gab nur eine irgendwie regelmäßig schwingende Bewegung und eine seltsame Vibration, die den Fußboden unter ihm erschütterte. Er nahm die Hände von seiner Brust und presste beide Handflächen auf den Boden. Fest. Weich. Ein Teppich vielleicht? Seine Muskeln beschwerten sich, sein ganzer Körper pochte, aber er forschte weiter, streckte seinen Arm aus, um …

Eine große Hand legte sich auf seiner Schulter.

Sein Instinkt reagierte, pumpte ihn voll mit Adrenalin. Mit einem Knurren fuhr Gage hoch. Sein Kopf streifte eine niedrige Decke. Seine Sicht war saumäßig, er konnte nur verschwommen etwas erkennen, aber er hob die Fäuste und wirbelte herum.

Die unscharfen Umrisse eines Mannes hinter ihm wurden sichtbar.

Gage bleckte die Zähne.

Der Typ hob beschwichtigend die Hände. »Ruhig Blut. Ich bin's nur.«

Gage schwankte leicht und blinzelte. »Haider?«

»Ja.«

»Was zum Teufel …?« Gage runzelte die Stirn und rieb sich die Augen. Seine Sicht verbesserte sich etwas, verschaffte ihm einen kurzen Schnappschuss. Vertraute silberne Augen musterten ihn. Erleichterung traf ihn wie eine Keule in den

Unterleib, sodass er zusammensackte und hilfesuchend die Arme ausstreckte. Sein Freund griff zu und hielt ihn aufrecht. »Wo sind wir?«

»Im Flugzeug.«

Gage klammerte sich an Haider wie an eine Rettungsleine, blinzelte noch einmal und sah sich um. Enger Raum. Gewölbte Decke. Ovale Fenster, vor denen die Sonnenblenden heruntergelassen waren. Bequeme Sessel mit hoher Rückenlehne und auf der anderens Seite eine lange Couch. »Verdammt. Wir haben's geschafft.«

»Dank dir.« Haider stützte ihn und führte ihn zu einem der beiden Sessel. Gage sank mit einem dankbaren Seufzer auf den Ledersitz. »Du hast uns bei Tageslicht zum Flugzeughangar gebracht, du verrückter Mistkerl.«

Er schnaubte. Einige Dinge änderten sich nie. Vor allem nicht sein Freund. Der und seine große Klappe. Übertrieben aufrichtig, hielt Haider sich nie zurück. Stattdessen teilte er schnell und hart aus. Sprach alles unumwunden aus und sagte ihm meist mehr, als er hören wollte. Gott sei Dank. Gage liebte das an seinem Freund. Nie aufzugeben war gleichbedeutend mit viel Spaß bei Kampfhandlungen jeder Art.

Gage lehnte seinen Kopf an die Kopfstütze und grinste.

Haider grinste zurück.

Gage streckte seine Beine aus und hob das Kinn. »Wo sind wir?«

»Eine Stunde von zu Hause.«

Was bedeutete, dass sie gerade die Grenze überquert hatten zum Staat Washington. Perfekt. Weniger als zweihundert Meilen entfernt von Black Diamond. »Mist, da habe ich wohl eine ganze Weile geschlafen.«

»Du warst ziemlich durch den Wind. Wir haben Connecticut schon hinter uns.«

Gage atmete überrascht aus. »Wir sind in Connecticut zwischengelandet?«

»In Hartford, um aufzutanken«, sagte Haider und machte es sich in seinem Sessel bequem. »Und um uns zu nähren.«

Gage zog die Augenbrauen zusammen und durchforstete sein Gehirn, versuchte, sich zu erinnern. Er kniff die Augen zusammen. Okay, er erinnerte sich an die Fahrt, nachdem sie aus Rodins Lustpalast ausgebrochen waren. An das Steuerrad des Bentleys unter seinen Händen, den Staub im Rückspiegel und den Schmerz des Sonnenlichts auf seiner Haut. Nicht überraschend. Diese Art von Tortur vergaß man nicht so schnell. Genauso wenig wie die vielen Verletzungen dank seines Aufenthalts in der Folterkammer der Erzgarde. Eines war allerdings seltsam. Gage lockerte seine Schultern. Er hatte keine Schmerzen mehr. Erschöpft war er, klar, aber ihm tat nichts mehr weh.

Er rieb sich die Hände an seinen jeansbekleideten Schenkeln und spähte hinunter auf seine nackte Brust. Keine Schnitte. Keine Brandmale. Nichts außer glatter Haut über kräftigen Muskeln. Eine erneute Welle der Erleichterung überrollte ihn. Gage entspannte sich mehr und mehr. Die zunehmende mentale Lockerheit brachte Erinnerung mit sich. Bilder strömten in seinen Kopf. Verschwommen, undeutlich und an einigen Stellen ungenau, aber … hm. Er erinnerte sich jetzt an den spätnächtlichen Boxenstopp. Eine überfüllte Bar in einer belebten Straße. Bier vom Fass, drei Dollar der Krug, und Lady's Night war angesagt.

»Hübsche kleine Kneipenmiezen.«

»Es war eine supertolle Nacht.« Haider grinste. »Du mochtest die Zwillinge.« Gage schnaubte. Das ergab Sinn. Blondinen hatte er generell am liebsten, aber zwei gleichzeitig? Mannomann. Absolut himmlisch. Allerdings war der Rotschopf, den er befriedigt hatte, nachdem die Zwillinge erschöpft waren, auch nicht von schlechten Eltern gewesen. Er hob das Kinn und sah seinen Freund an. »Mit dir alles okay?«

»Hundertpro. Bereit für die Heimkehr.«

Gage streckte den Arm aus und zog die Sonnenblende hoch. Vinyl zischte, als die dünne Blende hochrollte und die Sicht auf flaumige Wolken und einen klaren Nachthimmel freigab. »Osgard?«

»Schläft noch hinten in der Kabine. Nian vorn.«

»Tja, Teufel auch«, sagte er, einerseits enttäuscht, andererseits erleichtert. Der Junge war durchgekommen. Hatte es unbeschadet überstanden. Kein Grund zur Sorge. Aber Nian … »So viel zu der Hoffnung, dass du das Muttersöhnchen bereits über Bord geschmissen hast.«

»Bastians Entscheidung, Gage, also Hände weg von ihm.« Belustigung blitzte in den Augen seines Freundes auf. »Nian bleibt so lange am Leben, bis Bas grünes Licht gibt.«

Oh, Mann. Bitte, bitte und noch mal bitte. Er hätte nur zu gern grünes Licht. Verdammt gern. Etwas an Nian saß ihm einfach quer. Seine Drachensensoren kreischten geradezu, warnten Gage, dem aristokratischen Arschloch bloß nicht über den Weg zu trauen. Leider hatte Haider recht. Bastian würde Nian nicht mit an Bord nehmen, ohne einen guten Grund zu haben. Was bedeutete, dass etwas Großes im Gange war. Gage wusste es. Akzeptierte es sogar, aber das hieß nicht, nicht davon zu träumen, dem Weichei einen Arschtritt zu verpassen …

Tag für Tag, auf unabsehbare Zeit.

Ein schöner Gedanke. Einer, der ihn erwärmen würde während der langen Wintermonate.

Gage erhob sich und dehnte seine schmerzenden Muskeln. »Weiß Bas, dass wir nur noch eine Stunde entfernt sind?«

Haider nickte und stand ebenfalls auf. Schulter an Schulter mit ihm breitbeinig auf dem schmalen Gang stehend, schob er den Ärmel seiner Motorradjacke hoch und spähte auf seine Uhr. »Weck Osgard auf, und macht euch bereit. Ich wecke Nian auf. Wir landen in fünf Minuten.«

Gage ging zur Schlafkabine und spähte über seine Schulter zum Cockpit. Die Türen waren geschlossen. Seine Drachensinne erwachten und lasen die Wärmesignale durch die Wand. Zwei Männer saßen vorn. »Hast du die Piloten unter Kontrolle?«

»Ja.« Haider stellte das umgehend unter Beweis, indem er sich nach links neigte. Magie schimmerte in der Luft, sodass Gages Haut anfing zu kribbeln. Das Flugzeug legte sich in eine Linkskurve, als die Menschen im Cockpit dem wortlosen Befehl seines Freundes folgten. Haider stellte sich wieder gerade hin, verteilte sein nicht geringes Gewicht gleichmäßig auf beide Beine. Das Flugzeug richtete sich entsprechend aus und flog schnell durch den klaren Nachthimmel. »Fühlst du dich stark genug, um zu fliegen?«

Gage ließ seine Schultern kreisen und testete die Reaktionsfähigkeit seiner Muskeln. Müdigkeit zerrte an ihm. Unwohlsein folgte. Er verdrängte beides, gab seinem Freund das Okay-Zeichen und ging den Gang hinunter. Eine schmale Tür befand sich am Ende des Gangs. Er starrte sie an, erteilte einen mentalen Befehl. Seine Magie flackerte auf. Der Riegel klickte. Er schob die Tür zu der Schlafkabine beiseite, duckte sich und betrat den schmalen Raum.

Sein Blick fiel auf das Bett.

Leer. Keiner in Sicht.

»Osgard?« Auf der Suche nach dem Jüngling schoss sein Blick kreuz und quer durch den Raum.

Nichts. Keine Antwort. Viele Stellen, um sich zu verstecken in dieser winzigen Kammer, gab es wahrlich nicht. Nur die schmalen Schränke, die am Kopfende des Bettes standen. Gage umrundete das Bett und …

Blieb abrupt stehen.

Ah, verdammt. Nicht gut. Osgard, eingerollt auf dem Fußboden, die Knie eng an die Brust gezogen, schlief in der Lücke zwischen den Schränk… statt auf einer hübschen, weichen Matratze. Gage reagierte betroffen. Er wusste, was die Haltung des Jünglings bedeutete. Verstand, was fortwährender Missbrauch mit einigen Jungen anstellte. Wie er sie erniedrigte. Ihr Selbstwertgefühl zerfetzte. Ihr Vertrauen vernichtete, bis Misstrauen die Norm statt die Ausnahme war. Brachte sie dazu, auf engstem Raum zu schlafen, der ein Maximum an Schutz und ein Minimum an Angriffsmöglichkeiten bot.

Verdammte Erzgarde-Schweinepriester.

Wie konnten die verkackten Arschlöcher es wagen, einen wehrlosen Jungen derartig brutal zu misshandeln? Gage schüttelte den Kopf. Was für eine sinnlose Gewalt. Eine unglaubliche Tragödie. Absolut grundlos. Doch Osgards gestörtes Verhalten sprach Bände. Rasende Wut flammte in ihm auf. Gage unterdrückte den Zorn und tat, während er Osgard im Schlaf beobachtete, einen Schwur. Die Erzgarde würde dafür büßen, einen hilflosen Jungen zu misshandeln. Und Zidane würde sterben. Dafür würde er sorgen. Aber …

Eins nach dem anderen.

Er musste zunächst Osgard nach Haus schaffen. Dem Jungen zu sagen, dass er in Sicherheit war, würde nicht helfen. Es ihm zu beweisen war ein besserer Plan. Handlungen sagten mehr als Worte, und man vertraute nur dem, was man sah. Der Jüngling musste positive Erfahrungen sammeln, musste innerhalb eines normalen Clans leben und akzeptiert werden, um den Unterschied zu begreifen zwischen richtig und falsch. Einen oder zwei Monate in Black Diamond, zusammen mit ihm und den anderen Nightfury-Kriegern, und … genau. Gage nickte.

Der Junge würde es packen. Nach und nach.

Er setzte sich auf die Bettkante und stupste den Fuß seines neuen Schutzbefohlenen leicht an. Die sanfte Berührung sorgte dafür, dass Osgard hochschoss. Mit einem Aufheulen versuchte er, wegzukriechen. Mit dem Rücken stieß er gegen die Schranktür. Gage rührte sich nicht von der Stelle. Er blieb regungslos sitzen, behielt seine alles andere als bedrohliche Haltung bei. Seine Absicht und seine Botschaft klar und deutlich: *Vertrau mir, ich tue dir nichts.* Schwer atmend, die Augen riesengroß vor Entsetzen, starrte der Junge ihn an. Eine Minute nach der anderen verstrich. Gage wartete. Langsam, aber sicher beruhigte Osgard sich, und sein Atem ging nicht mehr stoßweise, bis er sich endgültig entspannte und die Decke, die er mit beiden Händen umklammert hatte, losließ.

Sobald der Junge sich einigermaßen im Griff hatte, stand Gage auf. »Na komm. Es wird Zeit.«

Er wartete nicht, ob der Jüngling gehorchte. Stattdessen drehte er sich um und verließ den Raum. Nach einem kurzen Moment des Zögerns folgte Osgard ihm in die Hauptkabine. Haider, der neben Nian stand und mit einer Hand den Hebel für die Außentür umfasste, hob fragend das Kinn. Gage nickte, gab ihm sein Okay. Mit einem Grunzen riss sein Freund den Hebel herum und schob. Die Tür flog weit nach außen auf.

Wind fegte in das Flugzeug.

Der Kabinendruck fiel.

Gage wappnete sich, als der Jet in der Luft anfing zu wackeln. Die Flügel wippten. Eine Zeitung wirbelte durch die Kabine. Haider knurrte und übernahm die Kontrolle, sorgte dafür, dass das Flugzeug sich wieder stabilisierte, während Gage Osgard packte und zur offenen Tür zog.

Eiseskälte schlug ihnen entgegen.

Osgard holte verblüfft Luft.

Gage blieb nicht stehen. Einen Arm um den Jungen gelegt, sprang er aus dem Flugzeug in den Nachthimmel. Der Junge zuckte zusammen. Gage wechselte in Drachengestalt und knurrte, als seine steifen Muskeln sich dehnten und Erleichterung eintrat. Seine bronzenen Schuppen rasselten im sausenden Wind. Er bleckte seine Zähne. Osgard lachte im freien Fall mit ihm, kurz bevor Gage schützend seine Pranke um ihn schloss, seine Flügel anlegte und mit Überschallgeschwindigkeit auf das bergige Gelände zuschoss, sodass die Stacheln auf seinem Schwanz ein zischendes Geräusch erzeugten.

Hinter sich hörte er Haider knurren.

Gage spähte über seine Schulter zurück und sah, wie Haider und Nian aus dem Bauch des Jets sprangen. Das Flugzeug beschrieb eine weite Kurve und bog hoch über ihnen nach Süden ab. Beide Männer verwandelten sich – Haiders silberne Schuppen blitzten auf, und Nians sahen aus wie poliertes Gold. Gages Mundwinkel hoben sich. Es fühlte sich einfach unglaublich toll an, wieder zu fliegen. Frei und ungebunden zu sein. Keine Bedrohung im Rückspiegel zu sehen.

Die Nachtsicht scharf gestellt, suchte er den Horizont ab. Höchstens noch fünfundvierzig Minuten, dann würde er vor seiner Haustür landen. Ungeduld zerrte an ihm. Tränen stachen ihm in die Augenwinkel. Gage blinzelte sie weg und hielt Kurs. Weniger als eine Stunde, und er wäre zu Haus. Umgeben von seinem Clan und wohlbehalten bei seinen Brüdern. Wieder zurück an dem einzigen Ort, an den er wirklich und wahrhaftig gehörte.

21

Venom duckte sich auf dem verlassenen Parkplatz und starrte das Gebäude an, das weniger als zwanzig Meter vor ihm lag. Er legte seine Flügel an, spürte die schwarze Membran an seinen Seiten. Die gewohnte Bewegung hätte ihn beruhigen sollen. Stattdessen zuckte sein gezackter Schwanz hin und her und führte den Begriff »nervöse Zuckungen« in ganz neue Dimensionen. Er schluckte den schlechten Geschmack in seinem Maul herunter und schlang seinen langen, schuppigen Schwanz um seine Vordergliedmaßen. Eine klassische Bewegung, sehr katzenhaft, und eine, die ihm normalerweise half, sich zu entspannen. Heute hatte er nicht so viel Glück. Wohlbehagen war heute Nacht nicht angesagt. Er zog eine Grimasse. Was hieß hier Wohlbehagen? Er würde sich schon damit zufriedengeben, wenn er sich nur unbehaglich fühlen würde, statt so unglaublich beschissen.

Ein Muskel zuckte an seinem Kinn, als er die Szenerie erneut betrachtete.

Venom seufzte. Verdammte Inzucht. Das machte es wohl amtlich. Seine Aufgabe war gerade in weniger als drei Sekunden von *machbar* zu *echt schwierig* geworden.

Er hätte wissen müssen, dass es nicht leicht werden würde. Verdammt, er *hatte* es in dem Augenblick gewusst, als er in die Stadt geflogen war. Die Gifte in seinem Blut reagierten immer blitzschnell, hatten mühelos die Quelle des Virus lokalisiert. Er reckte seine Nase in die Luft und atmete ein. Seine Lungen füllten sich. Seine Nüstern bebten, filterten die kühle Nachtluft. Seine ultrafeinen olfaktorischen Sinne reagierten. Er prustete angewidert. Meine Güte, wie das stank. Ein schwerer fauliger Geruch hing über Granite Falls wie Nebel, zog herein, um alles zu verderben, was er berührte. Nicht, dass irgendeiner seiner Brüder es riechen konnte.

Aber Venom wurde speiübel bei diesem Gestank, und er sah hinauf in den schwarzen Himmel. Helle Sterne blickten aus dem Dunkel herab, gesellten sich zum Mond, bildeten Muster, erzählten Geheimnisse. Während er auf seinem Beobachtungsposten ausharrte, kam über ihm der Rest der Nightfury herangeschossen. Weiße Kondensstreifen folgten den Flügelspitzen, als sein Clan sich verteilte, nach Bedrohungen Ausschau hielt und darauf wartete, dass er das Spiel eröffnete und das Zeichen zum Angriff gab.

Venom wandte seine Aufmerksamkeit wieder dem Gebäude zu.

Wenn das nicht saumäßiges Pech war.

Und typisch für Ivar, das Arschloch, etwas so Unvorstellbares zu tun, wie die Wasserversorgung von Granite Falls zu kontaminieren. Infektion über eine lebensnotwendige Ressource zu erzeugen. Die Viren wurden einfach über das Trinkwasser eingeschleust. Man drehte den Hahn auf, ließ das Wasser fließen und nahm einen Schluck. Das Resultat: umgehende Gesundheitsprobleme, versteckt in der reinsten Gabe von Mutter Natur – in etwas, was jedes Lebewesen brauchte, um zu überleben. Es war brillant. Ein Plan mit weitreichenden Konsequenzen und Biss. Venom schüttelte den Kopf. Seine Schuppen sträubten sich leise klickend in der Stille.

Das vertraute Geräusch beruhigte seine Nerven ein wenig.

Mit finsterem Blick betrachtete er sein Ziel.

Die Wasseraufbereitungsanlage erhob sich wie ein Schandfleck auf der großen Lichtung. Eine viereckige Konstruktion. Einfach und solide. Gebaut am Rande der Stadt, in einer Umgebung, in der die meisten Menschen nur zu gern ein Haus gebaut hätten. Seine Drachensinne brodelten, als er die angrenzenden Bäume erneut musterte. Hohe Pinien standen neben riesigen Zedern und verliehen der Anlage einen Anschein von Gediegenheit. Venom schluckte seinen Widerwillen herunter. Hübscher Ort. Aber das täuschte, wenn man bedachte, dass diese hochmoderne Anlage eine tödliche Falle war.

»Du willst mich wohl verarschen«, brummte er, während sein inneres Alarmsystem ansprang.

Venom atmete tief durch und versuchte, seine Unruhe in den Griff zu kriegen. Auszuflippen würde das Problem nicht beheben. Oder ihn schneller nach Hause bringen. Aber es war echt schwer, gelassen zu bleiben. Seine lebenslange Angst zu verdrängen und weiterzumachen – sich etwas zu stellen, was ihm immer noch eine Gänsehaut verursachte. Was nicht überraschte in Anbetracht dessen, was er durchgemacht hatte, aber …

Er unterdrückte einen Schauder.

Er hatte aber auch so was von Pech. Ein ganzes Gebäude voller Wasser – jede Menge von dem, was er am meisten verabscheute auf der Welt.

Eine Erinnerung wallte auf, zwang ihn zurück in die Vergangenheit. Sein Magen rebellierte. Galle stieg ihm in die Kehle. Venom schluckte den sauren Geschmack herunter.

Ungewollt durchlebte er im Geiste noch einmal die rohe Gewalt, die sich in sein Gedächtnis eingebrannt hatte. Spürte das Kratzen des rauen Seils, mit dem sein Vater ihn bei Ebbe an den Pfosten gefesselt hatte, an seinen Handgelenken. Die kalten Ozeanwellen, die heranrollten. Roch immer noch das Salzwasser. Hatte auch heute noch das langsam zunehmende Gefühl zu ersticken und empfand die nachfolgende schreckliche Panik.

Ein Frösteln überlief ihn.

Venom lockerte seine Schultern und schüttelte es ab. Es wurde Zeit. Er konnte schließlich nicht die ganze Nacht hier auf dem Parkplatz rumtrödeln. Seine Waffenbrüder zählten auf ihn. Genauso wie die Menschen, die Granite Falls ihr Zuhause nannten, also …

Genug. Schluss mit dem Zögern.

Die Vergangenheit hatte nichts zu suchen in der Gegenwart. Und er musste weitermachen. Die Sache in Ordnung bringen. Seine Pflicht erfüllen. Sich seinen Ängsten stellen, ein für alle Mal. Sonst hätte am Ende sein Erzeuger gewonnen, und Venom wäre für immer traumatisiert und beschädigt.

Er hob eine Pranke und krümmte seine Klauen. Schwarze, rasiermesserscharfe Krallen blinkten im Mondlicht. Der Anblick entspannte ihn, und er atmete tief durch. Knurrend nahm er menschliche Gestalt an und rief seine Kleidung herbei. Seine Lieblingslederjacke legte sich um seine Schultern. Schwer. Vertraut. Perfekt, da Evelyns Duft noch im Kragen hing und ihn ablenkte, ihm half, sich zu sammeln. Seine Mundwinkel hoben sich. Hmm, das war wunderbar. Seine Frau roch immer so unglaublich toll.

Ihr Bild tauchte vor seinem geistigen Auge auf.

Er fasste einen Entschluss. Sein Blick verengte sich auf das Gebäude. *»Ich geh rein.«*

»Nicht ohne mich.«

Verschwommen wurde ein schwarzer Streifen über ihm sichtbar.

Wick machte eine scharfe Drehung, kreiste über ihm und legte die Flügel an. Die Schwerkraft riss seinen Freund aus dem Himmel. Schwarze Schuppen mit bernsteinfarbenen Spitzen rasselten, als er dröhnend vor ihm landete. Kies spritzte auf und prallte gegen das Fundament eines Laternenmastes.

»Nicht nötig, Wick«, murmelte er und hoffte, dass sein Freund sich raushalten würde. *»Bleib draußen. Ich rufe, wenn ich fertig bin.«*

Hervorragender Plan. Er wollte keine Hilfe. Auch keine Augenzeugen. Es war sicherer auf diese Weise. Auch besser für seinen Stolz. Egal, was er beschlossen hatte – es würde eine Weile dauern, bis er genug Mut aufbrachte, um in eines der Becken zu hüpfen. Ganz einzutauchen wäre der Sieg. Oder vielmehr das Ende der tödlichen Ansteckungsgefahr, denn der Kontakt mit seiner Haut in Kombination mit seiner Magie würde die Viren abtöten. Die Krankheit dadurch beenden, dass das Gegenmittel durch das Leitungssystem in die Häuser der Menschen geleitet würde und …

Nun aber los. Sauberes, gefiltertes Wasser – in dem er bis zu seinen Eiern stehen würde. Oder vielleicht würde er auch tiefer drin stehen? Bis zur Brust? Bis zum Kinn? Venom zuckte zusammen. Er konnte es wirklich nicht abschätzen. Und wollte auch nicht länger darüber nachdenken. Aber als er über den Parkplatz auf seinen besten Freund zuging, fingen seine Nerven an zu flattern, schrie er innerlich und stellte sich das Schlimmste vor.

Wasser, das ihm in die Lungen drang. Tod durch Ertrinken.

Goldene Augen musterten ihn forschend. »*Venom …*«

»*Ich komme schon klar.*«

»*Schwachsinn.*« Magie sprühte Funken. Wick verwandelte sich. Höllenmäßige Hitze fuhr in den Himmel, vertrieb die Kälte, während sein Freund ihn äußerst sauer musterte. Venom knurrte seinen besten Freund an und marschierte auf die Eingangstüren zu. Wick knurrte zurück, wirbelte herum und folgte ihm über den Parkplatz. »*Ich geh mit dir da rein.*«

»*Na, dann sind wir ja schon zu dritt.*«

Venom fluchte leise. »*Ich kann auf deine Hilfe verzichten, Mac.*«

»*Red keinen Quatsch.*« Glatte blaugraue Schuppen blitzten in seinen Augenwinkeln auf. Mac legte die Flügel an und landete auf dem Gebäude. Scharfe Krallen kreischten über das Dach. Venom biss die Zähne zusammen, ging einfach weiter, blickte dann kurz nach oben. Wie ein Wasserspeier ragte der Mann über die Dachkante und funkelte ihn wütend an. »*Ich bin ein Wasserdrache, Dumpfbacke. Und du hast vor, irgendwelchen Scheiß mit Wasser anzustellen, ergo …*«

Mac unterbrach sich, das »Siehst du!« in seinem Tonfall war unmissverständlich.

Okay. Fein. Wo der Kerl recht hatte, hatte er recht. Vielleicht brauchte er Mac sicherheitshalber. »*Meine Güte, ihr beiden seid echte Nervensägen.*«

»*Fick dich*«, sagte Wick, benutzte wie immer seinen Lieblingsausdruck.

Grinsend sprang Mac mit einem Salto vom Dach. Auf halbem Weg nach unten verwandelte er sich, nahm menschliche Gestalt an. Seine Stiefel landeten krachend auf dem Boden neben großen Fenstern. Glas schepperte in Stahlrahmen, vibrierte protestierend. *»Nach dir.«*

»Im Umkreis alles sicher. Keine Bewegung hier draußen. Wir halten die Stellung«, meldete sich Bastian, dessen tiefe Stimme durch die mentale Verbindung drang. *»Sag Bescheid, wenn du uns brauchst.«*

Venom nickte und ging stetigen Schrittes vorwärts. Betonplatten leiteten ihn wie über einen roten Teppich, führten ihn zum Vordereingang. Er blieb stehen und fasste nach einem der Türgriffe. Eisiges Metall streifte seine Handfläche. Er zog. Die Tür flog auf, und schon war seine Unsicherheit wieder zur Stelle. Er zwang sich, weiterzugehen, und trat über die Schwelle. Er war so angespannt, dass das Luftholen schmerzte. Sein Brustkorb war wie zugeschnürt. Sein Magen rumorte. Er ignorierte seinen aufgewühlten Zustand und blieb im Foyer stehen, um sich einen Überblick zu verschaffen. Jetzt während der Nacht abgeschlossen, befand sich ein Büro- und Empfangsbereich zu seiner Linken, angeschlossen an einen längeren Korridor. Eine Bildergalerie von der Anlage in den verschiedenen Stadien der Konstruktion befand sich zu seiner Rechten.

Er überflog jedes einzelne Bild, suchte nach dem Grundriss.

Ein Foto von zwei rechteckigen Wasserbecken fiel ihm ins Auge. Er starrte die beiden einen Moment lang an, versuchte, seinen Verstand anzukurbeln. Richtige Größe. Perfekte Form. Voll mit fließendem Wasser. Die Becken würden reichen. Er würde hineinhüpfen, richtig schön nass werden, dann …

Ihm blieb das Herz stehen, und er war zu keinem klaren Gedanken mehr fähig.

»Ganz ruhig.« Wick blieb neben ihm stehen und gab ihm einen Klaps auf die Schulter. Der kleine Schubs sorgte dafür, dass Venom beinahe hinfiel, während er seinem Freund in die Augen sah. *»Mach dir keine Sorgen. Wenn hier irgendetwas schiefläuft, hole ich dich da raus.«*

»Ich weiß«, sagte Venom, ohne ihr Drachen-Handy zu benutzen, damit seine Lungen sich entspannen konnten.

Sauerstoff strömte in seinen Körper. Seine Muskeln zitterten, er wurde ruhiger. Er öffnete und schloss seine Hände, riss sich zusammen und ging weiter. Setzte einen Fuß vor den anderen. Lockerte seine Schultern, seine Beine. Ging Schritt für Schritt mit Herzklopfen den breiten Korridor hinunter. Vorbei an hellen Wänden. Die Schritte seiner Freunde hinter ihm. Kastenförmige Neonlampen summten über ihm, beleuchteten den Linoleumboden, verursachten ihm eine Gänsehaut, während er an einer T-Kreuzung stehen blieb. Es gab nur zwei Möglichkeiten – entweder nach rechts oder nach links.

Das Foto aus der Bildergalerie blitzte vor seinem geistigen Auge auf.

Venom wandte sich nach links und ging auf eine stabile Doppeltür zu. Er hob die Fäuste, donnerte gegen beide Flügel, und die Tür sprang nach innen auf, führte ihn in einen großen rechteckigen Raum. Ein Laufgang verlief entlang der Außenwände und senkte sich dann zur Mitte hin ab. Das Gurgeln von strömendem Wasser verband sich mit dem Summen der Maschinenanlage. Den Blick auf das stabile Geländer geheftet, welches das Zwischengeschoss begrenzte, trat Venom vor, um alles näher zu betrachten. Er streckte den Arm aus, packte das Stahlgeländer und spähte vorsichtig hinunter. Sein Magen sackte ihm in die Kniekehlen, und er zuckte zurück. Die alten Ängste meldeten sich, schnürten ihm die Kehle zu, als er die beiden langen Betonbecken anstarrte. Aufgewühltes Wasser strömte durch sie hindurch, floss in einen schmalen Überlauf, der sie umgab.

Venom umklammerte das Geländer und warf einen Blick zurück über seine Schulter. Er sah Mac an. »Bleib aus dem Wasser. Komm nicht rein, es sei denn, dass ich dich dazu auffordere.«

Mac öffnete schon den Mund, um zu widersprechen.

Wick unterbrach ihn. »Er wird das reine Gift sein da drinnen, Mac.«

»Könnte er mich töten?«

»Wahrscheinlich.«

»Definitiv«, sagte Venom und fiel Wick damit ins Wort. »Gebt mir etwas Zeit. Stellt sicher, dass keiner mich stört. Das wird wahrscheinlich eine ganze Weile dauern.«

Beide Männer nickten.

Venom biss die Zähne zusammen und sprang über das Geländer. Kalt aussehendes Wasser wirbelte knapp zwei Meter unter ihm, verspottete ihn geradezu mit seiner Bewegung. Feuchte Luft schlug ihm ins Gesicht. Er holte kurz Luft und wappnete sich für den Aufprall. Noch einen guten Meter. Jetzt noch einen knappen halben und …

Landung!

Mit den Füßen voran sank er in das Becken. Bleischweres Wasser riss seine Stiefel in die wirbelnde Tiefe, bedeckte seine Beine. Seine Taille. Dann seine Brust. Eine Ladung des kalten, nassen, gemeinen Elements traf ihn voll ins Gesicht. Aus dem Gleichgewicht gebracht, bemühte Venom sich nach Kräften um Halt. Seine Stiefelsohlen rutschten auf dem glatten Boden aus. Fluchend schlug er um sich. Wasser spritzte hoch auf und schwappte über den Rand des Beckens in den schmalen Überlauf. Seine Füße glitten erneut aus, dann fanden sie endlich Halt. Wie ein Wilder betätigte er seine innere Kupplung und legte den Rückwärtsgang ein. Wasser drückte gegen seinen Rücken. Eine Sekunde nach der anderen verstrich und …

Er krachte mit dem Rücken gegen die Seite des Beckens.

Seine Haut wurde von Beton aufgeschrammt. Brennender Schmerz fuhr ihm in den Rumpf.

Wick fluchte von seinem Aussichtspunkt auf dem Laufgang aus.

Nach Luft schnappend, bemühte Venom sich, den Brechreiz zurückzuhalten, und streckte Halt suchend die Arme aus. Er musste unbedingt die Kontrolle wiedergewinnen und auf den Füßen bleiben. Sobald er in Panik geriet, würde er untergehen, und alles wäre zu Ende. Es wäre aus und vorbei mit ihm. Er wäre erledigt. Würde total ausrasten, statt bei der Sache zu bleiben. Auf der Suche nach Halt tastete er die Betonwand ab. Seine Hände fanden die glatte Oberkante. Er griff zu, klammerte sich an den Rand, kämpfte gegen seine Todesangst an und starrte auf die Betonwand dicht vor ihm.

Atmen. Einfach durchatmen.

Kurz und bündig. Einfach, aber effektiv. Sein Verstand flüsterte ihm die Aufforderung zu. Venom lauschte. Sich zu jedem Atemzug zwingend, sog er Luft durch den Mund ein. Ein. Aus. Einatmen und ausatmen. Ein und aus, noch einmal wiederholen … und alles wieder von vorn. Nach der sechsten Runde, während er sich immer noch an der Beckenwand festklammerte, hatte Venom seine Panikattacke überwunden. Erleichterung setzte ein, breitete sich aus. Als sich die verkrampften Muskeln und Sehnen lockerten, lockerte auch er sich und nach und nach sein ganzer Körper. Auch sein Verstand meldete sich wieder zum Dienst.

Bis auf die Haut durchnässt und vor Kälte zitternd, ließ Venom die Wand los. Beide Hände zu Fäusten geballt, stemmte er seine Füße auf den Boden. Verlagerte sein gesamtes Gewicht auf sie. Kleine Wellen schwappten gegen seine Brust. Er ignorierte sie und schlurfte in Richtung Beckenmitte. Beinahe da. Nur noch ein klein wenig weiter, und er wäre mittendrin. In einer spitzenmäßigen Position, um den Virus abzutöten. Wäre in der Lage, seine giftige Seite zu entfesseln und Ivars Plan zu durchkreuzen.

Er holte noch einmal tief Luft und zählte Zentimeter für Zentimeter ab. Einen nach dem anderen, zehn, zwanzig, dreißig, bis er die Mitte des Beckens erreicht hatte. Das Geräusch des fließenden Wassers hallte zwischen seinen Schläfen wider, vermischte sich mit dem der Wellen. Venom ignorierte beides und versenkte sich tief in sich. Seine Drachenhälfte erwachte. Das Wassers änderte die Richtung, wirbelte in einem Strudel um ihn herum. Seine Magie flammte auf. Alles wurde totenstill. Das Summen der Maschinenanlage verstummte. Das Plätschern hörte auf. Er konzentrierte seine Wahrnehmung auf die einzelnen Wassermoleküle.

Er bleckte seine Zähne. »Da haben wir dich ja.«

Gemeiner kleiner Lümmel. Tödlich. Konnte sich in menschlichem Blut vermehren. Ein virales Meisterstück, verschiedene chemische Komponenten zusammengespleißt zu einem einzigen Zweck – schnell anzustecken und gnadenlos zu töten.

Knurrend öffnete Venom seine Fäuste. Wasser rann über seine offenen Handflächen. Er versenkte sich ins Innerste seiner Energie, um seine Magie zu füttern. Seine giftige Seite reagierte, erwachte, arbeitete schnell, eroberte seine Venen. Er hielt stand, ließ sie in sich anwachsen, um sie dann mit einem höllischen Stoß hinauszuschleudern. Tödliche Gifte strömten aus seiner Haut in den eisigen Strudel. Wie eine Invasionsarmee durchdrang sein Gift das Wasser, vernichtete die Viren in den Becken, dann ging es auf die Jagd nach weiteren.

Zeit verstrich. Aus Sekunden wurden Minuten und aus denen Stunden.

Die Füße fest auf dem Boden des Beckens, stand Venom schwankend im Wirbel und nahm es nicht wahr. Stattdessen kontrollierte er seine Magie. Sonderte Gift ab. Überwachte den Giftpegel. Verteilte sein Gegenmittel über das Rohrsystem, trieb es durch Wasserleitung für Wasserleitung, infiltrierte die Behausungen der Menschen. Er erreichte Haus für Haus, reinigte die Wasserversorgung, dachte nicht daran, aufzuhören, obwohl er schwächer wurde. Bleischwere Müdigkeit erfasste ihn. Kopfschmerzen erblühten in seinem Schädel und …

Verdammt noch mal. Er hatte Schmerzen … überall.

Heftige Schmerzen liefen ihm über den Rücken. Seine Muskeln flatterten, drohten nachzugeben.

Venom spannte seine Hände an und presste die Knie zusammen. Nein. Oh Gott, nein … noch nicht. Er konnte noch nicht aufhören. Er senkte den Kopf und machte weiter, kämpfte darum, durchzuhalten. Er war so nah dran. So verdammt *nah.* Nur noch Momente entfernt vom Abschluss. Nur noch eine Straße abzuarbeiten. Einige wenige Häuser zu sichern. Aber als er das letzte infiltrierte, gab sein linkes Knie unter ihm nach. Aus dem Gleichgewicht gebracht, versuchte er zu vermeiden, rückwärts ins Wasser zu fallen. Unfähig zu atmen, keuchte er vor Panik und schickte seine Magie mit einem letzten Energieschub auf die Reise. Die Giftwelle erreichte die Häuser am anderen Ende der Stadt. Das Gegenmittel sauste durch die Wasserleitungen, tötete die letzten Viren.

Als ihn die Erkenntnis traf, war Venom hochbefriedigt. Er hatte es geschafft. Er hatte gewonnen, für die Sicherheit derjenigen gesorgt, die Granite Falls ihr Zuhause nannten.

Eine ganze Stadt war außer Gefahr. War wieder auf sicherem Grund und Boden.

So schwach, dass seine Muskeln zitterten, drehte Venom sich um und wollte auf die Beckenwand zugehen. Es wurde Zeit, aus dem Wasser zu kommen. Gott sei Dank. Gelobt sei welche Gottheit auch immer gerade zuhörte. Er konnte es kaum erwarten, das Wasserbecken zu verlassen, aber als er sich vorwärtsbewegen wollte, verließen ihn seine Kräfte. Höllische Schmerzen erfassten seinen Rücken, und er verlor die Kontrolle über das Gift in seinen Adern. Magie detonierte wie eine Atombombe. Die giftige Wolke stieg auf und platzte, verbreitete sich wie Strahlung. Stahlrohre zerbrachen wie Glas. Metallsplitter explodierten quer durch den Raum. Wick und Mac schrien auf vor Schreck. Venoms Beine gaben unter ihm nach. Er verlor das Bewusstsein, sank wie ein Stein und verschwand unter der Wasseroberfläche.

Unfähig, noch länger draußen zu warten, riss Bastian die Eingangstür auf und lief in die Wasseraufbereitungsanlage. Er überflog den Haupteingangsbereich mit einem Blick. Leer. Nichts und niemand. Keine Menschenseele in Sicht. Nur meilenweit helle Wände, die interessanter gemacht worden waren durch Fotografien in schlichten Stahlrahmen. Nicht, dass ihn das irgendwie interessierte. Er hatte seine Stellung nicht verlassen – und Rikar das Kommando übergeben –, um hier einzufliegen und das Dekor abzuchecken. Hier war etwas faul. Sehr, sehr faul.

Es waren Stunden vergangen inzwischen. Fünf verdammte *Stunden*, seit seine Krieger das Gebäude betreten hatten. Ein schlechtes Zeichen. Er hatte fest damit gerechnet, dass Venom inzwischen fertig war.

Oder ihm wenigstens neuerlich Meldung erstattete.

Die letzte war vor einer halben Stunde eingetroffen. Alles klar. Beide Daumen hoch. Venom bis zur Brust im Wasser, seine giftige Seite rasend, er aber immer noch gesund und munter. Die Nachrichten hätten ihn beruhigen sollen. Ihn rundum zufriedenstellen sollen angesichts eines hervorragend laufenden Jobs. Stattdessen trieb ihn Besorgnis um. Er hatte ein mieses Gefühl. Eins, das einfach nicht weichen wollte, sondern alle seine Instinkte wachrief und ihn piesackte, ihm riet, die Beine in die Hand zu nehmen. Bastian beschleunigte sein Tempo. Mit lauten Schritten rannte er den breiten Korridor hinunter. Mann, ihm gefiel absolut nicht, was er da spürte. Vielleicht war es die Stille. Vielleicht war es der gottverdammte Geruch im Flur. Vielleicht verlor er den Verstand, aber …

Rums! Eine Explosion erschütterte das Gebäude, warf ihn um.

Seine Schulter krachte gegen die Wand. Er prallte ab, wurde zur anderen Seite des Korridors geschleudert. Mit Armen und Beinen fuchtelnd, kämpfte Bastian darum, aufrecht stehen zu bleiben. Seine Stiefel hinterließen Rutschspuren auf dem hochwertigen Linoleum, als er wieder gegen die Wand krachte. Mit seinem Ellbogen traf er auf Gips, schlug ein Loch in die Wand. Gipsstaub wehte ihm ins Gesicht. Während er hustete, quoll vor ihm dicker Rauch um die Ecke.

»Was zum Teufel ist da los?« Rikars Knurren drang durch die mentale Verbindung, prallte gegen seine Schläfen. Schmerzen fuhren ihm unter die Schädeldecke. *»Bastian …«*

»Fliegt los. Hier gibt's Probleme.« Er fand sein Gleichgewicht wieder und lief bis zu einer T-Kreuzung. Magie und Rauch wirbelte von links auf ihn zu. Tödlicher als eine Ladung schwerer Strahlung, saugte die giftige Welle Sauerstoff aus der Luft. Bastian musste würgen und presste seinen Unterarm vors Gesicht, bedeckte Nase und Mund und versuchte, nicht einzuatmen. *»Ich glaube, Venom hat gerade eine Nuklearexplosion erzeugt.«*

»Scheiße.«

»Wo sind Mac und Wick?«, fragte Forge, dessen Akzent wegen seiner Besorgnis stärker war als gewöhnlich. *»Ich kann weder den einen noch den anderen fühlen.«*

»Himmelkreuzdonnerwetter. Ich auch nicht«, sagte Sloan, dessen Stimme sich mit dem Geräusch flatternder Flügel mischte. *»Geh rein, Bas. Ich bin auf dem Weg.«*

»Schon unterwegs.«

Bastian bog nach links ab und ging auf zwei schwere Türen zu. Sie hingen schief in verdrehten Türangeln, einer der Flügel schwang kreischend hin und her. Das giftige Gemisch wurde dichter, er keuchte und würgte. Seine Augen fingen an zu brennen. Er ging weiter, suchte seine Krieger in dem Rauch, schritt über Trümmer und zwang sein Sonar, zu arbeiten. Seine Magie pulsierte und reinigte die Luft immerhin so weit, dass er atmen konnte, während er sich ein Bild von der Lage verschaffte. Direkt vor ihm. Nur einen guten Meter entfernt lag ein Raum. Ein großer mit Wasserbecken und …

Ein Schatten bewegte sich durch den Rauch. »Verdammt, ist der schwer.«

»Lass ihn nicht los, Mac.« Gott sei Dank. Zwei Krieger am Leben und angesäuert, einer immer noch am Boden. Mit wild hämmerndem Herzen riss Bastian die kaputte Tür ganz aus den Angeln. Während er Schutt wegkickte, klärte sich der Rauch etwas. Mit einem schnellen Blick nahm er die Szene in sich auf. Dicke, weit aufgerissene Leitungsrohre. Pfützen auf glattem Beton. Mit Ruß verschmierte Betonwände. Und Mac und Wick, die am Geländer standen und sich bemühten, Venom auf ein schmales Zwischengeschoss zu ziehen.

Wick, der klatschnass war und aus einem Schnitt über seinem Auge blutete, drehte sich zu Bastian um. »Er lebt, aber …«

»Ist schwach.« Mit einem Grunzen packte Mack Venom hinten an der Jeans und zog ihn aus dem Wasser. Ein ziemlich hässlicher Riss an der Schulter des Mannes öffnete sich, und Blut floss ihm über den Rücken. »Wir müssen ihn hier rausschaffen.«

Venom war totenbleich, als seine Füße auf den Boden trafen. Halb ohnmächtig, murmelte er Bastians Namen. Was Bastian schier das Herz abschnürte. Man musste Venom einfach lieben. Der Mann gab nie auf, auch wenn es bedeutete, dass er sein Leben riskierte. Bastian verschluckte einen Fluch, trat über einen Haufen Trümmer und nah an ihn heran. Er nahm den Arm seines Kriegers, legte ihn sich um die Schulter und ging Richtung Ausgang. Wick nahm die andere Seite und half ihm, Venom über die Schwelle zu hieven, während Mac ihnen auf dem Korridor voranlief.

Eine schnelle Drehung nach rechts führte sie auf den Hauptflur.

Rauch wirbelte hinter ihnen auf. Die gläserne Eingangstür blitzte vor ihnen auf.

Obgleich seine Füße ihn kaum trugen, versuchte Venom seinen Kopf zu heben. »Nach Haus.«

»Okay, Bruder«, sagte Bastian. »Kein Problem. Myst wird dich zusammenflicken und ...«

»Nein«, krächzte Venom, seine Stimme kaum verständlich. »Zu Evelyn. Nach Haus zu Evie.«

Bastian sah Wick über den Kopf seines Kriegers an. »In unser *Safe House*?«

Wick nickte.

Mac stieß die Türen auf, hielt beide auf und wartete auf die drei. »Ich kann ihn jetzt übernehmen.«

Bastian schüttelte den Kopf. »Nein, ich habe ihn unter Kontrolle.«

»Ich fliege voraus«, sagte Rikar, der mit einem Aufblitzen weißer Schuppen über ihnen heranschoss.

»Der Rest von euch – ab nach Haus.« Kies knirschte unter seinen Stiefeln, während Bastian Venom in die Mitte des Parkplatzes schleppte. »Rikar und ich packen es von hier aus.«

Wick blieb stehen.

Bastian unterstrich seinen Befehl mit einem Leg-dich-nicht-mit-mir-an-Blick. »Du bist verletzt, Wick. Flieg nach Haus zu J.J. Ich sorge dafür, dass Venom zu seiner Frau kommt.«

Wick betrachtete seine Brust. Eine hässliche Schnittwunde verlief über seine Seite. Er blutete wie verrückt und wurde mit jedem Atemzug schwächer. Den Blick auf seine Verletzung gerichtet, fluchte Wick mit zusammengebissenen Zähnen. Und Bastian wartete auf seine Entscheidung: Sich klug zu verhalten und nach Hause zu seiner Frau zu fliegen? Oder sein Leben zu riskieren, statt Bastian zu erlauben, seinen besten Freund zu beschützen? Eine harte Wahl für Wick. Bastian sah es in den Augen seines Kriegers und verstand sein Zögern. Mist, er fühlte genauso. Keiner wollte Venom im Stich lassen. Der Mann war wichtig, ein geschätztes Mitglied des Nightfury-Clans. Doch Wicks Beziehung zu Venom reichte noch tiefer. Liebe. Freundschaft. Vertrauen. Die beiden Männer hatten eine Verbindung, die in der Hitze vieler Gefechte geschmiedet worden war und schon sehr lange Zeit währte.

Aber das änderte nichts an den Tatsachen.

Wick brauchte Hautkontakt mit seiner Frau – musste sich nähren, um zu genesen. Was bedeutete, dass Wick in ihr Hauptquartier zurückkehren musste, während Bastian seinen besten Freund in die andere Richtung brachte. Eine harte Pille. Wick schluckte sie trotzdem, ließ los und trat beiseite, vertraute Venom Bastian an. Der nickte, lobte seinen Krieger stumm und justierte mit einer sanften Schulterbewegung seinen Griff.

Wick nahm Drachengestalt an und sprang hoch.

Bastian tat es ihm nach und verwandelte sich. Seine Krallen schabten über den Schotter. Er legte seinen Krieger in die Mulde seiner einen Pranke, entfaltete seine Schwingen und flog los.

Venom keuchte vor Schmerzen. »Sie ist sauer auf mich.«

Bastian gewann an Höhe und flog über die Baumwipfel. »Wer – deine Frau?«

»Will mich nicht mehr küssen.«

Bastian blinzelte. Gut, in Ordnung. Zu viele Informationen mussten auch nicht sein. Nicht, dass es eine Rolle spielte. Oder dass Venom es bemerkte. Total reizüberflutet, war sein Verstand auf Replay eingestellt, hatte nur eine Sache im Sinn: das Wohlergehen seiner Gefährtin.

»Ich bin hungrig, Bas.« Schimmernde rubinrote Augen sahen ihn an. »Lass nicht zu, dass ich sie verletze.«

»Keine Sorge«, sagte er und drehte ab nach Süden, in Richtung Stadt.

Aber kaum hatte er das gesagt, wusste Bastian nicht, ob er sein Versprechen würde halten können. Ein hungriger Mann konnte gefährlich sein – und Energiegier war etwas unglaublich Unvorhersehbares. Er sollte es wissen. Er hatte einmal beinahe seine Partnerin umgebracht, als er heißhungrig war. Aber schließlich war ihre Verbindung damals noch nicht ganz geschlossen gewesen. Was sie verletzlich gemacht hatte. Energieaustausch hatte all das geändert. Jetzt spielte die Intensität seines Hungers keine Rolle mehr. Myst besaß jetzt genug Kraft, konnte den Fluss der Energie kontrollieren – hatte seine Drachenhälfte gezähmt –, was bedeutete, dass er sie nicht mehr verletzen konnte.

Egal, wie gierig er war.

Gut zu wissen. Eine wunderbare Sache. Eine Verbindung ohnegleichen.

Eine, wie sie jetzt auch zwischen Venom und Evelyn bestand, wie Bastian hoffte. Gott, er betete, dass Venom recht behielt. Dass er seine Gefährtin gefunden hatte und die Verbindung bereits stark genug war. Sonst würden die Dinge schnell aus dem Ruder laufen, sobald er den Krieger seiner Frau in die Arme gelegt hatte, und Evelyn könnte Schaden nehmen.

22

Zusammengerollt an einem Ende der Couch, hatte Evelyn sich in einen handgefertigten Quilt gekuschelt, um sich eine weitere Folge mit Jason Bourne reinzuziehen. Na gut, dieses Mal war es nicht *Jason*. Da sie bei ihrem Filmmarathon bereits bei der vierten Staffel angelangt war, hatte irgendein anderer Schauspieler die Rolle übernommen. Ein gut aussehender Mann, genauso scharf wie sein Vorgänger in den früheren Filmen. Eine Schüssel Popcorn auf ihrem Schoß, verfolgte sie, wie der neue Typ eine Meute Wölfe abwehrte. Mit nichts weiter als einem an einem Ende brennenden Stock. Ihre Mundwinkel hoben sich. Echt ziemlich cool ... und noch besser mit dem ein Meter fünfzig großen Plasmabildschirm.

Sie knabberte ihr Popcorn und schüttelte den Kopf.

Unglaublich. Sie hätte nicht gedacht, dass ihre Lieblingsglotze noch übertroffen werden könnte. Aber dieses hochauflösende Teil, gepaart mit Primetime-Surround-Sound, belehrte sie eines Besseren. Die Bildqualität war erstaunlich, der Ton sogar noch besser – wie er das Wohnzimmer füllte und ihr das Gefühl vermittelte, direkt neben dem Typen zu stehen und um ihr Leben zu kämpfen. Sie hatte Herzklopfen, während sie ihn kämpfen sah. Sie wusste, wie er sich fühlte, ganz allein da draußen in der Wildnis. Ohne jegliche Hilfe. Jenseits jeglicher Hoffnung. Wie er sich etwas Glück wünschte und eine kleine Atempause. Sie hatte schließlich ihren eigenen

Kampf gefochten. Aber jetzt, zum ersten Mal seit Monaten im blauen Licht eines Fernsehers, der nicht ihr gehörte, in einem Haus, das ihr auch nicht gehörte, konnte Evelyn sich entspannen. Ihre Besorgnis wich einer Welle der Erleichterung.

Wohlig seufzend, rutschte sie noch tiefer in die Couchpolster. Dem Himmel sei Dank für teure Spielzeuge. Das Entertainment-System erfüllte seinen Zweck, heute Nacht, half ihr, ihre Sorgen zu vergessen, wenn auch nur für eine kleine Weile. Der Gedanke an Venom ließ sie allerdings nicht los. Wie ein weicher Pulli umgab er sie, lag dick und schwer auf ihrer Haut, wärmte sie, obwohl er weg war. Es kam ihr seltsam vor, auf diese Weise an ihn zu denken nach so kurzer Zeit, so als ob er irgendwie ihr Zuhause geworden wäre: ein tröstlicher Ort, der solideste Bestandteil ihres Lebens. Aber nur ein Narr leugnete die Wahrheit, und nach Monaten der Turbulenzen wollte sie nicht mehr töricht sein.

Stattdessen wollte sie mutig sein.

Was diese Art von Mut mit sich brachte, wusste sie nicht. Egal, wie oft sie darüber rätselte, sie wusste immer noch nicht, was Venom von ihr wollte. Oder was er langfristig im Sinn hatte. Eine kurze Liebelei? Nichts weiter als eine Eroberung und sie dann abschieben? Der Gedanke ließ sie die Popcornschüssel fester umfassen. Sie wollte nicht, dass es so lief – abserviert zu werden, weggeschickt … zurück in ein Leben ohne jede Bedeutung und ohne jegliche Freude. So eigentümlich es schien, sie wollte bei ihm bleiben. Es mit ihm probieren. Die zunehmende Verbindung zwischen ihnen beiden, die sie spürte, austesten und herausfinden, was sie bedeutete. Was das aus ihr machte, wusste sie nicht. Eine Schachfigur in einem Spiel Drachenblutangehöriger? Eine Frau ohne den Verstand, den Gott ihr gegeben hatte? Vielleicht, aber …

Sie hörte auf ihr eigenes Herz. Spürte das Sehnen. Registrierte das Risiko, Venom zu nahe zu kommen, mit jedem Atemzug, den sie tat.

Und wusste genau, was das bedeutete.

Evelyn seufzte. Verflixte Selbsterkenntnis. Sie hätte es vorgezogen, es nicht wahrzunehmen. Andererseits nannte sie die Dinge immer beim Namen. Beschönigte die Wahrheit nicht. Machte sich nichts vor. Nur glasklare Logik, unumwunden ausgesprochen. Also … sinnlos, sich in die eigene Tasche zu lügen. Irgendwie, wie auch immer, hatte sie sich Hals über Kopf in Venom verliebt. Jetzt spürte sie die Wirkung. Spürte den Druck, da sie unablässig dachte, sie sei für ihn gemacht.

Bis er in ihr Leben getreten war, hätte sie geschworen, dass so etwas wie Seelenverwandtschaft nicht existierte. Dass es nichts weiter als ein Märchen war. Der reine Quatsch, nur dafür da, Menschen Glück vorzugaukeln. Heute Nacht wurde ihr klar, dass sie falsch gelegen hatte. Ihr Vater hatte recht gehabt. Liebe gab es tatsächlich. Genauso wie *den Einen* – den richtigen Mann, um mit ihm das Leben zu teilen. Und als sie zusah, wie Jason Nummer zwei von einer Klippe zur anderen sprang, wäre Evelyn am liebsten mitgesprungen. Um sich fallen zu lassen, Mut zu beweisen, den Rausch des Sturzes zu spüren und Venom zu erlauben, sie aufzufangen.

»Wie ist der Film?«

Evelyn riss sich vom Bildschirm los und sah Daimler an. Schwungvoll kam er auf leisen Sohlen über den Hartholzfußboden auf sie zugetrippelt. Ihre Lippen zuckten. Mann, der war vielleicht komisch. Über alle Maßen fantastisch – eine unglaubliche Kombination aus Ausgelassenheit, unterhaltsamen Anekdoten und waschechtem Schalk. Im Moment nahm allerdings sein Outfit ihre Aufmerksamkeit gefangen. Sie unterdrückte ein belustigtes Prusten. Karierte Pyjamahosen à la schottisches Hochland und dazu ein violettes T-Shirt mit einem glitzernden Törtchen, umgeben von dem Aufdruck »Probier mal« – »ich bin lecker!«. Außerdem hatte er noch ein Glas Erdnussbutter und eine Tafel Schokolade in der Hand und …

Ja. Es war amtlich. Er war jetzt ihr absoluter Liebling auf dieser Welt.

»Ganz gut, so weit«, antwortete sie und wiederholte damit eine Antwort aus dem Film. Sie beäugte die Tafel hochfeine Cadbury Schokolade.

Mit zwinkernden dunklen Augen lächelte er sie an. »Ich bringe Kino-Leckerlis.«

Evelyn beugte sich vor und stellte ihre Popcornschüssel auf den Beistelltisch. Er trat neben sie und reichte ihr das Glas und die Tafel. Mit einem dankbaren Summen nahm sie beides entgegen. Brach die Packung auf, tauchte die Süßigkeit in die Erdnussbutter und biss ab.

Sie stöhnte vor Begeisterung. »Du bist einfach göttlich.«

Daimler grinste. »Wäre es doch nur wahr.«

Sie hob ihre Hand und tat so, als würde sie die Schokolade wie einen Zauberstab schwenken. »Ich ernenne dich hiermit zum Beherrscher des Universums.«

Prustend ergriff er die zusammengefaltete Decke, die über der Rückenlehne eines der Sessel lag, ging um den Couchtisch herum und nahm am anderen Ende der Couch Platz. Sie starrte ihn einen Moment an, dann wandte sie sich wieder ihrem Film zu. Er war ein guter Gesellschafter. Gesprächig, ohne aufdringlich zu sein. Fröhlich, ohne nervig zu sein. Und auch unglaublich wissbegierig. Er stellte ihr mehr Fragen, als er gedurft hätte, und dennoch fühlte sie sich nicht im Geringsten bedroht. Stattdessen antwortete sie ihm, sah zu, wie er backte, knabberte warme Schokoladenkekse, die gerade aus dem Ofen kamen, und erzählte ihm alles von ihrem alten Job. Erklärte Unternehmensführung und Körperschaftsstrukturen, erläuterte Investitionsstrategien und Vermögensverwaltungstaktiken. Daimler hörte aufmerksam zu, und sie war dankbar.

Über ihr vertraute Themen zu reden gab ihr beinahe das Gefühl zurück, normal zu sein.

Apropos normal – irgendetwas stimmte nicht. War irgendwie seltsam, merkwürdig auf eine Art und Weise, die sich nicht beschreiben ließ, sie aber dennoch anspannte. Jetzt fühlte sich ihre Haut zwei Größen zu klein an, als ob sie innerhalb von Sekunden geschrumpft wäre. Sie fing an, heftig zu zittern, und die Haare in ihrem Nacken sträubten sich. Den Blick weiterhin auf den Plasmabildschirm gerichtet, runzelte Evelyn die Stirn. Sie legte ihren Kopf schräg und versuchte, ihre Reaktion zu unterdrücken und – hm. Seltsam, aber …

Das Gefühl wurde stärker, entwickelte sich zu einem Kribbeln.

Aus dem Prickeln wurden Nadelstiche, die ihr über den Rücken liefen. Plötzlich war sie alarmiert. Evelyn warf den Quilt beiseite und sprang von der Couch. Als ihre nackten Fußsohlen den Hartholzfußboden berührten, leuchtete ein Signal auf in ihrem Kopf. Ihr blieb das Herz stehen, dann schlug es wieder weiter, hielt den Takt, während eine Wahrnehmung an ihre Schläfen klopfte, sodass sie nach der Quelle suchte.

Sie blickte an die Decke. »Spürst du das auch, Daimler?«

Im Handumdrehen sprang ihr neuer Freund auf. »Ich werde mehr Betten herrichten.«

Evelyn blinzelte. *Mehr Betten herrichten?* Wofür zum Teufel? Eine hervorragende Frage. Eine, auf die sie gern eine Antwort gehabt hätte. Aber als Daimler durch die Küche flitzte und aus ihren Augen verschwand, um aus unbekanntem Grund Betten herzurichten, wurde das Signal stärker. Ein Summen meldete sich in ihrem Schädel.

Draußen ertönte ein Knall.

Evelyn drehte sich zu den Schiebetüren aus Glas um und starrte hinaus in die Nacht. Nichts. Keine Bewegung hinter der breiten Fensterfront. Kein Grund für den lauten Krach. Keiner näherte sich dem …

Ein blonder Typ wurde in der Dämmerung sichtbar.

Mit ausladenden Schritten lief er mit seinen langen Beinen über den Fußweg, nahm drei Stufen auf einmal und landete auf der Steinterrasse. Der laute Aufprall echote, konkurrierte mit dem Surround-Sound-System. Vor Überraschung rührte sie sich nicht von der Stelle. Der Blonde blieb nicht stehen. Er sauste wie ein Güterzug auf die Türen zu. In der Sekunde, bevor er sie erreichte, öffneten sie sich wie von selbst. Kalte Luft strömte über die Schwelle. Flocken wirbelten hinter ihm auf, wehten ins Wohnzimmer. Ihre Wachsamkeit wuchs mit der Kälte. Sie spannte sich an. Auweia. Vorsicht. Das war alles andere als gut. Der Typ mochte ja nett aussehen, aber seine Ausstrahlung war geradezu tödlich.

Mit stampfenden Schritten lief er ins Zimmer.

Evelyn zuckte zusammen und trat einen Schritt zurück.

Sein Kopf drehte sich abrupt in ihre Richtung. Er hielt mitten im Lauf inne und blieb vor dem Fernseher stehen. Helle Augen in der Farbe von Eiswürfeln musterten sie. »Evelyn?«

Sie wich noch ein wenig weiter zurück und nickte. »Ja?«

»Ich bin Rikar, ein Freund von Venom.« Die Anspannung in seiner Stimme machte sie nervös. »Wir haben da ein kleines Problem, und du musst …«

Ein Knurren wehte durch die offene Tür herein.

Evelyn starrte hinaus in die Nacht. Sie überflog die Terrasse mit einem Blick, dann suchte sie die hohen Hecken ab. Das unheimliche Grollen ertönte erneut. Gemein. Brutal. Ein schneidendes Geräusch, das höchst gefährlich klang. Und dennoch identifizierte sie den Tenor. Nämlich von früher, als sie sich mit Venom geliebt hatte. Als sie gestöhnt und gebettelt hatte, ihn angefleht hatte, ihr mehr Lust zu verschaffen. Und während er sich tief in ihr bewegte, hatte sich genau so ein Knurren aus seiner Kehle gelöst.

»Wo ist er?« Den Blick auf die Terrasse gerichtet, blieb Evelyn stehen. Sie drückte auf den Vorwärts-Knopf ihres Verstandes, umrundete den Beistelltisch und ging zur Tür. Sie wusste jetzt, was das Signal bedeutete. Das Summen in ihren Adern informierte sie, sorgte dafür, dass Instinkt und Intuition kollidierten. Venom war da draußen … irgendwo. Verletzt? Vielleicht. Schwach vor Müdigkeit? Bestimmt. Nachdem sie sich eingeklinkt hatte, konnte sie spüren, wie er darum kämpfte, Boden unter seine Füße zu bekommen. Sie musterte Rikar mit schmalen Augen. »Was ist passiert?«

Rikar hob die Arme und verstellte ihr den Weg zur Tür. »Hör zu, ich muss dir …«

»Weg da.« Ihr wütender Tonfall traf ihn wie eine Ohrfeige.

Seine Augen weiteten sich überrascht. »Evelyn. Warte eine Sekunde. Ich muss dir erklären …«

»Geh mir aus dem Weg«, sagte sie und schlüpfte zwischen zwei Sesseln hindurch, um an ihm vorbeizukommen. Sie musste unbedingt zu Venom. Sie wusste es. Spürte es. Fühlte die zunehmende Dringlichkeit mit jedem Atemzug, den sie tat. Es spielte keine Rolle, dass sie nicht verstand, was sie fühlte oder warum sie es fühlte. Nur eine Sache war wichtig. »Er braucht mich.«

»Das tut er.« Rikar spielte das Spiel mit und baute sich weiterhin zwischen ihr und der Tür auf, was sie sauer machte. Dafür sorgte, dass sie sich wünschte, sie könnte seinen Arsch beiseiteschieben und hinausschlüpfen. »Hör mir gut zu, Evelyn. Wenn er dich berührt, möchte ich, dass du den Strom kontrollierst.«

Sie hielt mitten im Schritt inne. »Wie bitte?«

»Venom muss sich nähren, und du musst den Energiestrom kontrollieren. Ihm immer nur ein bisschen Energie zukommen lassen. Ihn beruhigen. Den *Strom* kontrollieren. Hast du verstanden?«

Nein, sie hatte nicht verstanden. Was der Kerl da schwafelte, ergab keinen Sinn. Wie nicht anders zu erwarten. Das wusste sie. Drachenblütige waren gleich Verwirrung hoch zehn. Sogar nachdem sie einen ganzen Tag mit Venom über seine Spezies gesprochen hatte, hatte sie Mühe, die Besonderheiten zu verstehen – all die Unterschiede zwischen seiner und ihrer. Aber als ein dunkelhaariger Mann Venom die

Treppe hochschleifte, war all das ohne Belang. Sie war ausschließlich erfüllt von Besorgnis. Ihr Herz zog sich zusammen. Du meine Güte, er war so blass. So müde. Mehr als erschöpft.

Den Blick wie gebannt auf Venom gerichtet, wurde sie vor Sorge fast verrückt und versuchte erneut, an Rikar vorbeizukommen.

Er schüttelte den Kopf. »Lass Bastian ihn erst hereinbringen.«

Sie knurrte ihn an. Rikars Mundwinkel hoben sich, aber er wich keinen Millimeter beiseite. Also wartete sie, ballte die Fäuste, atmete heftig und hätte aus der Haut fahren können, als Venom seinen Kopf hob. Ihre Blicke begegneten sich. Er flüsterte ihren Namen. Tränen traten ihr in die Augen. *Komm schon. Komm schon. Komm über die Schwelle*, schrie sie ihm schweigend zu. Sie wusste, sobald das der Fall war, würde Rikar den Weg freigeben. Das würde es ihr ermöglichen, zu tun, was sie sich wünschte, nämlich …

Venom zu berühren.

Grunzend zerrte Bastian ihn ins Haus.

Die Schiebetüren schlossen sich zischend.

Rikar trat beiseite, gab den Weg frei.

Evelyn verschwendete keine Sekunde. Mit fliegenden bloßen Füßen überwand sie die Distanz und blieb vor ihm stehen. Venom bleckte seine Zähne und knurrte wieder. Seine rubinroten Augen fingen an zu schimmern. Sie kümmerte sich nicht darum. Sie legte ihre Arme um ihn und zog ihn fest an sich. Ohne Sinn und Verstand. Ohne Beweis oder auch nur einen Hauch von Logik. Und dennoch wusste sie, was er brauchte: ihre Haut an seiner. Instinkt leitete sie. Sorge ließ sie ihn an sich pressen. Das dringende Bedürfnis dazu ließ sie ihre Hände unter den Saum seines T-Shirts schieben.

Ihre Handflächen berührten seinen Rücken.

Venom krümmte sich, als hätte ihn ein Blitz getroffen, erwachte zum Leben in ihren Armen. Sie spürte seine festen Muskeln. Seine eine Hand packte ihren Nacken, und er zerrte an ihrem Sweatshirt, hob den Saum. Kühle Luft streifte ihren Bauch. Er neigte seinen Kopf, presste seinen Mund auf ihre Schläfe und seine andere Hand auf ihr Kreuz. Elektrizität erwachte unter ihrer Haut. Hitze strömte durch ihren Körper. Begehren fuhr ihr durch die Adern. Ein leises Sirren echote in ihrem Schädel, und es öffnete sich ein Spalt irgendwo tief in ihr. Köstlich und üppig floss Starkstrom durch den Spalt, strömte aus ihr in Venom hinein.

Stöhnend presste Venom seinen Mund auf ihre Kehle.

Seine Zähne streiften ihren Hals. Lustgefühle erwachten, heizten ihr ein, als er sie mit seiner Zunge reizte. Er saugte an ihrer Haut, direkt oberhalb ihrer Halsschlagader. Unkontrollierte Ekstase brach durch den Spalt, erweiterte ihn, sodass sich ihr Rücken unter der Anspannung bog.

Ihr Herz versagte ihr den Dienst.

Evelyn rang nach Luft und keuchte schockiert.

Venom stöhnte vor Lust. Der Druck nahm zu, sodass ihr schwindlig wurde.

»Verdammt«, sagte jemand.

»Konzentrier dich. Kontrollier es, Evelyn. Brems ihn.«

Der strenge Befehlston der tiefen Stimme drang in ihr umnebeltes Gehirn. Evelyn blinzelte, verstand jetzt besser. *Kontrolliere den Strom.* Sie spürte das Brennen. Den heftigen Ansturm des fließenden, überwältigenden Stroms, während

Energie aus ihr heraus- und in Venom hineinfloss. Er nährte sich, nahm Energie von ihr in sich auf... erneuerte seine Kraft, indem er etwas von ihrer abzapfte. Der Gedanke hätte sie alarmieren müssen. Stattdessen faszinierte er sie. Trotz der Anspannung mochte sie ihn so – außer Kontrolle, begierig, total fokussiert auf sie. Evelyn unterdrückte ein Stöhnen. Die Intensität war unglaublich. Schön. Süchtig machend. Lust und Schmerz in der Hitze des körperlichen Chaos. Schwindlig machende Erregung und das Versprechen sexueller Erfüllung.

Aber nur, wenn sie es unter Kontrolle hielt.

Rikar hatte recht. Sie musste Venom zähmen und den Strom kontrollieren. Er war zu hungrig. Verlor sich geradezu in ihrer Berührung und ihrem Geschmack. *Konzentriere dich.* Der Befehl peitschte ihr durch den Kopf, erweckte ihre Gehirnzellen. Klarheit ergoss sich wie Wasser aus einem Krug in sie, erfüllte sie, stärkte sie, erlaubte ihr, sich tief in sich zu versenken. Sie schloss die Augen, zapfte den Strom an und drehte quasi den Hahn zu, verringerte den Durchfluss, sodass Venom in ihren Armen zusammenzuckte.

Er wehrte sich gegen das langsamere Fließen, knurrte laut an ihrem Hals.

Sie packte ihn an den Haaren und hielt ihn zurück, gewährte ihm gewissermaßen nur kleine statt großer, gieriger Schlucke. Er schüttelte den Kopf. Sanft zog sie ihn weg von ihrer Kehle. Er wehrte sich gegen die Trennung. Sie verstärkte ihren Griff und hielt ihn weiter auf Abstand. Er reckte sein Kinn. Sie fiel über seinen Mund her, stieß ihre Zunge zwischen seine Zähne, küsste ihn tief, um ihn zu besänftigen. Nach und nach gehorchte er und öffnete seinen Mund weiter, hieß jede Liebkosung willkommen, respektierte ihr Tempo, während sie ihm gab, was er brauchte. Zurückgestuften Starkstrom, der sich von *gefährlich* zu *köstlich* bewegte.

Sie küsste ihn jetzt liebevoller.

Er seufzte an ihrem Mund. »Dachte schon, du würdest mich nie mehr küssen.«

»Ich habe gelogen«, flüsterte sie und fuhr fort, ihn zu nähren.

»Gott sei Dank«, murmelte er und schwankte auf seinen Füßen.

Sie stützte ihn, als er strauchelte. Seine Freunde übernahmen den Rest, halfen ihr, Venom durch den Raum zu führen. Er stolperte fast über seine eigenen Füße. Rikar und Bastian hielten ihn aufrecht. Sie küsste ihn weiter und streichelte ihn, unterbrauch kein einziges Mal den Kontakt, lockte ihn mit ihrem Geschmack, sodass er ihr folgte. Raus aus dem Wohnzimmer. An der Küchentheke vorbei. Eine Drehung und eine Korridorlänge später stand sie mit ihm in seinem Schlafzimmer.

Rikar schloss die Tür, ließ sie mit Venom allein.

Sie fuhr Venom mit ihren Händen über die Schultern und schob ihn quer durch den Raum. Seine Beine stießen gegen die Matratze.

Seine Augen fielen ihm zu. Er sackte in ihren Armen zusammen. »Ich bin so müde, Evie.«

»Ich weiß.« Evelyn küsste ihn ein letztes Mal und legte ihn aufs Bett, zog ihn aus, warf seine feuchten Klamotten in einem Haufen auf den Fußboden. »Du musst jetzt schlafen.«

»Bleibst du?«

»Ja.«

»Und küsst mich wieder?«, murmelte er schläfrig.

Sie zog ihren Pyjama aus und glitt neben ihn. Die Matratze seufzte und bog sich unter ihr. Kühle Baumwolle streifte ihre Seite, als sie sich neben ihm ausstreckte. Voller Wohlbehagen. Evelyn summte. Junge, Junge. Totaler Körperkontakt – Haut an Haut, ihr ganzer Körper an ihn geschmiegt –, das absolut Beste. Kurz vorm Einschlafen legte Venom seinen Arm um sie, zog sie eng an sich und schmiegte sein Gesicht an ihr Haar. Ihr Herz machte einen Satz und pochte wild in ihrer Brust, als sie tat, worum er sie gebeten hatte: Sie beugte sich vor und küsste ihn erneut.

Eine flüchtige Berührung. Nur ein Küsschen. Eine Andeutung explosiver Leidenschaft.

»Ich liebe dich, Evie.« Alle Muskeln erschlafft, die Augen geschlossen, seufzte er. Das schläfrige Geräusch schwebte durch die Stille, hing wie ein Versprechen in der warmen Luft. »Ich liebe dich.«

In ihr machte sich ein Gefühl der Beklemmung breit. Sie blinzelte erstaunt und warf ihm einen kurzen Blick zu. Aber er schlief bereits und bekam nichts mit von ihrer Reaktion. *Ich liebe dich, Evie.* Die Wörter prallten an ihre Schläfen, hallten wider, fanden so schnell einen Platz in ihrem Herzen, dass Evelyn zusammenzuckte. Du liebe Güte, dass er so etwas sagte, hatte sie nicht erwartet. Sie starrte sein wunderschönes Gesicht an und runzelte die Stirn. Hatte sie gerade richtig gehört? Wusste er überhaupt, was er gesagt hatte? Oder war es nur … nur …

Eine Lüge.

Nur so dahergesagt aufgrund von Müdigkeit. Und der Tatsache, dass sie ihn genährt hatte.

Gute Frage.

Katastrophale Folgen – Gift für ihr Herz, eine Bedrohung für ihre Zukunft, Verheerung hoch tausend –, wenn er es nicht gemeint hatte. Wenn es nur im entferntten Bereich des Möglichen lag. Das würde bedeuten, dass sie lieber schleunigst verschwinden sollte. Es jetzt abbrechen und ihren Stolz wahren sollte. Aber als die Dämmerung nahte, hielt sie ihn eng umschlungen, statt sich abzuwenden. Verfluchte sich selbst, dass sie sich an ihn schmiegte und die Augen schloss. Alle Chancen zu entkommen – zu einem sauberen Abgang – verpasste sie, als sie mit Venom in ihren Armen einschlief und ein Stoßgebet zum Himmel schickte, dass sie da keinen riesigen Fehler machte, der sie zwingen würde, am Morgen zu verschwinden. So schnell wie möglich wegzurennen, sich zu verstecken und nie zurückzublicken.

23

Venom lag in seinem Bett, in der Ruhe und Stille seines Zimmers, drehte sich auf die Seite und sah Evelyn beim Schlafen zu. Er sah sie ganz genau an, nahm jedes Detail ihres Gesichts in sich auf, wollte sich nicht die kleinste Kleinigkeit entgehen lassen, damit er sich an alles erinnern konnte. Ihre dichten Wimpern. Ihre vollen Lippen. Den wunderbaren Farbton ihrer Haut. Die Schönheit der schwarzen Locken, die ihr bis zu den bloßen Schultern reichten. Alles Dinge, die er natürlich schon früher registriert hatte. Wie hätte es auch anders sein können? Er war schließlich immer von ihr fasziniert, wenn sie sich im selben Raum aufhielt wie er.

Der heutige Tag brachte allerdings eine Vielzahl von neuen Entdeckungen mit sich.

Da sie die Augen geschlossen hatte, fielen ihm andere Dinge ins Auge. Kleine Details, die ihm entgangen waren, weil er von ihrer vorwitzigen Art und ihrer Keckheit abgelenkt gewesen war. Erst jetzt sah er die kleine Sommersprosse unter ihrer Unterlippe. Die kleine Narbe unter ihrem Kinn. Dass die eine Augenbraue etwas mehr gewölbt war als die andere. Unerhebliche Dinge, jedes für sich genommen; aber alle zusammen machten eben die ganze Evelyn aus.

Gott. Sie war so wunderbar und kostbar.

So schön im Schlaf. So warm und süß, wie sie neben ihm lag. So vertrauensvoll und weich in seinen Armen. Dankbarkeit erfüllte sein Herz, weckte tiefe Gefühle in ihm. Seine Kehle war wie zugeschnürt. Venom kämpfte einen Moment dagegen an, wollte gelassen bleiben, wollte sich nicht vergaloppieren. Aber es fiel ihm schwer. Er hatte von diesem Tag geträumt. Davon, aufzuwachen neben seiner Gefährtin. Eine Frau zu haben, die zu ihm gehörte, die er die Seine nennen konnte. Jetzt lag die Verheißung dessen in seiner Reichweite. Nur Zentimeter entfernt. Nur eine Frage entfernt davon, Realität zu werden. Jetzt musste Evelyn nur noch zustimmen.

Was keinesfalls garantiert war. Oder beschlossene Sache.

Insbesondere, da er sich nicht mehr erinnern konnte, was gestern Nacht abgelaufen war.

Er runzelte die Stirn. Nun ja, zumindest nicht an alles. Was ein großes Problem war. Auf keinen Fall wollte er Evelyn wecken – geschweige denn, ihr die entscheidende Frage stellen –, ohne zu wissen, was zum Teufel er gestern Nacht angestellt hatte. Sie war nicht verletzt. Das konnte er sehen, aber, na ja … er brauchte eine Operationsbasis. Einen Ausgangspunkt, von dem aus er die Unterhaltung starten konnte.

Er strengte seinen Kopf an, konzentrierte sich, indem er die Wand über ihrem Kopf anstarrte. Bruchstücke von Erinnerungen tauchten auf, wiesen ihm die richtige Richtung. Er erinnerte sich an das Wasserbecken und die Explosion. Auch an Bastian, der ihn nach Hause gebracht hatte. Und danach? Er zog die Brauen zusammen. Mist. Er wusste es nicht mehr. Er versenkte sich ganz tief in sich, versuchte mit aller Macht, sich zu erinnern. Ein Bild von Evelyn, die eine Flanellpyjamahose und ein Sweatshirt trug, tauchte vor seinem geistigen Auge auf.

Sein Blick fiel auf ihren Mund.

Ja. Definitiv. Jetzt wusste er wieder, dass er sie geküsst hatte. Oder vielmehr, dass Evelyn über seinen Mund hergefallen war, ihn wild geküsst, quasi das Kommando übernommen hatte. Eine Welle der Überraschung und der Verwunderung überrollte ihn. Er atmete tief durch. Gott sei Dank. Sie war nicht mehr sauer auf ihn, was bedeutete ... es wurde Zeit, sie aufzuwecken. Er sog noch einmal den Anblick ihres Gesichts in sich auf. Mann, beinahe hasste er es, es zu tun. Sie sah so friedlich aus im Schlummer. Wie ein zufriedenes Kätzchen lag sie zusammengerollt neben ihm. Venom ging noch einmal kurz mit sich zurate, dann schüttelte er den Kopf. Es aufzuschieben würde weder sein Problem lösen noch seine zunehmende Anspannung. Er musste reden. Er wollte es wissen. Und die einzige Person, die ihm sagen konnte, was er nur zu gern hören wollte, lag, tief und fest schlafend, neben ihm.

Er hob seine Hand und strich ihr eine verirrte Locke aus der Stirn. Sie rührte sich. Er fuhr fort, sie zu streicheln. Liebevolle Berührungen. Sanftes Streicheln. Ein leises Murmeln. Die Berührung erregte ihn, und er fuhr ihr mit seinem Daumen über die Unterlippe, bis zu der kleinen Sommersprosse. Dann legte er seine Hand auf ihre Wange. »Evie ... *Mazleiha*, wach auf.«

Sie seufzte, was eher nach einem zufriedenen Summen klang. Ihre Wimpern flatterten, dann hoben sich ihre Lider. Schläfrige braune Augen sahen ihn an. Ihre Mundwinkel hoben sich, und sein Herz fing an, wie wild zu pochen. Während dieses unablässigen Gehämmers reckte und streckte sie sich unter dem Laken, was dazu führte, dass ein weiterer Teil seiner Anatomie anfing zu pochen. Steinhart und bereit für sie, hielt Venom sich eisern zurück und befahl seinem Schwanz, sich verdammt noch mal zurückzuhalten und verdammt noch mal artig zu sein.

»Hallo«, flüsterte sie mit rauchiger Stimme.

»Selber hallo.«

Sie blinzelte, versuchte, wach zu werden. »Wie viel Uhr ist es?«

Ihr Ton ließ ihn erschauern. Sein Körper wollte sie. Venom unterdrückte einen Fluch. Grundgütiger Sie hatte die erotischste Schlafzimmerstimme, die er je gehört hatte. »Spät. Später Nachmittag.«

»Oh. Wow. Schätze, ich habe eine Weile geschlafen.« Weniger als dreißig Zentimeter von ihm entfernt, reckte sie sich noch einmal unter dem Laken. Die Muskeln in seinem Unterleib verkrampften sich, zerrten an seinen Hüftknochen. Sie legte sich auf die Seite neben ihm, sah ihn an. »Wie lange bist du schon wach?«

»Eine Weile«, sagte er und überlegte, wie er die Unterhaltung beginnen sollte. Sollte er es behutsam angehen oder es ausposaunen und auf das Beste hoffen? Tolle Fragen. Beides durchaus vielversprechende Vorgehensweisen, obgleich – Venom schluckte – einfach mitten hineinzuspringen und es hinter sich zu bringen trotz seiner Nervosität nach der besseren Strategie klang. Zumindest im Moment. Da Evelyn weniger als eine Armlänge von ihm entfernt war, war die direkte Route verheißungsvoller. War viel zweckmäßiger, wenn man in Rechnung stellte, dass Evelyn keinen Faden am Leib trug. Nackt, weich und warm zwischen den Bettlaken – seine Lieblingskombi, wenn es um seine Frau ging. Er hielt ihren Blick fest, schob die Unsicherheit beiseite, atmete noch einmal tief durch und ging das Thema dann frontal an. »Habe ich dich erschreckt, letzte Nacht?«

»Nein.« Evelyn runzelte die Stirn. »Nicht wirklich, aber …«

»Aber?«

Gerade weiße Zähne blitzten kurz auf. Sie nagte einen Moment auf ihrer Unterlippe herum, als ob sie versuchte, eine Entscheidung zu treffen, dann unterbrach sie den Blickkontakt. Sein Magen verkrampfte sich. Er versuchte ihre Gedanken zu lesen und betrachtete forschend ihre Miene. Der konnte er nicht viel entnehmen. Und schon gar nichts, was ihn beruhigt hätte.

Mit einer Falte zwischen ihren Brauen rückte sie von ihm ab.Venom schluckte seinen Protest herunter. Das bohrende Bedürfnis, den Arm auszustrecken und sie zurückzuhalten, verdrängte er ebenfalls. Sie zu bedrängen würde ihm nicht verschaffen, was er wollte. Genauso wenig, wie sie festzuhalten. Andererseits … Ihr zuzusehen, wie sie auf Distanz ging zu ihm, schien auch nicht richtig zu sein, aber, na gut … Verdammt. Er wusste nicht, wie er sich anders verhalten sollte. Oder was er sagen sollte, als sie die Bettkante erreicht hatte, etwas vom Fußboden aufhob und aufstand. Er erhaschte einen kurzen Blick auf geschmeidige Kurven – auf ihre wunderbaren langen Schenkel, ihren strammen, runden Po, die elegante Linie ihres Rückgrats –, bevor sie den Quilt fest um sich schlang.

Sein inneres Alarmsystem schaltete sich ein.

Die Warnung schrillte in seinem Kopf, und Venom setzte sich aufrecht hin, hütete sich aber, das Bett zu verlassen. Sie wollte ihn im Moment nicht an sich heranlassen. Das konnte er in ihren Augen lesen. Sie war auf der Hut. Unsicher. Vielleicht sogar ein wenig ängstlich. Er schluckte den Kloß in seiner Kehle herunter, spähte ihr ins Gesicht, suchte nach dem Grund hinter ihrer Unsicherheit und … oh, das war gar nicht gut. Evelyn hatte das beste Pokergesicht der Welt. Er konnte ihre Gedanken nicht klar erkennen. Ihre Bioenergie, die seine eigene perfekt ergänzte, schloss ihn aus. Was ihn hilflos zurückließ, unfähig, sie zu durchschauen oder sich in ihre Gefühle hineinzuversetzen … es sei denn, sie ließ es zu. Was also absolut sicher war? Hier stimmte etwas nicht.

Stimmte *absolut* nicht.

Ihre Haltung – wie sie so steif dastand – gab ihm einen weiteren Hinweis. Alles an ihr riet ihm, schnell etwas zu sagen und ehrlich zu sein. Scheiß auf seine Nervosität. Zum Teufel mit seinem Stolz. Evelyn hatte es verdient, dass er ihr die Wahrheit sagte und alle Karten aufdeckte. Sonst würde sie sich noch mehr zurückziehen, und er würde sie für immer verlieren.

»Evie …« Unfähig, noch einen Moment länger still zu liegen, rutschte er über die Matratze. Sie trat einen Schritt zurück. Dann noch einen, brach ihm das Herz, als die Lücke zwischen ihnen größer wurde. Da er vermeiden wollte, dass sie sich bedroht fühlte, bewegte er sich in Zeitlupe, bis er auf der Bettkante saß. Das Laken um seine Hüften gebündelt, die Füße fest auf den Boden gestellt, beugte er sich vor, stützte die Ellbogen auf die Knie und verschränkte die Finger. »Rede mit mir, *Mazleiha.* Sag mir, was los ist.«

Sie hielt den Quilt weiterhin fest um sich geschlungen und strich sich die Haare hinter die Ohren. »Was machen wir hier, Venom?«

»Was soll das heißen?«

»Was ich meine, ist … was geschieht hier? Zwischen dir und mir?« Ihre nackten Fußsohlen verursachten kaum ein Geräusch auf dem Hartholzboden, als sie noch etwas weiter zurückwich, ehe sie stehen blieb und den Quilt zurechtrückte. Sie steckte ihn unter ihren Armen fest, wedelte mit der Hand, zeigte erst auf ihn, dann auf sich. Die Bewegung signalisierte Verletzlichkeit. Starke Unsicherheit und das verzweifelte Bedürfnis, es zu erfahren. »Ist das hier nur ein Spiel? Ist dies alles nur ein Spiel für dich? Bin ich für dich nur ein bisschen Spaß, ein Zeitvertreib, bevor du zurückkehrst in deine Welt?«

Venom fasste es nicht. *Ein bisschen Spaß?* Nur ein *Spiel*? Der Gedanke haute ihn schier um. Vor Wut hätte er sich am liebsten selbst in den Arsch getreten. Mann. Wie kam sie darauf? Wie konnte sie es für möglich halten, dass er …

»Weil ich dir sagen muss, dass ich es ziemlich schäbig fände, wenn du das vorhättest.«

Venom öffnete den Mund, um zu antworten.

Evelyn schnitt ihm das Wort ab. »Und soll ich dir noch was sagen? Für mich war es kein Spiel. Nicht eine Sekunde. Seit ich dich das erste Mal in diesem Hotelzimmer gesehen habe, wusste ich, dass etwas im Busch war. Dass du anders bist und, nun ja …« Sie straffte die Schultern, reckte das Kinn und starrte ihn an. Die Haltung sollte signalisieren, dass sie tough war. Stark war. Ihm die Leviten las, ihm Paroli bot. Der Tränenschimmer in ihren Augen widerlegte allerdings ihre kleine Stärke-Show. Im Moment … in diesem Moment … war Evelyn nicht tough. Sie war verletzt, unglaublich unsicher. »Ich weiß, diese Drachennummer müsste mich eigentlich ausflippen lassen. Ich *weiß*, dass sie das tun müsste, aber das ist nicht der Fall. Nichts an dir erschreckt mich, Venom, und jetzt glaube ich nicht, dass ich zu meinem alten Leben zurückkehren kann. Zurück zum Status quo, zur Normalität – was auch immer das ist. Ich ... ich glaube einfach nicht ...«

»Herrgott, Evie. Ich würde dich nie zurückschicken. *Niemals.* Ich will, dass du bei mir bleibst.« Venom schob das Laken beiseite und sprang aus dem Bett. Kurz vor ihr blieb er stehen. Er streckte die Arme aus, wollte sie halten, sie beruhigen, war begierig darauf, ihre Ängste zu vertreiben. Sie hob die Hand und hielt ihn zurück. Der Druck auf seiner Brust nahm zu. Verdammt und zugenäht. Er verlor sie. *Verlor sie*, ohne zu wissen, warum. »Was ist passiert, letzte Nacht? Was habe ich getan, dass du so durcheinander bist?«

Tränen stiegen ihr in die Augen. Sie sah überall hin, nur nicht ihn an, kniff die Lider zusammen, blinzelte sie weg. »Du hast etwas gesagt.«

»Was?«

»Dass du mich liebst.«

Venom blinzelte. Tja, Mist. So viel dazu, die ganze Aus-Liebe-heiraten –, Für-immer-und-ewig-verbunden-Nummer behutsam anzugehen. »Habe ich das?«

»Du weißt es nicht mehr?«

Er schüttelte den Kopf.

Ihr Kehlkopf bewegte sich auf und ab, als sie trocken schluckte. »Tja, nun ja ... du warst ziemlich neben der Spur.«

Wem sagte sie das. Er war völlig im Eimer gewesen. Gierig. Heißhungrig. Schwach durch den Energieverlust. Und auch höllisch ungeduldig. Aber offensichtlich war er nicht geschafft genug gewesen, um nicht die Wahrheit zu sagen.

Er ließ sie nicht aus den Augen, streckte einladend die Hand aus. »Komm her, Evelyn. Ich möchte dir etwas sagen.«

Sie atmete zittrig aus, zögerte eine Sekunde, dann gab sie nach, ging zu ihm und legte ihre Hand in seine viel größere. Er zog sie an sich, sehnte sich nach der Verbindung, brauchte die Nähe und hob seine freie Hand. Berührte mit ihr liebevoll ihre Wange. Sie schmiegte sich an seine Hand, gab ihm, was er sich ersehnte – sofortige Verbindung, erstaunliche Akzeptanz, das unglaubliche Geschenk ihres Vertrauens. Er seufzte erleichtert und fuhr mit seiner Fingerspitze über die feine Wölbung ihrer Augenbraue. »Soll ich dir ein Geheimnis verraten?«

»Ja«, wisperte sie, und die Unsicherheit in ihren Augen brach ihm das Herz.

»Ich habe nicht gelogen. Ich meinte es. Jedes Wort, Evie«, sagte Venom und legte alle Überzeugung – alles, was er für sie empfand – in seine Stimme. »Ich liebe dich.«

Ihr stockte der Atem. »Gott, ich hatte solche Angst, dass es nicht wahr war ... dass du nicht wolltest ...«

»Dass ich nicht wollte, dass du bei mir bleibst?«

Sie nickte. »Wir haben nicht darüber geredet, und du hast mich nicht gefragt, aber ich liebe dich auch und möchte es wirklich versuchen, Venom.« Eine Träne rollte ihr über die Wange. Sein Herz quoll über vor Liebe zu ihr, sodass er kaum Luft bekam, und er fing den Tropfen auf. Wischte ihn weg, streichelte ihre samtige Haut, als sie ihre Handfläche auf seine Brust presste. Direkt über seinem Herzen, unausgesprochen Anspruch darauf erhob. »Ich würde es wirklich gern ...«

»Bleib.« *Bitte bleib.* Er wollte es so sehr. Hatte so lange gewartet, um sie zu finden. Hatte sie ein Leben lang geliebt, ohne es zu wissen. Und sie liebte ihn auch. Was auch passierte, jetzt würde er sie nie wieder gehen lassen. Er brauchte sie in seinem Leben – jeden Morgen in seinem Bett, jeden Tag in seinen Armen. Dass sie auf ihn wartete, wenn er am Ende einer langen Nacht nach Hause kam. »*Bleib* bei mir, Evie.«

»Ich möchte ja, Venom, aber …« Sie lächelte ihn durch einen Tränenschleier an. »Du weißt, dass mein Leben ein totales Chaos ist, nicht wahr?«

»Es spielt keine Rolle. Nicht mehr.« Er legte seinen Arm um ihre Taille und zog sie eng an sich. Sie schmiegte sich an ihn, ihre Hitze und ihr süßer Duft das reinste Geschenk, als er beides in sich aufsog. »In meiner Welt bekommst du einen Neuanfang.«

»Mit dir.«

Er nickte. »Mit mir.«

»Danke.«

»Wofür?«

»Dass du mich gefunden hast«, sagte sie, ihre Worte unterbrochen von einem Schluckauf. »Dass du mir gefolgt bist. Dass du mich liebst … und alles andere dazwischen.«

»Meine Herzallerliebste, du gehörtest zu mir, vom ersten Moment an, seit ich dich sah. Und jetzt gehöre ich zu dir.« Er senkte seinen Kopf und streifte ihre bloße Schulter mit seinen Lippen. »Ich liebe dich, Evelyn. Komm mit mir ins Black Diamond.«

»Ich liebe dich auch.« Sie schmunzelte an seinem Hals. »Wann brechen wir auf? Heute?«

»Morgen ist besser«, sagte er mit einem neckenden Unterton. »Meine momentanen Pläne schließen Reisen aus.«

»Ach ja?«

»Hmm«, erwiderte er. »Ich werde mir ganz viel Zeit lassen mit dir. Dich gründlich lieben, dafür sorgen, dass du so heftig und so oft kommst, dass du vergisst, wie man geht. Und dann …«

Schnaubend ging Evelyn so weit auf Abstand zu ihm, dass sie ihn ansehen konnte. Sie hob eine Augenbraue. »Und dann?«

»Dann nehme ich dich mit nach Hause.«

»Du meinst, um deine Familie kennenzulernen?«

»Um dich dem Nightfury-Clan vorzustellen.«

»Klingt ominös.«

»Oh, das ist es«, sagte er und fuhr ihr mit seinen Fingerspitzen über den Rücken. Ihre Lippen teilten sich erwartungsvoll. Er wickelte sie wie ein Geschenk aus und warf den Quilt beiseite. Weiche Haut berührte seine. Er summte und ließ seine Hände weiter nach unten gleiten, streichelte ihren nackten Po. Das dabei entstehende leise Geräusch, erregte ihn noch stärker. Mit einem Knurren packte er ihre Beine und spreizte ihre Schenkel, bevor er sie hochhob. Sein Verlangen wuchs, als sie daraufhin ihre Beine um seine Hüften schlang. Er drehte sich mit ihr in den Armen um und ging aufs Bett zu … und auf einen Abend voller gegenseitiger Befriedigung. »Daimler wird einen Freudentanz aufführen und Glückwunschkekse backen.«

Sie lachte und ließ ihre Hände in seine Haare gleiten. Ihre Nägel fuhren über seine Kopfhaut, und sie beugte sich vor, um ihn sanft zu küssen. Ihre Lippen streiften seine hauchzart. »Okay. Ich bin dabei. Beide Daumen ganz, *ganz* nach oben gereckt.«

Er verzog seinen Mund zu einem Lächeln.

Beglückwünschte sich. Dankte egal welchem Gott, der gerade zuhörte. Er hatte seine Gefährtin gefunden und sie zu der Seinen gemacht. Endlich, ein für alle Mal. Er war nicht mehr allein. Evelyn war in die Bresche gesprungen, hatte sein Herz bis zum Bersten angefüllt. Mit ihrem Lachen und ihrem Charme. Mit ihrer Anmut und Schönheit. Mit dem Wunder ihrer Gegenwart in seinen Armen. Jetzt blieb nichts weiter zu tun, als sie festzuhalten, sie richtig zu behandeln und Hochzeit zu feiern mit der Frau, auf die er sein ganzes Leben gewartet hatte.

24

Drei Tote. Vier Verletzte. Die Garage total verwüstet.

Alles in allem kein guter Tag.

Die Stiefel auf die Kante der Laderampe gepflanzt, betrachtete Zidane die Verwüstung. Der Boden war mit verbogenen Stahlteilen übersät. Eine wahre Farbpalette von Wrackteilen – gelbe und orangefarbene, blaue und graue, schwarze, weiße und rote – lag verstreut auf dem verrußten Beton. Kaputte Maserati neben Mustang Oldtimern. Zerquetschte Luxuslimousinen von Mercedes neben einzigartigen Corvettes. Eins der drei Garagentore aus der Führungsschiene gerissen. Mondlicht schien durch das klaffende Loch herein, beleuchtete wie ein Scheinwerfer die Verwüstung.

Er biss die Zähne zusammen.

Ein Muskel zuckte an seinem Kinn, als er das Chaos erneut überflog. Sein Blick fiel auf das Büro der Wachen. Nun ja, zumindest auf das, was davon noch übrig war. Ausgestattet mit dem Besten vom Besten, stand dort jetzt sein heiß geliebter Dodge Ram – den er extra aus New Hampshire hatte überführen lassen und auf den er monatelang gewartet hatte – anstelle des Büros. Vorn völlig zerschmettert. Die Ladefläche so verbogen, dass sie nicht mehr reparabel war. Die Hinterräder des Rams hingen über zertrümmertem Gips und zerbrochenen Fensterscheiben. Der Geruch von Rauch und

Motoröl, der in der Luft hing, machte die Wahrheit unmissverständlich klar.

Er hatte es vermasselt. Auf unverzeihliche Art und Weise.

Rasender Zorn packte ihn. Breitete sich aus, wütete wie ein Flächenbrand und sorgte dafür, dass sich seine Muskeln verkrampften, während tiefe Reue ihn ergriff. Der Druck zwischen seinen Schläfen nahm zu. Das Unbehagen wurde immer größer. Zidane verschluckte einen Fluch und leitete den Strom um, lenkte seinen Zorn in produktivere Richtungen. Wut würde nichts bringen. Genauso wenig, wie sich zu zerreißen, sich zu verlieren in dem herzzerreißenden Verlust.

Er zog die Brauen zusammen und stieß mit der Stiefelspitze gegen eine Scherbe. Glas schlitterte über Beton und krachte scheppernd gegen ein Stück Stahl. Zidanes Kehle war wie zugeschnürt. Sein bester Freund war tot. War jetzt nur noch ein Haufen Asche. Ganz wie die Sammlung von Automobilen in seinem palastartigen Zuhause.

Und es war ganz und gar seine Schuld.

Hundertprozentig seine Aufgabe, diese Schweinerei aufzuräumen.

Diese Nightfury-Arschlöcher. Sie waren der Fluch seines Lebens.

Wortwörtlich. Ungelogen.

Er konnte den Kotzbrocken einfach nicht entkommen. In seinem eigenen Zuhause. Am Esstisch. Während der wöchentlichen Kämpfe im Club. Egal, wohin er ging, lebte er mit der Paranoia seines Erzeugers. Das Gerede hörte nie auf. Morgens, mittags, nachts – ständig ging es weiter und weiter … Bastian hier, der Nightfury-Clan da. Ivar und die Probleme, die sich einen Kontinent entfernt zusammenbrauten in Seattle. Rodins Beschäftigung damit grenzte an Obsession. Ausgelöst durch Furcht und das sichere Wissen, dass es mit ihm vorbei wäre, wenn Bastian sich an die Erzgarde heranmachen würde. Egal, wie mächtig er auch war, Rodin war unbeliebt und konnte nicht mit dem Anführer der Nightfury konkurrieren. Nicht mit jemandem wie Bastian. Er wäre erledigt, könnte den Laden dichtmachen, und es wäre Feierabend. Deswegen war sein Vater so krankhaft auf Bastian fixiert und konnte nicht aufhören, von ihm zu reden. Daher rührten auch alle Warnungen.

Was bedeutete, dass er keine Ausrede hatte.

Jedenfalls keine richtige.

Jahrelang hatte er sich die warnenden Beispiele anhören müssen. *Vertraue nie einem Nightfury. Nur ein toter Nightfury ist ein guter Nightfury.* Wie oft hatte sein Vater ihm damit in den Ohren gelegen? Hundertmal? Tausendmal? Er wusste es nicht. Er hatte schon vor Jahrzehnten aufgehört zu zählen. Zidane betrachtete wütend einen Porsche Spyder, dem das Dach fehlte, und atmete tief durch. Er hätte es besser wissen müssen. Ferland war zwar eine tödliche Gefahr im Kampf, aber, na ja, nicht gerade der Hellsten einer. Er versagte sich ein Knurren. Ein weiterer Fehler seinerseits. Er hätte seinen Freund nie bitten dürfen, sich allein um Gage zu kümmern.

Und Osgard? Das Bild des Jungen tauchte vor seinem geistigen Auge auf.

Zidane fletschte die Zähne. »Verräter.«

Sein Zischen glitt über die Trümmer. Verdammter Jüngling. Das Videomaterial der Überwachungskameras hatte den verdammten Bengel als kinoreifen Verräter entlarvt. Osgard war es gewesen, der die Nightfury in die Freiheit geführt hatte. Ihnen den Weg gezeigt hatte durch die unterirdischen Gänge. Die Mitglieder seines eigenen Clans verraten und zugelassen hatte, dass sie abgeschlachtet wurden, während er sich den anderen anschloss. Das hätte Zidane überraschen sollen. Irgendwie aber war das nicht der Fall. Osgard mochte zwar sein Lieblingsspielzeug gewesen sein – es hatte immer einen Heidenspaß gemacht, ihn zu foltern, seinen Willen zu brechen –, aber der Junge war nicht einfach gewesen. Der Bengel war nie zusammengebrochen. Oder hatte um Gnade gewinselt. Stattdessen hatte er keinen Laut von sich gegeben, hatte alles ertragen, ohne jemals ein Wort zu sagen.

Er runzelte die Stirn.

Wahrscheinlich hätte er besser aufpassen sollen. Wenn er das getan hätte, wäre Osgard inzwischen tot, statt da draußen rumzulaufen … irgendwo … und dem Nightfury-Clan Insiderinformationen zu liefern und …

Zerbrochenes Glas knirschte auf dem Beton hinter ihm.

Das unangenehme Geräusch durchbrach die Stille.

Die tiefe Stimme, die folgte, brachte seine Haut zum Kribbeln. »Zidane.«

Zidane riss sich los von dem Bild der Verwüstung und warf einen Blick über seine Schulter. Augen, die mehr schwarz als braun waren, musterten ihn. »Vater.«

In einem Smoking-Jackett und mit einer finsteren Miene schüttelte Rodin den Kopf. Auf Hochglanz poliert, glitzerten seine spitzen Schuhe, als er sich seinen Weg durch die Trümmer bahnte und über die Laderampe auf Zidane zukam. Mit einem abschätzenden Blick blieb er neben ihm stehen, zwanzig Zentimeter kleiner und sehr viel schmächtiger, um dann die Zerstörung in Augenschein zu nehmen.

Zidane verkrampfte sich, sagte aber kein Wort. Es hatte keinen Sinn, etwas zu sagen, bevor er angesprochen wurde. Sein Vater liebte es, als Erster das Wort zu ergreifen. Bitte sehr, das konnte Rodin von ihm aus gern haben. Zidane hatte es sowieso immer vorgezogen, das letzte Wort zu haben.

Sein Vater hob die Augenbrauen. »Willst du mir das vielleicht erklären?«

»Die Arschgeigen hatten Hilfe, aber es ist mein Fehler«, sagte Zidane. So sehr er es hasste, die Schuld zuzugeben, wollte er doch die Wahrheit nicht leugnen. Die Flucht der Nightfury – die Verantwortung dafür – lastete schwer auf seinen Schultern. »Ich habe Gage unterschätzt.«

»Hast du vor, denselben Fehler noch einmal zu machen?«

»Nein.« Er klang total überzeugt. Die Wut kroch wieder in ihm hoch. Zidane ließ seine Schultern kreisen, wehrte sich gegen den verführerischen Sog der Wut und versuchte stattdessen, klar zu denken. Er brauchte einen Plan. Einen guten. Einen, mit dem er seinen Erzeuger abspeisen konnte, damit er seine Ruhe hatte. Mit rasenden Gedanken suchte er fieberhaft nach einem Ausweg und ... hm. Ja. Das könnte gehen. Lautes Gebell. Jede Menge Gezerre. Eine Strategie voller Vergeltungsmaßnahmen. Genau das, was er brauchte, um den Stolz des Oberhaupts der Erzgarde zu beschwichtigen. »Gib mir eine zweite Chance, Vater. Lass es mich wiedergutmachen.«

»Wie?«

»Indem ich sie verfolge.«

»Wo sind die Nightfury jetzt?«

»Verschwunden«, sagte er. »Wir haben den Bentley bis zu einer Startbahn verfolgt, zwanzig Meilen von hier. Die

Wichser sind an Bord eines Privatjets gegangen, bevor wir da waren.«

»Mit Nian?«

»Und Osgard.«

»Das ist ein Problem.« Mit Besorgnis in den Augen runzelte Rodin die Stirn. »Nian weiß zu viel. Bastian wird ihn gegen uns benutzen.«

»Vielleicht. Aber nicht, wenn wir zuerst zuschlagen.« Zidane wies mit dem Kinn auf das Chaos. »Siehst du das hier? Unglaublich nützlich. Perfekt, um Nian zu diskreditieren, bevor er mit dem Finger auf uns zeigt. Wenn wir ihn mit dem Nightfury-Clan in Verbindung bringen, können wir Bastian hereinlegen. Niemand weiß von Schottland, also …«

»Verdrehen wir die Wahrheit zu unseren Gunsten.« Sein Vater, der ein unübertroffener Stratege war, starrte ihn an. Mit schmalen Augen dachte er angestrengt nach. »Wir informieren den Hohen Rat über den Angriff. Sagen, dass hinter der Ermordung meiner Wachen ein Angriff auf mein Leben steckte, den Bastian in der Hoffnung angeordnet hatte, den Umsturz der Erzgarde herbeizuführen. Fordern, dass der gesamte Nightfury-Clan wegen Hochverrats angeklagt wird.«

»Setze das Gesetz der *Xzinile* wieder in Kraft, Vater, und wir haben das Recht auf unserer Seite.«

»Und können Bastian aufs Korn nehmen.«

»Sanktionierter Mord … alles unter Dach und Fach«, murmelte Zidane, der jetzt begierig klang. Er konnte nicht dagegen an. Oder die Vorfreude unterdrücken. Allein der Gedanke, Männer wie Gage wieder in die Pfoten zu kriegen, machte ihn schwindlig vor Erregung. Oh, die Möglichkeiten … all die wunderbaren *Möglichkeiten.* »Keiner muss etwas von der Entführung erfahren.«

»Oder von dem Aufenthalt der Nightfury in unserer Folterkammer.«

»Gage und Haider können nichts beweisen. Genauso wenig wie Nian.« Erregung packte ihn. Sein Mund verzog sich. »Es steht dein Wort – das des geschätzten Führers der Erzgarde, Oberhaupt einer respektierten Familie – gegen ihres.«

Rodin spannte seine Hände an und knurrte. »Ich werde den Hohen Rat und die Gruppenführer einberufen, um sofortigen Befehl zu erteilen.«

»Gut.« Bereits dabei, seinen Angriffsplan zu entwerfen, warf Zidane seinem Erzeuger einen Seitenblick zu. »Aber bevor du das tust, möchte ich dich um etwas bitten.«

»Du willst die Schwadron nach Seattle führen?«

»Ich will Rache.«

»Für Lothair?«

Bei der Erwähnung seines jüngeren Bruders zog sich ihm das Herz zusammen. Die verdammten Nightfury. Erst Lothair, jetzt Ferland. Beide ermordet, tot, lange vor ihrer Zeit. Ein Muskel zuckte an seinem Kiefer. Zidane räusperte sich. »Auch für Ferland, Vater.«

»Okay.« Nach einer schnellen Kehrtwendung marschierte Rodin auf den Gang am hinteren Ende der Laderampe zu. Bevor er im Labyrinth verschwand, blieb sein Vater stehen. Die dunklen Augen schimmerten in der Dunkelheit, als er ihm noch einen bohrenden und zugleich warnenden Blick zuwarf. »Wähle deine Krieger mit Bedacht, Sohn. Bereite dich sorgfältig vor. Du brichst auf, sobald die Abstimmung durch ist und der Rat die Sache abgesegnet hat.«

Geil. Der süße, süße Geschmack des Sieges.

Wenn alles nach Plan lief, wäre er schon bald unterwegs. In einer Woche, wenn er Glück hatte, in ein paar, wenn nicht. Was aber keine Rolle spielte. Er hatte keine Zeit, sich in der Zustimmung seines Vaters zu sonnen. Oder sich länger mit der Frage aufzuhalten, was die Zukunft bringen würde. Prahlerei war etwas für Blödmänner. Krieger bereiteten sich auf jede Eventualität vor. Rodin hatte recht. Handlungen sagten mehr als Worte, und er hatte keinen Moment zu verschwenden. Zidane legte in Gedanken eine Liste an und verließ die Garage. Das Aufräumen konnte warten. Die Vorbereitungen für den Krieg nicht. Wie viel Zeit ihm auch bleiben mochte, er musste zum Abmarsch bereit sein – die Mitglieder seiner Todesschwadron mussten ausgewählt und trainiert sein –, sobald der Hohe Rat das Gesetz der *Xzinile* wieder in Kraft gesetzt und ein Kopfgeld auf den Anführer der Nightfury-Krieger ausgesetzt hatte.

25

Mit nichts weiter als einem übergroßen T-Shirt bekleidet, ging Evelyn auf Zehenspitzen an den deckenhohen Bücherregalen vorbei. Weiche Baumwolle streifte ihre Oberschenkel. Breite Holzdielen knarrten unter ihren Füßen. Sie versuchte es zu ignorieren. Was schwer war, da Venom auf der anderen Seite des Raums bäuchlings auf dem seidenen Laken lag und fest schlief, nachdem sie den ganzen Nachmittag im Bett verbracht hatten. Ihre Mundwinkel hoben sich. Der arme Kleine. Sie hatte ihn echt ausgelaugt – ihn hart rangenommen und ins Schwitzen gebracht. Nicht, dass sie das jemals laut äußern würde. Oh nein … Schließlich war sie alles in allem gut bedient. Und Venoms Ego war außer Rand und Band, nachdem er sie dazu gebracht hatte, vor Lust zu stöhnen und ihn anzuflehen, ihr noch mehr zu verschaffen.

Unnötig, diese Bestie noch zu provozieren. Er wusste bereits, dass er fantastisch im Bett war.

»Gott sei Dank«, murmelte sie und fuhr mit ihren Fingerspitzen über die farbenprächtigen Buchrücken.

Beifällig murmelnd, verlangsamte Evelyn ihre Schritte und ging auf leisen Sohlen an einem weiteren Bücherregal vorbei. Sie blieb stehen, um die Titel zu lesen. Und schüttelte den Kopf. Unglaublich. Was für eine Auswahl. Noch ein Regal voller Bücher, von denen sie noch nie zuvor gehört hatte. Der ganze Raum war voll davon – von Literatur, die die ganze Bandbreite umfasste, von Krimis bis hin zu historischen Abhandlungen, von Shakespeare und alten ledergebundenen Texten bis hin zu einer beeindruckenden Sammlung von Romanen.

Sie sollte sich inzwischen an die zweistöckige Bibliothek gewöhnt haben – oder vielmehr an Venoms Schlafzimmer innerhalb von Black Diamond. Sie hatte weiß Gott genug Zeit darin verbracht.

Aber irgendwie hatte sie es immer noch nicht getan.

Nach beinahe einem Monat mit ihm staunte sie immer noch über die Veränderungen. In ihrem Leben, klar. Aber am meisten staunte sie darüber, wie sie sich fühlte. Sicher. Geborgen. Entspannt, rundherum geliebt und akzeptiert. Nahm man noch die Tatsache hinzu, dass sie nie besser geschlafen hatte, und … Bingo. Sie besaß das ultimative Erfolgsrezept. Und das sorgte dafür, dass sie bereits voller Energie aufgewacht und aufgestanden war, bevor Venom auch nur die Augen geöffnet und sich für die Nacht bereit gemacht hatte. Und dennoch, trotz aller Verbesserungen gegenüber ihrem ehemals vermasselten Leben, konnte sie es noch nicht fassen. Ein Haufen Drachenblut-Typen. Ein Numbai. Und vier unglaubliche Frauen. Es war wie in einem Film und zugleich absolut real. Insbesondere, seit Myst, Angela, Tania und J.J. (oder die Fantastischen Vier, wie sie sie gern nannte) innerhalb weniger Wochen ihre besten Freundinnen geworden waren. Was hieß da *real?* Es fühlte sich geradezu surreal an.

Echte Freundschaften. Ein Mann, der zu ihr gehörte. Ein sicherer Hafen, weit weg von Markov und dem Schlamassel, den ihre Mutter hinterlassen hatte.

Alles innerhalb eines Monats.

Ihre Kehle war wie zugeschnürt. Unglaublich, aber dennoch wahr. Evelyn schüttelte den Kopf. Gott hatte es gut mit ihr gemeint, und sie war dankbar. So verdammt froh, dass Venom sie gefunden hatte, und ziemlich häufig kam sie einfach gegen ihre überwältigenden Glücksgefühle nicht an. Manchmal überkam es sie einfach, und ihre ganze Gelassenheit löste sich im Handumdrehen in Tränenseligkeit auf. Venom sah sie nicht gern in diesem Zustand. Hasste ihre Tränen beinahe so sehr wie die Razorback. Nicht, dass das eine Rolle spielte. Obgleich sie es versuchte, konnte sie sie nicht immer zurückhalten. Dankbarkeit machte sie nun mal rührselig.

Sie ging an der Wendeltreppe zum Zwischengeschoss vorbei und spähte hinüber zum Bett. Mitten auf der Matratze ausgestreckt, schlief Venom weiter: Den Kopf halb vergraben unter dem Kissen, die Decke um seine Hüften gebündelt, die Arme weit ausgestreckt, sodass sie eine breite Fläche goldener Haut vor sich sah. Eine Welle von Lustgefühlen überflutete sie. Evelyn verschluckte ihr erwartungsvolles Summen. Sie wollte ihn wecken – seine Schulterblätter mit Küssen bedecken, an seinem Ohr knabbern, ihn umdrehen und …

Ihn wieder lieben.

Ein großartiger Plan, bis auf eines. Sie war noch nicht bereit. Sie brauchte mehr Zeit. Nicht viel mehr. So gut wie gar keine. Nur gerade genug, um den Mut aufzubringen, Venom die entscheidende Frage zu stellen, bevor sie ihn streichelte. Was sie wollte, war eine Antwort. Eine Klärung. Neugierde erforderte es ebenso wie ihr Stolz, weil … genau. Seit sie die anderen Frauen kennengelernt hatte, grübelte sie darüber nach. Ein Tabuthema, zweifellos, aber …

Schmetterlinge flatterten in ihrem Bauch.

Sie ignorierte das Flattern und ging an dem Kamin vorbei, dann an einer Ledercouch und blieb neben dem Bett stehen. Ihr Blick fiel auf den Nachttisch. Er war übersät mit Büchern, die das glänzende Mahagoni verdeckten, bevor es auf dem Fußboden weiterging: Noch mehr Bücher. Größere Stapel. Eine unbeschreibliche Auswahl aller möglichen Themen. Evelyn lächelte, begeistert von der Tatsache, dass Venom Romane liebte … und ihr oft laut vorlas vor dem Schlafengehen morgens.

Sie genoss das beinahe so sehr wie ihr Liebesspiel. Das tiefe Timbre seiner Stimme zu hören, während sie wohlig in seinen Armen lag, warm eingekuschelt unter dem Quilt, während er das Buch schräg hielt, damit Licht auf die Seite fiel. Komisch, aber so hätte sie ihn nie eingeschätzt. Und auch nie erwartet, dass etwas vorgelesen zu bekommen so ein Luxus war. Einer, den sie verpasst hatte in ihrer Kindheit.

Sie riss sich los von dem Durcheinander der Bücherstapel und wandte ihre Aufmerksamkeit wieder Venom zu. Er rührte sich im Schlaf. Evelyn holte tief Luft und ging im Kopf noch einmal durch, was sie fragen wollte. Es kam ihr wie das tausendste Mal vor. Aber, nun ja, sie konnte es nicht ändern. Übung machte nun mal den Meister. Es richtig auszudrücken war wichtig. Sie musste es in die richtigen Worte fassen, wenn sie endlich ansprach, was sie bedrückte, und …

»Mazleiha.«

Noch belegt vom Schlaf, überrollte Venoms warme Stimme sie. Sofort begann ihre Haut vor Lust zu kribbeln. Verlangen stieg in ihr auf, als er sich umdrehte. Seine starken

Muskeln spannten sich an. Die Seide glitt über seine Hüfte, über seinen muskulösen Leib, dann machte sie halt, umspielte seine Vorderseite, verdeutlichte intime Details, machten ihr den Mund wässrig. Was … nun ja, verwirrend war, um das Mindeste zu sagen. Geradezu schwer anregend, wenn sie ehrlich war. Sie hatte bereits mit ihm geschlafen – unzählige Male –, und dennoch begehrte sie ihn schon wieder. Sofort. Zum Teufel mit der Frage und ihrer Neugier. Es sei denn …

Dass ihre Einstellung total falsch war.

Es waren zu viele Dinge ungesagt geblieben. Und sie musste es wissen.

Venom stopfte sich ein Kissen unter den Kopf und machte es sich bequem im Bett. Lehnte sich an das Kopfende, stellte seine bloße Brust oberhalb der Bettdecke zur Schau und sah sie mit schläfrigen rubinroten Augen an. Er musterte sie einen Moment forschend, dann hob er sein Kinn. »Was bekümmert dich, Evie?«

Sie presste die Lippen zusammen. Der Augenblick der Wahrheit. Zeit, ins kalte Wasser zu springen und es herauszufinden. »Ich habe eine Frage.«

Er lockte sie mit seinem gekrümmten Zeigefinger zu sich. Sobald sie in Reichweite war, griff er nach ihrer Hand. Seine schwielige Handfläche spielte mit ihrer. Vorfreude erfasste sie, drängte sie, das Reden zu lassen und ihrem Begehren nachzugeben. Sie erschauerte, liebte das Gefühl, hielt aber die Stellung, verweigerte ihrem Körper, was er verlangte, um … Venom verschränkte ihre Finger miteinander und zog sie auf die Matratze. Ihre Knie landeten neben seiner Hüfte und … ah, zum Teufel damit. Sie schwang ihr Bein über ihn und setzte sich rittlings auf ihn. Er schnappte kurz nach Luft. Sie summte. Meine Güte, sie liebte es, so mit ihm zusammen zu sein. Beinahe Haut an Haut. So nah, und doch noch zu weit entfernt. Nur noch ein dünnes seidenes Laken war zwischen ihnen, als sie sich auf ihm niederließ und ihren Schoß an seine Erektion presste.

»Verdammt«, sagte er zufrieden. Er setzte sich etwas aufrechter hin und ließ seine Hände unter ihr Shirt gleiten, packte ihren nackten Po und rückte sie zurecht.

Sie ruckelte hin und her, woraufhin er zu stöhnen anfing. »Also … meine Frage.«

»Leg los. Frag mich, was du willst.«

»Wann heiraten wir?«

Überraschung blitzte in seinen Augen auf. Venom blinzelte. Er öffnete den Mund – einmal, zweimal … ein drittes Mal –, bevor er ihn wieder schloss, als wäre er sprachlos.

»Ich meine …« Sie verstummte, ihre Nervosität gewann die Oberhand. Sie kaute auf der Innenseite ihrer Lippe und suchte nach den richtigen Worten. Nach all denen, die sie sich überlegt hatte. Doch keins meldete sich. Alle ließen sie im Stich. Sie räusperte sich, versuchte es hinauszuzögern, dann platzte sie heraus: »Ich habe mit den anderen Frauen geredet, und sie alle tragen das Zeichen ihrer Verbindung, eine Art Tattoo, aber wir haben nicht darüber gesprochen. Oder über die Verbindungszeremonie, und ich … nun ja, also, ich wollte nur wissen, ob … ob …«

»Du möchtest heiraten?«

»Ja.«

»Gott sei Dank.« Die Erleichterung war seiner Miene deutlich anzusehen. Er hob seine Hand und umfasste ihre

Wange. Als er sie streichelte, murmelte Venom etwas in der Drachensprache. Ein Gebet? Worte der Dankbarkeit? Evelyn wusste es nicht. Es kümmerte sie auch nicht weiter, solange sie keine Grenzen verletzt und ihn nicht zu sehr gedrängt hatte, zu überhastet gewesen war. »Ich habe gewartet … gehofft, dass …«

»Ich dich fragen würde?«

Er nickte. »Ich wollte dich nicht drängen, Evie. Ich wollte, dass du von dir aus dazu bereit bist. Die Zeremonie ist eine ziemlich ernste Sache. Die Verbindung ist unwiderruflich. Einmal vollzogen, kann der Vereinigungszauber nie mehr gebrochen werden. Ich wollte dir Zeit lassen. Die Möglichkeit, dich zu entscheiden … dir hundertprozentig sicher zu sein, dass ich derjenige bin, den du willst.«

»Venom.« Evelyn schmiegte ihr Gesicht an seine Handfläche, beruhigte ihn auf die einzige Art und Weise, die sie kannte – indem sie ihn akzeptierte. Man musste ihn einfach lieben. Er war der komplizierteste Mann, dem sie je begegnet war. Eben noch selbstsicher, gleich darauf total unsicher. Die Unsicherheit – sein Wunsch, sie zu beschützen, sogar vor ihm selbst – sorgte nur dafür, dass sie ihn noch mehr liebte. Ihr Verlangen nach ihm erfüllte ihr Herz mit allem, was sie für ihn empfand. »Ich will keinen *Widerruf*. Meine Entscheidung stand vom ersten Moment an, seit ich dir begegnet bin, fest. Ich wusste es möglicherweise noch nicht, aber ich weiß es jetzt. Ich gehöre dir, Liebster. Ich möchte das Zeichen unserer Verbundenheit tragen.«

»Tja, in dem Fall …« Lächelnd verstummte Venom. Er rührte sich unter ihr und streckte die Hand nach dem Nachttisch aus. Er zog die Schublade auf und holte ein blaues Kästchen mit einer schwarzen Schleife heraus. Evelyn stockte der Atem, als er ihre Hand nahm und das Geschenk hineinlegte. »Öffne es, Evie.«

Ein Schauer der Erregung lief ihr über den Rücken. Evelyn zögerte nicht. Sie zog an der Schleife, sah, wie sie sich löste, hob den Deckel des Kästchens an und …

»Oh, meine Güte.« Ihr blieb die Luft weg. Ehrfürchtiges Staunen packte sie, das prompt Tränen zutage förderte und … ah, Mist. Schon wieder wurde sie rührselig. »Oh, Venom.«

»Gefällt er dir?«

Ob er ihr *gefiel?* War er verrückt? Der Ring war ein Meisterwerk ohnegleichen. Eingefasst in Platin, zwinkerte ihr ein riesiger gelber Edelstein, umgeben von kleineren weißen, zu. Staunen machte sie sprachlos. Vor Freude hoben sich ihre Mundwinkel, und ein strahlendes Lächeln entstand. »Oh, mein Gott, Venom. Er ist unglaublich … das Schönste, was ich je gesehen habe.«

Mit freudestrahlendem Blick zog Venom den Ring aus dem Kästchen. Er sah ihr in die Augen und schob ihr den Ring über den Ringfinger. Das Schmuckstück passte wie angegossen, sah aus, als wäre es ein Teil von ihr. »Evelyn Victoria Foxe, ich liebe dich. Heirate mich, *Mazleiha.*«

»Ja.« Eine Träne rollte ihr über die Wange. »Wann?«

»Heute Abend.«

»Perfekt.«

Und das war es. Einfach *perfekt.*

Es gab nichts Besseres auf der Welt. Und keinen Besseren als Venom.

Und als er sie in seine Arme schloss und eng an sich zog, spürte Evelyn das Gewicht des Ringes an ihrem Finger. Ihr war verblüffend leicht ums Herz. Endlich. Gott sei Dank. Sie war endlich heimgekommen. War genau da, wo sie hingehörte, für immer mit dem Mann verbunden, den zu lieben ihr vorherbestimmt war.

Danksagung

Einige Bücher sind schwerer zu schreiben als andere. Und dies war ein solches Buch. Es zu schreiben hat mich auf neue und unerwartete Weise herausgefordert, mich dazu gebracht, mehr in die Tiefe zu gehen, mir geholfen, das Lebendige an dieser Geschichte besser zu erfassen, mich aus meiner Bequemlichkeit gerissen und mir den wahren Charakter meiner Protagonisten vor Augen geführt. Ich habe mich Hals über Kopf in Venom verliebt, den Helden dieses Buches. Er hat mich zum Lachen und Weinen gebracht und dazu, auf etwas Besseres zu hoffen. Ich bin so froh, dass er *etwas Besseres* in Evelyn gefunden hat und endlich für immer glücklich ist.

Ich schulde meiner Agentin Christine Witthohn unendlichen Dank. Du bist zweifellos die Beste der Besten.

Großer Dank gebührt meinen Lektorinnen Helen Cattaneo und Melody Guy. Ich danke euch für die viele harte Arbeit. Eure Unterstützung und euer Enthusiasmus für meine Bücher machen den Prozess vom Anfang bis zum Ende zu einer reinen Freude. Und ich danke dem gesamten Amazon-Publishing-Team, dessen Talent und Einsatzfreude unübertroffen ist. Es erstaunt mich immer wieder aufs Neue. Es ist fantastisch, mit euch zu arbeiten!

Danken möchte ich auch meinen Freunden und meiner Familie – dafür, mich ab und an aus meinem Büro und dem

Fantasieland zu reißen, damit ich mir etwas dringend benötigte Ruhe und Erholung gönne. Ich liebe euch alle.

Und zu guter Letzt danke ich Kallie Lane, meiner Schreibpartnerin, Kritikerin und Freundin. Danke für all die Treffen, bei denen wir herumgealbert haben, für die frühmorgendlichen Telefonate und für deine Ehrlichkeit. Du machst mich besser. Das hast du immer schon getan. Ich danke dir!

Ich erhebe mein Glas auf euch alle.